ro
ro
ro

David Safier, 1966 geboren, zählt zu den erfolgreichsten Autoren der letzten Jahre. Seine Romane, darunter «Mieses Karma», «Jesus liebt mich», «Happy Family» und «Muh», erreichten Millionenauflagen. Auch im Ausland sind seine Bücher Bestseller. Als Drehbuchautor wurde David Safier unter anderem mit dem Grimme-Preis sowie dem International Emmy (dem amerikanischen Fernseh-Oscar) ausgezeichnet. David Safier lebt und arbeitet in Bremen, ist verheiratet, hat zwei Kinder und einen Hund.

DAVID SAFIER

AUFGETAUT

ROMAN

ROWOHLT TASCHENBUCH VERLAG

Veröffentlicht im Rowohlt Taschenbuch Verlag, Hamburg, August 2021

Covergestaltung any.way, Barbara Hanke/Cordula Schmidt
Coverabbildung Oliver Kurth
Satz aus der DTL Haarlemmer
Gesamtherstellung CPI books GmbH, Leck, Germany
ISBN 978-3-499-27095-6

Die Rowohlt Verlage haben sich zu einer nachhaltigen Buchproduktion verpflichtet. Gemeinsam mit unseren Partnern und Lieferanten setzen wir uns für eine klimaneutrale Buchproduktion ein, die den Erwerb von Klimazertifikaten zur Kompensation des CO_2-Ausstoßes einschließt.
www.klimaneutralerverlag.de

MIX
Papier aus verantwortungsvollen Quellen
FSC® C083411
FSC www.fsc.org

Für Marion, Ben und Daniel –
ihr seid mein Glück

Es gibt Menschen, die das Glas halb voll sehen, andere, die es halb leer sehen, und welche, die meinen: «Ich trink es lieber gleich ganz aus.»

Und dann gibt es noch jene Menschen, die sagen: «Verdammt noch mal, es muss auf dieser Welt doch noch andere Gläser geben!»

So ein Mensch war Urga.

1

Felix Sommer jr. stand an der Reling des Kreuzfahrtschiffes *Arctica 2*, das laut Reederei nur die Hälfte der Schadstoffe ausstieß wie die alte *Arctica 1*. Es war jedoch immer noch so viel Dreck, dass selbst chinesische Chemiefabrikanten dazu gesagt hätten: «Also, bei allem, was recht ist, das könnte ich nicht mit meinem Gewissen vereinbaren.»

Felix starrte auf das klare blaue Meer, auf dem Eisschollen trieben, und ließ sich den kalten Wind um sein sonnengegerbtes Gesicht und die blonden Haare wehen, die immer lichter wurden. Ganz oben bildete sich sogar schon eine kleine Platte. Als er vorhin verkündet hatte, sich von dem Bordfriseur die Haare mal wieder in Fasson bringen lassen zu wollen, hatte seine elfjährige Tochter Maya nur frech gegrinst. «Haare? Welche Haare?», meinte sie.

Wie sollte es erst werden, wenn das Kind in die Pubertät kam? Würde dann vielleicht nicht etwa seine Tochter Joints rauchen, sondern er, der Vater, um sich zu beruhigen?

Bei dem Gedanken fröstelte es Felix in seiner Designer-Polarjacke. Die Jacke hatte den Vorteil, zusammenknüllbar zu sein; blöderweise jedoch besaß sie keine Kapuze – wer auch immer der Designer gewesen war, er war kein Meister darin, Dinge zu Ende zu denken. Zudem war die Jacke auch noch in einem nicht gerade hübschen Neongrün gehalten. Leider war sie nur in dieser Farbe deutlich preisgünstiger gewesen. Die hellblaue Variante, die Felix so schick gefunden hatte und die jetzt so gut zu dem strahlenden Himmel gepasst hätte, hatte er sich nicht leisten können. Streng genommen konnte Felix sich gar nichts mehr leisten, denn mit seinen neununddreißig Jahren hatte er bereits zwei Start-ups in Grund und Boden gemanagt und dabei nicht nur zweistellige Millionenbeträge verbrannt, sondern auch dank stressbedingtem Reflux seine Speiseröhre.

Das erste Start-up, mit dem Felix die Welt hatte verändern wollen, trug den Namen *WriteRight* und hatte einen Stift entwickelt, der Rechtschreibfehler erkennen und sofort korrigieren sollte. Leider funktionierte dies nur bei extrem leserlichen Handschriften, bei anderen konnte aus «Die Summe der Kathetenquadrate ergibt das Hpyothenusenquadrat» durchaus mal «Lebt denn der alte Holzmichel noch?» werden. Jetzt erinnerte an *WriteRight* nur noch ein Lager in Berlin-Marzahn. Es war mit Pappschachteln vollgestellt, die mehr wert waren als die Stifte, die darin lagen und niemals ausgepackt werden würden.

Der Schuppen grenzte an einen deutlich größeren, in dem jede Menge Suppendosen mit veganer Gulaschsuppe standen. Sie gehörten der Firma *VeganFleisch*, Felix zweitem Start-up, mit dem er die Welt noch viel mehr hatte verändern wollen. Gesund waren diese Suppen, nahrhaft, mit einer sehr guten Ökobilanz versehen. Sie wären gewiss auch ein großer Erfolg gewesen, wenn sie nicht so geschmeckt hätten, wie Männerumkleiden rochen.

Aus diesen beiden üblen Niederlagen hatte Felix nur insofern ein paar Hoffnungsfunken schlagen können, indem er sich nun mit gelegentlichen Vorträgen zum Thema *Scheitern führt zum Erfolg* knapp über Wasser hielt. Dabei wusste er selbst, dass der Vortragstitel nicht der Wahrheit entsprach. Passender wäre gewesen: *Scheitern führt zum überzogenen*

Dispo. Aber mit einem solchen Thema hätte Felix weder Rednerhonorare kassiert noch von der Reederei die Reise für sich und seine Tochter bekommen, als Lohn dafür, dass er jeden Abend vor den Passagieren sprach. Er hätte es jedoch besser gefunden, wenn ihm jemand Geld für eine Vortragsreise durch die Alpen geboten hätte, fürchtete er doch das Wasser.

Felix hatte in die Seereise eingewilligt, um endlich wieder Zeit mit seiner kleinen Tochter Maya zu verbringen, die bei seiner Exfrau Franzi lebte. Franzi, eine Krankenhausärztin, hatte Felix in den ersten gemeinsamen Jahren für einen liebenswerten Visionär gehalten, später für einen liebenswerten Luftikus, dann für einen verzweifelten Träumer und in dem Endstadium ihrer Ehe für einen Mann, der sich verrannt hatte und vielleicht noch an der Uni seinen Bachelor in BWL nachholen könnte, um dann in einem Unternehmen noch einen Job als Bilanzbuchhalter zu ergattern, das sollte bei der guten Konjunktur doch möglich sein.

Jetzt besaß Felix weder Bachelor-Abschluss noch Start-up und schaffte es nicht mal, den Unterhalt für Maya zu zahlen. Allein schon deswegen musste er ein neues Unternehmen gründen, mit dem er endlich Erfolg hatte.

So grübelte Felix an der Reling der *Arctica 2* über sein nächstes Start-up nach. Womit könnte er die Welt verändern? Nicht nur ein bisschen, sondern fundamental? Klar, ein Stift, der Rechtschreibfehler entdeckte, hätte Millionen von Schülern beglückt und noch mehr deren Lehrer. Und die veganen Gulaschsuppen hätten dafür gesorgt, dass weniger Tiere sterben mussten. Und sie hätten auch Fleischesser gesünder gemacht, wie zum Beispiel seinen Vater, Felix Sommer senior, dessen Bauchfett den einen oder anderen Kannibalenstamm durch das Jahr hätte bringen können. Aber der ganz große

Wurf, etwas, das die Menschen wirklich allumfassend glücklicher machte, wären beide Unternehmen nicht gewesen, selbst wenn sie Erfolg gehabt hätten. Sein Vater hatte – musste Felix sich zähneknirschend eingestehen – wohl recht damit gehabt, als er meinte, beide Unternehmensideen seien läppisch gewesen.

Läppisch.

Nichts, was Felix bisher in seinem Leben angepackt hatte, war für seinen Vater, der gerne Worte wie *läppisch, Humbug,* und *Manchmal frage ich mich, ob du wirklich mein Sohn bist* benutzte, gut genug gewesen.

Was wäre nicht läppisch? Wie konnte er die Menschen wahrhaft glücklich machen?, überlegte Felix, während er auf die Eisschollen blickte.

Indem man sie glücklich macht!, gab er sich selbst die Antwort.

Für einen kurzen Augenblick freute er sich über diese Erkenntnis. Dann stellte er fest, dass *Man macht die Menschen glücklich, indem man sie glücklich macht* ein nicht allzu beeindruckender Zirkelschluss war.

Eine App!, schoss es Felix in den Sinn.

Genau, eine App war immer gut für ein neues Start-up!

Sogar supergut!

Eine App hätte auch den Charme, dass er kein Lager anmieten müsste, sollte er auch dieses Unternehmen gegen die Wand fahren.

Nein, so durfte er nicht denken! Diesmal würde er, diesmal musste er Erfolg haben!

Was tat die App?

Die Glücks-App?

Sie trainierte die Menschen, damit sie glücklich wurden.

Genau! Das war es! Eine Glückstrainings-App!

Felix glaubte auch zu wissen, wie man glücklich wird. Der Weg dorthin lautete für ihn: *Lebe deinen Traum!*

Die Worte endeten mit einem Ausrufezeichen, das jeden unterbewussten Zweifel an ihrer Umsetzbarkeit gleich im Keim ersticken sollte. Felix hatte diesen Satz zu seinem persönlichen Mantra gemacht, weil er genau das Gegenteil von dem ausdrückte, was seine Eltern ihm vorgelebt hatten. Denen war es immer nur um Geld und Status gegangen, und das hatte zu unangenehmen Nebenwirkungen geführt: Felix Sommer senior hatte als Vorstandsmitglied der Deutschen Bank seine eigene körperliche und geistige Überforderung so lange mit aller Macht ignoriert, bis er eines Tages in einer Aufsichtsratssitzung zusammenbrach. Noch während Felix' Vater im Krankenhaus ein Herzschrittmacher eingepflanzt wurde, trafen sich zwei seiner Sekretärinnen, eine Empfangsdame und eine Sachbearbeiterin der Personalabteilung mit seiner Mutter, um ihr zu eröffnen, dass sie allesamt die Geliebten ihres Mannes waren. Dieser Schock, verbunden mit der Tatsache, dass die gesellschaftliche Stellung ihres Ehemannes sich vom gesundheitsbedingten Verlust des Vorstandspostens nicht so leicht erholen würde, ließ Felix' Mutter zu der Erkenntnis gelangen, dass eine Scheidung eine exzellente Idee sei. Schon ein Jahr später lebte sie mit einem Schönheitschirurgen zusammen, der sich auf Po-Vergrößerungen spezialisiert hatte. Eine Tätigkeit, über die Felix nie genauere Details hatte erfahren wollen.

Sein Vater hatte lange gebraucht, um sich von der schweren Krankheit zu erholen und beruflich wieder auf die Beine zu kommen. Jetzt war er mit einer fünfzehn Jahre jüngeren Litauerin verheiratet – fünfzehn Jahre jünger als Felix wohlgemerkt – und saß im Vorstand eines amerikanischen Investmentfonds, der sich nicht sonderlich darum scherte, ob die Unternehmen, in die er investierte, Kriege, Klimawandel, Medikamentenabhängigkeit oder alles zugleich beförderten.

Anders als sein Vater wollte Felix sein Leben nicht dem Mammon widmen, sondern etwas Gutes damit anstellen. Und auch wenn ihm dies bisher nicht so recht gelungen war, mit der GlücksApp – das spürte er jetzt im rauen Wind der Arktis genau – würde er es schaffen!

In der App, beschloss Felix bei sich, sollte es Übungen geben, die man täglich absolvierte. Aber nicht länger als fünf Minuten, mehr Zeit hatte ja niemand übrig, um sein Leben zu verbessern. Besser wären vier Minuten. Ach, eine Minute wäre prima! Dann könnte man die Übungen eben mal an der S-Bahn-Haltestelle oder auf dem Klo machen. Auf diese Weise würde der Nutzer – Felix fiel in seinem Gedankengang gar nicht auf, dass er Menschen, die er glücklich machen wollte, «Nutzer» nannte – schnell und ohne viel Aufwand von Tag zu Tag glücklicher werden.

Wie sollte er die App nennen? *Carpe diem*? Nein, Latein verstanden nur gebildete Leute. Die App sollte jedoch alle Menschen glücklich machen! Es müsste etwas mit «Happy» sein. In dem Wort «Happy» steckte ja auch das Wort «App» drin.

Aber halt. Fast genauso wichtig wie ein Name war der Inhalt der App. Wie sollten die Übungen eigentlich aussehen? Felix grübelte ein wenig. Dann kam ihm eine Idee: Jede Übung sollte mit einem Gong beginnen. Ein Gong, dachte Felix, setzt gleich mal die Assoziation von Tibet und buddhistischen Mönchen frei. Man sieht förmlich den Dalai Lama vor sich, der immer lächelt. Ob der Mann jemals sauer wurde? Zum

Beispiel, wenn der WLAN-Router mal wieder nicht funktionierte? Oder auf der Toilette kein Klopapier war? Oder wenn ein Mönch ihn fragte, ob er ihm ein Autogramm von George Clooney besorgen könne?

Egal. Wenn der Nutzer einen Gong hörte, glaubte er, er könnte so glücklich werden wie der Dalai Lama, da war sich Felix jetzt ganz sicher. Noch während der Schlag verhallte, würde meditative Musik erklingen, damit man in diesem Dalai-Lama-Glücklich-Groove blieb.

Ganz kurz dachte Felix darüber nach, ob er der erste Mensch war, der im Zusammenhang mit dem Dalai Lama das Wort *Groove* benutzte, konzentrierte sich dann aber wieder schnell auf seine App: Ja, das war es. Eine tiefe Stimme würde ertönen. Vielleicht die von einem Prominenten? Es musste jemand sein, der selber glücklich ist, damit er die Übungen auch glaubwürdig verkauft. Doch welcher Prominente war schon glücklich? Selbst die, von denen man es denkt – das wusste Felix als gelegentlicher Wartezimmer-Leser der *Gala* –, sind alle nur einen emotionalen Rückschlag von der Rehaklinik entfernt. Es wäre also besser, jemand Unbekanntes zu beschäftigen. Und zudem auch kostengünstiger.

Also, der Gong würde die Übung beginnen, meditative Musik würde erklingen, und dann würde die Stimme eines nicht prominenten Sprechers sagen … ja, was nur?

Felix überlegte und überlegte und überlegte, aber ihm fiel nichts ein. Die Ursache für diese Einfallslosigkeit kam ihm jedoch nicht in den Sinn, verdrängte Felix sie doch schon sein ganzes Leben lang: Trotz seines Glaubenssatzes vom Traum, den es zu leben galt, wusste er nicht, was wahres Glück bedeutete.

Auf einmal kam Felix bei dem Gedanken an Glück der

Apfelkuchen seiner friesischen Oma Nele in den Sinn. Von ihr war er deutlich mehr geliebt worden als von seinen Eltern. Immer wieder hatte sie zu dem kleinen Felix gesagt: «Geh mit einem Lächeln durch die Welt. Davon wirst du glücklicher. Und auch die Menschen, denen du ein Lächeln schenkst, bekommen bessere Laune. Und das Dolle ist, sie werden zurücklächeln, und das wird dich sogar noch 'ne Ecke glücklicher machen.»

Felix hatte zwar nie auf Omas Ratschlag gehört, fand aber dennoch, dass ihr Spruch eine super erste Übung abgab: ***Geh mit einem Lächeln durch die Welt.***

Wenn die Nutzer diesen Gedanken zur Meditationsmusik hörten, würden sie selbst so lächeln wie der Dalai Lama.

Leider waren Oma Neles andere Ideen, wie man glücklich werden könnte, nicht wirklich App-geeignet, so zum Beispiel ihr Vorschlag: ***Trink dreimal am Tag Doppelkorn.***

Aber immerhin hatte Felix einen Anfang gemacht. Auf einmal musste er glatt selber lächeln. Und während Felix so vor sich hin lächelte, trieb ein Eisblock auf das Schiff zu. Er war vielleicht drei Meter hoch und drei Meter breit. Und wenn man genau hinsah – was Felix nicht tat, weil ihm gerade die wunderbare Idee kam, ein Smiley zum Logo der App zu machen –, konnte man erkennen, dass darin ein Mensch eingefroren war. Und wenn man noch genauer hinsah, erkannte man zudem auch noch ein kleines Mammut.

2

Kapitän Øyvind Lovskar schaute von der Brücke auf den blonden Gastredner hinunter, der an der Reling stand. Der Mann regte ihn auf. *Scheitern führt zum Erfolg* – das hätte der Lackaffe mal dem Kapitän der *Titanic* erzählen sollen.

Øyvind Lovskar war kein glücklicher Mann. Nicht etwa weil seine Frau daheim in Oslo mit einem zwanzig Jahre jüngeren Mann durchgebrannt war, der auf den wenig norwegischen Namen Ramon hörte. Auch dass sie ihm eindeutig zu viel über Ramons belebende Virilität erzählt hatte, war nicht der Grund für seine Traurigkeit. Es tat zwar weh, war aber gerade noch so verkraftbar. Richtig unglücklich machte Øyvind Lovskar hingegen die Tatsache, dass er ein Chef war. Er hasste es, sich mit seiner Mannschaft rumzuschlagen. Gerade gestern erst war es zu einem Vorfall mit einem Steward gekommen, der zum Bartraufen gewesen war. Der Seegang war schwer gewesen, und eine dicke Passagierin, die eine noch dickere Perlenkette um den Hals trug, hatte sich an der Reling übergeben müssen. Sie weinte, ihre Nase lief, und sie litt an Durchfall. Die arme Frau hatte die Kontrolle über ihre Körperöffnungen komplett verloren. Der Steward ging an ihr vorbei, aber anstatt ihr zu helfen, fragte er nur: «Und, mit den Ohren können Sie nichts?»

Manchmal beneidete der graubärtige Lovskar den Kapitän von der *Bounty*. Captain Bligh hatte damals Disziplinierungsmittel, die effektiver waren als ein schriftlicher Bericht an die Personalabteilung: Kürzen der Essensrationen, in Ketten legen, Kielholen.

Lovskar war nun mal nicht Kapitän geworden, weil er eine Mannschaft führen oder mit Tausenden Passagieren, von denen mehr als sechzig Prozent am Ende einer Reise die Kaffeemaschinen aus den Kabinen klauten, die arktische Natur belasten wollte. Er war Kapitän geworden, weil er die See liebte.

Lovskar wandte sich von dem blonden Kerl an der Reling weg hin zum Wasser. Egal wie viel Routine sich auch im Laufe der Jahre eingeschlichen hatte, der Anblick des Meeres vermochte ihn stets aufs Neue zu faszinieren. Er ignorierte das Piepen der Geräte auf der Brücke, das Brummen der Schiffsmotoren und die Gespräche seiner Offiziere, lauschte nur noch dem Rauschen der Wellen. Befriedigt atmete er die leichte Meeresbrise ein, die durch ein kleines Kippfenster wehte. Er hatte die Luke gegen den ausdrücklichen Willen des Architekten einbauen lassen, damit es auf der Brücke nicht nur klimatisierte Luft gab. In diesem Moment überkam Lovskar wieder mal sein alter Traum, mit dem Segelboot über den Pazifik zu schippern. Weit weg von Captain's Dinners und Ex-Ehefrauen, die auf junge virile Männer standen. Er wollte seine eigene Virilität wieder spüren!

«Kapitän?», unterbrach sein Erster Offizier den Tagtraum.

Lovskar mochte sich nicht zu dem jungen Mann umdrehen. Er trug einen dieser frisierten und parfümierten Bärte, die so ziemlich das Gegenteil von seinem Kapitänsbart waren.

«Kapitän!»

Die Stimme des jungen Mannes war laut und überschlug sich gar, wie es einem echten Seemann höchstens geschehen durfte, wenn somalische Piraten das Schiff eroberten. Er konnte den Mann nicht länger ignorieren. Also blickte Lovskar seinen Ersten Offizier an. Hinter ihm standen zwar keine somalischen Piraten, der Kerl schaute aber dennoch drein, als hätten ihm irgendwelche Freibeuter nahegelegt, der Reederei ihre Lösegeldforderungen zu übermitteln.

«Was ist?», fragte Lovskar gereizt.

«Da ist ein Eisblock ...»

«Ein Eisblock? In der Arktis? Das ist ja unglaublich», sagte der Kapitän mit spitzer Zunge. Seine bissigen Bemerkungen waren bei der Mannschaft gefürchtet und hatten ihm nicht umsonst den Spitznamen «Die neunschwänzige Peitsche» eingehandelt.

«Aber in dem Eisblock ... ist ... ist ...»

«Ist?»

«Ein Mammut.»

«Ein Mammut?»

«So ein kleines ... wohl ein Baby-Mammut ...»

«Sie haben sich bestimmt versehen.»

«Hab ich nicht ... und da ist noch etwas!»

«Und was?»

«Das Mammut wird von einem Menschen umarmt.»

«Verarschen kann ich mich alleine», sagte Lovskar. «Soll ich mal?»

Der Erste Offizier wusste nicht, was er darauf antworten sollte.

«Was haben Kapitän Blaubär und Kapitän Lovskar gemeinsam?»

«Ich ... ich weiß es nicht ...», stammelte der Mann in seinen frisierten Bart.

Lovskar konnte sich gerade noch mal zurückhalten, ihm ein «Ihre Ersten Offiziere sind blöd» entgegenzuschleudern. Er hatte schon genug Beschwerden über sich in der Personalakte stehen.

Deshalb entschloss er sich, den Scherz auf eigene Kosten zu vollenden: «Beide Kapitäne sind gerne blau.»

Der Erste Offizier war viel zu aufgeregt, um überhaupt darüber nachzudenken, ob sein Kapitän jetzt von ihm ein Lachen erwartete oder einen Widerspruch oder eine Flasche Wodka. Zitternd deutete er auf einen Eisblock in der Ferne: «Schauen Sie selbst.»

Øyvind Lovskar riss ihm das Fernglas aus der Hand und spähte hindurch. Es dauerte etwa eine halbe Minute, bis er seine Sprache wiederfand und auf Norwegisch fluchte: «Faen!»

3

In Gedanken versunken, malte sich Felix den Erfolg seiner App aus: Millionen und Abermillionen Menschen auf der ganzen Welt würden damit lernen, ein glücklicheres Leben zu führen. Während vor seinem geistigen Auge die strahlenden Gesichter von Indern, Nigerianern, Guatemalteken und Isländern auftauchten und Felix sich fragte, wie eigentlich die Menschen in Aserbaidschan aussahen, stoppten die Maschinen – ein Umstand, von dem sich Felix nicht weiter irritieren ließ. Vermutlich wollte der griesgrämige Kapitän den Passagieren eine Blauwalherde zeigen. Oder Plastikmüll. Oder eine Blauwalherde in Plastikmüll.

«Papa?»

Felix war so sehr in seine Überlegungen vertieft, dass er gar nicht mitbekommen hatte, wie seine Tochter Maya zu ihm an die Reling getreten war. Ihre roten Locken flatterten ihr im Arktiswind in die Stirn, und ihre Sommersprossen funkelten in dem hellen Licht. Wenn Felix, so wie jetzt, von dem niedlichen Anblick der Kleinen überrascht wurde, wurde ihm immer wohlig warm ums Herz. Jedes Mal glaubte er dann, er müsste diesen Moment der Wärme länger genießen, und jedes Mal kam etwas dazwischen. So auch heute, denn Felix' nächster Gedanke galt seiner App. Dies wäre eine tolle Glücksübung, fand er: ***Lerne die kleinen Glücksmomente festzuhalten.***

«Papa, ich muss dir was erzählen!»

«Du sollst dir doch hier oben die Jacke zumachen», mahnte Felix.

«Ich soll mir auch zweimal am Tag die Zähne putzen», gab Maya zurück.

Seine Tochter hatte eine Art zu widersprechen, die es ihm schwer machte, sie zu Handlungen zu bewegen, die ihr nicht gefielen. Jetzt zum Beispiel stand Felix vor einem echten Scheideweg. Sollte er weiter über die offene Jacke reden oder darüber, dass Zähne auch wirklich zweimal am Tag geputzt werden mussten? Solche Augenblicke des Zögerns nutzte Maya gerne, um auf ihr eigentliches Anliegen zu kommen. Oder, falls Felix noch nicht verwirrt genug war, vorher noch eine weitere Front zu eröffnen, die mit den vorherigen Gesprächsthemen rein gar nichts zu tun hatte.

Falls Maya mal eine Politikerin werden sollte, dachte Felix oft, würden die anderen Staatschefs bei Gipfelverhandlungen wahrscheinlich vor lauter Verzweiflung mit dem Kopf auf die Tischplatte schlagen.

«Die lassen ein Beiboot ins Wasser», verkündete Maya.

«Mein Gott!», rief Felix aus.

«Keine Angst, das Schiff geht nicht unter.»

Felix beruhigte sich ein wenig, dennoch blieb die Frage, warum das geschah – war etwa ein Passagier über Bord gegangen?

«Der Kapitän», stellte er fest, «hat gar keine Durchsage gemacht.»

«Aber er hat seine Leute am Beiboot angemeckert und gesagt: Wenn ich euch Lahmärschen bei der Arbeit zusehe, bekomme ich Augenherpes.»

«Reizend.»

«Was ist Herpes, Papa?»

«Ähem, das ist … das ist …» Felix suchte nach einer kindgerechten Erklärung.

«Das ist?»

«… ein … ein …»

«Ein?»

«… griechischer Gott.»

Felix war froh, diese Ausrede gefunden zu haben. Allerdings nur, bis er merkte, dass seine Tochter sich mit der Antwort nicht zufriedengab: «Und für was ist der zuständig?»

«Für … für … Pickel.»

«Die Griechen hatten einen Gott für Pickel?» Maya blickte ihn ungläubig an, und Felix staunte nicht schlecht, dass ein Gespräch über ein zu Wasser gelassenes Beiboot binnen Sekunden zu einer Diskussion über eine sexuell übertragbare Krankheit geworden war, über die er mit seiner Tochter aber nicht sprechen mochte. Nicht jetzt. Nicht, wenn sie in die Pubertät kam. Niemals!

«Ja», wiegelte er ab, «die hatten für alles einen Gott.»

«Auch einen für laktosefreie Milch?»

«Ich glaube nicht, dass die alte Griechen schon wussten, was Laktose ist.»

«Dann hatten die also doch nicht für alles einen.»

«Nein … wohl nicht», musste Felix einräumen.

«Aber einen fürs Nasebohren?»

«Keine Ahnung, ich glaube nicht.»

«Der wäre aber was für dich», fand Maya.

«Wie bitte?»

«Du bohrst häufig in der Nase.»

«Tue ich nicht.»

«Tust du doch.»

«Nein!»

«Ich habe ein Video davon gemacht», sagte Maya und zückte auch schon ihr Handy, um ihrem Papa einen kleinen Zusammenschnitt von verschiedenen Gelegenheiten zu zeigen, bei denen er in der Nase gebohrt hatte. Unterlegt hatte sie das Video mit der Melodie von *Rudolph, das kleine Rentier, mit der roten Nas.*

Felix war nicht allzu begierig darauf, das Werk zu sehen, und auch nicht darauf, mit Maya das dringend notwendige Gespräch darüber zu führen, dass man andere Menschen nicht heimlich filmen durfte. So antwortete er: «Nachher Liebes, jetzt muss ich erst mal rausfinden, was es mit dem Rettungsboot auf sich hat.»

«Das hab ich schon.»

«Ach … und was?»

«Die holen einen Eisblock aufs Schiff.»

«Einen Eisblock? Warum das denn?»

«Da ist ein kleines Mammut drin.»

«Ernsthaft?»

«Ja!»

«Wow!», staunte Felix.

«Und ein Mensch!»

«Ein Mensch …» Felix war sofort klar, dass hier etwas Einmaliges im Gange war. Womöglich sogar ein Wunder! Und in einer solchen Situation musste jemand wie er ins Zentrum des Geschehens!

Felix rannte los. Aber nicht etwa zur anderen Seite des Schiffes, wo das Boot zu Wasser gelassen worden war, sondern gleich in Richtung Brücke. Von da oben würde er die beste Aussicht haben. Dass er seine kleine Tochter einfach stehen ließ, daran verschwendete er keinen Gedanken. Und so bekam er auch nicht mit, wie Maya ihm nachsah. Sie war zutiefst enttäuscht. Hatte sie doch ihr *Papa bohrt in der Nase nach Öl*-Video extra für ihn gedreht.

4

Øyvind Loskar beobachtete durch das Fernglas, wie einer seiner Matrosen auf dem Eisblock herumkrabbelte, um Haken hineinzuschlagen. An deren Enden waren Seile befestigt, mit denen der Block ins Beiboot gehievt werden sollte. Über Funk fragte der Kapitän seinen Ersten Offizier, der trotz der Kälte mit offenen Mund staunend im Beiboot stand und noch dümmlicher aussah als sonst: «Ist tatsächlich ein Mensch dadrin?»

«Ja … eine Frau», ertönte die Stimme des Ersten Offiziers aus dem Funkgerät. «Und sie hält auch wirklich ein Baby-Mammut in den Armen.»

«Was für eine Frau ist das?», wollte Lovskar wissen. Es handelte sich gewiss nicht um eine Passagierin eines anderen Kreuzfahrtschiffs, die über Bord gegangen und im Eis eingefroren war. Von einem solchen Unfall hätte er gehört. Aber vor allen Dingen hätte eine Touristin wohl kaum ein Baby-Mammut bei sich gehabt.

«Sie trägt ein Fell.»

«Ein Fell?»

«Und sie hat extrem viele Nackenhaare.»

Lovskar hielt inne. Was um alles in der Welt hatten sie da entdeckt? Schon befürchtete er, dass mit jedem weiteren Nachhaken seine Welt noch komplizierter werden würde, da redete der Erste Offizier ungefragt weiter.

«Und sie sieht aus, als hätte sie vor ihrem Tod geweint.»

«Geweint …», murmelte Lovskar leise und bekam mit

einem Mal Mitleid mit der Felldame, obwohl er sie noch nicht mal zu Gesicht bekommen hatte.

«Vielleicht», erklang hinter ihm eine aufgeregte Stimme, «ganz, ganz, ganz, ganz vielleicht lebt sie noch!»

Lovskar drehte sich um: Es war der blonde Kerl. Der hatte ihm noch gefehlt. Wie hatte der sich überhaupt Zutritt zur Brücke verschafft? Doch bevor er den Mann fragen und anschließend von der Brücke verweisen konnte, platzte es aus dem Blonden heraus: «Ein Mensch kann im Eis Tausende Jahre überleben!»

Lovskar glaubte, sich verhört zu haben.

«Es gibt sogar eine Wissenschaft darüber: Cyrogenics. Die plant, Menschen lebendig einzufrieren, um sie dann Jahre oder gar Jahrzehnte später wieder aufzutauen.» Aufgeregt trat der Blonde von einem Bein aufs andere.

«Und so was funktioniert?», staunte der Kapitän und war sich nicht sicher, ob es überhaupt erstrebenswert wäre, in der fernen Zukunft zu leben. Die Wahrscheinlichkeit war doch recht hoch, dass die Menschheit sich bis dahin selbst auf eine der vielen erdenklichen Weisen ausgelöscht hatte. Andererseits: so ganz ohne andere Menschen auf der Welt? Der Gedanke hatte durchaus etwas Reizvolles.

«Bisher gelingt das nur mit Eizellen und Embryonen. Aber vielleicht ist es bei der Frau auf natürliche Weise geschehen.» Die blauen Augen des Kerls leuchteten auf.

Øyvind Lovskar verstand nun, warum dieser zappelige Typ ein Verlierer war. Er war ein Hoffender. Ein Träumer. Kurzum, ein Spinner. Doch das ebenso Erstaunliche wie Ärgerliche an diesem Kerl war: Sein Vertrauen in die Zukunft wirkte ansteckend. Lovskar konnte sich plötzlich selbst vorstellen, dass die Frau im Eis noch nicht verstorben war. Es war recht unwahrscheinlich, aber der Gedanke sorgte dafür, dass sich Lovskar das erste Mal, seitdem seine Frau ihn verlassen hatte, wieder lebendig fühlte.

«Dann müssen wir den Block wohl auf die Krankenstation bringen», sagte er und ahnte schon, dass der Schiffsarzt nicht gerade in Begeisterung ausbrechen würde, wenn das viele Tauwasser die Krankenstation einsaute.

«Lieber in den Kühlraum», widersprach der Blonde.

«Kühlraum?»

«Ein professionelles Team von Cyrogenikern …»

«Cyro… was?»

«Das sind Wissenschaftler, die daran forschen, wie man Menschen einfrieren kann. Solche Spezialisten müssen den Block auftauen. Wenn wir ihn einfach schmelzen lassen, dann wird die Frau ganz gewiss sterben.»

«Und woher bekomme ich ein Team von Cyrodingsda?»

Der Blonde zögerte mit der Antwort.

«Wissen Sie es nicht?»

«Im Gegenteil, ich weiß es nur zu gut.»

«Was soll das heißen?»

«Amanda Cole leitet das mit Abstand beste Start-up auf diesem Forschungsgebiet. Es heißt *Cyrogen* und ist mit zwei Milliarden Dollar bewertet.»

«Können Sie diese Frau hierherholen?»

«Ja … das kann ich», erwiderte der Blonde.

Der Kapitän nahm sehr wohl wahr, dass der Mann bei der Vorstellung, die Dame zu kontaktieren, in etwa so nervös wurde wie seine Frau, als er sie gefragt hatte: «Wem gehört der Männer-Tanga, der hinter dem Sofa liegt?»

5

Amanda … Amanda … Amanda … Auf Felix' Stirn bildeten sich Schweißperlen, während er durch die Gänge des Kabinendecks lief. Es war wie ausgestorben – alle Passagiere waren auf dem Oberdeck, um das Bergungsspektakel mit ihren Handys festzuhalten. Felix wischte sich den Schweiß aus dem Gesicht. Natürlich hatte er noch Amandas Skype-Kontakt. Der stand in der Liste mit allen Kontakten seines Abiturjahrgangs.

Auf dem Schweizer Elite-Internat, auf das ihn seine Eltern geschickt hatten nach dem Zusammenbruch seines Vaters. Auf dem Internat war Felix ein Außenseiter gewesen. Und er war tatsächlich der einzige Schüler gewesen, der nicht wusste, wo man das beste Kokain herbekam. Die anderen Schüler mieden ihn. Nur der Hausmeister Kurt wechselte gerne mehr als zwei Worte mit Felix. Der bärtige Mann träumte von einer besseren Welt, in der alle Menschen gleich waren und gut zueinander. In dieser Welt konnte man so viel Schweizer Schokolade essen, wie man wollte, ohne auch nur ein Gramm zuzunehmen. Felix liebte es, seine Zeit mit diesem Hausmeister zu verbringen, der, ganz anders als sein geldgeiler Vater, so wunderbare Träume hegte und ihn mit seinen simplen Visionen inspirierte, eigene Vorstellungen von einer besseren Welt zu entwickeln.

Auch Amanda war eine Einzelgängerin in dem Internat gewesen. Zum einen trug sie eine Zahnspange, die an die Stacheldrähte von Verdun erinnerte. Zum anderen mochte niemand eine Streberin, die eine Klasse nach der anderen übersprang. Deshalb hatte Amanda ebenfalls nur mit dem Hausmeister Kurt reden können. Eines Tages lud Kurt beide Teenager gleichzeitig ins Kino ein, ohne selbst zu erscheinen. Obwohl der Kuppelversuch recht durchsichtig war, sahen sich Felix und Amanda zu zweit *Toy Story* an und waren sich einig, dass diese computergenerierten Animationen sich niemals gegen die viel schöneren herkömmlichen Zeichentrickfilme durchsetzen würden. Als Felix dann auch noch Amanda dabei half, ein besonders hartnäckiges Stückchen Nacho aus ihrer Zahnspange zu entfernen, war es um die beiden geschehen. Um Felix allerdings sehr viel mehr als um Amanda.

Fortan waren die beiden ein Außenseiterpaar, bis Amanda, eine halbe Stunde nachdem ihr die feste Zahnspange entfernt worden war, erklärte, dass sie es mit Felix an ihrer Seite nie an die Spitze der Wirtschaftselite schaffen würde.

Jetzt war Amanda in der Tat dort angelangt. Und er selber so was von gar nicht.

Felix schloss die Tür zu seiner Kabine auf. Sie war in Blau- und Weiß-Tönen gehalten, die nicht ganz so gut aufeinander abgestimmt waren, wie es auf den Fotos im Reiseprospekt erschien. Dann setzte er sich an den kleinen, auf antik getrimmten Holztisch, klappte seinen Laptop auf, öffnete das Skype-Programm und studierte die Liste mit den Kontakten seines Abiturjahrgangs. Damals hatten sich alle geschworen, sie würden sich stets sofort melden, wenn einer von ihnen Hilfe benötigte. Felix war von keinem von ihnen jemals angerufen worden. Womöglich weil niemand einen Notfall gehabt hatte, vielleicht aber auch, weil keiner seiner Ex-Mitschüler glaubte, dass ausgerechnet Felix ihm helfen könnte. Der erste Gedanke gefiel ihm weitaus besser als der zweite.

Würde Amanda rangehen? Er atmete tief ein und aus. Schließlich drückte er auf Verbindung. Kaum stand diese, erschien Amanda auch schon auf dem Bildschirm. Sie sah noch schöner aus als auf den Fotos, die das *Wired*-Magazin letztens für seine Coverstory über sie gemacht hatte. Falls man *Cleopatra* neu verfilmen wollte, hätte Amanda beim Hauptrollen-Casting sämtliche Mitbewerberinnen dazu gebracht, den Beruf zu wechseln. Sie hatte glatte schwarze Haare und grüne Augen, die – wie Felix seit der ersten und einzigen gemeinsamen Nacht wusste – im Sternenschein noch heller funkelten als jede Zahnspange. Das Nächste, was ihm auffiel, war Amandas weißer Rollkragenpulli. Ihr Markenzeichen, das der Welt demonstrieren sollte: Ich bin wie Steve Jobs, nur viel besser!

«Felix, was kann ich für dich tun?», fragte sie geschäftsfrauisch. Ihre tiefe wohlklingende Stimme verschlug ihm restlos den Atem. Dennoch wollte er ihr erklären, um was es ging. Ganz nonchalant. Also riss er sich mit aller Macht zusammen und sagte: «Hal…lo …»

Nonchalant war was anderes.

«Hallo», antwortete Amanda.

Felix suchte im Angesicht ihrer vollkommenen Schönheit verzweifelt nach Worten. Dummerweise war das Einzige, was ihm immer wieder einfiel: «Hallo.»

«Kannst du auch was anderes sagen?»

«Hi …», versuchte Felix sich an einem Scherz. Früher hatte Amanda gerne über seine Witze gelacht.

Früher.

«Also, was gibt es?» Amanda sah nicht so aus, als würde sie ihre Entscheidung, ihn einst verlassen zu haben, bereuen. Das verunsicherte Felix noch mehr, sodass sein Sprachzentrum vollends blockierte und er wieder sagte: «Hallo.»

«Hast du dir was eingeworfen?»

Wenn er so weitermachte, das war Felix sonnenklar, würde Amanda das Gespräch kappen. Dann kam ihm die rettende Idee, wie er wieder halbwegs normal würde reden können.

«Warum», fragte Amanda, «stellst du die Bildverbindung ab?»

Sobald ihr Aussehen Felix nicht mehr den Atem verschlug, schaffte er es, ihr von der Eisfrau, dem kleinen Mammut und seinem Ansinnen, dass ihr Team kommen möge, um beide sachgerecht aufzutauen, zu erzählen. Je länger Felix sprach, desto fester wurde seine Stimme, desto besser wurde der Satzbau, und desto mehr war er sich wieder bewusst, dass er, Felix Sommer jr., gerade Teil von etwas ganz Besonderem war. Nein, nicht nur ein Teil davon! Er konnte das ganz Besondere beeinflussen, womöglich sogar steuern und dadurch selbst jemand ganz Besonderes werden. Und dann würden die Investoren für seine Glücks-App bei ihm Schlange stehen!

Am Ende seines Vortrages traute sich Felix sogar, die Bildverbindung wieder aufzurufen und Amanda anzulächeln. Etwa eine Sekunde lang. Bis er erkannte, dass ihre Miene sich, seitdem er sie das letzte Mal angeblickt hatte, kein bisschen verzogen hatte und sie sich für nichts weniger zu interessieren schien als für sein Lächeln.

«Hast du Aufnahmen von dem Eisblock?», fragte Amanda.

«Hallo.»

Amanda seufzte.

«Internet», brachte Felix endlich stotternd heraus. Aber das reichte. Amanda öffnete ein Fenster in ihrem Computer und betrachtete die vielen verschiedenen Aufnahmen, die die Passagiere der *Arctica 2* von der Bergung des Eisblocks hochluden. Als sie damit fertig war, sagte sie: «Wir kommen mit zwei Militärhubschraubern.»

Dann kappte sie die Verbindung.

Felix atmete erleichtert aus. Zum einen weil er nun wieder würde reden können wie ein normaler Mensch, zum anderen weil die Eisfrau vielleicht wirklich zum Leben erweckt werden könnte. Schließlich würde Amanda jetzt mit zwei Militärhubschraubern kommen.

Militär-Hubschrauber?

Felix hatte Gerüchte gehört, dass Amandas Start-up *Cyrogen* – irgendwie klang der Name cooler als *VeganFleisch* – nicht nur von Silicon-Valley-Milliardären unterstützt wurde. Diese Typen waren bekanntlich von Unsterblichkeit so besessen, dass sie auch in Vampir-Start-ups investieren würden. Nein, angeblich erhielt Amanda ebenfalls Geld vom Pentagon. Felix hatte genug Kinofilme und Serien gesehen, um zu wissen, dass das US-Militär mit der armen Eisfrau und dem armen Mammut, egal ob lebendig oder tot, üble Experimente durchführen würde. Sein Magen zog sich zusammen: Hatte er vielleicht einen schlimmen Fehler begangen?

Andererseits, versuchte er, sich zu beruhigen, mit Amanda und ihrer Firma würden die Chancen steigen, die Eingefrorenen lebendig aufzutauen.

Felix fiel eine GlücksApp-Übung ein, die er jetzt selbst gerne hören würde. Er setzte sich auf den Boden seiner Kabine, schloss die Augen, stellte sich den Schlag eines Gongs vor – DONG –, hörte in Gedanken eine meditative Musik und sagte zu sich selber: ***Jeder Fehler, den du machst, hat auch eine gute Seite.***

Die Übungen sollten ja eine Minute dauern und dazu führen, dass man sich besser fühlte, doch nach fünfzig Sekunden fühlte Felix sich immer noch nicht besser. Vielleicht sollten die Nutzer die Länge der Übungen selber einstellen, überlegte er und gab sich eine weitere Minute.

Jeder Fehler, den du machst, hat auch eine gute Seite.

Nach einer Minute und vierzig Sekunden begann Felix, an dieses Glücksmantra ein ganz kleines bisschen zu glauben.

Jeder Fehler, den du machst, hat auch eine gute Seite.

Und nach fünfzehn weiteren Sekunden …

… klopfte es an der Kabinentür.

6

Øyvind Loskar betrachtete den blonden Kerl, der in der Kabinentür erschien: Irgendetwas war nicht in Ordnung mit ihm. Die Begeisterung in seinen blauen Augen war erloschen.

«Haben Sie mit den Cyrodingsdas gesprochen?»

«Ja, sie sind schon auf dem Weg.»

«Gewiss mit Hubschraubern», stellte Lovskar fest, anders war sein Schiff hier draußen ja nicht zu erreichen. Er bekam jetzt schon Kopfschmerzen bei dem Gedanken, alles für eine sichere Landung vorbereiten zu müssen. Wenn er dem dusseligen Ersten Offizier die Sache überlassen würde, könnte er gleich die Beiboote zur Evakuierung bereitstellen. Nein, der parfümierte Trottel sollte der Reederei erklären, warum die Reise vorerst nicht weiterging, sich den Beschwerden der Passagiere stellen und ihnen die Gutscheine für die Bar überreichen.

«Wollen Sie sich den Eisblock anschauen?», fragte er den Blonden. «Meine Männer bringen ihn gerade in den Kühlraum.»

Der Blonde schien von der Frage überrascht zu sein. Auch Lovskar staunte darüber, dass er den Mann aufgesucht hatte. Er mochte ihn ja nicht einmal. Das musste aber nichts heißen, seit Jahren mochte Lovskar niemanden mehr. Das war schon so gewesen, bevor seine Frau sich für ihren Ramon dieses Tattoo hatte stechen lassen: *L'amoure toujours*. Lovskar bezweifelte, dass der Schriftzug grammatikalisch seine Richtigkeit hatte. Er war sich sogar ziemlich sicher, dass *L'amour* ohne *e* geschrieben wurde.

Doch Lovskar ging es nicht darum, ob er den blonden Kerl mochte. Er wollte ihn dabeihaben, weil er dank ihm das erste Mal seit langer Zeit wieder auf etwas hoffte: darauf, dass die Eisfrau wirklich lebte.

«Natürlich will ich die Frau sehen», antwortete der Blonde, und die Begeisterung in seinen Augen flackerte wieder auf. «Und das Mammut auch.»

«Ich komme auch mit, oder, Papa?», ertönte eine Mädchenstimme hinter Lovskar. Der Kapitän drehte sich um und erblickte die Göre, die ihn gestern im Fitnessraum beim Rückentraining beobachtet hatte.

Das wildgelockte Mädchen, das aussah, als wäre es aus einem Astrid-Lindgren-Buch ausgebüxt, trat vom Gang her auf die beiden zu und schaute den Blonden mit einem Blick an, der sagen sollte: Ich bin so, so, so verdammt süß, du kannst mir doch nichts abschlagen.

Bevor der Blonde auf diesen Blick reinfallen konnte, erwiderte Lovskar, der kein einziges Kind auf der Welt jemals süß gefunden hatte: «Du kommst auf gar keinen Fall mit.»

«Warum nicht?»

«Weil ich es sage.»

«Das ist kein Grund.»

«Ich bin der Kapitän.»

«Das ist auch kein Grund.»

«Ich hab hier das Sagen.» Lovskar gefiel die Widerborstigkeit der Kleinen ganz und gar nicht.

«Power to the people!»

«Power to the people?», staunte Lovskar.

«Get up, stand up, stand up for your rights!»

«Du hast aber nicht das Recht, in den Kühlraum zu gehen.»

«Macht kaputt, was euch kaputt macht!»

«Das ergibt in dem Zusammenhang keinen Sinn», fand Lovskar.

«Social Media ist die Pest!»

«Das erst recht nicht.»

«Frauenverachtung ist Fifty Shades of Kacke!»

Lovskar schaute irritiert zu dem Blonden. Der hob lächelnd die Hände: «Sie informiert sich halt über die Welt, in der sie aufwächst.»

«Wegen deinem Schiff», redete die Kleine weiter, «brennt es in Australien!»

«Du fährst doch auch drauf!»

«Mein Vater wollte das unbedingt. Und ich habe ihn überzeugt, CO_2-Kompensation zu zahlen. Und zwar doppelt! Aber du bist der Kapitän dieser Dreckschleuder!»

«Das mit dem Klima liegt nicht nur an meinem Schiff …», fand sich Lovskar nun in der für ihn sehr ungewohnten Defensive wieder.

«Vier von zehn Kindern im Sudan verhungern wegen Dürre!»

«Nun …» Dem Kapitän fiel es sichtlich schwer, wieder in die Offensive zu gelangen. Hilflos fragte er den Vater: «Ist sie immer so?»

«Sie hat sich noch nicht mal warmgelaufen.»

«Und ich», grinste die Kleine, «hab ein Video von dir gemacht.»

«Du hast … WAS?»

«Wie du trainierst.»

«Ah ja …?»

«Und dabei schnaufst.»

«Hmm …» Lovskar wusste nicht, worauf das Ganze hinauslief, ahnte aber, dass es ihm nicht gefallen würde.

«Und dich nach jeder Übung am Popo kratzt.»

Der blonde Kerl lachte auf.

Lovskar warf ihm einen bösen Blick zu und ärgerte sich zugleich, dass er sich in dem Schiffsshop von der jungen Verkäuferin die arg enge, scheuernde Trainingshose hatte andrehen lassen. Und das nur, weil sie ihm weisgemacht hatte, er würde darin gleich viel jünger und viriler wirken.

Das kleine Mädchen hielt ihm sein Handy hin. Ein Video startete, das Lovskar dabei zeigte, wie er sich in überraschend vielen verschiedenen Positionen den Hintern kratzte. Dazu ertönte die Musik von *I like to move it.*

Lovskar war dankbar dafür, dass er Vollbart trug, so konnte das kleine Mädchen nicht sehen, wie er rot wurde.

«Ich habe das noch nicht auf dem Facebook-Account des Schiffs geteilt», sagte die Kleine unschuldig lächelnd.

«Du könntest gewiss mal eine sehr erfolgreiche Mafiosa werden», fand Lovskar, der natürlich sofort verstand, worauf sie hinauswollte.

«Ich sage ja immer, sie wird Politikerin.» Der Blonde war jetzt ganz der stolze Papa.

«Zwischen den beiden Berufen gibt es eine große Schnittmenge», erwiderte Lovskar.

«Also», meinte das Mädchen und lächelte nun so frech, dass selbst Lovskar es in diesem Augenblick zu seiner eigenen Überraschung imponierend fand, «wollen wir jetzt die Frau und das Mammut besuchen?»

«Ja», gab sich der Kapitän geschlagen, «wir wollen.»

Die Kleine lächelte wieder und erklärte: «Ich werde keine Politikerin und auch keine Mafiatante.»

«Was denn dann?», fragte Lovskar.

«Ich werde wie mein Papa!» Die Kleine strahlte über beide Ohren.

Lovskar konnte sich gerade noch zurückhalten, «Wie dieser Verlierer?» zu erwidern.

Jetzt strahlte die Kleine sogar noch mehr. «Ich werde die Welt zu einem besseren Ort machen!» Sagte es und stapfte los.

Der Vater folgte ihr mit einem glücklichen Lächeln auf den Lippen. Und Lovskar dachte sich: Wenn dieser Kerl eine solch willensstarke Tochter hat, ist er vielleicht doch kein ganz so großer Verlierer.

7

Natürlich erfüllte es Felix mit Stolz, dass sich Maya an ihm ein Beispiel nehmen wollte. Aber zugleich verspürte er jetzt einen ungekannten Druck. Auf keinen Fall durfte er die Kleine jemals enttäuschen. Er würde ihr zeigen, dass er wirklich dazu in der Lage war, die Welt zu verändern! Auch und gerade für sie!

Felix nahm sich vor, von nun an um seinen Erfolg zu kämpfen. Währenddessen führte der strenge Kapitän sie in den Bereich des Schiffes, der für die Passagiere wegen der Bergung des Eisblocks gesperrt worden war. Auf dem Weg hielt Maya einen Vortrag über Kreuzfahrtschiffe und den Klimawandel. Gerade zählte sie vom Aussterben bedrohte Tierarten auf: «Jangtse-Glattschweinswal, Madagassische Schnabelbrust-Schildkröte, Polynesisches Raufederschwein …»

«Ich hab es begriffen», unterbrach Lovskar sie.

«Gut, dann musst du jetzt nur noch erraten, welchen der drei Tiernamen ich mir ausgedacht habe.»

«In meinem nächsten Leben werde ich Leuchtturmwärter», sagte der knurrige Mann stattdessen und öffnete die Tür zum Kühlraum. Beim Betreten zog sich Maya das erste Mal während der gesamten Reise die Kapuze über den Kopf, und Felix wünschte sich, der verfluchte Designer seiner kapuzenlosen Jacke müsste mal selber in einer seiner Kreationen hier stehen.

«Wusstest du», fragte Maya den Kapitän, und ihr Atem fror in der Luft dabei fast ein, «dass die Überfischung für die Meere viel, viel schlimmer ist als Plastikmüll?»

«Ich werde es Käpt'n Iglo ausrichten.» antwortete der Knurrer.

«Wo ist denn nun der Eisblock?» Felix bibberte vor sich hin, während sie an Hochregalen voller Dosen, Kisten und Flaschen und jeder Menge in Folie eingeschweißtem Fleisch und Fisch vorbeigingen.

«Du hättest die Mütze anziehen sollen, die Oma Nele dir gestrickt hat», meinte Maya.

Felix hielt dagegen. «Du hast selbst gesagt, dass ich mit dem Ding aussehe wie ein übergroßer Helfer des Weihnachtsmannes.»

«Es gibt keinen Weihnachtsmann», grummelte Lovskar in Richtung Maya.

«Erzähl das mal dem Weihnachtsmann», konterte die Kleine.

Sie wusste so viel über die Welt, und dennoch wollte sie an dem Glauben festhalten, der freundliche alte Herr mit dem Rauschebart und dem Rentierschlitten existiere tatsächlich.

Ja, manchmal redete Maya mit ihren elf Jahren wie eine Zwanzigjährige, aber bei aller Klugheit war sie eben doch noch ein Kind. Und auch wenn Felix oft vor Stolz fast platzte, weil seine Kleine so schlau war, freute er sich, wenn Maya an Weihnachten mit strahlenden Augen vor den Geschenken stand oder wenn sie ein Stofftier knuddelte oder sich von ihm vor dem Einschlafen ihr Lieblingsbuch *Die unendliche Geschichte* vorlesen ließ. Letzteres kam mittlerweile viel zu selten vor, da Maya nun abends ganz allein Bücher über Klimawandel und Artensterben verschlang (die, wenn Felix es sich recht überlegte, sicherlich nicht so schön zum Vorlesen waren wie *Die unendliche Geschichte*).

«Ich kann es dem Weihnachtsmann nicht erzählen, weil es

ihn nicht gibt», erwiderte Lovskar, der anscheinend kein Gespür für den korrekten Umgang mit Kinderphantasien besaß.

«Mit der Einstellung bekommst du dieses Jahr keine Weihnachtsgeschenke von ihm.» Maya grinste frech.

«Ich bekomme nie welche», sagte Lovskar.

«Das ist aber traurig», fand Maya, und für einen Moment schaute auch der Kapitän traurig drein. Dann riss er sich zusammen und fügte hinzu: «Ich habe meine Leute angewiesen, den Block in die hinterste Ecke zu bringen.»

Die drei marschierten den Hauptgang des Kühlraumes entlang, bogen hinter dem letzten Regal ab und blieben sogleich vor Ehrfurcht stehen. In etwa zehn Metern Abstand stand der Eisblock. Zum ersten Mal konnten sie alle die Frau gut erkennen. Sie stand nicht aufrecht. Sie hockte. Und in ihren Armen hielt sie ein kleines Mammut mit braunen Zottelhaaren und kleinen, noch stumpfen Stoßzähnen, als wollte sie es beschützen.

«Das ist ein Mini-Mammut», erklärte Maya, «die wurden ausgewachsen nur etwa zwei Meter hoch.»

«Das Mini-Tier ist ja nicht mal so groß wie ein Ferkel», bibberte Felix.

«Es muss noch ein Kind sein», antwortete Maya und ging als Erste auf den Block zu. Der Kapitän folgte, und schließlich setzte sich auch Felix in Bewegung. Als er vor das Eis trat, stellte er fest, dass die mit Fell bekleidete Frau einen massigen Körper hatte und einen breiten Kopf mit einer sehr dicken, platten Nase.

«Ötza», sagte Maya.

«Wie bitte?», fragte der Kapitän.

«Sie muss aus der Steinzeit stammen, wie Ötzi.» Damit sprach die Kleine aus, was auch den Männern nun endgültig klar war. Aber die Epoche, aus der die Frau stammte, war noch nicht mal das Erstaunlichste.

«Ihre Tränen», sagte der Kapitän, «sind auf der Wange eingefroren.» In seiner Stimme schwang ein Mitgefühl, das Felix erstaunte. Gerade eben noch hätte er gewettet, dass der Knurrer zu einem solchen Gefühl nicht fähig wäre.

«Sie muss der traurigste Mensch der Welt gewesen sein», sagte Maya.

«Es ist, als ob sie beim Weinen schockgefroren wurde», meinte Felix und musste schlucken.

«Sie hat es also gar nicht bemerkt.» Der Kapitän fröstelte das erste Mal, seitdem sie in den Kühlraum getreten waren.

«Wer war sie wohl?», überlegte Felix fast schon andächtig.

«Und wieso hatte sie das Mammut dabei?», murmelte der Kapitän.

Doch es war Maya, die die wichtigste Frage stellte: «Warum hat sie geweint?»

8

Vor genau 33 374 Jahren, neun Monaten und zwölf Tagen stand Urga mit ihren nackten, dicht behaarten Füßen auf dem gefrorenen Gras und blickte die Sonne an, die über den schneebedeckten Tannen aufging. Heute sollte ihr Tag werden. Der Tag, an dem sie ihr Glück schmieden wollte!

Urga wollte den kräftigsten Krieger zu ihrem Mann machen. Den stattlichen Org, bei dessen Anblick ihr Herz in ihrem Brustkorb umhertollte wie ein brünftiger Eber. Heute würde Org erkennen, was für eine besondere Frau sie war!

Urga wusste natürlich, wie tollkühn ihr Unterfangen war: Normalerweise nahmen sich die Männer die Weibchen. In den alten Zeiten ihrer Vorfahren war gar die Keule ein beliebtes Hilfsmittel bei der Partnersuche gewesen. Aber ihre Vorfahren, bei diesem Gedanken rümpfte Urga ihre breite Plattnase, waren ja auch Wilde gewesen. Sie hatten noch nicht mal gewusst, dass man sich zur Fußpflege regelmäßig die Fußnägel abknabbern sollte. Und Drohungen mit der Keule sollte mal einer bei ihr versuchen, dem würde man für den Rest des Lebens das Essen als Brei vorkauen müssen!

Urga war nun mal genauso stark wie ein Männchen. Dennoch war sie nicht unattraktiver als die anderen Weibchen. Sie hatte schön viel Bauchfett, sehr stämmige Beine und einen Po, auf dem eine Familie von Säbelzahn-Eichhörnchen Nüsse verstecken spielen könnte. Es gab nur eine Frau im ganzen Stamm, die Urga an Popo-Größe überragte: ihre jüngere Schwester Arga.

Urga liebte ihre kleine Schwester von ganzem Herzen, auch wenn die nicht der hellste Funkenschlag am Lagerfeuer war. Sie kümmerte sich um Arga, seitdem ihre gemeinsame Mama an einem Ferkelknochen erstickt war. Ein Tod, den nur ein hinterhältiger Dämon ersonnen haben konnte.

Ganz besonders hatte Urga ihrer geliebten Schwester am gestrigen Tag beistehen müssen, als die ein Kind gebar. Leider wusste Arga nicht, wer der Vater war. Die Kleine hatte grüne Augen und sah damit so ganz anders aus als die anderen Stammesmitglieder. Die hatten allesamt dunkle Haare und braune Augen, von denen eines leicht schielte. Ein Zeichen, dass doch jeder irgendwie mit jedem verwandt war. Vermutlich war das auch der Grund, warum Vetter Grug ein wenig zurückgeblieben war und sich die meiste Zeit des Tages mit seinem Lieblingsstein unterhielt. An dem Stein schätzte Grug ganz besonders, dass der ihm nie widersprach.

Als der Stammesälteste die grünen Augen des neugeborenen Mädchens entdeckte, schrie er: «Ein Dämon! Es ist ein Dämon!»

«Ist es nicht!», erwiderte Urga sofort und trat dem uralten Mann – er war bestimmt schon einunddreißig Winter alt – entgegen. Sie konnte sich einfach nicht vorstellen, dass so ein süßes kleines Mädchen ein Unhold war. Sie empfand keinerlei Angst vor dem Neugeborenen, nur weil es fremd aussah. Im Gegenteil, bei seinem Anblick entflammte in Urga eine Hoffnung, die sie nie zuvor gespürt hatte: dass es auf der Welt mehr gab, als der Stammesälteste ihnen allen bisher weisgemacht hatte.

«Ihre Augen!», geiferte der Mann so sehr, dass die Worte zwischen seinen verbliebenen Zähnen zischten. «Ihre Augen …»

«… sind wunderschön!», widersprach Urga und baute sich so entschlossen vor ihm auf, dass sie dem Ältesten beinahe auf den ellenlangen schneeweißen Bart trat. Er reichte ihm bis zu den Zehen, und der Älteste weigerte sich beharrlich, ihn mit dem Keil zu schneiden, weil er zwischen dessen Länge und seiner Potenz einen engen Zusammenhang vermutete.

«Ich werde euch beweisen, dass das Kind ein Dämon ist!», schrie der Älteste. In diesem Augenblick fragte sich Urga – und das tat sie schon seit einer geraumen Weile –, ob der Mann wirklich ein Weiser war oder nur eine Arschflöte.

«Und wie willst du das tun?», hielt sie dagegen, während hinter ihr die auf einem Wildschweinfell liegende Arga wimmerte und sich der Stamm schaulustig vor ihrem Lager versammelte.

«Wir setzen das Kind über Nacht im Wald aus. Wenn es überlebt, ist es ein Dämon, und wir töten es!»

Urga war mit dem Begriff Lose-lose-Situation selbstverständlich nicht vertraut, erkannte diese hier aber dennoch sofort als eine solche und fauchte: «Wer das Kind anrührt, bekommt es mit mir zu tun!»

Dieses Fauchen kam aus Urgas tiefstem Inneren. Sie selber hatte keine Kinder – weil sie Org so sehr liebte, hatte sie sämtliche Avancen von Männern bisher abgewiesen, wenn es nötig war, auch mal mit einem Tritt zwischen die Beine. Derlei Taktiken brachte auch den Aufdringlichsten dazu, seine Brunftstrategie von Grund auf zu überdenken. Für das Kind ihrer Schwester würde Urga jedoch bis zum letzten Blutstropfen kämpfen.

Die Männer des Stammes zögerten. Sie wussten, es gab nichts Gefährlicheres als ein Weibchen, das ein Kind verteidigt.

Urga war froh, dass Org nicht unter ihnen war. Er war schon seit Tagen unterwegs, um zu erkunden, wo der Stamm morgen auf der großen Jagd ein Mammut erlegen konnte. Gewiss hätte es sie innerlich zerrissen, wenn auch der Mann, den sie liebte, das Neugeborene mit Hass in den Augen angesehen hätte.

«Schnappt euch endlich das Kind!», forderte der Stammesälteste. «Und setzt Urga gleich mit aus!»

Die Männer rotteten sich nun hinter dem alten Mann zusammen. Urga bekam es so sehr mit der Angst zu tun, dass sie hoffte, der Älteste würde sich an die Brust packen und hintenüberfallen, nur damit er endlich aufhörte, die anderen aufzuhetzen. Es war das erste Mal, dass sie jemandem den Tod wünschte, und dass sie zu so einem üblen Gedanken überhaupt fähig war, versetzte Urga nur noch mehr in Angst. Dennoch blieb sie tapfer stehen.

«Tötet sie, hier und jetzt!», rief der Geiferer.

In diesem Augenblick, in dem der Älteste Urgas Tod befahl, erkannte sie: Dieser Mann war ganz gewiss eine Arschflöte! Und zu deren Melodie würde sie nicht mehr tanzen! Seine Regeln, seine Gesetze sollten für sie nicht für mehr gelten!

Wenn sie dies hier überleben sollte, schwor sich Urga, würde sie nicht mehr ihren angestammten Platz in der Höhle einnehmen, wo sie sich brav um die Kinder und die Alten kümmerte. Erst recht wollte sie keinen Finger mehr krümmen für den Ältesten, dessen Mundgeruch vorbeilaufende Schneemäuse sofort vertreiben konnte. Nein, sollte sie morgen noch auf Erden wandeln, und das würde sie, denn es galt schließlich, das Kind von Arga zu retten, dann würde sie endlich den Traum leben, den sie schon seit der Kindheit heimlich hegte: Mit den Männchen auf die Jagd gehen!

«Stirb!», schrie der Stammesälteste.

«Ich sterbe nicht zuerst!» Urga nahm einen Stein vom Boden.

«Packt sie endlich!»

Doch die Männer packten weder sie noch sonst irgendetwas. Sie sahen Urga nur an. Sie hatten kein gesteigertes Interesse daran, dass ihre entschlossene Schwester, Base, Tante – einige wussten nicht mal, wie genau sie mit Urga verwandt waren – ihnen den Kiefer zertrümmerte. Außerdem benahm der Stammesälteste sich in der letzten Zeit ungeheuerlich. Von Tag zu Tag wurde er unausstehlicher, zudem verlangte er immer mehr Anteil der Beute für sich, und es wurde Zeit, dass Grangdning ihn zu sich holte. Grangdning war der Gott, zu dem dieser Stamm um Jagdglück betete. Außerdem war Grangdning für all die schönen Dinge auf Erden verantwortlich, wie zum Beispiel für das Auffinden jener leckeren Pilze, nach deren Verzehr besonders viele Vettern und Basen gezeugt wurden. Die Göttin Brund hingegen stand für das Unheil, für Unwetter, Ratten und jene Krankheiten, die einem das Pinkeln vergällten. Schon als junges Mädchen erschien es Urga irgendwie schief, dass für alles Gute ein Gott und für alles Schlechte eine Göttin verantwortlich sein sollte. Deswegen bezweifelte sie auch insgeheim, ob man den männlichen Göttern wirklich immer die besten Tiere opfern sollte.

«Tötet sie endlich!», rief der alte Mann noch mal. Doch die Männer folgten nicht seinem Befehl. Niemand wollte die Schwester, Base, Nichte oder Was-auch-immer töten. Das Wort des Stammesältesten, dass es sich bei dem Kind um einen Dämon handelte, stand gegen jenes von Urga. Es bräuchte noch mehr Beweise, dass das kleine Wesen mit den grünen Augen wirklich besessen war, bevor man es erschlug.

Außerdem stand morgen früh die große Jagd an, sobald Org, der Späher, mit der Nachricht wiederkam, wo ein Mammut zu fangen war. Für die Jagd mussten sie ausgeruht sein. Und deshalb sagten die Männer Sätze wie: «Es ist Zeit, schlafen zu gehen», «Der frühe Vogel fängt den Wurm», «Ich habe heute viel zu viele Würmer gegessen und nun voll den Blähdarm» und «Wenn das so ist, vielleicht legst du dich besser ans andere Ende der Höhle.»

Der Stammesälteste funkelte Urga wütend an. Die war jedoch so aufgeputscht, dass sie es nicht bei dieser Niederlage bewenden lassen wollte. Laut verkündete sie: «Ich gehe morgen mit auf die Jagd!»

«Ein … ein Weibchen … auf Jagd?»

Der Stammesälteste griff sich an die Brust, fiel aber nicht hintenüber, und Urga war froh darum, denn seinen Tod wünschte sie sich jetzt nicht mehr.

«Ja, ein Weibchen auf der Jagd!», rief sie durch die Höhle, dass es von den Wänden widerhallte. Die Männer grummelten, die Frauen drückten die Kinder an sich, und ihre kleine Schwester Arga hätte beinahe vor Schreck ihr Neugeborenes fallen lassen. Doch niemand mochte Urga widersprechen. Ihr Vorsatz war zu ungeheuerlich, geradezu unvorstellbar, und außerdem hatte es für einen Tag schon viel zu viel Aufregung gegeben. Alle schlossen schweigend die Augen, selbst der nun ein wenig gebrochen wirkende Älteste. Eine solche Stille hatte in der Höhle noch nie in der Nacht vor einer großen Mammut-Jagd geherrscht.

Als die anderen schon schliefen und mit ihrem Geschnarche dafür sorgten, dass sich kein einziger Säbelzahntiger der Höhle nähern mochte, betrachtete Urga noch mal ihre geliebte kleine Schwester und das Neugeborene, dessen Gesicht von dem schwach lodernden Lagerfeuer beschienen wurde. Vielleicht würde, dank Urgas Vorbild, auch dieses kleine Mädchen eines Tages auf die Jagd gehen. Wenn sie es denn wollte. Sie musste ja nicht. Urga ging es am Ende ja auch nur darum, dass sie es tun könnte, wenn sie es wollte.

Dann wanderte ihr Blick zu der Malerei an den Wänden. Die Bilder stammten von Base Luga, die, wie alle fanden, unglaublich naturgetreu zeichnen konnte. Morgen könnte Luga zu all den Männchen, die Wild erlegten, auch das erste Weibchen zeichnen, überlegte Urga. Dann würden auch noch die Nachfahren in ferner Zukunft sehen, wozu Frauen fähig waren, und sich davon ermuntern lassen.

Als Urga die Augen schloss, dachte sie jedoch nicht mehr daran, was für ein Vorbild sie für andere Frauen sein könnte. Sie dachte nur noch an den stattlichen Org. Wenn er erkannte, was für eine fähige Jägerin sie war, würde er sich ganz gewiss in sie verlieben!

9

Du willst wirklich auf die Jagd gehen?»

Arga trat zu Urga. Jetzt standen beide Schwestern mit ihren nackten, behaarten Füßen auf dem gefrorenen Gras.

«Ja, das will ich!» Urga lächelte und war froh, dass sie ihren Traum endlich verkündet hatte, anstatt ihn für sich zu behalten und sich davon innerlich auffressen zu lassen.

«So eine Jagd ist gefährlich», stellte Arga fest, die das beeindruckende Talent besaß, stets das Offensichtliche auszusprechen.

«Ja, das ist sie», bestätigte Urga.

«Vetter Nurf wurde von einem Mammut zu Matschepampe getreten.»

«Ich weiß.» Urga bekam plötzlich ein flaues Gefühl im Magen, hatte sie doch bisher den Gedanken an die Gefahr erfolgreich verdrängt.

«Und Onkel Breg wurde von einem Stoßzahn aufgeschlitzt.»

«Auch das ist mir bekannt.» Das Gefühl in Urgas Bauch wurde immer flauer.

«Und sein Blut spritzte Onkel Trig voll.»

«Ja!»

«Und der hätte sich gewiss geekelt, wäre er nicht auch gleich zu Matschepampe getreten worden!»

«Sag nicht immer Matschepampe!»

«Warum denn nicht?»

«Da ist ein Mensch gestorben», erklärte Urga.

«Was soll ich denn sonst sagen?»

«Egal, nur nicht das.»

«Wie wäre es mit Mitschepimpi?»

«Was soll das sein?»

«Matschepampe.»

«Nein, du sollst auch nicht Mitschepimpe sagen.»

«Pimpi.»

«Was?»

«Es heißt nicht Mitschepimpe, es heißt Mitschepimpi.»

«Hör auf damit!»

«Du … du …», Arga kamen die Tränen, «du darfst mich nicht so anschreien.»

Urga bekam sofort ein schlechtes Gewissen, so wie sie immer eines bekam, wenn ihre kleine Schwester weinte, und das tat sie eigentlich jedes Mal, wenn Urga etwas lauter wurde.

«Es tut mir leid.»

«Ich will doch nur nicht», schluchzte Arga, «dass du zu Matschepampe wirst.»

«Das will ich auch nicht», antwortete Urga wahrheitsgemäß und wünschte sich sehr, dass ihre Schwester endlich damit aufhören würde, Matschepampe zu sagen.

«Ich finde», schluchzte Arga weiter, «zu Matschepampe werden ist nicht schön.»

«Ich werde nicht zu Matschepampe», versprach Urga und ärgerte sich, dass sie jetzt selbst das Wort in den Mund nahm.

«Aber wenn doch …»

«Ich werde keine Matschepampe, verdammt noch mal!»

«Jetzt … jetzt», schluchzte Arga, «jetzt hast du … mich … schon wieder angeschrien.»

«Ich schwöre dir», sagte Urga, so lieb sie konnte, «ich werde die Jagd überleben.»

«Wirklich?»

«Ja.»

Es gab Tage, an denen Urga ihren Drang zurückhalten musste, ihre Schwester mit einem Ferkelkopf zu knebeln.

«Bevor du stirbst …», schluchzte Arga.

«Ich werde nicht sterben.»

«Aber falls doch …»

«… musst du vorher noch etwas erfahren», greinte Arga.

Hinten in der Höhle liegt doch sicher noch ein Ferkelkopf, überlegte Urga und merkte, dass ihr Zorn langsam übermächtig wurde.

«Ich weiß, wer der Vater von Irga ist.»

«Du … du weißt es?» Schlagartig vergaß Urga Ferkelköpfe und Matschepampen. All die Monate hatte Arga behauptet, sie könne sich nicht erinnern, wer ihr das Kind gemacht hatte, und nun wusste sie es auf einmal?

«Ja.» Arga schien es aus irgendwelchen Gründen sehr unangenehm zu sein.

«Und wer ist es?»

«Es wird dir nicht gefallen.»

«Es ist doch nicht Vetter Grug, der mit den Steinen spricht?»

«Äh … nein …» Arga schüttelte sich.

«Gut.» Urga atmete erleichtert auf.

«Es ist …» Arga traute sich nicht weiterzusprechen.

«Jetzt sag es endlich. Ich muss heute schließlich noch auf die Jagd.»

«Es ist …» Arga nahm sich nun ein Herz und wollte endlich den Namen aussprechen, doch da rief Urga mit einem Male: «Org!»

Der stattliche Späher kam aus dem Tannenwald hervor, um die Kunde zu überbringen, wo ein Mammut zu fangen sei. Urga rannte aufgeregt auf ihn zu, um ihm ihrerseits mitzuteilen, dass sie mit auf die Jagd gehen würde. Und so hörte sie nicht, wie Arga ihren Satz vollendete.

10

Oh», sagte Org, nachdem Urga ihm mit leuchtenden Augen von ihrem Plan erzählt hatte. Nun war «Oh» nicht ganz die Reaktion, die Urga sich erhofft hatte. «Wunderbar» oder ein «Bist du aber mutig» oder auch ein anerkennendes «Heilige Eberkacke!» wären dem recht knappen «Oh» allesamt vorzuziehen gewesen. Aber immerhin war «Oh» besser als «Ih». Außerdem war Org noch nie ein Mann der vielen Worte gewesen. Es gab Zeiten, da schwieg er tagelang, sodass man sich erschrak, wenn er plötzlich wieder sprach. Es hätte Org noch besonderer gemacht, wenn er in solchen Augenblicken etwas Wichtiges verkündet hätte. Aber in der Regel sagte er nur Sachen wie «Hunger», «Durst» oder «Muss mal».

Man konnte Org selten anmerken, was er dachte. Urga hatte das schon immer faszinierend gefunden, so geheimnisvoll. Davon hatte sie auch ihre Mama nicht abbringen können, als diese noch lebte und ihren Töchtern erklärte: «Wenn ein Mann nichts sagt, hat er in der Regel nichts zu sagen.»

Urga gefiel Orgs Schweigen viel besser als das ständige Geplapper der anderen Männer, das sich in der Regel darum drehte, wer die längere Keule hatte. Selbst der naiven Arga war klar, dass es bei diesen Unterhaltungen zwar um Längen, aber nur oberflächlich um jene von Keulen ging. Auch Org mochte die Prahlerei der anderen Männer nicht, was ihn für Urga nur noch begehrenswerter machte. Lieber war er tagelang im Wald unterwegs, um die Spuren der Mammuts zu verfolgen, als sich mit den anderen an das Lagerfeuer zu setzen.

Dabei hätte er beim Angeben durchaus mithalten können, fand Arga. Sie hatte Org einmal heimlich an einem besonders warmen Tag – an dem der Atem nur ein ganz klein wenig in der Luft gefror – beobachtet, wie er nackt im Fluss badete, und anschließend Urga kichernd berichtet, dass seine Keule ganz und gar nicht unlang war. Urga hatte so etwas eigentlich nicht hören und es sich noch nicht einmal vorstellen wollen. Aber es war zu spät gewesen. Fortan hatte sie Mühe, Keulen anzusehen, ohne an Org zu denken.

«Eine Jagd», sagte Org nun zu ihr und reihte damit das erste Mal an diesem Tag ganze vier Worte aneinander, «ist gefährlich.»

In Urga kamen widerstreitende Gefühle hoch. Zum einem freute es sie, dass Org sich Sorgen um sie machte. Zum anderen war sie auch verärgert: Traute er ihr nicht zu, nützlich zu sein?

«Vetter Nurf …», hob Org an.

«… wurde zu Matschepampe, ich weiß», vollendete Urga den Satz gereizt.

«Matschepampe?» Orgs Augenbrauen zogen sich zusammen, und sein massives Kinn schob sich nach vorne. Wenn jemand missbilligend dreinschauen konnte, dann war es Org.

«Ähm», stammelte Urga unangenehm berührt, «Arga hat das vorhin gesagt.»

«Und jetzt du.»

«Ja», musste Urga einräumen.

«So etwas», Org reihte nun sogar fünf Worte aneinander, «sagt man nicht.»

Auf einmal wollte Urga ihrem Schwarm unbedingt zeigen, wie sehr sie seine Meinung teilte, und meinte daher: «Genauso wenig wie Mitschepimpi!»

«Mitschepimpe?»

«Pimpi»

«Pimpi?»

«Es heißt Mitschepimpi», sagte Urga kleinlaut.

Org starrte Urga mit einem *Hast du noch alle Läuse im Fell?*-Blick an. Und Urga schaute von ihm weg mit einem *Wo ist der nächste Felsen zum Dahinterverstecken?*-Blick.

«Genug geredet!», befand Org.

«Finde ich auch!», pflichtete Urga hastig bei, stellte aber sogleich fest, dass sie redete, obwohl Org ihr doch gerade erst klargemacht hatte, dass damit genug sei.

«Wir müssen uns auf den Weg machen, wenn wir das Mammut erlegen wollen!» Org musterte sie.

«Du hast keinen Speer», stellte er dann kühl fest, und sein Kinn schob sich womöglich noch weiter vor, als wollte es jeden Augenblick aus dem Gesicht springen.

Urga hatte sehr wohl einen Speer. Obwohl es Frauen eigentlich verboten war. Und am liebsten hätte sie Org auch gleich davon erzählt. Doch er wollte ja nicht, dass sie redete, und sie war zudem eingeschüchtert. Und dies begann Urga nun erst recht zu ärgern. Org war vielleicht der Anführer des Jagdtrupps, aber er war auch der Mann, den sie liebte. Und man sollte nicht eingeschüchtert sein von jemandem, den man liebt! Deshalb sagte Urga: «Ich habe sehr wohl einen Speer!»

Ehe Org fragen konnte, woher sie ihn hatte, lief Urga zu einem Gebüsch, etwa vierzig Schritte von der Höhle entfernt, holte ihren Speer heraus und kehrte wieder zurück.

«Hast du den gefertigt?», staunte Org, als er erkannte, dass diese Waffe feiner geschnitzt war und besser in der Hand lag als die seine. Und die Spitze! Schärfer, als er je eine gesehen hatte. Und wie sie in der Sonne funkelte!

Urga hätte jetzt stolz erzählen können, dass sie den Speer im Frühjahr heimlich geschnitzt hatte. Jeden Tag nachdem sie mit den anderen Frauen Beeren und Nüsse gesammelt hatte, war Urga noch eine Weile draußen vor der Höhle geblieben. Angeblich um noch ein wenig den Sonnenuntergang zu betrachten – was daran so großartig sein sollte, war den anderen Frauen schleierhaft gewesen, schließlich kündigte der Sonnenuntergang die kalte Nacht an –, aber in Wahrheit, um heimlich Holz zu einem Schaft zu schnitzen und Stein zu einer Spitze zu schleifen.

Aber mit ihren Fertigkeiten anzugeben, gar Org den Speer zu schenken, wäre ein Anbiedern gewesen. Sie wollte Org nicht für sich gewinnen, indem sie versuchte, ihm zu gefallen. Sie wollte ihn von sich überzeugen, indem sie ihm zeigte, dass sie gleichwertig mit ihm war! Und so sagte sie im gleichen Tonfall wie er zuvor: «Genug geredet!»

11

Es waren zwölf Männer, die in den Tannenwald gingen. Nein, eigentlich waren es elf Männer und Urga, aber Org nannte sie alle «Männer». Er sah Urga als Teil der Jagdgemeinschaft an. Das war schön für sie. Aber dass er sie nun auch als Mann bezeichnete, war ihr irgendwie auch nicht recht.

Schweigend stapfte der Trupp durch den tiefen Schnee. Einige Jäger trugen diese neue Erfindung namens «Schuhe». Die Traditionalisten gingen jedoch barfuß. Das sollte man ihnen erst mal beweisen, dass man mit diesem neuen Krams an den Füßen weniger Zehen verlor.

Ihr Plan stand fest: Org würde sie zum Mammut führen, dann würde einer von ihnen es reizen, wenn es sein musste, ihm sogar den Speer in den Leib jagen, bis das Biest ihn jagte. Der Gejagte würde das Tier zu den anderen des Trupps führen, die in den Bäumen warteten, um im richtigen Moment ihre Speere auf das Biest herabregnen zu lassen.

Der Job, auf den Bäumen zu sitzen, war eindeutig beliebter.

Keiner der Männer wollte den Lockvogel spielen. Die Frau, die nun zu den Männern gehörte, ebenfalls nicht. Nicht nur, weil sie Angst hatte. Urga hinterfragte diese Jagdmethode schon seit geraumer Zeit: War es nicht sinnvoller, wenn man das Mammut von hinten vor sich hertrieb, anstatt vor ihm wegzurennen? Und wäre es nicht klüger, eine Falle zu graben und das Tier dann – wenn es in dem Loch war – zu erlegen, da man es so einfacher treffen könnte als von den Bäumen herab, wenn es vorbeirannte?

Urga hatte überlegt, all dies der Truppe vorzuschlagen. Aber sie wusste natürlich, dass sie den Männern bereits einiges damit zumutete, dass sie überhaupt mitging. Vetter Barg zum Beispiel hatte große Mühe, sie nicht ständig angewidert anzusehen. Wenn sie jetzt auch noch Ratschläge erteilte, würden Barg und die anderen Männer gewiss zornig werden. Vermutlich auch Org. Sie würden ihr erklären, dass schon die Vorfahren auf diese Weise gejagt hatten. Und dann würde Urga antworten, dass die Vorfahren nicht allwissend gewesen waren. Die hatten damals ja auch gedacht, es gäbe nur einen Gott. Spätestens wenn sie dies aussprach, würden die Männer sie zurück in die Höhle schicken und so heftig fluchen, dass die Vorfahren sich im Hügelgrab umdrehten. In der Höhle würden sich die Frauen dann ausschütten vor Lachen, weil Urga auch nur für einen Augenblick gedacht hatte, sie könne mit auf die Jagd gehen. Und der Älteste würde sie voller Schadenfreude zum Reinigen der Höhle und zum Kämmen seines Bartes abkommandieren.

So schwieg Urga, bis Org den Trupp zu den Mammutspuren führte. Die lagen viel tiefer im Schnee als die Fußstapfen der Menschen, und dieser Anblick beeindruckte Urga so sehr, dass sie auspfiff: «Heilige Eberkacke!»

«Seid still», zischte Vetter Barg, «Willst du etwa das Mammut warnen?»

«Nein … nein …», stammelte Urga und ärgerte sich, dass sie sich ausgerechnet diesem widerwärtigen Kerl gegenüber entschuldigte.

«Es ist ganz nah», flüsterte Org. «Wer meldet sich freiwillig, das Mammut zu reizen?»

Die Männer taten so, als interessierten sie die Rinden der umstehenden Tannen wirklich sehr.

«Wer läuft vor dem Mammut her?», fragte Org noch mal.

Urga wusste, dass sie den Respekt aller Jäger gewinnen könnte, wenn sie sich jetzt meldete. Und wenn schon nicht Respekt, dann doch zumindest Dankbarkeit. Aber sie traute sich nicht. Zwar hatte sie noch nie ein Mammut in Gänze gesehen – die Männer zerlegten es nach der Jagd immer gleich vor Ort, damit sie es überhaupt in die Höhle tragen konnten –, aber die Einzelteile waren schon einschüchternd genug gewesen. Besonders die Stoßzähne. Und deshalb suchte auch Urga sich eine Baumrinde, die sie anstarren konnte.

«Wer meldet sich freiwillig?», fragte Org, inzwischen gereizt.

«Die Frauen», zischte Barg.

Urga zuckte zusammen.

«Urga», zischte Org nun seinerseits Barg an, «ist das erste Mal mit uns auf der Jagd. Da können wir sie das noch nicht machen lassen.»

So viele Worte hatte Org noch nie aneinandergereiht. Er tat dies, um sie zu verteidigen, freute sich Urga. Und er sagte zudem «noch nicht», das bedeutete, er plante sie auch für zukünftige Jagden ein. Er nahm sie ernst!

«Wenn alle von euch zu feige sind», redete Org weiter, «dann gehe ich voran!»

Was für eine Rede! Es war, als hätte Org mehrere Krüge von diesem zungenlösenden Beerenwasser getrunken, das der Älteste so gerne braute. Noch nie zuvor hatte Urga ihren Org so sehr bewundert.

12

Org ging nicht voran.
Er rannte.

Um sein Leben!

Urga und alle Männer, die nicht Org waren, standen hoch oben in den Tannen und hatten Mühe, sich auf den Ästen zu halten, weil die Erde so sehr bebte, dass der Schnee vom Boden bis zu ihnen hoch wirbelte. Dieses Mammut musste viel gewaltiger sein als alle anderen, die dem Stamm bisher begegnet waren.

Unten lief Org zwischen den Bäumen auf sie zu. Hinter ihm das brüllende Ungetüm. Das Erste, was Urga von ihm sah, waren die gewaltigen Stoßzähne. Erst dann fiel ihr auf, wie das Mammut sich mit seinem riesigen graufelligen Leib zwischen zwei Tannen durchzwängte, die dabei krachend umstürzten. Und schließlich die Augen des Tieres. Wütend. Wild. Als ob sämtlicher Zorn der Welt in seinem Inneren wogte. Kein Wunder, baumelte doch Orgs Speer schon in seinem Kiefer.

Bei diesem Anblick sank Urga das Herz tief nach unten ins Fell. Kraft ihres Willens wollte sie es wieder an seinen richtigen Platz befördern, aber dieses verdammte Herz weigerte sich, wieder nach oben zu wandern. Es fühlte sich sicherer dort, wo es jetzt war. Allerdings nur ein bisschen.

«Gleich!», rief Org nach oben. «Gleich!»

Es fiel den Männern nicht leicht, sich auf den schwankenden Bäumen zu halten und gleichzeitig ihre Speere auszurichten. Auch Urga gelang es kaum. Mit den Füßen stand sie auf einem besonders dicken Ast, mit der rechten Hand stützte sie sich an dem Baumstamm ab, und in der linken hielt sie ihren Speer. Selbst in diesem Augenblick dachte sie daran, dass es wirklich, wirklich klüger wäre, das Mammut in eine Grubenfalle zu locken und von dem sicheren Rand der Grube aus die Speere hinunterzuwerfen anstatt von einem wackeligen Baum herab. Sie würde mit den Männern nach der Jagd darüber reden. Wenn sie die überhaupt überlebte.

Wenige Schritte noch, dann wäre Org an ihnen vorbei und das Mammut genau unter ihnen. Urga hielt ihren Speer krampfhaft fest und sich selbst nun mit der freien Hand am Ast über ihr. Der Boden bebte immer heftiger.

«Wartet!», schrie Org unten. «Wartet … wartet … wartet …»

Urga konnte nicht anders, es beeindruckte sie zutiefst, dass seine Stimme sich nicht vor Furcht überschlug. Die meisten anderen Männer an Orgs Stelle hätten sich ins Fell gemacht. Und sie selbst vermutlich auch. Wie sollte sie ihm je zeigen, dass sie so mutig war wie er?

«Wartet … Wartet …»

Das gewaltige Mammut war nun fast unter ihnen, gleich würde Org «Jetzt!» rufen, und sie alle würden die Speere werfen und das Beste hoffen. Wenn sie das Tier nicht mit den Speeren erlegten, würde es auch die Bäume umreißen, auf denen sie standen, und sie zertrampeln.

Mitschepimpi.

«Wartet … Wartet …. Wa … aahhh!»

Org war gestolpert.

Über einen Ast.

Einen lächerlichen Ast.

Und gleich würde das Mammut ihn zertrampeln!

Urga schaute zu den anderen Männern in den Bäumen. Keiner tat etwas. Alle blickten entsetzt zu ihrem Anführer. Org mühte sich, sich aufzurappeln, aber es würde zur Flucht nicht mehr reichen. Der Mann, den Urga liebte, würde vor ihren Augen sterben. Ohne dass sie ihm je hatte sagen können, was sie für ihn empfand.

Der Gedanke war schier unerträglich. Und genau deshalb krabbelte Urgas verliebtes Herz aus dem Fell wieder an seinen angestammten Platz.

Das Ungetüm war nun genau unter ihr.

Urga sprang vom Ast ab.

Auf das Mammut.

Und sie rammte ihren Speer in dessen Nacken.

Das Tier brüllte.

Org lag da mit staunendem Mund.

Das Mammut bäumte sich auf, wollte Urga abschütteln, aber sie hielt sich an dem Speer fest und schrie: «Werft!»

Es war das erste Mal in der Geschichte des Stammes, dass die Jäger auf den Befehl einer Frau hörten.

Da das Mammut sich noch weiter aufbäumte, trafen die Männer seinen weichen Unterleib. Das Tier brach zusammen und rammte sich so die Speere noch tiefer in den Bauch. Mühsam hielt sich Urga auf ihm fest und klammerte sich an ihren Speer. Selbst als das Tier so laut brüllte, dass Urgas Ohren fast platzten, und sein Atemgestank die Luft um sie herum unerträglich machte. Sobald das Monstrum vollends zu Boden gestreckt war und der aufgewirbelte Schnee Urga in die Augen flog, verlor sie für einen Augenblick die Orientierung. Sie ließ den Speer los, kam dabei jedoch so sehr ins Rutschen, dass sie von dem Tier, das seinen letzten verzweifelten Schrei ausstieß, herunterfiel. Um Urga herum war alles weiß vor Schnee. Sie wusste nicht mehr, wo oben und unten war, und konnte ihren Sturz nicht kontrollieren. Ihr war klar, dass sie sich mehrere Knochen brechen könnte.

Doch der Aufprall war nicht so hart wie befürchtet. Er war sogar deutlich weicher. Denn sie landete auf Org. Und so lagen sie beide aufeinander im Schneegestöber.

Dicht an dicht.

Nase an Nase.

Klopfendes Herz an klopfendem Herz.

Und da Urga so aufgeregt und durcheinander und Org noch nie so nah gewesen war und sie zudem hörte, dass sein Herz so aufgeregt schlug wie ihres, sagte sie: «Ich liebe dich.»

Doch kaum hatte Urga dies ausgesprochen, hielt sie sich selbst für töricht. Liebe, das hatte schon ihre Mama gesagt, ist ein Wort, vor dem die Männer des Stammes Angst haben. Sie mögen es sehr viel lieber, wenn man zu ihnen sagt, man möchte mit ihnen schnabbeln. Und ja, *schnabbeln* war nur ein anderes Wort für *miteinander dingeln*. Urga hoffte so sehr, dass Org ihre Worte nicht gehört hatte, weil das Mammut im gleichen Moment seinen letzten Atemhauch tat. Sie betete sogar zu dem blöden Gott Grangdning dafür.

«Du liebst mich?», fragte Org.

Götter waren auch wirklich zu gar nichts zu gebrauchen.

«Urga?», hakte Org nach, während der letzte aufgewirbelte Schnee auf sie rieselte und oben auf den Bäumen die Männer ein Jubelgeheul veranstalteten, das man von Steinzeitmenschen, die gerade das größte Mammut der Stammesgeschichte erlegt hatten, auch erwarten konnte.

Urga wusste nicht, was sie Org antworten sollte. Sollte sie lügen und behaupten, dass sie es nicht ausgesprochen hatte?

Sollte sie lieber erwähnen, dass sie schnabbeln wollte? Sie hatte noch nie geschnabbelt, hatte sich für Org immer aufheben wollen. Aber bevor sie schnabbelte, wollte sie erst mal Nasi-Nasi machen und auch Zungi-Zungi. Aber vor allem wollte sie diese Dinge nur tun, wenn Org sie ebenfalls liebte. Und um das von ihm zu hören, musste sie zu ihrem Geständnis stehen. Daher sagte sie noch mal: «Ich liebe dich.»

Und Org antwortete: «Urga … du bist die tapferste Frau, die es gibt.»

Das war jetzt noch kein «Ich liebe dich auch», aber sehr schön zu hören.

«Und du hast mir gerade das Leben gerettet», setzte Org dankbar hinzu. Und Urga war so stolz darauf, wie sie noch nie zuvor auf etwas in ihrem Leben stolz gewesen war.

«Wie du auf dem Mammut geritten bist … du bist eine bessere Kriegerin als ich.»

Jetzt wurde Urga sogar rot.

«Ich habe noch nie etwas so Großartiges gesehen …»

Waren seine Worte die Vorbereitung dafür, dass er ihr nun seine Liebe gestehen würde?

«… es war ergreifend …»

Ja, dachte Urga, das könnten die Worte sein.

«… eine Erscheinung …»

Das waren sie gewiss. Ein Mann wie Org wäre sonst nie und nimmer auf so viele unterschiedliche Ausdrücke gekommen.

«Aber …»

Aber?

Hatte sie sich verhört? Weil die Männer oben auf den Bäumen nun lauthals Gesänge anstimmten, bei denen sie die Länge ihrer Keulen priesen?

«Aber», wiederholte Org, «ich muss dir was sagen.»

Es ist nicht überliefert, ob Org der erste Mann der Geschichte war, der zu einer Frau die Worte «Ich muss dir was sagen» sprach. Falls ja, begründete er damit eine lange, bis jetzt ununterbrochene Reihe von Situationen, in denen dieser Satz nie, aber auch wirklich nie, eine positive Botschaft einläutete.

«Und was?» Urgas tapferes Herz verließ wieder seinen angestammten Platz, um nach unten in das Fell zu rutschen. Einem wild gewordenen Mammut zu begegnen, war das eine, aber vielleicht zu hören, dass ihre Liebe nicht erwidert wurde, wäre unerträglich.

Aber Org sagte nicht «Ich liebe dich nicht».

Er sagte: «Ich liebe Arga.»

«Arga?»

«Arga.»

Urga schwieg, während ihr Herz unten im Fell in tausend Teile brach.

«Ich muss dir noch was sagen.»

«Noch etwas?» Urga rang mit den Tränen.

«Argas Kind ist von mir.»

Urga konnte ihre Tränen nicht mehr zurückhalten.

«Weinst du etwa, Urga?»

«Nein, nein … das ist nur der Schnee, der schmilzt.»

«Gut», antwortete Org ein wenig erleichtert.

Männer konnten ja solche Trottel sein.

13

Urga wischte sich die Tränen weg, krabbelte von Org herunter, reichte ihm die Hand und zog ihn mit einem Ruck hoch. Während er sich den Schnee vom Fell abklopfte, spürte sie noch einmal der Berührung ihrer beider Hände nach. Instinktiv wusste sie, dass es die letzte zwischen ihnen gewesen sein würde.

Die Männer stiegen von den Bäumen herab, schlugen Urga begeistert auf die Schulter, ließen sie gar hochleben, und Vetter Barg raunte ihr zu: «Lass uns heute Nacht schnabbeln.»

Aber Urga nahm all dies nur wie durch einen Schneeschleier wahr und reagierte weder auf die Hochrufe, noch sagte sie zu Barg «Bevor ich mit dir schnabbel, lege ich mich lieber mit dem Gesicht voran in die Mammut-Gedärme», was er verdient hätte.

«Wir müssen das Tier zerlegen», befahl Org den Männern schließlich und mied dabei Urgas Blick.

Würde es jetzt immer so sein, dass er sie nicht ansah?

Dass Arga sie nicht ansah?

Sie liebte die beiden und die kleine Irga auf unterschiedliche Weisen. Doch, das begriff Urga nun, sie wurde weder von Org geliebt noch von Arga, sonst hätten die zwei nie im Leben miteinander geschnabbelt.

«Heldin», rief Barg ihr zu, während die Männer sich mit ihren Keilen an das Mammut machten, keiner mit mehr Wucht als Org, «hilf uns mal, sonst schaffen wir es nicht bis zum Sonnenuntergang in die Höhle!» Er zwinkerte dabei anzüglich.

Urga blieb jedoch stehen. Wie sollte sie selbst Org jemals noch mal ansehen? Arga? Mit ihnen allen in einer Höhle schlafen? Bei der kleinen Irga mit den grünen Augen.

Die grünen Augen!

Die waren doch der Beweis, dass es auf der Welt noch mehr geben musste als das, was der Stamm kannte!

Ein anderes Leben!

Einen Ort, wo sie so geliebt wurde, wie sie selbst liebte.

Hatte sie das nicht verdient?

Ein wenig Glück?

Urga wandte sich von dem Mammut weg und ging in den Wald. Die Männer riefen ihr hinterher: «Wo willst du hin?», «Was ist los mit dir?» und «Bist du dir zu fein zu helfen?»

Wie schnell Dankbarkeit doch verfliegen konnte.

Barg rief gar noch lauter: «Vergiss nicht, wir wollen nachher schnabbeln!» Das Ferkel ergänzte sogar noch: «Schnobbeln ist auch geil!»

Urga dachte bei sich: Wenn Org mir jetzt nachrufen würde, dann würde ich mich noch mal umdrehen. Vielleicht sogar zurückkehren und den Männern helfen. Aber Org blieb still.

14

Urga ging durch den Wald.
Einen Tag.
Zwei Tage.
Viele.

Immer auf der Suche nach einem besseren Ort. Immer in der Hoffnung, dass sie dort geliebt werden könnte. Und dass sie sich für diese Liebe nicht als jemand Besonderes beweisen müsste. Weder als gute Beerensammlerin noch als mutige Kriegerin. Konnte jemand sie nicht einfach so lieben, wie sie war?

Niemand war Urga gefolgt. Anfangs hatten bestimmt alle gedacht, sie wäre nur in den Wald gelaufen, um auszutreten. Gewiss hatte es eine Weile gedauert, bis die Jäger begriffen, dass Urga nicht wiederkommen würde. Nur Org wusste garantiert, was sie vorhatte, und hatte befunden, dass es für sein weiteres Leben einfacher war, wenn er sie ziehen ließ.

Aber selbst als es allen im Stamm klargeworden sein musste, dass Urga sie verlassen hatte, waren sie ihr gewiss nicht gefolgt. Das tat man nicht, wenn jemand sich von der Sippe davonstahl. So war es auch bei Urgas Vater gewesen. Als sie klein gewesen war, war er von der Höhle davongezogen. Er war sich so sicher gewesen, dass es irgendwo einen wärmeren Ort geben müsste, an dem man sein Alter verbringen konnte. Ob sie ihrem Papa noch mal begegnen würde?

15

Urga begegnete ihrem Papa nicht.

Gar keinem Menschen begegnete sie. Nur Wolfsgeheul in der Ferne nahm sie wahr, entdeckte einen verendeten Säbelzahntiger im Schnee und ein süßes Säbelzahneichhörnchen, bei dessen Anblick Urga ganz kurz phantasierte, dass es ihr ein getreuer Gefährte sein könnte, bis es ihr schließlich in die Nase biss und weghoppelte.

Selbst wenn ihr Papa jemals einen wärmeren Ort fürs Alter gefunden haben sollte, Urga fand ihn nicht. Die Welt um sie herum bot nur Wind. Hagel. Schnee. Kälte. Und keine Höhle weit und breit, um sich zu schützen.

Irgendwann hockte sich Urga erschöpft hin und kauerte sich zusammen, um sich wenigstens selbst ein kleines bisschen zu wärmen. Sie ahnte, dass sie erfrieren würde, wenn sie nicht bald zu ihrem Stamm zurückkehrte. Doch wenn sie das tat, würde sie nie, nie, nie das Glück erfahren, das sie sich für ihr Leben wünschte.

Mit einem Male hörte Urga ein leises Wimmern. Zuerst hielt sie es für einen Trick des Windes. Doch das Wimmern wurde immer lauter, bis es sich klar von dem Rauschen des Schnees abhob. Ein Tier schien in Not zu sein.

Urga beschloss, das Wimmern zu ignorieren, vermutlich war es wieder nur ein blödes Säbelzahneichhörnchen, das ihr in die Nase beißen würde. Sie schloss die Augen. Sie war so müde. So sehr müde.

Doch das Wimmern verwandelte sich in ein Jaulen. Was

auch immer es für ein Tier war, es litt. Aber es klang nicht etwa so, als ob es verwundet war. Es litt in der Seele. Und da es Urga ebenso ging, sammelte sie all ihre Kraft und rappelte sich auf, um trotz des Eiswindes an den Tannen vorbei durch den Schnee in die Richtung zu stapfen, aus der das Jaulen ertönte. Die Verzweiflung des Tieres schien mit jedem Aufheulen größer zu werden. Es jaulte Urga gleichsam aus dem Herzen.

Nach einer Weile trat Urga auf eine Lichtung und sah dort ein verlassenes Baby-Mammut im Schnee hocken, sein braunes Fell schon größtenteils mit weißen Flocken bedeckt. Das Zotteltier hatte süße kleine Stoßzähne, die so gar nichts gemein hatten mit den Riesenzähnen des Monsters, das Urga erlegt hatte. War dieses hier etwa sein verlassenes Kind? Hatte sie das arme Ding zu einem Waisen gemacht?

Nein, dann hätte es graue anstatt braune Haare haben müssen, so wie das große Ungetüm. Außerdem war es viel zu klein. Dieses Dingelchen gehörte zu der Art Mammut, die nur wenig größer wurde als ein Wildschwein. Und es war genauso verlassen wie Urga. Nein, noch mehr! Urga hatte sich ja freiwillig entschieden, in die Fremde aufzubrechen, aber dieses arme winselnde Wesen war zurückgelassen worden. Aus welchen Gründen auch immer. Urga hockte sich neben das Mammut in den Schnee und fragte: «Darf ich dich streicheln?»

Das Zotteltier schien zu verstehen, jedenfalls hörte es auf zu jaulen und blickte zu Urga hoch.

«Darf ich dich streicheln?», wiederholte sie noch freundlicher.

«Trö.» Das Mammut gab einen ebenso süßen wie herzerweichenden Laut von sich.

«Heißt das ja?»

«Trö.»

«Gut.»

Urga näherte sich mit ihrer Hand, doch kurz bevor sie das Fell des Mini-Mammuts berührte, hielt sie inne: «Du wirst mich doch nicht etwa beißen wie das Eichhörnchen?»

«Trö.»

«Das heißt jetzt nein?»

«Trö.»

«Und das wieder ja?»

«Trö.»

«Dann versuch ich es mal.»

«Trö, trö, trö.»

Urga streichelte das kleine Mammut. «Ich glaube, ich nenne dich Trö, was dagegen?»

«Trö.»

«Das heißt nein, nichts dagegen?»

«Trö.»

«Ich mag dich!»

«Trö, trö, trö!»

Trotz der Kälte und des heftigen Schneetreibens um sie herum wurde Urga warm ums Herz. Sie war nicht mehr ganz allein auf der Welt. Sie nahm das Mammut und drückte es an ihre Brust. Und Trö ließ sich das sehr gerne gefallen. Doch mit einem Male wurde das kleine Tier ganz aufgeregt und trötete: «Trö! Trö! Trö!»

Auch Urga spürte, dass der Wind jetzt wilder toste und die Kälte noch viel klirrender wurde. Sie wandte den Blick von dem Mini-Mammut und schaute zum Himmel: Ein Eissturm raste auf sie zu. Einer von der schmalen, unfassbar schnell um sich selbst wirbelnden Sorte.

Urga war sofort klar, dass sie ihm nicht entkommen konnte. Sie würde sterben. Ohne jemals so sehr geliebt worden zu sein, wie sie selbst lieben konnte und …

«Trö! Trö! Trö!», trötete das Tier panisch.

… ohne jemals das Glück gefunden zu haben.

«Trö! Trö! Trö!»

Bei dem Gedanken begann Urga zu weinen.

«Trö! Trö! Tröööööööö!»

Aber nicht lange. Denn der Eissturm erfasste die beiden …

… und fror sie innerhalb von nicht mal einer Sekunde ein und wirbelte mit ihnen davon. Weit weg in das ewige Eis der Arktis.

16

Øyvind Lovskar stand neben Maya und Felix im Kühlraum seines Schiffes und betrachtete die Steinzeitfrau im Eis. Er versuchte, sich daran zu erinnern, wann er selbst das letzte Mal geweint hatte. Nicht vor Schmerz wie letztes Jahr, als er irrigerweise angenommen hatte, er könne die schwere Seemannstruhe, die ihm sein Vater vererbt hatte, ganz alleine die schmalen Stiegen vom Dachboden heruntertragen. Auch nicht vor Rührung wie damals im Kino, als er bei *Titanic* den Kapitän ertrinken sah. Wann aber hatte er das letzte Mal vor Trauer geweint, so wie es dieses bedauernswerte Wesen getan haben musste?

Es wollte ihm nicht einfallen. Selbst als seine Ehefrau ihm von Ramon und dessen beeindruckendem Hüftkreisen berichtet hatte oder als sein Vater einen Schlaganfall erlitten hatte und aus dem starken Mann mit einem Male ein depressiver Rollstuhlfahrer wurde, waren Lovskar keine Tränen gekommen. Selbst nicht bei dem Begräbnis seines Vaters.

Nein, jetzt kam ihm die Erinnerung. Das letzte Mal hatte Øyvind Lovskar vor Trauer geweint, als er acht Jahre alt gewesen war. Es war an dem Tag, als der Familienhund Thori bei dem Versuch, eine Katze über eine vielbefahrene Landstraße zu jagen, überfahren wurde. Allerdings hatte der kleine Øyvind nur kurz den Tränen freien Lauf gelassen, denn seine Mutter war ihn sofort angegangen: Ein großer Junge weint nicht! Das tun nur Leisefurzer! Seit diesem Augenblick war Lovskar ein Großmeister in der Disziplin «Trauer-in-sich-Hineinfressen».

Bei dem Anblick der Eisdame verspürte der Kapitän ein Gefühl, das er bisher nicht gekannt hatte: Er wollte diese Frau in den Arm nehmen und trösten. Ihr sagen, dass es – egal, was sie zum Weinen gebracht hatte – besser werden würde. Lovskar hoffte so sehr, dass der blonde Verlierer recht hatte und man die Steinzeitdame wieder auftauen könnte. Denn dann würde er ihr zeigen, dass sie nicht mehr traurig sein müsste und …

Was dachte er da?

Nichts würde für sie besser werden. Im Gegenteil, diese Frau würde dann noch mehr weinen müssen. Alles, was sie kannte, war vergangen. Jeder, den sie kannte, war gestorben. Schon seit Jahrtausenden. Was für einen Schmerz würde ihr diese Erkenntnis bereiten?

«Geht es dir gut?», fragte das kleine Mädchen neben ihm.

«Ja, ja», antwortete Lovskar, während er feststellte, dass aus seinem Auge eine Träne floss. Nicht eine des Schmerzes, wie man sie schon mal bekam, wenn einem beim Sturz von der Dachbodentreppe die Seemannstruhe auf den Hinterkopf fällt. Nein, dies war eine jener Sorte Tränen, die man am Grab des Vaters unterdrückt, weil kein echter Mann, erst recht nicht ein echter Kapitän, weint. Und damit wollte er auch jetzt nicht anfangen, ausgerechnet vor diesem kleinen Mädchen und dem blonden Verlierer, egal wie sehr ihn das Schicksal der Dame im Eisblock auch anrührte.

«Da ist aber eine Träne in deinem Auge.» Das Mädchen ließ nicht locker.

«Nein, da ist keine.»

«Doch.»

«Nein!»

«Doch und auf den Tisch gepupst!»

«Auf den Tisch gepupst?»

«Ja», bestätigte das Mädchen.

«Was soll das denn heißen?»

«Das ist wie ‹Erster alles, Piss-Pott›.»

«Hmm …» Hilflos wandte Lovskar sich zu dem blonden Kerl, der auf den Boden blickte. Leise übersetzte der: «Das soll heißen, dass es daran nichts zu rütteln gibt und der andere dagegen auch nichts mehr sagen darf.»

«Das werde ich mir für die nächste Besprechung mit meinen Offizieren merken», antwortete Lovskar und überlegte sich, wie er möglichst unauffällig die Träne, die aus seinem Auge kullern wollte, mit dem Ärmel abwischen könnte.

«Du kannst ruhig weinen», sagte das Mädchen lieb.

«Ich will aber nicht weinen», erwiderte Lovskar, dessen Unterbewusstsein sehr wohl weinen wollte. Wegen der Frau im Eis. Wegen seines kranken Vaters. Wegen des dusseligen Thori. Warum hatte er nur immer Katzen jagen müssen?

Das Mädchen lächelte mitfühlend und befand dann: «Du musst dich nicht schämen.»

«Wie halten Sie das eigentlich mit der Kleinen aus?», fragte Lovskar nun den blonden Kerl, der die ganze Zeit angestrengt auf die Eisfrau starrte. Der antwortete nicht.

«Ich habe Sie etwas gefragt.»

Der Blonde antwortete immer noch nicht. Lovskar ging einen Schritt auf ihn zu und erkannte, dass der Mann ebenfalls betreten dreinblickte. Der Kerl dachte vermutlich das Gleiche wie er: Wenn die Eisfrau auftaute, würde ihr der schlimmste Schmerz noch bevorstehen.

17

Bevor sie aus dem Militärhubschrauber auf das Deck der *Arctica 2* sprang, zupfte Amanda Cole noch schnell ihren weißen Rollkragenpullover zurecht und band sich die glatten schwarzen Haare zu einem strengen Zopf, damit sie ihr von dem Wind der Rotorblätter nicht ins Gesicht gewirbelt werden würden. Amanda folgten acht Special Forces des US-Militärs und ebenso viele Topwissenschaftler ihrer Firma *Cyrogen*, von denen die meisten hippe Designerbrillen trugen. Sie sollten kaschieren, dass es sich bei den Leuten um echte Nerds handelte.

Auf dem Deck warteten drei Menschen auf Amanda. Der Kapitän, der in etwa so begeistert über ihr Erscheinen wirkte wie jemand, der sich gerade einer Darmspiegelung ohne Narkose unterzog; daneben standen Felix, der ihr schüchtern zuwinkte, und ein kleines Mädchen, das sie misstrauisch musterte.

Flotten Schrittes ging Amanda auf die drei zu und baute sich vor ihnen auf. Ihre Männer versammelten sich hinter ihr, und über den Lärm des Hubschraubers rief sie dem Kapitän zu: «Ich habe jetzt das Kommando über das Schiff!»

Mit solchen Albernheiten wie formellen Begrüßungen hielt sich Amanda nun mal nicht auf.

«Einen Scheiß haben Sie!», brüllte der Kapitän zurück, der anscheinend der irrigen Annahme unterlag, dass Männer, die Kraftausdrücke benutzten, einen starken Eindruck hinterließen. Daher erläuterte Amanda ihm gerne die neuen Parameter seines Lebens: «Ich leite diese Operation des US-Militärs!»

«Mein Schiff fährt aber unter maltesischer Flagge!»

«Und der US-Präsident hat dem maltesischen Regierungschef erklärt, was er so alles mit Malta anstellen kann.» Amanda konnte nun aufhören zu brüllen, da die Rotorblätter ihre letzten langsamen Drehungen vollführten.

«Ihr Präsident weiß doch noch nicht mal, wo Malta liegt», hielt der Kapitän dagegen. «Und meine Reederei …»

«Die ist für diesen Fall irrelevant», schnitt Amanda ihm das Wort ab. «Ihre Reederei wurde informiert und ausreichend kompensiert, die Passagiere erhalten Schadenersatz, sobald wir sie in Anchorage an Land gelassen haben.»

«Anchorage?»

«Das liegt in Alaska.»

«Ich weiß, wo das verdammte Anchorage liegt!» Der Kapitän wurde vor Wut rot im Gesicht wie die meisten Männer, wenn ihnen dämmerte, dass sie Amanda nicht mal ansatzweise gewachsen waren.

«Dann wäre das ja geklärt.»

Der Kapitän wandte sich an Felix: «Sie kennen die Frau, sagen Sie doch auch mal was!»

Doch Felix meinte nur: «Hallo.»

In diesem Augenblick fragte Amanda sich, ob ihr Exfreund irgendwann in den letzten Jahren vielleicht von einem Baum gefallen war. Dass er nach all der Zeit noch irgendwelche Restgefühle für sie empfinden konnte, kam ihr nicht in den Sinn, denn auch mit solchen Albernheiten wie der Liebe hielt Amanda sich nicht auf. Die Liebe war kein Faktor in ihrem Leben. Genauso wenig wie das Glück. Amanda ging es einzig und allein darum, ihre Krankheit zu besiegen.

An jenem Tag, an dem die Technologie von *Cyrogen* ausgereift sein sollte, würde sie sich als Erste einfrieren lassen, um in einer Zukunft aufzuwachen, in der die Menschen sie von ihrem Leiden heilen konnten. Die Chancen, dass Ärzte dann dazu in der Lage sein würden, standen gut: Vor einhundert Jahren gab es noch kein Penizillin. Vor dreißig noch keine Medizin, die Aids eindämmt. Wenn man den medizinischen Fortschritt hochrechnete, würden sämtliche andere Krankheiten in ein- bis dreihundert Jahren besiegt worden sein. Auch die von Amanda.

Da die Kälteforschung jedoch nur langsam vorankam, war die Eisfrau ein Geschenk des Himmels. Wenn Amandas Wissenschaftler herausfinden könnten, wie die Frau es geschafft hatte, im Eis zu überleben, würden sie das neugewonnene Wissen in die moderne Technologie übertragen können und hätten endlich den Durchbruch, den Amanda so dringend benötigte.

«Bist du eine Soziopathin?», meldete sich das kleine Mädchen zu Wort.

«Wie bitte?» Das hatte Amanda schon seit langem nicht mehr erlebt: Jemand hatte sie auf dem falschen Fuß erwischt.

«Bist du eine Soziopathin?»

Amanda staunte keineswegs darüber, dass ein kleines Mädchen den Begriff kannte, sie selber hatte in dem Alter ja schon das große Latinum in der Tasche. Nein, vielmehr verblüffte sie, dass sie die Frage, die sie sich selbst noch nie gestellt hatte, nicht ohne weiteres mit «Nein, was fällt dir ein, Göre?» beantworten konnte.

Durch ihren Beruf kannte Amanda so einige Soziopathen: alte weiße Männer. Junge weiße Männer. Männer in allen Farben und Altersstufen. Auch einige Frauen. Der Hauptfinanzier ihrer Firma war definitiv ein Soziopath. Der größte von allen! Gehörte sie etwa auch zu ihnen?

«Wie kommst du darauf?», fragte Amanda die Kleine.

«Du sagst nicht ‹Guten Tag› oder ‹Hallo› oder ‹Guten Tag, mein Name ist Frau Rollkragen›.»

«Frau Rollkragen?», echote Amanda. Dieses kleine Mädchen war irritierend.

«Wenn du bei *Benjamin Blümchen* wärst, würdest du so heißen.»

«*Benjamin Blümchen*?» Amanda hatte sich als kleines Mädchen keine Kinderhörspiele angehört, sondern Mandarin-Lektionen. Daher blickte sie zu Felix. Der lächelte und begann zu singen: *«Benjamin, du lieber Elefant, kannst sprechen und bist überall bekannt …»*

Er war definitiv von einem Baum gefallen.

«Also, bist du nun eine Soziopathin oder nicht?», fragte das Mädchen ungeduldig.

Hinter sich hörte Amanda einen der Nerds kichern. Sie warf dem Mann mit der rot geränderten Brille einen scharfen Blick zu, der ihm bedeutete, dass er sich einen Termin in der Personalabteilung besorgen könne, um die Entlassungsmodalitäten, die für ihn nicht vorteilhaft sein würden, zu besprechen. Dann wandte sie sich wieder dem kleinen Mädchen zu: «Wer bist du überhaupt?»

«Maya Sommer.»

Das war der Augenblick, in dem Amanda erkannte, dass sie keine gefühllose Soziopathin war. Aus irgendwelchen Gründen machte es ihr etwas aus, dass Felix eine Tochter hatte, denn dies bedeutete ja, dass es auch eine Mutter, vermutlich sogar eine Ehefrau gab. Amanda verspürte einen Stich im Herzen, so wie damals, nachdem sie Felix auf dem Internat verlassen hatte, weil sie genau wusste, dass sie sich mit ihm an ihrer Seite nie voll und ganz der Karriere widmen konnte. Gleich nach dem Schlussmachen war sie in ihr Internatszimmer zurückgekehrt und hatte in einem Moment der Schwäche noch mal jenes Lied aufgelegt, bei dem sie sich das erste Mal geküsst hatten: Eros Ramazzottis *Se bastasse una canzone*. Felix hatte dazu schief gesungen und sie damit so sehr zum Lachen gebracht wie niemand zuvor oder seitdem:

«Se bastasse una bella calzone,
con Schinken und Pilzen,
und dazu noch una Melone,
una Melone di Honig,
her mit Grappa, her mit Grappa,
ich kann sonst nicht verdaaaauen,
und kriege Baaauchschmerzen …»

Noch heute konnte Amanda an keiner Pizzeria vorbeigehen, ohne an Felix zu denken. Das hatte sie jedoch stets unter «alberner Nostalgie» verbucht, nicht unter «Ich vermisse ihn noch ein bisschen». Aber jetzt, da sie wusste, dass Felix eine Tochter hatte, und sie wieder so einen Stich im Herzen verspürte wie einst, gelang ihr diese Verbuchung nicht. Und das missfiel ihr. So antwortete sie dem Mädchen aufrichtig: «Glaube mir, ich wäre liebend gerne eine Soziopathin.»

18

Felix stand am Panoramafenster der leeren Sky-Bar und sah zu, wie die Passagiere im Hafen von Anchorage von Bord gingen. Sie hatten auf Kosten der Reederei vier Tage lang an Bord Partys feiern können, und die meisten von ihnen hatten davon Fotos auf ihren Social-Media-Accounts gepostet, die ihnen noch Jahre später peinlich sein dürften. Von der Frau im Eisblock existierten hingegen keine neuen Bilder. Amanda hatte das Deck, auf dem sich der Kühlraum befand, von den Soldaten abriegeln lassen. So war der Sensationsfund im immer schneller werdenden Strudel der Weltereignisse, der tagtäglich durch die – wie Kapitän Lovskar sie nannte – asozialen Medien wirbelte, wieder in Vergessenheit geraten.

Felix fragte sich, wie Amanda sich derart hatte verändern können. Klar, auch als Teenager war sie – um es freundlich zu formulieren – zielstrebig gewesen. Aber jetzt schien sie nicht mal mehr lächeln zu können. Er erinnerte sich an das zahnbespangte Mädchen, das so befreit gelacht hatte, als er ihr von der *bella calzone* vorgesungen hatte. Vor seinem geistigen Auge sah Felix ihr fröhliches Gesicht und verspürte dabei ein Echo jenes Glücks, das ihn damals erfüllt hatte. Trotz der Situation an Bord musste er lächeln. Und als Felix klarwurde, dass diese schöne Erinnerung ihm ein Glücksgefühl bereitete, fragte er sich sogleich, ob nicht auch dies eine einminütige Übung für seine App sein konnte: ***Erinnere dich an glückliche Momente aus deinem Leben.***

Sogleich machte er die Probe aufs Exempel und dachte an

andere glückliche Augenblicke, die er erlebt hatte: Wie er das erste Mal Maya als kleines Baby in den Händen hielt. Wie er ihr, da war sie drei Jahre alt, das erste von vielen Malen *Jim Knopf und Lukas der Lokomotivführer* vorlas. Wie seine Oma Nele ihm, wenn er auf ihrem Bauernhof übernachtete, Milch und Schokokussbrötchen (die bei ihr einen allerdings weniger politisch korrekten Namen hatten) zum Frühstück servierte. Und bei jeder Erinnerung verspürte er Glück. Jedes Mal ein wenig anders, denn das Glück, ein geliebtes Kind in den Armen zu halten, ist halt ein anderes Glück als jenes, ein geliebtes Kind zu sein. Aber allen Erinnerungen war gemein, dass sie Felix' Herz wärmten.

In dir liegt ein Glücksvorrat verborgen, und auf den kannst du immer wieder zurückgreifen.

«Hm», räusperte sich hinter ihm der Kapitän. Felix drehte sich zu ihm um, bemerkte, dass der Mann sehr wütend dreinblickte, und fragte: «Wollen Sie mir wieder vorwerfen, dass ich Amanda an Bord geholt habe?»

«Das auch.»

«Dann bringen Sie es hinter sich.»

«Sie haben diese Hexe an Bord gebracht!»

«Und was wollen Sie sonst noch?»

«Dieses unverschämte Miststück hat befohlen, dass wir das Schiff verlassen!»

Das traf Felix wie ein Schlag. Irgendwie war er – obwohl es dafür keinerlei Indiz gegeben hatte – davon ausgegangen, dass Amanda ihn an Bord behalten würde, wenn sie die Eisfrau auftaute.

«Dabei geh ich als Kapitän doch als Letzter vom sinkenden Schiff!»

«Das Schiff sinkt doch gar nicht …»

«Kommen Sie mir jetzt nicht mit Erbsenzählerei! Diese Frau hat mir, meiner Mannschaft und Ihnen dreißig Minuten gegeben, um das Schiff zu verlassen!»

Der Kapitän tigerte nun vor lauter Wut so schnell im Kreis, dass man den Eindruck bekommen konnte, er wolle einen Rundenrekord brechen. Dabei benutzte er lauter Worte, die man in einem Comic in etwa so abdrucken würde: 🌩☠🌀🔫

Felix war froh, dass seine Tochter diese üblen Flüche nicht hörte, jedenfalls so lange, bis Maya sie doch vernahm, denn in diesem Augenblick betrat sie die Sky-Bar.

«Was bedeutet 🌩☠🌀🔫?», wollte sie wissen. Offensichtlich kannte sie vom Schulhof noch nicht jedes üble Schimpfwort dieser Welt.

«Ungefähr 🌩☠🌀🔫», antwortete Lovskar.

«Und was bedeutet das?»

«Etwas, wofür du noch entschieden zu klein bist», mischte sich Felix ein, dem klarwurde, dass er als Erziehungsberechtigter schon bei Mayas Frage «Was bedeutet 🌩☠🌀🔫?» hätte eingreifen sollen.

«Ich bin für nichts zu klein!»

«Oh doch, das bist du!»

«Und das ist auch gut so», ergänzte der Kapitän.

Maya gab auf und grummelte: «Gehen wir jetzt etwa auch von Bord?»

Als Antwort begann der Kapitän wieder, wütend Rundenrekorde zu drehen. Auch Felix begann herumzulaufen. Er wollte die Eisfrau nicht mit Amanda, ihren Soldaten, vor allen Dingen aber nicht mit ihren Wissenschaftlern alleine lassen. Je mehr er herumtigerte, desto frustrierter wurde Felix. Und so merkte er es gar nicht, dass er in den Kapitän hineinlief. Der fluchte: «Passen Sie doch auf, verdammte 🌩☠🌀🔫!»

«Hören Sie endlich auf, ✤☠🐌🔫 zu sagen!», schimpfte Felix.

«Jetzt hast du selbst ✤☠🐌🔫 gesagt, Papa», stellte Maya fest, und Felix murmelte leise: «✤☠🐌🔫.»

«Von euch kann man echt was lernen», grinste Maya, und Felix ärgerte sich, dass seine Tochter das Falsche von ihm lernte. Sie sollte doch gute, große Dinge von ihm lernen, wie ihren Traum zu leben. Alles dafür zu tun. Niemals aufzugeben!

Niemals aufgeben …

Was wäre er für ein Vorbild für seine Tochter, wenn er das jetzt tat?

«Wir bleiben an Bord!», verkündete er.

Der Kapitän hielt mitten in einer besonders schnellen Runde inne: «Was?»

«Sie kennen doch Ihr Schiff wie kein anderer?»

«Nun, der Architekt kennt es vermutlich besser, einige der Offiziere, ich schätze auch mal die meisten Stewards und …»

«Aber kennen Sie einen Ort, wo wir uns verstecken können?», unterbrach Felix.

«Ja, und wie ich den kenne», lächelte der Kapitän.

«Dann werden wir genau das tun!», befand Felix.

«Ja, das werden wir, verdammte ✤☠🐌🔫 noch mal!», rief Lovskar aus.

«Jawohl!», stimmte Maya mit ein und fragte ihren Vater: «Darf ich jetzt auch endlich mal ✤☠🐌🔫 sagen?»

«Ich glaube, das hast du gerade getan», lächelte Felix geschlagen.

19

Felix und Maya staunten nicht schlecht, dass Lovskar sich vom Architekten eine geheime Kabine im Unterdeck hatte einbauen lassen. Der kleine Raum war karg eingerichtet: Pritsche, Holzstuhl, Seemannstruhe, das war es schon an Möbeln. An der Wand hing ein Ölgemälde, das einen Südseestrand mit Palmen zeigte und nicht gerade von einer Qualität war, dass man es in einem Museum hätte aufhängen wollen. Oder in einer Passagierkabine. Oder sonst irgendwo.

«Können die uns hier hören, wenn wir reden?», fragte Maya leise.

«Nein», antwortete Lovskar, «die Kabine ist schalldicht.»

«Schalldicht?» Felix staunte.

«Es hilft, wenn man mal seinen Frust über seine Mannschaft ungestört rausbrüllen kann», seufzte der Kapitän.

Brüll deine negativen Gefühle raus – war dies eine Übung für die GlücksApp?, überlegte Felix sogleich. Es klang ein wenig zu therapeutisch. Seine Oma Nele hatte sich immer über Therapien lustig gemacht, nach dem Motto: ***Es gibt kein Problem, das ein schöner Grog nicht lösen könnte.***

Felix selbst besaß solche Vorurteile nicht, hatte ihm doch der Therapeut, zu dem seine Eltern ihn nach ihrer Trennung geschickt hatten – ein Mann, der mit seinen braunen Pullis und Vollbart aussah, als würde er jeden Augenblick aufspringen und zu einer Anti-AKW-Demo sausen –, sehr geholfen. Jedenfalls so lange, bis Felix merkte, dass der Therapeut eigentlich nicht viel anderes tat, als zu sagen: «Und, wie fühlst du dich dabei?»

Nein, gegen die *Brüll deine negativen Gefühle raus*-Übung sprach nicht, dass sie Menschen wie seine Oma albern finden würden, sondern dass man sich danach nicht glücklich fühlte, sondern lediglich etwas besser. Eine BessergehApp könnte er immer noch auf dem Markt bringen, wenn die GlücksApp ein Erfolg wäre.

«Wie haben Sie den Architekten dazu bekommen, dass er niemandem von der Kabine erzählt?», fragte Felix den Kapitän.

«Ich habe ihn über Bord geworfen», erwiderte Lovskar trocken und hockte sich auf den Holzstuhl.

«Was?»

«Natürlich hab ich das nicht gemacht.»

«Uff!»

«Oder habe ich es vielleicht doch?»

Felix schaute ihn entsetzt an.

Lovskar grinste breit.

«Sie sind anstrengend», stöhnte Felix.

«Danke, gleichfalls», konterte der Kapitän und erklärte dann: «Der Architekt hat den Zweitschlüssel für meine Hütte in Spitzbergen bekommen und kann da Urlaub machen, wann immer er will.»

Maya warf sich auf die Pritsche, nahm ihren Laptop aus der Tasche und wollte im Internet lossurfen, doch Felix mahnte: «Die werden mitbekommen, wenn sich jemand in das WLAN einloggt.»

Maya klappte ihren Laptop gerade noch rechtzeitig zu und fragte genervt: «Und, was machen wir dann?»

Felix hatte keine Ahnung. Viel weiter als an *sich zu verstecken* hatte er bisher noch nicht gedacht. Seine verschwommene Phantasie war, dass er, sobald das Schiff wieder ablegte, irgendwie zur Eisfrau und dem Mini-Mammut vordrang und Amanda davon abhielt, mit den Körpern der armen Wesen – einerlei, ob sie lebendig aufgetaut werden würden oder nicht – Experimente durchzuführen. Doch weder hatte Felix einen Plan, wie er an den Militärs vorbeikommen wollte, noch hatte er sich Worte zurechtgelegt, mit denen er Amanda überzeugen konnte, auf die Experimente zu verzichten. Vor allen Dingen aber hatte er keinen Schimmer, wie man Maya stundenlang in einer Kabine bespaßen konnte.

«Also», Maya sprang auf der Pritsche herum, deren Sprungfedern laut zu quietschen anfingen, «was machen wir nun?»

«Zumindest zerstören wir nicht die Pritsche», brummte Lovskar.

«Ich springe so lange, bis jemand eine bessere Idee hat.»

Die Pritsche quietschte. Quietsch … quietsch … quietsch.

«Hör endlich damit auf!», fauchte Lovskar.

Maya hüpfte weiter, und Lovskar sah ein, dass er mit Befehlen nicht weiterkam. «Was hältst du davon», fragte er, «wenn ich dir eine Geschichte erzähle?»

Maya hörte auf zu springen. «Was für eine?»

«Eine, bei der es um die Insel auf dem Bild geht.»

«Wie heißt die Insel?»

«Fratala.»

«Nie von der gehört.»

«Das ist die schönste Insel der Welt.»

«Ach, dann sieht die gar nicht so aus wie auf dem Bild?» Maya zeigte auf das wahrlich nicht schön gemalte Gemälde.

Felix musste grinsen.

Anstatt pikiert zu reagieren, grinste auch Lovskar. «Nun, meine Malkünste werden Fratala nicht ganz gerecht.»

«Und was ist an der Insel so schön?»

«Wenn der Reisende sie erreicht, kann er sie kraft seiner Gedanken verändern. Alles, was er sich vorstellt, wird Wirklichkeit. Aber nur die guten Dinge. Wenn er sich etwas Schlechtes vorstellt, wird er sogleich von der Insel verbannt und darf sie nie wieder betreten.»

«Hast du dir Fratala ausgedacht?»

«Nein, aber ich bin da schon oft hingereist», lächelte der Kapitän.

Felix fragte sich, ob er den Mann falsch eingeschätzt hatte. Der scheinbar humorlose Griesgram schien eine poetische Seite zu besitzen.

«Ich kann», fragte Maya aufgeregt, «die Insel zum Guten ändern?»

«Mit allem Wunderbaren, was dir einfällt.»

«Dann bekommen dort alle Häuser …»

«Die Frataleros wohnen in Hütten.»

«Dann bekommen dort alle Hütten Sonnenkollektoren.»

«Hm …» Das hatte der Kapitän nicht erwartet.

«Und alle Einwohner kriegen Elektroautos.»

«Das ist das einzig Schöne, das dir einfällt?», staunte der Kapitän, und Felix dachte wie so oft, dass seine elfjährige Tochter viel zu oft viel zu erwachsen war.

«Die Fratalaner …», hob Maya an.

«Frataleros.»

«… die Frataleros werden auch eine CO_2-Steuer zahlen müssen.»

«Na, da werden die aber begeistert sein», erwiderte der Kapitän.

«Natürlich werden sie das, wenn man es ihnen nur gut genug erklärt.»

«Gibt es nicht etwas, was du für dich selber schön finden kannst?»

«Wie meinst du das?», fragte Maya.

«In deinem Alter hatte ich zum Beispiel einen Hund.»

«Einen Hund will ich nicht, aber ...» Maya redete nicht weiter.

«Aber?»

«Ein Einhorn fände ich schön», gab sie zu.

«Ein Einhorn?» Der Kapitän musste lächeln, und Felix freute sich wie immer, wenn seine schlaue Tochter einen kindlichen Wunsch hegte.

«Ja, eins in Regenbogenfarben.»

«Wenn du es dir wünschst, würde es sofort auf Fratala erscheinen.»

Felix schoss es durch den Sinn, dass die Einwohner von Fratala sich deutlich mehr über ein regenbogenfarbenes Einhorn freuen dürften als über eine CO_2-Steuer.

«Kann ich damit dann kuscheln?»

«Klar kannst du damit kuscheln.»

Maya strahlte. Und Lovskar freute sich. Fast so sehr wie Felix.

«Und weißt du, was ich mir noch wünsche?», fragte die Kleine.

«Nein, aber du wirst es mir sicher gleich sagen.»

«Deinen Hund.»

Lovskar fiel die Kinnlade runter.

«Und dann kuschel ich mit dem Einhorn. Und du mit deinem Hund.»

Jetzt strahlte auch der Kapitän. Weil die Kleine so froh war. Aber auch, weil er wohl in Gedanken seinen Hund kuschelte.

Felix begriff, dass es bei der Geschichte von Fratala nicht

wie bei herkömmlichen Geschichten um Spannung, Konflikte oder Emotionen ging, sondern um eine Reise. Zu einem schönen Ort. An dem man verweilen mochte. An dem man glücklich werden konnte.

Warum sollte man sich nicht in Gedanken solche Orte ausmalen? Menschen reisten durch die dritte Dimension – den Raum – hin und her. Und sie reisten durch die vierte Dimension – die Zeit –, wenn auch nur in eine Richtung, immer voran. Und vielleicht war die fünfte Dimension die der Phantasie. Warum nicht?

Reise in deinen Gedanken an einen Ort, der dich glücklich macht.

Einige GlücksApp-Nutzer würden bei dieser Übung wohl in die Alpen reisen, andere an die Strände der Seychellen oder zu den Sonnenaufgängen über der namibischen Wüste. Wiederum andere würden zu Menschen aufbrechen, die sie lieben, aber bei denen sie gerade nicht sein können. Und Menschen wie Maya und der Kapitän würden neue Welten erfinden. Sie würden für die beiden realer sein als Orte, die es tatsächlich gab, zu denen sie sich aber niemals verirren würden, wie zum Beispiel Kasachstan, Sibirien oder Solingen. Und wenn die Menschen in Gedanken an solchen Phantasieorten verweilten, würden sie so gute Laune verspüren wie Maya und Lovskar gerade bei der Vorstellung, mit Einhorn und Hund zu kuscheln.

Damit hatte Felix bereits fünf Übungen zusammen:

Reise in deinen Gedanken an einen Ort, der dich glücklich macht.

In dir liegt ein Glücksvorrat verborgen, auf den du immer wieder zurückgreifen kannst.

Jeder Fehler, den du machst, hat auch eine gute Seite.

Lerne die kleinen Glücksmomente festzuhalten.

Geh mit einem Lächeln durch die Welt.

Felix fand es schade, dass er nicht auch noch Oma Neles Übungen hinzufügen konnte:

Trink dreimal am Tag Doppelkorn.

Es gibt kein Problem, das ein schöner Grog nicht lösen kann.

Aber auch so hatte er das Gefühl, schon viel geschafft zu haben. Dabei ahnte Felix nicht, dass seine Reise noch gar nicht wirklich begonnen hatte …

«Das Schiff legt ab», stellte Maya plötzlich fest.

… das tat sie erst jetzt so richtig.

20

Als Urga aufwachte, fror sie noch mehr als einst im Wald. Ihr Körper zitterte nicht nur vor Kälte, sondern auch vor Angst. Ach was, Angst, purem Terror! Sie lag auf einer kalten, fremdartigen Bahre, die so ganz anders aussah als jene, auf der ihr Stamm die Toten zu Grabe trug. In Urgas Armen steckten ebenso fremdartige durchsichtige dünne Seile, durch die ein merkwürdig dickes grünes Wasser hindurch in ihren Körper floss. Das Licht, das ihr von oben in die Augen schien, war grell und stammte weder von der Sonne noch von einem Feuer. Um ihre Augen zu schützen, blickte Urga zur Seite. Dort lag Trö, ebenfalls auf einer dieser seltsamen Bahren. In ihm steckten auch diese merkwürdigen Seile. Das arme Tier zitterte vor Furcht, genau wie Urga. Kaum hatte sie dies bemerkt, hörte Urga schlagartig auf zu schlottern. Sie musste Trö befreien. Sofort!

Sie richtete sich auf, riss sich die Seile aus dem Körper, was sehr schmerzhaft war, aber sie biss die Zähne zusammen. Sie wollte den armen Trö nicht noch mehr erschrecken, aber vor allen Dingen wollte sie nicht diejenigen, die ihnen beiden das angetan hatten, warnen. Urga sprang von der Bahre, eilte zu dem Baby-Mammut und entfernte ihm vorsichtig die Seile aus dem Körper. Danach tröstete sie das wimmernde Tier, indem sie es ganz fest an sich drückte.

«Alles wird gut», wisperte sie dem ferkelgroßen Trö zu, ohne dass sie selbst es wirklich glaubte, und hob ihn hoch. Erst nachdem das erschöpfte Mammut an ihrer Brust eingeschlafen war, sah Urga sich richtig um. Sie befand sich in einer sehr, sehr kalten, unnatürlich wirkenden Höhle. Überall piepten und flimmerten ungewöhnliche Gegenstände, die ihr noch mehr Angst einjagten. Doch sie durfte ihr nicht nachgeben, für Trö musste sie stark sein!

Urga erinnerte sich daran, was ihre Mama ihr einst geraten hatte: «Wenn du Angst hast, dann pule den Dreck aus deinem Bauchnabel.»

«Warum?», hatte sie ihre Mama gefragt.

«Das lenkt dich von deiner Angst ab», war ihre Antwort.

Urga hatte schon damals bezweifelt, dass ihr dies weiterhelfen würde, wenn – nur mal so als Beispiel – ein Säbelzahntiger vor ihr stand. So verzichtete sie auch jetzt darauf, sich mit ihrem Bauchnabel zu beschäftigen, und versuchte lieber zu verstehen, was mit ihr und Trö geschehen war. Sie waren nicht mehr im Wald. So viel war klar. Das Letzte, woran Urga sich erinnern konnte, war, dass der Eissturm sie erfasst hatte …

War sie etwa tot?

Und Trö auch?

Befanden sie sich im Reich der Toten?

In dieser kalten Höhle sah es jedoch ganz anders aus als in dem Jenseits, von dem der Stammesälteste immer gepredigt hatte. Dort sollten die besten Jäger nach dem Tod zum großen Gott Grangdning in eine wunderschöne warme Höhle kommen, in der es für sie Mammutfleisch in Hülle und Fülle gab und ihnen die schönsten Frauen willig zu Diensten waren. Die ungehorsamen Frauen hingegen kämen nach dem Tod zur Göttin Brund in eine karge Höhle und müssten sich dort von Fußnagelbrei ernähren.

Urga hatte beide Höhlen für Frauen als nicht sonderlich

reizvoll empfunden, aber wenn man ihr einen Speer an die Brust gehalten und sie gezwungen hätte, sich für eine der beiden Nachwelten zu entscheiden, wäre sie in jene mit dem Fußnagelbrei gegangen.

Hier aber war sie offensichtlich weder bei Grangdning noch bei Brund. Das bedeutete, sie war noch am Leben und wohl von Dämonen gefangen.

Urga ging vorsichtig durch die Eishöhle, den schlafenden Trö dabei in den Armen. Auf hohen Holzlagern stapelte sich Fleisch, das in etwas Durchsichtigem, Unnatürlichem eingewickelt war. Ob das hier das Futterlager der Dämonen war? Falls ja, mussten es bei den Mengen an Fleisch unfassbar viele Dämonen sein.

Mit einem Mal hörte Urga Schritte. Sie hielt inne. Ein Dämon, gewiss! Wie könnte sie ihm entkommen? Oder sollte sie ihn attackieren? Doch womit? Sie setzte Trö auf dem kalten Boden ab und nahm ein großes Stück eingewickeltes Fleisch – es wog so viel wie ein schwerer Stein –, gewillt, den Dämon damit anzugreifen. Doch als der um die Ecke trat, war Urga von seinem Anblick so erstaunt, dass sie mit dem Werfen zögerte. Sie hatte sich vorgestellt, dass das Biest Hufe haben würde und Hörner. Aber dieser Dämon hier war dünn, trug ein weißes Gewand, hatte keine Haare im Gesicht – selbst die glattgesichtigsten Frauen in Urgas Stamm besaßen mehr Barthaare als er –, und um seine Augen herum war ein rot gerändertes Ding. Als er Urga bemerkte, fluchte er: «✱ϟ🖕!»

Natürlich verstand Urga nicht, was der böse Geist da sprach. Sie warf das Fleisch, verfehlte den Dämonen jedoch knapp, denn ihr Arm war von der Kälte noch zu schwach, um genau zu zielen.

Der Geist rief: «🖕🖕🖕», und lief um sein unnatürliches Leben. Urga hob Trö, den sie nicht alleine lassen wollte, auf und rannte dem Unhold hinterher, so schnell sie es mit dem Tier in den Armen vermochte. Wenn sie den Dämon zu packen bekam, würde sie ihn so lange schütteln, bis er ihr verriet, wo genau er sie hinverschleppt hatte.

Das Biest sprach bei seiner Flucht in ein eckiges Ding weitere Worte, die Urga nicht verstehen konnte: «Die Eistante ist wach! Und sie hat sich von den Geräten abgestöpselt! Sie will mich umbringen! … Nein, ich scherze nicht! … Ich hab mir auch nichts eingeworfen! Wenn hier jemand was wirft, dann ist sie das. Und zwar Fleisch!»

Obwohl ihre Beine schwach und müde waren und Trö durchaus einiges wog, holte Urga auf. Als der Dämon auf eine Wand zulief, frohlockte sie innerlich: Er saß in der Falle! Doch dann tat er etwas, was sie noch nie zuvor gesehen hatte: Er zog einen Teil der Wand zu sich und verschwand durch einen Spalt in eine andere, hellere Höhle dahinter.

Urga hielt vor Staunen inne. Sie konnte nicht umhin zu denken: Wenn unser Stamm anstatt des Höhleneingangs auch so eine Wand hätte, die man auf- und wieder zumachen könnte, würden wir weniger frieren.

Sie ging auf das Loch in der Wand zu, trat vorsichtig mit Trö in die hellere Höhle und stellte fest, dass es hier auch wärmer war. Der Boden war mit einem weichen, blauen Fell belegt. Welches Tier war blau und hatte so viel Fell? Etwa ein gigantisches Mammut, das sich in Waldbeeren gewälzt hatte?

Urga hörte wieder Schritte. Diesmal stammten sie jedoch von vielen Dämonen. Erschrocken rannte sie davon. Doch auch aus der Richtung, in die sie lief, näherten sich Schritte. Urga konnte weder vor noch zurück, sie war gefangen. Zu allem Überfluss wachte Trö auch noch auf. Erst schien ihm die Wärme dieser neuen Höhle zu behagen, doch als er Urgas Angst spürte, begann er wieder zu zittern.

Die Dämonen traten um die Ecke auf Urga zu. Sie waren größer und kräftiger als der dünne Geist in der eisigen Höhle. Alle trugen ein merkwürdiges, dunkelgrünes Fell, mit dem sie sich im Wald gut hätten verstecken können. Angeführt wurden sie von einer kleinen Dämonin mit weißem Fell, das sogar ihren Hals bedeckte. Ein solch hässliches Weibchen hatte Urga in ihrem ganzen Leben noch nicht gesehen: so dürr!

Und auch wenn Urga die Worte nicht verstand, die diese Dämonin spie, so verstand sie doch sehr wohl, was die Hagere meinte, als sie sagte: «Packt sie!»

21

Als Felix die Schritte der Soldaten hörte, erzählte Maya gerade Lovskar, wie dessen Hund Thori in Fratala den *Kauknochen-Such-Wettbewerb* gewann.

«Da passiert etwas», unterbrach Felix seine Tochter.

«Ja!» Maya hopste von der Pritsche auf den Boden. «Und wir müssen herausfinden, was!»

«Das ist aber gefährlich.» Bei dem Gedanken herauszugehen wurde Felix mulmig zumute.

«Sind wir Männer oder Mäuse?», fragte Lovskar, der vom Holzstuhl aufstand.

«Männer oder Mäuse?», fragte Maya.

«Das ist so eine Redensart …», hob Lovskar an, aber die Kleine unterbrach ihn: «Das weiß ich. Aber warum heißt es nicht ‹Sind wir Frauen oder Mäuse›?»

«Weil … weil … wir Männer sind …», antwortete Lovskar.

«Ich nicht», stellte Maya sehr zutreffend fest.

«Nein, du nicht», musste Lovskar eingestehen.

«Dann sagen wir doch: Sind wir Menschen oder Mäuse», schlug Maya vor, und Lovskar grinste: «Du hast recht, es wäre so vieles besser in dieser Welt, wenn man statt Mann oder Frau einfach Mensch sagt.» Dann wandte er sich sogleich an Felix: «Also, sind wir Menschen oder Mäuse?»

«Lieber Mäuse.»

«Falsche Antwort.»

«In der Schule würdest du dafür eine Sechs bekommen», erklärte Maya.

«Aber Mäuse», erwiderte Felix, «sind verdammt kluge Tiere, die bauen Nester und können selbst aus Mäusefallen Käse klauen. Die legen sich nicht mit Soldaten an …»

«Na schön. Ich gehe dann mal», unterbrach der Kapitän und öffnete die Tür. Noch bevor Felix «Maya, wir bleiben hier» rufen konnte, schlüpfte die Kleine durch den Spalt.

«Sie ist jedenfalls keine Maus», lächelte Lovskar.

«Nein, das ist sie nicht», pflichtete Felix ihm, halb geschlagen, halb stolz, bei.

«Dann seien Sie auch keine», riet der Kapitän und folgte Maya. Felix seufzte, dann setzte auch er sich in Bewegung und holte die beiden im Gang wieder ein.

Plötzlich blieb Lovskar stehen. «Die Schritte sind jetzt im Stockwerk über uns», stellte er fest.

«Nehmen wir die Treppe?», fragte Felix ihn.

«Nein, den Fahrstuhl.» Lovskar deutete auf einen Aufzug, der keine zwei Meter von ihnen entfernt war.

«Aber stecken wir dann nicht in der Falle, wenn der sich öffnet?»

«Wir können damit in Windeseile viele Stockwerke nach oben oder unten sausen. Auf der Treppe würden wir sofort von den Soldaten eingeholt. Das Problem sind nur die paar Sekunden, bis die Tür sich schließt.»

«Sie haben sich darüber viele Gedanken gemacht.»

«Das alles sagt mir meine Erfahrung.»

«Erfahrung?», staunte Felix.

«Sie glauben ja gar nicht, wie viele Witwen hinter einem Kapitän her sind.»

Felix erkannte nun, dass Lovskar ganz anders war als sein Vater, Felix Sommer senior. Der hätte nie den Fahrstuhl genommen, um einer Versuchung zu entgehen. Was Felix aber noch nicht ganz klar war: Wollte Lovskar einfach alleine sein, weil er die Menschen nicht mochte? Oder suchte ausgerechnet dieser knorrige Mann nach der wahren Liebe?

«Wollen wir hier rumlabern oder losfahren?», fragte Maya, die sich mittlerweile in die Lichtschranke des Fahrstuhles gestellt hatte.

Felix hätte so gerne «Rumlabern» geantwortet, doch stattdessen erwiderte er: «Wir fahren.»

Alle drei betraten den Fahrstuhl, in dem – wenig überraschend – Fahrstuhlmusik lief. Eine plätschernde instrumentale. «Der Erfinder dieser Musik gehört in die Hölle», stöhnte Lovskar.

«So übel ist die doch gar nicht», fand Felix.

«Wenn Sie die Melodie monatelang hören, tagein, tagaus, denken Sie anders.»

Maya drückte auf den Knopf, und der Fahrstuhl setzte sich in Bewegung.

«Papa? Retten wir jetzt die Eisfrau und ihr Mammut?»

Felix blickte in die hoffenden Augen seiner Tochter. Er mochte ihr nicht von seinen Zweifeln erzählen, dass die Steinzeitfrau und das Mini-Mammut vielleicht doch nicht mehr aufzutauen sein würden. Und ihr auch nicht erklären, dass, selbst wenn die beiden am Leben waren, er und Lovskar sie wohl niemals von Bord bringen könnten. So entschloss er sich zu antworten: «Ja, wir retten die Steinzeitfrau und ihr Mammut.»

«Vielleicht», lächelte Lovskar, «sind Sie ja doch keine Maus.»

Diese Anerkennung richtete Felix zu seiner eigenen Überraschung fast ein wenig auf. Und als Maya dann noch sagte: «Papa, du bist prima!», erfüllte ihn jene Art Glück, die man nur empfand, wenn jemand anders so richtig, richtig stolz auf einen war.

Mache jemanden stolz auf dich.

Aber diese Übung, dachte sich Felix sogleich, könnte auch ins Unglück führen, wenn man sich Mühe gibt und der andere einem das Lob versagt. Spontan musste er an eine Szene mit seinem Vater denken. Sie waren im Schwimmbad, als Felix sich nicht vom Dreimeterbrett getraut hatte, sein Vater ihn daraufhin runterschubste, er ins Wasser fiel und vor lauter Schreck nicht mehr wusste, wie er wieder hochgelangen konnte. Dabei konnte er schwimmen. Erst als Felix vor Panik unter Wasser hilflos mit den Armen ruderte, holte sein Vater ihn raus und legte ihn anschließend auf die kalten, nassen, nach Chlor stinkenden Fliesen am Beckenrand. Dabei sah der Senior ihn nicht besorgt oder freundlich an, wie jeder andere Vater es getan hätte, sondern einfach nur genervt. Seit jenem Tag war Felix nie wieder im Wasser gewesen.

In Situationen wie dieser, von denen es viele in seiner Kindheit gegeben hatte, hatte Felix immer nur aufgegeben.

Hätte er angefangen zu weinen, hätte er womöglich nicht mehr aufhören können. Denn damit hätte er sich eingestehen müssen, dass sein Vater ihn nicht liebte.

Mache jemanden stolz auf dich, beschloss Felix im Fahrstuhl, müsste noch einen Zusatz bekommen: ***aber überlege dir dabei genau, wen.***

«Ich will auch mal das Mammut kuscheln!», sagte Maya.

Felix blickte in ihr strahlendes Gesicht. Seine Tochter wollte er ganz gewiss stolz machen!

Da machte es *Ping*, und die Fahrstuhltür ging auf. Vor ihnen stand die Eisfrau. Mit dem Baby-Mammut in den Armen. Umzingelt von Soldaten. Und dann war da Amanda, die zu Felix sagte: «Na, du hast mir zu meinem Glück gerade noch gefehlt.»

22

Felix ging auf Amandas Bemerkung nicht weiter ein, denn er konnte den Blick nicht von der Eisfrau wenden. Obwohl ihr Körper grobschlächtig war, wirkte sie zutiefst menschlich, so wie sie das ängstliche Mammut an sich drückte. Die Eisfrau blickte nun ihrerseits zu Felix, und instinktiv rief er ihr zu: «Komm hierher!»

Sie verstand Felix' Worte nicht, aber sein Winken schon. Auch Maya und Lovskar riefen ihr zu und winkten: «Komm hier herein! Komm hier herein!»

Die Frau blickte zu den Soldaten, dann zu den dreien im Fahrstuhl. Es war jedoch das Mammut, das entschied. Mit seinem kleinen Rüssel deutete es zu Maya und gab damit der Eisfrau das Signal, in den Fahrstuhl zu laufen.

«Packt sie alle», befahl Amanda kühl, und die Soldaten stürzten los. Lovskar drückte den Knopf für das Oberdeck und die Tür-zu-Taste. Felix wünschte sich, dass der Fahrstuhl so schnell schließende Türen besessen hätte wie jener im *Raumschiff Enterprise.* So aber hatte die Tür noch dreißig Zentimeter zurückzulegen, als Amanda rief: «Wenn ihr sie nicht erwischt, lass ich euch nach Afghanistan versetzen!»

Die Soldaten legten darauf noch einen Zahn zu.

Noch zwanzig Zentimeter.

«Zum Minenräumen!»

Noch zehn Zentimeter.

«Oder», erhöhte Amanda das Drohpotenzial, «ins Weiße Haus!»

Ein Soldat sprang mit dem Fuß voran auf den Fahrstuhl zu, in der Hoffnung, ihn noch rechtzeitig in den sich schließenden Spalt zu bekommen.

Die Tür schloss sich. Man hörte noch, wie der Soldat mit seinem Fuß dagegenknallte und «I broke my 👊 🔫 💀 foot», brüllte. Der Fahrstuhl sauste nach oben, und die Eisfrau fragte, trotz all ihrer Furcht bemüht, tapfer zu wirken: «Orkdrigsfmrpfl?»

Und Felix dachte bei sich: *Google-Translate* wird uns jetzt kaum weiterhelfen.

Es waren drei überaus hässliche Wesen, mit denen Urga in dieser kleinen engen und leuchtenden Höhle gefangen war. Einer Höhle, die sich zu allem Überfluss auch noch zu bewegen schien und in der von irgendwoher merkwürdige Musik erklang. Diese Wesen sprachen alle in einer fremden Sprache. Dämonen waren sie vermutlich nicht, denn die drei hatten Trö und sie ja gerettet, und so etwas wie gute Dämonen gab es nicht. Es musste sich bei ihnen also um Menschen handeln, auch wenn sie seltsam aussahen. Das Männchen mit den hellen Haaren war spindeldürr – bei Brund, gab es in dieser Gegend gar nichts zu essen? –, und das andere Männchen, das wenigstens Haare im Gesicht hatte, schien älter zu sein als jeder andere Mensch, dem Urga bisher begegnet war. Aber warum besaß er dann noch so viele Zähne?

Das kleine Mädchen jedoch wirkte am fremdartigsten, denn es besaß rote Haare. Unter anderen Umständen hätten sie Urga große Angst bereitet, aber es gab so viele Dinge, die hier zum Fürchten waren, da waren rote Haare ihr geringstes Problem.

Das Mädchen deutete auf Trö und machte Zeichen. Offenbar wollte sie wissen, ob sie das Mammut streicheln durfte. Trö schnupperte neugierig an der Kleinen und schien vor ihr keine Angst zu haben. Also nickte Urga.

«Papa, das Mammut fühlt sich ganz weich an», lächelte Maya, und Felix schaute zu, wie seine Tochter das jahrtausendealte Tier streichelte und dies sich das gerne gefallen ließ. So sehr, dass es brummte und die Eisfrau damit sogar ein wenig zum Lächeln brachte, trotz der furchtbaren Situation, in der sie sich befand.

Streichele ein Tier ...

... dachte sich Felix. Um dann gleich festzustellen, dass dies keine allzu gute Übung war, wenn man Goldfische besaß.

«Die werden uns schnell einholen», raunte der Kapitän Felix zu.

«Wir haben also keine Chance?»

«Ich würde gerne ‹Doch, die haben wir, seien Sie also keine Maus› sagen.»

«Aber Sie mögen nicht lügen?»

«Genau.»

«Na wunderbar.»

«Aber ich kann uns ein paar weitere Minuten besorgen.»

«Wie?»

«Die Fahrstühle sind alle miteinander vernetzt. Wenn wir mit unserem oben angekommen sind, schließe ich die ganze Anlage kurz», antwortete Lovskar und entfernte die Armaturenplatte, hinter der Drähte, Leitungen und ein Display zum Vorschein kamen.

«Großartig.»

«Freuen Sie sich nicht zu früh. Selbst mit den paar Minuten, die ich damit hole, haben wir keine Chance.»

«Kapitän?»
«Ja?»
«Werden Sie bitte nie Motivationstrainer.»

Urga sah zu dem kleinen Trö. Er war dermaßen glücklich, gestreichelt zu werden, dass er vor lauter Freude pupste. Die Fremden wandten sich angewidert ab, und die beiden Männer sagten lauter Dinge, deren Bedeutung Urga nicht verstand: «Wie kann so ein kleines Ding solche Blähungen entwickeln?», «Das muss sich über die Jahrtausende angestaut haben», «Damit könnten wir die Soldaten in die Flucht schlagen!» Und das kleine Mädchen meinte: «Ich war mal versehentlich auf dem Jungenklo in der Schule, das roch schlimmer.»

Urga drückte das Mammut noch ein wenig mehr an sich. Nach seinem Pups war Trö das einzig glückliche Wesen in dieser wie durch Magie nach oben sausenden Höhle.

Felix hielt sich die Nase zu. In diesem Moment, wo sich das kleine Mammut erleichterte, ging ihm auf, dass manchmal schon die ganz einfachen Dinge, die einen ständig umgaben, Glück vermitteln konnten, wie zum Beispiel frische Luft.

Freue dich über die einfachen Dinge.

Ein weiterer Spruch für seine GlücksApp. Da machte es wieder Ping, der Fahrstuhl öffnete sich, Lovskar riss ein paar Drähte aus dem freigelegten Display heraus, dann stürmten alle hinaus auf das Oberdeck, das von der untergehenden Arktissonne beschienen war, und schnappten nach frischer Luft.

Urga fand sich weit oben auf einem sehr hohen, unnatürlichen Grund wieder. Kein Hügel, so viel war klar, denn sie stand nicht auf Gras, sondern auf einer Art Metall. Und der Grund bewegte sich! Das war aber noch nicht mal das Erstaunlichste, denn wohin Urga auch blickte, war sie von Wasser umgeben. Sie war noch weiter entfernt von zu Hause, als sie bisher gedacht hatte.

Zu Hause …

Org. Arga. Irga …

Urga wandte sich an die drei Menschen und fragte mit vor Verzweiflung bibbernden Steinzeitfraulippen: «Org? Arga? Irga?»

Felix verstand nur «Org Arga Irga».

Lovskar hingegen begriff. «Sie fragt nach ihren Leuten», raunte er.

Welche Reaktion war nun die anständigste?, fragte sich Felix darauf. Mit den Schultern zucken und so tun, als ob man nicht wüsste, was sie meinte, um ihr vorerst noch mehr Leid zu ersparen? Oder ihr erklären, was geschehen war? Dass sie gleichsam in die Zukunft gereist war, würde sie wohl kaum verstehen, aber dass ihre Stammesmitglieder nicht mehr lebten, vermutlich schon. Felix entschied sich für die einfachere Lösung: «Wir sagen erst mal nichts.»

«Wir müssen es ihr aber erzählen», hielt Lovskar dagegen, «alles andere ist feige!»

«Org, Arga, Irga?», fragte die Eisfrau noch einmal.

«Aber es würde ihr noch mehr Leid bereiten», widersprach Felix dem Kapitän.

«Sie ahnt es doch ohnehin schon!»

«Org, Arga, Irga?»

«Wir wissen doch gar nicht, wie sie reagiert!»

«ORG, ARGA, IRGA?»

«Sind wir Menschen oder Mäuse?», mischte Maya sich ein.

Felix begriff, dass seine kleine Tochter recht hatte: Es war wirklich das Menschlichste, die Wahrheit zu sagen und das arme Wesen aus dem Eis nicht noch länger im Unklaren zu lassen. Jeder hatte das Recht, in seinem Leid nicht auch noch angeschwindelt zu werden.

«Aber wie sollen wir es ihr verständlich machen, Kapitän?», fragte Felix. «Können Sie etwa Steinzeitisch?»

Die Eisfrau sah aufgeregt zwischen den beiden hin und her, ahnte wohl, dass sie gleich die Wahrheit hören würde, und vermutlich auch, dass die ihr das Herz brechen würde.

«Nein, aber es gibt Handzeichen, die die Menschen bestimmt schon seit Jahrtausenden benutzen.»

Während Felix überlegte, welche Handzeichen Lovskar meinte – das Bekreuzigen gab es zwar schon seit Jahrtausenden, aber eben nicht seit allzu vielen –, führte der Kapitän schon die Hand zum Hals und machte eine Kehle-Durchschneid-Bewegung.

Felix hätte das Bekreuzigen eleganter gefunden.

Urga sah, wie der alte Mann die Bewegung noch einmal wiederholte, dabei hatte sie ihn schon beim ersten Mal verstanden. Wenn sie ehrlich zu sich war, war ihr die Lage bereits vorher klar gewesen, als sie aus der nach oben sausenden Höhle an die frische Luft gelangte. Menschen oder Dämonen, wer auch immer dieses unnatürliche, sich im unendlichen Wasser bewegende Ding beherrschte, hatte ganz gewiss auch ihren Stamm überrollt.

Org.

Arga.

Die kleine Irga.

Alle tot.

Es tat unendlich weh.

Wie noch nie etwas zuvor.

Nicht mal der Tod von Mama hatte Urga so sehr erschüttert, denn Urga hatte ja immer noch andere Menschen gehabt, die ihr etwas bedeuteten.

Die kleine Irga …

In die Trauer um die Menschen, die sie liebte, mischte sich noch ein anderer Gedanke, der Urga das Herz komplett zerriss: Sie war nun allein auf der Welt. Ganz allein. Für immer.

Trö schmiegte sich an ihre Brust, um ihr zu bedeuten, dass sie eben nicht allein war. Aber das kleine Mammut konnte Urga den Schmerz nicht nehmen. Wie auch? Sie hatte ihre Familie verloren. Ihren ganzen Stamm. Wenn niemand mehr lebte, den sie kannte … den sie liebte …

… wie sollte sie da selbst noch leben?

Weder Felix noch Lovskar, noch Maya wussten, welche Handzeichen sie vollführen konnten, um die Untröstbare zu trösten.

Langsam ging die Frau von ihnen weg. Hin zur Reling. Maya wollte ihr folgen, aber Felix hielt sie zurück: «Die Frau braucht ein wenig Zeit für sich.»

«Zeit, die wir nicht haben», gab Lovskar zu bedenken, «die Hexe wird hier gleich mit ihren Soldaten erscheinen.»

«Wir geben ihr noch ein paar Minuten.» Felix blieb stur und war erstaunt, dass Lovskar nickte. Es war das erste Mal, dass der Kapitän auf ihn hörte.

Die Eisfrau erreichte die Reling und setzte das Mini-Mammut auf dem Boden ab.

«Warum macht sie das?», fragte Felix.

«Vielleicht muss Horni mal Pipi», antwortete Maya.

«Du nennst das Mammut ‹Horni›?»

«Ja, es hat doch Hörner.»

Felix musterte seine Tochter und überlegte, ob er ihr erklären sollte, dass der Begriff im Englischen keine jugendfreie Bedeutung besaß. Aber dann hätte er ihr auch erklären müssen, was es mit dem Wort eigentlich auf sich hatte. So beschloss er, dass das Mammut vorerst Horni heißen durfte.

«Ich befürchte», sagte Lovskar, «es geht nicht darum, dass das Mammut mal muss.»

Felix blickte wieder zu der Eisfrau. Sie kletterte auf die Reling. Felix war sofort klar, was sie vorhatte: «Sie will springen.»

23

Urga stand auf dem Vorsprung des fahrenden Hügels und blickte auf das unendliche Wasser, in dem Eisschollen trieben. Wenn sie jetzt sprang, würde sie sterben. Keine Frage. Und danach entweder in die Höhle von Grangding gelangen oder in die von Brund. Aber in welcher auch immer sie landete, sie würde dort Menschen aus ihrem Stamm treffen. Mama? Org? Arga? Irga? Alle? Hoffentlich alle!

Klar, sie würde Trö alleine lassen in dieser fremden Welt. Aber vielleicht würde das Mädchen mit den roten Haaren sich um ihn kümmern. Doch selbst wenn die Kleine das Mini-Mammut über dem Lagerfeuer grillen würde, Urga könnte nicht bei ihm bleiben. Nicht mit dem Schmerz in der Brust, der immer größer wurde und so lange weiterwachsen würde, bis sie im Inneren aus nichts anderem mehr bestand als aus Schmerz.

Urga kamen die Tränen, doch sie ließ nur eine davon fließen. Würde sie jetzt nachgeben und losweinen, hätte sie gewiss nicht mehr die Kraft, ihren Mut zusammenzunehmen und in den Tod zu springen.

Urga ging ein wenig in die Knie, bereit zum Absprung von der Schiffsreling. Gleich würde der Schmerz ein Ende haben. Und sie dürfte endlich wieder bei den Menschen sein, die sie liebte. Jedenfalls wenn der Stammesälteste recht hatte und es tatsächlich ein Totenreich gab. Er musste einfach recht haben! Dieser dumme, alte, widerliche, zahnlose Wicht. Selbst ihn würde sie im Jenseits umarmen.

Urga war so verzweifelt, dass sie sogar leise zu dem Gott Grangding betete, dass er sie wieder mit ihren Liebsten vereinte. Wenn er ihr diesen Wunsch erfüllte, würde sie ihm stets zu Diensten sein.

Sie spannte ihre Füße. Wollte springen. So weit sie nur konnte. In das kalte, tiefe Wasser, das ihre Lungen füllen und ihr den Schmerz nehmen würde, sobald sie auf ewig in ihm versank. Doch da hörte sie auf einmal: «Hey!»

Urga blickte zur Seite. Nur fünf Schritte von ihr entfernt stand der alte Mann mit dem Bart. Und der … reichte ihr die Hand.

Am liebsten hätte Felix seine Tochter ins Bett geschickt. Maya sollte nicht Zeuge werden, falls die Eisfrau sich ins Meer stürzte. Doch dann wäre seine Tochter in die Arme der Soldaten gelaufen, die jeden Augenblick hier auftauchen mussten. Daher hielt Felix ihr die Hand vor die Augen, zumindest so lange, bis Maya ihm mit der Ferse gegen das Schienbein trat und er sie vor lauter Schreck wieder losließ. So beobachteten sie nun beide, wie Lovskar einen weiteren Schritt auf die Eisfrau zumachte. Es war wie in *Titanic*, als Jack seine Rose vom Springen abhalten wollte, und zugleich auch wieder gar nicht wie in dem Film, denn es gab kaum zwei Menschen, die sich mehr von dem jungen Leonardo di Caprio und der jungen Kate Winslet hätten unterscheiden können als die Steinzeitfrau und der Kapitän. Wenn Lovskar versuchte, sich zu der Eisfrau auf die Reling zu stellen und «Ich bin der König der Welt» zu rufen, würde er spätestens nach «Ich bin …» mit ihr ins Meer fallen.

Auch wenn Øyvind Lovskar verstand, warum die Eisdame nicht mehr leben wollte, durfte sie auf keinen Fall springen. Egal, was die Hexe von der Cyrodingsda-Firma sagte, dies hier war immer noch sein Schiff. Er war für jeden Menschen an Bord verantwortlich. Keiner durfte hier sterben, solange er das Kommando hatte!

Lovskar blieb vor der Steinzeitfrau stehen und streckte die Hand noch ein wenig mehr aus. Ihr breites Gesicht, auf dem eine Träne kullerte und in der untergehenden Arktissonne blitzte, war für ihn – jetzt wo er sie von nahem das erste Mal so richtig anblickte – überraschend schön. Nicht in einem herkömmlichen Sinne wie das seiner Exfrau. Die war äußerlich hochattraktiv, hätte man aber ein Bild von ihrem Charakter gezeichnet, hätte es vermutlich ausgesehen wie ein Porträt von Margaret Thatcher oder von Cruella de Vil oder von Tschernobyl. Nein, die Eisdame war auf eine andere Art und Weise schön, die Lovskar in diesem Augenblick nicht genau für sich definieren konnte, unter anderem weil er «Aua!» brüllen musste.

Das Mini-Mammut hatte mit den Stoßzähnen gegen seine Schienbeine gestoßen. Nicht so heftig, dass es eine Wunde hatte reißen können, dafür war das Tierchen viel zu klein und seine Stoßzähne viel zu stumpf, aber es würde üble blaue Flecken geben. Anscheinend glaubte das Biest, er würde sein Frauchen attackieren. Am liebsten hätte Lovskar das Viech am Rüssel gepackt und weit über die Reling hinaus ins Meer geworfen, aber ihm war natürlich klar, dass dies gegenüber der Steinzeitdame keine allzu vertrauensbildende Maßnahme gewesen wäre. So schob er den Schmerz beiseite. Schließlich war er rein gar nichts verglichen mit jenem Leid, das die Steinzeitfrau empfinden musste. Lovskar rang sich ein Lächeln ab, was ihm aber nicht recht gelang, da das schnaubende Mini-Mammut erneut die Stoßzähne gegen seine Scheinbeine rammte.

Das gequälte Gesicht des alten bärtigen Mannes erinnerte Urga an Org und die Miene, die er zog, als sich einmal ein Säbelzahneichhörnchen in seinem Schritt festgebissen hatte. Org hatte damals mit plötzlich arg hoher Stimme geflunkert, es würde ihm rein gar nichts ausmachen, dass das kleine Biest nicht losließ. Der alte Mann jedoch, der ihr die Hand ausstreckte, war ganz anders als Org. Ihm ging es nicht darum, seine Manneswürde zu bewahren. Er versuchte zu zeigen, dass er ihr freundlich gesinnt war. Und er reichte ihr die Hand, weil er nicht wollte, dass sie sich das Leben nahm. Diese Freundlichkeit lenkte Urga von ihrem Schmerz ab. So sehr, dass sie sagte: «Trö, lass ab!»

Natürlich ließ Trö nicht ab und rammte den alten Mann noch mal.

Jetzt verdrehten sich die Augen des Alten bedenklich. Und da das kleine Mammut erneut zustieß, sah Urga keine andere Möglichkeit, als zu springen.

Die Steinzeitfrau hüpfte rückwärts von der Reling auf das Deck. Ein Teil von Lovskar freute sich darüber, hatte er doch sein Ziel erreicht: Die Eisdame würde sich nicht umbringen. Jedenfalls nicht auf der Stelle. Ein noch viel größerer Teil von ihm wollte aber nun dem Mini-Mammut den Garaus machen, egal ob das auf die Frau einen schlechten Eindruck machte oder nicht. Doch bevor es dazu kam, zog die Steinzeitdame das Tier am Schwanz und hob es zu sich hoch.

Der kleine Trö warf Urga einen irritierten Blick zu. Doch sie wusste, dass er es nur gut gemeint hatte, und sagte daher: «Hast du fein gemacht.» Daraufhin drückte sich das kleine Tier zufrieden an sie. Dann sah Urga zu dem alten Mann. Der hielt sich mit der Hand eins seiner Schienbeine und sagte: «Danke.»

Es war das erste Wort, das Urga in der fremden Sprache verstand. Und da der Mann sie davor bewahrt hatte, sich überhastet das Leben zu nehmen, wurde es auch zu dem ersten Wort, das sie in dieser neuen Sprache von sich gab: «Danke.»

24

Als Felix mit Maya auf Lovskar und die Eisfrau zutrat, sagte sie auch zu ihm: «Danke.» Es hörte sich zwar etwas mehr nach «Donke» an, aber Felix begriff, dass die Eisfrau froh war, dass er sie in den Fahrstuhl gewunken hatte. Er betrachtete ihr trauriges Gesicht, in dem eine Träne vom Arktiswind getrocknet wurde. Er selbst merkte erst jetzt, wie sehr er in diesem Wind fror. Die alberne Jacke ohne Kapuze hatte er in der Kabine gelassen. Bibbernd betrachtete er das Mammut und dachte sich, dass es einen sicher gut wärmte, wenn man es an sich drückte. Doch obwohl es klein war, wirkte das Tierchen so massiv, dass Felix überzeugt war, sich einen Bruch zu heben, wenn er es in die Arme nahm. Er blickte wieder zu der Eisfrau. Lovskar hatte sie vor dem Selbstmord gerettet. Aber nur vorerst. Wie sollte die arme Frau in dieser neuen Welt jemals ihr Glück finden?

Wohl kaum mit Felix' App.

Egal wie sehr ihm seine bisherigen Übungen auch gefielen, sie waren lediglich dazu geeignet, kurze Momente des Glücks zu erhaschen. Eindeutig zu wenig, um die Eisfrau von Schmerz und Trauer zu befreien. Dafür wären sogar die Ratschläge von Oma Nele hilfreicher gewesen, die neben Grog und Korn stets ihr medizinisches Marihuana pries, das ihr der alte Dorfarzt verschrieb. Nicht weil sie es wirklich benötigte, sondern weil der Arzt und sie es gerne gemeinsam in der Sauna rauchten.

Seine GlücksApp war also noch nicht ausgereift. Bei weitem nicht. Wäre sie jedoch irgendwann mal so gut, dass sie diese todtraurige Frau wieder happy machte, könnte sie auch jeden anderen Menschen zum Glück führen! Dann würde er mit der App wirklich die Welt verändern! Und seine Tochter könnte mit Fug und Recht auf ihn stolz sein!

Felix musste also dafür sorgen, dass die Eisfrau das Glück fand. Irgendwie. Und die dabei gewonnenen Erkenntnisse in seine App einfließen lassen, damit alle Menschen davon profitieren konnten.

25

Können wir jetzt mal mit dem Kinderkram aufhören?», hörte Felix plötzlich Amanda rufen. Er drehte sich zu ihr um. Gerade trat sie mit ihren Leuten aus dem Fahrstuhl, den ihre Leute ganz offensichtlich wieder in Gang gebracht hatten. Lovskar kniff die Augen zu einem Schlitz zusammen. Maya ballte ihre kleinen Fäuste. Das Mini-Mammut schnaubte. Die Eisfrau hingegen schien hin und her gerissen zu sein. Sollte sie sich den Angreifern entgegenstellen oder wieder auf die Reling klettern und springen? Ihr Zaudern führte dazu, dass sie auf der Stelle stehen blieb und mit ihrem Mini-Mammut um die Wette schnaubte. Nur Felix war in der Lage, einen klaren Gedanken zu fassen, der da lautete: Amanda durfte auf gar keinen Fall die Eisfrau wieder zu sich nehmen!

Er ging auf seine Exfreundin zu, mit einem Lächeln auf den Lippen, das er sich in seinen Anfangsjahren als Unternehmer für das Charmieren von Investoren antrainiert hatte: «Amanda, Amanda, Amanda …»

«Felix, Felix, Felix», erwiderte sie gereizt.

«Wir beide müssen reden.»

«Wenn du mir wieder zehnmal ‹Hallo› sagen willst, müssen wir das nicht.»

«Ich sage es nur neun Mal», versuchte sich Felix an einem Scherz.

Amanda verzog keine Miene.

«Du hast keinen Sinn für Humor», sagte er.

«Nicht für deinen.»

«Früher hattest du ihn gemocht.»

Amanda stockte einen kurzen, kaum wahrnehmbaren Augenblick, dann antwortete sie: «Früher.»

Dass sie gezögert hatte, bemerkte Felix sehr wohl und freute sich insgeheim, dass seine Ex die gemeinsame Vergangenheit doch nicht ganz vergessen zu haben schien.

«Gib mir nur eine Minute», bat er.

«Warum sollte ich das tun?»

«Um der alten Zeiten willen.»

«Das ist nicht dein Ernst.»

«Nun», sagte er und schaute dabei zu den Soldaten. «Ich könnte deinen Leuten sonst von deiner Zahnspange erzählen.»

Einer der Soldaten, ein schnurrbärtiger Kerl, der anscheinend Deutsch verstand, grinste. Amanda fand dies nicht amüsant.

«Oder wie du in der achten Klasse bei der Poolparty den Arschbomben-Wettbewerb gewonnen hast.»

Der Soldat musste nun kichern. Amanda fand das noch weniger amüsant.

«Und dann im betrunkenen Zustand angeregt hast, den Wettbewerb zu wiederholen, aber diesmal splitterfaser…»

«Du bekommst deine Minute!»

«Lass uns ein bisschen beiseitetreten», sagte Felix, legte nonchalant die Hand auf Amandas Schulter und führte sie von den Soldaten weg.

«Wenn du mich nicht sofort loslässt, wird Bruce dir den Arm absägen.» Amanda deutete auf den schnurrbärtigen Soldaten, der nun nicht mehr grinste, sondern dreinblickte, als würde er zu einer solchen Tat und noch ganz anderen Dingen fähig sein. Daher hielt Felix es für klüger, die Hand wieder von Amandas Schulter zu nehmen, obwohl er es für einen Moment überraschend schön fand, ihr so nahe zu sein.

«Du hast von deiner Minute schon dreißig Sekunden verbraucht», sagte sie, als sie ein Stück entfernt von den anderen an die Reling traten, wo sie zwar beobachtet, aber nicht belauscht werden konnten.

«Ich glaube, das waren höchstens zwanzig.»

«Und jetzt hast du nur noch fünfundzwanzig Sekunden.»

«Es sind bestimmt noch vierzig.»

«Zwanzig.»

«Okay, ganz wie du meinst. Also, hör zu: Du darfst die Eisfrau nicht wieder zu dir nehmen.»

«Nenne mir einen guten Grund, warum ich einwilligen sollte.»

«Weil ich sonst öffentlich mache, dass ihr sie zu Forschungszwecken festhaltet!»

«Wir werden das abstreiten.»

«Aber es wird dir dennoch schaden! Und eine Horde von Journalisten wird sich an eure Fersen heften.»

Amanda schwieg.

«Außerdem, willst du die Frau wirklich gegen ihren Willen einsperren? Bist du so ein Mensch geworden?»

Amanda sah über die Reling auf das Meer hinaus.

«Bist du das?»

«Ich habe die Frage schon das erste Mal verstanden!»

Felix erkannte, dass es nun klüger war, die Klappe zu halten. Immerhin hatte er Amanda schon mal so weit, dass sie ihm nicht vorhielt, dass seine Sekunden mittlerweile abgelaufen waren. Während sie auf das Wasser starrte, hoffte er inständig, dass seine Exfreundin nicht so hart geworden war, wie sie erschien.

«Ich kann die Steinzeitfrau nicht freilassen. Wir müssen unbedingt erfahren, wie sie so lange im Eis überleben konnte. Wenn wir selber kranke Menschen einfrieren und sie später wieder auftauen, sobald die Medizin ihre Leiden besiegen kann, retten wir unzählige Leben!»

Felix war überrascht, wie emotional Amanda auf einmal war. Es schien, als wäre ihr dies wirklich wichtig, als ginge es ihr nicht nur um Geld und Ruhm. Dennoch hielt er dagegen: «Dann bekommst du eben einen Riesenskandal.»

Amanda schwieg erneut. Seine Drohung, begriff Felix nun, erzielte nicht die erhoffte Wirkung. Die Eisfrau war offensichtlich viel zu wichtig für *Cyrogen*. Doch sie war es nun auch für Felix. Ohne sie würde er nie eine App entwickeln können, die die Menschheit wirklich beglückte. Er musste Amanda also irgendetwas anbieten, was ihr gefiel und ihm zugleich bei seinem Plan, die Eisfrau zum Glück zu führen, half. Er wusste auch, was dieses Etwas sein konnte. «Ich habe eine Idee», sagte er.

«Ah ja, und welche?»

«Du lässt uns mit ihr verschwinden …»

«Felix …»

«… und ich sorge dafür, dass sie nach einer Weile freiwillig und gerne zu dir zurückkehrt und dir bei deinen Forschungen hilft. Wenn du versprichst, dass deine Leute nichts Übles mit ihr anstellen.»

Amanda staunte.

«Dann halte ich auch gegenüber der Presse meine Klappe, und du vermeidest ein PR-Desaster.»

«Du bekommst so etwas mit der Neandertalerin hin?»

«Ich schaff alles, selbst wenn es unmöglich erscheint!»

«Ausgerechnet du?»

«Ich hab es sogar mal geschafft, dein Herz zu erobern.»

Da musste Amanda lächeln. Und weil sie so lächelte, lächelte Felix nun auch. Für einen kurzen Augenblick fühlte er sich in seine Teenagerzeit versetzt. Er lächelte gleich noch mehr, in der Hoffnung, Amanda würde nachziehen. Doch sie hörte schlagartig damit auf. «Wir wollen es jetzt nicht übertreiben», knurrte sie.

«Okay.» Felix wurde wieder ernst.

«Ich hab noch eine Frage.»

«Frag.»

«Wo willst du mit der Frau hin?»

BHUTAN

1

Øyvind Lovskar saß zum ersten Mal in seinem Leben in einem Privatjet. Er hatte ihn auf einem kleinen Flughafen nahe Anchorage bestiegen, gemeinsam mit dem blonden Kerl, dessen Tochter, der Steinzeitdame, deren Mammut und einem Aufpasser, den die Hexe mitgeschickt hatte. Gegen den schnurrbärtigen Soldaten namens Bruce wirkte der Terminator wie ein herzliches Plappermaul.

Lovskars Schienbeine, um die Kühlpacks gewickelt waren, schmerzten kaum noch. Dennoch hielt er sich von dem Mini-Mammut fern, das bei der Steinzeitdame auf dem Schoß saß und sich von ihr streicheln ließ. Diese Frau war fürsorglich. Sehr viel mehr, als es seine Ex gewesen war. Der Kapitän wusste nun, dass das Tier Trö hieß und die Frau auf den Namen Urga hörte. Sie hatte mittlerweile gelernt, Lovskars Namen auszusprechen, und es gelang ihr sogar besser als den meisten amerikanischen Kreuzfahrttouristen, denen er auf seinen vielen Fahrten begegnet war. Ja, diese Steinzeitdame war überraschend intelligent.

Der Kapitän fühlte sich immer noch ein wenig durcheinander. Die letzten paar Stunden hatten ihm zugesetzt. Irgendwie hatte der blonde Kerl die Hexe überzeugt, sie alle gehen zu lassen und ihnen sogar den Jet zu überlassen, um mit Urga nach Bhutan zu fliegen. Eines der wenigen Länder, die Lovskar noch nie bereist und von dessen Existenz der blonde Verlierer erst erfahren hatte, als er auf seinem Smartphone gegoogelt hatte, um herauszufinden, in welchem Land die Menschen sich mit dem Glück am besten auskennen. Angeblich gab es in Bhutan sogar ein Ministerium für Glück.

Ministerium für Glück … das klang wie *Das Ministerium für alberne Gänge* aus dem Sketch von *Monthy Python*. Lovskar dachte kurz über Ministerien nach, die man wirklich brauchen könnte: das Ministerium zur Erziehung von Kreuzfahrttouristen. Das Ministerium gegen Fahrstuhlmusik. Vor allen Dingen aber: das Ministerium zur Vermeidung unglücklicher Ehen.

Anstatt an Bord des Jets zu steigen, hätte Lovskar auch einfach nach Norwegen zurückkehren können. Doch was hätte er da anfangen sollen, außer sich mit den Managern der Reederei und dem gierigen Scheidungsanwalt seiner Frau – der ganz offensichtlich einer Linie von blutsaugenden Vampiren entstammte – herumzuschlagen. Außerdem kam ihm das hier viel zu verdächtig vor. Warum hatte die Hexe von ihren Experimenten abgesehen und dem blonden Kerl alle seine Wünsche erfüllt? Wohl kaum, weil sie plötzlich entdeckt hatte, dass sie doch ein Herz besaß. Hier ging irgendetwas vor sich, und der Kapitän hatte den Privatjet bestiegen, um herauszufinden, worum es sich handelte.

Lovskar blickte wieder zu Urga und war beeindruckt, wie tapfer sie versuchte, mit der Situation zurechtzukommen. Sie zitterte oft vor Angst, drehte aber niemals durch. Weder als sie vom Schiff an Land gegangen waren, noch als sie in einem schwarzen SUV durch Anchorage zum Flughafen gefahren wurden oder den Jet bestiegen und Felix ihr den Sicherheitsgurt anlegte. Sie hatte dies jedoch erst zugelassen, nachdem auch die anderen Passagiere sich festgeschnallt hatten. Noch nicht einmal beim Start des Jets verlor sie die Fassung. Vielmehr betrachtete sie staunend aus dem Fenster heraus die Wolken. Diese Frau war nicht nur intelligent, sondern auch unglaublich mutig. Gewiss mutiger, als er selber es an ihrer Stelle gewesen wäre. Wenn er in Jahrtausenden aufwachen und mit einem Raumschiff durchs All zum Andromeda-Gestirn fliegen würde, hätte er sich gewiss in die Uniformhose gemacht.

«Ich bin froh», sagte Maya, als sie zu Lovskars Sitz trat, «dass Trö nicht mehr pupst.»

«Frag mich mal.»

«Bist du froh, dass er nicht pupst?», grinste Maya, und auch Lovskar musste ob ihres Humors grinsen. Dann fragte er die Kleine, wieder ernster: «Was sagt eigentlich deine Mama dazu, dass wir durch die halbe Welt jetten?»

«Die denkt, wir machen Urlaub in Alaska.»

«Dein Vater hat sie also angelogen.»

«Nein.»

«Nein?»

«Das war ich.»

Lovskar grinste wieder, dann fragte er: «Und, kein Problem damit, mit einem Klimakiller durch die Gegend zu fliegen?»

«Es geht um Urga und das Mammut! Da haben wir keine Zeit zum Segeln! Außerdem hat mir Papa versprochen, dass er den Ausstoß ausgleichen wird, wenn er eine neue Firma hat. Und zwar mal zehn. Und mit dem Geld werden dann ganz viele Bäume gepflanzt!»

Lovskar fragte sich, ob man dem Versprechen trauen konnte, da hörte er, wie Urga sagte: «Brogeldingnof», und Felix antwortete: «Borgedingnof.»

«*Brogel*dingnof.»

«Was machen die da?», fragte Lovskar.

«Papa versucht, die Sprache der Eisfrau zu lernen.»

«Das würde ich dir eher zutrauen.»

«Ich mir auch.»

Und die beiden grinsten sich wieder an.

Urga fand es schön, dass der hellhaarige Mann namens Felix – bei Brund, wie sollte so ein dünnes Kerlchen jemals einen Kampf gegen ein Wildschwein bestehen? – versuchte, sich mit ihr zu verständigen. Diese Menschen waren ihr freundlich gesinnt, und es war gewiss besser, sich fürs Erste an sie zu halten und mit ihnen zu gehen, als sich in dieser fremden, wilden Welt voller Magie alleine zu bewegen. So bemühte Urga sich, dem blonden Kerl ihre Sprache beizubringen: «Ich … bin … ein … Weibchen.»

«Ich bin ein Weibchen», wiederholte der Hellhaarige in den Worten ihres Stammes.

«Nein, *ich* bin ein Weibchen.»

«*Ich* bin ein Weibchen?»

«Nein, du bist ein Männchen.»

«Du bist ein Männchen», wiederholte er.

«Nein! Ich bin ein Weibchen.»

«Ich bin ein Weibchen.»

«Ein Männchen und ein bisschen langsam im Schädel», seufzte sie.

«Ein Männchen und ein bisschen langsam im Schädel?»

«Das ist richtig!»

Der Mann namens Felix strahlte. Und Urga ahnte, dass es wohl schneller mit der Verständigung klappen würde, wenn sie die Sprache dieser fremden Menschen lernen würde.

Felix freute sich über seine Lernfortschritte so sehr, dass er ein Glücksgefühl empfand und sich sogleich dachte, dass auch dies eine schöne Übung für die App wäre: ***Lerne jeden Tag etwas Neues.***

Zufrieden sagte er zu Urga auf Steinzeitisch: «Ich bin ein Männchen und etwas langsam im Schädel», und ging zu seinem Sitz, um alle Übungen, die er sich bisher ausgedacht hatte, in seinen Laptop zu tippen. Dabei wurde ihm allerdings erneut klar, dass keine davon Urga den Schmerz nehmen könnte.

Egal, die Steinzeitfrau würde in Bhutan das Glück finden, und er könnte dann das Erlernte in seine App einbauen. Damit würde er sein neues Unternehmen unbestreitbar zum Erfolg führen. Urga selber würde ihm dankbar sein, und zwar so sehr, dass er kein schlechtes Gewissen haben müsste, wenn er sie zu Amanda zurückbrachte.

Oder?

Was würde sein, wenn Urga sich weigern würde, zu kooperieren?

Denke positiv.

Dann würde Amanda sie zwingen.

Hast du nicht gehört, was ich gesagt habe?

Urga würde sich ganz bestimmt sogar mit aller Macht wehren, wenn es ihm zuvor nicht gelungen war, sie zum Glück zu führen.

Hallo?

Und wenn sie gegen ihren Willen gefangen genommen werden sollte, würde Lovskar ihn wegen seines Deals mit Amanda verachten. Maya würde ihn wohl sogar hassen. Und er sich selber?

Das Leben ist zu kurz für negatives Denken!

«Liebe Fluggäste», erklang nun die Stimme des Piloten durch die Lautsprecheranlage, «wir erreichen Paro Airport in zwei Stunden und zehn Minuten. Vorher servieren wir Ihnen wunderbare Menu-Kreationen des Sternekochs Luc de Mack: Lammfilet in Rotweinsoße an Rosmarinkartoffeln und Roter Bete. Oder unsere vegane Variante aus verschiedenen Edelbohnen mit würzigen Schalotten, Bohnenkraut und asiatischem Gemüsefond.»

«Halten die mich für ein Karnickel?», stöhnte Lovskar.

«Lamm zu essen ist Mord.» Maya schaute dem Kapitän in die Augen, so eindringlich, dass der leise sagte: «Ich nehm ja schon das Bohnenkraut.»

Felix hingegen war das Essen einerlei. Er grübelte weiter, was Urga im schlechtesten Falle angetan werden könnte. Dafür wäre er dann mitverantwortlich.

Ich hab gesagt: Das Leben ist zu kurz für negatives Denken, verdammte ⚡⚱✺ noch mal!

Die unhöfliche App-Stimme in seinem Kopf hatte recht: Er durfte keine Zeit mehr mit Zweifeln verschwenden. Er musste einen Termin mit dem Glücksminister von Bhutan organisieren.

Urga hielt das Essen, das ihr eine dünne, im Gesicht merkwürdig bunt bemalte Frau austeilte, für einen üblen Scherz. Das Fleisch sah merkwürdig aus, lag in einer dunkelroten Tunke, die merkwürdig roch, und daneben waren Dinge dekoriert, die sie nicht identifizieren konnte. Aber vor allem war das Mahl derart winzig, dass sie zu ahnen begann, warum die Menschen hier alle so dürr waren.

Trö schnappte sich mit seinem Rüssel den Teller mit dem merkwürdigen Gemüse, den ihm die bemalte Frau hingestellt hatte, und kippte sich das Essen in den Schlund. Doch es reichte ihm bei weitem nicht, um satt zu werden.

Urga stand von ihrem Sitz auf und zwängte sich mit dem Mammut an den anderen vorbei, um nach mehr – und möglichst auch anderem – Essen zu fragen. Felix beachtete sie nicht weiter, denn er schaute gebannt auf ein aufgeklapptes leuchtendes Ding. Das Mädchen namens Maya aß eine kleine Portion des Gemüsebreis, und Urga wünschte sich, dass sie bereits die Sprache ihrer Begleiter gelernt hätte, um ihr erklären zu können: «Wenn du kein Fleisch isst, bleibst du für immer so mickrig.»

Auch der alte Mann namens Lovskar hatte den Brei ausgewählt, schaute aber beim Essen unglücklich drein. Der Mann namens Bruce verschlang das Fleisch fast so schnell, wie Trö seinen Brei verspeist hatte. Er war vermutlich der Einzige, den man bei einer Mammutjagd hätte gebrauchen können.

Allerdings hatte Urga ihre Zweifel, ob sie selbst noch jemals auf eine solche Jagd gehen würde. Zum einen hatte sie noch gar keine Tiere in dieser neuen Welt entdeckt, weder Mammuts noch Säbelzahntiger, noch Säbelzahneichhörnchen. Zum anderen begann sie, Trö immer mehr ins Herz zu schließen. So sehr, dass es ihr schwerfallen würde, noch mal einen seiner Art zu töten. Und das, obwohl es von Kindheitstagen an ihr Traum gewesen war, Mammuts zu jagen.

Gemeinsam mit dem kleinen Kerl trat sie zu dem gesichtsbemalten Klappergestell und bedeutete ihm per Handzeichen, dass sie Hunger hatten. Die Frau hatte noch drei Teller mit dem merkwürdigen Gemüse übrig. Bevor Urga für sich die Frage klären konnte, ob sie es probieren sollte, hatte Trö es auch schon verschlungen. Das Klappergestell, das wegen dem gierigen kleinen Mammut vor Furcht zitterte, zeigte auf das

Fleisch. Trö rümpfte den Rüssel und stapfte davon, um neben Lovskar ein Häufchen abzusetzen, worauf der genervt seinen Teller von sich schob.

Das Klappergestell rannte sofort zu dem Häufchen, um es mit einem Tuch zu entfernen, und Urga machte sich auf die Suche nach weiterem Essen. In einer Holzschale fand sie einen Haufen flacher unnatürlich bunter, rechteckiger Dinger und wollte gerade in eines beißen, da rief Maya: «Nein!»

Urga hielt inne. Waren die rechteckigen Dinger etwa giftig?

Das kleine Mädchen sprang von seinem Platz auf, lief an dem Klappergestell, das sich noch mit dem Fladen beschäftigte – warum machte diese Frau das, so was ließ man doch einfach liegen? – vorbei und nahm eins der flachen Dinger in die Hand. Sie wickelte es aus, und etwas Braunes kam zum Vorschein. Das Mädchen erklärte: «Das ist eine Tafel Schokolade.»

Jetzt durfte Urga reinbeißen, und es war die süßeste Speise, die sie je auf der Zunge geschmeckt hatte. Eine wahre Wonne! Sie aß eine dieser Tafeln. Noch eine. Zehn. Und beim Mampfen von Schokolade Nummer dreizehn dachte sie sich: In dieser neuen Welt ist vielleicht doch nicht alles schlecht.

Felix, der bis dahin auf den Laptop gestarrt hatte, weil er auf eine Antwort aus dem Glücksministerium von Bhutan wartete und glaubte, sie käme schneller, wenn er alle fünf Sekunden das E-Mail-Fach aktualisierte, merkte, dass irgendetwas in der Kabine des Learjets los war. Nicht nur roch es merkwürdig, es schauten auch alle auf Urga – selbst Bruce, der sich bis dato als Großmeister des Geradeausstarrens erwiesen hatte. Sie stopfte sich Schokolade in rauen Mengen rein, die bei jedem Diabetes-Spezialisten sofort Rotalarm ausgelöst hätten. Zum ersten Male sah Felix die Eisfrau lächeln. Und er dachte sich …

Schokolade macht glücklich.

2

Die Landebahn von Paro Airport», erklang die Stimme des Piloten beim Verlassen der Flughöhe durch die Lautsprecheranlage, «ist die gefährlichste der Welt.»

«Na großartig», hörte Felix den Kapitän stöhnen und sah, wie Lovskar beim Blick in das tiefe Bergtal bleich im Gesicht wurde. Der Mann war in der Luft so was von außerhalb seines Elementes. Vielleicht sogar noch mehr als Urga.

«Sie alle», sprach der Pilot weiter, «sind in guten Händen. Ich bin der beste Pilot der Welt.»

«Wie bescheiden», murmelte Lovskar.

«Ich habe nur zwei Crashs gebaut.»

«Was?», rief der Kapitän aus.

«Scherz.»

«Ich brauch einen Whiskey.»

Die Stewardess servierte Lovskar gleich einen doppelten, und der Pilot begann über den Bergen des Himalayas mit seinem Landeanflug. Felix sah zu Urga, die weniger bleich im Gesicht war als der Kapitän, obwohl sie nicht nur außerhalb ihres Elementes, sondern auch noch außerhalb ihres Raumes und ihrer Zeit war. Das Mini-Mammut lag neben ihr auf dem Boden und schnarchte nicht gerade leise.

Maya half Urga, sich wieder anzuschnallen. Die Dame aus der Steinzeit schien Maya zu vertrauen. Seine kleine Tochter hockte sich neben die Eisfrau, deutete aus dem Fenster und begann, Urga beizubringen, was beim Landeanflug zu sehen war: «Berg», «Schnee», «Fluss», «Wasser» …

Felix begriff, dass Maya dies nicht nur tat, um eine gemeinsame Sprachgrundlage zu bilden, sondern auch, um der armen Frau die Angst zu nehmen. Und es gelang ihr! Hatte Urga beim Start des Jets noch gezittert, war sie nun von den vielen neuen Wörtern abgelenkt: «Tal», «Bäume», «Häuser», «Menschen leben darin» …

Felix war in diesem Moment unglaublich stolz auf seine Tochter. So sehr, dass es vor Freude fast sein Herz zerriss.

Denke an die Menschen, die dir Freude bereiten.

«Ich weiß schon, warum ich zur See fahre», brummte Lovskar, während der Jet auf die Landebahn zuschwankte, die extrem kurz war und zudem auch noch nahe an einem Fluss lag.

Auch Felix war ein wenig mulmig zumute. Die Tatsache, dass man den Piloten durch die nicht geschlossene Cockpittür vor Freude «Dafür lebe ich!» jauchzen hörte, machte die Sache nicht gerade besser.

Finde einen Job, der dir Spaß macht.

«Yippiyeiyeah!», rief der Pilot und flog eine Steilkurve.

Aber bitte einen, unter dem andere nicht leiden.

«Ich bringe ihn um», murmelte Lovskar.

Und Bruce? Nach seiner Miene zu urteilen, schien er sich auszumalen, was er mit dem Piloten in einem geheimen Militärgefängnis so alles anstellen könnte.

«Bäume», wiederholte Urga nun eins der Wörter und zeigte aus dem Fenster, «Wasser, Häu…ser.»

«Prima!» Maya klatschte in die Hände. Die beiden waren nun die Einzigen an Bord, denen es egal war, wie sehr das Flugzeug wackelte. «Und jetzt versuchen wir was anderes: Ich bin klein, und du bist groß.»

Dabei machte Maya entsprechende Handbewegungen, die Urga sogleich nachahmte: «Ich bin groß, und du bist klein.»

«Genau!»

«Und ich bin auf der Suche nach einer Kotztüte», knurrte Lovskar.

Doch die benötigte der Kapitän nicht mehr. Das Flugzeug klappte die Räder aus. Maya nahm Urgas Hand, und die ließ sich das gerne gefallen. Der Jet setzte auf der Landebahn auf, rollte ein wenig aus, und als er zum Stehen kam, hörte man den Piloten sagen: «Willkommen in Bhutan. Sie haben Paro Airport erreicht. Sie dürfen jetzt applaudieren!»

Doch das tat niemand.

3

Felix stieg als Erster aus dem Flugzeug die Treppe hinab und blickte dabei auf das Flughafengebäude von Paro. Es lag in der Morgensonne, die gerade über dem Himalaja aufgegangen war, und besaß Ähnlichkeit mit einem buddhistischen Tempel. Selbst der Tower mit seinem geschwungenen grünen Dach wirkte, als würden die Lotsen dort drinnen sehr viel mehr meditieren als Flugzeuge dirigieren. Felix freute sich über die angenehme Temperatur von vielleicht zwanzig Grad. Die blöde neongrüne Jacke, die ihn für das Geld, das sie gekostet hatte, viel zu sehr genervt hatte, konnte er im notdürftig gepackten Koffer lassen.

Hinter ihm half Lovskar Urga, die den kleinen Trö wieder fest in ihren Armen hielt, die Treppe herunterzusteigen – selbst so eine einfache Sache wie eine Treppe war ein völlig neues Konzept für die Eisfrau. Vielleicht war es ja auch ein Segen für Urga, überlegte Felix, in der modernen Welt aufgewacht zu sein. Im Gegensatz zu ihren Stammesgenossen hatte sie nun die Chance auf ein langes Leben mit medizinischer Versorgung. Wie hatte noch sein alter Geschichtslehrer gesagt: «Wir vergessen immer, wie gut wir es haben. Noch im neunzehnten Jahrhundert wurde den meisten Menschen durch Zahnschmerzen der ganze Tag versaut. Deswegen waren die auch ständig schlecht gelaunt und haben so viele Kriege geführt.»

Freue dich, dass du in der besten Zeit lebst, in der Menschen jemals gelebt haben.

Urga setzte Trö auf dem mehr schlecht als recht asphaltierten Rollfeld ab und blickte staunend zu den hohen Bergen. Maya hopste die letzten beiden Stufen der Learjet-Ausklapptreppe in einem Satz herunter und brachte der Eisfrau weitere Wörter bei: «Flugzeug ... Flughafen ...»

Felix lächelte vor Freude über seine Tochter, bis Lovskar zu ihm trat und sagte: «Ich will ja nicht unken ...»

«Dann tun Sie es doch bitte nicht.»

«Aber wie bekommen wir Urga durch die Passkontrolle?»

«Das lassen Sie mal meine Sorge sein», warf Bruce ein, der auf der ganzen bisherigen Reise kein Wort von sich gegeben hatte, und marschierte in Richtung Flughafengebäude.

«Der Kerl kann ja sprechen», staunte Lovskar.

«Erstaunlich», fand auch Felix.

«Ob er auch eine Miene verziehen kann?»

«Kann ich mir nicht vorstellen.»

Es war das erste Mal, dass der Kapitän und er auf einer Wellenlänge funkten, das war Felix nicht entgangen. Doch die Harmonie währte nicht lange. Felix wollte Bruce folgen, da hielt Lovskar ihn an der Schulter fest und fragte: «Warum hilft die Hexe uns eigentlich?»

«Wir kennen uns von früher.» Felix wich der ehrlichen Antwort weiträumig aus.

«Das soll ein Grund sein?»

«Und weil sie will, dass es Urga gut geht.»

«Auf einmal?»

«Auf einmal.»

«Das kommt mir fischig vor.»

«Fischig?»

«Es stinkt zum Himmel.»

«Ich kann Ihnen versichern», sagte Felix nun in jenem hochheiligen Tonfall, den er sich für skeptische Bänker antrainiert hatte, «hier ist rein gar nichts fischig.»

«Verarschen kann ich mich alleine. Soll ich mal?»

«Ähem, wie bitte was?», staunte Felix.

«Was habe ich mit einem Schwein gemeinsam, das von seinem Bauern mit anderen Schweinen in einen Laster gesperrt wird?»

«Ähem …»

«Ich weiß nicht, was hier gespielt wird.»

Felix war das Misstrauen des Kapitäns unangenehm. Er wollte den Mann nicht anlügen, aber er konnte ihm ja schlecht von seinem Deal mit Amanda berichten. Daher sagte er: «Hier wird nichts gespielt.»

Bevor Lovskar nachsetzen konnte, winkte Urga den beiden zu: «Kohommt mihit.»

«Sie lernt unsere Sprache total schnell!», rief Maya aufgeregt.

«Das ist schön!», rief Felix zurück, auch weil Urgas Aufforderung ihm einen Anlass gab, endlich von Lovskar loszukommen. Der Kapitän folgte jedoch in geringem Abstand und zischte Felix noch einmal zu: «Ich lasse Sie ganz gewiss nicht vom Haken!»

4

Auch das Innere des Flughafengebäudes erinnerte Felix an einen buddhistischen Tempel. Auf dem Weg zur Passkontrolle bestaunte er das exotische Ambiente. Die Wände waren mit bunten Ornamenten verziert, und von der Decke hing die bhutanische Flagge, auf der ein weißer Drache auf einem teils safrangelben, teils roten Untergrund abgebildet war. Der Fußboden bestand aus frisch gewienertem Marmor, und in der Klimaanlagenluft vermischte sich der Geruch nach Reinigungsmitteln mit dem Duft von Räucherstäbchen.

Bruce überreichte dem dunkelblau uniformierten Grenzpolizisten, der in einem mit aufgemalten Blumen verzierten Holzhäuschen stand, nicht nur die Pässe von sich selber, Lovskar, Felix und Maya, sondern auch – versteckt in einem der Ausweise – zweitausend Dollar, damit Urga und Trö passieren konnten. Der Grenzer musterte Bruce daraufhin streng. Der verstand natürlich genau, was dieser Blick zu bedeuten hatte, und legte weitere tausend Dollar dazu. Der Kontrolleur schob seine Barettmütze ein wenig höher zum Zeichen, dass Urga und Trö selbstverständlich herzlich willkommen in Bhutan seien. Dabei lächelte er froh, und Felix dachte bei sich, dass sogar im Land des Glücks Geld glücklich machen kann. Doch für seine GlücksApp wäre ***Kassiere viel Geld*** keine geeignete, weil moralisch abstoßende Übung, auch wenn Felix stets den Verdacht hatte, dass der Volksmund nicht wusste, was er da so vor sich hin quasselte, wenn er meinte, Geld mache nicht glücklich.

Da Bhutan ein kleines Land war, herrschte auf dem Flughafen wenig Betriebsamkeit, was sich in jenem Moment als vorteilhaft erwies, in dem sich Urga mitten in der Ankunftshalle hinhockte und ihr Fell hob, weil sie sich erleichtern wollte. In der menschenleeren Halle fiel dieser Vorgang niemandem außer ihren Begleitern auf.

Nach mehreren panischen «Neins!» und hektischen Gesten von Lovskar, Felix, Maya und sogar Bruce zog Urga das Fell wieder runter, ohne ihr Geschäft verrichtet zu haben. Maya nahm sie an die Hand und ging mit ihr, begleitet von Trö, auf die Damentoilette. Indessen eilte Lovskar zu einem kleinen Stand, an dem Schals und Sommerkleider verkauft wurden, die farblich sehr gut zu den bemalten Flughafensäulen passten.

«Suchen Sie ein Mitbringsel für Ihre Frau?», fragte Felix, als er hinzutrat, worauf Lovskar ihn so genervt ansah, dass er feststellte: «Gut, Sie suchen kein Mitbringsel für Ihre Frau.»

«Urga wird in ihrem Fell auffallen», erklärte der Kapitän, «außerdem müffelt es noch übler als das von Trö.» Er nahm ein besonders breites, farbenfrohes Gewand, einen sogar noch bunteren Schal und bezahlte beide Sachen mit seiner Kreditkarte. Dann marschierte Lovskar mit den Kleidern in der Hand zur Damentoilette, öffnete die Tür einen Spalt und rief hinein: «Maya, bitte komm doch mal!»

Die Kleine trat zu ihm, er reichte ihr Kleid und Schal, sie verstand sofort, lächelte und verschwand wieder in die Damentoilette.

Felix warf einen Blick auf sein Handy. Endlich, endlich hatte es wieder Empfang. Sogleich checkte er sein Mail-Fach: Das Ministerium hatte geantwortet! Jaaaaaa! Und ihm einen Termin in drei Monaten gegeben. Miiiiiist!

Maya und Trö traten aus der Toilette. Sie wirkten beinahe feierlich, ein wenig so, als führten sie eine Zeremonie an. Hinter ihnen kam Urga schüchtern zum Vorschein und sah in dem Sommerkleid und mit dem um ihren dicken Hals geschwungenen Schal für Felix aus wie eine russische Kugelstoßerin auf Urlaubsreise.

Maya aber sagte: «Du bist wunderschön, Urga.»

Und auch Lovskar fand: «Richtig schön.»

Felix war überrascht. Der Kapitän schien das wirklich ernst zu meinen.

Maya und Lovskar führten Urga vor einen Spiegel, und die Steinzeitfrau war ganz bezaubert von ihrem eigenen Aussehen. Sie drehte sich immer wieder und immer schneller im Kreis, begleitet von Mayas Klatschen und einigen lauten «Trös» von Trö. Auf einmal lachte Urga. Das erste Mal, seit Felix ihr begegnet war. Es war kein schönes Lachen. Es erinnerte ein wenig an die Geräusche, die Robben von sich gaben. Wenn sie von Robbenjägern gekeult wurden. Aber …

… aber …

… der Kapitän schien es schön zu finden.

Lovskar betrachtete Urga mit einem Lächeln, und seine Augen funkelten dabei fast so wie die von Urga. Für einen Augenblick dachte Felix, dass der Kapitän sich in sie sogar verlie… Nein, das war zu absurd!

5

Urga wurde mit Trö in eine kleine bunte Höhle gebracht, die Maya «Hotelsuite» nannte. Darin standen Dinge namens «Bett», «Tisch» und «Stuhl», die aus dunklem Holz geschnitzt waren. Der Boden besaß die helle Farbe von Trös Stoßzähnen, die Decke war orange und die Wände so weiß wie jenes merkwürdige dünne Fell, das die Menschen hier als Schlafdecke benutzten. An einer Wand hing ein Bild, das einen Wald mit lauter fremdartigen Bäumen zeigte. Sie waren viel grüner und dichter als die Tannen, die Urga kannte. In diesem gemalten Wald flogen bunte Vögel, die Urga gerne mal mit eigenen Augen gesehen hätte. Am meisten beeindruckte sie, wie naturgetreu das Bild gezeichnet war, ganz anders als die Malereien von Base Luga an den Höhlenwänden.

Das Bild war für Urga noch überwältigender als der metallene Vogel namens «Fluckzeuck» oder jenes schwarze Ding namens «Esjuviech», mit dem sie auf holprigen Wegen durch die gigantischen Hügel namens «Hihmahlajah» gefahren worden war. Magischer auch als die Lichter in dem Ort namens «Stahadt», den sie anschließend erreicht hatte und der voller Menschen mit fremdartiger Hautfarbe war.

Ja, diese Kunst war das Wundervollste, das ihr in dieser neuen Welt bisher begegnet war. Nach dem rothaarigen Mädchen namens Maya natürlich. Die brachte ihr in der kleinen Höhle namens «Hotelsuite» weitere Wörter bei: «Fernseher», «Fernbedienung», «Gar nicht gut für dich» und «Deswegen lege ich die mal lieber mal weg.»

Urga bemühte sich ihrerseits, erste ganze Sätze in der fremden Sprache zu sprechen: «Was ich sollen machen hier?»

«Hmm», überlegte das Mädchen und antwortete dann grinsend: «Erst mal duschen.»

«Du…schen?»

«Ja, duschen! Du müffelst.»

«Mü…ffeln?»

Maya hielt sich die Nase zu. Urga schnupperte an ihrer Achselhöhle und fand, dass sie nicht so sehr «müffelte», sie hatte sich ja erst vor einem Vollmond im Fluss gebadet.

Die fröhliche Kleine führte Urga und das Mammut in einen kleineren Abschnitt der Höhle, dessen Wände und Boden aus weißen glatten Steinen bestanden. Sie drehte an einem Metall, und mit einem Mal regnete es Wasser von der Decke.

«Tröööö!», erschrak sich Trö.

«Uahh!», erschrak sich auch Urga. Das Mädchen konnte Regen machen?

«Duschen!» Maya lachte, und um zu zeigen, was sie meinte, machte sie erst Bewegungen, als ob sie sich wüsche, und dann eine Geste, die Urga bedeutete, sich unter den Regen zu stellen. Während Urga noch zögerte, sprang Trö unter das plätschernde Nass. Voller Wonne ließ er sich das Fell vollregnen, steckte seinen Rüssel in das Wasser, das sich auf dem Boden sammelte, sog es ein und prustete es mit seinem Rüssel gegen Urga und Maya.

«Ihh!», kreischte Maya und lachte wieder.

Auch Urga musste jetzt lachen. «Duusschen!»

Sie trat mit dem Kleid in den Regen, der von der Decke kam – wennschon, konnte es gleich mitgewaschen werden, das machte man mit seinem Fell im Fluss ja auch so.

«Hier, Shampoo!» Maya warf ihr noch etwas zu und ging

dann aus diesem Abschnitt der Höhle heraus, um die beiden alleine zu lassen und sich mit einem weißen kleinen Fell abzutrocknen.

Urga schnupperte vorsichtig an dem Ding namens «Tschampuhh». Es duftete nach Erdbeeren. Sie drückte darauf, und eine rote dicke Flüssigkeit platschte auf Trö herunter. Instinktiv begriff Urga, dass sie das Tier damit einreiben sollte. Sein Fell begann darauf zu schäumen, aber auf keine ungesunde Art und Weise wie der Mund des Stammesältesten, wenn er zu viel von jenen Kräutern aß, die wilde Träume bereiteten.

Das kleine Tier genoss es, eingeseift zu werden, und begann, wohlig zu riechen. Urga rieb sich die rote Flüssigkeit ebenfalls in die Haare und freute sich, dass auch sie nun nach Erdbeeren duftete. Woher hatte das kleine Mädchen dieses «Tschampuhh»? Wie alle Menschen hier musste sie eine Magierin sein!

Doch wenn die Menschen hier so große Zauberkräfte besaßen, warum hatten sie dann niemals ihren Stamm heimgesucht und Krieg gegen ihn geführt? Den hätten sie doch im Handumdrehen gewonnen. Auch wenn die Männer schmaler und weniger kräftig waren als Krieger wie Org, hätten sie die allein schon mit dem Ding namens Esjuviech im wahrsten Sinne des Wortes plattgemacht. Kein Speer, kein Keil und schon gar kein aus Verzweiflung geworfener Napf hätte diese Menschen aufhalten können. Sie waren Urgas Stammesmitgliedern sogar noch überlegener, als sie selber es gegenüber den Vorfahren waren, die noch nicht mal das Feuer beherrschen konnten und …

Vorfahren!

Urga kam ein fürchterlicher Gedanke: Wenn ihre Stammesleute den eigenen Vorfahren überlegen waren und diese

Menschen hier wiederum den Stammesleuten, handelte es sich bei den Menschen dann etwa um Nachfahren ihres Stammes?

Urga blickte zu dem kleinen Trö, dessen Fell klatschnass war und der dennoch nicht aufhören wollte zu «duschen». Sie hatte kein Mammut in dieser neuen Welt entdeckt. Kein Säbelzahneichhörnchen. Kein einziges Tier, das sie kannte. Nur einige Schweine auf den Wegen des Ortes namens Stadt, die sich von den Ebern und Sauen, die ihr Stamm jagte, so sehr unterschieden wie die Menschen hier von ihr, Urga.

Es war kaum zu glauben und doch die einzige Erklärung: Der Eissturm hatte sie und Trö nicht nur weit von zu Hause fortgetragen, sondern auch ewig lange eingefroren. Sie lebte in der fernen Zukunft!

Trö merkte, dass seine Mama traurig wurde. So traurig, dass Mama sich auf den Po setzte. Ja, Trö sah dieses komische zweibeinige Wesen als seine neue Mama an. Und um die neue Mama aufzumuntern, spritzte er ihr wieder eine Rüsselladung Wasser ins Gesicht.

Neue Mama munterte das nicht auf.

Trö versuchte es gleich noch mal.

Neue Mama schien es gar nicht zu bemerken.

Trö stupste sie nun mit den Stoßzähnen an.

Auch das schien sie nicht zu bemerken.

War neue Mama krank?

Neue Mama sollte nicht krank sein.

Neue Mama sollte nicht sterben!

Das hatte schon erste Mama getan.

Das fand Trö nicht schön.

Er hatte sich zu ihr gelegt, bis sie nicht mehr geatmet hatte.

Danach war Trö allein gewesen.

Und einsam, so einsam.

Bis neue Mama kam.

Wenn auch die krank war, müsste er sich auch zu ihr legen.

Das wollte Trö nicht erleben müssen.

Urga merkte kaum, dass das kleine Mammut sich an sie drückte. Gemeinsam mit Trö ließ sie sich so lange vollregnen, bis Maya vor ihr stand und sagte: «Du kannst jetzt aufhören zu duschen und … was ist mit euch?»

«Warum …», fragte Urga mit tieftraurigem Blick, «… ich hier sein … was ihr wollen von mir?»

«Dass du glücklich wirst», antwortete die Kleine.

«Glükk…lich?», fragte Urga.

«Ja, glücklich!»

Urga verstand nicht.

«Das hier ist glücklich», sagte Maya und vollführte zur Erklärung einen fröhlichen Tanz. Er erinnerte Urga an jene, die die Frauen ihres Stammes rund um das Lagerfeuer veranstalteten, wenn die Männer mal für ein paar Tage auf Jagd waren und sie nicht die ganze Zeit mit ihren Forderungen nervten.

«Glück…lich», wiederholte Urga leise. Sie konnte sich hier in dieser Höhle, klatschnass, mit Erdbeerduft in den Haaren und einem kleinen Mammut an der Seite, das sie wieder vollspritzte, um sie aufzumuntern, nicht vorstellen, jemals wieder glücklich zu sein. War ihr auf dem Schiff noch eine Träne über die Wange geflossen, war sie nun in ihrem Wesen zu sehr erschüttert, um auch nur eine einzige zuzulassen. Denn damit hätte Urga sich endgültig eingestanden, dass sie Org, Arga und Irga nie wiedersehen würde. Und dann hätte sie nicht mehr aufhören können zu weinen.

6

Ich gebe dir noch eine Woche», erklärte Amanda via Skype streng.

«Nur eine?», fragte Felix, der mit seinem Laptop an einem kleinen Schreibtisch in seinem Hotelzimmer saß und eine Tasse Yak-Tee in der Hand hielt, die ihm der Zimmerservice gebracht hatte. Das salzige, milchige Gebräu war nicht sein Fall. Es schmeckte, als hätte der Yak es vorher mit seinem Fellschwanz umgerührt.

«Mein Hauptinvestor macht Druck. Wenn ich nicht liefere, verliere ich meinen Posten als CEO.» Aus Amandas Blick sprach so etwas Ähnliches wie Furcht. Bis zu diesem Augenblick hätte Felix nicht gedacht, dass diese Frau überhaupt vor irgendetwas Angst haben könnte.

«Eine Woche ist aber viel zu wenig!»

«Nicht, wenn es dir wirklich nur um das Glück der Frau geht.»

«Natürlich tut es das», antwortete Felix mit einer Bestimmtheit, die verriet, dass es ihm eben nicht nur darum ging.

«Dann geben wir ihr einfach ein paar Medikamente.»

«Medikamente?»

«Dir ist schon klar, dass es sich bei der Empfindung von Glück um einen neurologischen Vorgang handelt. Körpereigene Botenstoffe werden ins Hirn transportiert. That's it.»

«Man kann auch auf andere Weisen glücklich werden als durch Psychopharmaka», widersprach Felix, der fand, dass sich diese Herangehensweise nur unwesentlich von Oma

Neles Tipps, Doppelkorn oder Marihuana zu sich zu nehmen, unterschied.

«Klar kann man das.»

Nun staunte Felix, dass Amanda ihm so einfach recht gab, und nahm einen Schluck von dem ekligen Tee, um darüber nachzudenken, was er als Nächstes sagen sollte.

«Du kannst sie auch schwängern.»

«Schwängern?» Felix spuckte den Tee gegen das Laptop-Display.

«Lecker», kommentierte Amanda.

«Du bist verrückt!», sagte er und versuchte, mit dem Ärmel seines blauen Langarm-Shirts den Bildschirm zu säubern, schaffte es aber nur, ihn weiter zu verschmieren.

«Schwangerschaftshormone machen glücklich», lächelte Amanda. «Aber auch bei denen handelt es sich um körpereigene Stoffe.»

«Du siehst die Welt ein wenig zu profan», wehrte sich Felix.

«Und du warst immer schon zu romantisch.»

Felix fiel ein, wie er Amanda das erste Mal im Mondschein zu dem extra von ihm aufgelegten Song *Moonlight River* geküsst hatte und sie ihm anschließend ein spontanes Kurzreferat darüber hielt, welche und wie viele Bakterien bei einem Kuss übertragen wurden. Es hatte Wochen gedauert, bis er wieder unbefangen seine Lippen auf die ihren hatte pressen können.

Hatte Amanda ihre Teenager-Beziehung auch nur als eine Verkettung chemischer Reaktionen verstanden? Er musste es einfach fragen: «Unsere Liebe damals …»

«Liebe?» Amanda hob die Augenbraue wie Commander Spock, wenn Captain Kirk ihm vorschlug, er könne doch mal einen Charleston tanzen.

«Jetzt sag bitte nicht Jugendirrtum.»

«Nein, das sag ich nicht.»

«Gut.»

«Es war eine hormonelle Verirrung.»

Felix betrachtete Amandas verschmutztes Skype-Übertragungsbild und stellte fest, dass sie Spaß daran zu haben schien, ihn aufzuziehen. Sie drehte die Schraube noch ein Stück weiter: «Vielleicht verliebt sich die Steinzeitfrau ja noch in dich.»

Felix erinnerte das an Hollywoodkomödien, in denen der gutaussehende Mann wegen einer Wette das hässliche Entlein dazu brachte, sich in ihn zu verlieben. Aber so etwas im richtigen Leben mit Urga zu tun, wäre natürlich Quatsch. Und dennoch …

Felix dachte daran, wie Lovskar geschaut hatte, als Urga in dem Kleid erschien. Könnten die beiden etwa ein Paar werden? Urga so ihr Glück finden? Und er müsste die beiden dafür nur ein wenig in die richtige Richtung schubsen?

Nein! Er musste aufhören, sich so einen Blödsinn auszumalen. Garantiert gab es einen Weg, Urga glücklich zu machen, bei dem er nicht alberne, zum Scheitern verurteilte Kuppelversuche starten müsste. Er wollte schließlich eine GlücksApp bauen, nicht die dreitausendsiebenhundertundachte DatingApp.

«Amanda, kannst du mir einen Termin bei dem Glücksminister von Bhutan besorgen?», kam er nun endlich zu dem Ansinnen seines Skype-Anrufes.

«Natürlich kann ich das.»

«Und machst du das auch?»

«Mit Chemie wirst du erfolgreicher sein als mit fernöstlichen Philosophien.»

Langsam, aber sicher war Felix von Amandas naturwissenschaftlicher Betrachtungsweise des Glücks genervt: «Nimmst du denn Pillen, um happy zu sein?»

«Nein.»

«Und was macht dich dann glücklich?»

«Glück ist mir einerlei.»

Felix wischte nun mit seinem anderen Ärmel über das Display, um festzustellen, ob Amanda diesen Satz ernst meinte. Er konnte es nicht wirklich ausmachen, da er den Yak-Tee nur weiter verschmierte.

«Was zählt überhaupt für dich?»

«Dass *Cyrogen* Erfolg hat.»

«Du musst doch noch was anderes mit deiner Firma erreichen wollen als nur Erfolg.»

Amanda antwortete nicht.

«Irgendetwas?»

Amanda schwieg weiter.

«Komm schon.»

«Da gibt es schon etwas …», räumte sie nun ein.

Felix musste ihr Gesicht auf dem verschmierten Laptop nicht genau erkennen, er spürte schon beim Klang ihrer Stimme, dass etwas mit Amanda nicht stimmte. Daher fragte er, nun etwas sanfter: «Und was?»

Sie schien sich nicht zu trauen.

«Du kannst es mir ruhig sagen.»

«Ich will … leben», kam die Antwort leise, aber klar.

«Leben?» Felix verstand nicht ganz. «Meinst du reisen, tanzen, essen, lieben?»

«Ach, vergiss es.»

«Vergiss … was genau?»

«Ich besorge dir deinen Termin.» Amanda beendete den Skype-Anruf abrupt.

Eigentlich hätte Felix sich jetzt freuen müssen, dass er schon bald bei dem Glücksminister vorsprechen konnte, aber er starrte nur auf das verschmierte Schwarzbild. Genau auf jene Stelle, an der vorher Amandas Augen gewesen waren, in denen er Angst gesehen hatte. Nicht die Angst davor, eine Firma zu verlieren. Sondern eine, die viel tiefer ging, bis ins Mark.

7

Gedankenverloren nahm Felix noch einen Schluck von dem Tee, da erschreckte ihn eine Stimme. «Mit wem hast du da gesprochen?»

«Uahh!»

«Und warum spuckst du gegen deinen Laptop?»

Felix drehte sich zu Maya um, die mit verschränkten Armen anklagend vor ihm stand.

«Wie lange bist du schon im Zimmer?»

«Wisch dir erst mal den Mund ab.»

«Oh ja … ja.» Felix nahm wieder seinen Ärmel. Das Langarm-Shirt müsste er bald in die Wäsche tun.

«Also, mit wem hast du da eben geredet?»

Felix betrachtete seine Tochter. War das eine Fangfrage? Wusste sie schon, dass er mit Amanda gesprochen hatte? Würde sie traurig und wütend zugleich werden, wenn er sie jetzt anlog? So wie vor zwei Jahren, als sie ihn und ihre Mutter heimlich bei einem Streit beobachtet hatte, sie beide ihr aber erzählten, alles sei in Ordnung? Maya hatte sie daraufhin angeschrien, dass sie nicht so tun sollten, als sei sie noch ein Kind. Sie sei immerhin schon neun!

Maya schaute streng. Felix dachte darüber nach, dass er ja hier das Elternteil war und die Fragen zu stellen und streng zu gucken hatte. Er musste ihr gegenüber doch keine Rechenschaft ablegen. Daher sagte er: «Du hast meine Frage nicht beantwortet.»

«Und du nicht meine.»

«Du zuerst.»

«Nein, du zuerst!»

Maya warf ihm einen Blick zu, der klarstellte, dass sie ganz gewiss nicht zuerst antworten würde. Das passte Felix allerdings in den Kram, denn so konnte er jetzt erwidern: «Wie du willst, dann sag ich auch nichts.»

Das Thema schien für ihn also gerade noch mal abgewendet, da erklärte Maya: «Ich steh hier, seitdem du gesagt hast: ‹Unsere Liebe damals …›»

«✱⛈☢», murmelte Felix leise.

«Fluchen soll man doch nicht.»

«Nein, das soll man nicht.»

«Haben sich Mama und du wegen dieser Kackerkuh getrennt?», fragte Maya nun und presste sogleich die Lippen zusammen, um lieber wütend anstatt tief verletzt zu wirken.

«Was? Nein! Nein!»

«Du lügst schon wieder.»

«Schon wieder?»

«Wie damals, als du gemeint hast, ich müsste keine Angst vor dem Klimawandel haben.»

«Da warst du sieben Jahre alt, es war schon spät am Abend, und ich wollte, dass du einschläfst!»

«Habt ihr euch wegen dieser Kackerkuh getrennt?», fragte Maya erneut.

«Nein … nein … wirklich nicht.»

«Warum denn dann?» Maya wurde nun ganz weich. Es gelang ihr nicht, ihre anklagende Pose aufrechtzuerhalten.

«Das haben wir dir doch erklärt: Mama und Papa haben sich zwar noch lieb, aber wir lieben uns nicht mehr.»

«Aber ihr habt nicht gesagt, warum ihr euch nicht mehr liebt!»

Die Antwort, dachte Felix, wäre: Weil deine Mama nicht mehr mit ansehen mochte, wie ich alles, was ich mir vornehme, in den Sand setze und dabei gleichzeitig meine Familie vernachlässige. Aber würde er das aussprechen, würde seine Tochter ihm alle Schuld für ihr Unglück geben, so wie es seine Frau auch getan hatte, und das würde er nicht ertragen können. Daher antwortete er: «So was passiert nun mal leider …»

«Blödsinn! Nichts passiert einfach», Maya hatte nun Tränen in den Augen, «CO_2 verursacht ja auch Dürre und Kriege, und die Darmflora von Galapagos-Schildkröten geht auch kaputt …»

«Die Darmflora von Schildkröten?»

«Das ist so, als ob die Cola mit Menthos trinken würden.»

«Cola mit Menthos?»

«Da explodiert alles!», rief Maya sauer, um nicht loszuweinen. Seines Wissens hatte sie wegen der Scheidung noch kein einziges Mal geweint. Nicht in seiner Gegenwart. Nicht bei ihrer Mutter.

«Die armen Schildkröten …», murmelte Felix.

«Um die geht es gerade nicht!»

«Nein, das tut es nicht», musste Felix eingestehen.

«Du willst es mir nur nicht erzählen!»

Felix stand auf, wollte sie in die Arme nehmen, doch Maya rannte aus dem Zimmer mit den Worten: «Du bist ein doofer Popokacker! Und du willst nur mit dieser Kackerkuh zusammen sein!»

«Wo willst du hin?»

«Nach Fratala!»

Felix begriff, dass sie zu dem Kapitän rennen wollte, um zum Trost eine Geschichte von ihm zu hören. Früher hatte er ihr die Geschichten erzählt. Am Bettchen.

«Ich bin wirklich ein ganz, ganz, ganz doofer Popokacker …», murmelte Felix.

Er ließ sich in seinen Stuhl plumpsen und spann den Gedanken von Maya weiter: … der mit der doofen Kackerkuh zusammen sein will.

Mit Amanda?

Um die er sich eben Sorgen gemacht hatte?

Für einen Augenblick schaute er wieder auf das schwarze Display. Nein, Amanda und er waren Vergangenheit. Selbst wenn er Amanda immer noch faszinierend fand, er hätte bei ihr in etwa so viele Chancen wie Friedrich Merz bei Taylor Swift.

Er klappte seinen Laptop energisch zu und blickte zu der offenen Tür, aus der seine Tochter eben gerannt war. ***Glück ist eine harmonische Familie***, schoss es ihm durch den Kopf.

Darauf folgte ein weiterer trüber Gedanke: ***Manches Glück erkennt man erst, wenn es unwiderruflich vorbei ist.***

Er hätte schon vor Jahren eine Übung gebraucht, die ihm rechtzeitig klargemacht hätte: «***Erkenne das Glück, das dich umgibt.***» Und die vielleicht noch, um dem Ganzen Nachdruck zu verleihen, hinzugefügt hätte: «… ***du doofer Popokacker***.»

8

Lovskar lief in seinem Hotelzimmer auf und ab und murmelte dabei: «Irgendetwas stimmt hier nicht … irgendetwas stimmt hier nicht …»

«Führst du immer Selbstgespräche?», fragte Maya, die plötzlich in der Hotelzimmertür stand.

«Ähm … nein … nein …», antwortete der Kapitän, dem das Thema Selbstgespräche hochnotpeinlich war. Schon als Kind hatte er welche mit seinem imaginären Freund Hasi, dem Hasen, geführt. Aber niemals hatte er jemandem von Hasi, dem Hasen, erzählt oder davon, dass jener kleine lila Puschel auch derjenige war, der ihm von dem magischen Reich Fratala berichtet hatte.

Natürlich sprach Lovskar nicht mehr mit Hasi, dem Hasen, wenn er so vor sich hin murmelte. Das lila Kerlchen hatte er mit sechzehn Jahren aus seinem Leben verbannt, nachdem er entdeckt hatte, dass man auch mit Mädchen reden konnte. Aber manchmal vermisste er den Hoppel doch. Was der jetzt wohl machte? Es wäre schön, wenn Hasi, der Hase, mit Thori, dem Hund, in Fratala leben würde.

«Ich hab dich aber gehört», sagte Maya.

«Ich … ich habe telefoniert.»

«Du hast aber kein Handy in der Hand.»

«Ähm … ich habe auf Lautsprecher gestellt.»

«Dafür müsste dein Handy aber angeschaltet sein.» Maya deutete auf das Handy, das entladen war.

«Tjaha …» Mehr fiel dem Kapitän nicht ein.

«Man muss sich nicht schämen, wenn man Selbstgespräche führt.»

«Ach nein?» Der Gedanke war für Lovskar neu. «Führst du etwa auch welche?»

«Nein. Das tun nur einsame Menschen.»

Lovskar fühlte einen Stich in seinem Herzen.

«Darf ich reinkommen?», fragte Maya, und in neun von zehn anderen Fällen hätte Lovskar wohl patzig «Du bist ja schon drin» geantwortet, doch mit einem Blick auf Maya wurde ihm klar, dass das kleine Mädchen anscheinend geweint hatte. Daher sagte er: «Ja, ja, selbstverständlich …»

Maya hockte sich auf die Bettkante und schwieg. Lovskar hatte keine Ahnung, wie man mit traurigen Kindern umging. Er hatte nie Kinder gehabt und selbst als kleiner Junge von seiner Mutter immer nur Sachen gehört wie «Stell dich nicht so an». Er war sich ziemlich sicher, dass «Stell dich nicht so an» in dieser Situation nicht die richtigen Worte waren.

Lovskar hockte sich neben Maya und schwieg mit ihr. Eine Minute. Zwei. Fünf. Wenn der Kapitän etwas sogar noch besser konnte als Untergebene zusammenstauchen, dann war das schweigen. Es dauerte noch weitere fünf Minuten, bis Maya ihn fragte: «Glaubst du, dass Urga hier glücklich wird?»

Lovskar ahnte, dass die Kleine nicht wegen Urga traurig war, dachte aber dennoch über ihre Frage nach. Bhutan hatte einen Glücksminister, aber Lovskar hatte nicht den Eindruck, dass der Mann wirklich Spitzenarbeit leistete. Bei der Fahrt durch die Straßen der kleinen Hauptstadt Thimphu hatte Lovskar bettelnde Kinder in abgerissenen T-Shirts oder gefälschten Trikots von Ronaldo, Messi und Co. bemerkt und auch viele abgekämpfte, hart auf dem Markt arbeitende Frauen, die ganz gewiss sehr viel jünger waren, als sie aussahen.

Der Kapitän gehörte zu den Menschen, die immer skeptisch waren, wenn Nordeuropäer Aussagen trafen wie: «Hach, die Brasilianer sind arm, aber so voller Lebensfreude», «Die Vietnamesen sind arm, aber lächeln immer so freundlich» oder «Die Männer in der Karibik sind arm, aber lieben weiße, ältere Frauen.» Er war der festen Überzeugung, dass all diese von Westlern für glücklich gehaltenen Menschen innerhalb von einer Sekunde mit jedem x-beliebigen Norweger tauschen würden, selbst wenn dies bedeuten würde, nie wieder Samba zu tanzen.

Norwegen nahm ja stets einen der drei Spitzenplätze in den Rankings der glücklichsten Länder der Welt ein, während die meisten Länder der Dritten Welt nicht mal in den Top 40 auftauchten. Bhutan hatte Lovskar überhaupt noch nie auf so einer Liste entdeckt, die die norwegischen Zeitungen so gerne abdruckten und die jeden im Lande, der nicht glücklich war, noch mehr an sich selber zweifeln ließen. Wenn man es schon im glücklichsten Land der Welt nicht schaffte, happy zu sein, wo dann? Und wenn Lovskar es selber bisher nicht hinbekommen hatte, würde er es überhaupt noch jemals werden? Gab es Menschen, die zu Glück nicht fähig waren, und war er etwa einer davon?

Oder hatte er bisher nur die falschen Entscheidungen getroffen? Bei einer Kreuzfahrtlinie anzuheuern? Sich in eine Ehe zu begeben, die zwischenzeitlich an einen Stellungskrieg erinnerte? Dem Paartherapeuten damals zu erklären, er könne sich die Frage, warum er nicht über seine Gefühle reden möchte, dahin stecken, wo kein Lotsenlicht mehr hinscheint? Letzten Endes hatte er damit die Tür zur Rettung seiner Ehe für immer zugeknallt.

Er war nun einundsechzig Jahre alt, viel Zeit hatte er also

nicht mehr herauszufinden, ob er zu Glück fähig war. Und wenn es ihn schon mal auf eine Reise nach Bhutan verschlagen hatte, bei der es darum ging, das Glück zu finden, dann konnte er ja auch aktiv mitsuchen.

«Ich hoffe sehr», antwortete Lovskar schließlich auf Mayas Frage, «dass Urga ihr Glück hier findet.»

«Ich auch», sagte Maya. «Weißt du aber, was ich glaube, Kapitän?»

«Nein, aber du wirst es mir bestimmt gleich verraten.»

«Sie würde es eher in Fratala finden.»

«Bei Hasi», schmunzelte der Kapitän.

«Wer ist Hasi?»

«Ähm …» Lovskar ärgerte sich, dass ihm das rausgerutscht war. «Du … du hast dich verhört.»

«Was hast du denn gesagt?»

«Nun, ähm … Nasi.»

«Nasi?»

«Das ergibt keinen Sinn, nicht wahr?», fragte Lovskar.

«Nein, tut es nicht.»

«Hasi, der Hase», gestand er nun, «ist der imaginäre Freund, mit dem ich geredet habe, als ich so klein war wie du.»

«Kein origineller Name.»

«Nein.» Lovskar musste lachen. «Aber ein origineller Hase.»

«Hast du von ihm das Fluchen gelernt?»

«Ja, ✸☠✲ noch mal!»

Maya musste darauf auch lachen, und Lovskar freute sich. Ob er mit Kindern wohl glücklicher gewesen wäre?

Nicht, falls sie sich entwickelt hätten wie die meisten Gören, die die Touristen mit an Bord brachten. Bei denen musste er sich ständig zurückhalten, damit ihm nicht Sätze herausrutschten wie: «Wenn ihr weiter euren Müll überall hinwerft und die Servicekräfte so von oben herab behandelt, lass ich euch kraft meines Amtes für den Rest der Fahrt Latrinen putzen.»

Mit einer Tochter wie Maya wäre das vielleicht anders gewesen. Der blonde Verlierer schien keine Ahnung zu haben, wie glücklich er sich schätzen konnte.

«Ich habe noch nie jemandem von Hasi, dem Hasen, erzählt», sagte Lovskar.

«War bestimmt auch gut so. Die anderen Kinder hätten dich voll gemobbt.»

«Ja, das hätten sie.»

«Ich mach das aber nicht.»

«Danke.»

«Es tut mir leid, dass du einsam bist.»

«Und mir erst», gestand sich Lovskar zum ersten Mal in seinem Leben ein.

«Ich bin es manchmal auch», gestand Maya, das erste Mal in ihrem kurzen Leben.

«Das tut mir leid.» Der Kapitän wusste keine bessere Antwort.

«Und mir erst», meinte Maya mit einem traurigen Lächeln.

«Soll ich dir von Hasi, dem Hasen, erzählen? Davon, wie er im Schulunterricht hinter meinem strengen Lehrer Bartseth stand und ihm Hasenohren machte, die außer mir keiner sehen konnte?» Der Kapitän wollte die Kleine aufmuntern.

«Ja!»

«Also, wir hatten Unterricht bei Bartseth, der war sehr, sehr streng zu mir. Eines Tages stellte sich Hasi, der Hase, hinter ihn und machte ihm Hasenohren, die keiner sehen konnte.»

«Und?»

«Na ja, das war's eigentlich schon.»

«Du musst echt noch lernen, wie man Geschichten erzählt. Wenn du willst, bring ich es dir bei.»

«Das würdest du tun?»

«Klar!» Mayas Miene wurde wieder fröhlicher, und das wiederum munterte den Kapitän auch gleich wieder auf. «Ich erzähle dir die Geschichte, wie im Jahr 2071 das kleine Mädchen Ava nach Trinkwasser sucht.»

Lovskar konnte sich gerade noch zurückhalten, mit verdrehten Augen und ironischem Tonfall «Jippyyei» zu sagen. Stattdessen antwortete er: «Leg los!»

«Wir schreiben das Jahr 2071, in ganz Europa herrscht Dürre. Weite Teile der Küstengebiete stehen unter Wasser. Die Galapagos-Schildkröten sind von innen explodiert ...»

«Von innen explodiert?»

«Als ob sie Cola mit Menthos getrunken hätten.»

«Okay.»

«Menthos wird nicht mehr hergestellt, überhaupt wird gar nichts mehr hergestellt, außer für wenige Reiche, die in den Bergen leben. Das Trinkwasser ist knapp, und das kleine Mädchen Ava geht mit seinem Bruder Diego durch die Wüste von Andalusien ...»

Lovskar bereute jetzt, «Leg los» gesagt zu haben. Und während Maya in schillerndsten Farben berichtete, wie sich Ava und Diego vor UV-Strahlung und Fliegenschwärmen schützen und sich über den ein oder anderen ehemaligen und nun sehr durstigen Klimawandelleugner lustig machen, dem sie in der Wüste begegnen, dachte Lovskar bei sich, dass die Erwachsenen womöglich zu viel mit sich selber beschäftigt waren und zu wenig mit dem Glück der nächsten Generation.

«Ava freut sich so sehr, einen Regenwurm zu sehen ...»,

erzählte Maya gerade, da eilte der blonde Verlierer flotten Schrittes in Lovskars Hotelzimmer.

«Immer hereinspaziert», sagte Lovskar ironisch.

«Ich bin doch schon drin.» Der Blonde verstand anscheinend nicht, was Lovskar hatte ausdrücken wollen. Aber der Kapitän war nicht in der Stimmung, mit ihm über Manieren zu reden. Wenn er sich mit dem Blonden streiten wollte, dann über andere Dinge. Wie zum Beispiel darüber, dass er ganz offensichtlich etwas verbarg. Oder dass er nicht genug Zeit mit seiner Tochter verbrachte. Die hatte zwar keinen imaginären Freund, war aber so einsam, dass sie sich Geschichten ausdachte, die hoffentlich wenigstens ein Happy End hatten.

«Was wollen Sie?», fragte er Felix.

«Wir haben in einer Viertelstunde einen Termin beim Glücksminister.»

«Dann werde ich jetzt mal Urga holen», sagte Lovskar und machte sich auf den Weg. Beim Rausgehen raunte er Felix noch zu: «Sie müssen sich ϟ☠ϟ mal um Ihre Tochter kümmern.»

Der blonde Kerl blickte zur traurigen Maya hinüber und antwortete: «Ja, das muss ich!»

9

Felix setzte sich zu Maya auf deren Bett im gemeinsamen Hotelzimmer und sagte: «Lass uns reden.»

Sie antwortete nicht, blickte ihn noch nicht mal an.

«Willst du mich jetzt etwa ignorieren?»

Maya schwieg weiter.

«Die Antwort scheint ‹ja› zu sein.»

«Genau.»

«Und jetzt hast du doch was gesagt.» Felix versuchte es mit einem freundlichen Lächeln und knuffte sie dabei.

«Hör auf, mich zu knuffen.»

«Und wieder hast du was gesagt.» Felix lächelte noch freundlicher, war aber so schlau, sie nicht noch mal zu knuffen.

Maya antwortete wieder nicht.

«Dann fang ich jetzt einfach mal an zu reden.»

Seine Tochter tat so, als könnte sie nichts weniger interessieren.

«Du wirst jetzt die Wahrheit erfahren.»

Maya gab sich wirklich Mühe, weiter desinteressiert zu wirken, aber es gelang ihr nicht mehr völlig.

«Es lag nicht an Amanda.»

«Pfff», kam es zurück.

«Ich schwöre es.»

Maya schaute zu ihm, prüfend, ob er es ernst meinte.

«Hier, ich hab auch keine Finger hinter dem Rücken gekreuzt.»

Das überzeugte sie ein wenig. Und ebendeshalb lag mit

einem Male Angst in ihren Augen. Eine Furcht, die Felix nur allzu vertraut war, weil er sie selbst als Kind so intensiv gespürt hatte.

«Ich weiß, wovor du Angst hast, Maya.»

Die Kleine schwieg und schaute von ihm weg.

«Als ich so alt war wie du, habe ich gedacht, ich bin daran schuld, dass sich meine Eltern getrennt haben. Mist, manchmal denke ich das heute noch. Aber du, du hast keine Schuld, dass Mama und ich nicht mehr zusammen sind.»

«Wer dann?» Maya wandte sich ihm wieder zu.

«Ich. Ganz allein.»

«Warum?»

«Ich … ich habe nicht genug Zeit mit euch verbracht …»

«Das stimmt.»

«… weil mir die Arbeit wichtiger war.»

«Und jetzt?»

«Jetzt?»

«Ist dir die Arbeit nicht wichtiger?»

«Ich arbeite doch gar nicht», gab Felix zurück und verdrängte schuldbewusst seine Pläne mit der GlücksApp.

«Nein, das tust du nicht», sagte Maya. «Jetzt verbringst du endlich Zeit mit mir! Das find ich schön.» Maya lächelte versöhnlich. Sie nahm seine Hand, und er hielt sie und lächelte. Dabei fragte er sich, warum er dies viel zu selten tat.

Sei so nah bei deinen Lieben wie nur möglich.

«Ich habe also keine Schuld an eurer Trennung?», wollte Maya wissen.

«Rein gar keine.»

Die beiden saßen eine Weile lang da. Innig wie lange nicht mehr. Dann begann Maya und wirkte dabei ganz weich, wie das kleine Mädchen, das sie eigentlich auch war: «Du … Papa?»

«Ja?»

«Habe ich dir schon mal gesagt, dass du der tollste Papa auf der Welt bist?»

Felix war überrascht. Natürlich hatte sie ihn schon mal so genannt. Sogar öfter, doch das war Ewigkeiten her. Seit der Trennung von seiner Frau hatte Maya diese Worte kein einziges Mal mehr ausgesprochen, ihn, Felix, dafür aber überproportional häufig als «doofen Popokacker» bezeichnet.

Es fühlte sich gut an, diesen Satz jetzt zu hören. Auch wenn er sich gar nicht als toller Papa fühlte und staunte, wie Maya ausgerechnet jetzt darauf kam. So fragte er: «Und warum bin ich das?»

«Weil du Urga helfen willst. Dabei hast du doch gar nichts davon.»

«Jahaha ...», flunkerte er.

«Und du hast sie aus den Klauen der Hexe befreit.»

Felix mochte seiner Tochter nicht erklären, dass er Amanda versprochen hatte, die beiden Aufgetauten wieder zurückzubringen.

«Du bist wirklich, wirklich, wirklich und noch dreihundertdreiundzwanzig Mal wirklich der beste Papa auf der Welt!»

Felix blickte in das strahlende Gesicht seiner Tochter. Sie war so stolz auf ihn. Und er ...

... er sagte ihr nicht die Wahrheit.

Er fing an, sich zu schämen. Unglaublich zu schämen. Daher erwiderte er: «Wenn es ums Papasein geht, gehöre ich nicht mal in die Top drei Milliarden.»

Maya sah ihn verwirrt an. Sie verstand nicht, warum sich ihr Vater plötzlich so verhielt. Daraufhin riss sich Felix wieder ein wenig zusammen und versprach ihr: «Aber ich werde hart daran arbeiten, im Ranking hochzuklettern.»

10

Lovskar fand Urga im Bad vor. Die völlig durchnässte Steinzeitfrau und ihr nicht minder nasses Mini-Mammut hockten auf dem Duschboden und ließen sich vollprasseln. Eng aneinandergekuschelt saßen sie da, um sich wenigstens ein bisschen Halt zu geben in dieser neuen, kalten und nassen Welt. Lovskar drehte das Wasser ab, hatte jedoch keine Ahnung, wie er die beiden aufmuntern könnte. Das Mammut würde sich vielleicht über etwas Ordentliches zu essen freuen, aber Urga? Ihr Anblick tat ihm im Herzen weh. Mit einem Mal fühlte er sich für sie verantwortlich, schließlich hatte er sie aus dem Eis geholt.

«Du musst dir was Trockenes anziehen, sonst wirst du krank», sagte er zu ihr und hoffte, dass Urga wenn schon nicht seine Worte, so doch wenigstens seine Absicht begriff. Sie schaute zu ihm hoch, ihr Blick war leer. Um sich besser verständlich zu machen, vollführte Lovskar eine kleine Pantomime. Er tat, als ob er sich anzöge, und nieste dazu ein paarmal. In diesem Augenblick betrat der blonde Kerl das Bad und sagte: «Bruce ist schon mit dem Wagen vorgefahren und …»

Lovskar deutete leicht mit dem Kopf in Richtung trauriger, nasser Urga.

«… ich halte mich für einen Moment zurück.»

«Gute Idee», befand Lovskar und beugte sich zu Urga herunter. «Du brauchst neue Anziehsachen.»

Doch die Steinzeitfrau starrte nur ausdruckslos ins Zimmer. Lovskar folgte ihrem Blick zum Fenster und sah plötzlich vor seinem geistigen Auge, wie sie vom Sims sprang, begleitet von dem ebenfalls nach unten sausenden Mammut. Diese Phantasie erschütterte Lovskar so sehr, dass er sich gleich vorstellte, wie er Urga und Trö rettete, indem er unten vor dem Hotel gemeinsam mit Hasi, dem Hasen, ein Sprungtuch hielt. Dann riss der Kapitän sich von seinem Tagtraum los und forderte den blonden Kerl auf: «Kaufen Sie ihr neue Sachen.»

«Geht das vielleicht auch ein wenig freundlicher?»

«Jetzt, verdammte 🔪💣🔫!»

«Okay, das war freundlich genug.» Kleinlaut verschwand der Kerl aus dem Zimmer. Lovskar setzte sich neben Urga auf den nassen Boden. Er wollte bei ihr sein. Darauf achten, dass sie sich nichts antat. Ihr zeigen, dass sie nicht alleine war.

Trö betrachtete das komische Wesen, das sich zu seiner neuen Mama hockte.

War das der neue Papa?

Seinen ersten Papa kannte Trö nicht.

Der war nicht bei Mama gewesen, als sie starb.

Blöder Dummrüssel!

War dieser neue Papa auch ein blöder Dummrüssel?

Nein, er war an der Seite von neuer Mama.

Neuer Papa lieb.

Obwohl er keinen Rüssel hatte.

Trö musste neuem Papa zeigen, dass er ihn auch liebhatte.

Lovskar staunte nicht schlecht, als sich Trö mit dem Rüssel seinem Gesicht näherte. Wollte er ihn etwa angreifen? Nein. Dann hätte das Tier geschnaubt und wäre, wie schon auf der *Arctica 2*, mit den Stoßzähnen auf ihn losgegangen. Nein, Trö wollte … ihm ein Küsschen geben?

Tatsächlich, das Mammut gab ihm ein feuchtes Drückchen mit dem Rüssel auf seine Nase. Es kitzelte, und Lovskar wusste nicht, ob er den Rüssel wegschieben oder lachen sollte. Aus dem Augenwinkel erkannte er, dass Urga sie beide beobachtete. Das erste Mal seitdem er in das Hotelzimmer getreten war, flackerte wieder so etwas wie ein Lebensfunke in ihren Augen. Die Eisdame schien es amüsant zu finden, dass Trö ihn mit seinem Rüssel liebevoll traktierte. Und da sie dies von ihren trüben Gedanken ablenkte, ließ Lovskar das kleine Mammut gewähren. So lange, bis Urga das Tier in die Arme nahm, um Lovskar zu «retten», was dazu führte, dass Trö nun ihr seine Küsschen aufdrückte. Da musste Urga – sehr zu Lovskars Freude – ein wenig lächeln.

Trö freute sich, dass neue Mama sein Küsschen mochte.

Er gab ihr noch eins.

Und dann wieder dem neuem Papa.

Neue Mama lachte sogar.

Neue Mama doch nicht krank!

Neue Mama und neuer Papa sollten sich auch Küsschen geben!

Trö nahm seinen Rüssel, wickelte ihn um den Hals von Lovskar, und noch bevor der «Hey, was soll das?» ausrufen konnte, hatte Trö ihn schon in Richtung Urga gezogen, bis der Kapitän sich mit seinem Gesicht nun genau vor dem ihren befand.

Urga war lange nicht mehr einem Mann so nahe gewesen, genau gesagt seit 33 374 Jahren, neun Monaten und fünf Tagen. Da hatte sie Org geküsst.

Lovskar sah Urga in die Augen.

Urga sah in die seinen. Sie waren so viel gütiger als die von Org.

Ihre Augen waren definitiv gütiger als die von seiner Exfrau.

Und Urga …

… Lovskar …

… fühlte sich für einen kurzen Augenblick ein kleines bisschen weniger allein auf der Welt.

11

Felix kaufte im Hotelshop ein schwarzes Versace-Kleid in Superduper-Größe und überzog damit seine vierte und letzte Kreditkarte. Die Verkäuferin wollte ihm noch dazu passende High Heels andrehen, aber er lehnte ab. Nicht nur aus Geldmangel, sondern auch weil Urga sich mit denen gewiss schon nach wenigen Schritten einen Bänderriss im Fußgelenk zugezogen hätte.

Als Felix wieder in Urgas Hotelzimmer zurückkehrte, staunte er nicht schlecht: Aus irgendwelchen Gründen hatte Lovskar den Mammut-Rüssel um den Hals gewickelt und blickte Urga tief in die Augen. Mit einer Wärme, die er dem Kapitän nicht zugetraut hatte. Aber auch Urga, die eben noch so tieftraurig gewesen war, schien hin und weg von Lovskar zu sein.

«Was machen Sie da?», wollte Felix wissen.

«Nun …», Lovskar wirkte ertappt, «fragen Sie das Mammut.»

«Ich glaube kaum, dass es mir antwortet», erwiderte Felix, während der Kapitän seinen Hals mit beiden Händen von dem Rüssel befreite. Für einen Moment überlegte Felix, ob er dieses ungleiche Paar nicht doch verkuppeln sollte, verwarf den Gedanken aber gleich wieder. Warum auch immer die beiden sich so angesehen hatten, niemals könnte ein Mensch von heute mit einem aus der Steinzeit ein Paar werden.

Felix reichte Urga das Kleid. Dann fiel ihm auf, dass sie von alleine nie den Reißverschluss am Rücken schließen könnte, also rief er Maya per Handy in das Zimmer – er mochte gar nicht über die Kosten von Telefon und Datenroaming in diesem Nicht-EU-Land nachdenken – und bat die Kleine, der Steinzeitfrau beim Anziehen zu helfen.

Als Urga etwas später in dem neuen schwarzen Kleid auf den SUV zuging, sah sie für Felix – nein, nicht wunderschön, aber immerhin wie die Ehefrau eines sehr reichen Mannes aus, der sie geheiratet hatte, bevor er zu Geld kam, und sie immer noch so sehr liebte, dass er sie nicht gegen ein junges Topmodel eingetauscht hatte.

Als alle eingestiegen waren, ließ Bruce, der immer noch in Uniform war und dazu nun eine Ray-Ban-Sonnenbrille trug, den Wagen an, brauste los und stellte das Radio laut. Ein düsterer Song von *R.E.M.* ertönte, Klänge voller Selbstmitleid, die Urgas traurige Stimmung zu verstärken schienen. Daher fragte Felix den Special-Forces-Soldaten: «Können Sie etwas anderes spielen?»

«Was denn?» Bruce machte die Musik wieder aus.

«Keine Ahnung, vielleicht was mit Trommeln?» Felix ging davon aus, dass der Stamm von Urga gewiss getrommelt hatte. Sicher war er sich aber nicht.

«Wäre es nicht besser», mischte Maya sich ein, «wenn wir ihr irgendetwas Fröhliches vorspielen würden?»

«Vielleicht *Ice, Ice, Baby*», gab Bruce in einem trockenen Tonfall zurück, bei dem Felix nicht ganz klar war, ob der Typ es ernst meinte oder nicht. «Oder *Like Ice in the Sunshine* oder *Sexy Eis …*»

Okay, er meinte es nicht ernst. Bruce besaß offenbar einen eigenwilligen Sinn für Humor. Höchstwahrscheinlich bekam man den, wenn man die meiste Zeit seines Berufslebens damit beschäftigt war, durch das afghanische Hochland zu robben und dabei den Gedanken zu verdrängen, ob das, was man da so tat, überhaupt in irgendeinem sinnvollen Kontext stand.

«Ich hätte ein Lied, das gute Laune macht», sagte Lovskar, während Bruce den SUV auf die schotterige Ausfallstraße raus aus Thimphu fuhr.

«Sie?», fragten Felix, Maya und Bruce gleichzeitig. Lovskar wirkte gar nicht wie der ausgelassene Typ. Man konnte sich bei ihm ein fröhliches Liedchen genauso wenig vorstellen wie bei Lenins einbalsamierter Leiche.

«Welches denn?», hakte Maya nach.

«Eins, das alle Seeleute lieben!», antwortete der Kapitän und hob sogleich an, mit einer Stimme, die eine Oktave höher lag als seine eigene, und sang wie Kermit der Frosch: *«Ich wollt, ich wär unten im Meer, ja im Garten eines Kraken möcht ich sein …»*

Urga musste lachen, weil die Stimme des Kapitäns so lustig klang. Das wiederum fand Maya derart schön, dass sie gleich mitsang. *«All meine Freunde lüd ich ein …»*

Während Felix sich darüber klarwurde, dass er das Wort *lüd* noch nie in seinem aktiven Wortschatz benutzt hatte, stimmte auch Bruce mit ein. Seine bemüht hohe Stimme lag dabei immer noch ein paar Töne tiefer als die eines normalen Mannes: *«Fingen dann zu tanzen an, weil man uns hier nicht finden kann …»*

Felix stellte sich vor, wie Bruce in Camouflage-Kleidung und mit Schnorchelbrille auf dem Meeresgrund zwischen Algen tanzte.

«Da geht es rund …»

Trö mochte die Stimmung so sehr, dass er dazu trötete.

«… da leuchten bunt … TRÖ … Korallen tief auf dem Meeresgrund … TRÖ …»

Urga freute sich, sie lachte und wippte mit. Sie versuchte sogar, einzelne Worte mitzusingen: *«La la la Kra…ken …»*

Sie sang nicht schön, im Gegenteil, aber mit Elan. Ihr zuliebe stimmten die anderen ein und sangen gemeinsam statt des eigentlichen Textes: *«La … la … la … Kraken …»* Und Felix kam in den Sinn: ***Singe fröhliche Lieder.***

War es so einfach? Jedenfalls schien es zu wirken. Alle anderen im Auto hatten bei dem Lied auf einmal gute Laune. Auch Amanda hatte als Teenagerin befreit gelacht, als er ihr *Se bastasse una bella calzone* vorgesungen hatte. Und selbst wenn die Freude seiner Mitreisenden nur für die Länge eines Liedes anhalten sollte, wäre dies doch von längerer Dauer als die Übungen, die er für seine App vorgesehen hatte. Die erschienen ihm von Moment zu Moment läppischer. Der Glücksminister musste ihm einfach Tipps geben, wie selbst jemand wie Urga wahrlich und dauerhaft glücklich werden konnte!

12

Urga kletterte aus dem Esjuviech und summte noch leise die Melodie dieses Liedes namens *Lalalala Kraken.* Es war besonders lustig für sie, weil *Kraken* in ihrer Sprache *Pimmel* bedeutete.

Sie zupfte das enge schwarze Fell zurecht, in dem sie – das musste Urga sich selber eingestehen, als sie in der Fensterscheibe ihr Spiegelbild betrachtete – sehr scharf aussah. Ihr großer Popo, ihre stämmigen Beine, ihr wunderbar dicker Bauch, all dies wurde auf eindrucksvolle Weise betont. Wenn Org sie so erlebt hätte …

Org. Arga. Irga.

Die Trauer, die während des Singens verschwunden war, ergriff schlagartig wieder Besitz von Urga. Schweren Schrittes ging sie mit den anderen auf einem staubigen Weg hinauf zu einem Ort, der Kloster genannt wurde. Mehrere große weiße Höhlen – einige mit roten, andere mit goldenen Dächern und alle mit braun umrandeten Holzfenstern – standen an einem Berghang, und Urga beschlich kurz der Gedanke, ob diese Höhlen bei einem Sturm in den Abgrund gerissen werden könnten. Gewiss, wenn so einer käme wie jener Eissturm, der sie und Trö aus dem Wald heraus in die Zukunft getragen hatte.

Auf dem Weg kam ihnen ein kleiner freundlicher Mann in einem weißen Gewand entgegen. Er hatte eine auffallend dunkle Haut und dicke schneeweiße Haare und ebenso dicke schneeweiße Brauen. Er begrüßte sie alle mit einer Verbeugung. Noch nie hatte sich ein Mann vor Urga verbeugt!

«Willkommen im Kloster Tagtsank», sagte er zu ihr, «Ich heiße Lotay Wangchuk. Ich bin der Glücksminister von Bhutan.»

«Ich heißen Urga.»

«Du suchst also das Glück?», lächelte Lotay. Und Urga, die das Wort *glücklich* dank Maya schon kannte, reimte sich die Bedeutung der restlichen Worte zusammen und antwortete: «Ja, ich suchen.»

Doch erst als sie es in dieser für sie so fremden Sprache aussprach, wurde ihr klar, dass sie genau das in der neuen Welt auch tun wollte: das Glück suchen!

«Dann komm mit mir», sagte der Minister und schritt voran zu dem großen Holztor des Klosters. Alle folgten ihm, Urga nun wieder festeren Schrittes. Dabei fiel ihr Blick in das Tal, an dessen Rand der Weg entlangführte. Die Schlucht war unfassbar tief. Ihr Grund war nicht zu erkennen. Aber die Felsvorsprünge, an denen die Steine und das Holz des Klosters zerschellen würden, falls ein übler Eissturm es jemals erfassen sollte, sprangen deutlich ins Auge.

Wenn ich das Glück nicht finde, dachte Urga, werde ich hier herunterspringen. Oder aus einem Fenster. Oder doch von dem Ding namens «Schiff» ins Wasser. In der Hoffnung, ihre Lieben in einem Nachleben wiedersehen zu dürfen. Und dann würde sie der alte Mann namens Lovskar, egal was für gütige Augen er besaß, nicht noch einmal aufhalten können.

13

Der Glücksminister führte sie über einen Hof, den Mönche in braunen Kutten und roten Schärpen kehrten, durch einen Garten hindurch, den weitere Mönche hegten und pflegten, vorbei an einem Tempel, in dem wiederum andere Mönche saßen und meditierten, hin zu einem kargen menschenleeren Raum mit Holzdielen und unverputzten weißen Mauern. An dessen Schwelle bat der weißhaarige Mann: «Bitte ziehen Sie sich alle die Schuhe und Socken aus.»

Urga war ohnehin ständig barfuß, Lovskar grummelte zwar, kam der Aufforderung aber genauso nach wie Maya und Bruce. Nur Felix zögerte.

«Haben Sie nicht gehört», raunte Lovskar ihm zu, «was der Mann gesagt hat?»

«Ja, schon …»

«Ich schätze mal, das ist hier irgendein heiliger Raum, durch den man nicht mit gewöhnlichen Turnschuhen latschen sollte!»

«Das sind keine gewöhnlichen Turnschuhe, das sind Nike AirMax.»

«Ist das nicht wurscht?»

«Ja, vermutlich.»

«Also, warum ziehen Sie dann nicht Ihre Schuhe aus?»

«Weil Papa Käsefüße hat!»

Es war einer jener Momente, in denen Felix sich wünschte, dass Maya ein wenig zurückhaltender wäre.

«Käsefüße?» Lovskar verzog das Gesicht.

«Also, es sind nicht direkt Käsefüße», meinte Felix.

«Das stimmt», sagte Maya, was Felix wieder ein wenig durchatmen ließ. Doch dann fügte sie hinzu: «Es sind Gorgonzola-Füße!»

Felix fühlte, wie seine Füße vor Scham dampften.

«Gorgonzola?» Lovskar war wenig begeistert.

«Mama freute sich immer, wenn sie Schnupfen hatte und nichts riechen konnte.»

Es hatte Zeiten gegeben, in denen Felix seine kleine Tochter für so einen Spruch gerüffelt hätte. Aber ein wirklich guter Vater, der höher als auf Platz 3 222 645 333 der besten Väter der Welt rangieren wollte, sollte Humor beweisen. So warf Felix ein: «Ich hätte am liebsten Dauerschnupfen.»

Maya begann zu lachen. Fröhlich. Albern. Befreit. Seit langem hatte Felix sie nicht mehr so erlebt. Eigentlich nicht mehr seit der Trennung von seiner Frau. Und zum ersten Mal in seinem Leben freute sich Felix über seine Gorgonzolafüße.

«Hm», räusperte sich der Glücksminister und blickte streng auf Felix' Schuhe.

«Auf eigene Gefahr», seufzte Felix und zog Schuhe und Socken aus.

Als der Geruch Lovskars Nase erreichte, stöhnte der: «Hier machste was mit.»

Maya lachte noch mehr und hielt sich fröhlich die Nase zu.

Die anderen aber verzogen keine Miene. Bruce, weil er es gewohnt war, mit Kameraden monatelang ungeduscht durch afghanische Berge zu robben, Urga kannte als Neandertalerin noch ganz andere Gerüche, und der Minister hatte in seiner Umgebung auch den ein oder anderen Mönch mit Drüsenproblemen.

Mitsamt Trö traten sie über die Schwelle auf den ungeschliffenen Dielenboden, und Felix hoffte dabei, er würde sich keinen Splitter in den Gorgonzolafuß jagen. In der Mitte des ansonsten leeren Raumes standen ein brauner Tonkrug und einige dazu passende Tonbecher. Freundlich sagte der Minister: «Nehmt Platz.»

Alle setzten sich um das Geschirr herum auf den Holzboden. Der Mönch reichte jedem einen der Tonbecher und schenkte aus dem Krug ein. «Das ist Yak-Tee», erklärte der Minister.

Felix' Begeisterung hielt sich in Grenzen. Lovskar raunte ihm zu: «Der Geruch passt zu Ihren Füßen», und Bruce sagte: «Alles besser als usbekischer Gewürzgurkentee.»

Nur Urga atmete den Duft gerne ein.

«Ich freue mich», sagte der Minister, «dass wir gemeinsam über das Glück sprechen wollen.» Er nahm einen Meditationssitz ein. Bruce, Urga und Maya machten es ihm ohne Mühe nach. Felix und Lovskar hingegen gelang gerade mal etwas Ähnliches wie ein Schneidersitz. Der Minister hob den Becher, alle taten es ihm gleich, und dann wurde getrunken. Felix war erstaunt, dass dieser leicht salzige, sehr würzige Yak-Tee im Gegensatz zu dem Gebräu im Hotel halbwegs schmeckte. Die anderen, selbst der Kapitän, fanden ihn sogar sichtlich lecker.

«Ga-kyid», hob der Minister an.

«Was für ein Kitt?», fragte Lovskar.

«Ga-kyid, das bedeutet Glück und Frieden.»

«Und wie erreicht man das?» Felix war froh, dass sie endlich auf das Wesentliche zu sprechen kamen.

«Nicht durch Ungeduld», lächelte der Minister. «In unserem Land sagt man: Es gibt keinen Weg zum Glück. Glück ist der Weg.»

Felix überlegte, ob der Mann einen Glückskeks gefuttert hatte.

«Und der Weg ist für alle frei.»

Felix war nun genauso schlau wie vorher.

«Aber wie betrete ich den Weg?», hakte er nach.

«Habe Mitgefühl mit den anderen.»

«Okay …»

«Und sei selbstlos.»

Sei selbstlos.

Meinte der Mann mit selbstlos ***ganz und gar selbstlos***? Reichte es nicht, wenn man bei dem, was man tat, auch an die anderen dachte und nicht nur an sich? Er wollte Urga zum Glück führen und die dabei gewonnenen Erkenntnisse in seiner App verwenden, damit Millionen von Nutzern glücklich werden konnten. Auch wenn er von dem Erfolg profitierte, war er doch mit diesem Vorhaben selbstloser als 99.87 Prozent aller Unternehmer. Oder? Selbstloser als sein Vater mit seinem Investmentfonds allemal. Daher sagte Felix zu sich: ***Sei halbwegs selbstlos.***

Zugegeben, das klang nicht wirklich griffig.

Unsicher schaute Felix in die Runde. Maya blickte entschlossen drein, sie überlegte ja ohnehin ständig, wie man die Welt zu einem gerechteren Ort machte. Bruce nahm seine Sonnenbrille ab und nickte zustimmend, gewiss glaubte er, er sei ohnehin schon selbstlos, weil er als Soldat seinem Volk diente. Lovskar hingegen blickte zu Urga, und die Steinzeitfrau versuchte angestrengt, den Ausführungen des Ministers ansatzweise zu folgen, während Trö testete, ob er mit der Zunge seine Rüsselspitze erreichen konnte.

«Und», redete der Minister weiter, «sammele gutes Karma.»

«Karma?», echote Lovskar.

«Wer ein gutes Leben hat, der hat in einem früheren Leben Gutes getan.»

«Und wer ein schlechtes Leben hat …»

«… hat in einem vorherigen Übel getan.»

«Ist das nicht ein bisschen einfach? Vielleicht sogar ungerecht?», fragte der Kapitän.

«Einfach?» Der Minister hob die weißen Augenbrauen. «Ungerecht?»

«Wer in ein übles Leben hineingeboren wurde, dem sagt man ja damit, er sei selber schuld. Und der Arme kann sich nicht mal daran erinnern, was er getan hat, um so ein Schicksal zu verdienen.»

Der Minister lächelte.

«Sie haben meine Frage nicht beantwortet.»

Der Minister lächelte weiter. Den Kapitän verunsicherte das sichtlich. Auch Felix kam sich ein wenig dumm vor, weil der weißhaarige Mann ihnen vermittelte, dass sie noch sehr viel zu lernen hatten.

«Wie wird man eigentlich Glücksminister?», mischte Maya sich jetzt ein.

«Nun, König Wangchuk der Vierte war sehr skeptisch gegenüber dem Gedanken, dass der Wert eines Volkes in seiner Wertschöpfung bestand …»

Felix schoss das alte Lied von *Geier Sturzflug* durch den Kopf: *Jetzt wird wieder in die Hände gespuckt, wir steigern das Bruttosozialprodukt …*

«… daher erfand er das Bruttonationalglück.»

«Das klingt erstaunlich einleuchtend.» Lovskar war beeindruckt.

«Damit wollte König Wangchuk der Vierte verhindern, dass die Ideale und Verlockungen der kapitalistischen Welt das Schicksal unseres Landes bestimmen, wir aber dennoch ihre Segnungen übernehmen können.»

«Medizintechnik ist was Feines, nicht wahr?», fragte Bruce.

«Und Handy-Games sind es auch», lächelte der Minister. «Der Sohn von König Wangchuck dem Vierten, König Wangchuck der Fünfte, hat das Bruttonationalglück in die Verfassung aufgenommen. Und daher gibt es auch den Verantwortungsbereich in der Regierung.»

«Oh, ist Wangchuck der Vierte gestorben?» Maya zog ein bestürztes Gesicht.

«Nein, er wollte selber glücklich sein. Er lebt nun in einem Baumhaus.»

«In einem Baumhaus?» Felix staunte.

«In einem Baumhaus», lächelte der Minister.

Diese Bhutaner sind verwirrend, fand Felix. Lautete die Botschaft etwa: ***Steige aus dem Hamsterrad aus und ins Baumhaus ein***?

«Dem König war sein Status nicht mehr von Bedeutung», redete der Minister weiter. Und Felix begriff, dass sich dahinter eine andere Lektion verbarg. ***Sei selbstlos*** würde nur gelingen, wenn eine Voraussetzung gegeben war: ***Nimm dich selbst nicht so wichtig.***

Ob das die Nutzer seiner App hören wollten? Gerade wenn es gestresste Führungskräfte waren? Felix war ja nicht mal sicher, ob er selbst eine solche Botschaft hören wollte. Mal ganz zu schweigen davon, sie zu beherzigen.

«Wie ich können glücklich werden?», fragte Urga, die bisher geschwiegen hatte.

Der Minister musterte die Steinzeitfrau. Ihm war auch klar, dass sie etwas Konkreteres brauchte als ***Es gibt keinen Weg zum Glück, Glück ist der Weg.***

«Meditiere.»

«Medi ... tiere?» Urga schaute ratlos.

«Wie soll Meditation helfen?» Felix merkte, wie eine Mischung aus Frust und Ärger in ihm aufstieg: Er wollte eine GlücksApp bauen. MeditationsApps gab es bereits mehr auf dem Markt, als die Menschheit jemals brauchen würde.

«Hirnforscher haben herausgefunden, dass Meditation die wesentlichen Areale im Gehirn stimuliert und andere schrumpfen lässt», führte der Minister aus.

«Ich glaube», sagte Lovskar, «viele meiner Schiffsoffiziere meditieren heimlich.»

«Ah ja?»

«Deren Hirn ist auch geschrumpft.»

Der Minister lächelte über Lovskars Bemerkung hinweg. Felix dachte, es müsste schön sein, wenn man vielen lästigen Dingen im Leben so begegnen könnte wie dieser Mann.

Lächele über das hinweg, was dich stört.

«Was sind denn die wesentlichen Areale?», fragte Maya.

«Beim Meditieren wird der Mandelkern kleiner. In dem Teil des Gehirns sitzt die Angst.»

Felix erinnerte sich an die angstvollsten Momente seines Lebens, und die hatten alle mit seinem Vater zu tun. Ganz besonders schlimm war die Furcht gewesen, als er beinahe im Schwimmbecken ertrunken wäre. Ohne den blöden Mandelkern hätte er eine viel schönere Kindheit gehabt. Er hoffte, nein, er war sich gewiss, dass seine Tochter keine solche Angst vor ihm hatte, wie er sie einst vor seinem Vater empfunden hatte. Vielleicht war er doch nicht ganz so schlecht als Papa? Immerhin gehörte er zu der Top-Milliarde der Väter!

«Wir», mischte sich Bruce ein, «werfen uns bei der US-Army Tabletten ein, um die Angst beim Kampf auszuschalten.»

«Das ist nicht das Gleiche», widersprach der Minister. «Wie dem auch sei, gleichzeitig wird beim Meditieren der linke Frontalkortex größer, und man wird glücklicher.»

«Dafür sollte uns die Army auch mal Tabletten geben», fand Bruce.

Auch darüber lächelte der Minister hinweg.

«Wer meditiert», fragte Felix, «verändert also sein Gehirn und wird happy?»

«So ist es.»

Hatte Amanda also doch recht gehabt? Glück ist nur eine simple Hirnfunktion? Es musste was dran sein, wenn selbst buddhistische Mönche dieser Ansicht waren.

«Man muss das Meditieren aber trainieren.»

«Trainieren?», staunte Felix.

«Ein Geiger muss üben, ein Marathonläufer dauerlaufen, ein Gelehrter studieren.»

«Und wie lange muss man trainieren?», erkundigte sich Felix und nahm einen Schluck Tee.

«Nehmen wir einen Mönch, der 40 000 Stunden meditiert hat ...»

«40 000 Stunden?» Felix prustete seinen Yak-Tee dem Minister ins Gesicht. Während Urga darüber lachte ...

Slapstick macht gute Laune.

... Lovskar die Augen verdrehte, Bruce seinen Mund zu etwas Ähnlichem wie einem Schmunzeln verzog, Trö vor lauter Freude, dass Urga wieder lachte, laut trötete und Maya ein Taschentuch für den Minister rauskramte, hatte der weise Mann gewisse Schwierigkeiten, auch über diese Situation hinwegzulächeln. Ein bisschen freute das Felix sogar, machte es den Minister doch etwas menschlicher.

Der Mann wischte sich mit Mayas Taschentuch das Gesicht und die weißen Augenbrauen trocken und setzte neu an: «Wenn das Hirn eines Mönches, der in seinem Leben 40 000 Stunden meditiert hat, in einem Kernspintomographen aufgenommen wird, leuchten die Areale, die für das Glück zuständig sind, wie ein Feuerwerk.»

«Die Mönche können sich also selbst high machen», stellte Bruce fest. «Vielleicht habe ich jahrelang die falschen Dinge trainiert.»

«Wie ich das tun? Medi…tier…en?», wollte Urga wissen, die das meiste zwar nicht verstand, aber das eine schon: Es könnte ihr Weg zum Glück sein.

«Wir schließen alle die Augen», sagte der Minister und führte es gleich mal vor.

«Hier machste was mit», seufzte Lovskar wieder, schlug aber die Lider nieder. Maya, Bruce und Urga folgten seinem Beispiel. Selbst Trö tat es den anderen seiner «Herde» gleich, gewiss weil er dachte, alle würden jetzt schlafen wollen. Nur Felix zögerte. Das verlief alles ganz und gar nicht so, wie er sich das vorgestellt hatte. Er konnte doch schlecht eine Übung in seine App einbauen, die da lautete: ***Meditiere 40 000 Stunden.*** Das war doch sehr viel mehr als das, wozu die Nutzer bereit wären. Und Urga würde mit dem Glück nicht so lange warten können!

«Alle schließen die Augen …», wiederholte der Minister mit geschlossenen Lidern noch mal in Richtung Felix. Anscheinend sah der Mann ihn mit einem dritten Auge. Felix hörte nun auf ihn und machte die Augen zu. «… und nun denkt an rein gar nichts.»

14

Alle dachten an etwas.

Man hätte annehmen können, dass Urga sich in der Stille wieder an Org, Arga, Irga erinnerte, und in der Tat kamen ihr auch ihre Stammesleute in den Sinn, doch sie wollte sich nicht erneut von der Trauer überwältigen lassen. Sie konnte doch nicht vor diesen immer noch so fremden Menschen das erste Mal in der neuen Welt so richtig weinen! Nicht vor dem kleinen Mädchen namens Maya, das ihr half, die neue Sprache zu lernen. Nicht vor dem weißaugenbrauigen Mann, der die ganze Zeit so lächelte wie Vetter Bruggel, nachdem er sich das erste Mal mit Base Nurf gepaart hatte. Nicht vor dem dünnen Mann namens Felix und auch nicht vor dem Krieger namens Bruce. Vor allem aber nicht vor dem Mann namens Lovskar mit den gütigen Augen. Denn wenn sie jetzt anfing zu weinen, würde sie vielleicht nie wieder damit aufhören können!

Stattdessen versuchte sich Urga auf andere Dinge zu konzentrieren: auf den Geruch des würzigen Getränkes, auf das sanfte neue Fell auf ihrer Haut, auf das leise Schmatzen von Trö. Woran der kleine Kerl wohl dachte? An leckeres Gras? An noch leckerere Blätter? Oder war ihm nur eine Fliege ins Maul geflogen?

Doch wie sehr Urga sich auch konzentrierte, nach einer Weile zuckten ihr dann doch wieder die Bilder von der Stammeshöhle durch den Kopf: wie sie dem Ältesten widerstand, wie Arga die kleine Irga stillte, die grünen Augen dieses neuen Menschenkinds, die Hoffnung, die Urga beim Anblick des grünen Funkelns verspürt hatte – die Hoffnung darauf, dass es noch etwas anderes geben müsste als die enge Welt ihres Stammes …

… hatte sich diese Hoffnung nicht erfüllt?

Vor lauter Aufregung öffnete sie die Augen und blickte auf ihren Tonbecher, aus dem sie die Hälfte des Tees bereits getrunken hatte. Urga fiel ein, was Onkel Trig ihr mal gesagt hatte: «Weißt du, Urga, manche Kerle sehen den Becher halb leer, und andere sehen den Becher halb voll. Aber ich trinke ihn lieber ganz aus!»

Urga hatte Trig daraufhin gefragt: «Das heißt wohl, dass Menschen die Welt unterschiedlich betrachten?»

«Nö», hatte Trig irritiert geantwortet, «eigentlich nur, dass sie unterschiedlich viel Durst haben.»

Da merkte Urga das erste Mal, dass sie sich ganz andere Fragen stellte als ihre Stammesgenossen. Zum Beispiel, ob auf dieser Welt noch andere Becher existierten.

Und nun schaute sie auf genau einen solchen!

Ja, sie war in einer anderen Welt. Mit anderen Menschen. Und diese Welt … diese neue Welt … könnte sie gar besser sein als die, die sie zurückgelassen hatte? Dafür sprach einiges. Gab es hier nicht ein Wunder nach dem anderen zu bestaunen? Hatte sie nicht die Möglichkeit, noch viele weitere zu erleben? Wie zum Beispiel eine Reise, die kein anderer aus ihrem Stamm je hatte unternehmen können?

Bei der Vorstellung, was für Abenteuer sie noch erleben könnte, begann Urgas Herz zu pochen. Vielleicht war das, was ihr widerfahren war, gar keine Katastrophe, sondern eine Chance!

Hatte sie den Mann mit den weißen Haaren vorhin richtig

verstanden: *Glück ist der Weg*? Musste es nicht heißen: *Der Weg ist das Glück*? Ihn gehen zu können, das wünschte sich Urga nun von ganzem Herzen, würde sie glücklich machen!

Wie schön wäre es gewesen, wenn Orga, Arga, Irga, von ihr aus auch der Stammesälteste und Vetter Grug und dessen Stein mit ihr in diesem Esjuviech auf die Reise hätten gehen können! Mit Trö auf dem Dach – unfassbar schön!

Aber da ihre Stammesmitglieder nicht mit ihr in die neue Welt aufbrechen konnten, musste sie die Reise in deren Namen genießen!

Maya dachte an Fratala. Wie toll wäre es, an einem Ort zu leben, wo sich jeder Wunsch erfüllt. Gerechtigkeit, eine saubere Umwelt, ein regenbogenfarbenes Einhorn, auf dem man natürlich nicht reitet – Tiere haben ja die gleichen Rechte wie Menschen, und die Einhörner verlangen ja auch nicht, dass sie auf Leuten wie Maya reiten dürfen. Ein Land, in dem Erwachsene endlich mal auf die Vernunft der Kinder hören würden.

Warum gab es Fratala nicht?

Man müsste es erschaffen.

Das musste doch gehen!

Natürlich nicht ein Land mit Magie und Einhörnern und so. Aber eines, in dem die Kinder das Sagen hätten und nicht blöde alte Männer, die nicht die Manieren besaßen, die Erwachsene ständig von Kindern einforderten. Und falls man kein Land wie Fratala gründen könnte, dann wenigstens eine kleine Stadt. Es existierten doch genug verlassene Dörfer in Europa, das hatte sie mal auf YouTube gesehen. Und viele waren noch nicht einmal verfallen. In Italien zum Beispiel. Dorthin könnten Kinder auswandern und eine eigene bessere Zivilisation aufbauen. Ein Beispiel setzen, damit junge Menschen in aller Welt eigene Städte gründeten. Kinder an die Macht! Nein, Macht war ein bescheuertes Kacker-Wort von Erwachsenen. Kinder in die Freiheit!

Bruce hatten die Worte des Glücksministers berührt. Allerdings anders, als der weise Mann beabsichtigt hatte. Bruce hatte alles hintangestellt, um seinem Land zu dienen: seine Ehe, seine kleinen Kinder und, wenn man dem Army-Psychologen glauben durfte, auch einiges an emotionaler Stabilität. Klar, im Einsatz war er immer cool wie Clint Eastwood mit Ruhepuls, aber das war er leider auch gegenüber den Menschen in seiner Umgebung, und daher schaffte er es nicht mehr, zu irgendjemandem Nähe herzustellen. Es war ein Fehler gewesen, selbstlos zu sein. Er sollte mehr an sich denken! Was hatte der Army-Psychologe gesagt: Er solle sich ein Hobby zulegen. Und nein, auf die Jagd gehen wäre keine gute Idee, es sollte schon etwas sein, das ihn nicht an seinen Dienst erinnerte. Bruce solle etwas finden, was ihm Freude bereite und nichts mit Projektilwaffen zu tun habe. Malen vielleicht? Musizieren?

Es hatte, musste Bruce sich eingestehen, Spaß gemacht, vorhin im Auto mit den anderen zu singen. Vielleicht sollte er öfter singen. Fröhliche Lieder wie das vom Kraken. Er hätte solche Lieder mit seinen Kindern singen sollen statt der Songs mit seinen Kameraden bei der Army.

Trö träumte davon, wie neue Mama ihm leckeres Gras vorkaute.

Echte Mama hatte das immer gemacht, bevor sie krank wurde.

Echte Mama hatte auch einen Rüssel gehabt.
Neue Mama hatte aber keinen.
Warum?
Trö stellte sich neue Mama mit Rüssel vor.
Und auch neuen Papa.
Wie die beiden miteinander rüsselten.
Sich liebhatten.
Trö stellte sich auch die anderen Zweibeiner mit Rüsseln vor.
Die Kleine, die so lieb war.
Mit einem Rüssel könnte sie glatt Trös Schwester sein.
Und die anderen Zweibeiner wären seine Onkel.
Trö sehnte sich nach einer echten Herde.
Nach einer, in der alle so aussahen wie Trö.

Øyvind Lovskar dachte das erste Mal in Ruhe über das Glück nach. Nicht darüber, wie Urga glücklich werden könnte oder was der blonde Kerl mit dieser Reise wirklich im Schilde führte. Auch nicht, ob die Menschen in Bhutan mit denen aus Norwegen tauschen wollen würden oder ob bei dem Grinseminister das linke Frontaldingsdabumsda vor lauter Meditieren leuchtete oder der einfach nur derart happy war, weil er so einen schönen Job hatte. Nein, Lovskar dachte an König Wangchuk den Vierten – oder war er der Fünfte? Sprachen sich Papa und Sohn mit Vier und Fünf an? Wie dem auch war, der Mann lebte in einem Baumhaus. Zurückgezogen von allen Menschen. So wie Lovskar es für sich bisher selbst erträumt hatte, nur dass sein Baumhaus ein Segelboot war, auf dem er einsam über die Meere schippern wollte. Aber würde ihn das auch wirklich glücklich machen?

Plötzlich kamen ihm da so seine Zweifel. Er hatte die Segel-

Phantasie gehegt, weil er wegwollte von den Menschen, die ihn nervten. Jetzt aber hockte er mit welchen zusammen, von denen ihm zumindest einige nicht völlig auf den Geist gingen. Gut, der Minister irritierte ihn mit seinem Dauerlächeln, und Felix erregte sein Misstrauen, aber die kleine Maya war schon ein tolles Mädchen, und Urga … nun, es war so merkwürdig gewesen, als das Mammut den Rüssel um ihn geschlungen hatte und er in ihre Augen geblickt hatte. In denen lag all ihr Schmerz, aber auch all ihre Kraft und Güte.

Diese Frau faszinierte ihn von Stunde zu Stunde mehr. Wie sie versuchte, sich in der neuen Umgebung zu orientieren, wie sie sich bemühte, die Sprache zu lernen, wie sie einfach nicht weinte. So wie er selber seit dem Tod seines Hundes Thori nicht mehr geweint hatte. Wäre es nicht besser, wenn Urga mal richtig heulte, ihren ganzen Schmerz herausließ? Wenn er sie in den Armen halten und trösten könnte? Wenn sie ihn in den Armen halten würde? Und er seinen eigenen Schmerz herausließ? Den über seine gescheiterte Ehe. Darüber, nie Kinder gehabt zu haben.

Lovskar schüttelte sich: Er hatte begonnen, über das Glück nachzudenken, und war beim Schmerz gelandet. Dieses Meditieren funktionierte ganz und gar nicht wie vom Grinseminister angepriesen.

In Felix' Kopf überschlugen sich die Gedanken. Die Weisheiten des Ministers waren nicht dazu angetan, Urga zum Glück zu führen. Von daher halfen sie auch bei der App-Entwicklung nicht. Die App würde floppen und er für immer ein Versager bleiben. Einer, der sowohl im Beruf als auch im Privatleben gescheitert war. Sein Vater hatte zwar auch eine Ehe gegen die Wand gefahren, verdiente aber weiterhin viel Geld mit seinem

Investmentfonds. Er konnte Felix' Leben also immer noch mit Fug und Recht läppisch finden.

Felix zwang sich, an die Augenblicke in seinem Leben zu denken, in denen er sich nicht läppisch gefühlt hatte. Bei Mayas Geburt zum Beispiel. Oder als er Amanda damals zum Zahnspangen-Lachen gebracht hatte. Wie schön müsste es sein, wenn er Amanda wieder zum Lachen bringen könnte. Das wäre mal eine Herausforderung!

Aber würde sie überhaupt noch so lachen können? Er bezweifelte das. Sie war hart geworden. Außerdem wäre er garantiert nicht der Mann, der sie dazu bringen könnte. Auch sie fand Felix läppisch, war sie ihm doch beruflich enteilt wie Usain Bolt einem Nordic Walker. *Läppisch.* Wie Felix das Wort hasste! Wie sehr er sich damit identifzierte!

Er hörte es in seinen Gedanken. Wie sein Vater es sagte. Wie Franzi, seine Exfrau, es auf ihre eigene Art und Weise mit anderen Worten ausgesprochen hatte, als sie ihm vorschlug, sein Studium wiederaufzunehmen. Wie er Angst davor hatte, dass Maya es eines Tages ihm gegenüber äußern würde, vielleicht schon bald, wenn sie rausfand, dass er einen Deal mit Amanda gemacht und sie daher angelogen hatte. Jetzt kreisten seine Gedanken nur noch um dieses eine Wort. *Läppisch.* Schneller und immer schneller. Felix wollte am liebsten schreien. Und er tat es auch.

Das letzte Mal hatte Urga einen solchen Schrei gehört, als der Stammesälteste kleine Steine gepinkelt hatte.

Bruce zückte seine P 320. Er erkannte aber schnell, dass er mit der Pistole nicht gerade dazu beitrug, die Situation zu entspannen, und steckte sie sogleich wieder weg. Kurz überlegte er, ob es vielleicht ein guter Augenblick wäre, ein fröhliches Lied anzustimmen, ließ es aber bleiben, da ihn alle entgeistert anstarrten.

Lovskar atmete tief durch. «Das ist alles nicht gut für meine Pumpe», klagte er.

Maya aber hatte Angst um ihren Papa. Der wiegelte hastig ab: «Alles in Ordnung, du musst dich nicht fürchten.»

Aber einen derartigen Mist hatten ihre Eltern ihr auch erzählt, als sie gefragt hatte, ob sie sich scheiden ließen. Damals hatte sie ihnen das sogar geglaubt. Aber da war sie noch ein Kind gewesen. Jetzt war sie schon elf! Und sie schwor sich: Wenn sie mit anderen Kindern ihr eigenes Fratala gründen sollte, würden dort alle ehrlich zueinander sein.

Der Glücksminister fand sein Lächeln schnell wieder und erklärte: «Beim Meditieren findet man nun mal zu sich selbst.»

Und Felix dachte sich dabei: Sich selbst zu finden macht echt keinen Spaß.

15

Der Minister begleitete sie alle auf dem schotterigen Weg aus dem Kloster zurück zum SUV und verabschiedete sich mit der Entschuldigung, dass er leider zu einer Kabinettssitzung gehen müsse, bei der es jedoch nicht um das Glück gehe, sondern um die Staatsfinanzen. Komplett unwichtig war so ein Bruttoinlandsprodukt nun mal auch in Bhutan nicht. Nachdem er in seinen Dienstwagen, einen grünen VW Käfer, neben dessen Antenne die bhutanische Flagge mit dem weißen Donnerdrachen baumelte, davongebraust war, bemerkte Felix, dass sich alle irgendwie anders verhielten als zuvor. Seine Tochter hatte jenen entschlossenen Ausdruck im Gesicht, den er immer ein wenig fürchtete. Das letzte Mal hatte sie so dreingeschaut, als sie ihm erklärte, dass sie sich, wenn es mal so weit war, nie, nie, aber auch wirklich gar nie die Achselhaare rasieren lassen würde, nur um irgendwelchen unnatürlichen, von blöden Kackermännern aufgestellten Schönheitsidealen zu folgen. Sie wurde wirklich viel zu schnell erwachsen. Er musste sich bemühen, ihr dabei zu helfen, die letzten Monate ihrer Kindheit zu genießen, bevor die Pubertät ausbrach. Und dann für sie da sein, wie er es in den letzten Jahren nicht gewesen war.

Doch kaum hatte Felix diesen Entschluss gefasst, holte ihn das schlechte Gewissen wieder ein: Maya hielt ihn nur deshalb für einen tollen Papa, weil er Urga helfen wollte. Wenn sie jedoch die Wahrheit über seinen Handel mit Amanda erfahren würde …

Er mochte gar nicht daran denken und wandte sich daher lieber zu Lovskar. Was beschäftigte den Kapitän? Man konnte die schwarzen Wolken, die seine Gedanken verdunkelten, förmlich um seinen Kopf kreisen sehen. Bruce hingegen schien lockerer zu werden, er summte beim Öffnen der Fahrertür *Im Garten eines Kraken* vor sich hin. Urga war sogar noch besser drauf. Sie lächelte das erste Mal, ohne dass dabei zugleich Schmerz in ihren Augen lag. Als hätte schon die halbe Stunde Meditation gereicht, um ihre Laune so zu heben, wie die seine gesunken war.

«Wohin wir alle jetzt?», fragte sie ihn.

Ja, überlegte Felix, wohin wir alle jetzt? Er hatte keinen blassen Schimmer.

«Papa ... Urga ...», rief Maya auf einmal. Felix blickte sofort zu ihr. Die Kleine streichelte das Mini-Mammut, das auf dem Boden lag, als wollte es nie wieder aufstehen. Nach dem Besuch im Tempel wirkte es irgendwie niedergeschlagen. Hatte es Hunger? Durst? War die dünne Bergluft nicht das Richtige für den Kleinen? Hoffentlich war es keine allergische Reaktion auf seine Gorgonzolafüße.

Gemeinsam mit Urga eilte Felix zu Trö und bekam bei dessen elendigem Anblick ein schlechtes Gewissen. Um Urgas Glück hatte er sich Gedanken gemacht, um sein eigenes sowieso, er wünschte sich auch, dass Maya ihre Kindheit genoss, sogar Amanda wollte er lachen sehen, aber das Tier hatte ihn bisher kein bisschen interessiert. Er hatte es einfach mitgenommen, da er Urga nicht von ihm trennen wollte. Die beugte sich nun zu dem Mini-Mammut herunter und stellte fest: «Trö krank.» Ihre gute Laune war aus dem Gesicht verschwunden.

Felix hielt dem Mammut die flache Hand auf die Stirn,

konnte aber nicht feststellen, ob es Fieber hatte. Er hätte ja noch nicht mal bei einem Hund gewusst, wie sich dessen Stirn im Normalzustand hätte anfühlen müssen.

«Nein, nicht da.» Urga deutete auf Trös Kopf.

«Nicht da?»

«Hier», antwortete sie und deutete dabei auf ihr Herz.

«Einsam …», begriff Felix.

«Trö soll nicht sterben», sagte Urga und schaute traurig.

«Einsam …», hörte Felix hinter sich Lovskar sagen. Mehr zu sich selbst als zu den anderen, als litte auch er unter diesem Gefühl.

In diesem Augenblick traf Felix die Erkenntnis wie ein Schlag: Wenn er Maya nicht hätte, wäre er völlig allein auf der Welt.

«Papa, du musst was tun!», riss Maya ihn aus seinen Grübeleien. Und sie hatte recht. Wegen Urga. Aber auch weil er es nicht zulassen konnte, dass seine Tochter zusehen musste, wie Trö verendete. Ein Vater, der so etwas zuließ, würde nie zu den Top-eine-Milliarde-Vätern gehören!

Doch was sollte er tun, wenn das Mini-Mammut einsam war? Es gab ja keine Mammuts mehr auf der Welt, die das kleine Wesen hätten aufmuntern können. Und die Wahrscheinlichkeit, dass noch ein paar im Eis eingefroren waren, die man rasch auftauen könnte, war gering.

«Trö soll leben …», wiederholte Urga, die im Gegensatz zu dem armen Tier wenigstens noch auf ihre Nachfahren getroffen war und …

Nachfahren!

Das Mammut hatte doch auch welche!

«Ich nun wissen», sagte Felix zu Urga, «wohin wir alle jetzt.»

«Warum sprichst du so albern, Papa?»

Felix wurde rot. Wie viele Menschen dachte er, er würde sich gegenüber einer Fremdsprachigen besser verständlich machen, wenn er ebenfalls radebrechte.

«Wohin?», hakte Urga nach.

«Wir fliegen», verkündete Felix, «nach …»

INDIEN

1

Øyvind Lovskar fand sich für seinen Geschmack eindeutig zu häufig in einem Flugzeug wieder. Er war für die See geboren, nicht dazu, in einem Jet durch den Himmel zu fliegen. Dazu mit einem Piloten, dessen Sinn für Humor gewöhnungsbedürftig war. Der Mann stellte durch die Lautsprecheranlage Fragen wie: «Und zur linken Hand der Mount Everest, soll ich ihn mal steil anfliegen?» oder «Wussten Sie, dass die meisten Flugunfälle mit Privatjets stattfinden, weil deren Piloten zu viel trinken?» gekoppelt mit: «Wer trinkt mit mir eine Margarita?»

Wenn Øyvind Lovskar sich nicht gerade vorstellte, wie er den Piloten kielholte, schaute er unauffällig zu Urga, die während des ganzen bisherigen Fluges den traurigen Trö streichelte und gleichzeitig von Maya immer neue Wörter lernte, darunter auch komplizierte wie «Gerechtigkeit», «Klimawandel», «Deswegen bist du aufgetaut», «Also hat jede üble Sache auch ein bisschen was Gutes» und «Das erstaunt mich jetzt sogar selber».

Urga versuchte, die Zusammenhänge zu verstehen, doch es war für Lovskar schwer zu beurteilen, ob sie es auch tatsächlich tat. Maya erzählte Urga auch noch von Fratala, was den Kapitän ein wenig stolz machte: Seine Phantasie spornte die eines Kindes an. Wer hätte das je gedacht? Gewiss nicht seine Exfrau!

«Fliegen nach Fratala wir?», fragte Urga.

«Noch nicht», sagte Maya.

Noch nicht?, staunte Lovskar. Maya schien zu glauben, es gäbe das Phantasiereich tatsächlich.

«Und jetzt, liebe Urga», fuhr die Kleine fort, «muss ich dir noch das wichtigste Wort auf der ganzen Welt beibringen.»

Lovskar befürchtete, dass Maya jetzt so etwas wie «CO_2-Ausstoß» sagen würde. Aber nein, sie sagte: «Das Wort heißt: Liebe.»

Das berührte Lovskar sehr.

«Lie…be?», fragte Urga.

«Liebe», wiederholte Maya und deutete auf Urgas Hand, die immer noch das Fell von Trö streichelte. Urga lächelte. Auch Lovskar lächelte. Es war so schön, dass diese Frau voller Zuneigung zu diesem Tier war.

«Ich gebe dir noch ein Beispiel für Liebe», erklärte Maya.

«Noch eine Liebe?», fragte Urga.

«Ja.»

«Wo?»

Da war nun auch Lovskar gespannt. Würde Maya nun auf ihren Vater deuten, um zu zeigen, dass sie ihn liebte? Aber Felix hatte sich in die kleine abgeschirmte Kabine hinten im Jet verzogen, in der man ungestört arbeiten konnte. Woran genau, hatte der Kerl niemandem verraten.

«Da.» Maya zeigte auf Lovskar.

Das Mädchen hatte also die ganze Zeit mitbekommen, wie er Urga angestarrt hatte. Lovskar fühlte, wie er rot wurde. Die Steinzeitfrau blickte zu ihm. Das Blut pochte ihm im Schädel. Das tat es immer, wenn er peinlich berührt war. Während des Nautik-Studiums zum Beispiel hatte er bei einer mündlichen Prüfung einen Blackout gehabt, und der Vorsitzende des Prüfungskomitees hatte zu ihm gesagt: «Ihr Gesicht sieht aus wie die Laternen im Amsterdamer Rotlichtbezirk.»

Jetzt leuchtete er wieder so, und Urga schaute ein weiteres Mal zu Boden. Anscheinend war auch sie peinlich berührt. Weil sie ebenfalls etwas für ihn empfand?

Nein, garantiert fand sie ihn nur albern wie alle Frauen in seinem Leben, beginnend mit der hübschen Trudid in der achten Klasse, der er einen *Willst du mit mir gehen*-Liebesbrief geschrieben hatte, mit den Antwortmöglichkeiten *a) Ja*, *b) Nein*, und *c) Vielleicht*, woraufhin Trudid alle drei durchgestrichen und stattdessen draufgeschrieben hatte: *d) Eher knutsche ich einen Ventilator.*

Und überhaupt, was hieß hier «weil sie etwa auch etwas für ihn empfand»? Das *auch* würde ja bedeuten, dass *er* etwas für *sie* empfand.

Bei diesem Gedanken glühte Lovskars Gesicht wie eine abgesprengte Nasa-Raketenstufe beim Erdeintritt.

Nein, das war Schwachsinn! Musste Schwachsinn sein! Ein größerer noch als die Idee, einem Mädchen wie Trudid Liebesbriefe zu schreiben, wenn man selbst unter Akne litt. Urga war eine Steinzeitfrau, er ein Mann von heute. Einen gewaltigeren Unterschied konnte es nicht geben. Eine Liebe zwischen ihnen wäre gewiss noch verbotener als die Liebe zwischen einem katholischen Priester und … egal wem.

In diesem Augenblick fiel Lovskar allerdings ein, dass er als junger Pickelteenager die Priester-Romanzen-Serie *Dornenvögel* geliebt hatte, was er natürlich niemandem jemals verraten hatte. Außergewöhnliche Lieben, so hatte er es damals empfunden, waren die wundervollsten. Lovskar hatte sich immer nach so einer gesehnt, sie jedoch nie erlebt. Nur die gewöhnliche Liebe zu seiner Exfrau, die in einer krachend gescheiterten Ehe endete. Mit dieser Frau hatte er genug Zeit seines Lebens verplempert, und jetzt hatte er nicht mehr genug davon übrig, um sich noch einmal in eine falsche Person zu verlieben. Wenn man es so recht betrachtete: Eigentlich hatte niemand auf der Welt die Zeit dafür, sich in die falsche Person zu verlieben.

Und Urga, so viel war klar, war ganz gewiss die falsche!

Mit diesem Gedanken versuchte Lovskar, sich wieder zusammenzureißen, räusperte sich und sagte ein wenig zu laut, damit er auch wirklich souverän wirkte: «Ich muss mal für kleine Kapitäne.»

«Vielen Dank für die Info», meinte Bruce, der gerade selbst von der Toilette wiederkam. «Aber ein kleiner Hinweis, ich war da gerade drin und dieser Yak-Tee, meine Fresse, der schlägt in der Verdauung vielleicht durch.»

«Vielen Dank für die Info», entgegnete nun Lovskar seinerseits und überlegte, ob er sich nicht vielleicht wieder hinsetzen sollte. Doch dann stellte er fest, dass Maya ihn weiter angrinste und Urga immer noch betreten zu Boden schaute. So ging er tapfer in Richtung Gefahrenzonen-Toilette, vorbei an Bruce, der *Hakuna Matata* vor sich hinsang. Und dabei dachte Lovskar sich: Der Priester aus *Dornenvögel* hatte einen solchen Toiletten-Gang nie machen müssen, um seine Gefühle zu verbergen.

Urga traute sich langsam wieder, den Kopf zu heben, bemühte sich aber, dem alten Mann mit den gütigen Augen nicht nachzuschauen. Nachdem Maya ihr das Wort «Liebe» beigebracht hatte, war dessen Kopf rot angelaufen wie damals der von Vetter Schnerk, nachdem er mit dem Gesicht voran in die Brennnesseln gefallen war. Aber auch Urga war vor lauter Scham rot geworden. So wie nicht mehr seit jenem Tag, an dem Arga ihr viel zu ausführlich von Orgs Keule berichtet hatte.

Wenn sie bei Org eine solche Scham gefühlt hatte, war dann das, was sie jetzt empfand, etwa auch Liebe?

Nein, das konnte nicht sein! Sie liebte Org! Und auch wenn der Krieger sie nicht geliebt hatte und schon seit langer, langer, Zeit verstorben war, könnte sie keinen anderen Mann lieben. Das wäre Verrat an ihm. An den Toten! In dieser neuen Welt, das schwor sie sich bei Org, Arga und Irga, würde sie sich nie verlieben!

2

«Indien?» Amanda musterte Felix vom Skype-Bildschirm aus mit einem Blick, als ob er nicht ganz dicht wäre. «Wieso zum 🖕🖕🖕 fliegst du nach 🖕🖕🖕 Indien?»

Hinten in der kleinen abgeschirmten Jet-Kabine staunte Felix, dass Amanda noch heftiger fluchen konnte als ein Seemann wie Lovskar. Das lernte man wohl in der amerikanischen Start-up-Szene, in der Intellektuelle sich mit üblen Kraftausdrücken gegenseitig übertrumpften, damit sie hartgesotten rüberkamen. Felix hatte nie wirklich mithalten können, egal wie sehr er selbst auch den Fluchenden gab. Wenn er mit US-Investoren redete, hatten sie stets gemerkt, dass er kein bisschen hartgesotten war.

«Wir fliegen wegen dem Mammut nach Indien», erklärte er.

«Wegen dem Tier?», staunte Amanda.

«Es ist krank.»

«Was hat es denn?» Amanda war auf einmal besorgt. Ein lebendiges Mini-Mammut nutzte ihr nun mal sehr viel mehr als ein totes.

«Trö hat sich einfach hingelegt und wollte nicht mehr aufstehen.»

«Trö?»

«Das ist sein Name.»

«Trö …» Amanda musste schmunzeln.

Das Lächeln stand ihr, fand Felix, und er fügte hinzu: «Urga hat das Mammut so genannt.»

«Urga?»

«Das ist der Name der Steinzeitfrau.»

«Wir nennen sie hier ‹Experiment X›.»

«Klingt nicht so schön wie Urga.»

«Und dabei klingt Urga schon nicht schön …», schmunzelte Amanda ein weiteres Mal. Felix gefiel ihr Lächeln wirklich sehr. Ob sie vielleicht doch zum Lachen von ganzem Herzen fähig war?

«Und was», wollte Amanda wissen, «hat das Mammut genau?»

«Anfangs habe ich gedacht, es hätte etwas Falsches gegessen. Hatte es aber nicht. Und dann hab ich für einen Augenblick befürchtet …»

Felix hielt inne. Er sollte Amanda wohl besser nichts davon erzählen, dass er geglaubt hatte, es könne an seinen Käsefüßen gelegen haben.

«Was hast du befürchtet?»

«Vergiss es.»

«Ich vergesse nie etwas.»

«Ich sage es nicht.» Felix ärgerte sich, dass er es überhaupt angeschnitten hatte.

«Wenn du es nicht erzählst, streiche ich dir den Learjet», grinste Amanda. Sie war eine toughe Verhandlerin, in allen Lebenslagen. Daher nuschelte Felix: «Ksssffsssse.»

«Was?»

«Ksseffüsse.»

«Was?»

Er blickte Amanda an, sie grinste immer noch. Sie hatte ihn genau verstanden, wollte es aber noch lauter hören.

«Käsefüße.»

Amanda lachte. Nur ein bisschen. Aber sie lachte. Sie konnte es also doch noch! Und Felix wollte, dass sie noch mehr lachte. Daher legte er nach: «Weißt du, wie meine Tochter die nennt?»

«Nein.» Amandas Gesicht verriet, dass sie es gerne hören wollte.

«Gorgonzolafüße.»

Amanda lachte laut auf. Dabei sah sie genauso befreit aus wie damals als Teenagermädchen, nur ohne Zahnspange. Und in diesem Augenblick fühlte Felix sich mit einem Mal viel weniger läppisch.

«Es stimmt», sagte sie, «deine Füße rochen manchmal nach Gorgonzola.»

«Na, eigentlich ist das schon etwas übertrieben», wehrte Felix ab, aber es berührte ihn, dass sie von sich aus das erste Mal die gemeinsamen Zeiten erwähnte.

«Gorgonzola mit Schwarzschimmel.»

«Hey!»

«In Parmesansoße!» Amanda lachte laut über ihren eigenen, in Felix Ohren nicht mal halbwegs gelungenen Gag. Aber er freute sich: «Du kannst ja doch noch lachen.»

«Wieso doch noch?», empörte sie sich.

«Na, wann hast du es das letzte Mal getan?»

«Das kann ich dir ganz genau sagen … das war … das war …»

«Ja?»

«Das war …»

«Ich höre.»

«Moment, ich hab's gleich …»

Felix schwieg und ließ sie weiter nach einer Antwort suchen.

«Also, ich hab mich gefreut, als wir den Auftrag vom Pentagon bekamen, für sie zu forschen. »

«Und da hast du gelacht?» Felix kamen Zweifel.

«Ich hab mich gefreut …»

«Also nicht.»

Amanda schwieg und wirkte auf einmal düster. Es würde deutlich mehr benötigen als einen Käsefuß-Scherz, um sie wieder zum Lachen zu bringen. Er hätte nicht so nachhaken sollen.

«Das Leben», sagte sie betrübt, «ist nun mal keine Komödie.»

Am liebsten hätte sich Felix in einen Dateienstrom verwandelt, der durch die Skype-Verbindung über den halben Erdball ins *Cyrogen*-Hauptquartier zu Amanda gejagt wurde, um dort wieder zu einem Menschen zu werden, der sie in die Arme nahm. Aber so etwas war nun mal noch nicht möglich – obwohl sicherlich ein Haufen irrer Silicon-Valley-Heinis bereits an einem solchen Transporter arbeiteten, wie sie auch alles andere, was sie als pickelige Teenager in *Star Trek* gesehen hatten, umsetzten. Außerdem würde Amanda ihm vermutlich den Arm umdrehen, wenn er sie berühren würde. Daher betrachtete Felix einfach weiter ihr trauriges Gesicht.

«Irgendetwas ist mit dir», meinte er schließlich und lächelte freundlich.

Amanda schwieg.

«Du willst es mir nicht erzählen, oder?»

«Du merkst anscheinend auch alles.» Sie erwiderte das Lächeln. Sie anzulächeln war also fast so wirksam, wie durch das Internet zu ihr zu fliegen und sie zu umarmen.

Geh mit einem Lächeln durch die Welt.

Das erste Mal half Felix eine seiner Übungen in der Praxis.

Und während er sich darüber fast so sehr freute wie über

Amandas Lächeln, schimpfte Maya hinter ihm: «Du hast gelogen, Papa!»

Erschrocken drehte Felix sich um. Die Kleine stand in der Tür. Wieder hatte er nicht mitbekommen, wie sie ihn belauscht hatte. Sie hatte das Zeug zur Meisterspionin. Oder zu einem Ninja. Oder zu einer Ninjameisterspionin.

«Die blöde Kackerkuh», ärgerte sich Maya, «ist also doch der Grund, warum du und Mama nicht mehr zusammen sind!»

Bevor Felix eine mögliche Antwort in seinen Gedanken auch nur formulieren konnte – eventuell etwas wie «Maya, es ist nicht so, wie du denkst» –, hatte die Kleine die Tür des Kabuffs wieder zugeknallt. Er wollte aufstehen und zu ihr laufen, doch da stellte Amanda fest: «Du bist also geschieden.»

Felix drehte sich wieder zu dem Bildschirm um und erkannte, dass Amanda der Gedanke zu gefallen schien. Und ihm gefiel der Gedanke, dass ihr der Gedanke zu gefallen schien. Zumindest so sehr, dass er seinen Impuls, Maya nachzulaufen, für einen Moment unterdrückte.

«Warum habt ihr euch getrennt?», wollte Amanda wissen.

«Ich glaube, sie hielt mich für einen Verlierer», gestand Felix bedrückt.

«Aber wieso denn nur?» Amanda grinste. Aber nicht böse, sondern weil sie ihrerseits seine düstere Stimmung auflockern wollte.

«Keine Ahnung. Ich habe vegane Gulaschsuppen produziert, bei denen selbst der überzeugteste Veganer eine Entenkeule bevorzugt hätte.»

Amanda lachte laut auf. Sie war um so vieles hübscher, wenn sie das tat, fast so schön wie damals mit der Zahnspange, fand Felix.

Plötzlich sagte sie: «Außerdem hast du einen Stift hergestellt, der keinen einzigen Rechtschreibfehler erkennen kann.»

«Du hast meine Karriere verfolgt?», staunte Felix.

«Natürlich hab ich das», gestand Amanda fast schon zärtlich. Jetzt war sie für ihn sogar noch schöner als damals.

Die beiden sahen sich eine Weile lang schweigend an. Das hatten sie damals schon gut gekonnt. Am See hinter dem Internat. Auf dem Steg, den kein anderer Internatsschüler betreten durfte, weil er zu der kleinen Blockhütte von Hausmeister Kurt gehörte. Wie einst hätten Felix und Amanda sich nun stundenlang so anschauen können, doch von draußen schlug Maya wütend gegen die Kabinenwand.

«Ich muss jetzt zu meiner Tochter.»

«Das musst du wohl.»

Felix bemerkte durchaus, dass sie das schade fand.

«Sei lieb zu ihr, Felix. Wir sind alle Scheidungskinder. Und wenn keiner auf ein Scheidungskind aufpasst, wird es das ganze Leben von dem Schmerz begleitet. Und eh man sichs versieht, ist das Leben vorbei, und man ist ihn niemals losgeworden.»

Amanda sagte es und beendete die Verbindung. Felix starrte auf den Bildschirm und dachte nach. Nicht über den morbiden letzten Teil ihres Satzes, sondern darüber, dass ihn die Scheidung seiner Eltern – viel mehr aber noch die Ablehnung seines Vaters – in der Tat schon sein ganzes Leben verfolgte.

3

Amanda atmete tief durch. Sie saß vor dem iMac-Computer in ihrem kargen Chefbüro. Außer dem sündhaft teuren Chrom-Schreibtisch und dem Lederstuhl gab es in dem Büro nur ein Gemälde von Edvard Munch namens *Der gelbe Baumstamm*. Es zeigte einen Wald, in dem ein Baumstamm lag, und der war eben gelb – Munch war wohl als Maler deutlich kreativer gewesen als bei der Namensfindung seiner Bilder.

Amanda liebte dieses Gemälde. Die Farben, die Munch benutzt hatte, waren warm und kühl zugleich. Wie ein schöner Sommertag, an dem man nicht schwitzen musste. Dieser Wald war für Amanda eine Vision. Wenn sie in der Zukunft aufwachte und die Menschen alle Probleme wissenschaftlich gelöst hätten, war die Natur gewiss voller wunderbar warmer Farben. Harmonisch. Das Seelenleid lindernd. Und wenn sie von den Ärzten der Zukunft von ihrer multiplen Sklerose geheilt worden wäre, würde sie durch diese Natur wandeln.

Falls sie jemals in der Zukunft aufwachen würde.

Amanda versuchte, den Zweifel an ihren Plänen abzuschütteln. Es gelang ihr nur halbwegs, aber immerhin konnte sie nun den nächsten Skypeanruf tätigen. Auf dem Bildschirm erschien Felix. Felix Sommer senior.

«Wie konnte das passieren?», empörte sich der dicke, glatzköpfige Mann, der sich alle Mühe gab, genauso auszusehen wie das Klischee eines altmodischen Kapitalisten. Mit Designeranzug, überlanger Krawatte, Rolex (konnte ja nicht schaden) und verschwitzter Stirn. Eigentlich fehlte nur die Havanna in der Hand, von denen Felix Sommer senior gewöhnlich drei am Tag rauchte. Doch dieser hochintelligente Mann war sich völlig im Klaren darüber, dass er wie sein eigenes Klischee wirkte. Er genoss es, allen Menschen, die den Investmentkapitalismus verachteten, mit seinem Äußeren im übertragenen Sinne den Stinkefinger zu zeigen. Als Jugendliche hatte Amanda noch gedacht, dass es diese Art Kapitalistenschurken außerhalb von James-Bond-Filmen gar nicht gab. Doch schon in ihrem ersten Jahr im Geschäftsleben erkannte sie, dass solche Soziopathen tatsächlich in den Penthouses der Macht wohnten.

«Was meinen Sie?», fragte Amanda ihn.

«Na was wohl? Dass mein Sohn plötzlich bei unseren Unternehmungen eine Rolle spielt.»

«Das war nicht geplant, das war Schicksal …»

«Schicksal, meine Fresse! Der Versager darf uns das Ganze nicht vermasseln.»

«Er ist kein Versager!» Amanda war selbst überrascht, dass sie Felix verteidigte. Am liebsten hätte sie dem eingebildeten Fettwanst vorgehalten, dass es von ihm keine gute Idee gewesen war, seine Ehe mit diversen Liebschaften zu ruinieren. Doch dann hätte der Senior, rachsüchtig, wie er war, dafür gesorgt, dass sie ihren Job und damit auch die letzte Chance, ihre Krankheit zu besiegen, verlieren würde. Die US-Regierung hatte zwar zweihundert Millionen Dollar in *Cyrogen* investiert, aber der Investmentfonds, dem Felix Sommer senior vorstand, pumpte mit mehr als einer Milliarde Dollar den Löwenanteil in das Start-up. Auch und gerade weil Felix Sommer senior genau wusste, dass er bei seinem Körpergewicht und seiner Lebensweise keine achtzig Jahre alt werden würde.

Dass in Amanda eine Krankheit wohnte, deren erste Anzeichen sich bereits bemerkbar machten, ahnte der Fettwanst allerdings nicht. Eine solche Schwäche hätte sie niemals zugegeben, insbesondere nicht einem Machtmenschen gegenüber, der diese Information dazu nutzen würde, sie entweder auf das Abstellgleis zu schieben oder komplett von sich abhängig zu machen oder beides zusammen.

«Sorgen Sie dafür, dass mein Sohn vom Spielfeld verschwindet.»

«Ich habe ihm sechs Tage gegeben ...»

«So schnell wie möglich!»

Felix Sommer senior beendete das Gespräch, ohne sich zu verabschieden. Amanda würde gegenüber Felix ihr Versprechen brechen müssen. Das war ihr sonnenklar. Zwei, drei, maximal vier Tage würde sie seinen Vater noch hinhalten können, aber keine sechs. Und es erstaunte sie zutiefst, dass ihr dieser Gedanke etwas ausmachte. Sonst hatte sie keine Probleme damit, Menschen, mit denen sie Deals geschlossen hatte, über die Klinge springen zu lassen.

Plötzlich klingelte Sommer senior erneut via Skype durch, anscheinend hatte der Fettwanst etwas vergessen. Sie nahm das Gespräch an.

«Da läuft doch nichts zwischen Ihnen und meinem Sohn?», schnauzte der dicke Mann sie an.

«Nein ... nein ... nein ... wie kommen Sie denn auf so etwas?»

«Unter anderem, weil Sie jetzt gerade dreimal ‹nein› gestammelt haben.»

«Ich ... ich ...»

«Und jetzt zweimal ‹ich›.»

Amanda riss sich zusammen. «Ich kann Ihnen versichern, es läuft rein gar nichts zwischen uns.»

«Gut. Ich möchte nicht, dass er Sie auf sein Niveau runterzieht.»

«Das wird er gewiss nicht …»

Felix Sommer senior beendete das Gespräch.

«Arsch-💀», fluchte Amanda. Sie ärgerte sich nicht darüber, dass er sie so behandelte, das war ihr schon vor einer ganzen Weile egal geworden, sondern darüber, wie er über seinen eigenen Sohn dachte. Bereits als Teenager hatte Felix unter diesem Mann gelitten. Mehr als ein Mal war Amanda kurz davor gewesen, von dem Schweizer Internat in das Rehazentrum zu fahren, in dem das Arsch-💀 sich von seinem Herzinfarkt erholte, um ihm die Meinung nicht nur zu geigen, sondern sie ihm, auf einen DIN-A4-Block geschrieben, in das Maul zu stopfen, damit er seinen eigenen Sohn nie wieder «läppisch» nannte. Felix jedoch hatte seinen alten Herrn immer verteidigt, denn Kinder verteidigen nun mal ihre Eltern. Besonders Kinder, die im Herzen so feine Menschen waren wie Felix.

Plötzlich kamen die Erinnerungen an ihre gemeinsamen Teenagerzeiten zurück: Felix pult ihr im Kino Nacho-Reste aus der Zahnspange. Er singt ihr im Internatszimmer *Se bastasse una calzone* vor. Er küsst sie das erste Mal im Mondlicht, und sie erklärt ihm, welche Viren dabei übertragen werden, weil sie vor der Liebe so viel Angst hat. Wie sie mit ihm Schluss macht. Ihn auf diese Weise ebenso verletzt, wie es sein Vater stets getan hatte. Und jetzt war sie sogar drauf und dran, so zu werden wie Felix' Vater, bereit, Experimente an der Steinzeitfrau vorzunehmen, nur um das eigene Leben zu verlängern. Wie könnte sie danach noch in den Spiegel schauen, wenn sie darin nur noch das Antlitz von Felix' Vater sehen würde? Wie könnte sie Felix dann noch anschauen?

Der einzige Mann, für den sie je Gefühle empfunden hatte. Der sie zum Lachen gebracht hatte. Immer noch bringen konnte! Mit einem Mal ergriff Amanda eine Furcht, die so viel größer war als jene vor dem Ausbruch ihrer Krankheit. Die davor zu sterben, ohne je eine Liebe gelebt zu haben.

4

Felix ging auf Maya zu, die auf ihrem Handy-Bildschirm Bilder von verlassenen italienischen Städten betrachtete.

«Warum schaust du dir die an?»

Maya starrte weiter auf das kleine Display.

«Bereitest du etwas für deinen YouTube-Channel vor?» Felix war einer von 27 Abonnenten des Kanals, den Maya vor kurzem eingerichtet hatte und auf dem sie Videos über den Klimawandel teilte. Und über Einhörner.

Maya blickte immer noch nicht auf.

«Du redest wieder nicht mit mir», seufzte er, setzte sich neben seine Tochter und überlegte, wie er ihr Schweigen brechen konnte. Es war so schwer zu ertragen. Nach der Trennung von seiner Frau Franzi hatte Maya eine ganze Woche lang nicht mit ihm gesprochen. Es waren die schlimmsten sieben Tage seines Erwachsenenlebens gewesen.

«Komm schon.» Mehr fiel Felix nicht ein. Garantiert würden Väter, die wirklich zu den besten der Welt gehörten, gescheitere Dinge sagen, tadelte er sich in Gedanken selber.

Maya legte das Handy zur Seite und blickte ihn so zornig und traurig an, wie es nur ein von einem Elternteil zutiefst enttäuschtes Kind tun konnte. Vor Felix' geistigem Auge tauchten die Zahlen der «Besten Väter der Welt»-Rangliste auf und dann er selber, wie er mit Gewichten an den Füßen an ebenjenen Rankingzahlen vorbei hinuntersauste. Als er Platz 2 333 664 236 passierte, sagte Maya böse: «Du redest die ganze Zeit heimlich mit der Hexe!»

«Du sprichst ja über sie wie der Kapitän!» Zu seiner eigenen Überraschung störte Felix das.

«Der nennt sie noch ganz anders!»

«Das will ich gar nicht wissen.»

«Charakterliches Katastrophengebiet.»

«Ich habe gesagt, ich will es nicht wissen.»

«Du verteidigst die Hexe auch noch.»

«Maya, ich möchte mich nicht mit dir streiten.»

«Dann hau ab!»

«Ich habe dir doch geschworen, dass ich Mama nicht wegen ihr verlassen habe. Und ich hab dabei auch nicht die Finger hinter dem Rücken gekreuzt.»

Maya verzog das Gesicht, dann sagte sie: «Du findest die Hexe viel toller als Mama.»

Felix fühlte sich ertappt, wurde ihm doch bei Amandas Lachen wohl ums Herz. Bei seiner Frau hatte er sich nie so gefühlt. Er wusste nicht, was er seiner Tochter antworten sollte, da er sich a) unsicher war, ob dies schon bedeute sollte, dass er mehr für Amanda empfand als jemals für seine Frau, b) Mayas Verdacht, die Scheidung könne doch an Amanda liegen, damit bekräftigen würde und c) mit einem solchen Gedanken, einmal sich selbst gegenüber eingestanden, sein eigenes Leben erheblich verkomplizieren würde. Amanda und er standen schließlich auf verschiedenen Seiten. Klar war nur, er musste Maya widersprechen. Aber wie? Er entschied sich dafür, seine Tochter nicht noch mehr anzulügen, ihr zugleich aber auch nicht die komplette Wahrheit zu enthüllen: «Ich musste mit ihr skypen, weil sie uns hilft.»

«Musstest du sie dabei auch so bescheuert angrinsen?»

«Ein wenig lächeln kann nie schaden, wenn man etwas von einem will.»

«Du lügst mich an!»

«Das tue ich nicht!»

«Dann schwöre mir, dass nicht mehr dahintersteckt!»

Felix zögerte. Wenn er es tat, würde er seiner eigenen Tochter gegenüber einen Meineid leisten.

«Du traust dich nicht», stellte Maya fest.

«Ich … ich lüge nicht … ich sag dir nur eben nicht alles», gestand Felix.

«Und was sagst du alles nicht?»

Felix schwieg.

«Ich rede erst wieder mit dir, wenn du es mir erzählst.»

Maya wandte sich wieder ihrem Handy zu, um verlassene italienische Städte zu betrachten. Warum sie diese so interessant fand, darüber zerbrach Felix sich jetzt nicht den Kopf. Er konnte an nichts anderes denken, als dass er jetzt wieder so angeschwiegen werden würde wie damals nach der Trennung von seiner Frau. Und dass diese Zeit hart werden würde. Sehr, sehr hart.

5

Urga fütterte das kleine Mammut. Nicht mit dem merkwürdigen Brei, den das Klappergestell ihnen auf dem ersten Flug hingestellt hatte. Sondern mit Gras, das sie extra für diesen Zweck gemeinsam mit Bruce auf dem Klosterberg gesammelt hatte. Trö nahm nicht viel davon zu sich, aber immerhin genug, dass er bei Kräften blieb. Urga hatte ein schlechtes Gewissen. Schließlich wäre Trö nicht hier, wenn sie nicht in sein Leben getreten wäre. Hätte sie ihn damals nicht in dem Wald an sich gedrückt, wäre er dem Eissturm vielleicht entgangen. Womöglich wäre er mit seinen Füßchen noch rechtzeitig weggerannt und hätte sich in ein kleines Schlupfloch unter der Erde verzogen, in das sie selbst nicht hineingepasst hätte. Und dann, wenn der Sturm mit ihr davongewirbelt wäre, hätte Trö sich auf den Weg machen können, um eine Herde zu suchen, die ihn aufnahm.

Jetzt wollte der Mann namens Felix für ihn eine Herde finden.

Urga war diesem dünnen blonden Mann dafür dankbar. Sie hoffte so sehr, dass es an jenem Ort namens Bandhavgarh, zu dem sie alle im Bauch dieses magischen Vogels flogen, tatsächlich eine Herde Mammuts gab.

Und dann wiederum hoffte sie, dass es dort keine Mammuts gab.

Wenn Trö andere seiner Art fand und fortan bei ihnen lebte, wäre sie auf einmal ganz allein in dieser neuen Welt. Ja, sie hatte neue Gefährten gefunden – Freunde mochte Urga diese

Leute noch nicht nennen –, aber das Mammut war das einzige Wesen aus ihrer alten Welt. Der kleine Trö wusste, wie der Wald ausgesehen und der Schnee gerochen hatte. Er kannte den Schmerz, der in Urga wohnte, weil auch er daran litt.

Urga schämte sich. Mehr noch, als sie es vorhin getan hatte, als sie merkte, wie der alte Mann sie anstarrte. Im Übrigen saß er nun wirklich schon verdammt lange in der kleinen abgeschlossenen Ecke des Eisenvogels auf diesem merkwürdigen Plumpsklo, das, wenn man auf dieses Ding namens «Spülung» drückte, so teuflische Geräusche von sich gab, dass man vor Schreck aufsprang und sich den Kopf an der niedrigen Decke stieß. Nein, im Moment schämte sich Urga, weil sie aus eigennützigen Gründen hoffte, Trö würde sein Glück nicht finden. So wie ein Teil von ihr auch hoffte, dass Org und Arga ohne sie nicht so glücklich geworden waren, wie sie es mit ihr, Urga, geworden wären. Natürlich sollten die beiden nicht völlig unglücklich gewesen sein, aber hätten sie ab und an um Urga getrauert, wäre das für sie tröstlich.

Nun schämte Urga sich auch noch, dass sie ihren Liebsten, die schon so lange tot waren, unglückliche Tage gewünscht hatte, nur damit sie sich selbst besser fühlte. Was war sie nur für ein Mensch, der glücklicher war, wenn andere traurig waren?

War sie genauso mies wie der Stammesälteste, der sich darüber gefreut hatte, dass sein altes Weibchen Zahnweh hatte, und zu ihr sagte: «Dann kann ich besser damit leben, dass ich keine Zähne mehr habe.» Oder wie Vetter Fnirk, der sich freute, wenn jemand anders Durchfall hatte, da er ihn dann verhöhnen konnte: «Ich hab zwar ein Furunkelgesicht, aber heute lachen alle über dich.»

War sie auch so jemand, der ständig missgünstig war? Weil

ihr eigenes Leid leichter zu ertragen war, wenn andere ebenso unglücklich waren? Am besten sogar noch unglücklicher?

Was hatte ihre Mama mal gesagt? «Wenn alle in der Höhle gleichermaßen ein klein bisschen hungern, sind die Menschen glücklicher, als wenn alle satt sind, aber einige von ihnen große Vorräte für sich selbst angelegt haben.»

Neid.

Sich mit anderen vergleichen, denen es besser ging.

War das der schnellste Weg ins Unglück?

Urga nahm sich fest vor, nicht in diese Falle zu tappen. Falls Trö sein Glück finden sollte, würde sie nicht neidisch werden. Sie würde sich für ihn freuen. Das war anständig. So wie es anständig war, nicht zu hoffen, dass ihre Lieben, die sie in den alten Zeiten zurückgelassen hatte, wegen ihr hatten trauern müssen. Sie wollte nicht sein wie der Stammesälteste oder der Furunkel-Vetter. Das Leid anderer sollte nicht dafür sorgen, dass sie sich besser fühlte. Deren Glück sollte sie glücklich machen!

Doch Urga ahnte, dass ihr dies nicht leichtfallen würde. Das Glück anderer hatte nun mal die verdammt unangenehme Eigenschaft, dass man das eigene Unglück noch intensiver spürte.

6

Als Felix auf das Rollfeld des Flughafens von Neu-Delhi sich zu Maya und Lovskar gesellte, war es derart heiß, dass die Luft flirrte. Außerdem herrschte eine gnadenlose Luftfeuchtigkeit, wie in einer Sauna, wenn irgendein Extremnutzer meinte, man solle mal wieder einen richtig schönen Aufguss machen, obwohl der letzte gerade zwei Minuten her war. Felix blickte zu Urga, die hinter ihm mit dem hechelnden Mammut in den Armen die ausklappbare Treppe des Jets hinunterschritt. Sie schien von dem Wetter regelrecht geschockt zu sein. Kein Wunder, es musste hier in etwa vierzig Grad heißer sein als in der Steinzeit.

Und manchmal ist Glück einfach nur ein angenehmes Wetter.

Ein Jeep brauste auf sie zu. Am Steuer saß Bruce, der bereits eine Weile vor ihnen aus dem Jet ausgestiegen war, nun laut *I am what I am* hörte und dazu die entsprechenden Zeilen mitgrölte.

«Irgendwie», grummelte Lovskar, «gefiel der mir besser, als er noch schwieg.»

«Und mir erst», sagte Felix.

«Singende Soldaten», warf Maya ein und wandte sich dabei an Lovskar, ohne ihren Vater auch nur anzusehen, «sind viel besser als kämpfende.»

«Sein Gesang ist aber auch tödlich», erwiderte Lovskar, während der Jeep vor ihnen anhielt. Alle stiegen ein, und insbesondere Urga war froh, dass die Klimaanlage lief. Trö hechelte auch gleich weniger.

«Haben Sie wieder Beamte bestochen?», wollte Felix von Bruce wissen.

«Mit so viel Kohle, dass wir diesmal ohne Passkontrolle einfach losbrausen können.» Bruce lachte und trat das Gaspedal durch.

Die folgende Autofahrt führte sie aus dem überfüllten Hexenkessel von Neu-Delhi über Landstraßen, auf denen Busse fuhren, die Bruce zu derart waghalsigen Überholmanövern provozierten, dass Lovskar jedes Mal «Ich bin zu alt für diesen Scheiß» murmelte. Schließlich erreichten sie einen Dschungel, der nur bedingt Ähnlichkeit mit jenem aus dem *Dschungelbuch* besaß. Nein, dieser reale Urwald wirkte auf Felix wesentlich wilder und gefährlicher. Wie ein Ort, an dem ein halbnacktes Menschenkind wie Mogli sich die Haut beim Lianeschwingen an stacheligen Pflanzen aufriss, wenn es nicht schon lange vorher im Krabbelalter von einer Giftschlange erledigt worden war. Auch glaubte Felix, dass die Tiger in diesem Dschungel viel unangenehmer sein dürften als Shir Khan. Der hatte ja noch die Freundlichkeit besessen, so lange übers Menschenfressen zu reden, dass Mogli sich verdrücken konnte.

Ständig klatschten Urwaldäste gegen die Windschutzscheibe des Jeeps, oder riesige Insekten knallten gegen das Glas, um anschließend taumelnd davonzubrummen. Einmal sprang gar eine Horde Affen auf das Dach. Sie trommelten auf das Blech und ließen sich erst durch einen Schuss aus Bruce' Pistole wieder vertreiben. Während Maya schimpfte, dass man Tiere nicht so behandeln durfte, und Lovskar fand, dass man alte Kapitäne nicht so erschrecken sollte, streichelte Urga durchgehend das an Einsamkeit leidende Mammut. Felix wollte seine Tochter nach dem Schreck beruhigen, doch Maya wandte sich von ihm ab. Sie verzieh ihm seine Gespräche mit Amanda einfach nicht.

Kurz vor Einbruch der Dunkelheit hielt Bruce mit dem Wagen auf einer kleinen Lichtung an und verkündete: «Hier schlagen wir unser Nachtlager auf.»

Da sie nicht alle im Jeep schlafen konnten, jedenfalls nicht, wenn sie liegen wollten, baute Bruce drei Zelte auf: eins für sich, eins für Lovskar, und eins für Urga und das Mammut. Maya sollte mit Felix im Jeep bleiben. Aber sie war davon so wenig begeistert, dass sie Bruce bat, auch für sie ein Zelt aufzustellen. Ein Wunsch, der Felix bis ins Mark traf. Ihr Schweigen, das wurde ihm klar, würde für ihn jetzt noch härter zu ertragen sein als in jenen Tagen, als sie von der Trennung ihrer Eltern erfahren hatte. Felix blickte zu Urga. Die schüttete Wasser aus einer gekühlten Plastikflasche in einen kleinen Campingtopf und hielt ihn Trö hin. Doch der kleine Kerl trank nur ein wenig. Kein noch so kühles Nass konnte seinen Lebenswillen neu erwecken. Urga war zutiefst besorgt, und das wiederum bekümmerte Felix. Würde das kleine Mammut sterben, würde auch sie gewiss niemals glücklich werden. Hoffentlich ging sein Plan auf: Eine Herde Elefanten zu finden, die Trö aufnahm. Das musste doch möglich sein! Die Rüsseltiere im *Dschungelbuch* waren doch auch freundlich gewesen.

Felix sah wieder zu seiner Tochter, die Bruce half, ihr Nachtlager aufzuschlagen. Was hätte er dafür gegeben, Maya all den Schmerz, den die Scheidung ihr zugefügt hatte, nehmen zu können.

Eine Zeitmaschine erfinden und die Fehler der Vergangenheit wiedergutmachen.

Manche Dinge waren leider unmöglich. Dem gegenüber

standen die möglichen Übungen, die Felix für seine App gefunden hatte:

Reise in deinen Gedanken an einen Ort, der dich glücklich macht.

Jeder Fehler, den du machst, hat auch eine gute Seite.

Lerne, die kleinen Glücksaugenblicke festzuhalten!

Geh mit einem Lächeln durch die Welt.

Mache jemanden stolz auf dich. Aber überlege dabei genau, wen.

Streichele ein Haustier.

Freue dich über die einfachen Dinge.

Erinnere dich an glückliche Momente aus deinem Leben.

Das Leben ist zu kurz für negatives Denken!

Singe fröhliche Lieder.

Schaue Slapstick.

Finde einen Job, der dir Spaß macht. Aber bitte einen, unter dem andere nicht leiden.

Freue dich, dass du in der besten Zeit lebst, in der Menschen jemals gelebt haben.

Sei so nah bei deinen Lieben wie nur möglich.

Erkenne das Glück, das dich umgibt. Du doofer Popokacker.

Außerdem gab es auch noch die Dinge, die der Glücksminister ihnen allen beizubringen versucht hatte:

Es gibt keinen Weg zum Glück, Glück ist der Weg.

Sei selbstlos.

Nimm dich selbst nicht so wichtig.

Meditiere 40 000 Stunden.

Aber das war alles nichts im Vergleich zu:

Der eigenen Tochter den Schmerz nehmen.

Hätte jemand Felix in diesem Augenblick die Möglichkeit geboten, er hätte sie liebend gerne gegen alle mühsamen Übungen und alle schwer zu begreifenden Glücksministerweisheiten eingetauscht.

Kaum hatte Felix das gedacht, fühlte er sich noch schlechter. Ihm wurde bewusst, dass er auf der Suche nach dem Glück für Urga – aber eigentlich für seine App und am eigentlichsten, das ahnte er so langsam, für sich selber – noch nichts gefunden hatte, was das Herz dauerhaft mit Glück erfüllen konnte. Es wurde Zeit für so eine Entdeckung. Sonst würde die Reise damit enden, dass sie alle noch unglücklicher sein würden als zuvor. Auch seine Tochter.

Urga konnte nicht schlafen, dieser unnatürliche Zeltstoff roch einfach zu widerlich. Trö hingegen schnarchte leise und ganz schwach vor sich hin. Ihn so zu sehen, war für Urga noch viel schlimmer als der Gestank. So trat sie nackt, wie die Göttin Brand sie geschaffen hatte, ins Freie und blickte in den Nachthimmel. Wenigstens die Sternzeichen waren wie früher: *Das kleine Wildschwein. Der große Säbelzahntiger. Der große Haufen, den der Bär gemacht hat.*

Urga sah hinüber zum Jeep, auf dessen Rückbank Felix am Fenster gelehnt saß und das Glas im Schlaf einsabberte. Bei diesem Anblick schaute sie lieber zu den Zelten. In einem schlief Maya, die nach den Anstrengungen der Reise tief im Reich der Träume wohnte. In dem nächsten Bruce, der vor dem Schlafengehen angekündigt hatte, sich etwas namens ‹Schlummertrunk› verdient zu haben. Und in dem dritten Lovskar. Urga erinnerte sich daran, wie der Kapitän und sie sich im Hotelbadezimmer von Thimphu gegenseitig in die Augen geblickt hatten. Das war so anders gewesen als mit

Org nach der Mammutjagd. Der Kapitän mochte sie mehr, als Org es je getan hatte, dessen war sie sich nun gewiss. Es war viel schöner, einem Mann in die Augen zu blicken, der einen richtig mochte. Und der nicht die Schwester geschwängert hatte. Urga schüttelte sich bei der Erinnerung an den Betrug an ihr und beschloss, sich ein wenig die Beine zu vertreten. Sie entfernte sich von Jeep und Zelten, erst hin zum Rand der Lichtung und von da aus in jenen Wald namens Dschungel. Die Nachtluft war hier etwas kühler, zwar bei weitem nicht so, wie sie es aus früheren Zeiten kannte, aber immerhin. Sie betrachtete die Bäume, durch die das Sternenlicht fiel, und lauschte dem Rauschen der Blätter sowie dem leisen Zischen.

Leisem Zischen?

Ja, da war tatsächlich ein Zischen. Und es kam vom Boden. Urga blickte zur Seite, und dort lag ein Tier, das sie nur aus den Schreckensgeschichten aus uralten Zeiten kannte, die der Stammesälteste am Lagerfeuer erzählt hatte, um allen klarzumachen, dass die Eiseskälte, die sie Jahr für Jahr erdulden mussten, auch ihre guten Seiten besaß: Denn in der Wärme, so jedenfalls die Überlieferung, lebten viele gefährliche Tiere. Und genau so eines richtete sich nun vor ihr in ganzer, fast menschengroßer Höhe auf: eine Giftschlange!

Urga traute ihren Augen nicht. Der Stammesälteste hatte so viel Blödsinn am Lagerfeuer verzapft – man denke nur an seine Behauptung, in den warmen Zeiten hätte es Riesenechsen gegeben –, dass sie kaum glauben mochte, dass das graue zischende Ding mit den schwarzen Flecken, die wie Augen aussahen, tatsächlich vor ihr stand. Doch als die Giftschlange immer näher kam und züngelte, wurde Urga schlagartig bewusst: Sie durfte sich nicht mehr bewegen. Auch wenn sie auf ihrer Reise zwischenzeitlich darüber sinniert hatte, in ein wie auch immer geartetes Jenseits gehen zu wollen, spürte sie jetzt, dass sie nicht sterben wollte. Es war zu früh, die Suche nach Glück in der neuen Welt aufzugeben!

Wie sehr wünschte sie sich in ihrer Not Org herbei. Oder auch nur einen der Vettern wie den einfältigen Grug, der zwar mit seinem geliebten Stein gesprochen hatte, aber auch nie gezögert hatte, ihn anderen bei Bedarf an den Schädel zu werfen. Doch am meisten wünschte Urga sich – zur eigenen Überraschung – einen ganz anderen Mann an ihre Seite: «Lovskar!»

Die Schlange zischelte lauter.

«Lovskar!»

Die Schlange fixierte sie.

Nun durfte sie nicht mehr schreien.

Hatte der Kapitän sie gehört?

Oder würde sie jeden Augenblick sterben?

Da hörte Urga, wie jemand näher kam. Im Augenwinkel erkannte sie ausgewaschene Boxershorts und ein Unterhemd von undefinierbarer Farbe. Sie traute sich nicht, sich zu der Person zu drehen, doch dies war auch nicht notwendig, denn der heranstolpernde Kapitän rief: «Was ist los?»

Urga dachte dreierlei: 1) Ein heißer Körper ist was anderes. 2) Ein heißer Körper ist nicht alles. 3) Wichtig war: Der Kapitän war ein Mann, auf den sie zählen konnte!

Lovskar erblickte die Schlange und umriss die Situation präzise mit: «Au Scheiße!»

«Das du können laut sagen», flüsterte Urga und hoffte, dass er nicht so doof war wie Vetter Grug, der immer etwas laut gesagt hatte, nachdem man ihm an den Kopf geworfen hatte, dass er es laut sagen könnte. Dankenswerterweise war Lovskar nicht dämlich, sondern schlich von hinten auf die Schlange zu und wisperte dabei: «Ich lenke sie ab.»

Er schnippte mit den Fingern. Einmal. Zweimal. Dreimal. Endlich wandte die Schlange ihren Kopf. Flink hob er einen Stock vom Boden auf. Aber anstatt, wie Urga vermutete, damit das Tier zu attackieren, hielt er ihn an den Mund und begann, ihn hin- und herzubewegen.

«Was du da machen?», fragte Urga leise.

«Ein Schlangenbeschwörer», erklärte der Kapitän ebenso leise, «macht so was mit einer Flöte. Doch auf die Töne kommt es nicht an, sondern nur auf die Bewegungen. Die Schlange denkt, dass der Stock eine andere Schlange ist, die sich mit ihr paaren möchte.»

In der Tat passte sich das Tier den Bewegungen an, die Lovskar mit dem Stock vollführte.

«Und wie du sie jetzt werden los?», fragte Urga, die zwar erleichtert war, nicht mehr im Fokus des zischenden Wesens zu stehen, sich nun aber um den Kapitän sorgte.

«Ich habe keinen blassen Schimmer», gestand Lovskar, der nun mit dem ganzen Oberkörper hin- und herwippte, um das Viech zu beruhigen.

Der Kapitän hatte Urga also gerettet, indem er sich selbst in Lebensgefahr gebracht hatte. Früher oder später würde er gebissen werden. Er konnte sich ja nicht ewig so hin- und herwiegen. Doch bevor Urga sich etwas einfallen lassen konnte, um ihn zu retten, bewegte sich die Schlange langsam mit ihrem Kopf auf den Stock zu, bereit für die Paarung. Lovskar wich mit seinem wiegenden Oberkörper zurück. Aber die Schlange war schneller und kam immer näher, Lovskar beugte sich so weit nach hinten, bis er das Gleichgewicht verlor und dabei den Stock fallen ließ. Da packte Urga geistesgegenwärtig das Biest am Schwanz und schleuderte es mit einem gewaltigen Schrei von sich und gegen einen Baum.

Die Schlange erschreckte die Aktion so sehr, dass sie sich, kaum war sie vom Baumstamm zu Boden geglitten, so schnell wie möglich in den Dschungel verzog, um nach einem Wesen zu suchen, mit dem man es mit der Paarung leichter hatte. Nachdem Urga sich vergewissert hatte, dass keine Gefahr mehr bestand, eilte sie zu Lovskar und beugte sich über ihn. Dass sie dabei nackt war, hatte sie vollkommen vergessen.

«Danke», sagte Lovskar.

«Danke dir», sagte Urga.

«Ich habe doch nichts getan.»

«Doch, du haben Leben für mich riskiert.»

Der Kapitän war der erste und einzige Mann, der das bisher getan hatte. Wie könnte sie nicht etwas für ihn empfinden? Egal, ob sie sich geschworen hatte, sich in dieser Welt nicht zu verlieben!

Lovskar war ganz aufgewühlt. Urga hatte für ihn ihr Leben riskiert. Sie war die erste und einzige Frau, die das bisher getan hatte. Wie könnte er nicht etwas für sie empfinden? Egal, ob ein Mann wie er und eine Frau aus einer anderen Zeit zusammenpassten!

Urga blickte in die gütigen Augen des Kapitäns.

Lovskar blickte in die gütigen Augen der Steinzeitdame.

Urga hörte sich selber sagen: «Ich möchte schnabbeln.»

Lovskar hörte sich selber sagen: «Schnabbeln klingt großartig.»

Urga wusste, dass er das Wort noch nie gehört hatte …

… und Lovskar wusste, dass sie genau wusste, dass er wusste, was es bedeutete.

Ihre Lippen näherten sich den seinen …

… seine den ihren …

… doch bevor die beiden sich küssen geschweige denn schnabbeln konnten, hörten sie Felix' Stimme: «Was macht ihr denn da?»

Urga schreckte auf und versteckte sich hinter einem Baumstamm. Nicht jeder Mann durfte sie nackt sehen.

Felix, der von Urgas gewaltigem Schrei, den sie beim Schlangenwurf ausgestoßen hatte, alarmiert worden war, sah, wie Lovskar aufsprang.

«Wir … wollten …»

«Sie wollten?», fragte Felix.

«… schnabbeln», gestand der Kapitän kleinlaut.

«Schnabbeln?», staunte Felix.

«Das ist …»

«Ich will es gar nicht so genau wissen.» Felix lächelte.

Er bemerkte, wie Urga schüchtern lächelnd den Blick von Lovskar erwiderte, und ihm wurde klar: Er musste die beiden nicht wie in einer romantischen Komödie durch Tricks zusammenführen, er durfte sie einfach nur nicht stören, dann würden die Dinge ihren Lauf nehmen und Urga doch noch ihr Glück finden. Denn eigentlich war es doch mit dem Glück ganz einfach. Der Weg zu ihm lautete:

Finde die Liebe.

Schade eigentlich, dass etwas so Einfaches so kompliziert war.

7

Am frühen Morgen wurde das Nachtlager abgebaut, die Zelte wurden im Kofferraum verstaut, und die kleine Reisegruppe bestieg erneut den Jeep. Dabei traute Felix sich endlich, zaghaft das Gespräch mit seiner Tochter zu suchen, und fragte sie: «Wie hast du geschlafen?»

Doch anstatt ihm zu antworten oder auch nur eines Blickes zu würdigen, wollte Maya von Bruce, der gerade an seinem Hals die Kette mit seiner Armee-Erkennungsmarke zurechtzuppelte, wissen: «Warum bist du eigentlich Soldat geworden?»

«Ich war jung und brauchte das Geld.»

«Und jetzt?»

«Bin ich alt und brauche das Geld.»

«Du kannst doch auch was anderes arbeiten.»

«Aber nichts, was so aufregend ist.»

«Aufregend?», staunte Maya genauso wie Felix, der damit gerechnet hatte, dass der Soldat eher anführen würde, dass es seine patriotische Pflicht sei, für sein Land zu kämpfen.

«Kennst du den Begriff ‹hazard›?», fragte Bruce und startete den Wagen.

«Nein», antwortete Maya.

«Das ist das Glück, das man empfindet, wenn man in Gefahr ist. Der Thrill. Der Rausch.»

Felix überlegte, dass in der Tat viele Menschen den Glücksrausch suchten, wenn sie ohne Absicherung einen Berg hochkletterten oder durch Riesenwellen surften, die sie erschlagen konnten, oder mit zweihundertsiebzig Stundenkilometern über eine Autobahn brausten.

Begebe dich in Gefahr und erlebe den Rausch.

«Klingt bescheuert», fand Maya.

«Ist es aber nicht», erwiderte Bruce und trat gereizt aufs Gaspedal.

«Ist Singen nicht schöner für dich?»

«Singen kann man mit hazard nicht vergleichen.»

«Was von beiden macht dich denn glücklicher?»

«Hazard macht einen high, Singen macht einen fröhlich.»

«Du weichst aus.»

Anstatt Maya zu widersprechen, schwieg Bruce und steuerte den Jeep auf einen Pfad, der sie aus dem Dschungel heraus in eine Savannenlandschaft führte.

«Hallo, ich habe dich was gefragt!»

Felix musste schmunzeln: Wenn der Soldat glaubte, er müsse nur lange genug schweigen, damit Maya lockerließ, kannte er sie aber schlecht.

«Hallo!»

Felix glaubte, Bruce' Gedanken förmlich lesen zu können: Ich bin darauf trainiert, den Folterknechten der Talibans nichts zu verraten, ich werde einem kleinen Mädchen nichts sagen.

«Hallo … Hallo … Hallo … du stinkst …»

«Was?»

«Hallo … Hallo … Hallo … du riechst nach Pups …»

«Schon gut, schon gut. Singen ist schöner als hazard», gab Bruce zu. «Bist du nun zufrieden?»

«Ja, das bin ich», sagte Maya. Aber nicht triumphierend, sondern lieb. «Wollen wir beide gemeinsam etwas singen?»

«Na gut.»

«Und was?»

«All you need is love.»

«Warum ausgerechnet das?», fragte Maya.

«Singt meine Frau so gerne.»

Weil die Liebe, dachte sich Felix, nun mal eben der Weg zum Glück ist. Nur dass ihm selbst dieser Weg leider voll versperrt war. Amanda – ja, er hatte Gefühle für sie, das konnte er sich selbst gegenüber nicht mehr verleugnen – stand auf der anderen Seite, wenn es um Urga ging.

Der Kapitän stimmte nicht in den Gesang ein. Stattdessen blickte er mit klopfendem Herzen zu Urga. Die presste wieder ihre breite Nase an das Fenster. Doch diesmal nicht, um die fremde Welt in sich aufzusaugen, sondern um seinem Blick auszuweichen.

Der Moment des gestrigen Beinahe-Schnabbelns war der wundervollste in Lovskars Leben gewesen. Dabei war Urga keine Schönheit wie seine Ex oder wie es Trudid in der achten Klasse gewesen war. Im Gegenteil, ihr nackter Körper entsprach so gar nicht dem Schönheitsideal, weder jenem der Gesellschaft noch seinem eigenen. Aber Lovskar hatte durch ihre Augen in ihre Seele geblickt. Es war die schönste Seele, die auf Erden wandelte.

«All you need is love», hörte er Maya und Bruce singen. Würde so eine starke und mutige Frau wie Urga ihn wirklich lieben können? Einen mürrischen alten Knacker, der bei dem Versuch, sie von der Schlange zu befreien, von ihr gerettet werden musste? Weil er hingefallen war wie ein Trottel in einem Slapstick-Film aus der Stummfilmzeit? Wohl kaum. Kein Wunder also, dass Urga ihn nicht mehr ansah.

Urga wich den Blicken des Kapitäns aus, weil sie gegenüber dem toten Org ein schlechtes Gewissen hatte. Sie hatte ihn doch geliebt gehabt! Und auch wenn der Krieger ihre Liebe nicht erwidert hatte, wie konnte sie so schnell mit einem anderen Mann schnabbeln wollen? Was war sie nur für ein schlechter Mensch, der eine verstorbene Liebe so schnell vergaß? Die ganze Fahrt über starrte sie aus dem Fenster und betrachtete, wie der Dschungel in eine Buschlandschaft überging. Über den hohen Sträuchern flogen Vögel, die sogar noch schöner waren als jene auf dem Bild in dem Hotelzimmer von Thimphu, und in dem Gras blühten die erstaunlichsten Blumen. Hach, wäre es zu ihren Zeiten doch auch nur so warm gewesen, dann wäre die Welt des Stammes viel farbenfroher gewesen.

Urga entdeckte Affen, die in den Büschen hockten, Gazellen, die vom Jeep aufgeschreckt davonstoben, und, als sie auf einen großen See zufuhren, eine Herde von vielleicht zwanzig Mammuts, die ganz anders aussahen als Trös Verwandte. Sie waren hellgrau und nicht behaart. Es war, als bestünde ihre Haut aus Leder. Außerdem wirkten diese Tiere friedlicher. Und dennoch sank Urga bei deren Anblick das Herz vor lauter Angst nach unten in das neue Fell namens Kleid. Nicht weil es zu einem Kampf mit diesen Tieren kommen könnte, sondern weil ihr klarwurde, dass diese Herde vielleicht das neue Zuhause von Trö sein würde.

Felix bedeutete Bruce, den Jeep in etwa hundert Meter Abstand von der Elefantenherde zum Stehen zu bringen. Er wollte nicht, dass die Tiere wegliefen oder, schlimmer noch, auf sie zu. Kaum hatte der Jeep gehalten, wandte Felix sich an Urga: «Bist du bereit?»

Urga war natürlich nicht bereit. Wer war schon bereit, sich von einem seiner Liebsten zu trennen? Aber da sie wusste, dass sie es Trö zuliebe tun musste, sagte sie: «Ja, ich bin.»

Lovskar hätte sie am liebsten an die Hand genommen. Wenn Trö von der Herde aufgenommen wurde, würde Urga gewiss einen ähnlichen Schmerz verspüren wie er, als er damals seinen Hund Thori verloren hatte.

Maya sprang als Erste aus dem Jeep, um die Elefanten genauer unter die Lupe zu nehmen. Sie hatte viele Stunden damit verbracht, sich YouTube-Videos anzusehen, die zeigten, wie die Menschen den Elefanten ihren Lebensraum nahmen. Doch jetzt erlebte sie die Erhabenheit dieser Tiere das erste Mal mit allen Sinnen und verstand, wie wundervoll die Welt war, die sie retten wollte.

Urga trug Trö aus dem Wagen.

«Soll ich dich begleiten?», fragte Felix.

«Nein, ich machen das allein», antwortete Urga. Sie wollte nicht, dass jemand sie weinen sah.

Felix und die anderen schauten zu, wie Urga einen Schritt nach dem anderen auf die Elefanten zuging.

«Trö bewegt seinen Rüssel», stellte Maya aufgeregt fest.

«Es kommt langsam Leben in den kleinen Kerl», freute sich Lovskar.

Und Felix staunte, wie sehr auch er sich darüber freute.

Trö bemerkte die komischen Mammuts.

Sie trugen alle kein Fell.

Kein Wunder bei der Hitze.

Kluge Mammuts.
Sie schwitzten nicht wie Trö.

«Alles wird gut», sagte Urga zu dem Mini-Mammut, das in ihren Armen aufgeregt zu zappeln begann, «alles wird gut.»

Es war das erste Mal, dass sie diese Worte selbst glaubte. Jedenfalls, wenn es um Trös Schicksal ging, denn die Mammuts namens Elefanten schauten nun neugierig zu ihnen rüber, wurden dabei aber nicht wild, fühlten sich also kein bisschen bedroht. Ein Weibchen, das hellhäutigste von allen, schlenderte auf Urga und Trö zu und ließ dabei seinen Rüssel hin- und herbaumeln.

Neue Mama blieb stehen.
Mammut ohne Fell trat auf Trö und neue Mama zu.
Es war eine Mammutine.
Neue Mama hatte keinen Rüssel.
Mammutine schon.

Urga setzte Trö ins hohe Gras. Er richtete sich auf und berührte mit seinem kleinen Rüssel vorsichtig den großen der Elefantendame. Diese erwiderte die zärtliche Berührung. Dann schaute sie fragend zu Urga, die sofort verstand, was sie wissen wollte, und antwortete: «Ja, nehmt Trö bitte bei euch auf.»

Das Weibchen drehte sich darauf zum Gehen um. Trö begriff ganz offensichtlich nicht, was dies bedeuten sollte. Die Elefantendame wandte den Kopf noch mal zu dem kleinen Mammut und bedeutete ihm mit dem Rüssel, ihr zu folgen.

Trö sah zu Mammutine.
Trö sah dann zu neuer Mama.

Neue Mama hatte Wasser in den Augen.
Sie sagte etwas.
Was bedeutete «Geh»?
«Das ist das Beste für dich.» Urga rang mit den Worten.

Mammutine schien lieb zu sein.
Sie roch mehr nach Mammut als neue Mama.
Neue Mama roch eigentlich gar nicht nach Mammut.
Dahinten waren noch viele weitere Mammuts.
Sie hatten alle kein Fell.
Aber Trö gehörte zu ihnen.
Er hatte nun eine neue neue Mama.

Trö wandte sich von Urga ab und folgte dem Elefantenweibchen zur Herde. Urga rief ihm leise hinterher: «Lebe glücklich, kleiner Trö.»

Sie rang nun nicht nur mit den Worten, sondern auch mit den Tränen. Zum einem, weil sie Trö vermissen würde. Zum anderen, weil ihr mit einem Male Org, Arga und Irga in den Sinn kamen, von denen sie sich nicht hatte verabschieden können. Doch Urga wollte auf keinen Fall weinen. Sie hatte Angst davor, den Tod ihrer geliebten Höhlenfamilie damit endgültig Wirklichkeit werden zu lassen. Sie verdrängte die trüben Gedanken und konzentrierte sich auf die Freude des kleinen Mammuts.

Felix und die anderen schauten zu, wie mehrere Elefanten den Kleinen mit ihren Rüsseln streichelten.

«Na», Lovskar schlug Felix beherzt auf die Schulter, «da haben Sie doch mal was Gutes getan.»

«Ich?» Felix war von dem Lob überrascht.

«Das arme Tier wäre ohne Ihre Idee hierherzukommen aus Trauer gestorben.»

Felix blickte wieder zu Trö. Und mit einem Mal empfand er Glück. Ein tieferes, als er es je bei *WriteRight* oder *VeganFleisch* oder bei all seinen Entwicklungsschritten für die GlücksApp empfunden hatte.

Hilf jemandem.

Urga spürte, wie glücklich das kleine Mammut war. Gewiss hatte es sie bereits vergessen. Oder nein … es drehte sich noch einmal zu ihr um, hob den Rüssel und trötete dankbar: «TRÖÖÖ!»

Urga war wieder kurz davor zu weinen.

Diesmal vor Glück.

«Ihre Augen sind ganz feucht», sorgte sich Lovskar.

«Aber sie lächelt auch», sagte Maya.

«Ja, das tut sie», staunte Felix.

Urga kam auf sie zu.

«Wie fühlst du dich?», fragte Lovskar besorgt.

«Noch nie hier besser.» Sie lächelte und trocknete sich die Augen mit dem Ärmel ihres Kleides. Lovskar lächelte ebenfalls: Wenn es dieser Frau gutging, ging es ihm auch gut.

Felix betrachtete Urgas Gesicht: Auch wenn es ihr weh getan hatte, Trö ziehen zu lassen, war sie erfüllt davon, den kleinen Kerl glücklich gemacht zu haben.

Sei selbstlos, hörte Felix den Glücksminister sagen. In einem Film wäre der jetzt als überlebensgroßer Geist am Himmel über der indischen Savanne erschienen und hätte ihm diese Worte – mit Hall unterlegt – entgegengerufen. Aber auch so tönten sie in Felix' Kopf, denn Urga hatte etwas Selbstloses getan und war das erste Mal in ihrem neuen Leben wahrhaft glücklich. Und Felix war es ebenfalls.

Zusammen setzten sich alle ins Savannengras und beobachteten die Elefantenherde und den kleinen Trö, der mit seinem Rüssel immer wieder Wasser aus dem See sog und es über sich hinabregnen ließ. Es war ein schöner und friedlicher Moment.

Aber nach einer Weile fragte Bruce: «Und, wo fahren wir jetzt hin?»

Felix wusste es nicht. Er hegte einfach nur die Hoffnung, dass es einen Ort gab, an dem Urga dauerhaft glücklich werden konnte. Am besten mit Lovskar zusammen. Es ging Felix nicht mehr um seine GlücksApp, um Erfolg, Ruhm und Geld. Das alles erschien ihm nun, angesichts von Trös Freude, läppisch. Er wollte nur noch mehr von dem Glück fühlen, das man empfand, wenn man anderen half.

Lovskar wollte an einen Ort, wo er Urga zeigen konnte, dass er ihrer würdig war.

Und Bruce wollte an einen Ort, an dem er seine Familie wieder heilen und gemeinsam mit Frau und Kindern *Hakuna Matata* singen konnte wie an dem letzten Weihnachtsfest, das er zu Hause verbracht hatte.

Und Maya? Sie wusste, wo all diese Wünsche und ihr eigener von einer besseren Welt wahr werden konnten. So sagte sie: «Wir reisen alle nach ...»

FRATALA

1

Hi, liebe Freunde von *Mayas Mighty Channel*. Hier ist Maya, und ich streame heute live aus Italien. Genauer gesagt aus Ligurien. Genauer gesagt aus der Provinz Imperia. Und am allergenauesten aus einem wunderschönen Dorf namens Pisticci Vecchio. Jetzt fragt ihr euch vielleicht, was labert die Maya da? Wieso ist das Dorf wunderschön? Das, was wir da im Kameraausschnitt erkennen können, sieht doch voll kacke aus, total verfallen. Als ob die Whitewalker durch Königsmund gelatscht wären. Nun, ihr Lieben, habt ein bisschen Geduld und folgt mir durch die alten Gassen. Ich verspreche euch, dieser Trip wird euer Leben verändern!

Also, hier ist schon mal das Kopfsteinpflaster, und zwischen den Steinen wächst nicht nur Unkraut raus, sondern auch die ein oder andere schöne Blume. Wie die blau-gelbe da. Und die Häuser … okay, die sind schon seit 1883 nicht mehr bewohnt, denn damals ereignete sich ein krasses Erdbeben, und da haben alle Bewohner das Dorf verlassen. Die wollten das eben nicht noch mal erleben. Seitdem verbleichen die Häuser hier in der Sonne … Aber schaut euch mal die Mauern von diesem Haus dort drüben an! Das Wandbild mit voll den schönen Farben: Gelber Himmel trifft auf grüne Sonne trifft auf rote Wiese. Das hat natürlich keiner von den Dorfbewohnern von 1883 gemalt. Hier hat in den siebziger Jahren des letzten Jahrhunderts ein Haufen Künstler gewohnt, deswegen ist hier jedes fünfte Haus bunt. Die Künstler haben hier aber nicht nur mit Farben gearbeitet, die haben vor dem Dorf Felder angelegt, einige der Häuser saniert, sogar ein Trink- und Abwassersystem gebaut. Also nicht gerade ein total gutes, aber es funktioniert immer noch.

Jetzt fragt ihr euch bestimmt, warum ist das dann hier so krass leer in den Gassen? Gab es wieder ein Erdbeben, und die Künstler sind auch abgehauen? Nö, noch schlimmer. 1982 kamen die Behörden und haben den Künstlern gesagt: Haut ab! Und die Loser sind tatsächlich gegangen. Ich würde mich hier ja nicht vertreiben lassen. Ihr etwa? Hab ich mir gedacht, auf euch kann man zählen!

Steigen wir mal bergauf durch diese enge Straße. Die ist so hübsch, weil die Äste von den Bäumen ein bisschen Schatten geben. Und wie ihr seht, sind die Häuser hier auch gleich besser in Schuss. Besonders die fünf da vorne, auf deren Mauern das Riesenbild von den Beatles in bunten Klamotten gemalt ist. Der Mann, der auf den Stufen davor hockt und mit seinem Handy spielt, ist übrigens ein neuer Freund von mir. Gehen wir doch mal zu ihm und reden mit ihm: «Hey Bruce, stör ich?»

«Filmst du mich etwa?»

«Für meinen YouTube-Channel. Sag ‹Hallo› zu meinen Followern.»

«Du filmst mich immer noch.»

«Liebe Leute, ihr müsst wissen, Bruce bemerkt einfach alles!»

«Ich will das nicht. Aber du hörst wohl erst auf, wenn ich mit dir rede, oder?»

«Was hab ich euch gesagt: Bruce bemerkt einfach alles!»

«Okay, okay, schon gut. Was willst du wissen?»

«Erzähl ihnen mal, wie du diesen Ort findest.»
«Indem ich ihn suche.»
«Bruce' Sinn für Humor ist nicht gerade der dollste.»
«Hier ist es schön.»
«Was genau ist so schön?»
«Es ist friedlich.»
«Bruce sucht den Frieden.»
«Hätte ich auch nie gedacht.»
«Und mit wem hast du telefoniert?»
«Mit meiner Frau und meinen Kindern.»
«Und, was habt ihr so geredet?»
«Ich habe ihnen gesagt, wenn wir hier ein, zwei Wochen bleiben …»
«Wir bleiben viel länger!»
«Wie dem auch sei, ich möchte, dass sie herkommen.»
«Wie alt sind denn deine Kinder?»
«Neun und zwölf.»
«Genau die Leute, die wir brauchen!»
«Wofür?»
«Das, liebe Freunde von *Mayas Mighty Channel*, werde ich euch gleich erklären. Aber erst mal verabschieden wir uns von Bruce. Sag tschüs, Bruce.»
«Tschüs, Bruce.»
«Wie gesagt, Bruce hat keinen so dollen Sinn für Humor.»
«Tschüs, Maya.»
«Gehen wir die Gasse weiter nach oben. Von hier aus seht ihr die verfallene Burg von Pisticci Vecchio. Das ist auch das einzige Gebäude, das wir weiter verfallen lassen, wenn wir Fratala aufbauen. Denn in Fratala sollen alle gleich sein. Da brauchen wir keine Burgherren! Was ist Fratala?, fragt ihr

euch jetzt bestimmt. Also, das erkläre ich euch aber so was von gerne …»

«Maya, wenn du beim Latschen die ganze Zeit auf dein Handy glotzt, wirst du auf die Schnauze fliegen.»

«Und das hier, meine Lieben, ist Kapitän Lovskar!»

«Mit wem redest du da?»

«Mit den Followern meines YouTube-Channels.»

«Ich habe von dem Satz nur die Worte ‹mit› und ‹meines› verstanden.»

«Ein Follower ist …»

«Ich will es gar nicht hören.»

«Wenn ihr euch fragt, warum der Kapitän so mies drauf ist …»

«Ich bin nicht mies drauf!»

«Er ist verliebt.»

«Hey!»

«Und deswegen wird er so rot.»

«Ich werde überhaupt nicht rot!»

«Schau mal in das Display, Kapitän. Meine Follower schicken dir ganz viele Herz-Emojis!»

«Sehen mich dadrin etwa Menschen?»

«Und wie!»

«Na großartig.»

«Und sie kommunizieren mit dir.»

«Ich hör nichts.»

«Da: Kimmybimmy schreibt: Der Kapitän soll seiner Love hugs and kisses geben.»

«Ich verstehe nicht …»

«Geh zu Urga und sag ihr, dass du sie liebst.»

«Dass ich sie liebe?»

«Liebe.»

«Mir … mir … ist Urga völlig egal.»

«Au Shit.»

«Was meinst du mit ‹Au Shit›, Maya?»

«Dahinten ist Urga, und ich glaube, sie hat das mitgekriegt.»

«Au Shit!»

«Sag ich doch … und wenn ihr euch jetzt fragt, von wem wir hier eigentlich reden, schaut mal zu dem Haus dahinten, da läuft eine Frau rein. Das ist Urga. Und von Urga erzähle ich euch auch noch so einiges. Nachher. Aber erst mal muss ich noch mal mit dem Kapitän sprechen, der ist ja ganz durcheinander: Du solltest hier nicht so doof rumstehen.»

«Was denn dann?»

«Rennen.»

«Rennen?»

«Und dich bei Urga entschuldigen.»

«Ja, das sollte ich wohl.»

«Wow, ihr Lieben, so schnell habe ich den Kapitän noch nie laufen sehen. Kommen wir zurück zu Fratala. Also Fratala ist …»

«Was machst du da, Maya?»

«Und der da auf uns zulatscht, ist mein Papa. Hallo, Papa.»

«Du … du redest wieder mit mir?»

«Ihr Lieben, ich habe eine ganze Weile nicht mit meinem Papa geredet, weil er mich angelogen hat. Aber er hat dafür gesorgt, dass wir hierherfliegen können.»

«Weil du uns allen erzählt hast, dass Urga hier glücklich werden kann. Aber du hast nicht gesagt, wie.»

«Du kannst es gleich zusammen mit meinen Followern hören.»

«Allen 27?»

«Das hier wird sich so schnell verbreiten, dass ich heute

Abend 10 000 habe und morgen 100 000 und … was grinst du so, Papa?»

«Du denkst wie ein Start-up-Unternehmer.»

«Nur, dass es hier nicht um ein Start-up geht!»

«Natürlich nicht, dafür bist du ja zu klein …»

«Es geht um eine Bewegung!»

«Eine … WAS?»

«Ihr Lieben, jetzt hört mir genau zu. Kommt alle hierher. Wir Kinder bauen hier eine neue Stadt. Und wir nennen sie Fratala!»

«Eine neue … Stadt?»

«Eine, in der wir Kinder das Sagen haben. In der wir alles, alles besser machen werden als die Erwachsenen! Also macht euch auf den Weg, egal, wo ihr auch gerade seid. Deutschland. Norwegen. Russland. Und wenn ihr nicht könnt, weil ihr in Afrika seid oder im Irak lebt oder in Taiwan: Verzagt nicht! Bald wird es ganz viele Fratalas auf der Welt geben!»

«Ich fasse es nicht.»

«Ihr Lieben, das war mein erster Livestream aus Fratala. Schaltet auch nachher wieder ein, wenn ich euch zeige, wie ihr hierhergelangt! Bis dann hugs and kisses, eure Maya!»

2

Felix starrte seine Tochter an, die fröhlich das Handy in ihre Jeansjacke steckte, und fragte fassunglos: «Du willst, dass Kinder hierherkommen?»

«Da hast du aber gut zugehört.»

«Ohne ihre Eltern?»

«Die stören nur.»

«Und was genau wollt ihr hier anstellen?»

«Eine bessere Welt aufbauen. Ihr Erwachsenen habt sie viel zu lange gehabt.»

«Aber … aber … was ist mit Schule und alldem?»

«Ihr werdet von uns lernen.»

«Manchmal machst du mir Angst.»

«Du musst keine Angst haben», lächelte Maya, stellte sich auf die Zehenspitzen und gab ihrem Papa einen Kuss – nicht auf die Wange, die erreichte sie nicht ganz, sondern auf das Kinn. Dann sagte sie: «Ich muss jetzt für alle Länder Anreisetipps schreiben, die ich dann ins Netz stellen kann.»

Felix blickte Maya nach, wie sie den Weg in dieser halbverfallenen, zu zwanzig Prozent bunt bemalten und zu hundert Prozent malerischen Stadt nach oben lief.

Utopia.

Seine kleine Maya wollte nicht eine alberne App bauen wie er. Sie wollte eine neue Gesellschaft schaffen, in der die Kinder glücklich sein konnten. Ein Traum, wie ihn nur ein elfjähriges Kind träumen konnte, das teils dachte wie eine Zwanzigjährige und gleichzeitig noch an Phantasiereiche glaubte wie eine Fünfjährige. Natürlich war dieser Traum kein bisschen realistisch. Kein Kind würde sich auf den Weg hierher machen. Selbst die, die es wollten, würden ein Verbot von ihren Eltern bekommen. Und dennoch: Gegen die Ambitionen seiner Tochter waren seine eigenen viel zu wenig selbstlos. Wahrlich läppisch. Dennoch fühlte Felix sich nicht so. Denn er hatte eine ganz besondere Tochter. Die Gott sei Dank wieder mit ihm sprach.

Felix lächelte in sich hinein und vergaß für einen Moment seine ungelösten Probleme. Als da waren: 1) Urga war immer noch nicht glücklich. 2) Die Zeit, die ihm Amanda gegeben hatte, lief in zwei Tagen ab. Und 3) wenn es so weit war, würde seine Tochter ihn für den Deal mit der Frau, die sie für eine Hexe hielt, mehr als nur verachten.

Der Moment des Problemevergessens endete, als sein Handy klingelte. Felix nahm es aus der Hosentasche. Offenbar wollte Amanda ihn via Facetime erreichen. Er freute sich auf das Gespräch, weil er wieder ihr schönes Gesicht betrachten durfte und es vielleicht sogar wieder zum Lachen bringen konnte.

Amanda erschien auf dem Display. Sie saß in einer Limousine und begrüßte ihn mit einem Blick, der für Felix' Geschmack viel zu ernst war: «Dank Bruce weiß ich, wo ihr euch befindet.»

«Okay …»

«Und ich fahre gerade die Serpentinen zu dir hoch.»

«Was?» Felix war verwirrt, er hatte doch noch zwei Tage Zeit.

«Ich bin in zwanzig Minuten da.»

«Mit Soldaten?» Felix spürte jetzt Schweiß auf seine Stirn treten, aber nicht wegen der Sonne über Ligurien.

«Nein, ich komme alleine. Die Soldaten folgen eine halbe Stunde später.»

«Warum denn das?»

«Sie kommen nicht auf meinen Befehl.»

«Auf wessen dann?»

«Das willst du nicht wissen.»

«Amanda! Wer hat den Befehl gegeben?»

«Dein Vater.»

Wäre es anatomisch möglich gewesen, wäre Felix' Kinnlade auf das jahrhundertealte Kopfsteinpflaster heruntergeklappt. Aber auch so pendelte sich seine Kinnlade fast auf Brustbeinhöhe ein.

«Ich hab doch gesagt, dass du das nicht wissen willst », beendete Amanda den Anruf.

Und der Schweiß tropfte von Felix' Stirn und lief ihm über das Gesicht.

3

Øyvind Lovskar stand vor einem verfallenen Haus. Auf die Eingangstür hatte vor Jahrzehnten einer dieser wirklich durchgeknallten Hippie-Künstler ein indisches Paar in einer Kopulationsstellung gemalt, die selbst den Verfasser des Kamasutra zum Staunen gebracht hätte. Der Kapitän zögerte, durch die Tür zu Urga zu gehen. Sie hatte gehört, dass sie ihm egal war, und das hatte sie verletzt. Aber warum genau? Weil Urga Gefühle für ihn besaß? Durfte er das hoffen?

Nein, wahrscheinlich war sie getroffen, weil sie ihn für einen Gefährten auf ihrer Reise durch die neue Welt hielt. Vielleicht hatte Urga seine Worte auch gar nicht verstanden und war nur in das Haus geeilt, weil es ziemlich heiß war in diesem Ligurien, immerhin stammte sie ja aus einer wesentlich kälteren Zeit. Wie dem auch sei, er musste ihr klarmachen, dass sie ihm kein bisschen egal war!

Aber sollte er, wie Mayas «Follower» – was immer das Wort auch bedeutete – gemeint hatten, Urga seine Liebe erklären?

✖🖕⁂, musste Lovskar sich endgültig eingestehen. Er war wirklich in sie verliebt. Da gab es nichts mehr dran zu deuteln.

Was zum Geier bedeutete eigentlich das Wort «deuteln»?

Egal. Urga war gewiss nicht in ihn verliebt. Das war noch niemand gewesen. Nicht mal seine Exfrau.

Aber was hatte Maya noch mal gesagt: Sie waren hier in Fratala? Jenem Ort, an dem alle Wünsche wahr wurden?

Lovskar ertappte sich dabei, dass er an Fratala glauben wollte wie damals, als er noch ganz klein gewesen war und sein imaginärer Freund Hasi, der Hase, ihm davon berichtet hatte. Ihm fiel es jetzt sogar fast noch leichter als früher, befand er sich doch in diesem wunderschönen, verwunschenen Hügeldorf, in dem ihn ein samtener Wind umwehte und es nach Pinien und Sommer roch.

Fratala. Warum nicht? Es gab schlechtere Dinge, an die man glauben konnte. Und Lovskar fiel nichts ein, was ihm in diesem Moment größere Kraft verleihen könnte, um Urga seine Gefühle zu gestehen.

Irgendwann, das war ihm nun klar, müsste er dies ohnehin tun, denn die Ungewissheit, ob Gefühle erwidert wurden, konnte einen von innen her auffressen. Selbst im schlimmsten Falle wäre ein Ende mit Schrecken besser als ein Schrecken ohne Ende. Am besten wäre allerdings gar kein Schrecken, wie in allen Fällen, in denen es um Schrecken und Enden ging.

Lovskar drückte die Klinke herunter und betrat das Haus. In dem roch es nicht halb so muffig wie erwartet, dank der kaputten Fenster wurde es gut durchlüftet. Der Kapitän schritt durch den kleinen Flur und war froh, dass er nicht groß gewachsen war – Personen über eins neunzig hätten sich an den niedrigen Decken den Kopf gestoßen. Er blickte in die verlassenen kleinen Zimmer, in denen verstaubte Möbel aus dem achtzehnten Jahrhundert herumstanden, neben ebenso staubigen giftgrünen Nierentischen und Stehlampen mit orangenen Hauben aus den siebziger Jahren des letzten Jahrhunderts. Für Lovskars Geschmack waren an die Wände zu viele Kamasutra-Bilder gemalt. Bei dem Versuch, eine der abgebildeten Positionen nachzumachen, hätte er sich gewiss einen Leistenbruch zugezogen.

Als er Urga in der unteren Etage nicht fand, stieg der Kapitän die schmale Treppe hoch, deren Dielen gehörig knarzten.

Gewiss hatte die Steinzeitdame ihn schon gehört. Und dass sie sich nicht bemerkbar machte, konnte nur bedeuten, dass sie wütend auf ihn war.

Im zweiten Stock, der zugleich auch schon das Dachgeschoss war, hingen die Decken so niedrig, dass Lovskar lieber die Kapitänsmütze abnahm. Hier gab es keine Kamasutra-Wandbilder und auch keine hässlichen Möbel, nur ein altes, über hundertfünfzig Jahre altes Himmelbett, das, obwohl mit Staub bedeckt, sehr gemütlich wirkte.

Lovskar schritt durch eine Tür, und da stand Urga an einem Fenster, das – so ganz ohne Glas und Holzrahmen – mehr ein Mauerloch war.

Die Steinzeitdame blickte ihn nicht an, sondern starrte über die wunderschönen maigrünen Hügel in die Weite. Lovskar überlegte, ob er sie darum bitten sollte, zu ihr treten zu dürfen, entschied sich aber dagegen – sie könnte es ihm ja verwehren – und ging stattdessen langsam auf das Fenster zu. Dabei klopfte sein Herz so laut, dass er glaubte, man könne es auch noch in den Hügeln hören.

Urga beherrschte die neue Sprache immerhin so weit, dass sie genau verstanden hatte, was der Kapitän draußen gesagt hatte: Sie bedeutete ihm nichts. Wie hatte sie das auch denken können? Sie war schon Org nicht gut genug gewesen. Keiner aus dem Stamm liebte sie so, wie sie war. Wie sollte das dann ein Mensch der Zukunft tun, der sogar dieses riesige Ding namens Schiff beherrschte?

Als Urga sich vor wenigen Minuten an das Fenster stellte, war ihr wieder eingefallen, dass sie sich das Leben hatte nehmen wollen, wenn sie sicher war, auch in dieser Welt kein Glück zu finden. Doch der Ausblick hier oben war so schön.

Wie wunderbar wäre es gewesen, wenn ihr Stamm hier in dieser grünen Hügellandschaft hätte leben können? Dann wären sie alle gewiss freundlicher zueinander gewesen.

«Es tut mir leid», sagte der Kapitän.

Urga antwortete ihm nicht.

«Ich bin ein solcher Idiot.»

Urga wusste nicht, was ein «Idiot» war.

«Du kennst das Wort nicht?», fragte Lovskar.

Urga schwieg weiter und suchte sich einen besonders grünen Hügel in der Ferne zum Anstarren.

«Trottel. Depp. Hirnschnitzel.»

Urga verstand nun, was er meinte. Ihr gefiel es, dass er sich selbst beleidigte. So musste sie das nicht tun.

«Nur ein Idiot würde so eine wunderbare Frau wie dich verletzen.»

Urga kannte die Wörter «wunderbar» und «Frau», setzte sie in Gedanken zusammen und stellte fest: So hatte sie noch niemand genannt!

«Du bist eine wunderbare Frau.»

Jetzt fiel es ihr wahrlich schwer, weiter den Hügel zu fixieren.

«Du bist mutig. Klug. Gütig. Selbstlos.»

Sie verstand diese Wörter, auch wenn sie keines davon kannte. Die Art, wie der Kapitän sie aussprach, erreichte nicht das Sprachzentrum in ihrem Hirn, sondern das Gefühlszentrum im Herzen. Jetzt war es kaum noch weiter möglich, so zu tun, als ob der grüne Hügel dahinten interessant für sie wäre.

«Ich …», hob der Kapitän an.

Urga hörte ihr eigenes Herz klopfen.

«Ich …»

Nun hörte sie auch das seine.

«Ich liebe dich.»

Jetzt konnte Urga nicht anders und drehte sich zu ihm um: «Du … du mich … lieben?»

«Ja, ich dich lieben.»

«Du müssen nicht reden wie ich.»

«Nein, ich nicht müssen das.»

«Du nicht hören, was ich gesagt habe?»

«Verzeih.»

Urga hätte diesem Mann alles verziehen, so wie er sie nun ansah.

«Du mich wirklich lieben, wie ich sein?», fragte sie.

«Ich liebe dich, eben weil du so bist, wie du bist.»

Dies waren die schönsten Worte, die Urga je gehört hatte. So sagte sie: «Ich dich auch lieben, wie du bist.»

Dies waren die schönsten Worte, die Lovskar je gehört hatte.

«Ich mit dir jetzt endlich schnabbeln wollen …», hörte er Urga leise sagen.

Und dies waren die zweitschönsten Worte.

4

Felix radelte auf einem alten klapprigen Tandem, das die Künstler in dem Dorf zurückgelassen hatten, den Hügel hinunter. Er wollte Amanda entgegenfahren, damit die anderen, insbesondere Maya, sie nicht sofort in Pisticci Vecchio bemerkten. Bevor sie ihr begegneten, musste er es irgendwie schaffen, Amanda davon zu überzeugen, Urga nicht wieder zu *Cyrogen* zurückzuholen. Auf ihn würde sein Vater niemals hören, aber auf Amanda vielleicht.

Der Schweiß, den der Gedanke an seinen Vater ihm auf die Stirn trieb, vermischte sich nun mit der Hitze auf seiner Haut, die die körperlichen Anstrengung des Solo-Tandemfahrens hervorrief. Das Rad war etwas schwergängig und seine ursprünglich gelbe Farbe fast komplett abgeblättert. Schließlich hatte es viele Jahrzehnte verlassen an einem der bunten Häuser gelehnt. Aber immerhin war Felix damit bergab wesentlich schneller als zu Fuß.

Etwa dreihundert Höhenmeter vom Ort entfernt kam ihm Amandas schwarze Mercedes-Limousine entgegen. Noch vor wenigen Tagen hatte er sich selbst so ein Statussymbol gewünscht. Doch jetzt hätte man ihm das Ding schenken können, und er … nun, er hätte es vermutlich immer noch angenommen, aber es hätte ihm keine allzu große Freude mehr bereitet. Nein, ihm ging es nur noch darum, Urga zu retten und ihr zu helfen, das Glück zu finden, um selbst noch mal ein solches zu verspüren. Wie in jenen Stunden, als er Trö mit seiner neuen Herde in der indischen Savanne herumtollen sah.

Die Limousine hielt an. Amanda stieg aus und bedeutete dem Fahrer wegzufahren. Sehr zu Felix' Überraschung trug sie nicht ihr übliches Markenzeichen, den weißen Rollkragenpullover, sondern eine blaue Vintage-Trainingsjacke, wie sie sie früher gerne getragen hatte. Damals im Internat.

Warum trug Amanda diese Jacke? Weil sie sich geändert hatte und ihm signalisieren wollte, dass sie auf seiner Seite stand? Oder weil sie ihn einwickeln wollte? Es war gewiss unklug, ihr zu vertrauen, sie hatte ihm ja bis zuletzt verheimlicht, dass sein Vater der eigentliche Chef ihres Unternehmens war.

Nein, er würde nicht auf Amanda reinfallen. Egal, wie sehr sie ihn auch becircte. Egal, wie sehr er sie auch in den Arm nehmen und küssen wollte.

«Hallo», sagte Amanda mit dieser wunderbaren Stimme, die seinen Magen gegen seinen Willen zum Vibrieren brachte.

«Hi», antwortete er bemüht cool, stieg vom Tandem ab und legte es mangels Ständer auf den Boden. Dann standen sich die beiden eine Weile schweigend gegenüber, während der Chauffeur davonbrauste.

Erst als der Wagen sich auf der Serpentine nach unten aus dem Blickfeld geschlängelt hatte, sagte Amanda: «Es tut mir leid.»

«Es tut dir … leid?» Felix wusste nicht, ob er ihr das glauben wollte, sollte oder auch nur konnte.

«Ja, es tut mir alles so, so leid.» Amandas Blick wanderte zu Boden. Das war keine Show, das begriff Felix und empfand plötzlich Mitgefühl. Es musste sie ungeheure Überwindung kosten. Amanda war normalerweise keine Frau, die sich entschuldigte. Selbst als sie mit ihm im Internat Schluss gemacht hatte, waren ihr die Worte «Es tut mir leid» nicht über die Lippen gekommen, obwohl sie doch zu jedem guten Miteinander-Schluss-Machen gehörten wie Cola und Salzstangen zu einer Magen-Darm-Grippe. Jetzt aber hatte sie diesen Satz schon zweimal ausgesprochen.

«Lass es mich nicht noch mal sagen», bat sie leise.

Felix hätte es sie so gerne noch mal sagen lassen. Aber ***Sei selbstlos*** bedeutete nicht nur, andere glücklich zu machen, sondern auch, dass man die anderen sich nicht noch schlechter fühlen ließ, damit man selbst einen kleinen Triumph auskosten konnte.

Was du nicht willst, das man dir tu …

«Du bringst uns aber alle in Gefahr.» Freundlich konnte Felix dennoch nicht sein, dafür war er dann doch zu aufgewühlt.

«Ich weiß.»

«Weil es dir nur ums Geld geht.»

«Das mag für dich bei deinen Start-ups vielleicht der Fall gewesen sein …», hielt sie dagegen.

Felix fühlte sich ertappt, und da ein «Sich-ertappt-Fühlen» einen Aufgewühlten in der Regel nur noch mehr aufwühlte, sagte er: «Und bei deiner Firma geht es um Milliarden von Dollars!»

«Aber wegen der Dollars habe ich *Cyrogen* nicht gegründet.»

«Weswegen denn dann? Erzähl mir nicht, dass es dir um die kranken Menschen geht. Das nehm ich dir nicht ab.»

«Es ging mir um … um … mich», antwortete Amanda leise.

«Um deine Karriere?», fragte Felix verächtlich.

«Um mein Leben.» Ihre Stimme wurde noch leiser.

«Karriere muss nicht das Leben sein!» Felix staunte über sich selbst. Er schien diesen Satz sogar ernst zu meinen.

«Ich habe MS», sagte Amanda kaum hörbar.

«Menopause?»

«Idiot», zischte Amanda nun wieder in normaler Lautstärke.«Ich habe multiple Sklerose!», platzte es schließlich aus ihr heraus.

Felix starrte sie geschockt an.

Und Amanda rang mit den Tränen.

Glück ist Gesundheit. Sei dankbar für sie.

«Aber ich hab eingesehen …», erklärte sie leise und brach dann sogleich wieder ab.

«Was hast du eingesehen?»

«Dass es falsch ist, einen anderen Menschen zu opfern. Ich … ich schäme mich so, so sehr … so zu werden wie … dein Vater …» Sie war nun wirklich kurz davor zu weinen.

Felix' Zorn verrauchte vollends. Er begriff, dass Amanda gekommen war, um Urga zu retten. Auch wenn dies bedeutete, dass sie selber doch nicht geheilt werden konnte. Und er war beeindruckt von der Größe, die Amanda damit zeigte. Lieb sagte er zu ihr: «Ich glaub, das ist der Moment, in dem ich dich in den Arm nehmen sollte.»

«Da glaubst du verdammt richtig», antwortete sie und begann, trotz der ligurischen Wärme am ganzen Leib zu zittern.

Felix nahm sie das erste Mal seit Jahrzehnten wieder in die Arme. Er hatte sich diesen Augenblick immer anders ausgemalt. In seiner Phantasie fielen sie sich um den Hals und küssten sich leidenschaftlich, nachdem sie ihm gestanden hatte, dass sie einen schrecklichen Fehler begangen hatte, als sie ihn verließ, einen, den sie ihr ganzes Leben lang zutiefst bereut hatte! Doch so, wie es jetzt war, war es sehr viel besser. Es ging nämlich nicht darum, über Amanda zu triumphieren, sondern darum, für sie da zu sein.

«Sag was», bat sie. Felix war klar, dass sie nicht losweinen wollte. Sie offenbarte auch so schon mehr Schwäche, als sie es ihm gegenüber – und vermutlich auch allen anderen Menschen gegenüber – je getan hatte.

«Was soll ich sagen?» Er streichelte über ihre glatten schwarzen Haare. Es war ein unglaubliches Gefühl.

«Irgendetwas …» Amanda schaffte es kaum noch, die Tränen zurückzuhalten.

«Se bastasse una nutella calzone», sang Felix.

Amanda begann zu lachen.

Felix drückte sie sanft an sich und sang weiter im Duktus des Liedes: *«Ich bin immer für dich dahahaa.»*

«Es ist schöner, wenn du das sprichst.» Amanda hörte auf zu zittern.

«Ich bin immer für dich dahahaa», sprach er nun.

«Lügner», lächelte Amanda und küsste ihn sanft auf die Lippen. Für Felix war diese leichte Berührung der wunderbarste Kuss seines Lebens.

Glück ist, für jemanden da zu sein.

Als sich die beiden danach in die Augen blickten, lächelte er ebenfalls: «Du erzählst mir jetzt aber nicht, welche Bakterien eben übertragen wurden.»

«Also», grinste Amanda, und Felix war froh, dass sie nicht mehr weinen wollte, «es sind ja nicht nur die achtzig Millionen Bakterien, sondern auch Keime …»

Jetzt küsste Felix sie. Und dieser Kuss war so innig, dass hundertsechzig Millionen Bakterien übertragen wurden, von der Unmenge an Keimen ganz zu schweigen. Gewiss hätten die beiden beim nächsten Kuss einen Bakterienübertragungsrekord gebrochen, hätten sie nicht vom Tal her Geräusche gehört.

«Was ist das?», fragte Felix.

«Das sind die Militärfahrzeuge!»

Felix und Amanda strampelten auf dem Tandem die Serpentinen hoch nach Pisticci Vecchio. Mittlerweile hoffte Felix, dass das Dorf wirklich eine Art Fratala war, in dem Wünsche wahr wurden. Ein Ort, an dem er sein persönliches Utopia leben könnte: eine Liebe mit Amanda, für die Maya ihn nicht hasste, weil sie nie etwas von dem Deal erfahren hatte, der ohnehin bedeutungslos geworden war, weil Felix es mit Amandas Hilfe schaffte, Urga zu retten. Ein Utopia, in dem er sich endlich traute, seinem Vater den verbalen Stinkefinger zu zeigen. Ach, warum den richtigen Stinkefinger nicht gleich mit?

Von diesem Gedanken beschwingt, trat er gleich noch mal schneller. Als die beiden durch den steineren Torbogen von Pisticci Vecchio auf das Kopfsteinpflaster des Dorfes ruckelten, fragte Amanda: «Wo ist Urga?»

«Ich weiß es nicht.»

«Dann lass uns anhalten.»

«Gut.» Erleichtert trat Felix in die Bremsen. Die beiden kletterten vom Tandem, lehnten es an eine Wand, und Felix atmete mehrmals tief durch.

In diesem Moment erklang ein Schrei.

«Mein Gott», sagte Amanda, «ist das etwa Urga?»

«Ihr muss irgendetwas zugestoßen sein», antwortete Felix, und die beiden rannten zu jenem Haus, aus dem der Schrei kam.

5

Schnabbeln.
Øyvind Lovskar liebte dieses Wort, das Urga ihm ein weiteres Mal zugeflüstert hatte, just als die beiden sich in das Bett gelegt hatten. Sie waren gerade noch dazu gekommen, den Staub von der Bettdecke zu wischen, da waren sie auch schon leidenschaftlich übereinander hergefallen und hatten sich in einer Ekstase vereint, wie Lovskar sie in der Intensität noch nie erlebt hatte. Jetzt lagen sie zusammen auf dem Bett, nackt, Arm in Arm. Und es fühlte sich einfach richtig an, wie noch nie etwas zuvor in seinem langen Leben.

Schnabbeln.

Es war viel schöner, als Urga es sich jemals ausgemalt hatte. Der Kapitän war so sanft und liebevoll gewesen. Ganz anders, verglichen mit dem, was die Frauen ihres Stammes von ihren Männern berichtet hatten, die an der Lust der Frau in etwa so interessiert waren wie an der Gemüsebeilage zum Wildschwein. Jetzt lag Urga in den Armen des Mannes, den sie liebte und der für sein Alter viel kräftiger war, als sie es sich hätte erhoffen dürfen. Und zugleich fühlte es sich so falsch an wie noch nie etwas in ihrem Leben.

Schnabbeln.

Felix hatte das Wort zwar schon mal gehört, als er Urga und Lovskar im Dschungel ertappt hatte, kannte aber seine genaue Bedeutung nicht. Es kam ihm daher nicht in den Sinn, dass es Ausrufe der Lust waren, die er von Urga gehört hatte. Gemeinsam mit Amanda lief er in den Eingangsflur des Hauses. Die beiden hielten überrascht an, als sie die Kamasutrabilder entdeckten.

«Wow, das sieht anstregend aus», sagte Felix. Ihm war nicht ganz klar, wie man die Stellung ausüben sollte, die auf dem Bild vor ihm dargestellt wurde. Es sei denn, man war zufällig ein Schlangenmensch.

«Wir machen weniger anstrengende Dinge», sagte Amanda.

Felix war überrumpelt. So weit hatte er bisher nicht gedacht.

«Aber nur ein ganz kleines bisschen weniger anstrengend», grinste sie.

Jetzt wusste Felix nicht, ob er davor Angst haben oder sich freuen sollte. Er entschied sich für beides.

Øvyind Lovskar war nicht der Mann, der meinte, Frauen würden durch ihn beglückt werden, geschweige denn durch ihn das Glück finden. Doch jetzt, nachdem er und Urga sich die Liebe gestanden und den anschließenden Sex so genossen hatten und Urga nun in seinen Armen lag, da hatte er gehofft, sie wäre so glücklich wie er. Aber sie war es sichtlich nicht.

Urga bemerkte Lovskars Enttäuschung. Die Frauen ihres Stammes hatten ihr erzählt, dass die Krieger enttäuscht waren, wenn die Frauen sie nach dem Schnabbeln nicht für ihre Leistung bejubelten. Das erschien ihr damals schon falsch und heute immer noch, auch wenn Lovskar durchaus Jubel verdient hatte. Außerdem schien es ihm gar nicht darum zu gehen. Er war offensichtlich kein Mann, der Beifall wollte, und sie keine Frau, die einem Mann applaudieren mochte. Auch in dieser Hinsicht passten sie zueinander. Nein, sie enttäuschte Lovskar, weil sie nicht so glücklich war wie er. Warum nur war sie es nicht? Sie wollte es doch.

Felix stieg, gefolgt von Amanda, die Treppe hoch, betrat erst den Flur, dann das Zimmer, in dem Lovskar und Urga auf dem Himmelbett lagen. Es gab schönere nackte Körper, musste Felix zugeben. Viel, viel schönere. Und dann wiederum auch nicht. Denn beim Anblick der beiden freute sich Felix, dass sie zueinandergefunden hatten. Jedenfalls tat er es, bis der Kapitän brüllte: «Respektieren Sie gar keine Privatsphäre?» und dabei die Decke hochzog. Lovskars Wut wurde noch größer, als er hinter seinem Reisegefährten Amanda entdeckte: «Was macht die Hexe hier?»

Urga erkannte die Frau, die sie bedroht hatte, sofort wieder. Sie merkte auch, dass Felix rot wurde. So rot wie Vetter Grug es damals geworden war, als er von Arga dabei ertappt wurde, wie er einen anderen Stein als den seinen streichelte.

Was war hier los?

Urga witterte Verrat.

Sie blickte zu dem zornigen Lovskar. War er eingeweiht? Wusste er, was hier gespielt wurde, was immer es auch war?

Felix fand keine Worte. Auch nicht, als Lovskar lauter bellte: «Was macht die Hexe hier?»

«Tja ...» Felix suchte nach einer Erklärung, bei der er irgendwie vermeiden konnte, von seinem Deal mit Amanda erzählen zu müssen.

«Tja?», fragte der Kapitän fordernd. «Was soll das heißen?»

«Tjaha ...»

«Das ist nicht viel präziser.»

«Tjahaha …»

«Verarschen kann ich mich allein!»

«Nur zu», sagte Amanda, «dann machen Sie doch mal.»

Felix fand nicht, dass sie damit zur Deeskalation der Lage beitrug.

Urga wusste genau, was «Verarschen» bedeutete. In ihrem Stamm war dies eine beliebte Tätigkeit gewesen, insbesondere in den kalten Wintermonaten, wenn sich niemand aus der Höhle traute. Da wurde schon mal ein Eichhörnchenzahn auf den Sitzplatz des Stammesältesten gelegt, oder Vetter Barg im Schlaf eine Maus unters Fell oder es wurden einfach nur Scherze auf Kosten von Vetter Derpf gemacht, dem es nach dem Schnabbeln beim Wasserlassen brannte. Urga wusste auch genau, wer gerade verarscht wurde. Sie!

Auch wenn sie nicht ganz durchschaute, wie genau es vonstattenging. War der Kapitän nun daran beteiligt? War er wütend auf die anderen beiden, weil die gemeinsame Trickserei gerade aufflog? Kurz entschlossen setzte Urga sich auf. Sie wollte sich anziehen. Ihr machte es auch nichts aus, dass die zwei in der Tür sie dabei für kurze Zeit nackt sehen würden. Die waren eh mit sich selbst beschäftigt, und außerdem wollte Urga hier nur noch raus.

Lovskar war viel zu wütend auf Amanda, um auf Urga zu achten. «Was habe ich mit Donald Duck gemeinsam?»

«Was?», fragte Amanda, die sichtlich erstaunt war, dass der Kapitän sich in der Tat selbst verarschen wollte.

«Ich kann Ihnen vor lauter Wut mit dem nackten Hintern ins Gesicht springen!»

«Ich mochte Mickey Mouse immer lieber», erwiderte Amanda. «Der hat wenigstens eine Hose an.»

«Wenn ich nicht springen soll», fuhr Lovskar fort, «dann sagen Sie mir jetzt sofort, was hier gespielt wird!»

Felix wollte auf jeden Fall verhindern, dass Amanda von dem Deal berichtete. So mischte er sich ein: «Ich erkläre es Ihnen …»

«Da bin ich mal gespannt. Schießen Sie los!»

«Tja …», suchte Felix nach Worten.

«Ich springe wirklich!»

«Tjaha …»

«Liebe Leute», sagte Amanda, «ich hab das Gefühl, das Gespräch dreht sich ein wenig im Kreis. Dabei haben wir keine Zeit mehr für solche Albernheiten!»

Urga hatte sich das Kleid angezogen. Dafür dass es offensichtlich um sie ging, wurde sie ganz schön wenig beachtet. Zudem war sie auch die Einzige, die bemerkte, dass noch jemand den Raum betrat.

Felix erkannte, dass Amanda recht hatte. Die Zeit lief ihnen tatsächlich davon.

«Die Soldaten sind auf dem Weg hierher», sagte Amanda.

«Was?» Der Kapitän wandte sich an Felix. «Ich dachte, Sie hätten mit der Hexe vereinbart, dass sie uns in Ruhe lässt.»

Felix wusste, dass er mit seinem Geständnis nicht länger warten durfte. Ihm war so unwohl wie damals auf dem Dreimeterbrett, kurz bevor sein Vater ihn herunterschubste. Doch jetzt ging es nicht darum, wie er sich fühlte, es ging darum, Urga zu retten.

Selbstlos sein muss nicht immer Spaß machen.

«Wir beide», gestand Felix, «hatten einen Deal. Ich sollte Urga nach einer Woche wieder abliefern.»

Man kann eigentlich nur hoffen, dass selbstlos sein wirklich mit Glück belohnt wird.

«Was?» Lovskar sprang auf, ließ die Decke fallen und stand nun blank da.

«Sie sind nackt», stellte Amanda fest.

«Wie Gott mich schuf», erwiderte Lovskar ungerührt.

«Was immer Gott sich dabei auch gedacht hat», konterte Amanda und verdrehte die Augen.

Bevor der Kapitän jedoch darauf antworten konnte, hörte Felix hinter sich eine Stimme sagen: «Du hast uns alle angelogen.»

Er drehte sich um, und da stand Maya.

6

So viel war Urga nun klar: Felix hatte sie betrogen. Ihm war es nie um ihr Glück gegangen. Und wenn er sie angelogen hatte, wie konnte sie dann noch irgendjemandem in dieser neuen Welt glauben? Konnte sie Lovskar noch glauben?

Sie ging auf den Kapitän zu und fragte ihn direkt: «Du haben gewusst davon?»

«Nein, gewusst nicht gerade …», antwortete er zögerlich.

«Aber?»

«Ich …» Der Kapitän suchte nach den richtigen Worten.

«Du?»

«Ich habe geahnt, dass Felix etwas im Schilde führt», gestand er.

«Und du mir nichts haben gesagt?» Urga konnte es nicht fassen.

«Nun …» Lovskar blickte schuldbewusst zu Boden.

«Weil du mit mir haben schnabbeln wollen.» Urga fühlte sich von ihm so übel betrogen, dass sie ihm eine schallende Ohrfeige verpasste. Da der Kapitän vor lauter Überraschung nicht vor Schmerz schrie, pfefferte sie gleich noch eine hinterher, damit er es tat. Danach hielt er sich seine Wange und schämte sich offensichtlich so sehr für sein Verhalten, dass er sich nicht traute, sie aufzuhalten, während sie zur Zimmertür ging. Vorbei an Felix, dem sie keine Ohrfeige gab. Es genügte, dass sie ihn anfauchte, damit er einen Schritt zurücksprang und gegen ein Regal stieß, von dem dann ein Topf auf seinen Kopf fiel. Die dürre Frau schien als Einzige nicht von ihr eingeschüchtert zu sein. Sie stellte sich Urga in den Weg und sagte: «Hör mir bitte zu …»

Doch Urga hob die Ausgemergelte hoch, stellte sie zur Seite, lief an ihr und Maya vorbei – war sogar dieses Kind an dem Betrug beteiligt? – und eilte aus dem Zimmer.

Vom Flur aus blickte Urga noch mal zu jenem Fenster, aus dem sie vorhin hatte springen wollen. Warum sollte sie das nicht einfach tun? In dieser Welt wurde sie ebenso wenig geliebt wie in der alten. Und genauso hintergangen. Oder nein, hier wurde sie sogar noch schlimmer betrogen. Org hatte ihr zwar auch nicht die Wahrheit gesagt, aber er hatte dabei wenigstens nicht behauptet, sie zu lieben.

Urga war viel unglücklicher als einst im Wald. Sie tat einen Schritt auf das Fenster zu. Wenn sie jetzt sprang, hätte der ganze Kummer ein Ende.

Urga tat einen zweiten Schritt.

Endlich keinen Schmerz mehr spüren. Nicht mehr von Menschen betrogen werden, die gewiss hinter ihrem Rücken lachten.

Sie erreichte das Fenster und entdeckte die Hügel. Sie wirkten so friedlich. Gleichzeitig hörte Urga in ihren Gedanken das Gelächter der Betrüger und …

… beschloss, dass die nicht noch lauter lachen durften!

Falls sie sprang, würden sie es gewiss tun. Aber diese Genugtuung wollte Urga ihnen nicht geben. Sie würde in die Hügel wandern. Nach einem Wald suchen, in dem sie alleine leben und alt werden könnte und vielleicht sogar von einem neuen Eissturm erfasst wurde, der sie in eine noch fernere Zukunft trug, in der die Menschen Anstand gelernt hatten und in der sie endlich glücklich werden durfte.

Urga wandte sich vom Fenster ab, eilte zurück zur Treppe,

vorbei an dem Zimmer, in dem sie mit dem Kapitän geschnabbelt hatte, und dachte sich: Das hätte ich nie tun dürfen. Schon bevor sie von Lovskars Betrug erfahren hatte, war sie aus unerklärlichen Gründen traurig gewesen. Es war also auf jeden Fall falsch gewesen, mit ihm zu schnabbeln!

Aus dem Zimmer hörte Urga noch Sätze wie «Du bist der schlimmste Papa der Welt», «Sie sind ein mieser Verräter und bringen Urga in Gefahr, Felix» und «Ich wünschte so sehr, ich könnte euch beiden widersprechen».

Urga stürmte die Treppe hinunter. Gleich würde sie das Haus verlassen haben, kurz darauf schon den Ort namens Fratala, in dem – ganz im Gegensatz zu Mayas Versprechen – keinerlei Wünsche wahr wurden, sondern nur die allerschlimmsten Albträume. Wenn sie so schnell lief, wie sie konnte, würde dieses Fratala noch vor Einbruch der Nacht hinter ihr am Horizont verschwunden sein.

Urga stieß die Tür auf, trat auf die Straße und …

… war von Soldaten umzingelt.

Ein schwitzender Mann, der so fett war, dass man glauben könnte, er hätte eine ganze Wildschweinherde gefressen, trat auf sie zu. Dieser Widerling schien der Anführer der Krieger zu sein, die ihr nun die Waffen entgegenstreckten.

«Bleib stehen», grinste er kalt.

Urga wollte sich von keinem Mann mehr irgendetwas sagen lassen. Falls diese Krieger sie töten sollten, würde es ihr nichts ausmachen, sie hatte das Ende ihres Lebens schon im Blick. Sie würde ihren Abgang so gestalten, dass niemand mehr über sie lachen würde!

Urga spannte ihre Muskeln zum Sprint an, um sich auf den Fetten zu werfen, doch der erklärte nur: «Ich würde an deiner Stelle stehen bleiben.»

«Mein Leben mir egal sein», erwiderte Urga entschlossen.

«Auch dieses Leben hier?»

Urga verstand nicht, was er meinte. Bis der Mann zwei seiner Krieger zu sich winkte. Der eine trug Trö, der offensichtlich betäubt war, in den Armen. Und der andere drückte dem kleinen Mammut eine Waffe an die Stirn.

7

Die Verachtung in den Augen seiner Tochter wäre für Felix vielleicht gerade noch zu ertragen gewesen. Aber die Tränen der Enttäuschung, die Maya mit aller Macht zu unterdrücken versuchte, waren es nicht. Auch seine Augen wurden feucht, doch bevor er anfangen konnte zu weinen, hörten sie alle von von der Straße Urgas Stimme: «Du lassen Trö in Ruhe!»

Alle liefen zum Fenster und erkannten, was sich dort unten abspielte. Lovksar rannte sofort aus dem Zimmer, um Urga zu Hilfe zu kommen. Amanda rief ihm noch hinterher: «Wollen sie sich nicht wenigstens was anziehen?», doch dem Kapitän schien es einerlei zu sein, dass er splitterfasernackt war.

«Dem Fettwanst zeige ich es!», rief Maya und lief ebenfalls los. Amanda kombinierte aus den Worten des Mädchens: «Du hast deiner Tochter deinen Vater niemals vorgestellt?»

«Nein. Und da er keine Fotos von sich machen lässt, gibt es auch keine Aufnahmen von ihm, die sie im Internet hätte finden können.»

«Aber warum hast du ihn verschwiegen?»

«Du kennst doch den Ausspruch von Darth Vader zu Luke in *Das Imperium schlägt zurück*?»

«Welchen?»

«Ich bin dein Vater.»

«Äh … ja … und?»

«Maya sollte von meinem ganz persönlichen Darth Vader nie hören: Ich bin dein Opa.»

«Du wolltest sie schützen.» Amanda verstand.

«Es reicht schon, dass er mir mein Leben schwer gemacht hat», antwortete Felix, während er auf seinen alten Herren hinunterstarrte und sich sein Magen dabei zu einem kleinen verängstigten Knäuel zusammenzog.

«Und jetzt dürfen wir nicht zulassen, dass er das von Urga zerstört!»

Felix betrachtete Amanda: Sie war wirklich bereit, auf eine Heilung ihres Leidens durch *Cyrogen* zu verzichten, um sich für die Steinzeitfrau und das kleine Mammut einzusetzen. Sie stellte sich damit ihrer größten Furcht: dass ihre Krankheit ausbrach. Wenn Amanda dazu fähig war, musste er sich doch auch seiner größten Furcht stellen können: seinem Vater entgegenzutreten. Oder?

Felix atmete tief durch, dann sagte er: «Und wenn es das Letzte ist, was ich tue», und eilte ebenfalls die Treppen hinunter.

Lovskar rannte nackt auf die Straße, und sicherlich wäre sein Wutgeheul um einiges einschüchternder gewesen, wenn er nicht in einen spitzen Stein, der aus dem kaputten Kopfsteinpflaster herausragte, getreten wäre. Der Kapitän heulte vor Schmerz laut auf und hüpfte anschließend auf einem Bein herum.

Urga schaute zu dem nackten Mann, den sie so sehr hasste, für den sie aber trotzdem Mitgefühl empfand, wie er da, ohne jegliches Fell am Leibe, herumhopste wie einst Vetter Grug, nachdem ihm mal sein geliebter Stein auf den Fuß gefallen war. Würdevoll sah es nicht gerade aus.

Maya, die jetzt aus dem Haus gelaufen kam, nahm einen losen Stein vom Boden auf und rief dem fetten schwitzenden Mann zu: «Lass Trö frei, oder du bekommst den Stein an den Kopf!»

Der Dicke holte eine Waffe aus seiner Anzugtasche, richtete sie auf Trö und sagte: «Hör auf, mir zu drohen!»

Maya wurde klar, dass dieser fiese Typ es ernst meinte. Er war wie die Präsidenten, die für den eigenen Vorteil Wälder verbrennen ließen und denen es egal war, wie viele Menschen wegen ihnen hungerten, krank wurden oder gar starben. Und im Gegensatz zu all ihren Phantasien, in denen Maya sich ausgemalt hatte, es würde niemals eine Situation geben, in der sie solchen Monstern nachgab, ließ sie den Stein fallen.

«Du Schwein bedrohst Tiere und Kinder?», brüllte Lovskar, der mittlerweile damit fertig war, auf einem Bein zu hüpfen.

«Packt ihn!», befahl der dicke Kerl.

Die Soldaten sahen nicht gerade begeistert aus, einen nackten alten Mann ergreifen zu müssen, bewegten sich aber dennoch auf den Kapitän zu.

«Wehe, ihr fasst mich an, dann … dann …»

Die Militärs ergriffen ihn.

«… weiß ich auch nicht, was ich tun soll», gab sich der Kapitän geschlagen.

Just in diesem Moment traten Felix und Amanda aus dem Haus. Sogleich stellte der fette Mann fest: «Und da kommt endlich mein Sohn. Zu spät wie immer.»

«Sohn?», staunte Lovskar.

«Sohn?» Maya war regelrecht entsetzt.

«Ich bin dein Opa, Kleine. Felix Sommer senior.»

Schon als Teenager hatte Felix in durchwachten Nächten

überlegt, seinen Namen ändern zu lassen in Zack, Dwayne oder einfach nur Klaus-Bärbel. Alles, wenn es denn nur bedeutet hätte, dass dieser furchterregende Mann vor ihm nicht sein Vater gewesen wäre.

«Papa, was soll das heißen? Bin ich etwa seine Enkelin?», rief Maya.

Was sollte Felix ihr jetzt antworten, außer: «Ja, das bist du … leider …»

«Meine Enkelin ist schneller von Begriff als mein Sohn. Die Gene überspringen nun mal gerne eine Generation.» Sommer senior brüllte vor Lachen.

Selbst in dieser Situation musste sein Vater ihm noch eins reinwürgen.

«Wir werden jetzt», verkündete Sommer senior, «ganz friedlich mit dem hässlichen Weib abziehen.»

«Du nennst sie nicht hässlich!», rief Lovskar und versuchte dabei vergeblich, sich von den beiden Soldaten, die ihn festhielten, zu befreien.

«Bruce, brat ihm eins über», befahl der Senior.

Felix stellte erst jetzt fest, dass Bruce, offensichtlich von dem ganzen Tumult alarmiert, hinzugekommen war, und rief ihm zu: «Das können Sie nicht machen!»

Bruce war sichtlich hin und her gerissen.

«Du gehörst doch jetzt zu uns», sagte Maya. «Du wolltest doch deine Familie hierherholen. Und mit uns zusammen singen!»

Bruce wusste nicht, was er dem Mädchen antworten sollte. Dafür wusste der Senior ganz genau, wie er auf Bruce am besten Druck ausübte: «Ich kann mit einem Fingerschnippen dafür sorgen, dass du unehrenhaft aus der Armee entlassen wirst. Dann kannst du deine Rechnungen nicht mehr bezahlen, verlierst dein Haus, ziehst mit deiner Family in einen miesen Stadtteil von Chicago. Deine Kinder werden ihren arbeitslosen Vater verachten und deswegen auf die schiefe Bahn geraten. Drogen, Raubüberfalle, warum nicht auch ein wenig Prostitution ...»

Bruce nahm sich das Gewehr eines Soldaten und schlug den Kapitän mit dem Kolben bewusstlos.

«Lovksaaar!», rief Urga aus, als der Kapitän zusammensackte und die Soldaten ihn auf das Kopfsteinpflaster plumpsen ließen. Am liebsten wäre sie losgerannt und hätte Bruce mit einer Keule niedergeknüppelt, wieder und immer wieder, wie Org es einmal in der Höhle mit einer Mücke getan hatte, die ihn nicht hatte schlafen lassen. Dabei wäre es ihr auch egal gewesen, wie schuldbewusst dieser Verräter Bruce dreinblickte. Aber Urga ließ es bleiben, denn es wäre das Ende von Trö gewesen. So konnte sie Lovskar nur anschauen. Ja, sie hasste den Kapitän dafür, was er ihr angetan hatte. Und dennoch schmerzte es sie, ihn so daliegen zu sehen. Nackt. Ohne Bewusstsein. Ohne Würde.

«Papa, tu was!», hörte Felix seine Tochter sagen. Hilfesuchend drehte er sich zu Amanda um. Auf sie, das hatte er zumindest gehofft, würde sein Vater vielleicht hören. Doch Amanda sagte nur leise: «Man kann nichts tun.»

Es war, als hätte sie all ihren Mut damit verbraucht, Felix ihre Gefühle zu gestehen, ihm von ihrer Krankheit zu erzählen und sie alle vor Felix' Vater zu warnen und ihren Chef damit zu verraten. Nun hatte sie, angesichts der Ausweglosigkeit der Lage, keine Kraft mehr übrig, sich gegen diesen Mann und sein Vorhaben zu wehren. Und da Lovskar bewusstlos am Boden lag,

Bruce übergelaufen und Maya nur ein kleines Mädchen war, lag es nun einzig und allein an Felix, die Situation zu retten.

«Wenn du keinen Ärger machst, Sohn», Senior bemühte sich um so etwas Ähnliches wie ein freundliches Lächeln, «überweise ich dir eine Million Dollar, damit du dein nächstes läppisches Unternehmen gründen kannst.»

Eine Million Dollar? Mit dem Geld, überlegte sich Felix sogleich, könnte er seine GlücksApp entwickeln und vielleicht sogar zu einem Erfolg führen. Sozusagen als Schmerzensgeld für all die Demütigungen, die er durch seinen alten Herrn hatte erleiden müssen.

Kaum hatte Felix dies gedacht, schämte er sich auch schon. Mit ***Sei selbstlos*** hatte das rein gar nichts zu tun. Aber wenn er ehrlich zu sich war, hatte er doch ohnehin keine Chance, Urga vor ihrem Schicksal zu bewahren. Warum also nicht das Geld nehmen? Jedoch nicht, um es in die App-Entwicklung zu stecken, sondern um tatsächlich aus diesem kleinen Pisticci Vecchio eine Art Fratala zu machen. Wenigstens Mayas Vision umsetzen, ein Utopia zu erschaffen. Wie wäre das wohl?

Felix blickte seine Tochter an, die ihren Großvater anfunkelte, zugleich aber vor Angst zitterte. Sie würde ihm nie verzeihen, wenn Fratala mit dem Blutgeld für Urga gegründet wurde.

«Also, was sagst du?», fragte sein Vater.

«Wenn ich jetzt Geld von dir nehme, werde ich damit niemals glücklich.»

«Und wenn du es nicht nimmst, wirst du es?», spottete der Senior.

«Ich … weiß es nicht.» Felix glaubte nicht daran, dass er jetzt, da seine eigene Tochter ihn verachtete, noch jemals glücklich werden könnte.

«Es geht im Leben auch nicht darum, glücklich zu werden.»

«Worum geht es dann? Ums Geld? Das ist dir doch auch nicht gut bekommen.»

«Nach meinem Zusammenbruch habe ich erkannt, was wirklich zählt», erklärte der Senior.

«Nicht die Familie, nehme ich an», erwiderte Felix bitter.

«Was zählt, ist die Unsterblichkeit.»

«Mit Ruhm?»

«Was hilft Napoleon jetzt noch sein Ruhm? Von dem hat er seit seinem Tod nichts mehr. Nein, es geht darum, nicht zu sterben. Nicht wahr, Amanda?»

Sie drehte sich von dem fetten Mann weg.

«Schade, dass du deine Chance, unsterblich zu werden, verwirkt hast. Du bist all deiner Posten bei *Cyrogen* enthoben.»

Amanda senkte den Kopf. All ihre Hoffnung, die multiple Sklerose zu besiegen, war nun endgültig zerschlagen. Felix befürchtete, dass sie nun daran zweifelte, ob die Liebe zu ihm dieses Opfer wert war.

«Ich werde jetzt der Erste sein, der sich einfrieren lässt», verkündete sein Vater, «und dann in einer Zukunft aufwachen, in der der Tod besiegt worden ist!»

Felix war erschüttert: Amanda hatte Urga auf der *Arctica 2* festgehalten, weil sie ihre Krankheit besiegen wollte, aber sein eigener Vater litt unter dem Größenwahn, unsterblich werden zu wollen.

«Wir dürfen», sagte der Senior, «keine Zeit mehr verschwenden. Wir müssen endlich herausfinden, wie diese Frau so lange im Eis hat überleben können.»

«Du darfst Urga nichts antun!»

«Das Einzige, was ein Mann nicht darf, ist zimperlich sein.»

«Du willst Urga also wirklich …», schluckte Felix.

«… sezieren lassen wie eine Laborratte.»

Felix bebte. Er wollte nun endgültig nicht mehr mit diesem Mann verwandt sein und ihm das auch in einer Art entgegenschleudern, die in jeglicher Hinsicht – in Aussprache, Aussage und Ausdruck – das Gegenteil von Darth Vaders Satz gegenüber Luke gewesen war. Felix wollte ihm sagen: Ich bin nicht mehr dein Sohn!

«Ich …», setzte Felix an, und seine Stimme bebte dabei noch mehr als sein Körper.

«Du?» Sein alter Herr, der nicht mehr sein alter Herr sein sollte, schaute ihn streng an. So streng, dass Felix' Worte nur geringe Ähnlichkeit besaßen mit dem, was er seinem Vater an den Kopf schleudern wollte: «Nggl …»

«Was meinst du damit?»

Die Miene des Vaters schüchterte Felix immer mehr ein, und der Alte wuchs in seinen Augen immer mehr. Er war nun der unheimliche Riese, der er in Felix' Kindheit gewesen war.

«Blug … Llll …» Felix starrte zu Boden. Und fühlte sich läppischer als je zuvor.

«So ausführlich hätte ich es gar nicht wissen müssen.»

Mit diesem Satz schüttelte der Senior das Gespräch ab wie eine lästige Fliege und wandte sich an Bruce und dessen Nebenmann: «Packt euch das Steinzeitweib!»

«Nein!», rief Maya und wollte zu den Soldaten rennen. Felix schaute wieder hoch. Er vermochte zwar nicht, mit seinem Vater endgültig zu brechen, aber er konnte seine Tochter davor bewahren, dass man ihr etwas antat. So umklammerte er Maya und hielt sie fest.

«Lass mich los! Lass mich los! Lass mich looooss!» Die Kleine zappelte wild in seinen Armen. Aber Felix ließ sie nicht los. Auch nicht, als sie ihn in die Hand biss. Und noch mal und noch mal. Egal, wie sehr es ihn auch schmerzte. Egal, ob seine Hand blutete.

Urga ließ sich ohne Widerstand abführen. Sie war bereit zu sterben, wenn es denn bedeutete, dass Trö überleben könnte. Das kleine Mammut war das einzige Wesen auf dieser Welt, dessen Zuneigung sie sich gewiss sein konnte. Eine aufrichtige Liebe war jedes Opfer in dieser Welt wert. Und es wäre ohnehin nicht groß gewesen. Was hatte ihr Leben denn noch für einen Sinn, wenn es für sie unmöglich war, das Glück zu finden?

Felix Sommer senior und die Soldaten zogen mit ihrer Gefangenen von dannen. Zurück ließen sie den immer noch bewusstlosen Lovskar, Amanda, die jegliche Hoffnung auf Heilung verloren hatte, Maya, die sich regelrecht in die Hand des Vaters verbissen hatte, damit sie nicht heulte, und Felix, der dachte: Fratala ist kein Ort, an dem Mayas Wünsche wahr werden, sondern einer, an dem sie ihre Illusionen und Träume verloren hat.

8

Erst als die Motorengeräusche der Jeeps in Pisticci Vecchio nicht mehr zu hören waren, ließ Felix seine Tochter los. Sie schaute ihn mit leeren Augen an, dann lief sie davon, langsam die Straße herunter in Richtung Dorfausgang. Felix zögerte, ihr zu folgen. Er glaubte kaum, dass sie sich jemals noch einmal Trost von ihm spenden lassen würde. Kurz betrachtete er die Bissspuren an seiner Hand. Diese Wunden würden schnell heilen, sein Herz jedoch nicht.

Felix blickte zu dem bewusstlosen Lovskar, der friedlich vor sich hinschnarchte. Dann wandte er sich an Amanda. Sie hatte so viel aufgegeben, um bei ihm zu sein. Jetzt mochte sie ihn noch nicht mal ansehen. «Amanda?»

Sie antwortete nicht

«Du fragst dich bestimmt, ob es das alles wert war, oder?» Felix befürchtete, dass ihre Liebe so schnell beendet wie sie neu aufgeflammt war.

«Das ist es nicht», antwortete Amanda und drehte sich endlich zu ihm um. Sie wirkte ganz zerbrechlich. Am liebsten hätte Felix sie in die Arme genommen. Aber er war sich unsicher, ob sie dies zulassen würde.

Stattdessen fragte er: «Was ist es denn dann?»

«Ich bin an allem schuld.»

«Das bist du nicht.»

«Ohne mich wäre Urga nie in Gefahr geraten.»

«Ich war es doch, der dich angerufen hat», sagte Felix. «Wenn also jemand schuld ist, dann ich.»

«Das mindert nicht die meine.»

«Wir beide können uns ja die Schuld teilen …», schlug Felix vor.

Amanda fand diesen Gedanken ein kleines bisschen tröstlich.

«Im Gegensatz zu mir», sprach Felix weiter, «bist du aber bereit gewesen, alles zu opfern. Deine Firma, deine …» Er mochte nicht weiterreden.

«… Aussicht auf Heilung?»

«Ja.»

«Alles ist besser, als so zu werden wie dein Vater.»

«Ja, das stimmt», nickte Felix. Und dann fügte er hinzu, ohne groß darüber nachzudenken, denn es kam aus tiefstem Herzen: «Ich werde bei dir sein.»

«Wenn die Krankheit ausbricht?»

«Und all die Zeit danach.»

Sei selbstlos?

Nein, Felix ging es um etwas anderes.

Folge deinem Herzen.

«Du hast dich in den letzten Tagen echt verändert …», staunte Amanda.

«Du aber auch», lächelte Felix.

Amanda musste schmunzeln, und gewiss wären die beiden jetzt auch ihrem Herzen gefolgt und hätten sich in die Arme genommen, gar zärtlich geküsst, um Kraft zu schöpfen in der schrecklichen Situation, wenn sie nicht neben sich den nackten Lovskar hätten «Hrggh» grunzen hören. Die Augenlider des Kapitäns flackerten kurz auf, dann rollte er sich auf dem Kopfsteinpflaster zur Seite und verlor erneut das Bewusstsein.

«Ich kümmere mich um ihn», erklärte Amanda. «Geh du zu Maya.»

«Ich glaube nicht, dass sie mit mir reden will.»

«Das, was man will, ist oft nicht das, was man braucht.»

«Und umgekehrt», begriff Felix.

«Das, was man braucht, ist oft nicht das, was man will», bestätigte Amanda.

«Sie wird mir keine Chance geben.»

«Du hast deinem Vater als Kind immer wieder eine gegeben. Ihn sogar noch verteidigt, als wir Teenager waren. Und du bist ein so viel besserer Mensch als dein Vater. Und Maya …»

«… ist ein besserer Mensch als ich», stellte Felix fest.

«Dann wird sie dir gewiss eine Chance geben.»

Dank Amanda schöpfte Felix nun wieder ein wenig Hoffnung, die Beziehung zu seiner Tochter kitten zu können. Er gab seiner Freundin einen Kuss auf die Wange, eilte die Straße herunter, bis er den Dorfeingang erreichte, wo Maya unter einem Torbogen saß.

Felix hockte sich neben sie. So nah wie möglich, ohne sie zu berühren, damit sie nicht von ihm abrückte oder gar aufstand und wegging. Gemeinsam sahen Felix und Maya nun in den Sonnenuntergang. Vom Hang wehte der Geruch der Olivenbäume zu ihnen herauf. Nach einer Weile meinte Felix: «Ich bin ein Idiot.»

Maya widersprach nicht.

«Ein doofer Popokacker.»

Sie schwieg weiter.

«Wobei das Wort eigentlich immer noch zu niedlich ist. Ich habe mich wie ein egoistisches Arschloch benommen.»

Maya schenkte seiner Bemerkung immer noch keinerlei Beachtung. Stattdessen sagte sie: «Opa …», brach aber sogleich wieder ab.

«Opa …?»

«Er hat gesagt, er wird Urga sezieren.» Maya begann zu weinen. Als kleines Kind hatte sie nah am Wasser gebaut und wegen allem Möglichen geweint: Wenn ein Kind im Kindergarten ungerecht behandelt wurde, wenn ein Hund sich die Pfote gequetscht hatte oder als in *Findet Nemo* Nemos Mutter und Geschwister starben. Das hatte ihr den Rest des Filmes versaut wie dem kleinen Felix im Alter von sieben Jahren der Tod von Bambis Mutter in *Bambi*. Was dachten sich nur Filmemacher dabei, arme Kinder derart zu traumatisieren?

Doch seit dem Tag, an dem sich Felix und seine Frau Franzi voneinander getrennt hatten, hatte Maya nicht mehr richtig geweint, sondern all ihren Kummer in sich hineingefressen. Jetzt konnte sie nicht mehr anders.

Felix nahm seine Tochter vorsichtig in den Arm. Sie drückte sich an seine Brust und ließ hemmungslos all jene Tränen fließen, die sie in den letzten Jahren unterdrückt hatte. Maya weinte wegen Urga. Wegen Trö. Wegen Bruce, der sie alle verraten hatte. Wegen Lovskar, der bewusstlos geschlagen worden war. Und wegen Felix. «Du bist so scheiße, Papa … Du hast mich angelogen, und du … du …», ihre Stimme erstickte fast, «… bist schuld, dass Mama und du nicht mehr zusammen sind.»

Jetzt schluchzte sie laut auf.

«Es tut mir leid … so, so leid …», erwiderte Felix und streichelte über Mayas widerspenstige Locken, wie er es viel zu lange nicht mehr getan hatte. Er hatte sich schuldig wegen der Trennung gefühlt. Zwei Jahre lang hatte er seine Tochter nicht mehr fest in den Arm genommen. Zwei verdammte Jahre …

Nun begann auch er zu weinen.

Weil er seine Tochter so lange nicht mehr gestreichelt hatte.

Weil er ihr so weh getan hatte.

Weil Amanda so krank war und er nichts dagegen unternehmen konnte.

Weil Maya in einer Welt aufwachsen musste, die von Männern wie seinem Vater beherrscht wurde.

Weil sein Vater der armen Urga Schreckliches antun würde.

Weil sein Vater sein Vater war.

Dem er nie genug gewesen war.

Der ihm immer so weh getan hatte.

So verdammt weh!

Wie Maya hatte Felix als Kind wegen der Scheidung seiner Eltern nie weinen wollen. Auch später nicht als Teenager. Schon gar nicht als Erwachsener. Und schon ganz und gar nicht vor seinem Vater. Er hatte alles immer nur ertragen und geschwiegen, aus Angst, sich ansonsten eingestehen zu müssen, dass sein Papa ihn nicht liebte. Nun brach sich der Schmerz endlich Bahn. Felix weinte gemeinsam mit seiner Tochter. Bis beide keine Tränen mehr hatten. Dann sah Maya ihren Papa mit verheultem Gesicht an und sagte: «Weißt du, was?»

«Was?», fragte Felix, während er mit seinem Ärmel ihre kleinen Wangen trocknete.

«Mir geht es jetzt ein bisschen besser …»

«Mir auch», staunte Felix. «Mir auch.»

9

Felix hatte das Gefühl, als wäre ein Gewicht, das seit der Kindheit auf seiner Brust lastete, von ihm genommen worden. Das erste Mal konnte er seine Lunge richtig mit Luft füllen. Er atmete tief ein, und eine nie gekannte Energie durchströmte seinen Körper.

Lass den alten Schmerz los.

Felix fiel auf, dass er wegen vielem hatte weinen müssen, aber keine einzige Träne vergossen hatte, weil seine Unternehmen nie erfolgreich gewesen waren. Seine Karriere war offensichtlich so unwichtig für ihn, dass er während seines Gefühlsausbruchs keinen einzigen Gedanken daran verschwendet hatte. Daraufhin floss gleich noch mehr Energie in ihn. Zu der gesellte sich auch noch eine tiefe Freude, als Maya ihm einen Kuss auf die Wange drückte.

Die Liebe eines Kindes.

«Du musst nicht mehr mit Mama zusammenkommen», sagte Maya.

«Willst du das nicht mehr?»

«Doch.»

«Aber?»

«Du liebst ja die blöde Kackerkuh.»

Ja, das tat er. Und es würde ein langer Weg werden, bis seine Tochter Amanda nicht mehr als «blöde Kackerkuh» ansehen würde, sondern nur noch als «Kackerkuh» und ein noch viel längerer Weg, bis Maya sich mit Amanda arrangiert hatte und sie vielleicht sogar mochte. Doch der erste Schritt auf dieser langen Reise zur glücklichen Patchworkfamilie war getan. Eine Reise, deren Ziel aber nur erreicht werden konnte, wenn Felix seine neugewonnene Energie nutzte. Daher verkündete er: «Wir werden Urga befreien.»

«Dafür bräuchten wir ein Wunder», wandte Maya ein.

«Dass Urga in unserer Zeit aufgewacht ist, war doch auch eines.»

«Ja, schon», gab Maya zu, «aber wir bräuchten jetzt ein noch viel größeres.»

«Wir sind hier in Fratala. Hier werden Wunder wahr.» Felix wollte sie aufmuntern.

«Hier ist noch kein einziges Wunder wahr geworden.»

Darauf hätte Felix erwidern können, dass sehr wohl eines stattgefunden hatte: Er und Amanda hatten sich geküsst. Aber das sollte er gegenüber Maya besser nicht anführen. So schwiegen die beiden eine Weile, bis Felix in der Ferne etwas erblickte. Er rieb seine Augen, dachte, das Licht des Sonnenuntergangs spiele ihm einen Streich. Er hielt sich die Hand an die Stirn, und dann war es für ihn gewiss: «Da kommt ein Wunder.»

«Was laberst du da?», fragte Maya irritiert.

«Schau selbst.»

Er sprang auf, zog seine Tochter an der Hand hoch und zeigte mit dem Finger die Straße herunter, die nach Pisticci Vecchio führte. Jetzt sah es auch Maya: Dutzende Kinder waren ihrem Aufruf auf YouTube gefolgt und wanderten zu dem Ort hoch.

10

Der Kapitän öffnete die Augen und bemerkte über sich einen verblassten und geflickten orangenen Sonnenschirm mit der Aufschrift *Campari.* Sein Kopf lag auf einem Kissen und sein nackter Körper auf dem harten Kopfsteinpflaster. Wenigstens hatte ihm jemand eine Decke übergeworfen.

«Willkommen bei den Lebenden», hörte er die Hexe sagen. Er blickte zur Seite – sein Kopf dröhnte dabei, als hätte er tags zuvor mehrere Bahnen in einem Swimmingpool voller Wodka geschwommen – und musterte die Hexe, die jetzt sehr viel freundlicher dreinblickte, als er je für möglich gehalten hatte.

«Haben Sie etwa den Sonnenschirm aufgestellt und mich zugedeckt?»

«Keine Angst, ich habe Sie mir nicht näher angesehen.»

«Danke für die Fürsorge.»

«Schon in Ordnung.»

«Wo sind die anderen?»

«Felix und Maya sind unten am Dorfeingang.»

«Und Urga?»

«Die Soldaten haben sie mitgenommen.»

Es war, als würde Lovskars Herz in einem Schraubstock zusammengequetscht. Er hatte die Liebe seines Lebens nicht retten können. Und dank Felix' Verrat dachte Urga nun gewiss, dass seine Gefühle nur vorgespielt waren. Er würde diesen Eindruck nicht mehr korrigieren können, denn wie sollte er sie aus den Klauen von Cyrodingsda befreien? Lovskar hatte sein großes Glück verloren. Jetzt konnte er nur noch ein ganz kleines leben. Eines, das einem jeden Menschen jederzeit offenstand.

«Bitte schauen Sie kurz weg», bat er die Hexe, die er nun nicht mehr wirklich als Hexe betrachten konnte, maximal als Hexchen.

«Wie Sie wünschen.»

Amanda drehte sich um. Lovskar stand auf, wickelte sich die Decke um den Unterleib und sah danach ein bisschen so aus wie ein Philosoph, der im Athen des Jahres 1238 v. Chr. aus seiner Wohntonne krabbelte.

«Sie können sich wieder umdrehen. Und dann verabschiede ich mich. »

«Was haben Sie vor?», fragte das Hexchen.

«Das Glück der Finnen leben.»

«Der Finnen? Ich dachte, Sie sind Norweger?»

«Aber wir machen nicht Kalsarikännit.»

«Kalsari… was?»

«…kännit.»

«Erklären Sie mir heute auch noch, was das ist, oder muss ich es googeln?»

«Jeder Finne kennt dieses Glücksprinzip. Wenn einem in dunklen Nächten …»

«Hier scheint die Sonne», unterbrach Amanda.

«Damit sind auch die dunklen Nächte der Seele gemeint.»

«So eine haben wir gerade definitiv.»

«Also, wenn einem in dunklen Nächten nach etwas Wohligem zumute ist, dann nimmt man sich jede Menge Alkohol …»

«Klingt nicht gesund.»

«… und lauter leckeres Essen. Süßes. Fettiges …»

«Klingt auch nicht gesund.»

«… und setzt sich in gemütlichen Anziehsachen, am besten in Unterwäsche …»

«Oder umwickelt mit einer Decke …» Das Hexchen deutete auf ihn.

«… auf das Sofa und besäuft sich so richtig.»

«Und überfrisst sich auch noch?»

«Genau, lecker ungesund.»

«Erstaunlich. Und gibt es das Kalsarikännit wirklich?»

«Es hat sogar ein eigenes Emoji.»

Das Hexchen googelte und fand das Emoji eines kleinen glücklichen Männchens, das in Unterhose auf einem Sessel saß und ein Bier in der Hand hielt. Dann fand sie gleich noch eines, bei dem das Männchen gemeinsam mit einer Frau auf einem Sofa hockte; die Frau trug Unterwäsche und hielt ebenfalls ein Bier in der Hand.

«Das kann man auch zu zweit machen», stellte Amanda fest.

«Wenn Sie wollen, von mir aus gerne.»

«Klingt verlockend.»

«Ich geh Wein suchen. Die Hippies haben bestimmt welchen zurückgelassen, der noch genießbar sein müsste.»

Der Kapitän tat gerade die ersten Schritte, die recht langsam waren, hatte er doch die Decke um seine Beine gewickelt, da kam Felix auf die beiden zugeeilt und rief: «Hey, wo wollt ihr denn hin?»

«Wir machen es wie die Finnen», erklärte Amanda.

«Und was bedeutet das?»

«Kalsarikännit.»

«Und was ist das?»

«Wir zimmern uns einen», erklärte Lovskar, «schlagen uns dabei die Bäuche voll und all das in Unterwäsche.»

«Dafür haben wir keine Zeit.»

«Warum nicht?», fragte Lovskar, der durchaus bemerkte, dass Felix nun genauso enthusiastisch wirkte wie damals, als er zu ihm auf die Brücke der *Arctica 2* gerannt war. Nein, sogar noch begeisterter, geradezu beseelt wirkte der Blonde. Als wäre er ein noch viel größerer Träumer geworden. Einer, der sich diesmal sogar sicher war, dass Träume auch wahr werden konnten.

«Weil wir Urga befreien!»

«Wie sollen wir paar Blödbommel das schaffen?»

«Weil wir Hilfe haben!»

«Hilfe?»

Felix deutete die Straße herunter, und der Kapitän staunte nicht schlecht, als er Dutzende Kinder, angeführt von Maya, auf sie zumarschieren sah. Er erkannte in der vorderen Reihe neben Maya einen südländisch aussehenden Jungen in einem zerrissenden orangenen Hoodie und ein kleines blondes Mädchen mit süßen Zöpfen, das eine Stoffgiraffe trug. Wie diese Kinder jedoch eine Hilfe sein sollten, konnte der Kapitän sich nicht mal im Ansatz ausmalen. Sie schienen nur sehr entschlossen zu sein, denn sie riefen: «Auf nach …»

GENUA

1

Trö wachte hinter Eisenstäben auf. In einem riesigen Raum ohne Tageslicht, in dem zehn Herden hätten Platz finden können. Der Raum schwankte leicht, fast so wie jener Ort namens Schiff, an dem er nach dem Eissturm aufgewacht war. Auch neue Mama war hinter Eisenstäben gefangen. Sie lag aber auf dem Boden und schlief.

Neue Mama war ja eigentlich nicht mehr neue Mama. Trös neue Mama war ja die Mama in der Herde. Also müsste Trö die Menschenfrau, die er neue Mama genannt hatte, nun «nicht mehr ganz so neue Mama» nennen. «Alte Mama» würde ja nicht passen, das war ja die, die ihn geboren hatte. Aber «nicht mehr ganz so neue Mama» klang blöd. Irgendwie angegammelt. Wenn Trö die Menschenfrau jedoch lieber weiter als «neue Mama» ansehen wollte, müsste er die Mama in der Herde «ganz neue Mama» nennen. Oder er nannte die Geburtsmama «erste Mama» und die anderen beiden dann «zweite» und «dritte Mama». Aber was, wenn es noch mehr Mamas gab, weil die zweite und auch die dritte irgendwann mal starben? Trö bekam es mit der Angst zu tun. Dann müsste er die neuen Mamas «vierte», «fünfte» und «sechste Mama» nennen. Oder «ganz, ganz neue Mama» und «ganz, ganz, ganz neue Mama» oder «ganzeste Mama» oder …

Jetzt hatte Trö Kopfschmerzen.

Das Problem mit dem Namen für die Menschenfrau hatte

zu warten. Es gab dringlichere Aufgaben. Trö musste diese Mama retten, so wie sie ihn gerettet hatte. Bis er das vollbracht hatte, würde er sie einfach weiter «neue Mama» nennen.

Trö versuchte, die Eisenstäbe mit seinen Stoßzähnen kaputt zu stoßen. Das machte den Stäben nichts aus. Es tat Trö nur ganz gemein weh. Trö versuchte, sich durch die Eisenstäbe zu zwängen, hinter denen er gefangen war. Trö war zu dick. Trö wusste nicht, was er noch tun sollte. Er konnte ja nicht einfach ganz schnell abnehmen. So machte Trö erst mal einen Haufen. Das tat gut.

Am liebsten hätte Trö gleich noch einen gemacht.

Doch da wachte neue Mama auf.

Trö freute sich darüber so sehr, dass er trötete!

Urga hob ihren Kopf. Sie lag in einem Käfig. Trö hockte in einem Zwinger ihr gegenüber und trötete. Sehr laut. Es wäre schön gewesen, wenn er etwas leiser hätte tröten können.

Beide Käfige befanden sich in einem riesigen, leicht hin und her wogenden Raum ohne Tageslicht, der – so vermutete Urga – der Bauch eines Schiffes war, das anscheinend noch nicht auf dem Meer fuhr, sondern irgendwo im Wasser ruhte.

Der fette alte Widerling hatte das kleine Mammut also nicht freigelassen. Natürlich nicht. Stattdessen hatte er seine Männer angewiesen, Urga mit einer Nadel zu betäuben. Es war alles umsonst gewesen. Jetzt würden die Menschen, die sie gefangen hielten, mit ihnen beiden schreckliche Dinge anstellen. Es würde unerträglich werden, weil es für Urga nichts mehr gab, wofür es sich lohnte, das Leiden durchzustehen. Keinen Menschen. Keine Liebe.

Na ja, die Liebe zu Trö, dessen Haufen den einzigen natürlichen, wenn auch nicht schönen Geruch in diesem Schiffsraum verströmte, wohnte immer noch in ihrem Herzen, und so wie das Tier sie ansah, liebte es sie auch. Doch diese gegenseitige Liebe war nicht groß genug, um die kommenden Qualen aushalten zu können.

Urga stand auf und sah sich im Käfig um. Vielleicht fand sie hier irgendeine Klinge oder einen anderen scharfen Gegenstand, mit dessen Hilfe sie ihr Leid verkürzen konnte. Aber der Boden war leer. Auch außerhalb ihres Käfigs entdeckte sie nichts dergleichen in Griffweite. Selbst der Ausweg durch einen Freitod war ihr nicht vergönnt.

Trö steckte seinen Rüssel durch die Stäbe und winkte ihr zu. Urga wollte dem kleinen Kerl ein wenig Mut spenden. Mut war ja etwas, das wuchs, wenn man es sich gegenseitig spendete. So ein Quäntchen Mut vermehrte sich wie die Karnickel. Nur war Urgas Seele zu zerschunden, um auch nur ein bisschen Mut aus sich herauszuquetschen. Ohne zurückzuwinken, legte sie sich wieder hin, streckte alle viere von sich und lag ermattet da. Ihr war es egal, wie oft und wie laut Trö nun trötete. Auch als die Tür zum Frachtraum aufging, regte sie sich nicht. Selbst dann nicht, als sie Schritte von schweren Stiefeln vernahm. Jemand kam auf ihren Käfig zu. Erst als eine männliche Stimme «Urga, steh auf» sagte, hob sie den Kopf und sah … Bruce. Den Verräter!

Zu Lebensmut war Urga zwar nicht mehr fähig, zu Wut jedoch schon. Sie sprang auf, trat an die Stäbe und funkelte Bruce zornig an.

«Ich weiß», meinte er, «du bist wütend auf mich.»

Als Antwort schleuderte sie ihm die Worte entgegen, die ihr Stamm am liebsten als Beschimpfung benutzte: «Sackbommel», «Sackbammel» und «Sackbimmelbammelbommel».

Bruce sah ganz kurz irritiert zu seinem Schritt. Dann blickte er wieder hoch und erwiderte: «Ich bin gekommen, um dich zu befreien.»

Das erstaunte Urga so sehr, dass sie vergaß, ihn mit dem schlimmsten aller Schimpfwörter zu belegen, jenem, bei dem im Wort «Sackbimmel» das «b» durch einen ähnlich klingenden Konsonanten ersetzt wurde.

Bruce öffnete mit einem Schlüssel den Käfig. «Bleib da nicht so dumm stehen», sagte er. «Wir haben nicht viel Zeit.»

Urga trat aus dem Käfig.

«Komm, komm, komm», drängelte Bruce.

«Trö!»

«Hör mal, ich habe keine Lust, mein Leben zu riskieren, nur weil du trödelst.»

«Trö!» Urga blieb beharrlich und deutete auf den Käfig des Mammuts.

«Na gut! Na gut!» Bruce lief zu Trös Käfig und öffnete ihn. Das Mammut trat raus, lief auf Urga zu und drückte sich freudig an ihr Bein.

Trös neue Mama hatte so kuschelige Beinhaare!

Trö wollte, dass sie sich zu ihm runterbeugte, damit er ihr mit seiner Zunge durch das Gesicht schlabbern konnte. Doch dann fiel ihm ein, dass er dann wohl auch mit seinen Stoßzähnen ihren Kopf aufspießen würde.

Vielleicht wäre es eine bessere Idee, sie mit dem Rüssel zu küssen. Trö versuchte es. Er kam mit seinem Rüssel nur bis zu ihrem Bauch. Besser als nichts. Er drückte neuer Mama einen Rüsselschmatzer auf den Bauchnabel.

«Sind wir hier bald mal fertig mit der Wiedersehensfreude?», fragte Bruce genervt. Als Antwort kuschelte sich das Mammut noch mehr an die haarigen Beine der Steinzeitfrau. Je länger Bruce hier stand, desto unsicherer wurde er, ob sein Plan nicht idiotisch war. Nicht weil er auf der Seite von Sommer senior stand. Das hatte er keine Sekunde getan. Er hatte seinen Gehorsam nur vorgetäuscht, weil es in dem italienischen Kaff nicht sehr schlau gewesen wäre, Widerstand zu leisten. Die anderen Soldaten waren viel zu übermächtig gewesen. Die Drohung von Sommer senior, ihm das Leben zur Hölle zu machen, hatte ihre Wirkung hingegen total verfehlt. Klar, er würde Job, Geld und Haus verlieren, aber seine Kinder waren gut erzogen. Nie und nimmer würden sie auf die schiefe Bahn geraten. Und außerdem und vor allem: Er würde keinem Chef folgen, der ihn erpressen wollte!

Jetzt hatte Bruce undercover zwar die Chance, die Steinzeitfrau hier herauszuschmuggeln, doch von Sekunde zu Sekunde wurde die ohnehin schon winzige Wahrscheinlichkeit, dass sie hier alle lebend herauskamen, geringer. Er nahm Urga an die Hand. Sie ließ sich das gefallen, und er zog sie aus dem Laderaum. Das Mammut stapfte hinter ihnen her.

Eilig führte Bruce die beiden durch die Gänge des alten russischen Frachters, den Sommer senior gechartert hatte. In etwa zehn Minuten sollte das Schiff ablegen und aus der Dreimeilenzone Italiens schippern. Dort, auf hoher See, wollte Sommer senior dann seine Experimente durchführen lassen, ohne dass ihn solch lästige Dinge wie Gesetze oder Menschenrechtskonventionen daran zu hindern vermochten.

Bruce hatte die Einsatzpläne der anderen Soldaten im Geiste abgespeichert. Er wusste, wo und wann seine Kameraden patrouillieren würden und wie er ihnen ausweichen konnte. Schwierg würde es erst werden, wenn er mit Urga und dem Mammut von Bord steigen wollte. Die Gangway wurde durchgehend bewacht. Doch diesem Problem würde Bruce sich widmen, wenn es in drei Minuten so weit war.

Urga folgte Bruce durch das dunkle Labyrinth des Schiffes. Der Kerl war wohl doch kein Sackbimmel mit «p» statt «b». Er würde das Mammut in Sicherheit bringen. Sie selbst benötigte keine Rettung mehr.

Bruce öffnete eine schwere Metalltür, von der die weiße Farbe schon an vielen Stellen abgeblättert war, und Urga erwartete, dass sie das Sonnenlicht blenden würde. Doch draußen herrschte Nacht. Vollmond und Sterne beleuchteten das Schiff, ebenso die unnatürlichen Lichter des Ortes, in dessen Hafen das Schiff lag.

«Kommt, kommt, kommt», wies Bruce sie leise an. Trö und Urga folgten ihm aufs Schiffsdeck, das viel hässlicher war – so voller Rost und Schmutz – als jenes, auf dem sie vor wenigen Tagen aufgewacht waren. Hastig bückte sich der Soldat, und sie schlichen über das Deck. Trö gab sich größte Mühe, es Bruce nachzutun, und ließ dabei seinen Rüssel über das Deck schleifen. In Zeiten, in denen ihre Seele noch nicht so erschöpft gewesen war wie jetzt, hätte Urga dies gewiss süß gefunden. Statt sich ebenfalls zu ducken, ging sie aufrecht zu der Reling, die zum Wasser hin lag.

«Hey, was machst du?», zischte Bruce.

Urga ignorierte ihn.

«Die werden dich sehen», zischte er lauter.

Urga hörte ihm nicht mehr zu.

«Ich habe keine Lust, wegen dir zu sterben!»

Diesen Satz nahm Urga schon gar nicht mehr wahr. Für sie schloss sich ein Kreis. Das letzte Mal, als sie an einer solchen Reling gestanden hatte, hatte sie sich in das Meer stürzen wollen. Welchen Kummer hätte sie sich erspart, wenn sie es damals getan hätte!

Urga kletterte auf die Reling und blickte ins Wasser. Obwohl die roten und gelben Lichter des Hafens auf der Oberfläche tanzten, war es pechschwarz. Es musste tief sein. So tief, dass es Urga verschlingen würde. Wenn sie jetzt sprang, würde sie in jedem Fall ertrinken, konnte sie doch – wie alle in ihrem Stamm – nicht schwimmen. Was hatte der Stammesälteste gesagt? «Für Menschen ist es genauso unmöglich zu schwimmen, wie siebzig Jahre alt zu werden oder Schnecken lecker zu finden.»

Ob sie gleich ins Jenseits gelangen würde?

Auf der Reling des anderen Schiffes hatte Urga noch darauf gehofft. Doch jetzt wollte sie weder in die Höhle des Gottes Grangdning noch in die Höhle der Göttin Brund. Sie wollte keine Menschen mehr treffen, die ihr nur wieder weh tun würden. Es wäre besser, wenn es keine Welt mehr nach dieser geben würde.

«Urga!», zischte Bruce.

«Trsssössch», machte das Mammut. Anscheinend merkte das Tier, dass es galt, unauffällig zu sein. Es gelang ihm nur halbwegs.

Urga spürte genau: Den beiden war es nicht egal, ob sie sich ins Wasser stürzte. Trö war immer an ihrer Seite gewesen, und Bruce riskierte gar sein Leben für sie. Aber der Schmerz, den sie empfand, war so groß, es müsste schon mehr passieren, um sie jetzt noch vom Springen abzuhalten. Auf dem ersten Schiff war es Lovskar gewesen, der dies vermocht hatte. Diesmal war er nicht da. Und selbst wenn er es gewesen wäre, würde sie diesem Mistkerl nie wieder vertrauen können.

Andererseits, hatte der Kapitän nicht sein Leben für sie riskiert? Bei der Schlange? Bei den Soldaten?

Und wenn schon! Es war schon schlimm gewesen, als Org ihr das Herz gebrochen hatte, aber Lovskar hatte ihr das Herz aus dem Leib gerissen, es auf einen Stock gespießt, über ein offenes Feuer gehalten und das gegrillte Herz dann Wildschweinen zum Fraß vorgeworfen. Da war es völlig egal, ob er versucht hatte, sich für sie einzusetzen, und dabei niedergeknüppelt worden war. Höchstwahrscheinlich war dies ohnehin auch nur irgendein Trick von ihm gewesen und …

In den letzten Momenten ihres Lebens wollte Urga nicht an diesen Mann denken, sondern an etwas Schönes. Und das einzig Schöne, das ihr in den Sinn kam, war, dass sie gleich erlöst sein würde. Niemand würde ihr dann noch weh tun können. Und falls es doch ein Jenseits gab, bei Brund, Grangdning oder sonst irgendeinem Gott, dann würde sie dort einen Weg finden, sich das Leben endgültig zu nehmen.

Urga machte sich zum Sprung bereit, da hörte sie mit einem Mal eine Menge rufen: «Lasst Urga frei!»

Urga blickte hoch und entdeckte auf der Mole, beschienen vom grellen Licht der Hafenanlagen, eine große Menge Kinder. Sie marschierten auf das Schiff zu. Angeführt von Maya. Neben ihr Felix und Amanda. Und Lovskar.

Sie waren gekommen, um sie zu retten.

Lovskar war gekommen, um sie zu retten?

Dies war der Augenblick, in dem Urga wieder Lebensmut schöpfte.

Und es war auch der Augenblick, in dem sie, unbemerkt von den Herannahenden, abrutschte und von der Reling Richtung Wasser fiel.

2

Seitdem er geweint hatte, fühlte sich Felix befreit von altem Schmerz. Der Elan der Kinder beflügelte ihn. Beschwingt lief er neben ihnen her. Da war der Straßenjunge in dem abgerissenen Hoodie namens Luca, von dem Felix unter normalen Umständen gedacht hätte, er wäre ein schlechter Umgang für seine Maya. Luca sah aus, als bestritte er seinen Lebensunterhalt im Wesentlichen mit Taschendiebstahl. Aber der Junge war der Erste gewesen, der sofort bereit gewesen war, Urga zu befreien, sobald Maya den Neuankömmlingen die Sachlage erklärt hatte. Sie wollte zwar sehr wohl Fratala errichten, aber vorher galt es, einem üblen Kerl das Handwerk zu legen, einem dieser alten Männer, die der Grund dafür waren, dass die Kinder jetzt endlich mal selber die Dinge in die Hand nehmen mussten. Das zweite Kind, das sich sofort für den Marsch zum Hafen von Genua bereit erklärt hatte – die Wanderung war schon nach drei Kilometern zu einer Busreise geworden, denn Luca knackte in einem Nachbarort einen Touristenbus –, war das Mädchen mit der Stoffgiraffe gewesen. Veronika, Tochter polnischer Touristen, war von einem Campingplatz ausgebüxt, nachdem sie Mayas Video gesehen hatte. Ein reicher Schnösel namens Konstantin – er war mit dem Taxi aus Mailand angereist, wohin er von seinen Eltern auf Edel-Sprach-Urlaub entsandt worden war – hatte sie wegen dem Stofftier ausgelacht. Daraufhin warf Maya ihm gleich mal ein paar Fratala-Regeln an den Kopf, die von allen anderen Kindern mit großem Applaus bestätigt worden waren: 1) Kinder machen sich von nun an nicht mehr gegenseitig fertig. 2) Sondern stattdessen nur noch blöde Erwachsene. 3) Und wer mit einem Stofftier spricht, hat Phantasie. Etwas, was man braucht, wenn man eine bessere Welt aufbauen will.

Für Felix war es erstaunlich, seine Tochter derart für eine Idee brennen zu sehen. Mehr, als er je für eine seiner eigenen gebrannt hatte.

Rette die Welt.

Natürlich befürchtete Felix, dass Maya sich übernahm und von der Welt enttäuscht sein würde, falls ihre Träume zerplatzten. Hach, höchstwahrscheinlich wäre sie das. Aber war das nicht allemal besser, als gar nicht zu träumen?

Er lächelte Maya zu, doch die wich seinem Blick aus. Die beiden waren sich zwar in jenen Momenten, in denen sie gemeinsam geweint und sich danach besser gefühlt hatten, nahe gewesen wie seit langem nicht mehr. Aber nun, da es darum ging, Urga zu befreien, war Maya offensichtlich wieder bewusst, dass er an der Situation eine große Mitschuld trug. So schnell konnte sie ihrem Papa nicht verzeihen.

«Sie wird dir schon noch vergeben», meinte Amanda, die den Schmerz in Felix' Augen bemerkte. Es war schön, dass sie versuchte, ihn zu trösten, und er bemühte sich, sich ihr gegenüber dankbar zu zeigen, indem er sich ein schwaches Lächeln abrang. «Ich habe aber keine Ahnung, wie.»

«Der Kapitän hat dir doch auch verziehen.»

«Hat er nicht.»

«Er hat jedenfalls aufgehört, dich zu beschimpfen. Und mich nennt er auch nicht mehr Hexe.»

«Das ist nur noch zu einundfünfzig Komma drei Prozent ablehnend.»

Amanda hatte ja recht: Lovskar redete wenigstens noch mit

ihm und schien in Felix' Bereitschaft, Urga zu retten, mildernde Umstände zu erkennen, die Maya nicht als solche akzeptieren wollte. Vermutlich handelte es sich dabei um so etwas wie Altersmilde. Ältere Menschen wie der Kapitän sollten dank dieser Milde im Schnitt sogar angeblich glücklicher sein als Leute in Felix' Alter.

Werde altersmilde?

Eine Option, die dummerweise nur Menschen fortgeschrittenen Jahrgangs offenstand. Aber etwas abgewandelt konnte sie auch für ihn anwendbar sein:

Werde milde.

Sei nachsichtiger gegenüber anderen Menschen.

Verzeihe ihnen.

Leider war es Felix, der die anderen Menschen um Verzeihung bitten musste. Es gab hingegen niemanden, dem er selbst vergeben konnte. Oder doch? Amanda hatte er ja schon verziehen. Bruce? Ihm zu vergeben war durchaus im Rahmen des Möglichen, wurde der Mann doch von Felix' Vater unter Druck gesetzt.

Könnte Felix auch seinem Vater verzeihen? Für alles, was er ihm angetan hatte? Und dafür, wie er Amanda behandelt hatte? Urga? Trö? Maya?

Nein, so alt konnte Felix gar nicht werden, dass er gegenüber seinem alten Herrn milde würde. Er würde ihm, wenn Urga befreit war, endlich entgegenschleudern, dass er nicht mehr sein Sohn sein wollte!

Und Urga würde ganz gewiss befreit werden, denn die Chancen standen gut, dass die Aktion, die sich Maya ausgedacht hatte, erfolgreich sein würde.

«☢⛈⚠», fluchte Lovskar mit einem Male.

«☢⛈⚠?», fragte Felix.

«Da!» Lovskar zeigte auf Urga, die sich mit beiden Händen an der Reling des Frachters festklammerte, während ihre Beine in der Luft baumelten.

«☢☁⚠», fluchte nun auch Amanda.

«Meine Rede», stöhnte Lovskar.

«Ich nehme euer ☢☁⚠ und erhöhe um ein 🖕», schluckte Felix. Dann rannten alle los, ahnend, dass sie zu spät kommen würden, um Urga zu retten.

3

Urga hielt sich krampfhaft an der scharfen Kante der rostigen Reling fest. Vergeblich versuchte sie, mit den Füßen irgendeinen Halt zu finden. Sie hoffte, dass Bruce ihr zu Hilfe kommen würde, war er doch am nächsten an ihr dran. Aber da hörte sie einen der Soldaten rufen: «Hey, Bruce, was machst du da mit dem Mammut?»

Bruce fluchte gleich darauf: «Fuck!», ein Ausdruck, der wohl im weiteren Sinne etwas mit Schnabbeln zu tun hatte, wie Urga bereits während der Reise kombiniert hatte, und der in diesem Zusammenhang dennoch irritierend für sie war: Wollte Bruce jetzt etwa mit dem Soldaten schnabbeln?

«Hände hoch», rief der Soldat, «oder ich schieße!»

Das klang nicht nach Schnabbeln.

«Schon gut, schon gut, Motherfucker.»

Das erst recht nicht. Bruce wollte bestimmt nicht mit seiner Mutter schnabbeln.

Urgas Armmuskeln schmerzten bereits, und es war das erste Mal, dass sie verfluchte, so einen schönen molligen Körper zu haben. Einem Hungerhaken wie dieser Amanda wäre es leichter gefallen, sich festzuhalten. Es war auch kein Trost für Urga, dass Amanda ganz bestimmt darunter litt, keinen dicken Po zu haben.

Wie lange würde sie sich noch so festklammern können? Dreißig Atemzüge, bei denen sie von Mal zu Mal mehr ächzen, stöhnen und keuchen musste? Vierzig? Fünfzig gewiss nicht. Danach würde sie fallen und ertrinken.

Eben war genau das noch Urga Ziel gewesen. Aber nun, wo Lovskar, Felix, Maya und die Kinder auf dem Weg zu ihr waren … Sie würden ihr allerdings genauso wenig helfen können wie Bruce. Es dauerte länger als vierzig Atemzüge, die Strecke um das Hafenbecken herum zu dem Schiff zurückzulegen. Länger als hundert.

Angesichts des Todes wurde Urga klar, wie ungerecht sie gewesen war. Felix mochte sie verraten, Lovskar ihr das verheimlicht haben, doch sie hatte sich nicht mal deren Erklärungen anhören wollen. Sicher hatten sie ihre Gründe dafür gehabt. Und jetzt begaben sie sich für sie sogar in Lebensgefahr!

Und all die fremden Kinder, die rein gar nichts bei ihr wiedergutzumachen hatten, taten dasselbe. Und Bruce auch. Selbst das dürre Klappergestell. Sie alle waren bereit, für sie ihr Leben zu riskieren. Sie war also doch nicht allein auf der Welt!

Und war Urga selbst nicht auch gegenüber Org und Arga ungerecht gewesen? Die beiden hatten sie lange Zeit angelogen, das stimmte, aber sie hatten es gewiss auch getan, um Urgas Gefühle nicht zu verletzen. Sie hatte ihnen also etwas bedeutet, sonst wäre es ihnen doch egal gewesen, ob Urga litt oder nicht. Org hatte sie tatsächlich, auch wenn er seine Gefühle – typisch Krieger – nie hatte ausdrücken können, als treue Gefährtin geschätzt. Und Arga sie als Schwester geliebt.

Am ungerechtesten, dies wurde Urga nun bewusst, war sie jedoch gegenüber dem Leben gewesen. Sie hatte zwar weder in der alten noch in der neuen Zeit die eine wahre Liebe gefunden – dass Lovskar vielleicht der Richtige sein könnte, das hoffte sie in diesem Augenblick zwar wieder, glauben konnte sie es aber noch nicht ganz –, aber sie war vielen Menschen begegnet, denen sie etwas bedeutet hatte und die ihr etwas bedeuteten. In der Vergangenheit. Und in dieser Zukunft, die jetzt ihre Gegenwart war.

Org, Arga, Irga.

Maya, Felix, Bruce.

Lovskar.

Trö.

Vielen Menschen und einem kleinen Mammut.

Reichte das nicht, um sich seines Lebens glücklich zu schätzen?

Ein rundherum vollkommenes Leben gab es ohnehin nicht.

Sie hätte sich mehr an den guten Seiten ihres Lebens erfreuen sollen, als mit den schlechten zu hadern.

Das war der Schlüssel zum Glück!

Schade eigentlich, dass Urga ihn erst fand, als ihre Arme nachgaben und sie ins Wasser stürzte.

4

Urga!», rief Maya und rannte los, die anderen Kinder folgten ihr.

«Die werden doch jetzt nicht etwa in das Hafenbecken springen?», fragte Amanda.

«Sie werden», sagte Lovskar, «und ich hinterher!»

Auch der Kapitän rannte los.

Felix war jedoch wie gelähmt. Der Gedanke, dass seine Tochter im tiefen Wasser nach unten trudeln könnte so wie er einst dank des Schubsers seines Vaters vom Dreimeterbrett, war unerträglich. Felix war seitdem nie wieder schwimmen, geschweige denn tauchen gegangen. Und jetzt wollte seine Tochter ins kalte Nass springen, um eine Steinzeitfrau zu retten, die überhaupt nur zum Grund des Hafenbeckens sank, weil er sie in die Hände von *Cyrogen* getrieben hatte!

Felix musste handeln, und die Angst, die ihn seit jenem Tag im Schwimmbad begleitete, hatte auch gleich einen Vorschlag, was er tun konnte: «Lauf so weit vom Wasser weg wie möglich!»

Felix rannte sofort los. Jedoch auf das Wasser zu. Vorbei an den Kindern, die ja kürzere Beine hatten als er, vorbei an Lovskar, der zu alt war, um schnell zu sein, und rief dabei: «Bleibt, wo ihr seid! Ich hole Urga da raus!»

Seine Angst protestierte: «Falsche Richtung! Falsche Richtung!»

Aber hier ging es nicht nur um Felix' Leben, sondern auch um das von den Kindern, die nicht in das Wasser springen sollten. Um das von Maya, die auf gar keinen Fall in das Wasser springen durfte!

Felix' Liebe zu seiner Tochter war größer als seine Angst. Viel größer. In dem Boxkampf zwischen seiner Liebe und der Angst benötigte die Erstere nur einen Schlag, um ihre Gegnerin in der ersten Runde zu Boden zu strecken.

Doch als Felix den Rand des Hafenbeckens erreichte und vor sich das dunkle, tiefe Wasser sah, richtete sich die Angst noch mal vom Boden des Boxringes auf und schrie: «Du kannst immer noch weglaufen!»

Felix zögerte, blickte zu Maya, die mit den anderen Kindern und Lovskar in einigem Abstand hinter ihm stehen geblieben war, schaute wieder ins tiefe Wasser und rief dann seiner Angst, so laut er nur konnte, zu: «Arsch-☠!»

Felix sprang vom Rand und hörte im Fallen noch den kleinen Luca fragen: «Warum hat er jetzt Arsch-☠ gebrüllt?»

Dann versank Felix im Hafenbecken.

5

Das Erste, was Felix im Wasser dachte, war: Ist das kaaaaalt! Das Zweite, was er dachte, war: Und wenn man nach unten schaut, ist es auch ganz schön dunkel!

Und das Dritte war: Ich hätte das Ganze vielleicht ein bisschen besser planen sollen. Zum Beispiel vorher richtig viel Luft einatmen. Aber wer zum Geier hat in so einer Situation überhaupt die Zeit, irgendetwas gedanklich vorzubereiten? Und sollte ich jetzt nicht mal aufhören zu grübeln und endlich nach unten tauchen, auch wenn ich nicht weiß, ob ich dann je wieder hochkommen werde? Diesmal springt mein Vater ganz gewiss nicht hinterher, und das nicht nur, weil er nicht mehr so fit ist, sondern auch, weil er für seinen Sohn keinen Finger mehr krümmen würde. Ja, ich sollte definitiv mit dem Grübeln aufhören und Urga retten!

«Du könntest», meldete sich die Angst wieder zu Wort, «aber auch noch ein bisschen weiter nachdenken. Zum Beispiel an der Wasseroberfläche. Noch besser außerhalb des Wassers. Irgendwo in den Bergen. In einer Hütte. In einer Berghütte kann man wirklich sehr, sehr gut nachdenken und …»

«Halt endlich die Klappe!», sagte Felix, diesmal jedoch in Gedanken, um nicht Mund und Lunge mit Wasser zu füllen.

Felix beugte nach unten und schwamm in die Dunkelheit hinab. Dabei hörte er von der Angst keinen einzigen Mucks mehr. Und das war wunderbar.

Der Angst einfach mal sagen, sie soll die Klappe halten.

Dass er dies nur hatte tun können, weil er in Fratala seinen alten Schmerz losgelassen hatte, darüber zerbrach Felix sich nicht weiter den Kopf, als er mit kräftigen Armzügen in die Tiefe hinabstieg. Auch nicht darüber, dass seine Atemluft von Sekunde zu Sekunde knapper wurde oder der Abstand zur Wasseroberfläche mit jedem Zug größer oder das Licht immer schwächer. Er dachte nur noch an Urga. Wo war sie nur? Da unten ... bewegte sich da nicht etwas? War sie das? Und wenn nicht? Es könnte ja auch einfach nur ein großer Fisch sein.

Aber was für eine Wahl hatte er? Er hatte nicht genug Luft, um lange zu suchen. Auch Urga nicht! Entweder war sie das da unten oder ... Es brachte nichts, das Schlechte zu befürchten. Was hatte er in Fratala erfahren:

Wenn man an Wunder ganz fest glaubt, können Sie manchmal sogar eintreten.

Felix schwamm auf das Etwas zu. Die Angst hielt dabei weiterhin ihre Klappe. Jedoch nicht, weil sie von Felix niedergeschrien wurde, sondern weil sie der Gedanke, dass alles gut ausgehen könnte, besänftigte. Sie gab noch nicht einmal zu bedenken, dass es tiefer hinabging als damals im Schwimmbad.

Jetzt erkannte Felix endlich das sich bewegende Etwas. Es war kein Fisch. Es waren Urgas Hände, die vergeblich versuchten, nach oben zu paddeln.

Felix machte einen besonders starken Zug und ergriff die Hände. Er hätte Urga jetzt hochgezogen, wenn er es denn gekonnt hätte. Doch sie war zu schwer. Oder er zu schwach. Vermutlich beides zugleich. So zog Felix nicht Urga nach oben, sondern Urga ihn nach unten.

«Lass sie los!», meldete sich die Angst wieder zu Wort. «Und sieh endlich zu, dass du Land gewinnst. Im wahrsten Sinne des Wortes!»

Doch gleich darauf musste sie feststellen, dass sie von Felix jetzt nicht mal mehr besänftigt wurde, sondern einfach nur noch ignoriert. Und Nichtbeachtung war für eine Angst viel verheerender, als angeschrien zu werden.

So zog die Angst sich, während Felix mit Urga immer tiefer hinabtrieb, traurig zurück und fragte sich, warum sie nicht als Freude geboren worden war. Es musste doch deutlich mehr Spaß machen, Freude zu sein. Dann wurde man auch nicht niedergebrüllt. Oder in einem Boxkampf von der Liebe niedergeprügelt. Oder gar wie jetzt links liegengelassen. Vielleicht war es ja noch nicht zu spät für sie, zu Freude zu werden. Man konnte doch alles sein, was man wollte. Kein Schicksal war vorherbestimmt. Oder?

Und während die Angst tief im Inneren von Felix darüber sinnierte, ob man frei war, das eigene Sein zu bestimmen, entdeckten Felix und Urga bereits, trotz der Dunkelheit, den sandigen Meeresgrund unter sich. In den Augen der Steinzeitfrau erkannte Felix, dass sie froh war, ihn bei sich zu haben. Obwohl oder besser gesagt gerade weil beiden klar war, dass sie es nicht mehr nach oben schaffen würden, nahmen sie sich in die Arme.

Nicht alleine sein.

Das schoss Felix in den Sinn. Und auch all die anderen Erkenntnisse über das Glück, die er gewonnen hatte, von denen er sich nun aber wünschte, dass er sie schon früher gehabt hätte, insbesondere diese:

Erkenne das Glück, das dich umgibt.

Nimm dich selbst nicht so wichtig.

Glück ist, für jemanden da zu sein.

Sei also so nah bei deinen Lieben wie nur möglich.

Lass den alten Schmerz los.

Felix hatte diese Dinge spät gelernt, aber nicht zu spät. Er hatte sie alle noch gelebt! Und das erfüllte ihn in seinen letzten Sekunden des Lebens mit Glück.

Seine und Urgas Füße berührten den Grund.

Felix wollte gerade die Augen schließen und die letzte Atemluft in einem Stoß aus seinen Lungen pusten, da bemerkte er über sich schemenhaft … Hände?

Zwei? Vier? Viele?

Ja, es waren viele kleine Kinderhände!

Und die eines alten Mannes!

Die Kinder und Lovskar packten Urga und Felix und zogen sie mit vereinten Kräften nach oben, dank der vielen Hände schneller, als jeder Rettungsschwimmer es hätte tun können.

In Felix' Gedanken wurde die Angst Zeuge davon, wie die Freude sich freute, und so fragte sie die Freude schüchtern: «Darf ich mitmachen?»

Die Freude glaubte, sich verhört zu haben. «Ähm, wie bitte, was?»

Und die Angst fragte noch mal, diesmal ein klein wenig lauter: «Darf ich mitmachen?»

Die Freude staunte, aber da sie ohnehin beim Freuen gerne Gesellschaft hatte, sagte sie: «Ach, warum nicht?»

Da freute sich auch die Angst. Sie musste nicht mehr ihrer Bestimmung folgen. Sie konnte sein, was sie wollte. Und so war sie das erste Mal in ihrem Leben glücklich.

Während die Angst sich freute und die beiden Ertrinkenden von ihren Rettern nach oben in Richtung Licht gezogen wurden, betrachtete Felix die Kinder, Lovskar und Urga, die ihr Glück, doch noch gerettet zu werden, kaum fassen konnte, und er dachte sich, dass es eben genau das war, was Glück ausmachte: ***Nicht alleine sein.***

6

Inmitten all der Kinder, die sie festhielten und in Richtung Hafenbeckenrand zogen, schnappte Urga nach Luft. Schließlich reichte Amanda ihr die Hand, um sie an Land zu hieven. Zum ersten Mal fiel Urga auf, wie zerbrechlich die dünne Frau war, als ob eine Krankheit in ihr wohnte. Es war auch das erste Mal, dass sie erkannte, dass Amanda gütig blicken konnte.

Kaum stand Urga auf der Mole, wollte sie alle an ihre breite Brust drücken. Sie hatte die Menschen hier ungerecht behandelt. Das war nicht richtig gewesen. So wie es nicht richtig gewesen war, wütend auf Org und Arga zu sein.

Org.

Arga.

Irga.

Sie würde sich nie bei ihnen dafür entschuldigen können.

Lovskar rappelte sich auf. Er war klitschnass und stank nach dem Wasser des Hafenbeckens, also nach Fisch und Mineralöl. Er wischte sich das Gesicht mit dem nassen Ärmel ab, wodurch es nicht wirklich trockener wurde, und blickte zu Urga: Von einem Moment auf den anderen hatte sie aufgehört zu strahlen. Eben noch schien sie die ganze Welt umarmen zu wollen, und nun lag wieder Trauer in ihren Augen. Lovskar wollte sie in den Arm nehmen, ihr sagen, dass er sie liebte. Das müsste doch ihre Trauer vertreiben können! Der Kapitän ging einen Schritt auf sie zu … da brausten zwei Jeeps heran.

Urga sah, wie die Häscher aus den Wagen sprangen. Sie zogen den bewusstlos geprügelten Bruce heraus, den sie zu Boden warfen wie ein erlegtes Wildschwein, und Trö, der sofort zu ihr lief und sich ängstlich hinter ihr versteckte. Bevor irgendjemand etwas sagen konnte, hatten die Männer ihre Pistolen gezückt und alle umzingelt. Urga wusste, was sie zu tun hatte: Sie hob die Hände und trat auf den dicken alten Mann zu, der aus einem der Jeeps stieg und siegesgewiss grinste. In Fratala hatte sie das nur für Trö getan. Jetzt tat sie es für all diese vielen, wunderbaren Menschen, die sich für sie in größte Gefahr begeben hatten. Urga war bereit, für sie zu leiden und sogar zu sterben.

«Gib auf!», rief Maya ihrem Großvater zu. Der alte Mann musste lachen: «Du hast mehr Feuer im Hintern als mein nichtsnutziger Sohn.»

«Beleidige meinen Papa nicht», funkelte Maya ihn wütend an. «Er ist der beste auf der Welt!»

Felix erfüllten ihre Worte mit solcher Freude, dass er trotz der Situation lächeln musste. Sein Vater hatte kein Kind, das ihn liebte. Keines, auf das er so stolz sein konnte wie Felix auf seine ganz und gar nicht mehr kleine Tochter. Wessen Leben war also läppisch? Wohl das seines Vaters, in dessen Leben es keine Liebe gab.

«Jetzt halt mal die Klappe, Mädchen», sagte Sommer senior, der viel zu große Pläne hatte, um sich mit kleinen Mädchen herumzuschlagen.

«Ich lasse mir von dir nichts verbieten!», rief Maya.

«Ich glaube, du verkennst die Lage ein wenig.»

«Und du nicht nur ein wenig, sondern total.»

«Ach ja?» Jetzt war der Senior amüsiert. «Wie denn das?»

«Nun, ich bin nicht allein.» Maya deutete auf die Kinder.

«Ich erst recht nicht.» Der Senior deutete auf seine bewaffneten Männer.

Felix hatte auf der Fahrt zum Hafen seiner Tochter hoch und heilig versprochen, sich nicht in ihren Plan einzumischen. Dennoch wollte er dringend etwas loswerden, bevor sein Vater sich geschlagen geben musste. Es war besser, es dem Alten zu sagen, wenn er sich auf dem Höhepunkt seiner Macht fühlte und nicht, wenn er schwach war. Nur dann könnte Felix sich endgültig von ihm befreien.

Er trat auf die beiden zu und sagte: «Sorry, ich muss euch mal kurz stören.»

«Was willst du?» Sein Vater blickte ihn so genervt an wie damals, als er ihn aus dem Schwimmbecken zog. Es machte Felix rein gar nichts mehr aus. Er wusste ja jetzt, dass sein Leben nicht läppisch war.

«Och, nichts Besonderes, ich wollte dir nur noch etwas mitteilen.»

«Und was?»

«Du bist nicht mehr mein Vater.»

Maya freute sich darüber und sagte zu dem sichtlich erschütterten Mann: «Und damit bist du auch nicht mehr mein Opa.»

«Jetzt hör mir mal zu …», wandte sich der alte Mann an sie, doch Maya unterbrach ihn: «Nein, du hörst mir zu. Du lässt jetzt Urga frei.»

«Einen Teufel werde ich tun!»

«Oh doch, du wirst sie freilassen.»

«Wie kommst du denn darauf?»

«Weil ich das hier habe.» Die Kleine zückte ihr Handy.

«Ich versteh nicht ganz …»

«Wenn ihr nicht verschwindet, werde ich alles ins Internet stellen. Ich habe mittlerweile 20 000 Follower.»

«Nehmt ihr das Handy weg!», befahl der Senior seinen Männern.

Noch bevor die sich in Bewegung setzen konnten, fragte Maya zuckersüß: «Ihr wollt wirklich dabei gefilmt werden, wie ihr einem kleinen Mädchen das Handy entreißt?»

Die Soldaten zögerten, der Gedanke war für sie sichtlich kein allzu attraktiver.

«Dann mache ich es eben selber!» Der Senior zückte seine Pistole und richtete sie auf Maya. «Gib mir jetzt das verdammte Handy!»

Urga wollte dazwischenspringen.

Lovskar wollte dazwischenspringen.

Felix wollte es am meisten.

Trö wollte tröten.

«Jetzt!», rief Maya den anderen Kindern zu, und die hielten alle ihre Handys hoch: Veronika mit der Stoffgiraffe. Luca mit den abgerissenen Kleidern. Der schnöselige Konstantin. Einfach alle.

«So schnell», sagte Maya zu dem Mann, der von Sekunde zu Sekunde älter und kränker aussah, «kannst du ihnen die Handys gar nicht entreißen, wie wir die Videos ins Netz stellen. Und da es sich um die weltberühmte Firma *Cyrogen* handelt, werden die Filme sofort viral gehen.»

Sommer senior schluckte.

«Wir können das aber auch bleiben lassen», fuhr Maya fort.

«Schon klar. Wenn ich euch alle abziehen lasse», stellte der alte Mann geschlagen fest.

«Und du uns ein paar Millionen Dollar für ein Projekt namens Fratala gibst.»

«Wie viel?»

«Fünf.»

«Wir machen zehn. Unter einer Bedingung!»

«Welcher?»

«Ich muss euch nie wiedersehen!»

«Dafür würden wir sogar Geld zahlen», lächelte Maya frech, und die Kinder brachen in Jubel aus.

7

Trö sah zu, wie die bösen Männer davonbrausten.
Er war in Sicherheit.

Neue Mama war in Sicherheit!

Dies war der Augenblick, in dem Trö sich dachte: Ich bin das glücklichste Mammut der Welt.

Trö dachte es nicht etwa, weil er das einzige Mammut der Welt war.

Trö dachte es, weil er so viele tolle Mamas hatte.

Vor lauter Glück machte Trö: «Tröööööö!»

Maya, Veronika, Luca, Konstantin und all die anderen Kinder stimmten mit ein: «Tröööö!»

Felix blickte dem Jeep nach: Sein – ehemaliger – Vater besaß keine Macht mehr über ihn. Nie wieder musste er Angst vor ihm haben. Vielleicht würde Felix für ihn sogar eines Tages Mitgefühl empfinden, weil dieser Mann alt und alleine sterben müsste. Vermutlich würde er ihn dann sogar noch mal besuchen kommen, um ihm für alles zu verzeihen, damit er wenigstens friedlich von der Welt scheiden könnte. Aber jetzt ging Felix erst mal befreit auf Maya zu und fragte staunend: «Ich bin der beste Papa der Welt?»

«Du hast für Urga dein Leben riskiert.»

«Heißt das, du verzeihst mir?»

«Und wie es das heißt!»

Maya umarmte ihn, als wollte sie ihn nie wieder loslassen. Da stimmte Felix mit den Kindern ein, wie das fröhliche

Kind, das er nie hatte sein dürfen, und machte ebenfalls: «Trööööö!»

Amanda lachte.

Lovskar lachte.

Bis er bemerkte, dass Urga als Einzige nicht lachte.

Urga ging zu dem Kapitän und drückte ihn.

Er sagte zu ihr: «Verzeih, dass ich dir nichts von meinem Verdacht gegenüber Felix erzählt habe.»

«Ich haben dir und ihm schon verziehen. Verzeihe du mir, dass ich gefeigenohrt dich.»

«Ich verzeihe dir alles auf der Welt.»

«Du tun?»

«Wer liebt, verzeiht.»

Urga wusste jetzt, dass er es aufrichtig meinte. Er liebte sie. So wie sie war. Für ihn musste sie keine andere sein. Keine Frau, die die Höhle besonders gut reinigte. Oder eine tapfere Kriegerin. Es reichte, einfach nur Urga zu sein. Das war, was sie sich immer gewünscht hatte. Warum nur, warum, konnte sie jetzt, da alle Gefahr gebannt und die Liebe des Lebens endlich gefunden war, nicht so ausgelassen sein wie all die anderen?

«Was hast du?», fragte Lovskar sie. «Bist du erschöpft? Brauchst du Ruhe?»

«Nein.»

«Die Männer werden dir nichts mehr tun.»

«Ich weiß.»

«Was hast du dann?»

«Ich wollen glücklich sein. Und ich auch das nun müsste sein, aber ...»

«Aber?»

«Ich nicht wissen, was mir dazu noch fehlen.»
«Aber ich weiß es.» Felix hatte sich zu den beiden gesellt.
«Du?», staunte Lovskar.
«Du?», echote Urga und hoffte auf eine Antwort.
«Wir müssen noch ein letztes Mal reisen.»
«Nach Fratala?», fragte Urga.
«Nein, es geht in das Gebiet zwischen …»

Erkrath und Mettmann

1

Urga stand mitten im Neandertal und atmetete die Waldluft ein, die bei weitem nicht so kalt war wie früher. Zudem roch sie nach anderen Bäumen. Wo einst Tannen standen, sah Urga jetzt nur Eichen, von denen einige nicht gesund wirkten. In ihren Ästen kletterten auch keine Säbelzahneichhörnchen, sondern nur noch welche ohne Stoßzähne. Doch obwohl alles so anders wirkte und roch, fühlte Urga sich heimisch. Hier hatte sie vor Tausenden von Jahren, die ihr selbst wie wenige Tage vorkamen, mit Arga über Mitschepimpi geredet und mit Org das Riesenmammut gejagt.

Während Urga ihr Gesicht von der Sonne wärmen ließ, deren Strahlen durch die Baumwipfel fielen, stand Lovskar neben ihr. Er hatte sie gemeinsam mit Felix und Amanda hierherbegleitet. Bruce war mit Trö auf dem Weg nach Indien, damit das kleine Wesen wieder zu seiner Herde kam. Es würde kein Abschied für immer sein, hatte Urga dem Mammut versprochen, sie und Lovskar würden es so oft wie möglich besuchen. Maya war indessen mit den Kindern nach Fratala gereist, wo sie ein Fest für den morgigen Tag vorbereiteten, allerdings nicht ohne vorher Amanda noch sämtliche CO_2-Kompensationszahlungen für alle gemachten Flüge vorzurechnen und die mit dem Faktor 75 zu multiplizieren. Urga und die anderen versprachen pünktlich zu erscheinen. Zu der Party hatte sich nicht nur die Familie von Bruce angemeldet, sondern, dank des merkwürdigen Dings namens Internet, auch viele Kinder aus aller Welt. Urga war jedoch ganz und gar nicht nach Feiern zumute.

«Das da müsste deine Höhle sein», sagte Felix.

Urga wandte den Blick in die Richtung, in die Felix zeigte. Ja! Er hatte recht. Der Wald war zwar anders, doch ihre alte Höhle sah genauso aus wie früher.

«Ja, das sie sein.»

Klopfenden Herzens ging Urga über den Waldweg auf den Eingang zu. Wider alle Vernunft hoffte sie, dass die Mitglieder des Stammes ihr entgegenlaufen würden, um sie willkommen zu heißen. Über jeden hätte sie sich gefreut, auch über Vetter Grug, der mit seinem Stein redete, selbst über Vetter Barg, der sie auf der Jagd nicht hatte dabeihaben wollen, sogar über den Stammesältesten. Doch niemand kam aus der Höhle.

Lovskar nahm Urgas Hand, und gemeinsam traten sie ein. Die Höhle war verlassen. Wo früher Geschwister, Vetter, Basen, Nichten und Neffen hausten, gab es nur noch Staub und Steine. An den Wänden entdeckte Urga die Zeichnungen von Luga. Die meisten davon kannte sie, aber sie bemerkte auch neue Bilder. Von ihr. Wie sie Org vor dem Mammut rettete. Wie die Krieger sie am Leibe des toten Tieres bejubelten. Wie die Männer sie im Wald suchten. Wie sie schließlich aufgaben. Wie der ganze Stamm zusammenstand und den Kopf senkte. Offenbar ein Begräbnisritual für Urga. Org hatte dabei … ja, was genau im Gesicht? Urga schaute sich es näher an: Das waren keine unbeabsichtigten Kleckse. Es waren tropfenförmige Punkte direkt unter den Augen. Tränen. Neben Org war eine Frau gezeichnet. Sie hielt ein Kind in den Armen. Arga. Auch die Frau weinte um Urga. Und das Kind ebenfalls.

Jetzt musste auch Urga weinen.

Nicht mehr nur mit den Tränen ringen und sie dann mit aller Macht zurückhalten.

Endlich weinen.

Endlich Abschied nehmen.

Lovskar nahm Urga in die Arme und ließ das erste Mal, seitdem sein Hund Thori verstorben war, den Tränen freien Lauf. Sie flossen wegen dem dummen Köter, aber auch, weil er keine Kinder hatte. Am meisten jedoch, weil er Urga so gerne den Schmerz nehmen wollte, aber nicht wusste, wie.

Amanda betrachtete die beiden, und auch ihre Augen wurden feucht.

Felix trat zu ihr und sagte: «Du musst nicht immer stark sein.»

Da konnte auch sie sich nicht mehr zurückhalten und weinte wegen ihrer verdammten, ungerechten Krankheit.

Felix nahm erst Amanda in die Arme, dann die anderen beiden. Alle vier drückten sich aneinander. Nach einer Weile deutete Felix, ohne die Umarmung zu lösen, mit dem Finger auf einige Bilder an der Felswand. Sie zeigten einen Krieger, dessen Frau und ein kleines Kind. Es waren dieselben Menschen wie auf den Zeichnungen von Urgas Begräbnis. Auf diesen Bildern führten sie jedoch ein glückliches Leben: Sie standen Hand in Hand da. Kochten gemeinsam. Schliefen eng beieinander am Lagerfeuer. Und auf einem Bild begrüßten sie ein weiteres Geschwisterchen in der Welt.

«Bestimmt», sagte Felix, «haben sie es Urga genannt.»

Da weinte Urga vor Glück, dass die Verstorbenen ein gutes Leben gehabt hatten. Und dass ihr selbst nun ein solches beschieden war. Sie war nicht allein auf dieser Welt.

Lovskar hingegen weinte vor Glück, weil er auf seine alten Tage die wahre Liebe gefunden hatte. Vor allem aber, weil Urga nicht mehr leiden musste.

Amanda flossen Glückstränen, weil sie nicht mehr allein war, denn Felix wollte ihr in den kommenden schweren Zeiten beistehen.

Und auch Felix weinte nun. Weil er so glücklich war, nicht mehr von seinem alten Schmerz erdrückt zu werden. Weil er sich nicht mehr läppisch fühlen musste. Er hatte ja so vielen geholfen, ihr Glück zu finden: Urga. Lovskar. Maya. Vor allen Dingen weinte Felix jedoch, weil es in seinem Leben Menschen gab, die er lieben durfte.

Als die vier nach einer Weile die Umarmung lösten, fühlte sich Urga wie befreit. Die Trauer würde bis ans Lebensende ein Teil von ihr sein, aber nach dem Weinen besaß das Leid nicht mehr die Kraft, ihre Lebensfreude zu ersticken. Endlich war sie sich ganz gewiss, dass sie in dieser neuen Welt leben mochte.

Und sie wusste auch genau, wie sie das neue Leben feiern wollte. Sie wandte sich an Lovskar und sagte: «Komm, lass uns gehen beide in Wald.»

«Was willst du denn da?», fragte er.

«Dreimal du dürfen raten.»

«Beeren sammeln?»

«Noch zweimal.»

«Pilze?»

«Einmal du noch haben.»

«Schnabbeln?»

«Und schnubbeln!»

Gemeinsam mit Amanda schaute Felix den beiden hinterher, wie sie die Höhle verließen. Sein Abenteuer hatte damit angefangen, dass er einsam an der Reling eines Arktiskreuzfahrtschiffs gestanden und sich gefragt hatte, wie er erfolgreich werden konnte, jetzt stand er in der Neandertal-Höhle mit der Liebe seines Lebens und fragte irritiert: «Was genau ist eigentlich Schnabbeln?»

«Ich hab da so eine Ahnung», grinste Amanda verführerisch, sodass es auch Felix begriff. «Okay. Aber was ist Schnubbeln?»

«Das finden wir auch heraus.»

Die beiden küssten sich. Lang. Innig. Als ob sie die Jahrzehnte nachholen wollten, die sie voneinander getrennt gewesen waren.

«Aber ich glaube, wir sollten uns dafür lieber ein Hotel nehmen.»

Felix lachte: «Ich bin froh, dass du das sagst.»

So traten auch sie aus der Höhle in den Sonnenschein, ohne an vergangenen Schmerz zu denken oder sich mit zukünftigem zu belasten. Und Felix wusste, dass er damit den letzten Schlüssel zum Glück gefunden hatte:

Lebe im Jetzt.

Oder besser noch …

… liebe im Jetzt.

Dank

Man hat enormes Glück, wenn man großartigen Menschen in seiner Arbeit begegnen darf. Ich danke meiner wunderbaren Lektorin Ulrike Beck dafür, dass ich ihren Ratschlägen blind vertrauen kann. Ich danke meinem wirklich weisen Agenten Michael Töteberg, der mir im Augenblick des Zweifels den Weg zeigt. Ich danke dem so begabten Coverzeichner Olf für seine Kreativität. Und ich danke Alexandra Bültemeier für ihren Hinweis auf die Mini-Mammuts in der Steinzeit.

David Safier
Miss Merkel

Mord in der Uckermark

320 Seiten

Angela ist seit sechs Wochen in Rente und mit Mann und Mops in die Uckermark gezogen. Nach dem turbulenten Leben in Berlin fällt es ihr jedoch schwer, sich auf das beschauliche Landleben einzulassen. Nur zu backen und zu wandern, wird halt schnell langweilig. Als jedoch der Freiherr Philipp von Baugenwitz vergiftet und bekleidet mit Ritterrüstung in einem von innen verriegelten Schlossverlies gefunden wird, erwacht neues Leben in Angela. Endlich wieder ein Problem, das gelöst werden will! Unterstützt von ihrem liebenden Ehemann und dem sanften Bodyguard Mike macht sie sich auf die gefährliche Suche nach dem Mörder. Wird Angela ihn finden? Wird sie in der Uckermark heimisch werden? Gar das erste Mal in ihrem Leben eine wahre Freundin finden? Oder wird eine der sechs verdächtigen Frauen ihr zuvor den Garaus machen? Fragen, die nur eine große Detektivin beantworten kann!

QUATRE SAISONS DE SANG

DU MÊME AUTEUR

Chez le même éditeur

DÉJÀ DEAD, 1998
PASSAGE MORTEL, 2000
MORTELLES DÉCISIONS, 2000
VOYAGE FATAL, 2002
SECRETS D'OUTRE-TOMBE, 2004
OS TROUBLES, 2005
MEURTRES À LA CARTE, 2006
À TOMBEAU OUVERT, 2007
MEURTRES AU SCALPEL, 2008
MEURTRES EN ACADIE, 2009
LES OS DU DIABLE, 2010
AUTOPSIES, 2011
LES TRACES DE L'ARAIGNÉE, 2012
CIRCUIT MORTEL, 2013
L'ANGE DU NORD, 2014
UN OS À RONGER, 2015
MACABRE RETOUR, 2016
DÉLIRES MORTELS, 2017

Chez Oh ! Éditions

VIRAL, 2010
CRISE, 2011

Chez XO Éditions

CODE, 2013
RISQUE, 2015

KATHY REICHS

QUATRE SAISONS DE SANG

Traduit de l'anglais (États-Unis)
par Natalie Beunat

Robert
Laffont

Titre original : THE BONE COLLECTION

ISBN 978-2-221-20090-2
(édition originale : ISBN 978-0-399-59322-2, Bantam Books, an imprint of Random House, a division of Penguin Random House LLC, New York)

Dépôt légal : février 2018

À Fred Weber
14 juillet 1945 – 21 avril 2016

Les os du lac

1.

J'étais cramponnée au montant métallique d'un Mule 4 × 4 qui, à chaque seconde, effectuait de brusques embardées et des bonds spectaculaires. Le moteur grondait, et la structure tout entière cliquetait comme un vieux bombardier de la guerre de Corée. Malgré le ciel couvert, il faisait encore chaud pour un mois d'octobre. J'ai soufflé vers le haut pour tenter, en vain, de décoller une mèche de cheveux de mon front, puisqu'il était hors de question que je lâche la barre du véhicule à laquelle j'étais désespérément agrippée.

L'image que j'avais en tête de l'implantation d'une communauté d'artistes à la campagne était plutôt celle de routes nombreuses et bien entretenues. Le chemin que nous empruntions consistait à traverser une forêt dense, trouée çà et là par des pylônes de lignes à haute tension, et truffée de pistes en terre battue se perdant dans des sous-bois touffus. La Caroline du Nord prenait ici des allures de Jurassic Park.

Mais je n'étais pas là pour entrer en communion avec la nature, ni pour stimuler la créativité de mon hémisphère droit. J'étais venue pour récupérer un cadavre.

Je m'étais pourtant organisé une super journée à Charlotte : d'abord, faire mon jogging sur la Booty Loop, la piste dédiée aux joggeurs et aux cyclistes dans le quartier de Myers Park, puis déjeuner avec mon amie Anne, et enfin me promener dans les rues de NoDa, le quartier des galeries d'art au nord de Davidson Street. J'avais à peine fini de lacer mes Nike que mon patron m'appelait pour me prévenir.

— Mais on est samedi ! avait râlé Anne en apprenant le changement de programme. Ça peut pas attendre ?

— T'as envie de discuter en détail de la décomposition des corps juste avant le repas ?

— Ils ont pas des flics pour se charger de ce genre de trucs ?

— C'est mon job, Anne. (En tant qu'anthropologue médico-légale rattachée au Bureau du médecin légiste du comté de Mecklenburg, je considérais que des restes humains non identifiés étaient de mon ressort.) Un péroné, un tibia et deux vertèbres ont été découverts il y a quelques semaines à Mountain Island Lake. Les policiers croyaient alors qu'il pouvait s'agir d'une personne portée disparue, Edith Blankenship.

— J'ai entendu parler d'elle aux infos. Une étudiante, c'est ça ?

— Une jeune diplômée de l'UNCC.

L'acronyme de l'université de Caroline du Nord à Charlotte, mon autre employeur.

— Et ce n'est pas elle ?

— Le test sur le gène amélogénine atteste que les os sont ceux d'un homme.

— J'adore quand tu racontes des cochonneries.

— Je n'ai toujours pas identifié le gars.

John Doe[1] était dans un carton à mon labo sous la référence ME422-13. J'avais demandé qu'on procède à un balayage au sonar de la crique près de laquelle les os s'étaient échoués. Peut-être que ça ne valait plus trop la peine à présent. Toujours ça de moins de paperasse à remplir. Maigre consolation.

---

1. Dans le jargon de la police, on désigne une personne non identifiée par « John Doe », pour un homme, et « Jane Doe », pour une femme. (Toutes les notes sont de la traductrice.)

Anne ne m'avait pas félicitée pour mon implication professionnelle.

— Le type qui avait trouvé les os pense en avoir découvert d'autres.

— Et il faut que tu ailles récupérer le reste de monsieur Tibia Péroné.

Long soupir de désespoir.

— Il se peut que j'aie le temps de te rejoindre ensuite.

— N'oublie pas de te laver les mains, hein ?

Puis mon amie avait raccroché.

Le 4 × 4 a brusquement viré à gauche avant de foncer au milieu des arbres par une saignée invisible depuis la route. J'ai presque failli être éjectée, tête la première. Le mec au volant a crié par-dessus son épaule, avec une pointe d'accent dans la voix :

— Pas trop secouée ?

— J'suis au top !

Mon chauffeur se définissait comme un « artiste cow-boy ». C'était son expression, pas la mienne. Il s'appelait Emmett Kahn et m'avait accueillie une heure plus tôt avec un grand sourire tout en me broyant la main.

J'estimais à la louche qu'il avait une petite soixantaine d'années. Des cheveux hirsutes couleur de jais, le teint mat, des yeux noirs aux paupières lourdes et des rouflaquettes de la taille d'une côte de bœuf. Marchand d'art florissant, Kahn possédait en outre une propriété de cent vingt hectares à travers laquelle notre cher Mule 4 × 4 poursuivait sa course folle.

— J'ai surnommé cet endroit « Carolitalie » parce que mon terrain a la forme d'une botte. Nous fonçons droit sur « Les Doigts de Pied ». Vous connaissez l'histoire de Mountain Island Lake ?

J'ai fait un signe de dénégation, mâchoires serrées. À force de tressauter comme ça, j'étais sûre que mes plombages dentaires auraient besoin d'être remis en place au moment où nous atteindrions notre but.

— Le lac a été créé en 1929 pour faire fonctionner des centrales hydroélectriques. Il est alimenté par la Catawba River et est le plus petit des trois lacs artificiels du comté de Mecklenburg.

— Énorme.

Tout ce que j'étais capable de produire comme paroles se résumait à un vocabulaire digne de l'âge des cavernes. Grand pays. Conduite secouée. Temperance ballottée.

— C'est la raison pour laquelle j'ai un gardien. Skip gère la sécurité de mon domaine.

D'un mouvement de tête, Kahn a désigné l'homme sur le siège passager. Ce dernier me paraissait carré dans tous les sens du terme. Un dos carré, des épaules carrées et une coupe en brosse... tout aussi carrée. Il portait des lunettes de soleil aviateur qui dissimulaient son regard mais je n'avais pas le moindre doute sur le fait qu'il tirait la gueule.

— Skip est flic. Il travaille pour le comté de Gaston. Ça permet de mettre de l'huile dans les rouages, vous voyez ce que je veux dire ?

Le Mule bondit, nous offrant une vue dégagée sur la ligne d'horizon. À l'est se profilaient des nuages bas, couleur anthracite et gorgés d'eau.

— Je croyais qu'on était dans le comté de Mecklenburg, ai-je réussi à crier à un moment où la piste était moins cahoteuse.

— La frontière du comté passe au milieu du lac. Mon domaine s'étale de part et d'autre. Skip savait que Mecklenburg employait une dame comme vous et il m'a conseillé de les appeler.

Malin, le Skip.

Le CMPD, les services de police de la ville de Charlotte, avait communiqué l'info au MCME, le Bureau du médecin légiste du comté de Mecklenburg, puis à mon patron, et enfin... à moi.

— En fait, je travaille pour le Bureau du légiste.

— Vous êtes coroner ?

— Anthropologue médico-légale. J'étudie les cadavres qui sont trop avancés pour une autopsie classique.

— Comme les corps flottants.

L'expression utilisée par Kahn suggérait qu'il regardait un peu trop les séries policières.

— Oui. Et aussi ceux réduits à l'état de squelette, ceux qui sont momifiés, décomposés, démembrés, brûlés et mutilés.

— Ah, j'ai vu ça à la télé. Vous déterminez l'âge de la victime, si c'est un homme ou une femme, un Noir ou un Blanc, comment elle est morte, ce genre de trucs ?

— Exact.

— Vous y arrivez en vous basant juste sur trois ou quatre os ?

— Les fragments d'os, c'est toujours plus difficile. C'est super que vous en ayez trouvé d'autres.

Un pneu arrière projeta un caillou contre un énorme rocher.

— Hé ! On est bientôt arrivés ? ai-je demandé, mais soit Kahn n'avait pas entendu ma question, soit il avait choisi de ne pas y répondre.

— Alors plus on retrouve d'os, plus on a de chances de choper le meurtrier ?

— Si c'est un meurtre.

J'avais des doutes. La couche superficielle externe corticale de monsieur Tibia Péroné était lisse et blanchie. Trop lisse et trop blanchie. J'étais à peu près sûre que ces os reposaient là depuis des décennies. J'aurais parié qu'il s'agissait d'une tombe à l'abandon. La Caroline du Nord fait preuve d'un assouplissement des lois en matière d'enterrement privé. Dans les Appalaches, il n'était pas rare que Papi finisse au fond du jardin aux côtés de sa vieille Range Rover.

— Tous les os ont-ils été découverts au même endroit ? ai-je braillé pour couvrir le rugissement du moteur.

— Les quatre premiers ont été rejetés sur Arch Beach. Vous voulez qu'on fasse un détour par là-bas ?

— Une autre fois. (Un grondement de mauvais augure provenait des nuages gris.) Et ce que vous avez trouvé aujourd'hui, c'est où ?

— Près des « Doigts de Pied », côté comté de Mecklenburg.

— Donc sur la rive opposée de la péninsule, ai-je décrypté.

— Il y a eu une crue la semaine dernière, du coup, le niveau du lac s'est élevé de quatre mètres cinquante. L'essentiel se passait sous l'eau, alors le sac a bien pu dériver d'un côté ou de l'autre. Skip inspectait les dégâts quand il l'a repéré, accroché à un tronc d'arbre. Ça schlinguait. Ensuite il m'a téléphoné.

Un sac? *Schlinguait*? Une connexion neuronale s'est mise en branle dans mon cerveau.

— Attendez, je croyais que vous aviez découvert des os.

Kahn m'a lancé un regard radieux par-dessus son épaule.

— Vous aviez insisté en disant de vous appeler si on dégotait autre chose. Alors on l'a fait. On n'a touché à rien pour pas vous polluer la scène de crime.

Oh oui, décidément, ce gars avait trop vu de séries télé.

Mon léger malaise a laissé place à un agacement certain. Est-ce que tout cela n'était rien d'autre qu'une quête futile ? Mon samedi magnifiquement foutu en l'air pour que dalle ?

Kahn a donné un brusque coup de volant, et le Mule a fait un angle de quatre-vingt-dix degrés, avant de dévaler une butte et de piler à cinq centimètres de l'eau. Il a coupé le moteur et, soudain, le silence m'a paru assourdissant.

— On est arrivés.

J'ai sauté du véhicule et inspecté les environs.

Nous étions sur une langue de terre montrant toutes les traces d'une récente submersion. Le sol sablonneux était ridé, les galets et les coquillages éparpillés, la végétation maculée de boue.

J'ai interrogé Skip du regard. Il a fait un geste en direction du lac.

Je suis descendue vers l'eau. Mes cheveux se prenaient dans les branchages. Kahn et monsieur Loquace se tenaient en retrait sur le monticule.

Un poisson mort gisait sur la rive boueuse, ses entrailles boursouflées avaient transpercé son ventre. De manière assez surprenante, peu de mouches avaient été séduites par l'opportunité de ce repas gratuit. Où étaient-elles ? Parties se nourrir ailleurs ? Effrayées par la tempête imminente ?

J'ai parcouru des yeux le tronc d'un pin à moitié émergé de l'eau, et là, je l'ai vu : un énorme sac en toile bleue de trois mètres de long dont la surface grouillait de mouches.

Je me suis retournée vers mon compagnon si bavard.

— Vous n'avez pas touché à ce sac ?

— Oh non... (Skip était capable de parler après tout.) L'odeur m'a suffi.

— Vous l'avez découvert quand ?

— Y a deux, trois heures.

J'ai enfilé une paire de gants à usage unique. Mes connexions neuronales continuaient leur course folle dans mon cerveau. *Schlinguait ? Des mouches sur de vieux os ?*

Je portais fort heureusement des bottes de pluie, ce qui m'a permis d'entrer dans le lac. Les deux hommes m'observaient en silence.

Chacun de mes pas était malaisé parce que la boue œuvrait comme une ventouse. Le haut de mes bottes arrivait maintenant à la surface de l'eau qui commençait d'ailleurs à se déverser dedans. À présent, j'avais les chaussettes trempées et les pieds gelés.

L'eau à mi-cuisse, je me suis rapprochée du sac, et j'ai eu droit à une bouffée de la charmante odeur en question.

L'espoir qui me restait de contempler des aquarelles en compagnie d'Anne s'est instantanément envolé.

Les mouches. La puanteur. Quelque chose ne collait pas.

J'ai observé le sac en me posant toutes sortes de questions. Devais-je ou non appeler des renforts ? Devais-je le rapporter vers le rivage, puis téléphoner au labo ?

Au loin, les lourds nuages sombres chargés d'électricité crépitaient et les grondements de tonnerre augmentaient en volume sonore.

Au diable le protocole ! Pas question que je laisse la foudre me griller les fesses.

J'ai pris plusieurs photos avec mon iPhone, puis j'ai tenté de libérer la chose, en vain. Je n'étais pas assez stable.

Je me suis approchée davantage. Une nuée de Calliphoridae a reflué vers mon visage et mes cheveux. J'ai tiré d'un coup sec sur les anses du sac pour les dégager des branches auxquelles elles étaient accrochées et enfin, il tomba dans l'eau avec un *plouf* sonore.

J'ai rapatrié le colis vers le bord aussi vite que me le permettaient mes jambes avec des bottes gorgées d'eau. Des mouches vertes visiblement agacées virevoltaient dans mon sillage.

Skip m'a aidée à extraire le sac du lac et à le traîner sur la rive boueuse, puis à le hisser sur le monticule. De l'eau suintait de la toile et, sur un côté, elle s'échappait carrément par une déchirure d'une quinzaine de centimètres.

De retour sur la terre ferme, j'ai pris de nouveaux clichés. Ensuite j'ai descendu la fermeture Éclair tout en dissipant un essaim de mouches désabusées. Du coup, elles ont opté pour le poisson mort : sushis en plein air !

Un crâne est apparu, me fixant de ses orbites vides et rondes, comme s'il était surpris par cette soudaine lumière. De longs cheveux étaient collés sur sa surface comme des algues sombres.

Le cadavre était habillé. Sous les vêtements détrempés, je pouvais discerner des ligaments et des tissus mous verdâtres.

Pourtant, ce n'est pas ce qui m'a glacée d'effroi.

Les jambes étaient légèrement fléchies, et les os, des tubes sous le jean sale.

Les jambes.

Deux jambes.

En aucun cas, il ne pouvait s'agir de monsieur Tibia Péroné.

2.

Skip m'a aidée à charger le sac sur le 4 × 4. Le trajet risquait de l'endommager à cause des secousses, mais je n'avais aucune envie d'attendre. Des éclairs zébraient déjà le ciel.

Le voyage du retour a été morose, même Kahn n'a pas prononcé un mot. Une fois au niveau des clôtures, j'ai pu choper assez de réseau pour téléphoner.

Tim Larabee, le médecin légiste en chef du comté de Mecklenburg, et donc mon patron, s'est montré aussi surpris que moi de l'évolution de la situation.

Larabee m'a demandé si je pouvais transporter le sac dans mon coffre. *Ah ça non !* Je l'avais fait une fois. Résultat : l'odeur avait persisté dans ma voiture jusqu'à ce que je la vende. Ou bien était-ce le souvenir que j'avais gardé de cette malheureuse expérience ? Quoi qu'il en soit, pas question de recommencer.

Mon patron m'a promis d'envoyer une fourgonnette de transport.

Nous l'avons attendue près de drôles de chalets, qui auraient mieux convenu aux Alpes qu'à la Caroline du Nord. Kahn m'a expliqué qu'il s'agissait de studios destinés à accueillir des artistes, mais je n'y ai pas vu âme qui vive. Skip ne disait mot.

Au bout d'une vingtaine de minutes, Kahn nous a priés de l'excuser; il devait passer un coup de fil. Prévoyait-il d'avertir son avocat ? Skip m'a tenu compagnie, muet comme une carpe – pour changer.

— Ils n'ont pas fait preuve de beaucoup d'imagination pour trouver le nom de Mountain Island Lake, ai-je dit histoire de meubler.

— La *montagne* désigne en fait la grosse île au milieu, a-t-il répondu en pointant son menton vers le lac.

— Ça doit être profond.

— Cent quatre-vingt-dix-sept mètres de profondeur. Le lac a une surface de treize kilomètres carrés et un pourtour de quatre-vingt-dix-huit kilomètres.

Deux phrases complètes ! Skip était en pleine forme.

— Ça fait beaucoup pour un lac.

— Les habitants de Charlotte boivent beaucoup d'eau.

— La rumeur court ces temps-ci qu'ils pourraient se mettre à l'eau en bouteille.

Visiblement, Skip n'était pas vraiment fan de mes blagues.

— Chaque année, on remorque entre cinq et six cadavres. Le plus souvent, des plaisanciers ivres, sans compter ceux qu'on ne retrouve jamais.

Sérieux ? Peut-être que je devrais me mettre à l'Évian...

Kahn nous ayant rejoints, je me suis adressée à lui.

— Combien de gens environ ont accès à cet endroit ?

— Seulement ma famille, mes invités et Skip. Nous avons actuellement deux artistes en résidence. Nous changeons le code de la barrière quand on y pense, mais pour être franc, le domaine est vaste et... en quelque sorte... poreux.

— C'est clôturé ?

Kahn a oscillé la main, façon de dire : couci-couça.

— Nous avons une clôture commune avec les gens de Duke Energy[1]. C'est ainsi depuis belle lurette, et peu de personnes le savent, hormis moi.

— La centrale thermique à vapeur de Riverbend ?

Je l'avais aperçue en passant en voiture. De gigantesques cheminées en briques, des convoyeurs à chaîne, un réseau

1. Duke Energy est une société du secteur énergétique qui produit, transporte et distribue de l'électricité. Son siège social est situé à Charlotte.

de fils électriques : l'ensemble semblait tout droit sorti d'un film postapocalyptique.

— Ouais, c'est une vieille centrale à charbon construite en 1929 au moment où a été créé le lac artificiel. Riverbend avait été installée pour compléter la fourniture d'électricité quand la demande était trop forte. Le site est tellement délabré et mal entretenu que les riverains sont furieux. Et la situation a empiré depuis que Duke Energy l'a carrément fermé il y a quelques mois. Des associations écolos crient au scandale parce que des résidus de cendres de houille polluent le lac. Ils veulent les poursuivre en justice pour obliger Duke à colmater les fuites. On verra bien ce que ça donne.

— Ça signifie que n'importe qui a accès à la péninsule ? Au fleuve Toe ?

Tout semblait indiquer que quelqu'un s'était débarrassé du corps en le jetant à l'eau.

Kahn a haussé les épaules.

— Bien sûr. Il suffit d'enlever les pancartes DÉFENSE D'ENTRER. À une époque, le coin était un territoire très prisé par les Hells Angels, alors on a eu droit aux bikers hurlant et sillonnant les pistes comme des dingues, enfin, vous voyez le topo...

— Avez-vous relevé récemment des indices d'entrée par effraction ?

Kahn ne m'a pas répondu et s'est tourné vers Skip.

— Je peux te laisser gérer ?

Skip a hoché la tête en signe d'assentiment.

— Parfait, téléphone-moi dès que la camionnette sera arrivée. (Puis à moi, il ajouta :) Laissez-moi vous montrer quelque chose.

Avant que je puisse répliquer, Kahn avait déjà contourné un chalet pour s'engager sur un sentier à peine visible s'enfonçant dans le sous-bois. Je l'ai suivi.

— À Carolitalie, on essaie d'intégrer l'art à la nature. (Kahn m'expliquait les choses tout en marchant d'un pas alerte.) Partout à travers ma propriété se trouvent des installations vivantes. La beauté réside dans des lieux inattendus.

— Ah...

Je ne pigeais pas un traître mot de ce qu'il me racontait.

Un peu plus loin, il a tendu son bras au-dessus de nos têtes.

— La beauté réside dans les arbres.

Une capsule faite de métal et de Plexiglas était arrimée à plusieurs grosses branches d'un chêne, à trois mètres du sol.

— Laissez-moi deviner... un vaisseau spatial ?

— Un vaisseau dédié à la contemplation de l'espace. Une personne aspirant au calme peut s'y asseoir et méditer autant qu'elle le souhaite. La structure en verre permet à la lumière de pénétrer parfaitement l'habitacle, mais le côté bulle favorise la concentration sur son être intérieur.

— Ah...

L'art contemporain, ça n'est pas vraiment mon truc.

Kahn s'est avancé vers un monticule couvert d'épines de pins et équipé d'un hublot et d'une porte de réfrigérateur. Il l'a ouverte sans un mot et m'a invitée à jeter un coup d'œil à l'intérieur.

Une sorte de nacelle ancrée dans le sol maintenait une table ronde ceinturée d'un banc. Le reste du mobilier était en plastique, d'un blanc d'hôpital.

— Ici, trois personnes peuvent survivre sous terre pendant des jours. Il en existe treize semblables un peu partout sur le terrain. Treize, c'est le nombre associé à la révolte, à l'apostasie, à la désagrégation, à la révolution.

Le fantasme absolu du parfait survivaliste.

— J'ai remarqué depuis quelque temps que quelqu'un squattait certains de ces abris.

— Vous avez une idée de qui il s'agit ?

— Avez-vous déjà entendu parler de sabotage écologique ?

— L'écoterrorisme ?

Kahn a hoché la tête en caressant son menton.

— Le type à qui vous devriez causer fait partie de ce groupuscule de tarés. Il s'appelle Herman Blount. En août dernier, Blount a posté des vidéos sur les réseaux sociaux où il menaçait de faire sauter la centrale électrique de Riverbend. Puis il a disparu des écrans radar.

— Et vous croyez que ce Blount a l'intention de poursuivre son combat par chez vous ?

Kahn a acquiescé, l'air sombre.

— S'il existe une personne capable de commettre de telles violences, c'est bien lui.

3.

Quand je suis arrivée le lundi matin de bonne heure au MCME, Mme Flowers était déjà à son poste, à l'accueil. Comme à son habitude, elle portait une robe à fleurs, et ses cheveux, parfaitement permanentés, lui faisaient une sorte de casque couleur pêche.

Je l'ai saluée d'un signe de la main, j'ai scanné mon badge d'accès au biovestibule qui conduit aux salles d'autopsie et à nos bureaux. Un « biovestibule » est ce que vous pourriez appeler un couloir à trois cents millions de dollars. Eh ouais...

Nos locaux sont de construction récente, et réalisés avec ce qui existe de mieux en matière de réglementation LEED – le système américain de standardisation de bâtiments à haute qualité environnementale – et, du coup, ils ont encore cette odeur particulière d'intérieur de voiture neuve. Après avoir travaillé pendant des décennies dans notre ancien MCME décrépit, parfois « rénové » avec des matériaux bon marché, tout le monde ici adore notre nouvelle crèche.

Je me suis dirigée vers la salle d'autopsie numéro quatre, une des deux à être munie d'un système de ventilation spéciale pour s'adapter aux cadavres les plus odorants : les décomposés, les flottants, les corps en putréfaction. Je l'appelle « la salle qui pue ».

Alors que j'effectuais un détour par mon bureau pour ranger mon sac à main dans un tiroir qui ferme à clé,

Larabee est apparu sur le seuil. Mon chef adore faire du jogging pendant son temps libre. Un peu trop. Les heures passées à marteler le bitume l'ont rendu aussi maigre que le héros à la peau tannée de *Sleepy Hollow.*

— Alors, comment ça s'est passé à Mountain Island Lake ?

— Il a fallu braver la tempête, ai-je dit en me redressant.

— Joe m'a raconté qu'il pleuvait des cordes sur le chemin du retour et que les bourrasques ont failli déporter la fourgonnette.

Joe Hawkins est le vétéran des techniciens d'autopsie du labo. Il bosse au MCME depuis la nuit des temps.

— Je n'ai pas vu son nom sur le panneau des présents. Il est où ?

— Il n'est pas là, il a une conjonctivite aiguë. Ça t'ennuie de bosser seule ?

— Ça m'ennuie moins que de choper une conjonctivite aiguë. C'est hypercontagieux. Où sont mes os ?

— Dans la chambre froide. Joe a réalisé les premières photos et les radios, puis a tout laissé sur le chariot.

— Week-end chargé ?

— Pas mal. Une victime poignardée, une autre électrocutée, et un meurtre-suicide. Rien qui puisse te concerner.

Dans notre étrange confrérie, cette liste mérite la qualification de « pas mal ».

— Tiens-moi informé, a-t-il lancé avant de disparaître.

J'étais soulagée de savoir que je n'aurais pas d'autres affaires à traiter. J'ai attrapé un formulaire que j'ai fixé sur l'écritoire à pinces, puis je suis allée me changer dans les vestiaires avant de me diriger vers la chambre froide. J'espérais que quarante-huit heures au frais auraient diminué la puanteur. Mais je savais que c'était illusoire. L'odeur reviendrait bien assez vite.

J'ai poussé le brancard jusqu'à la salle numéro quatre, sorti d'un tiroir une paire de gants en latex que j'ai enfilés ainsi que des lunettes de protection que j'ai posées sur le haut de mon crâne. J'ai placé un masque en papier sur mon visage et un tablier en plastique autour de mon cou et de ma taille. Ravissante, n'est-ce pas ?

Le plafonnier était allumé, le ventilateur ronronnait : j'étais fin prête.

Joe avait fait du bon boulot dans la disposition des os, tout en les laissant à l'intérieur des vêtements. Après tant d'années à me servir d'assistant, il savait exactement comment je travaillais.

Le squelette était étendu sur le dos, avec les membres légèrement évasés. Posture Savasana. Ça peut sembler bizarre, mais c'est ce terme de yoga qui m'est venu à l'esprit. Ils l'appellent aussi la posture du cadavre.

La masse de cheveux s'était détachée du crâne pendant le transport et reposait près du corps, entremêlée de végétation pourrissante et d'autres déchets provenant du lac.

J'ai allumé le négatoscope. Les radios de Joe ne m'ont rien révélé de particulier.

Je suis revenue au chariot pour examiner les restes de la victime. L'eau ne pardonne pas dès qu'il s'agit des morts. Les boursouflements sont monstrueux et l'odeur est pestilentielle. Mais cette phase était passée depuis longtemps, ne laissant que des os et quelques lambeaux de chair putride.

Cependant cette personne avait été un être humain et j'ai ressenti l'habituelle pointe de chagrin. Sans doute à cause des cheveux; ils m'évoquent chaque fois ce geste naturel de les brosser, ou bien de les glisser derrière l'oreille, ou de les sentir flotter au vent.

Assez étrangement, mes pensées ont de nouveau dérivé sur le yoga. Mon cerveau m'envoyait les images d'un cours que j'avais suivi récemment.

— Soyez centrés, avait recommandé notre professeur, l'esprit est puissant.

J'ai promené mon regard le long du squelette. J'étais centrée. Un nom. Je devais lui donner un nom.

J'ai noté l'heure sur le formulaire : 8 h 38.

J'ai chaussé mes lunettes de protection et ajusté le masque. Puis j'ai démarré l'examen.

J'ai d'abord observé les vêtements à la loupe, repérant quelques poils épars, sans doute d'origine animale. Je les ai prélevés et placés dans une éprouvette.

Puis, à l'aide d'une paire de ciseaux, j'ai découpé en son centre le tee-shirt vert olive sur toute sa longueur, à l'endroit où était imprimé le slogan RAPACES HEUREUX POUR TOUJOURS. Les deux pans de coton sont retombés de chaque côté de la cage thoracique. Le jean m'a demandé plus d'efforts, mais les morceaux de tissu ont fini eux aussi par s'affaisser sur la surface en acier inoxydable. Une fois que j'en ai eu terminé avec les vêtements, je me suis concentrée sur les os.

L'inventaire d'un squelette révélait toujours chaque élément présent au moment de sa mort.

Les bords de la suture pariétale étaient peu proéminents, la courbure de l'os frontal suggérait une arcade sourcilière lisse et la mastoïde était petite. Très certainement une femme. Les caractéristiques pelviennes semblaient corroborer celles du crâne.

La boîte crânienne était assez longue et étroite. L'arête du nez descendait bas et les narines étaient larges. J'ai entré mes mesures dans un programme appelé Fordisc 3.0. Chaque donnée m'orientait vers une origine afro-américaine.

Déterminer l'âge requiert un examen plus minutieux. À la naissance, notre squelette n'est que partiellement complet. C'est durant l'enfance et l'adolescence qu'apparaissent d'autres extrémités sur les os. Des composants de nos vertèbres fusionnent alors avec le bassin.

Les clavicules sont les dernières à se souder à l'endroit où elles sont rattachées au sternum. Je les ai examinées toutes les deux. Chacune présentait sa capsule au niveau de l'articulation sterno-claviculaire, mais une ligne légèrement ondulée m'indiquait que l'ossification remontait à peu de temps avant la mort.

J'ai alors vérifié les os des bras et des jambes, le bassin, là où les deux moitiés se rejoignaient au niveau du pubis, et enfin les côtes, là où elles étaient rattachées au sternum par le cartilage.

Pour confirmer mon estimation du squelette, j'ai sorti d'une minuscule enveloppe les radios dentaires prises post mortem et je les ai placées sur le négatoscope.

Érosion minimale sur toutes les surfaces occlusales. Racines totalement formées sur toute l'arcade dentaire. Chaque indicateur de l'âge était fiable : il s'agissait d'une jeune femme.

La mesure du fémur indiquait que la victime était de taille moyenne, et les attaches musculaires suggéraient une corpulence entre mince et normale.

J'ai donc noté toutes ces informations sur le formulaire.

Une femme noire. Âge : entre vingt-trois et vingt-sept ans. Taille : entre un mètre soixante-cinq et un mètre soixante-douze.

J'ai recherché la fiche «personnes disparues» que les flics nous avaient envoyée en même temps que les quatre premiers os.

Edith Blankenship collait avec le profil selon plusieurs paramètres.

J'ai détaché la photo et regardé son visage.

Une fille aux cheveux noirs et bouclés me souriait. Elle était coiffée d'un Mortarboard à pompon, la toque noire et plate que portent tous les fraîchement diplômés nord-américains. Sans être belle, elle n'avait pas pour autant le physique ingrat. Elle était juste ordinaire. Mais sa façon de tendre sa mâchoire en avant et son regard franc dénotaient une certaine pugnacité et une grande confiance en elle.

Les chaînes d'infos nous avaient abreuvés de cette même photo pendant une bonne semaine. Jusqu'à ce qu'un crime plus récent n'accapare l'attention des autorités chargées de faire respecter la loi... Jusqu'à ce que les actualités se concentrent sur les crues dans le Midwest. Alors l'intérêt pour la pauvre Edith Blankenship a diminué jusqu'à se résumer à des flyers à moitié déchirés agrafés sur les poteaux des lignes téléphoniques dans les quartiers nord-ouest de Charlotte.

L'affaire Edith Blankenship avait été brièvement relancée par les os de Mountain Island Lake. Ceux qui enquêtaient sur sa disparition étaient convaincus que le dossier serait transmis à la section homicide de la police, ou mieux, classé dans la catégorie affaires résolues. Je venais d'anéantir leurs espoirs.

Edith avait-elle finalement été retrouvée ?

Mon cerveau s'en tenait à l'estimation du temps écoulé depuis le décès, appelé IPM : intervalle post mortem.

J'ai contrôlé la date. La dernière fois qu'Edith Blankenship avait été aperçue vivante remontait au 8 septembre.

L'automne avait été exceptionnellement chaud pour la saison, même pour la Caroline du Nord. La déchirure dans le sac avait donné accès au corps à des poissons, des tortues, et autres charognards aquatiques. Et tout l'éventail de bactéries présentes dans l'eau avait fait le reste du boulot.

À première vue, le degré de décomposition semblait correspondre à une immersion début septembre.

Je me suis redressée, j'ai remué les épaules puis effectué quelques rotations avec les bras. Alors que mon ventre gargouillait, toutes mes pensées me ramenaient encore au yoga.

La pendule au mur indiquait maintenant 13 h 03. Mon estomac criait famine.

J'ai ôté mon masque et balancé mes lunettes de protection sur la paillasse. J'ai enlevé mes gants et mon tablier que j'ai roulés en boule, puis j'ai tenté un panier dans la poubelle à ordures médicales. *YES !*

Après m'être rapidement lavé les mains, je suis retournée à mon bureau. J'étais en train de fantasmer sur un immense sandwich à la mayo quand mon téléphone fixe a sonné.

L'idée de laisser le répondeur s'enclencher m'a évidemment traversé l'esprit.

Mais voilà, j'ai décroché.

Erreur fatale !

4.

— Merci, hein, de m'avoir refilé ce corps flottant.

Erskine Slidell, dit « le Maigre », de la section Investigation des crimes et homicides de Charlotte-Mecklenburg, n'avait pas apprécié que je fasse appel à lui un samedi. Je m'étais vite planquée derrière la fourgonnette de transport, le laissant débattre de questions de juridiction avec Skip le Policier. Ç'avait dû être le combat du siècle : Dirty Harry contre Barrière en Béton.

— Avec plaisir.

— Alors, vous vous êtes bien marrée avec Unabomber[1] ?

— Avez-vous retrouvé Herman Blount ?

— Oh oui… Ce connard ressemble à ce putain de Saddam Hussein en train de pointer le nez hors de son trou paumé. Je l'ai bien laissé mariner dans son jus pour qu'il ait le loisir de repenser au bon vieux temps où il enlaçait les arbres. Ensuite je l'ai cuisiné.

— J'aurais adoré voir ça.

— Comment ça se fait que j'suis pas surpris ?

Le Law Enforcement Center est situé dans les quartiers résidentiels de Charlotte, très exactement sur East Trade Street. Cela m'avait pris à peine une dizaine de minutes pour venir en voiture jusqu'à son bureau de la Criminelle.

---

1. Allusion au surnom donné à un terroriste américain, militant écologiste ultra, condamné à la prison à vie : Theodore (dit Ted) Kaczynski.

Le Maigre m'avait accueillie au deuxième étage, à côté d'une porte marquée : « Département des crimes violents ». Derrière, se trouvait le service des homicides et des attaques à main armée. Blount était dans la troisième salle d'interrogatoire, celle au bout du couloir.

— M. Birkenstock et ses potes écolos puent salement des pieds à force de rester sous terre. Ça a duré six semaines, leurs conneries.

Venant du Maigre, ce n'était pas à prendre à la légère.

— C'est quoi son histoire ?

— Ce gars a une dent contre les centrales à charbon. Contre les centrales hydroélectriques. Et aussi contre l'exploitation forestière, l'exploitation minière, l'élevage industriel, les pesticides, le commerce de la fourrure, l'expérimentation animale, les zoos, les cirques, les rodéos, McDonald's, etc.

— Vous l'avez déjà interrogé ?

— Cet abruti n'a pas fermé sa gueule une seule seconde depuis je lui ai botté le cul hors de son trou à rats. Il n'arrête pas de répéter en boucle des trucs sur les cendres de houille, l'arsenic et qu'à cause de ça, les poissons auraient des difficultés à baisouiller.

— Croyez-vous que Blount soit une réelle menace ?

— Votre copain artiste avait raison au sujet des vidéos postées sur les réseaux sociaux, a répondu Slidell en secouant la tête de dégoût. Ce mec est louche, ça se voit sur son visage.

J'ai balayé la main devant moi, pour lui indiquer que les commentaires sur Khan ne m'intéressaient pas.

— Blount a posté sur YouTube un paquet de vidéos qui expliquent comment bricoler une bombe soi-même. Ce type est bon pour l'Oscar du parfait enfoiré.

— Est-ce qu'il a un casier ? ai-je demandé, prenant note mentalement d'aller visionner les méthodes de sabotage préconisées par Herman Blount.

— Une kyrielle de délits mineurs. Entrée par effraction. Vandalisme. Destruction de biens d'autrui. Il y a huit ans de ça, on l'a arrêté pour avoir piégé des arbres avec des clous, afin de lutter contre l'abattage, et lors de cette affaire, il s'est méchamment frotté aux agents du FBI. La compagnie d'exploitation forestière en a eu pour 400 000 dollars de dégâts. Cette pauvre cloche avait laissé ses empreintes partout sur les clous.

— Il a déjà attaqué quelqu'un ?

— Les flics du comté d'Iredell lui attribuent deux attentats réalisés avec une bombe artisanale qui n'a pas causé de morts. L'une avait été placée dans un ranch d'élevage de chinchillas, l'autre dans une société qui volait des chiens et les refourguait à des chirurgiens débutants pour qu'ils apprennent à manier le scalpel. Le mec est aussi glissant qu'une anguille, il leur a filé entre les doigts. Ça ne va jamais beaucoup plus loin.

— C'est juste un premier examen, mais je peux vous dire que les os dans le sac semblent bien être ceux d'Edith Blankenship.

— Sans blague ?

— De sexe féminin, noire, une vingtaine d'années. Pour en être tout à fait certaine, je dois encore vérifier les empreintes dentaires.

— Des indices d'un quelconque traumatisme ?

— Non. Mais je doute qu'elle se soit enfermée toute seule dans un sac avec l'idée de faire une petite baignade.

— Vous pensez qu'on a voulu se débarrasser d'elle ?

J'ai hoché la tête.

— Attention, ça ne signifie pas automatiquement qu'il y a eu meurtre. Elle a pu faire une overdose, ou avoir eu un accident, ses copains ont paniqué et l'ont jetée à l'eau.

— Peut-être, ai-je supposé, dubitative.

— Pourquoi le corps a-t-il refait surface ?

— Quand un cadavre se décompose, la cavité corporelle se remplit de méthane généré par les bactéries dans le ventre. Les ballonnements, plus les inondations, ont sans doute fait remonter le sac.

— Doc, votre conversation est toujours un ravissement.

— Un tueur expérimenté aurait perforé le ventre et les intestins, puis aurait lesté le sac pour qu'il reste au fond. Croyez-moi, Blankenship, c'est du boulot d'amateur.

Le Maigre a ouvert la bouche pour commenter, je ne lui en ai pas laissé le temps.

— Avez-vous découvert quelque chose qui relierait Blount à Blankenship ?

— Ils appartiennent à la même mouvance, style « Sauvons-la-Terre ». (Slidell a sorti un carnet de notes à spirale de sa veste, a léché son pouce pour tourner les pages.) Blankenship était étudiante en master de sciences environnementales à l'UNCC. Avant ça, elle travaillait pour Impact Watch, une association à but non lucratif qui évalue les conséquences du développement sur la vie sauvage dans la partie occidentale de la Caroline du Nord. Leur QG se situe à Mount Holly.

— C'est sur la route de Mountain Island Lake. (J'ai froncé les sourcils. Le Maigre a fait pareil.) Qui avait signalé sa disparition ?

— Sa grand-mère. (Slidell a parcouru ses notes.) Ada Wilkins. Blankenship vivait avec elle. Un matin, elle est partie en cours et n'est jamais rentrée.

— Qui a hérité de l'affaire ?

— Hoogie Smith. Il dit que Blankenship était une solitaire. Elle n'avait pas de job d'étudiante, pas de petit copain, pas de meilleure amie. Le père est aux abonnés absents, la mère décédée. Smith a remonté le peu de pistes qu'il avait. Il a interrogé quelques-uns de ses professeurs, Ada Wilkins, des voisins. Wilkins a reconnu que sa petite-fille avait fugué une fois après la mort de sa mère. La jeune fille n'avait pas de carte de crédit. Alors tout le monde a pensé qu'elle en avait eu marre et s'était tirée.

— Et son téléphone portable ?

— On l'a localisé dans un immeuble près de l'UNCC le jour de sa disparition. Ensuite, plus aucun signal.

Je savais ce qui arrivait quand une piste s'essoufflait. La chemise contenant les éléments du dossier de Blankenship avait rejoint la pile où se trouvaient les autres dossiers de personnes disparues. Elle serait enterrée sous d'autres chemises au fur et à mesure que la pile augmenterait.

Slidell a désigné la salle d'interrogatoire numéro trois.

— Je ne veux pas effrayer le crapaud. Vous regarderez depuis la salle deux.

J'ai suivi ses directives. Je m'y suis installée, bras croisés sur la table.

Quelques secondes plus tard, un petit écran de contrôle s'est allumé et un grésillement timide s'est déversé d'un haut-parleur accroché au mur.

Blount a levé les yeux vers Slidell quand celui-ci pénétra dans la pièce. Il ne ressemblait pas à ce que j'imaginais. Un visage taillé au burin, des yeux d'un bleu cobalt, des cheveux blonds façon surfeur. Sans sa barbe un peu miteuse, il ressemblait davantage à un quarterback évangéliste qu'à un militant écologiste ultra.

Blount avait visiblement passé beaucoup de temps dans les salles de sport. Des épaules carrées. Des bras de la taille d'un poteau. Des tablettes de chocolat visibles sous son tee-shirt à manches longues.

Slidell a pris place de l'autre côté de la table sur laquelle il a déposé une chemise en carton. Il en a retiré une à une les feuilles, les a disposées avec soin et les a lues lentement. Ou du moins, il a fait semblant de les lire. Je connaissais par cœur le petit jeu auquel il se livrait. Déstabiliser la personne interrogée en la faisant poireauter.

— Je n'ai rien fait. Vous n'avez rien contre moi. Vous ne pouvez pas me garder.

Slidell a continué comme si Blount n'avait pas ouvert la bouche. Au bout d'interminables minutes, le Maigre a croisé ses doigts et placé ses mains sur la petite bouée qui lui sert de ventre.

— Voici ce que je me demande, Herman. Ça ne vous gêne pas, j'espère, que je vous appelle Herman ?

Blount lui a lancé un regard furieux.

— Je me demande pourquoi un mec qui n'a rien à cacher se planque sous terre ?

— Tous les jours, les lignes à haute tension provoquent des cancers parmi la population. Si je vis sous terre par moments, c'est pour permettre à mon corps de se reposer, afin de faire face au bombardement continu des radiations électromagnétiques.

— Hum..., a marmonné Slidell en acquiesçant comme s'il y réfléchissait intensément.

— Une manière pacifique de répondre à la menace, si vous voulez.

— Alors pourquoi avez-vous saboté des sociétés de service public ? Parce qu'elles vous font frire les couilles ?

— Je n'opère aucun sabotage dirigé contre des personnes. Mais si ça arrive, il s'agit de pure autodéfense. La centrale thermique de Riverbend empoisonne les gens en déversant des cendres de houille dans les réserves d'eau potable. Il fallait agir pour que cela cesse.

Les yeux de Blount brillaient d'excitation, soit parce qu'il était transporté par une ferveur fanatique, soit parce qu'il était simplement en plein délire psychotique. Fascinant. Edith avait-elle succombé à ce regard hypnotisant ?

— Et déposer plainte et en appeler à la justice, vous y avez pensé ? a déclaré Slidell, se prenant pour la voix de la sagesse.

— Les tribunaux sont inefficaces. Les membres du gouvernement sont des vendus. Les polluants maintiennent les gens dans un état léthargique.

— Les explosifs, c'est sûr, ça les réveille. (Le Maigre a consulté une note du dossier.) Comme dans le ranch d'élevage de chinchillas à Destin, ou encore dans les Laboratoires Arnett ?

— Je suis pas votre gars, j'ai jamais été inculpé.

— Vous avez été arrêté pour avoir piégé des arbres.

— Une erreur de jeunesse. C'est fini ce temps-là.

— Et toutes ces compagnies que vous avez dénoncées sur les réseaux sociaux ? Elles se sont endommagées toutes seules, comme par magie ?

— Il semble que je ne sois pas le seul à partager ces points de vue.

Blount soutenait le regard de Slidell, en le fixant avec des yeux calmes, posés. Mais ses lèvres pincées trahissaient une émotion refoulée. De l'angoisse ? De la rage ?

— Un flic a perdu un pouce en désamorçant la bombe d'Arnett.

— Un bien petit sacrifice en comparaison de tous les animaux qui y sont torturés.

— Et qu'en est-il d'Edith Blankenship ? Elle aussi était un bien petit sacrifice ?

L'enchaînement du tac au tac était destiné à prendre Blount au dépourvu. J'ai observé son visage avec attention. Aucune réaction.

— Qui ça ?

— Une étudiante à l'UNCC.

Blount a haussé ses épaules musclées.

— Peut-être l'avez-vous rencontrée à Impact Watch. Elle faisait les photocopies de votre manifeste ? Vous savez écrire, n'est-ce pas Herman ?

Blount n'a pas mordu à l'hameçon.

— Il n'y a que des laquais du pouvoir à Impact Watch. Le gouvernement leur tapote le crâne en leur faisant croire qu'ils prennent en compte leurs revendications, mais les problèmes continuent, rien n'est jamais réglé.

— C'est ce qui s'est passé ? Edith est devenue un problème que vous deviez régler ?

— Vous l'avez retrouvée ?

— Qui a dit qu'elle avait disparu ?

— Je lis les journaux.

— Vous étiez où le 8 septembre ?

— Je refuse de vivre selon le diktat d'un agenda.

— Laissez-moi vous rafraîchir la mémoire, Herman. (Le Maigre s'est penché au-dessus de la table jusqu'à ce que son visage soit à trois centimètres de celui de son interlocuteur.) Le 8 septembre, vous téléchargiez vos réflexions sur la meilleure façon de faire sauter la centrale thermique à vapeur de Riverbend.

Blount s'est instinctivement reculé.

— J'avais une comparution devant le tribunal ce jour-là. Dans le comté de Buncombe. C'est à plusieurs heures de voiture de là. Vous n'avez qu'à vérifier.

— Vous pouvez être certain qu'on ne va pas se gêner. Qui vous a aidé à réaliser la vidéo ?

— Un trépied.

Slidell a saisi une autre feuille du dossier d'un geste brusque.

— Vous et Blankenship, vous avez versé de la pâte à roder les soupapes dans les moteurs ? En mai dernier, que dites-vous de ce petit délit de fuite à l'exploitation forestière du Belvédère ?

Blount a secoué la tête avec une déception feinte.

— Vous autres, vous ne comprenez rien à rien. Nous sommes une armée. Nous rendons coup pour coup. Vous ne pouvez pas espérer vous débarrasser de nous. Vous ne nous impressionnez pas. (À présent, c'était lui qui tendait sa mâchoire en avant. Il a presque murmuré la phrase d'après.) *Nous... sommes... partout.*

Slidell n'a pas moufté. Ça m'étonnait de lui. Il n'était pas du genre à lâcher l'affaire aussi facilement.

— Blankenship était-elle votre âme damnée ?

— Blankenship et les gens de son espèce n'ont même pas les tripes de risquer la damnation ! On n'a jamais empêché la destruction de la nature avec des pétitions et des manifs. Il faut agir.

— Edith Blankenship n'était pas d'accord avec vos positions radicales, c'est ça ? Elle a menacé de vous dénoncer ? Alors vous l'avez descendue ?

— Elle m'aurait dénoncé pour quoi ? Pour savoir me servir d'un couteau ? Pour savoir traquer une proie ? Pour savoir dépecer les animaux que je mange ? Ce sont des techniques basiques, inspecteur. (Blount s'est calé au fond de sa chaise, un bras sur le dossier.) Juste la lutte pour la survie.

Slivell a fait claquer sa langue en pointant un index vengeur.

— Vous avez été dans les meilleures universités, pas vrai ? Sans doute une des plus prestigieuses de la côte Est ?

— Dartmouth. Et alors ?

— Et le cours de bombes artisanales, c'est compris dans leur cursus, ça ? C'est ce qu'ils vous apprennent ? À tout faire exploser ?

De nouveau, il a secoué la tête d'un air blasé.

— Ils nous apprennent que se méfier du gouvernement et croire en la liberté d'expression ne sont pas des crimes. Ils nous apprennent que l'humanité doit se préparer à affronter l'extinction de sa race parce que nous *consommons notre terre.* Il faut protéger la nature à tout prix.

— Discours pompeux pour un gars qu'on a sorti d'un terrier !

— Je ne suis pas responsable des crimes d'autrui, même si je suis de tout cœur avec eux ! (Son regard halluciné paraissait désormais froid comme la pierre.) Vous n'avez rien dans le dossier qui me relie à cette fille, on le sait bien tous les deux. Sinon, je serais déjà en état d'arrestation.

— Peut-être que oui, peut-être que non. Mais je suis sûr d'un truc, espèce de sale petit sac à merde arrogant. (La voix de Slidell était glaciale.) Je vais trouver ce qui te relie à elle. À partir de maintenant, oublie tes histoires de rayons de la mort et de chapeaux en alu. À partir de maintenant, c'est moi ton pire cauchemar.

Slidell a lentement rangé les feuilles dans la chemise et est sorti de la salle d'interrogatoire d'un pas martial.

5.

— Qu'en pensez-vous? ai-je demandé à Slidell tandis qu'il remontait le couloir, agacé.

— Ce type est un allumé, mais je ne peux pas l'arrêter juste parce qu'il est taré.

— Croyez-vous qu'il mente?

— Bien sûr qu'il ment. Tout le monde ment. Mais à propos de quoi? C'est ce que j'aimerais bien savoir. Il faut que je le pousse à bout.

— Est-ce que vous pouvez le retenir sous le coup d'une inculpation pour violation de propriété? (Slidell m'a lancé son regard, genre «je suis pas magicien».) Sinon il ira se terrer quelque part et vous le perdrez.

— Je ne le perdrai pas.

Je savais que Slidell ne pouvait pas le garder indéfiniment en détention sans motif. Et qu'il avait mis en place une filature. Mais je ne pouvais m'empêcher de me sentir frustrée.

— J'ai de mauvaises vibrations quand je regarde Blount.

— C'est un grand malade, mais il n'est pas stupide. Il savait que je vérifierais pour le comté de Buncombe. Son alibi tient.

— Le 8 septembre est le jour de la disparition d'Edith Blankenship. Nous ne savons pas quand elle est morte.

Un long silence s'est installé.

— J'ai besoin de plus d'éléments, a lâché Slidell. Il faut que vous déterminiez les causes et le moment de son décès.

— J'y travaille.

De retour au MCME, j'ai avalé un sandwich thon-mayo que j'ai dissous avec un Coca light, puis je me suis à nouveau costumée pour retourner à la salle d'autopsie numéro quatre. Les os étaient tels que je les avais laissés.

En règle générale, une semaine d'exposition à l'air équivaut à deux semaines sous l'eau. Mais une grande quantité de variables entrent en jeu.

J'ai contacté les services météo. Mes souvenirs étaient exacts : la région du Piedmont en Caroline du Nord avait connu un automne particulièrement chaud.

J'ai passé un coup de fil à la société Duke Energy. Les rejets de la centrale de Riverbend avaient fait grimper la température dans Mountain Island Lake à des niveaux supérieurs à la normale. L'eau était raisonnablement saturée d'oxygène. La vie aquatique était abondante.

J'ai passé en revue mes connaissances sur le processus de décomposition sous l'eau. La peau se dilate, déformant le corps en vingt-quatre heures. En une semaine, les parties molles se décomposent et commencent à se détacher.

Le fait que le corps ait été emballé avait ralenti le processus. Mais le sac qui contenait Edith était déchiré.

Compte tenu de ces conditions, et de l'état du cadavre, j'estimais à environ quatre semaines le temps écoulé depuis le décès.

Pour ce qui concernait Edith Blankenship, c'était cohérent avec la LSA, acronyme qui signifie « vu vivant pour la dernière fois[1] ».

J'ai donc reporté cette info sur le formulaire, puis je me suis concentrée sur la cause de la mort.

À nouveau, j'ai commencé par la boîte crânienne. Pas d'entrée ni de sortie d'impact de balle. Pas de fractures linéaires, pas de fractures avec enfoncement, pas de fractures radiales. Aucune trace de coupures, d'entailles, d'estafilades.

L'os hyoïde à présent. Un petit os en forme de « U » situé au-dessus du larynx, dans la partie antérieure du cou, sous

1. En anglais, LSA : *Last Seen Alive.*

la base de la langue. Celui d'Edith ne portait aucune des lésions qui auraient pu indiquer une strangulation.

Ça n'est guère étonnant. Chez les individus encore jeunes, l'élasticité des os permet à l'os hyoïde de supporter des compressions sans se briser.

J'ai poursuivi l'examen au microscope, en réglant la mise au point. Rien sur le côté droit de l'os. J'ai regardé sur le côté gauche.

Et là je l'ai vue ! Une minuscule fissure dentelée courait le long de l'os.

Je me suis redressée, mon rythme cardiaque s'est accéléré.

Edith Blankenship avait bel et bien été étranglée.

Je me suis imaginé les derniers instants de la jeune fille. Son corps s'arc-boutant, ses mains griffant ce qu'elle pouvait, son besoin désespéré de respirer.

Mon Dieu...

Je me suis calmée pour me concentrer sur les os plus longs, les côtes.

Le bassin. En procédant à l'examen, j'ai eu un autre choc. Une petite masse grise était collée contre l'os iliaque droit, côté ventre. Je l'ai dégagée avec mon index.

Alors que je la sondais, la coque tout autour s'est fendue en deux, révélant un méli-mélo de petits os. Et une unique dent.

J'étais stupéfaite. Edith était-elle enceinte ?

Non, impossible. Les morceaux, minuscules, étaient complètement détachés les uns des autres. La moitié du maxillaire inférieur était trop oblongue. La clavicule bien trop incurvée. Et la dent, quoique minuscule, était formée.

J'ai placé ma découverte sous le microscope. Je les ai attrapés un à un avec une pince.

Bon sang, qu'est-ce que c'était? Une tumeur? Un tératome qui se serait développé de manière anarchique ?

Les tératomes sont des tumeurs complexes possédant certaines composantes cellulaires d'un des trois types de cellules par lesquelles un embryon se différencie : les cheveux, les dents, les os. Plus rarement, un organe entier comme un œil ou une main.

J'ai réalisé la complexité de la situation.

Eh merde !

J'étais perplexe. J'ai ramassé tout l'assemblage que j'ai disposé sur un plateau en inox. Puis, je suis revenue au chariot.

L'os iliaque gauche présentait la même tache sombre, similaire à la première.

Je me suis redressée, en échafaudant mentalement des scénarios.

J'avais déjà autopsié des victimes de sadiques sexuels. Je n'ignorais rien de la cruauté dont est capable l'être humain. Edith avait-elle subi des tortures ? Est-ce qu'un salopard de détraqué avait introduit de force cette obscénité dans son corps ? Était-ce… – ah… quel est le nom en argot – du *gerbilling*, ou ce truc n'était-il qu'une légende urbaine sordide ?

Une idée a soudain germé dans mon esprit. *Pst !*

Mais quoi ?

Mon regard a erré de l'évier en inox aux placards, et ensuite à tout cet acier inoxydable qui m'entourait. Je suis repartie vers le chariot. J'ai observé le squelette. Puis les habits détrempés et découpés qui pendaient juste en dessous.

Frustrée, j'ai massé mes tempes.

Pst !

Les vêtements d'Edith ?

J'ai remonté un pan du tee-shirt en lambeaux et je l'ai reposé doucement sur ses côtes. J'ai lu les lettres à moitié effacées.

Bien sûr.

J'ai soulevé les jambes et les os iliaques, j'ai dégagé le jean et découpé ses poches arrière. Il y avait d'autres masses grises. Je les ai ouvertes et vidées.

Bingo.

J'ai ôté un de mes gants pour appeler Slidell. Il a immédiatement décroché.

— J'ai trouvé quelque chose.
— Quoi ?
— Venez voir par vous-même. *Maintenant.*
J'ai raccroché.
J'aurais pu le lui expliquer au téléphone. Mais faire venir le Maigre à la morgue était une perspective mille fois plus réjouissante.

6.

La porte s'est ouverte. Slidell est entré à grandes enjambées et a balancé une enveloppe sur la paillasse. Une forte odeur corporelle a envahi la pièce, rivalisant presque avec mon *Parfum du Flottant.*

— Laissez-moi vous dire un truc, ce mec, Chou, c'est un branleur de première.

J'ai plaint le malheureux dentiste. Pauvre Dr Chou, il n'avait pas dû être à la fête.

Sans émettre le moindre commentaire, j'ai allumé le négatoscope pour y examiner les petites radios issues du dossier dentaire d'Edith qu'il venait d'apporter. J'ai placé les radios post mortem réalisées par Joe à côté. Sur les petits carrés noirs de chaque catégorie, des chapes blanches et cotonneuses surmontaient deux molaires. Des plombages. J'ai comparé leur positionnement en bouche, leurs formes, et la configuration des racines. Identiques.

— On aura besoin de la confirmation officielle d'un odontologue, mais je parierais ma chemise que ce sont les mêmes.

Slidell a acquiescé d'un hochement de tête, le visage déjà gris et moite. Malgré des décennies à bosser au bureau des homicides, la salle d'autopsie lui faisait toujours cet effet.

— Bon, qu'est-ce que je dois voir de si important ?

Je lui ai montré ma petite collection d'os lilliputiens.

Il les a contemplés, puis a écarquillé les yeux.

— Des rats, ai-je expliqué.

Il a grommelé quelque chose que je n'ai pas compris, avant de reporter son regard sur le plateau en inox.

— Et aussi des campagnols, et peut-être quelques souris. (Je lui ai indiqué les masses grises, à présent éventrées.) Les os viennent de ça.

— Et c'est quoi ?

— Des boulettes de régurgitation.

— Et c'est *quoi*, bordel ?

— Ou plutôt *à qui* ça appartient. Venez avec moi.

Je l'ai conduit à mon bureau pour lui montrer un site animalier sur mon ordinateur portable.

— Le Carolina Raptor Center? a murmuré Slidell, l'air dubitatif. Comme pour les aigles et les faucons ?

— Exactement, un centre dédié aux rapaces. Des carnivores remarquables, ils dévorent leur proie en entier – les os, les organes, la chair. Un peu comme vous à une soirée barbecue.

— Doc, vous êtes une petite marrante, dites-moi.

— Merci. Les chouettes sont différentes des autres rapaces. Elles ne peuvent pas digérer la fourrure, les dents, les os, les griffes et les plumes.

— Vous marquez un point.

— Lorsque ces matières non digérables passent par le système digestif, le gésier les compacte pour former une boulette que la chouette régurgite.

— Vous êtes en train de m'expliquer comment dégueulent ces bestioles ?

— J'ai trouvé deux boulettes de régurgitation dans la cavité pelvienne d'Edith Blankenship au niveau des poches de devant de son jean.

Slidell n'a pas moufté.

— Elle avait quatre autres boulettes dans sa poche arrière. J'en déduis qu'elle étudiait très certainement les chouettes.

— Et elle aurait été en contact avec ce centre pour rapaces ?

J'ai hoché la tête.

— Et où est situé ce centre ?

— Mountain Island Lake.

— OK, 9 heures pile demain matin. Je viens vous prendre chez vous.

Slidell était en avance de vingt minutes. J'ai abandonné mes Cherrios et versé mon café dans un mug de voyage.

Se couvrir de latex de la tête aux pieds serait recommandé avant de monter dans la voiture du Maigre, à l'image de la tenue que je porte avant de pénétrer dans la salle d'autopsie numéro quatre. Des emballages de fast-food, des sacs en papier kraft gras et des mégots jonchaient le plancher. Je me suis glissée dans l'habitacle avec précaution, minimisant ma proximité avec tous ces détritus.

Nous avons emprunté la 16, en direction du nord. Bientôt, les tours d'habitation et les immeubles de bureau ont cédé la place à des maisons de banlieue et à des centres commerciaux, puis à des champs, avec, çà et là, un magasin d'entretien auto, une église ou un restaurant-grill.

Quarante-cinq minutes plus tard, Slidell quittait l'autoroute pour s'engager sur une route à deux voies. Rien que des bois, des pâturages, et la rive du lac. De temps à autre, on apercevait des rampes de mise à l'eau pour bateaux ou un cheval craintif dans un pré.

Tout à coup a surgi une pancarte indiquant notre destination. Slidell a viré à gauche et est allé se garer sur un parking de gravillons. Il a éteint le moteur. Un panneau mettait en garde le visiteur : « Site sous protection d'alarmes électroniques – Vidéosurveillance – Attention, serres aiguisées. »

Le Carolina Raptor Center était un endroit clair et spacieux, décoré de photos et de sculptures en rapport avec le sujet. Une reproduction d'aigle pendait du plafond, et des paniers débordaient de produits dérivés destinés aux touristes – des faucons pèlerins en peluche, des porte-clés à l'effigie d'une chouette, des tee-shirts portant des slogans comme « Hululons ensemble » ou « Sauvons les rapaces ». Sur un mur, un poster verdoyant décrivait le cycle de vie de la buse à queue rousse.

— Salut à vous ! nous a lancé une septuagénaire au rouge à lèvres rose fuchsia. Je m'appelle Doris. En quoi puis-je vous aider ?

Doris ressemblait à un personnage de *L'Univers impitoyable de Gary Larson.* Mêmes lunettes œil de chat, même choucroute tarabiscotée en guise de coiffure, même gilet torsadé. Petite de taille. Râblée mais coquette. En forme. *La même.*

Slidell a brandi sa plaque de flic.

— Oh ! Nom de... d'un petit bonhomme ! (La femme a posé une main recouverte de taches de vieillesse contre son cœur, puis a regardé alentour comme si une équipe d'intervention d'urgence allait débarquer.) Y a-t-il un problème ?

— Et vous êtes Doris qui ? l'a questionnée Slidell.

— Kramer. Doris Kramer.

Il a retiré une photo de la poche intérieure de sa veste.

— Reconnaissez-vous cette femme ?

— Bien sûr. C'est Edith. (Doris a froncé les sourcils.) C'est vraiment un mystère qu'elle ait disparu du jour au lendemain. Je n'aurais pas cru ça d'elle.

— Elle venait souvent ici ? ai-je demandé.

— Plusieurs étudiants du professeur Olsen travaillent sur leur projet au centre. Il vient avec son groupe tous les mardis après-midi. Edith aimait tellement nos oiseaux qu'elle restait parfois en tant que bénévole à l'hôpital.

— L'hôpital ?

— Plus de sept cents rapaces orphelins ou blessés sont hébergés ici chaque année. Et nous sommes un des rares centres du Sud-Est qui aide à la réintroduction du pygargue à tête blanche. (Son visage s'est illuminé une seconde, puis Doris est redevenue sérieuse.) C'est terrible, toutes ces magnifiques créatures qui sont heurtées par des voitures ou électrocutées sur les lignes à haute tension.

— Des lignes à haute tension ? ai-je répété.

— Électrocutées ? a répété Slidell.

Doris a acquiescé de manière très solennelle.

— Parce que l'envergure de leurs ailes est si large qu'ils peuvent toucher deux lignes en même temps. Ça lui brisait le cœur à la petite Edith. Elle restait assise des heures dans notre salle des urgences avec les rapaces blessés. Elle faisait aussi partie de l'équipe des ambulanciers qui se déplacent chaque fois qu'on leur signale un de nos amis à plumes en difficulté. Mais la plupart du temps, son action de bénévole consistait à s'occuper de nos résidents.

— Des résidents ? a grogné Slidell sur un ton qui m'indiquait que sa patience s'émoussait à vitesse grand V.

— Oui, nous hébergeons une centaine d'oiseaux qui ne peuvent être rendus à la nature à cause de blessures graves ou d'amputations. Nos visiteurs peuvent découvrir vingt-trois sortes d'espèces en longeant les grilles de notre Chemin des Rapaces.

— Que faisait Edith au juste ? ai-je enchaîné.

— Elle nettoyait les cages, remplissait les mangeoires, réalisait les contrôles de santé sur nos pensionnaires. (Doris s'est esclaffée, un petit rire nerveux entre le hoquet et la toux.) Cette fille préférait les oiseaux aux gens, je vous assure ! En particulier les chouettes. C'était sa passion. (Son sourire s'est effacé.) Je veux dire *c'est sa passion*. Oh mon Dieu ! Comme tout cela est perturbant...

Un couple est entré, accompagné d'un chiot, un beagle. Doris a bondi sur place comme si quelqu'un lui avait envoyé une décharge de Taser.

— Je suis désolée ! Les chiens sont *absolument* interdits ici !

Elle est alors sortie de derrière son comptoir avec une vélocité dont je ne l'aurais pas crue capable pour son âge, et a raccompagné manu militari les contrevenants à la porte.

J'ai donné un petit coup de coude à Slidell pour lui signaler une affichette au-dessus d'un nid si énorme qu'il aurait pu accueillir une famille de ptérodactyles. Le flyer punaisé annonçait : « Combattez Duke Energy – Apprenez à vivre différemment, hors du réseau. » Le contact était : hermanblount2@gmail.com.

Doris est revenue derrière le comptoir, lèvres pincées.

— C'est quand même fou ! On a placé des pancartes partout. Les gens ne comprennent-ils pas que les chiens sont hostiles aux oiseaux? (Elle a soulevé son bras pour nous montrer une trace en arc de cercle dont la couleur aubergine détonnait sur sa peau pâle.) Un chien m'a mordue la semaine dernière. Vraiment, comment faire confiance à ces sales bêtes?

— Edith connaissait-elle un homme du nom d'Herman Blount? ai-je dit avec la ferme intention de recentrer l'interrogatoire.

— Oui.

Elle était sur la défensive.

— Vous ne l'aimez pas beaucoup ou je me trompe?

— Je ne peux pas le prendre en défaut sur son amour des animaux. Bien que ce ne soit pas très malin de sa part d'être le propriétaire d'un rottweiler, sachant que c'est le pire ennemi de tout oiseau. Cet homme est un peu trop... comment dire... extrémiste, à mon goût. (Elle a écarquillé les yeux.) Herman aurait-il fait quelque chose de mal?

Slidell a éludé la question.

— Blount était-il proche de Blankenship?

— Une fois, il nous a rapporté une chouette rayée qui était blessée. Edith l'a aidé à la soigner. Mais la pauvre bête n'a pas survécu. Edith et Herman étaient exaltés, ils voulaient obliger les compagnies électriques à rendre leurs lignes à haute tension plus sécurisées pour les oiseaux. Euh... si vous le rencontrez, vous comprendrez... Ce jeune homme n'a pas froid aux yeux.

Doris a fait une mimique du style « vous voyez où je veux en venir »...

— Passaient-ils du temps ensemble? ai-je repris.

— J'en sais rien. (Elle a haussé les épaules.) Je m'occupe pas des affaires des autres.

Le Maigre est donc monté à l'assaut.

— Blankenship était-elle capable de violences?

— Comme quoi?

— Comme saboter des lignes à haute tension? Faire exploser des trucs? (Doris a détourné le regard.) Alors? a-t-il insisté.

— Je n'aime pas dire du mal, mais cette fille aurait fait n'importe quoi pour protéger un rapace.

— Avez-vous la moindre idée de ce qu'elle est devenue ? l'ai-je questionnée d'une voix douce.

Doris m'a regardée d'un air absent.

— Même un petit détail pourrait nous être précieux, ai-je continué avec un sourire que j'espérais encourageant.

— *Ne jugez point, afin que vous ne soyez point jugés,* a-t-elle marmonné.

— Si quelqu'un lui a fait du mal, notre devoir est de présenter cette personne à la justice.

Doris a soupiré.

— Coucher avec un homme marié n'apporte jamais rien de bon.

Pas du tout ce à quoi je m'attendais. Idem pour Slidell.

— Edith avait une aventure ?

— J'en ai trop dit, a soufflé la vieille dame en s'appuyant sur le bord du comptoir.

— Il me faut un nom, a exigé Slidell en sortant son carnet à spirale.

— Edith ne l'a mentionné qu'une fois, en confidence. Ils avaient eu une altercation et elle en était toute bouleversée. Je pense qu'elle venait de comprendre qu'il ne quitterait jamais sa femme.

— Un nom ! a aboyé mon flic préféré.

— Olsen ! Elle fréquentait son professeur, le Dr Jack Olsen.

7.

Slidell lui a encore posé deux ou trois questions, puis nous sommes retournés à sa Ford Taurus. Il a appelé le département de biologie à l'UNCC tout en quittant le parking en trombe. À la tournure qu'a prise sa conversation, j'ai compris qu'il n'avait pas obtenu ce qu'il espérait.

J'étais excitée suite aux révélations de Doris. J'avais envie de suivre immédiatement cette piste. Mais Slidell avait une autre cible en vue.

Quelques minutes après avoir quitté Rapace-Ville, le Maigre s'est garé en face d'un immeuble cubique, orné d'une pancarte représentant un souriant cochon sur la toque d'un chef cuistot. Lancaster Barbecue. Je n'ai jamais bien pigé pourquoi les restaurants-grills utilisaient des animaux souriants comme enseigne, et précisément ceux figurant sur leur carte.

Y entrer, c'était comme Dorothy dans *Le Magicien d'Oz;* quitter le Kansas pour atterrir au pays d'Oz, quitter un monde extérieur terne pour un décor merveilleux. Des panneaux en néon, des pompes à essence d'époque, tout un attirail ayant trait à des voitures de collection ornait les murs, y compris le plafond. Un milliard d'heures de courses automobiles étaient diffusées en boucle.

Je n'avais pas besoin de lire le menu. Sandwich de porc braisé, des *hush puppies* – ces délicieuses boulettes de maïs frites – et de la salade de chou. Le classique en Caroline du Nord. Slidell était sur la même longueur d'onde que moi.

On nous a servis pile au moment où son téléphone s'est mis à sonner. Il a écouté, a répondu « oui » à plusieurs reprises. Je l'ai vu griffonner une adresse sur une serviette en papier.

— Olsen termine son cours à 14 heures, et rentre directement chez lui d'habitude. (Il a fourré ensuite son téléphone dans sa veste. Qui était en polyester marron, un excellent choix vu la sauce barbecue qui avait déjà giclé dessus.) Je me disais qu'on pourrait y faire un saut et avoir une petite conversation avec ce monsieur.

J'ai jeté un coup d'œil à ma montre. Midi et quelque.

— Ça me va.

— Vous connaissez ce crétin ?

— Seulement de réputation. Nous ne nous sommes jamais rencontrés.

Slidell a essuyé le gras qui coulait sur son menton. Menton et double menton.

— En biologie, ceux qui travaillent sur les vivants ne se mélangent pas avec ceux qui travaillent sur les morts, c'est exact ?

— Non, ça arrive parfois, mais seulement s'il y a un repas gratuit à la clé.

Les règles de fonctionnement d'une fac lui échappaient totalement et je n'étais pas d'humeur à me lancer dans une formation accélérée.

— Alors, c'est quoi le type de ragots sur ce prof ?

— Un mec sérieux, déterminé. Aucune rumeur de coucheries avec ses étudiantes, si c'est à ça que vous pensiez.

— Imaginons cette piste : Blankenship et lui ont une aventure. Elle le menace de tout balancer à sa femme. Il la zigouille.

— En dehors du témoignage de Doris, nous n'avons aucune preuve qu'Edith et Olsen aient été amants.

Slidell a émis une sorte de gargouillis en se raclant la gorge.

— La strangulation, c'est très différent que de verser un poison dans la tasse de thé de votre boss, ou de tirer sur quelqu'un, ai-je ajouté. C'est une affaire personnelle, vous tuez avec vos mains. Donc je suis d'accord avec vous, il faut creuser l'angle du crime passionnel. Cependant, moi je pencherais plutôt pour Blount.

— Attendez, si Blount et Blankenship étaient devenus potes à travers la défense de la cause animale, pourquoi l'aurait-il assassinée ?

— Elle aurait pu changer ses positions, menacer de le dénoncer pour une action avec laquelle elle aurait été en désaccord ? Ou bien c'était un accident, qui sait ?

Avec les homicides, il faut être précis. Le meurtre, ce n'est pas un cambriolage, une escroquerie ou un viol. Avec ces crimes-là, l'enjeu est clair. Une enquête pour meurtre pose toujours la question du mobile.

Le commentaire suivant de mon acolyte prouvait qu'il lisait dans mes pensées.

— Pour un meurtre, le mobile est simple : soit le sexe, soit l'argent.

— Peut-être que leur passion commune pour les rapaces a fait naître l'amour entre eux ?

— Bon sang, vous parlez de qui, là, de Blount ou d'Olsen ?

Bien vu, le Maigre. J'avais lancé cette phrase comme une boutade mais il venait de marquer un point.

— Selon moi, la réponse la plus facile est souvent la bonne, a-t-il renchéri.

Et un nouveau point pour lui. Il venait de citer, sans le savoir, un principe de parcimonie qu'on appelle le rasoir d'Ockham et qui établit que l'hypothèse la plus simple est habituellement l'hypothèse correcte.

— Et qui serait... ? ai-je marmonné en aspirant le fond de mon soda avec la paille.

— Les mecs mariés adorent s'envoyer des petites minettes. La petite minette exige plus. La petite minette finit dans un lac.

Bien que je sois d'accord avec ce bon vieux Guillaume d'Ockham, force est de constater que l'étroitesse d'esprit de Slidell m'agace.

Je n'avais aucun doute sur le fait qu'un grand professeur de fac puisse tuer. Mais Blount me filait la chair de poule. J'avais senti dans son regard bleu cobalt quelque chose de malsain.

Nous avons réglé l'addition et repris la route pour Charlotte. Au lieu de continuer vers les quartiers résidentiels, Slidell a coupé par l'autoroute 85 en direction de l'université, avant de s'arrêter devant une maison proprette en briques, dans une rue ombragée bordée d'autres maisons proprettes en briques.

Dans l'allée, un homme grand au visage pâle, aux cheveux châtain épars, et portant des lunettes à double foyer, rondes, à monture d'écaille, sortait un porte-documents d'une Volvo qui semblait dater de l'âge des cavernes. Il nous a dévisagés tandis que nous descendions de la Taurus.

— Jack Olsen ? l'a interpellé le Maigre en brandissant immédiatement sa plaque. Police de Charlotte-Mecklenburg.

Le visage d'Olsen s'est crispé dans un mélange de peur et de soulagement. Il semblait inquiet mais heureux que l'attente soit terminée.

— Avez-vous retrouvé Edith ? a-t-il murmuré, tout en se déplaçant un peu sur le côté, peut-être pour occulter la vue sur ses fenêtres. Ou *depuis* ses fenêtres.

— Edith est morte. (Le Maigre avait opté pour la méthode brutale.) On a repêché son corps à Mountain Island Lake.

Les jointures de ses doigts sont devenues pâles alors qu'il serrait son porte-documents contre sa poitrine.

— Elle s'est noyée ?

— Elle a été étranglée et fourrée dans un sac en toile.

Les longs doigts d'Olsen tremblaient sur le cuir de la mallette.

— Blankenship était votre étudiante.

C'était davantage une affirmation qu'une question.

Olsen a hoché la tête en déglutissant.

— Vous avez l'air bien secoué pour quelqu'un qui n'était que son prof, a balancé Slidell.

Olsen s'est alors tourné vers moi, intrigué. Ses drôles de lunettes lui faisaient un regard de chouette.

— Qui est cette femme ?

— Calamity Jane. Contentez-vous de me répondre, monsieur Olsen.

— Je... Je... Ben oui, je suis bouleversé. Edith était une de mes plus brillantes élèves. Une personne très chaleureuse.

Sa voix a chevroté sur la dernière phrase.

— C'est pour ça que vous l'avez butée ? Elle avait décidé de ne plus être aussi... chaleureuse ?

Ça me paraissait impossible, mais le visage d'Olsen est devenu encore plus blême.

— Mon Dieu, non ! Pourquoi dites-vous pareille chose ?

— Edith vous a menacé de tout balancer à Bobonne ?

— Ce n'était pas ce genre d'histoire, a-t-il protesté sur un ton à peine audible.

— Vous vous la tapiez au bureau, c'est ça ? Porte fermée à clé, ne pas déranger ?

Olsen a lancé un coup d'œil par-dessus son épaule. Plus angoissé par sa femme que par une accusation de meurtre ?

— J'ai commis une terrible erreur, j'en suis sincèrement désolé. Mais je n'ai pas assassiné Edith. (Regard suppliant.) Je l'aimais bien.

— Qui aime bien châtie bien.

— Nous avions rompu. (Ses chuchotements se transformaient en dénégations aiguës.) D'un commun accord.

— Les profs incarnent la confiance, ai-je enchaîné. Franchir cette limite n'est jamais équitable.

— Edith était une grande fille, pas une étudiante de première année. (Ligne de défense.) J'ai peut-être brisé mes vœux de mariage, mais pas ceux de mon éthique professionnelle.

— Elle vous faisait confiance.

— C'est elle qui m'a séduit ! (Couinement pathétique.) Elle me téléphonait à n'importe quelle heure, quémandant de l'aide pour un oiseau blessé ou malade. On était souvent ensemble... tard le soir... seuls... et alors des choses qui n'auraient pas dû arriver sont arrivées...

De nouveau, bref coup d'œil en arrière.

— Et ces « choses qui sont arrivées » ont duré longtemps ? s'est enquis le Maigre.

— Neuf mois. Mais c'était déjà fini quand elle a disparu. Je ne l'avais pas revue depuis des semaines, ensuite, elle a rompu. Je pense qu'elle était tombée amoureuse de quelqu'un d'autre.

— Exact, a ricané Slidell. Où étiez-vous le 8 septembre ?

— Il faudrait que je vérifie mon agenda.

— On pourrait interroger votre épouse ? ai-je suggéré.

Olsen a plaqué son porte-documents contre lui tel un bouclier. De qui avait-il peur ? De sa femme ou de nous ?

— C'était quel jour de la semaine ?

— Mardi.

— Mardi ! (Son visage s'est illuminé.) Ce jour-là, j'ai cours de 8 h 30 à 13 heures. Ensuite, soit je suis de permanence au bureau, soit je rentre chez moi. Bon, si vous avez terminé...

— Ah oui ? Un témoin affirme que vous êtes au Carolina Raptor Center tous les mardis après-midi.

Derrière ses verres à double foyer, les yeux d'Olsen se sont fermés tandis que son index se dressait, comme pour mimer : « Attendez, je me concentre. »

— Ah mais oui ! En septembre, on avait les séances de TP là-bas, alors que maintenant on fait du *bird-watching* en pleine nature à l'ARC, qui est un centre de réintroduction animale. J'avais oublié.

— Notre témoin ne se souvient pas vous avoir vu le 8. Pas plus que Blankenship, d'ailleurs. Notre témoin dit que vous avez tous les deux disparu.

Le Maigre ne lâchait rien.

— Votre témoin, ce ne serait pas Doris Kramer par hasard ?

— Je ne sais pas. Qu'est-ce que vous en pensez ?

Il a soufflé bruyamment, en surjouant l'exaspération.

— Nous n'avions pas *disparu*. Nous arpentions la forêt à la recherche de boulettes de régurgitation. Edith étudiait l'impact de l'urbanisation sur les comportements de chasse de la chouette. Elle testait sa théorie selon laquelle la destruction de leur habitat naturel les oblige à fréquenter les zones urbaines, avec pour conséquence de sérieux dangers pour elles.

Slidell l'a lorgné un long moment.

La pomme d'Adam du professeur ne cessait de monter et de descendre.

— Je ne vais pas me laisser harceler, vous savez. J'ai répondu à toutes vos questions. Dois-je envisager d'appeler mon avocat ?

— Vous croyez avoir besoin d'un avocat ? a répondu Slidell sans le quitter des yeux.

— Jack ! a crié une femme d'une voix cassante.

Nous nous sommes retournés tous les trois d'un seul bloc.

Une petite Asiatique d'une trentaine d'années se tenait sur le seuil de la maison. Elle portait des mules à talons et, à ses pieds, se tenait un énorme berger allemand faisant la moitié de sa taille. Agacée, la femme tirait sur la laisse du molosse.

— Tu comptes le sortir ce satané chien ?

Oui, une voix cassante de sergent instructeur dans les Marines.

— J'arrive dans une seconde, ma pupuce ! (Demi-tour vers nous.) Je vous en prie... (Nouveau regard suppliant.) Je n'ai rien fait de mal...

— Va falloir expliquer ça à Pupuce.

Slidell a pivoté sur lui-même, direction la Taurus. Je l'ai suivi.

Nous avons roulé un bout de temps en silence. Puis le Maigre a engagé la conversation.

— Suis-je vraiment la seule personne sur cette planète qui ne possède pas de chien ?

— Moi, je n'en ai pas.

— Vous aviez ce bâtard marron qui ressemblait à un ours.

Slidell faisait allusion au chow-chow pure race de mon ex-mari.

— Boyd appartenait à Pete.

— Ah bon ? Et à propos, vous en êtes où en ce moment ?

Il était hors de question que j'aborde ma situation matrimoniale avec le Maigre. Ou que j'évoque le fait que mon ex s'apprêtait à épouser une blonde trentenaire dont la taille de bonnet était plus volumineuse que celle de son QI.

— Je l'aimais bien ce chien, il n'était pas bête...

— Hum...

Un ange est passé.

— Et ce flic canadien, il est toujours dans vos filets ?

Dossier classé. Définitivement. Je n'avais pas vu Andrew Ryan depuis des semaines, ni n'avais eu la moindre nouvelle. Pas besoin d'un dessin pour comprendre le message.

Une fois encore, mon silence n'a pas découragé le Maigre.

— C'était un type bien, ce Canadien.

— Et il n'était pas bête...

— Waouh ! On dirait que j'ai touché un point sensible...

— Est-ce qu'on pourrait se recentrer sur notre affaire ? Que pensez-vous d'Olsen ?

— Un crétin terrorisé par son petit bout de femme.

Difficile d'affirmer le contraire.

— On ne peut pas lui en vouloir. Pupuce a l'air très jalouse et bien coriace. Du genre à régler elle-même le problème Blankenship si elle avait eu vent d'une aventure extra-conjugale.

— Je ne crois pas. Cette femme ne serait même pas capable d'étrangler un chihuahua.

— N'importe qui peut étrangler un chihuahua, a rétorqué Slidell en tournant à droite. Vous en pensez quoi, alors ? Vous réfléchissez comme ces guignols de la fac.

Je *réfléchissais*, oui, mais pas comme une universitaire. Comme une anthropologue judiciaire.

— Ramenez-moi au labo.

— D'accord, Miss Daisy.

Mon cerveau ne s'est pas soucié de la référence qu'il venait de faire à *Miss Daisy et son chauffeur*. D'ailleurs, c'est un film où il ne se passe pas grand-chose. Mon cerveau était occupé à mouliner une autre idée qui venait juste de surgir.

8.

Une heure plus tard, j'avais enfilé mes gants en latex et j'observais les os étalés. La fracture sur l'os hyoïde établissait clairement la strangulation comme cause du décès. Après avoir clarifié ça, mon attention avait été ensuite attirée par les boulettes de régurgitation. Maintenant, je devais me concentrer à nouveau sur les os.

J'ai examiné les cervicales une à une, d'abord à l'œil nu, puis au microscope.

La C1 et la C2 étaient intactes. Aucune coupure, aucun creux, aucune fissure, aucun blocage sur les surfaces articulaires. La C3 racontait une tout autre histoire.

La troisième vertèbre cervicale de la victime montrait une compression sur les bords antérieurs et supérieurs, et une fêlure à l'endroit où l'apophyse transverse droite touche les ligaments. Bien. Mais ce n'est pas ça qui m'a choquée.

Encastré dans la fracture se trouvait un filament rouge. Je l'ai extrait avec une pince et placé dans un petit flacon en plastique.

Bon sang! Devais-je téléphoner à Slidell? Non, pas encore.

Retour à l'étude des vertèbres.

De la C4 à la C6, aucun signe de traumatisme.

Cela collait. À l'état normal, l'os hyoïde est situé sous la C3. Le fait que toutes les vertèbres aient été épargnées à l'exception de celle-ci suggérait une marque de ligature au cours de l'étranglement.

Puis j'ai examiné la dernière cervicale et la première dorsale. Toutes deux avaient subi des dommages sur l'apophyse épineuse, qui sont les protubérances osseuses sur chaque vertèbre, bien visibles tout le long du dos d'une personne vivante. Ces deux apophyses étaient brisées et déplacées vers le bas.

J'ai fermé les yeux. J'ai visualisé les marques de ligature enroulée autour de la gorge d'Edith. Le mouvement de sa tête. Son torse.

J'ai ouvert mes paupières d'un seul coup et mon regard est tombé sur le flacon.

J'ai foncé téléphoner à Slidell.

— Il semblerait que vous ayez vu juste à propos d'Olsen, ai-je déclaré.

— C'est pas trop dur de l'admettre, Doc ?

— L'autre Olsen.

Pause.

— L'épouse ?

Je lui ai expliqué ce que j'avais constaté à partir de l'examen des os. En des termes aussi simplifiés que possible.

— Et ?

— Edith a été étranglée, vraisemblablement par-derrière. Que le traumatisme soit limité à la vertèbre C3 nous indique que la ligature était mince, par exemple une corde ou une ficelle.

— Mais vous m'avez dit que d'autres parties du dos avaient été abîmées.

— Exactement. Si son assassin était de même taille qu'elle, voire à peine plus grand, le traumatisme se serait effectué de façon horizontale, de l'avant vers l'arrière. (Je simplifiais à l'extrême.) La présence de dégâts plus bas tout du long de la colonne, et la nature des blessures constatées suggèrent que la partie supérieure de son corps a été tirée à la fois en arrière et vers le bas. Avec une grande brutalité.

Pas de réaction.

— Quelle était la taille d'Edith ? lui ai-je demandé.

Remue-ménage de paperasses au bout du fil.

— Attendez... J'ai son permis de conduire. Elle mesurait un mètre soixante-treize. (Il a aspiré bruyamment une goulée d'air.) Nous recherchons donc quelqu'un de petit.

— Blount et Olsen font au moins un mètre quatre-vingts chacun.

Slidell s'est raclé la gorge de sa manière si caractéristique.

— Il y a autre chose. J'ai découvert une fibre rouge emprisonnée dans la fracture de la C3. Je vais l'envoyer au labo, mais je suis à peu près certaine que c'est du nylon.

Nouveau silence perplexe.

— Le nylon est un composant courant des laisses pour chien, ai-je ajouté.

Cette fois, il a tilté.

— Pupuce avait un berger allemand qu'elle tenait en laisse.

— Exact, une laisse rouge.

— Ah ouais ?

— Ouais. Une laisse constitue une ligature parfaite, ai-je confirmé.

— Je ne sais pas. Cette bonne femme, elle pesait dans les combien ? Elle m'a paru si fluette.

— Il suffit d'une pression de cinq kilos sur la carotide pendant dix secondes pour tuer une personne. La rage, l'adrénaline et l'avantage de la surprise, tous ces éléments combinés, et c'est l'arme fatale.

— Une femme bafouée, hein ? (À la façon qu'il a eue soudain de respirer, j'ai senti qu'il allait m'annoncer une mauvaise nouvelle.) Blount est dans la nature.

— Je croyais que vous ne le lâchiez pas d'une semelle.

— Mes gars l'ont perdu au cours de la filature en voiture, du côté de Sample Road.

— Ils l'ont *perdu* ?

— Cet enfoiré s'est garé, puis a piqué un sprint dans les bois. Hé, mes gars, c'est pas des explorateurs du Grand Nord.

— Sample Road, c'est dans le coin du Raptor Center.

— Ouais. Même si Blount n'a pas liquidé Edith, ce connard est forcément coupable de quelque chose.

— Vous allez lui remettre la main dessus rapidement, rassurez-moi ?

— On mettra tout en œuvre pour le choper. En attendant, je vais m'occuper des Olsen. Je vais les placer dans des salles d'interrogatoire séparées, et on verra bien ce qu'ils ont à nous raconter.

— Tenez-moi au courant.

Une fois le téléphone raccroché, je suis allée prendre le flacon et j'ai appelé un technicien pour qu'il l'envoie illico au labo de la police. Puis j'ai passé un coup de fil un peu mielleux aux types spécialisés en cheveux et fibres afin d'essayer de négocier un délai ultrarapide, mais sans trop d'espoir.

Ensuite j'ai tourné en rond dans le labo comme une lionne en cage. Je n'avais pas retravaillé sur le cas du John Doe de Mountain Island Lake depuis la découverte d'Edith dans son sac. Pourquoi ne pas m'y remettre ? C'était le même lac après tout. Il y avait peut-être un point commun.

J'ai retiré le carton de l'étagère, sachant que j'obtiendrais peu d'infos à partir de deux os de la jambe gauche et d'une paire de vertèbres. Mais j'aime les défis.

Les deux vertèbres provenaient du bas de la colonne vertébrale. Une lombaire et une thoracique. Les traces sur chacune d'elles étaient plus avancées que je m'y attendais, étant donné la qualité de l'os. C'était de l'arthrite chez un individu d'âge moyen. Intéressant mais pas non plus renversant.

J'ai examiné le tibia et le péroné. Un adulte sans aucun doute. L'os cortical était dense et sain. Les surfaces articulaires montraient une faible usure. Un trouble du modelé osseux sur la malléole latérale suggérait un traumatisme qui avait été soigné. Non pas une fracture, mais quelque chose altérant simplement la surface de l'os. Une brûlure ? Une infection qui s'était propagée d'une blessure au niveau des tissus mous ?

J'élaborais différents scénarios fantaisistes pouvant expliquer mes observations, quand le téléphone a sonné.

— Brennan à l'appareil.

— Je suspecte Mme Pervenche dans la salle de billard avec le chandelier.

C'était Frank du labo de la police. Un petit rigolo.

— Sans blague, tu as eu le temps de regarder ma fibre ?

— Non, mais j'ai un résultat sur tes poils.

Sur le coup, je n'ai pas fait le rapprochement. Puis je me suis souvenu des poils collectés lors de l'examen premier des vêtements d'Edith.

— Des poils de rongeur, exact ?

— Certains, oui. D'autres sont des poils de chien.

— De chien ?

— Les six prélevés sur le jean sont assurément des poils de chien.

— D'un berger allemand ?

Se pouvait-il qu'on ait enfin un peu de chance ?

Sa réponse n'était pas du tout celle à quoi je m'attendais !

9.

Allez, allez...

Pas de bol. J'ai été redirigée sur la boîte vocale de Slidell. J'ai laissé un message. Puis tonalité de fin d'enregistrement. J'ai pianoté la paillasse de mes doigts.

Eh merde !

J'ai fait une recherche sur Internet pour trouver le numéro de la police de Gaston. J'ai expliqué pourquoi j'appelais, en regrettant de ne pas avoir son nom de famille. Déclics successifs avant d'être mise en relation avec un répondeur.

Une voix que j'ai reconnue comme étant celle de Skip me demandait de laisser mes coordonnées.

J'ai raccroché et j'ai pianoté la paillasse à qui mieux mieux. J'étais nerveuse. Sur des charbons ardents.

Les poils de chien sur Edith provenaient de deux races, rottweiler et cocker anglais. Herman Blount avait un rottweiler. Et Blount était injoignable.

J'étais trop énervée pour tenir en place. J'ai enlevé mes vêtements de travail et les ai troqués contre une tenue de ville. Après avoir laissé un message un peu moins poli à Slidell, j'ai foncé à ma voiture.

Tout en roulant sur la désormais familière route vers Mountain Island Lake, je réfléchissais à la manière de retrouver Blount. Il était hors de question que j'arpente la forêt en fouinant dans des trous aménagés en *maisons*. Je ferai une enquête de voisinage pour connaître ses habitudes, les lieux où il aimait traîner. Je commencerai par le Raptor Center.

J'ai passé mentalement en revue tous les faits établis. Edith Blankenship était en contact avec Blount. Blount était un homme séduisant, charismatique au sens d'hypnotique, façon Charles Manson. Blount et Edith partageaient une passion pour les oiseaux et une haine pour les fournisseurs d'énergie qui leur causent des blessures. Olsen était persuadé qu'Edith avait un nouvel amant dans sa vie.

Blount chérit sa liberté. Serait-il capable de tuer quelqu'un qui la menace ? Ou bien l'histoire se résumait-elle à une querelle d'amoureux ? Un accident ? Une action d'écoterrorisme qui aurait mal tourné ?

D'autres hypothèses pouvaient coller avec le traumatisme de la colonne vertébrale de la victime. Blount aurait pu s'accroupir au moment de l'attaque. Ou peut-être cela s'était-il déroulé sous terre, là où Edith, tentant de regagner la surface, en aurait été empêchée par une corde encerclant son cou. J'avais peut-être été trop rapide dans mes conclusions à assumer que la différence de taille évacuait une hypothèse.

De façon irrationnelle, j'ai ralenti en arrivant vers Sample Road. J'ai scruté la forêt qui s'étalait de chaque côté de la bande d'arrêt d'urgence. Comme si j'essayais de repérer Blount sautant et bondissant entre les arbres tel Bigfoot. Je n'ai évidemment rien vu. Pas même un écureuil. Trop de rapaces dans le coin, j'imagine.

Arrivée au Raptor Center, je me suis garée près d'un totem en forme d'aigle et suis entrée dans le bâtiment. Une adolescente blonde assurait la permanence à l'accueil.

Il y a deux catégories de mâcheurs de chewing-gum au monde. Ceux qui mâchouillent avec force claquements et bruits de succions, et qui font éclater la bulle, bouche ouverte. Et ceux que ces mastications rendent dingues. Blondie et moi appartenions à des camps opposés.

Je suis allée droit au but.

— Je cherche Doris Kramer.

— Elle est pas venue aujourd'hui. (Bulle qui éclate.) C'est drôle... elle vit quasiment ici pourtant.

— Connaissez-vous Herman Blount ?

— Je l'ai déjà vu, oui. (Grand sourire. Mâchoire fonctionnant comme une scie circulaire.) J'adore !

— Quand ?

— Avec Doris. La semaine dernière. Deux fois. Il avait l'air tellement... intense.

— Aucune idée de l'endroit où je pourrais le trouver ?

— Non. J'lui ai jamais parlé. (Claquement.) Doris pourrait vous dire.

— Savez-vous où elle habite ?

— À Sample Road, à moins de deux kilomètres d'ici. Vous pouvez pas louper sa boîte aux lettres, elle ressemble à un aigle.

Blount avait été aperçu pour la dernière fois de ce côté-là. Doris avait disparu de la circulation sans la moindre explication.

J'ai remercié la jeune fille. Si Doris était tombée sur un indice reliant Blount au meurtre d'Edith, elle était en danger. Si ça n'était pas le cas, elle pourrait me conduire à lui.

Je suis donc retournée à Sample Road, cette fois en roulant au pas, guettant la fameuse boîte aux lettres. Dès que je l'ai aperçue, j'ai bifurqué dans sa direction.

Au bout de huit cents mètres d'une piste défoncée et envahie de végétation, je suis passée devant une boîte aux lettres miteuse qui n'avait pas été repeinte depuis l'entrée en fonction d'Hoover. Je me suis garée près d'une Corolla sur laquelle un autocollant disait : « Les aigles m'adorent », puis je suis descendue de voiture.

Trois marches usées menaient à une véranda meublée d'une table en plastique et d'un fauteuil affaissé qui dévoilait ses entrailles. J'ai gagné la porte, tous les sens en alerte. Étant donné l'apparence si apprêtée de Doris, cet environnement sordide me gênait. Elle devait donner le change devant les visiteurs du centre.

Il y avait un papier sur la sonnette indiquant « ne fonctionne plus, frappez SVP ». C'est ce que j'ai fait. Aucune réponse. J'ai attendu un moment et j'ai frappé à nouveau, plus fort. Toujours rien. Je me suis souvenue de la Corolla et de l'autocollant. J'étais quasiment certaine que la voiture appartenait à Doris. Mon inquiétude a augmenté d'un cran.

Il fallait que je réfléchisse. C'est alors que j'ai entendu ce qui ressemblait à un aboiement étouffé.

Doris n'aimerait pas ça. Pensée étrange, et néanmoins elle m'a traversé l'esprit.

En contournant la maison, à une centaine de mètres, je me suis approchée d'une sorte de grange qui se dressait sur une étendue d'herbe sèche.

Cette remise penchait dangereusement, se détachant presque de ses fragiles fondations. Les planches étaient usées par les intempéries et les parties métalliques attaquées par la rouille.

À droite de cette grande cabane, la terre était ondulée en une douzaine d'endroits. Ça m'a collé la chair de poule. J'ai pris sur moi pour repousser ma paranoïa. Les creux étaient trop modestes pour être des tombes.

Toutefois, j'ai continué à avancer avec précaution, évitant les branches sèches qui auraient pu craquer sous mes pas. J'ai même maintenu les clés au fond de ma poche pour éviter qu'elles cliquettent.

J'étais tout près désormais de la plus proche des portes de la construction à l'abandon. Je n'ai pas frappé ni appelé avant de tourner la poignée. J'ai juste tiré le battant qui a grincé sur ses gonds.

J'ai scruté l'intérieur, plongé dans la pénombre.

Devant le spectacle atroce, mes mains se sont aussitôt portées à ma bouche. J'ai senti le goût de la bile sur ma langue et je me suis mise à trembler de tous mes membres.

10.

La puanteur a immédiatement envahi mes narines. Une très forte odeur d'excréments et d'urine m'a sauté au visage et a semblé imprégner ma peau.

J'ai respiré une goulée d'air frais avant de passer la porte. Aussitôt, la cabane a bourdonné de glapissements, de gémissements, de hurlements et d'aboiements.

Mon cerveau réagissait lentement comme s'il refusait d'analyser ce que mes sens me communiquaient.

Des rangées de cages étaient alignées contre toute la longueur du mur de la grange. Sur deux niveaux. Trente. Quarante. Peut-être une centaine de cages !

Dans chacune d'elles, il y avait entre trois à huit chiens entassés, les yeux revêches, le museau desséché à force d'être en contact avec du grillage de poulailler rouillé. Beaucoup présentaient sur leur ventre des tumeurs qui pendaient comme des fruits trop mûrs.

Mon cœur s'est serré.

J'avais lu des articles sur ces endroits, et, par principe, j'y étais opposée. Mais jamais je n'en avais vu en vrai. Des « usines à chiots ». Des chiens qui vivent dans de minuscules prisons, dans des conditions sanitaires épouvantables. Une existence sans joie, sans amour, sans espoir.

J'ai examiné les cages. Des cockers, des yorkshires, des rottweilers, des labradors. Les chiens de grande taille étaient enfermés dans des cages d'un mètre de haut, leur laissant à peine l'espace pour se tenir sur leurs pattes ou se retourner.

Doris Kramer n'était pas une victime, c'était un monstre.

Mon dos ruisselait de sueur. La température là-dedans devait avoisiner les trente-cinq degrés Celsius. Comment une créature, quelle qu'elle soit, aurait-elle pu supporter une telle chaleur ?

Sachant que les aboiements révéleraient bientôt ma présence, j'ai voulu prendre mon iPhone. Il n'était pas dans ma poche.

La panique m'a submergée. J'avais oublié mon portable dans la voiture. Il ne manquait plus que ça !

Je me suis armée de courage. Surtout, rester calme. Ne pas ouvrir les cages à la volée pour laisser les chiens s'enfuir.

S'ils étaient capables de s'enfuir, car dans leur état lamentable, beaucoup ne pourraient pas cavaler bien loin.

Je me suis répété en boucle que Slidell était en chemin. Il allait écouter mon message et suivre mes indications. Mais quand ?

Je me suis collée à deux centimètres de la première rangée de cages, en murmurant des borborygmes réconfortants, apaisants. Des mots aussi.

Les chiens surveillaient le moindre de mes mouvements, les mouches virevoltaient bruyamment autour de leurs oreilles et de leur pelage. Ils étaient méfiants et se reculaient instinctivement au fond de leurs prisons grillagées dans lesquelles je ne voyais ni eau, ni nourriture. Les excréments avaient maculé chaque parcelle et formaient partout de petits monticules infâmes, y compris sur le sol en béton.

J'étais révoltée. Je respirais tant bien que mal entre mes dents serrées tout en traversant la large cabane au parterre répugnant. Les chiens me suivaient du regard, à la fois tristes, effrayés et pleins d'espoir aussi.

La puanteur était si forte qu'elle irritait mes yeux et mes muqueuses nasales. Et tandis que je m'enfonçais dans la pénombre de la grange, une autre odeur s'est mêlée aux relents de crottes, d'urine et de fourrure sale. Une odeur que je pourrais reconnaître entre mille.

À l'extrémité de la première rangée, des chiots morts étaient entassés à même le ciment. Sentant poindre une menace, une quantité astronomique de mouches vertes se sont soulevées du tas dégoûtant en un nuage noir bourdonnant.

Horrifiée et désemparée, j'ai fait un pas de côté et là, j'ai trébuché.

En regardant mes pieds, j'ai découvert un bras poilu et musculeux relié à un corps d'homme poilu et musculeux. Sous sa tête s'étalait une inquiétante mare de sang. Herman Blount avait les paupières closes et la bouche ouverte. Sa blessure au front saignait abondamment le long de ses tempes et de ses cheveux.

Je me suis agenouillée pour appuyer mon index et mon majeur contre sa gorge. J'ai senti battre son pouls, faiblement, mais il vivait encore.

Avait-il fait la même macabre découverte que moi ? Ou était-il impliqué dans ce trafic, sous couvert d'être un ami des animaux ?

Malgré les aboiements, j'ai perçu une espèce de raclement. Un chien ? Autre chose ?

Paniquée, j'ai embrassé la grange du regard. Il y avait une brouette, une pelle, une étagère remplie de tondeuses, d'écuelles en métal, un flingue à tranquillisants, une boîte de fléchettes orange.

Près de l'étagère, au mur, des laisses étaient accrochées à des patères. Une tache de couleur au milieu de l'entrelacs de cordes a attiré mon attention.

Encore des raclements... N'était-ce pas plutôt des bruits de pas ?

J'ai retenu mon souffle. Trente secondes. Une éternité.

Les chiens se sont déchaînés et il m'était désormais impossible de distinguer ce bruit inquiétant parmi le vacarme.

Je me suis plaquée contre le mur et j'ai vu une laisse rouge parmi les autres.

Évidemment ! Tout faisait enfin sens.

Doris Kramer possédait une usine à chiots ! Edith Blankenship avait dû la découvrir en se baladant dans la forêt. Et Doris ne mesurait pas plus d'un mètre soixante.

Il fallait que je prévienne Slidell. Mais comment ? Je ne pouvais pas abandonner Blount.

La frénésie des pauvres bêtes m'empêchait de me concentrer.

Si la blessure de Blount était grave, il ne tiendrait pas longtemps.

Le porter jusqu'à ma voiture ? Inenvisageable... Il pesait trop lourd.

J'ai perçu du coin de l'œil un bref mouvement, comme une ombre qui se déplace.

J'ai brusquement tourné la tête et ai capté un bout de cardigan tandis qu'une forme semblable à un serpent se jetait sur moi.

J'ai porté mes mains à ma gorge une demi-seconde avant que le serpent ne s'abatte.

Mon cerveau en ébullition a intimé l'ordre de protéger ma trachée-artère. Des neurones dans mon cortex ont balancé un contrordre : *protège les carotides.*

Près de mon oreille, j'ai entendu une respiration rauque. J'ai reniflé une odeur de sueur rance et d'eau de toilette bon marché.

Un torse râblé s'est plaqué brutalement contre ma colonne vertébrale. La sangle mortelle cisaillait le dos de mes mains et mordait sans pitié la chair tendre de mon cou.

Ma vision s'obscurcissait de petits points noirs et mes poumons ont réclamé de l'oxygène.

Mes neurones ont hurlé une autre injonction.

Sois imprévisible !

Dans un mouvement rapide, je me suis laissée tomber en m'accroupissant d'un coup. Le brusque changement d'angle a fait vaciller mon adversaire. Alors qu'elle basculait vers l'avant, j'ai repoussé la sangle puis roulé sur mon dos en déployant violemment mes deux jambes. Une de mes bottines a heurté un os avec un son mat.

Un cri de bête sauvage.

Doris a chuté sur le béton.

Les chiens sont devenus fous.

Je me suis redressée et j'ai arraché la sangle qui pendait sur mes épaules.

La brutalité de l'attaque et ma colère froide ont balayé en moi tout réflexe de fuite. J'avais envie d'en découdre et de la faire payer pour les pauvres animaux terrifiés qui assistaient à la scène.

J'ai dégluti pour calmer mon rythme cardiaque et le feu de ma gorge.

— Vous les traitez pire que des déchets, c'est ça? (J'ai avalé une grande goulée d'air.) Combien de chiots avez-vous tués, pauvre folle?

— Vous m'avez fait très mal à la jambe.

Elle se frottait le tibia.

— Les flics sont en route. (Prions pour que ce soit vrai...) Vous allez vous retrouver en taule pour des années.

Elle a ricané.

— Vous les avez tués de sang-froid.

— Quoi? Un ou deux chiens-chiens morts, et alors? Vous savez combien ça coûte les actes de cruauté envers les animaux dans cet État? Un simple rappel à l'ordre et un petit sermon.

Reprenant son équilibre sur ses paumes, Doris s'est lentement remise debout.

Je me suis ancrée dans le sol en collant mes bras le long du corps pour masquer mes tremblements. Elle avait malheureusement raison. Des lois laxistes faisaient de la Caroline du Nord le paradis des usines à chiots.

— Et une accusation pour meurtre? (La rage rendait ma voix cassante comme du verre.) Vous savez combien vous allez prendre pour ça?

— Mais de quoi parlez-vous? a-t-elle répliqué sur un ton moins assuré.

— Edith Blankenship.

J'avais un débit étrangement calme.

Avec une incroyable vélocité, Doris a pivoté sur elle-même et d'un geste a saisi le fusil à tranquillisants que je savais chargé.

— Eh bien, vous allez la rejoindre...

J'ai reculé en vitesse et mon dos a heurté une cage. Ses occupants frisaient la crise d'hystérie.

J'ai levé mes mains en un geste pathétique d'autoprotection, imaginant la fléchette plantée dans ma chair et répandant la drogue paralysante. Je voyais déjà Doris en train de finir sa sale besogne avec la laisse.

Résignée, je considérais le canon avec terreur, quand, soudain, un éclair métallique a jailli sur sa gauche. Mon visage a dû changer car elle s'est retournée, stupéfaite.

Aussitôt Blount l'a frappée en pleine figure avec une pelle en effectuant un swing parfait. J'ai entendu un affreux craquement, puis Doris s'est affaissée pour ne plus bouger.

Blount s'est redressé, son front mutilé saignait encore. Son regard bleu cobalt a croisé le mien. Les chiens hurlaient à la mort. J'étais à deux doigts de m'évanouir. Trop d'émotions fortes.

— Et si on allait chercher de l'aide pour ces pauvres bêtes? a-t-il suggéré.

Il n'a pas eu besoin de me le répéter deux fois.

11.

Slidell m'a rendu visite quelques jours plus tard. J'étais à la maison, en congés forcés sur ordre de Larabee.

— Jolie écharpe, a-t-il ironisé.

La sangle avait transformé mon cou en un paysage de Monet, tout en teintes jaunes et violacées. J'avais donc caché mes bleus sous un foulard représentant des éprouvettes et des vases à bec, cadeau d'une entreprise qui commercialisait des vêtements pour légistes. Du dernier chic, n'est-ce pas ?

— Un souvenir ? a-t-il demandé en désignant le rottweiler qui dormait sur le parquet.

— Pensionnaire provisoire.

Ma voix était rauque et ma gorge encore douloureuse.

Après avoir fui le spectacle d'horreur et appelé la police, Blount avait contacté un réseau de protection animale. Une nuée de volontaires avait investi les lieux dès le départ des flics. Les chiens avaient été confiés à des vétérinaires et à des refuges, ou adoptés par des particuliers. La plupart avaient trouvé preneurs. Sauf deux ou trois pauvres esseulés.

Au milieu du chaos, une femelle rottweiler n'avait eu de cesse de me coller, et je l'avais donc gardée avec moi le temps qu'elle ait un endroit où aller. J'étais son foyer d'accueil en quelque sorte. Je l'avais baptisée Edie, en l'honneur d'Edith. Mon chat Birdie, lui, devait l'avoir surnommée

Diablesse incarnée, car il refusait obstinément de sortir de dessous mon lit.

— J'ai un cadeau pour vous au labo, dans la chambre froide.

J'ai froncé les sourcils.

— Il semblerait que Skip ait retrouvé sa langue. Il y a deux jours, il a arrêté un biker qui traversait le terrain de jeux pour étudiants en beaux-arts de Kahn. Le gamin s'est rendu sans problèmes vu qu'il n'était pas loin de faire dans son froc. Skip l'a cuisiné et il a avoué qu'il venait jeter un coup d'œil au puits légendaire des Hells Angels, celui des âmes perdues.

Une fois de plus, j'ai froncé les sourcils, en lieu et place d'une question. Histoire d'économiser mes cordes vocales.

— Il semblerait qu'il y a un puits abandonné sur la propriété de Kahn. La rumeur prétend que l'endroit était régulièrement *alimenté* dans les années quatre-vingt.

— On y balançait des cadavres ?

— Non, des tricycles. Bien sûr des cadavres !

J'ai fait un signe d'encouragement à Slidell, style « dites-m'en un peu plus, mon brave ».

— Après avoir écouté le témoignage du gamin, Skip est allé voir au fameux puits, et, après quelques descentes en rappel et creusements divers, il a trouvé des os.

— Sans blague ?

— Sans blague. Et je suppose que c'est le reste de votre John Doe. Skip pense que les inondations ont charrié les quatre premiers os sur la rive du lac.

— Concernant Edith Blankenship ?

— Votre copine Doris est inculpée de meurtre avec préméditation.

— Comment va-t-elle ?

— Elle n'ira pas danser toute la nuit, mais elle s'en tirera.

— Mobile ?

— Comme je vous l'ai dit, mobile 1 ou mobile 2. Amour ou argent.

C'est incroyable tout ce que vous pouvez obtenir sans avoir à parler. Je n'ai eu qu'à retourner mes paumes vers le ciel avec un air désemparé.

— Les deux. La vieille carne était complètement timbrée dès qu'il s'agissait de volatiles. Ses finances attestent qu'elle faisait des dons à tour de bras à des associations de protection des oiseaux, y compris le Raptor Center. Les chiots lui permettaient d'arrondir ses fins de mois. Blankenship s'apprêtait à la dénoncer pour que soit fermé cet « élevage ».

Nous sommes restés silencieux un moment, chacun méditant à l'enchaînement des événements qui avaient conduit au meurtre de la jeune femme.

— Le téléphone d'Edith a été découvert par mon équipe, coincé entre deux poutres au fond de la grange. Brisé en mille morceaux, mais les gars de la police scientifique ont réussi à récupérer des photos à partir de la mémoire. Des chiens, des chenils, des cadavres de chiots. La gamine a probablement découvert le pot aux roses, et a voulu photographier les preuves pour pouvoir la dénoncer. Doris l'a surprise chez elle et l'a tuée.

— La laisse ?

— Les mecs du labo ont prélevé un peu de sang et deux cheveux. Ils procèdent aux analyses ADN, et à des comparaisons avec la fibre rouge que vous aviez prélevée sur la cervicale de la victime. On fera le lien avec Blankenship.

— Comment Doris s'est débarrassée du corps ?

Sept mots et j'avais déjà la gorge en feu.

— Elle est costaude, mais pour ça, il lui fallait tout de même de l'aide. Elle a un fils, attardé mental. Il travaille à mi-temps comme conducteur de chariot élévateur dans un entrepôt. Elle a foutu Edith dans un sac en toile, puis a ordonné à fiston de prendre sa barque et d'aller le balancer au milieu du lac. Elle lui a expliqué que c'était des chiots morts et lui a fait jurer de ne pas l'ouvrir pour regarder à l'intérieur.

Mon Dieu...

— Blount ?

— Le salopiaud va survivre à ses blessures. Il semblerait que notre petite discussion avec lui l'ait ébranlé. Pauvre chou, il aimait bien Edith. Ça l'a fait chier d'apprendre qu'elle a été dessoudée. Alors monsieur le justicier masqué s'est senti obliger de fouiner et il est tombé sur l'antre de la sorcière. C'est d'une poésie absolue. La vieille carne lui a filé une raclée à coups de pelle, et c'est avec cette même pelle qu'il lui a rendu la pareille, vous sauvant la vie par la même occasion.

— Les Olsen ?

— J'imagine que Casanova couvre son épouse de fleurs.

— Elle est au courant ?

— C'est pas moi qui le lui ai dit, a-t-il répondu en haussant les épaules.

Bien joué, le Maigre !

— Emmett Kahn ?

— Il investit dans des clôtures. Oh, j'oubliais... vous allez adorer cette histoire. Il a commandé à l'un de ses potes bobo artistes une sculpture de chouette géante. Il a prévu de l'intituler « Essentielle Edith ».

Et sur ses bonnes paroles, Slidell a pris congé.

Ainsi, il se pouvait que mon John Doe soit un Hells Angels qui aurait fait une chute malencontreuse. Ça collait avec mes observations. De l'arthrite sur la lombaire sans doute due à des années à rebondir sur la selle de sa Harley. La plaie à la cheville causée par un pot d'échappement brûlant.

J'ai songé à Edith se promenant en forêt, observant les oiseaux, ramassant une boulette de régurgitation et la glissant distraitement dans sa poche.

Ignorant qu'il ne lui restait qu'une poignée d'heures à vivre.

Mais je ne voulais plus trop penser à des choses tristes aujourd'hui. Et si je sortais le faire ce jogging ? Quelques kilomètres sur la Booty Loop ? Ou un tour en voiture ? Avec cette écharpe ? Mauvaise idée. Pas envie de mourir comme la danseuse Isadora Duncan.

Edie a trottiné vers moi et a posé sa gueule sur mes genoux. Je lui ai gratté les oreilles et elle a plongé ses yeux caramel dans les miens.

J'ai repensé au cauchemar qu'elle avait traversé. Je craignais que les souvenirs ne restent ancrés à jamais dans sa mémoire.

Et pourtant, elle trouvait encore la force d'aimer un être humain.

J'ai prié pour ressembler à Edie. Vu mon boulot, je suis bien souvent pessimiste quant à mes congénères, mais j'essaie de croire que le bien finit toujours par contrebalancer le mal.

Soudain, j'ai su ce à quoi je consacrerais mon après-midi. J'ai téléphoné à une amie journaliste au *Charlotte Observer*.

— Y a encore le temps pour une tribune libre avant le bouclage ?

— Sur quel sujet ?

Je le lui ai expliqué.

— Ma chérie, tu m'envoies ça avant 17 heures, et je ferai mon possible pour que ce soit publié.

Edie sur mes talons, je me suis précipitée dans mon bureau et j'ai allumé l'ordinateur. J'ai commencé par rédiger le chapeau.

OPTONS POUR L'ADOPTION
POUR QUE CESSE L'HORREUR DES USINES À CHIOTS

Note de l'auteur

En tant qu'anthropologue judiciaire, je constate chaque jour combien l'être humain fait preuve de férocité envers son semblable. En tant que propriétaire de cinq animaux abandonnés, je suis désemparée face à la cruauté qui s'exerce envers toutes sortes d'êtres vivants. Il arrive que ces voies se croisent.

Au début de ma carrière, par un lundi ensoleillé de mai, un cas poignant est arrivé dans mon labo à Montréal. La police avait découvert un sac en toile de jute sur la rive d'un petit lac au sud du Québec. Il contenait des os et deux briques. Je devais confirmer la nature de ces os : étaient-ils humains ?

Ils ne l'étaient pas. C'était les restes de quatre chiots. Ces créatures sans défense avaient été enfermées dans le sac avec un poids pour le lester, et noyées.

La pensée de ces chiots massacrés m'a longtemps hantée. J'imaginais leur terreur alors que l'eau les entourait. Leurs tentatives désespérées pour se sauver.

Je suis une personne tolérante, mais je ne supporte pas la souffrance animale. C'est un péché impardonnable. Et rien n'est plus impardonnable qu'une « usine à chiots ».

Une usine à chiots est un établissement d'élevage à but lucratif où des chiots sont produits à la chaîne. Certains sont légaux, d'autres non. Les lois gouvernementales sont très laxistes, et encore, quand il y en a. La « récolte » sera élevée en cages. Les femelles seront fécondées aussi souvent que possible, et on s'en débarrasse dès qu'elles ne sont plus fertiles. C'est une existence sans joie, sans amour, sans espoir. Ces chiens sont en mauvaise condition physique, tristes et affamés. Jamais ils ne jouent ni ne courent dans l'herbe.

Chaque année, des milliers de gens achètent à leur insu leur futur compagnon auprès de ces usines à chiots. La plupart sont persuadés que l'animal a été bien traité. Des éleveurs inhumains proposent en ligne à leurs clients ces chiots – ils sont mignons à cet âge – ou via des animaleries qui leur servent d'intermédiaires. La Humane Society estime que le nombre d'usines à chiots s'élève à dix mille à travers tout le pays. Ces établissements vendent entre deux et quatre millions de chiots tous les ans. Là où j'habite, en Caroline du Nord, nous sommes un des États les plus condamnables puisqu'il y a une carence de législation en la matière, tant sur l'aspect sanitaire que commercial.

Vous pouvez apporter votre aide dans la lutte contre la cruauté envers les animaux. Voici huit choses que vous pouvez faire pour empêcher la poursuite de cette horreur que constituent les usines à chiots.

Adoptez un animal de compagnie. Il vous attend dans un des milliers de refuges du pays. Si vous souhaitez une race de chien en particulier, il vous suffit de vous mettre en relation avec une association de sauvetage reconnue.

N'achetez pas un chiot en ligne sur Internet, ni dans une animalerie. En achetant un chiot, vous risquez malgré vous de soutenir les exploitants d'usines à chiots. Si vous êtes dans l'obligation d'acheter un chien, assurez-vous bien de l'origine de l'élevage.

Entreprenez des actions de protestation contre les animaleries en cheville avec les usines à chiots. Encouragez les gérants d'animaleries à opter pour un modèle plus humain. S'ils refusent, manifestez pacifiquement ou lancez une pétition.

Militez pour des lois plus efficaces. Écrivez à vos élus, au niveau de la ville, du comté, de l'État, pour exiger qu'ils s'emparent sérieusement du problème. La pression de leurs électeurs peut avoir une certaine influence. Inscrivez-vous à la newsletter de Voices for No More Homeless Pets, site qui répertorie les animaux abandonnés et qui vous tiendra informé des actions à mener (support.bestfriends.org).

Plaidez la cause des animaux dans votre entourage. Écrivez au rédacteur en chef de votre journal local pour témoigner des conditions épouvantables dans lesquelles vivent les chiens dans les usines à chiots.

Élisez des candidats qui se préoccupent de la cause animale. Interpellez les candidats pour savoir s'ils ont l'intention de légiférer une fois élus, et ce qu'ils comptent faire pour ces établissements. Faites-leur savoir que vous votez en tant que militant de la cause animale.

Levez des fonds et militez activement. Organisez une marche, une vente de gâteaux, prenez un stand à une fête locale pour sensibiliser les gens à la nécessité d'une législation, et sollicitez leurs dons.

Ne renoncez pas. La lutte contre les usines à chiots et les éleveurs inhumains dure depuis des décennies. Les choses ne changeront pas du jour au lendemain, mais il y a eu du progrès. Si vous informez simplement une personne sur les conditions sanitaires déplorables de ces établissements, ou si vous la persuadez d'adopter un chien plutôt que de l'acheter, alors vous aurez contribué de manière significative à améliorer la situation.

Remerciements

Je dois beaucoup aux personnes suivantes : Rejine et Andreas Bechtler pour m'avoir accueillie dans leur magnifique propriété ; le Carolina Raptor Center pour avoir apporté des réponses à mes nombreuses questions ; Kerry Reichs, ma fille et coauteur, pour ses incomparables compétences en recherche de documentation et pour ses commentaires constructifs.

Les os du marais

1.

Mars. Le printemps était arrivé, timide. L'humidité de la Floride me donnait pourtant l'impression d'avoir débarqué de mon avion pour pénétrer sans transition dans un sauna. Pour la centième fois depuis l'atterrissage, je m'en voulais à mort d'avoir choisi les Everglades pour destination de vacances, même hors saison. Mon brushing ne ressemblait plus à rien, mes cheveux pendaient lamentablement comme pour me rappeler la stupidité de ma décision.

À cet instant-là, je ne pouvais pas imaginer que cette coiffure triste et terne serait bientôt le cadet de mes soucis. Que mon lieu de séjour se transformerait rapidement en un univers macabre et terrifiant. Mais pour le moment, je crevais de chaud et j'étais contrariée.

Le Daniel Beard Research Center avait été un centre de missiles durant la guerre froide, et il en avait gardé le charme militaire, malgré le flamant rose fluo rajouté sur sa façade. Grâce à cette couleur audacieuse, impossible de rater le logo « National Park Service ». En passant les portes vitrées coulissantes du Service des parcs nationaux, j'ai béni l'air conditionné poussé au maximum. Les poils se sont aussitôt hérissés sur ma peau moite de sueur, mais mes cheveux ne semblaient pas partager mon contentement car ils restaient aussi raides que précédemment.

J'ai traversé la zone réservée au public pour me diriger vers l'accueil des professionnels. Derrière un bureau miteux, une femme ne m'avait pas lâchée du regard.

Des cheveux pâles, un visage pâle, des lèvres rosées. Elle arborait la mine austère propre aux gens qui prennent leur rôle très au sérieux. Le South Florida Natural Resources Center nécessitait donc un contrôle d'accès aussi strict? Sans blague...

— Dr Tempe Brennan, ai-je déclaré sur le ton le plus enjoué possible. Je viens voir le Dr Robbin.

— Je ne vous ai pas sur ma liste de visiteurs.

Elle ne m'avait pas quittée des yeux, pas même pour consulter sa fameuse liste.

J'ai balancé mon sourire le plus charmeur. Sans aucun effet.

J'ai continué à sourire obstinément jusqu'à ce qu'elle craque.

— La dame aux oiseaux est au labo B. Une signature.

Elle a brandi une écritoire à pinces. Après l'avoir signée et fait risette devant une petite caméra pour la photo, j'ai obtenu mon badge visiteur. J'ai emprunté un couloir, sentant dans mon dos le regard du cerbère de l'accueil. Une signalétique en forme de flèches indiquait le laboratoire B. Une fois devant, j'ai aperçu à travers un hublot une petite brune penchée sur une table en acier inoxydable.

J'ai cogné au hublot : la jeune femme a relevé la tête et m'a regardée en plissant les yeux. M'ayant reconnue, elle a abaissé son masque, découvrant un large sourire. Était-elle heureuse de me voir ou était-ce juste un peu d'amusement quant à ma mine si lamentable? Elle m'a fait signe d'entrer d'une main gantée.

Le labo sentait le ranci et les produits chimiques. Une odeur familière qui m'évoquait davantage le boulot qu'une plage ensoleillée. Heureusement, je ne restais pas – juste un petit détour pour récupérer les clés de la maison de mon hôtesse. Le dernier roman de Jodi Picoult était rangé dans le sac de plage au fond de mon bagage à main. Adieu chaussures d'hiver et vive les tongs...

— Tempe!

Lisa Robbin m'a serrée affectueusement contre elle, ce qui équivalait à plaquer sa tête quelque part sur mon abdomen. En retour, j'ai fait ce geste maladroit de lui tapoter l'épaule, typique des personnes peu portées sur les grandes embrassades chaleureuses.

— Désolée, je ne pouvais pas venir te chercher à l'aéroport comme je te l'avais promis. Je sais à quel point c'est enquiquinant de se taper tout le chemin en taxi jusqu'ici. Mais je viens de recevoir un nombre record de *paquets.*

Lisa a désigné de la main la table d'examen où étaient disposés sept morceaux ressemblant à des animaux tués sur la route.

Le Dr Lisa Robbin se passionnait pour les oiseaux et leurs comportements; c'était sa vocation. Pionnière en matière d'ornithologie médico-légale, elle dirigeait un labo spécialisé dans l'identification des plumes au Smithsonian, la célèbre institution de recherches scientifiques basée à Washington. Nous nous étions rencontrées sur une affaire complexe au sud du Texas. Un autocar transportant, entre autres, un trafiquant en oiseaux exotiques et son butin avait eu un accident. Il avait basculé d'une falaise et explosé au fond du ravin. Tous les passagers sans distinction étaient morts brûlés vifs. Je m'étais occupée des os humains et Lisa des serres et des becs.

Cette collaboration n'est pas aussi étonnante qu'elle en a l'air. Notre job, à Lisa et à moi, est d'analyser les cadavres qui sont bien trop décomposés pour être soumis à une autopsie classique. Dans son cas, on parle de nécropsie, car ses sujets d'étude ne sont pas humains. Nous travaillons sur des corps réduits à l'état de squelette, ou momifiés, décomposés, démembrés, mutilés, et, dans l'affaire de l'autocar, brûlés.

En tant qu'anthropologue médico-légale, ma spécialité, c'est le squelette. J'étudie les os d'êtres humains visuellement non identifiables et non reconnaissables. Je recherche des indicateurs d'âge, de sexe, de race et de taille. Je traque les anomalies et les particularités. Tout élément qui fournirait un nom aux restes étudiés, et, le cas échéant, une indication sur la façon dont est morte la personne et le moment de son décès. Franchement, je ne sais pas comment Lisa s'y prend avec ses oiseaux.

Nous avions bossé ensemble autour des victimes de cet autocar, en nous échangeant des bouts d'os : elle me donnait les os humains, je lui tendais ceux des oiseaux. Je l'appréciais. Après être rentrée en Caroline du Nord, et elle, à son domicile de Washington DC, nous avions gardé contact sur le mode « qui se ressemble s'assemble », au motif qu'en tant que filles, nous étions isolées dans un environnement professionnel essentiellement masculin.

— Je suis si contente de te voir ! s'est-elle exclamée en inclinant la tête avec vivacité, tel un moineau frétillant. Nous en avions parlé, mais je me demandais si tu trouverais le temps de me rendre visite.

Ma conception de véritables vacances se résume normalement à trois éléments : l'eau transparente des Bahamas, la brise océane, une plage de sable fin. Mais l'invitation réitérée de Lisa était arrivée dans ma boîte mail en pleine tempête. D'abord une dispute avec le directeur du département à l'UNCC. Ensuite une engueulade avec un procureur irascible au sujet de mon rapport sur la victime d'un homicide. Des problèmes de digestion concernant Birdie, mon chat, ce qui avait entraîné d'autres problèmes, à savoir, changer la moquette du salon. Et pour finir, la courroie crantée du moteur de ma Mazda avait pété en plein embouteillage.

Alors que je respirais les effluves délicieux de l'autoroute 77 en attendant le remorquage de ma voiture, j'enrageais tellement que j'avais commencé à surfer sur des séjours via l'appli voyage de mon iPhone. Leçon numéro un, on ne devrait jamais réserver ses vacances quand on est exaspérée. Parce que c'est comme ça qu'on se retrouve dans des marais infestés de sangsues au lieu d'une plage déserte où viennent s'écraser les vagues de l'océan.

— Allez Lisa, vends-moi du rêve, ai-je ironisé (à moitié). J'ai hâte de découvrir les prédateurs de ces marécages.

— Détrompe-toi, Tempe, a-t-elle rétorqué, les Everglades c'est génial ! Il y a une belle diversité d'oiseaux indigènes. Ils sont magnifiques...

J'étais sûre d'améliorer ma connaissance des oiseaux de Floride dans les prochains jours. Cependant, j'ai songé que ma vie aurait bien pu se poursuivre à merveille sans cela.

— Je t'ai organisé plein de trucs extra ! (Lisa gazouillait presque.) Et quand je serai obligée d'aller au boulot, je te laisserai ma voiture pour te balader.

— Hé, je croyais que vous vous la couliez douce ici, contrairement à Washington, ai-je commenté en laissant glisser à terre mon sac de voyage.

Elle s'est esclaffée.

— Je suis venue en Floride pour m'éloigner de l'humidité de Washington DC.

— Tu plaisantes ?

— Évidemment. J'ai sauté sur l'occasion de m'occuper d'autre chose, et pas uniquement du risque aviaire.

— Le risque aviaire ? C'est quoi ce machin ? La lutte contre la propagation de la grippe aviaire ?

Elle n'a pas goûté ma piètre tentative d'humour.

— En aéronautique, c'est le terme employé pour désigner le risque de collision entre des oiseaux et les avions.

— Ouille !

— Les pauvres oiseaux ne sont jamais gagnants à ce petit jeu.

— Et moi qui croyais que tu recensais les plumes de nos volatiles pour les collections d'anthropologie du Smithsonian.

— Identifier et répertorier les plumes présentes sur des masques anciens ou des parures amérindiennes ne constituent qu'un modeste pan de mes missions. Le Feather Identification Lab – le labo d'analyse des plumes, si tu préfères – a passé plusieurs accords avec des organisations gouvernementales telles que l'Administration fédérale de l'aviation, l'Air Force ou encore la Navy. La majeure partie de notre boulot porte sur le risque aviaire.

— Dis-moi, ça se produit souvent ?

Ne pas oublier d'ajouter l'oiseau kamikaze à la liste toujours plus longue de mes phobies en avion.

Elle a hoché la tête en signe d'acquiescement. *Super !*

— Ce sont des oiseaux qui ont envoyé le vol US Airways 1549 dans l'Hudson, à New York. Imagine-toi que même un pionnier de l'aviation comme Wilbur Wright a vécu un cas de risque aviaire. L'an dernier, notre équipe a traité plus de 4500 échantillons, soit dix-huit par jour, et cette moyenne grimpe au printemps et à l'automne dès que démarrent les grandes migrations.

— Mon Dieu, comment tu t'en sors ?

Elle a désigné les « paquets ».

— On part d'échantillons plus petits. Il est d'ailleurs rare que nous ayons des corps entiers. Parfois, je récupère juste un tas de plumes ou quelques os, mais le plus souvent mon échantillon n'est rien d'autre qu'une grosse salissure ramassée sur la carlingue d'un avion, un amalgame de chair et de sang qu'on appelle *snarge*. Ensuite, le catalogage est rapide, une heure à peine.

Snarge, quel drôle de nom inventé par les ornithologistes.

— Pour les analyses ADN, on sous-traite à un labo.

— Et vous voulez en venir où ?

— Si nous pouvons déterminer quelles espèces sont en cause, un terrain d'aviation peut s'adapter.

— Comment ça ?

— En déplaçant une mare, en cessant d'ensemencer un champ de luzerne, bref, en faisant tout ce qu'il faut pour rendre les environs de l'aérodrome moins attractifs à ces espèces-là. Puisque la plupart des risques aviaires surviennent au décollage et à l'atterrissage, gérer les abords des pistes peut grandement contribuer à diminuer les risques.

— Combien y a-t-il d'aéroports dans les Everglades ?

— Aucun qui me concerne. Je suis ici pour travailler sur un projet différent.

Mon visage a dû montrer mon étonnement.

— Dans les marais, les oiseaux sont des victimes, pas des criminels. (Elle a à nouveau indiqué les restes.) Les Everglades ont un gros problème avec le python birman.

— Des pythons ? Tu veux dire ces grands serpents terrifiants ? (Je n'irai pas jusqu'à prétendre que j'ai la phobie des serpents, mais c'est pas trop mon truc. Des mouvements lents et sinueux. De petits yeux effrayants. Vous ne pouvez pas faire confiance à un animal qui ne cligne pas des paupières.) J'ignorais que des pythons vivaient en Floride.

— Ils ont été introduits récemment. Beaucoup se sont enfuis dans les marais en 1992 au cours de l'ouragan Andrew. Il a balayé la ville de Homestead, haut lieu pour les éleveurs et importateurs de serpents. C'est dans ce coin que j'habite, à propos, la banlieue sud de Miami. Principalement agricole, elle s'étend entre deux parcs nationaux : l'Everglades National Park et le Biscayne National Park.

— Au moins, ce n'est pas dû à des propriétaires débiles qui relâchent leurs bêtes dans la nature.

— Mais c'est aussi une des causes, figure-toi. Y a des crétins qui s'imaginent que les serpents c'est mignon, et qui prennent des bébés pythons comme animal de compagnie. Mais quand bébé atteint un mètre quatre-vingts, il n'est plus aussi mignon. Le propriétaire désenchanté s'en débarrasse dans les marécages. C'est tout bénef pour le python qui récupère un environnement nettement amélioré, mais pas terrible pour la faune des Everglades.

J'ai scruté les fameux paquets. OK. Les morceaux étaient sans doute un peu plus gros que ce qu'un moteur d'avion laisserait derrière lui.

Lisa a poursuivi son exposé.

— Puisque le python birman risque de devenir le prédateur numéro un de la région, le National Park Service a demandé de l'aide pour l'identification des espèces d'oiseaux qui seraient en danger.

J'ai reporté mon attention sur les masses desséchées sur la table.

— Tu es en train d'examiner le contenu de l'estomac d'un python, c'est ça ?

— De douze pythons, pour être exact.

— Ça fait beaucoup de serpents morts.

— Le National Park Service organise des battues pour les tuer. Ils essaient de régler le problème.

— Tu procèdes à une nécropsie de chaque serpent ?

— Non, pas moi. C'est le travail du Dr Aaron Lundberg qui est biologiste ici, au NPS. Un grand spécialiste de la faune. Par ailleurs, il est garde forestier. Je me contente, en tant qu'experte en ornithologie, d'analyser les contenus de l'estomac, parfois ce qui se trouve dans une section de leur intestin.

— Et qu'est-ce que Lundberg espère apprendre ?

— Tout. Leurs croissance, santé, régime alimentaire, habitudes de reproduction. Moi, je me concentre sur leurs casse-croûte de prédilection.

De ses doigts gantés, elle a délicatement ouvert en deux une des plus petites boules. Outre un bec, une serre, rien de solide. C'était juste un entrelacs de plumes et de poils.

— C'était un Tantale d'Amérique, un grand échassier dont le nom latin est *Mycteria americana.* Debout, il mesure environ un mètre dix, avec une envergure comprise entre un mètre cinquante et un mètre soixante-cinq. Il s'agit d'une espèce en voie de disparition.

— Merde...

— Un python birman adulte mange une fois par mois, puis il s'enroule pour entamer sa digestion. Son métabolisme agit rapidement et fait le reste.

— Ce qui signifie que tu retrouves rarement des os ?

— Exact, à moins que le serpent soit tué juste après avoir ingéré sa proie. Je compte principalement sur les plumes.

Je me suis approchée pour un meilleur examen.

— Je ne vois aucune plume dans celui-là.

— Les oiseaux possèdent deux types de plumes : les plumes de contour, ou pennes, qui constituent la couche extérieure, et en dessous, les plumes de duvet. Je suis obligée de les examiner au microscope pour les étudier. Elles portent des caractéristiques spécifiques qui permettent l'identification. La quantité de pigments allouée à la coloration, leur forme, les types de larves qui vivent dans leur plumage. Ces différences dans la microstructure des plumes vont déterminer l'espèce de l'oiseau. Cela me demandera un peu de travail, mais je trouverai qui est ce petit.

— Je n'en doute pas.

Lisa a scruté la pendule murale.

— Encore dix minutes et j'aurai fini. Je ferai ensuite une pause pour t'amener à bon port. (Elle a levé son pouce en direction de la hotte.) Je garde les cas les plus faciles pour la fin. Ceux sur la paillasse ne sont pas si gros, mais il y a plus de matière. Littéralement. De la chair, des plumes, des os. Regarde.

Tandis que Lisa allait décortiquer ses paquets sur la table d'examen, je suis allée sous la hotte. L'odeur de putréfaction y était plus intense. Cinq spécimens étaient alignés par ordre chronologique. Chacun portait une étiquette avec un numéro de site, le nom et les coordonnées GPS du lieu de la découverte.

Ces masses étaient moins homogènes et moins suintantes que les morceaux de la table. Dans certains, je distinguais des plumes et des petits bouts d'os. Dans l'une d'elles, une queue très fournie. À l'aide d'une pince, j'ai retiré un os d'un sac estampillé « référence 1032-27 BIG CYPRESS », du nom de la réserve nationale située à l'ouest de Miami. Un raton laveur. Le suivant était un renard. J'étais contente de moi.

— Je vais te présenter à Aaron tant que tu es là. (La voix de Lisa était étouffée par le masque.) Un sacré personnage, tu verras.

— La seule chose que j'aimerais qu'on me présente, c'est un bon gros hamburger.

Je mourais de faim, je n'avais rien avalé depuis mon départ de la maison pour l'aéroport de Charlotte, soit cinq heures plus tôt.

J'ai pris un autre sachet : « Référence 1976-32 BOGGY KEY », du nom d'une des îles de l'archipel des Keys. Un unique fragment d'os que j'ai reconnu comme étant celui d'un oiseau.

La quatrième carcasse était celle d'une biche. Bon sang, ce serpent-là était ambitieux.

Le dernier ensemble était largement plus avancé du point de vue de la décomposition. Il puait par conséquent quatre fois plus. J'ai retenu ma respiration en me penchant sur la « référence 4715-59 HARDWOOD HAMMOCK ». Les restes étaient constitués de plumes noires et d'un bec de rapace. Sans doute un vautour.

Alors que je me redressais à cause de l'odeur insupportable, un minuscule fragment d'os a attiré mon attention. L'axe ne correspondait pas à celui d'un oiseau, les proportions ne collaient pas non plus.

Non, ça n'était *absolument* pas un os d'oiseau. Les surfaces articulaires m'étaient familières.

Mon rythme cardiaque s'est emballé.

C'est pas vrai ?

J'ai écarté le conglomérat de chairs et plumes avec une sonde. Cette chose putréfiée avait autrefois été un oiseau. Dans son estomac, j'ai remarqué des éléments non digérés. D'autres os. Mon inquiétude est montée d'un cran.

— J'ai presque terminé ! a chantonné Lisa.

Avec une fine pince, j'ai saisi les os et les ai placés en tas sur le côté.

Bouche bée, je les ai fait rouler d'un côté, puis de l'autre, en notant des détails anatomiques.

Une décharge d'adrénaline a déferlé dans mes veines.

2.

Ainsi ont commencé ces vacances qui n'ont jamais été des vacances. Je me voyais déjà avec masque et tuba en train d'explorer Biscayne Bay. Or, après avoir écouté ce que j'avais à lui dire, Lisa m'avait fait jurer de demeurer dans les parages jusqu'à ce qu'elle ait transmis cette affaire à la police.

Habillée de la minuscule blouse blanche appartenant à Lisa, je ressemblais à un épouvantail surdimensionné. Le vêtement m'arrivait à mi-cuisses et à mi-bras. La paillasse avait été complètement débarrassée à l'exception de la «référence 4715-59 HARDWOOD HAMMOCK». La carcasse de l'oiseau reposait à un bout, ma macabre découverte à l'autre.

Une fois encore, Lisa et moi étions positionnées en fonction de notre domaine de compétences respectif, et chacune tendait à sa voisine ce qui lui revenait. Sous mes yeux, je voyais peu à peu se former le squelette d'un pied humain. Huit phalanges, trois métatarsiens, un fragment de calcanéum et une partie de l'os cunéiforme. J'estimais en avoir récupéré un bon tiers.

— Tiens, voici le dernier, a déclaré Lisa en me donnant un autre morceau, extrait du gosier de l'urubu à tête rouge. C'est incroyable de voir qu'un métatarsien ressemble à s'y méprendre à un tarso-métatarsien de *Cathartes aura.*

— Et on dirait que ces bad boys possèdent un appétit digne d'Hannibal Lecter !

— Et aussi la puanteur des baskets d'un ado.

Je n'ai pas relevé la blague *volatile* de mon amie. Un mal de crâne s'est ajouté à ma fringale. C'était injuste, mais j'ai rejeté la cause de tous mes malheurs sur les Everglades.

J'agençais correctement les os du pied lorsque trois hommes sont entrés dans la pièce. Les renforts que nous attendions étaient finalement arrivés. Des effluves de sueur mâle les ont accompagnés, supplantant en intensité la nauséeuse odeur de cadavre.

Le plus costaud des trois portait un uniforme marron orné d'un macaron de la police de Miami-Dade. Le badge sur sa chemise indiquait son nom : T. Yellen. Un badge doré, ce qui précisait son grade : sergent ou au-dessus. Son atroce moustache dénotait une nostalgie douteuse pour les années soixante-dix, et son petit ventre rond, une addiction non contrôlée aux fast-foods.

Les deux autres étaient vêtus de la tenue kaki réglementaire des gardes forestiers. L'un, coiffé à l'arrache, n'était pas très grand. Il avait les yeux cernés et des lunettes rectangulaires à monture argentée. Je l'imaginais sans peine se promener en Birkenstocks et chemise hippie dans un marché de petits producteurs avec, en bandoulière, le sac en toile d'une célèbre librairie. J'ai supposé que j'avais affaire au biologiste qui travaillait avec Lisa, le Dr Aaron Lundberg.

Son acolyte était très bronzé et très soigné de sa personne. Son comportement ne laissait aucun doute sur la haute estime qu'il avait de lui-même. Son uniforme lui allait à ravir, et le badge sur sa poitrine l'identifiait comme Scott Pierce, officier de police dépendant du ministère américain de l'Intérieur, en charge de l'Everglades National Park.

Lundberg, le biologiste, et Yellen, le shérif, se chamaillaient, et, visiblement, cela durait depuis un bon moment.

— Mais les pythons n'attaquent pas les hommes, martelait Lundberg agacé, comme s'il avait déjà réitéré son argument à l'envi.

— Merde, Aaron ! Ton amie affirme qu'elle a examiné un python de cinq mètres cinquante avec des restes humains dans l'estomac. (Yellen, visage cramoisi, semblait vraiment inquiet.) Depuis que tous ces putains de serpents sont apparus, je redoutais un jour comme aujourd'hui.

— Rien n'est arrivé, c'est impossible, a insisté Lundberg.

— J'ai vu, de mes yeux *vu*, ces saloperies de serpents s'enfiler des alligators de cinquante kilos et des chevreuils. Sûr et certain qu'ils seraient capables d'avaler l'un d'entre nous.

Yellen avait l'air d'en avoir assez de cette controverse.

— Tu as plus de chance de gagner au Loto ou d'être foudroyé que de te faire bouffer par un python.

Lundberg a remonté ses lunettes de son index. Elles ont immédiatement glissé sur l'arête de son nez.

— Les infos regorgent d'histoires où des gamins ont été étouffés pendant leur sommeil, a contre-attaqué Yellen.

Lundberg a repris la parole en détachant chaque syllabe, tel un enseignant s'adressant à un élève un peu limité.

— Ce sont des accidents où des serpents vivant chez des particuliers se sont échappés de leur cage et se sont jetés sur la première proie venue. Dans la nature, on n'a recensé que cinq ou six cas d'attaques de pythons envers des êtres humains. Et un seul s'est soldé par une morsure. Aucun cas de tentative d'étouffement.

— Eh bien moi je te préviens, si un de ces trucs essaye de s'enrouler autour de moi, il va prendre cher.

Jusqu'à présent Pierce n'avait pas ouvert la bouche. Pareil à un spectateur dans un match de tennis, ses yeux allaient de Lundberg à Yellen, et inversement. Il s'était calé, dos au mur, bras croisés sur la poitrine, témoin malheureux de cette dispute.

Yellen a salué Lisa.

— Alors m'dame, c'est vous qui nous avez appelés. Ce python a-t-il mangé quelqu'un ?

— Les os du pied proviennent du vautour.

Trois paires de sourcils ont marqué la surprise.

— L'urubu à tête rouge a dévoré le cadavre. Le python a avalé l'urubu à tête rouge, expliqua-t-elle.

— Attendez... Un rapace a tué un mec ?

Plus perplexe que le shérif en cet instant, ça n'existait pas.

— Ou... une fille, ai-je ajouté pour faire mon intéressante, puisque tout le monde semblait avoir omis ma présence.

— Les urubus à tête rouge font les poubelles, ce sont des charognards, a précisé Lisa. Ils ne tuent pas leur proie, jamais.

— Comment un oiseau peut-il trouver un cadavre dans des marécages de plusieurs centaines d'hectares ?

— Parce qu'il perçoit l'odeur de charogne, évidemment, a-t-elle répliqué.

Yellen a froncé les sourcils, mains sur les hanches, avec un air dubitatif.

— Je résume : votre vautour mange la victime, le python mange le vautour. Comme dans la chanson, en somme, il faut *savoir qui-qui-qui sera mangé...*

Le sort tomba sur le plus jeune, ai-je complété mentalement. Pas mal pour un shérif, il se débrouillait bien.

— Oh mais quel bordel ! Un vrai guêpier juridique cette affaire. Entre ceux qui volent et ceux qui rampent, comment savoir d'*où* vient le problème ? Ce pourrait être à Dade, Collier, Broward ou Monroe. (Yellen avait prononcé le dernier nom en appuyant sur la première syllabe du comté.) Ce pourrait être un des gardes du parc.

Pierce a pris la parole pour la première fois :

— Le serpent a été attrapé près de Hardwood Hammock, autrement dit en dehors des limites du parc national. Au sud de Broward, dans Metro.

Il avait utilisé le terme d'argot – *Metro* – pour désigner le comté de Miami-Dade.

— J'serais donc un trouduc chanceux, c'est ça ? a déclaré Yellen.

— Tom, ça tombe dans votre juridiction, mais, considérant que c'est une scène de crime *mobile*, le NPS vous accordera son entière coopération.

Les mâchoires de Yellen se sont crispées.

— Qui a décrété que nous avions un meurtre sur les bras ? Ce putain de pied aurait tout aussi bien pu provenir d'un cimetière.

— Impossible, est intervenue Lisa, les urubus à tête rouge ne s'intéressent qu'aux cadavres récents. Bien qu'ils soient capables de patienter jusqu'à ce que la peau se ramollisse afin de faciliter sa consommation, ils évitent la viande putréfiée. La victime n'était pas morte depuis longtemps quand les vautours l'ont dévorée.

Lundberg a pâli, puis dégluti.

— Quant au python, son repas ne datait que d'un jour ou deux avant sa capture. Le vautour était à peine digéré.

— Doucement, hein, les gars ? (Yellen a brandi ses deux paumes de main vers l'avant comme pour repousser un ennemi invisible.) Il n'y a toujours aucune raison de conclure à un crime violent. C'était peut-être une chute, une noyade, une crise cardiaque. Les gens meurent d'un million de façons possibles.

— C'est un homicide, ai-je affirmé.

Enfin, tous les visages se sont tournés vers moi.

— Et vous êtes... ? s'est enquis Yellen en m'examinant de haut en bas, peu emballé par mes cheveux ternes et ma blouse trois tailles trop petite.

— Dr Temperance Brennan.

— Le Dr Brennan est une anthropologue médico-légale de Caroline du Nord, a renchéri Lisa. C'est elle qui a détecté les os humains.

— Tom Yellen, s'est-il présenté en me tendant une main dodue. Je suis le shérif du district Miami-Dade Hammocks.

— Je suis une collègue de Phil Evans.

J'avais cité le nom de l'anthropologue judiciaire du comté de Miami-Dade que je connaissais via l'American Academy of Forensic Sciences, une de nos associations professionnelles.

— Vous *étiez* une collègue, a-t-il rectifié. Evans est mort le mois dernier. Crise cardiaque.

Nom de Dieu, cet homme était un fin diplomate ! Ne sachant quoi rétorquer à cette tragique nouvelle, je me suis murée dans le silence.

— Et vous, vous êtes... ? a questionné Yellen en regardant Lisa.

— Dr Lisa Robbin, anthropologue médico-légale spécialisée en ornithologie. Je travaille pour le Smithsonian et j'assiste le Dr Lundberg dans ses recherches sur les pythons.

— Je vois, je vois. Revenons-en au pied. Qu'est-ce qui vous incite à croire qu'il s'agit d'un meurtre ?

À l'aide de ma sonde, je leur ai montré le fragment de calcanéum et l'os cunéiforme.

— C'est le tarse. Les os du tarse s'articulent à l'endroit où les os du pied et ceux du tibia se rencontrent.

J'avais simplifié à l'extrême.

— La cheville ?

— En quelque sorte, oui. (Toujours avec ma sonde, j'ai désigné les stries et les entailles sur les surfaces de chaque os tarsien.) Ces marques ont été réalisées par une tronçonneuse.

Grand mutisme circonspect parmi l'assistance. Yellen brisa le silence.

— Vous êtes en train de nous expliquer que ce pied a été scié à la tronçonneuse ?

— Oui.

— Pourquoi ?

— Je n'ai pas de réponse à cette question.

— Vous êtes sûre ?

— Que je ne peux pas répondre ?

— *Non* ! Qu'il a été scié !

— Je suis catégorique.

— Merde, c'est une blague ? J'ai un pied scié qui a été avalé par un oiseau, lui-même avalé par un serpent, et pas le début d'une piste pour déterminer où le crime a eu lieu, ni qui est la victime...

— Était, a précisé Lisa.

Bis repetita. Grand mutisme circonspect parmi l'assistance. Cette fois, c'est moi qui ai brisé le silence.

— On peut apprendre beaucoup de choses à partir d'un pied.

Yellen m'a dévisagée.

— Bien que je ne puisse établir le sexe sans l'analyse ADN, je peux cependant vous dire que ces os et attaches musculaires de taille modeste et pas très robustes suggèrent une victime de sexe féminin. A priori, une femme plus petite que la moyenne.

— Est-ce que ce pourrait être une fillette ? a demandé Pierce sur un ton angoissé.

Des gosses boulottés par des serpents ? Pas terrible pour le parc national en termes de communication.

J'ai attrapé le troisième métatarsien.

— Cet os montre clairement une fracture de fatigue.

— C'est pas une enfant, alors, a conclu Yellen.

Mon opinion sur le shérif est remontée d'un cran.

— Exact. Il existe deux catégories de la fracture du métatarse. L'une, aiguë, causée par un atterrissage au sol violent, l'autre, la fracture de fatigue, dite fracture de stress, due à la surutilisation des pieds. Si les muscles sont trop sollicités, ils ne peuvent plus absorber les chocs d'impacts répétés, ils ne remplissent plus leur rôle, causant des lésions dans les tissus osseux, c'est-à-dire une fracture. (J'étais dans l'ultra-simplification, mais elle me paraissait nécessaire dans ce contexte.) La fracture de stress la plus courante est celle liée à une activité physique intensive et répétitive qui sollicite les pieds, comme le jogging. C'est pour cela qu'il est très rare d'en rencontrer chez l'enfant.

— Alors, quelle serait votre estimation de l'âge de la victime ?

— Je suis ennuyée pour vous fournir une estimation parce que je n'ai principalement que des phalanges. De l'orteil. Ce n'est pas assez.

— Je vois, je vois, a marmonné Yellen en m'invitant d'un geste à continuer.

— J'aurais besoin de faire des radios, mais ce que je peux déjà vous dire, c'est que la qualité de l'os est bonne, et qu'il n'y a aucun signe d'arthrose au niveau des articulations, ni de trouble du modelé osseux. Et je ne note aucun indice de fusion de l'épiphyse récente. (Je faisais référence à l'extrémité des os longs, constituée de tissus spongieux.) Ces éléments, considérés dans leur ensemble, suggèrent que nous avons affaire à quelqu'un de jeune.

— C'est-à-dire ?

— Je dirais quelqu'un entre vingt et trente ans. Une femme active et petite en taille, qui faisait peut-être de la course à pied.

L'expression sur le visage de Yellen a changé. Cette description lui rappelait-elle quelque chose ? Avant qu'il ne puisse s'exprimer, son portable a sonné. Il est sorti de la salle pour prendre l'appel.

— J'ai procédé à toutes les mesures des os qu'il m'était possible de réaliser, ai-je ajouté en ôtant mes gants, avant de les balancer dans la poubelle à ordures médicales. Grâce à l'aide du programme Fordisc, qui est une base de données pour les morgues, on pourra compléter l'évaluation du sexe et de l'âge. Mais, étant donné ce que j'ai eu pour travailler, les résultats ne devraient pas trop varier.

Lundberg et Pierce demeuraient muets comme des carpes.

— On se retrouve chez toi ? ai-je suggéré à Lisa.

Avant qu'elle ait le temps de me répondre, Yellen est revenu d'un pas martial, le visage inquiet. Puis il m'a regardée fixement.

3.

L'airboat bondissait sur l'eau. Je m'étais cramponnée comme une folle à mon siège en me demandant encore comment j'avais pu accepter de les suivre dans cette « excursion ». Yellen, Lundberg et Pierce étaient présents, et un policier en uniforme manœuvrait l'hydroglisseur.

Le coup de fil reçu par Yellen l'avait alerté de la découverte d'autres restes humains. J'avais pourtant bien expliqué les raisons de ma présence en Floride – *des vacances !* – et confirmé que je m'étais arrêtée au labo de Lisa *uniquement* pour récupérer les clés de chez elle. J'avais failli exhiber mon bikini et le roman de Picoult comme preuves à conviction. En vain !

Yellen avait balayé mes objections une à une. Il avait un cadavre démembré sur les bras. Evans, son anthropologue judiciaire, avait rendu l'âme, et moi, j'étais bien vivante. Avant que je comprenne ce qu'il se passait, j'étais missionnée pour assurer l'intérim.

Lisa avait profité qu'on m'emmène faire un tour en bateau au cœur du marais pour filer déjeuner. Mon estomac, lui, criait famine, et tout le monde s'en foutait.

Un airboat est l'hydroglisseur typique de la région. Une embarcation à fond plat en aluminium, six sièges, plus un siège surélevé pour le conducteur. Derrière lui, un moteur qui actionne une énorme hélice aérienne, entourée d'une structure grillagée. En gros, ça ressemble à un gigantesque ventilateur de bureau.

— Dans les Everglades, a hurlé Lundberg près de mon oreille, on est obligé de se déplacer en airboat, parce que c'est impossible d'avoir un moteur immergé dans des eaux aussi peu profondes.

J'ai acquiescé d'un hochement de tête, peu désireuse de brailler à mon tour pour lui répondre. Même avec le silencieux, l'hélice faisait un boucan d'enfer. Le bon côté de la chose, c'est que personne n'entendait mon ventre gargouiller.

— On appelle ça le Shark River Slough, a-t-il poursuivi en pointant le paysage devant nous. C'est le principal bassin qui approvisionne en eau le parc national, et il s'étend à la fois à l'intérieur et à l'extérieur du parc. Vous avez sans doute entendu son autre appellation : le fleuve d'herbe.

Non, je n'avais jamais entendu ce nom, mais c'était bien trouvé. L'étendue de hautes herbes aux couleurs brun-vert s'étalait à perte de vue, avec, çà et là, une voie sinueuse qui permettait de naviguer. Le ciel était d'un bleu aussi limpide qu'en Caroline, avec une kyrielle de cumulus éparpillés le long de la ligne d'horizon en plus.

Libre de toutes contraintes, notre bateau filait à grande vitesse à travers la végétation. Malgré la tâche sordide qui nous attendait, je me régalais de cette impression enivrante de voler au-dessus des flots.

— On se dirige vers Hardwood Hammock, a commenté Lundberg qui se prenait pour mon guide attitré. C'est au nord des limites du parc des Everglades, là où se déroule la chasse.

— La chasse ?

Cette info a retenu toute mon attention.

— Oui, le *Python Challenge*. Une compétition organisée sous le haut patronage de la Commission de conservation de la faune et de la flore de Floride. On remet des prix pour le plus de serpents tués, pour le plus long, etc., ce genre de délire.

Yellen, à ma droite, en entendant notre conversation, a secoué la tête.

— Ouais, une idée sans doute tout droit sortie du cerveau embrumé d'un accro aux jeux vidéo. Pfft... Ces gens ont douze ans d'âge mental !

Au moins, sur ce point, les deux hommes semblaient d'accord.

— Cette chasse dure un mois, a précisé Lundberg, et attire des participants de tous les coins des États-Unis – cette année, plus de six cents ! Deux catégories se côtoient, des chasseurs professionnels d'un côté, et de l'autre, n'importe quelle personne en mesure de régler vingt-cinq dollars et de prendre la pose pendant une demi-heure sur une vidéo. En 2013, professionnels et amateurs ont comptabilisé un total de soixante-huit serpents. La majorité tuée par les chasseurs.

J'étais étonnée du nombre de reptiles abattus. J'aurais cru qu'ils se seraient chiffrés par centaines.

— Mais combien y a-t-il de pythons dans ces marécages ? ai-je crié.

— Deux mille cinq cents pythons birmans ont été découverts en Floride du sud au cours de ces dix dernières années. Notre meilleure approximation établit une population actuelle de plusieurs milliers, voire de dizaines de milliers. Et malheureusement, ils se reproduisent à la vitesse grand V.

Bon sang...

— L'ironie de la situation, a-t-il poursuivi, c'est que le python birman est une espèce en voie de disparition dans son habitat d'origine, en Asie du Sud-Est, à cause du braconnage.

— Ben chez nous, on ne peut pas parler de pénurie !

Le commentaire lapidaire de Yellen a été emporté par le souffle rugissant de l'hélice.

— Ça c'est sûr. Le gouvernement fédéral s'arrache les cheveux à tenter de juguler l'explosion de cette population dans la région. En 2012, le python birman a été ajouté sur la liste des espèces couvertes par le Lacey Act.

Devant ma mine interrogative, Lundberg a développé.

— C'est une loi fédérale utilisée par le ministère de l'Environnement pour contrôler, entre autres, les espèces invasives. Elle interdit tout commerce entre États, et toute importation de certains animaux, dont le python birman.

L'hydroglisseur a ralenti et j'en ai profité pour en placer une.

— À quoi est due leur prolifération si rapide ?

— Le python birman est une espèce généraliste, et donc capable de s'adapter à une variété d'habitats naturels. (Il jacassait à présent, libéré de la nécessité de crier.) Du coup, ils se reproduisent à tout va. Le rendement de la reproduction est prodigieux, et les mères couvent leurs œufs, ce qui est inhabituel chez les serpents.

Voilà ce que j'ai cru comprendre, car le bateau ayant remis les gaz, ses paroles se sont à nouveau perdues au vent.

— La femelle est aussi tatillonne qu'une prostituée unijambiste, a ironisé Yellen. C'est elle qui décide si le mâle lui convient, et ensuite, *boum*, reproduction assurée.

— Jusqu'à combien peuvent mesurer ces serpents ?

— Le python birman est le plus long d'entre eux. Dans la nature, la femelle peut aller jusqu'à cinq mètres cinquante et le mâle quatre mètres trente. Mais en captivité, ils peuvent atteindre six mètres.

La faute à des repas réguliers, j'imagine. Plus très sûre de vouloir les rencontrer. Ni de savoir ce que deviennent leurs proies.

— Une équipe de contrôle de la qualité de l'eau est tombée sur un python de cinq mètres cinquante, a renchéri Yellen. C'est la seconde fois depuis le début de l'année. Ils l'ont sorti d'un canal dans les hammocks, au nord de Tamiami.

— Dans les *hammocks*? ai-je répété, intriguée depuis le début par ce nom étrange.

— Harwood hammocks est le nom générique donné aux zones de terre ferme dans le Everglades National Park, des sortes d'îles au sein du marais. Le hammock fournit un habitat feuillu à quelques centimètres au-dessus du niveau de l'eau.

— C'est là qu'on va, a expliqué Pierce.

— Et combien mesure notre airboat, juste pour savoir ? ai-je insisté.

— Quatre mètres quatre-vingts.

Soit Lundberg n'avait aucun humour, soit il n'avait pas percuté ma petite plaisanterie.

— Vous avez bien dit tout à l'heure que les pythons n'attaquaient jamais les humains, pas vrai ?

Je souhaitais simplement entretenir la conversation, je n'avais aucune raison de m'inquiéter...

— On ne peut jamais dire jamais, a répondu Lundberg. (Une vraie girouette, ce mec.) La plupart préfèrent éviter les ennuis, et nous fuient s'ils le peuvent.

— Ah ouais ? Et le gars de Flat Stanley le mois dernier, il l'a évité à ton avis ?

Lundberg, piqué au vif, a répondu du tac au tac à Yellen. Enfin, il a crié...

— C'est précisément la bêtise humaine dont je parlais ! Le serpent avait été domestiqué. Voilà ce que ça donne quand on fait n'importe quoi. Le python birman est assez docile, ça fait de lui un bon animal de compagnie, même si c'est la pire idée qui soit.

— Tu reportes la faute sur la victime, maintenant ?

— Les pythons ont un odorat très développé. La simple présence de boîtes de conserve les rend fous. Faut pas laisser un reptile de six mètres sortir de sa cage quand t'as un poulailler dans les parages ! Ça le met forcément en appétit.

— Et dans la nature, ai-je demandé pour détendre l'atmosphère, il aime manger quoi le gentil serpent ?

— Les pythons sont voraces et se nourrissent de tout ce qu'ils trouvent, je dois l'admettre. (Lundberg ne s'adressait qu'à moi, je comprenais maintenant pourquoi.) Ils consomment des mammifères à un taux alarmant, en particulier ceux qui cherchent leur nourriture près de l'eau. Quatre-vingt-dix pour cent des populations de ratons laveurs et d'opossums ont disparu du parc national, surtout dans les régions les plus au sud où les pythons ont proliféré en premier. Quant aux lapins et aux renards, il n'y en a carrément plus.

Hein ? De mignons petits lapins ? Je commençais à être vraiment du côté de Yellen.

Lundberg n'a pas remarqué ma réaction de dégoût.

— Lisa a identifié vingt-cinq espèces d'oiseaux différentes dans les intestins des pythons, y compris une espèce en voie de disparition comme le Tantale d'Amérique. Les mammifères et les oiseaux ne sont pas habitués à être chassés par le python, résultat, ils ne possèdent pas l'instinct de défense approprié.

— Parce que ces satanés pythons ne sont pas censés être là, lui a rétorqué Yellen.

— Pas plus que les touristes new-yorkais, a répliqué Lundberg, mais nous ne pouvons pas les empêcher d'entrer. Le problème, c'est que certains animaux pourraient tirer avantage de la situation, telles les tortues. Sans les ratons laveurs pour manger leurs œufs, on risque de se retrouver dans vingt ans avec une invasion massive de tortues.

— Les pythons n'ont donc pas de prédateurs ?

— Les alligators sont en mesure de les attaquer, sauf si les pythons ont déjà la gueule grande ouverte. On a des cas où l'alligator a perdu. Les deux animaux sont en concurrence pour le même type de proie.

— J'ai vu, de mes yeux vu, l'estomac d'un python éclaté en deux après avoir ingéré un alligator d'un mètre quatre-vingts, a assuré Pierce.

— La seule créature qui peut réellement en venir à bout est l'homme, a renchéri Yellen.

— Et pourtant, je ne vous sens guère favorable à la chasse organisée, ai-je déclaré, intriguée.

Le shérif a secoué la tête comme si ce sujet le déprimait.

— Les bouseux qui vivent dans les marécages ? Ces rednecks qui tirent sur tout ce qui bouge, c'est d'eux dont vous parlez ?

— Pendant toute la durée de cette chasse, on a droit à un vrai festival de dégénérés ivres morts qui se la pètent, a ajouté Pierce, bien d'accord avec Yellen.

— Si ces ploucs n'étaient pas autorisés une fois par an à chasser au cœur du parc national, qui est le lieu de prédilection des pythons, c'est clair que le nombre de serpents tués serait ridicule.

La critique acerbe visait Lundberg, et le ton employé prouvait que leur divergence de point de vue n'était pas nouvelle.

Lundberg a argumenté avec véhémence.

— Ce que certaines personnes peinent à comprendre, c'est combien ces reptiles sont les rois du camouflage. Vous relâchez dans la nature un énorme python avec une traçabilité, et en deux secondes, il devient invisible. Bien qu'expert, il m'est arrivé de me tenir à quelques pas d'un spécimen mâle de quatre mètres cinquante, à surveiller son émetteur, et pourtant, à avoir du mal à le localiser.

J'en étais convaincue maintenant, jamais je ne voudrais d'un boulot comme le sien.

Le visage de Lundberg était cramoisi. Il ressemblait à un steak pas cuit.

— Les pythons birmans sont des chasseurs qui pratiquent la technique de l'embuscade. Ils peuvent rester un bon moment sous l'eau à guetter leur proie ou à se tapir parmi les broussailles. Ils peuvent même se laisser tomber de la branche d'un arbre. Ils frappent en un éclair, gobent leur gibier rapidement, puis vont se cacher quelque part pour digérer durant un mois. Même les herpétologistes aguerris ont des difficultés à les localiser. Alors quelqu'un qui n'y connaît rien, c'est même pas la peine d'y songer. (Lundberg a enfin croisé le regard du shérif.) La plupart des captures de serpents sont réalisées quand le reptile traverse une route, et les routes, nous le savons bien, sont plus nombreuses *à l'extérieur* du parc qu'à l'intérieur. Et donc moins de faune sauvage protégée à tuer par erreur...

En conclusion, j'ai récapitulé mentalement : je ne patauge pas dans les marécages, je ne traîne pas sous les arbres, je ne me balade pas dans des broussailles trop hautes. Ne pas quitter l'airboat me paraît donc plus sage, sauf que je doute que ce soit possible.

— On y est presque.

Je me suis tournée dans la direction indiquée par le conducteur. À environ deux kilomètres, on apercevait une rangée d'arbres, une parmi d'autres qui filaient vers l'horizon.

— Nous sommes toujours dans les Everglades? ai-je demandé.

— Cette bande de terre ne fait pas partie du parc national, a répondu Lundberg, c'est l'une des quatre zones où la chasse est permise.

L'hydroglisseur a ralenti et s'est glissé derrière un autre modèle d'airboat totalement délabré. Les inscriptions peintes sur sa poupe étaient illisibles. Après avoir vacillé sur nos jambes jusqu'à l'arrêt du bateau, nous avons sauté sur la terre ferme.

Le passage du marais aux petits arbustes, puis des petits arbustes à la forêt se faisait sans transition aucune. En l'espace de quelques mètres le long du rivage, on a traversé des buissons et, tous en file indienne, suivi un sentier dans la forêt.

— Attention à ne pas marcher dans des avens, il y en a partout, a prévenu Lundberg en me montrant dans le sol des cavités profondes, certaines remplies d'une eau verdâtre.

La température avait chuté et l'humidité augmenté. J'ai levé les yeux; je ne voyais plus que des petits carrés de ciel entre les branches et le feuillage entrelacés. Si je devais éviter de me balader sous des arbres, là, c'était raté! Mais les serpents n'étaient plus ma préoccupation première. Des nuées de moustiques me pompaient des litres de sang. Ces petites sangsues m'adoraient.

Au bout de cinq à six minutes, nous avons atteint une clairière au centre de laquelle se tenait un géant barbu, vêtu d'une tenue d'explorateur, façon bush australien. À ses pieds, un alligator mort.

L'alligator n'était pas immense, mais quand même, c'était une belle bête! Environ deux mètres cinquante d'une extrémité à l'autre. Dans sa gueule, un morceau de bassin humain. La chair avait pourri; elle avait la couleur et la consistance de flocons d'avoine congelés. Le seul détail qui rappelait que cette vision d'horreur avait autrefois été un être humain était un nombril sur un bout de peau marbrée.

— Salut Jordan ! a crié Yellen au géant qui lui a répondu par un hochement de tête avant de nous dévisager tour à tour.

— J'ai pas touché à rien depuis que j'l'ai descendu et que j'ai vu ce qu'il avait entre les dents.

— Tu as bien fait, Jordan, et tu as bien fait aussi de nous avoir prévenus, l'a félicité Yellen sans toutefois trop s'approcher. La dame, c'est un docteur spécialiste des os.

J'ai fait un pas en avant et tendu ma main.

— Tempe Brennan.

— Moi, c'est Dusty Jordan.

Il a essuyé son énorme paluche sur son pantalon kaki et a agrippé mes doigts qu'il a consciencieusement broyés.

— Que s'est-il passé ?

Il m'a regardée comme si je lui avais demandé la signification du mot « marais ».

— Ben, j'chassais le python. J'l'ai vu qui tirait un truc bizarre dans sa gueule...

— Il est vraiment mort ?

— Y vous fera pas d'mal, a-t-il répondu sans remarquer mon allusion à une réplique des *Monty Python* – tant pis.

Je me suis accroupie pour observer de près le reptile. Pendant une bonne minute, seul le bal bourdonnant des mouches et des moustiques a troublé le silence.

N'y tenant plus, Yellen a explosé :

— Alors, c'est la même victime ?

— Pour ce que j'en vois, les caractéristiques du bassin sont cohérentes avec celles que j'ai observées sur le pied. (Une chose pourtant me dérangeait.) Un alligator mangerait-il quelqu'un de déjà mort ?

— Ouais, c'est sûr, s'est empressé de répondre Jordan, ce qui a agacé Lundberg.

— Exact, a renchéri ce dernier pour affirmer le point de vue du scientifique. Les alligators peuvent traîner leur proie pour la protéger des autres alligators, parfois pendant des jours.

Yellen a poussé un long soupir.

— Seigneur Dieu Marie Joseph... Va falloir faire venir la police scientifique. Il se peut qu'il y ait des morceaux du corps éparpillés partout dans le coin.

Pendant qu'il s'éloignait pour téléphoner, j'ai examiné le bassin sous un autre angle.

— J'estime l'intervalle post mortem à environ neuf jours. Ça colle avec les restes retrouvés dans le vautour.

Ou dans le python. Peu importe.

Un reniflement strident de l'alligator m'a fait bondir en arrière et je me suis retrouvée le cul par terre.

— Hé ! Vous m'aviez dit qu'il était mort ! ai-je hurlé sur un ton plus aigu que je n'aurais voulu.

Jordan m'a fixée comme si j'avais un QI de poisson rouge.

— J'ai dit *y vous fera pas d'mal.* J'peux pas tuer un alligator sans l'accord d'ces messieurs de l'Environnement. Le pauv' vieux, il est sur son territoire.

Je me suis éloignée doucement, mais sûrement.

— Relax, m'dame. Il est sous tranquillisant. (Jordan a lancé un regard de conspirateur à Pierce, du style « ah les femmes ! ».) Va pas se réveiller avant des heures.

— Vous êtes en train de me dire que je peux mettre ma main dans la gueule d'un alligator vivant ? Sans déconner ?

— Ouais... Ouais...

Lundberg a ramené sa fraise.

— L'anesthésie est une science qui comporte des incertitudes. On doit connaître le poids exact de l'animal pour un dosage fiable.

Jordan a toisé le biologiste d'un air supérieur.

— Mec, si j'dis que la bestiole est dans les vapes, elle est dans les vapes. (Silence de mort.) Faites chier. (Il a retiré un flacon de la taille d'une canette de Coca d'un sac en toile à moitié déchiré.) Cocktail de kétamine et midazolam. Huit mille milligrammes. Convaincus ?

Lundberg a acquiescé d'un hochement de la tête.

— Ça devrait le faire.

— *Devrait le faire* ? (Je les ai regardés, hallucinée.) Dans le genre amputation du bras ?

Sans un mot, Jordan a enfilé une paire de gants en cuir, s'est agenouillé et a ouvert en grand la mâchoire du reptile. Il a tranquillement dégagé le bassin de la rangée de dents énormes et l'os est retombé sur le sol humide avec un *pouf* délicat.

Tous les yeux étaient braqués sur moi. La « bestiole » n'avait pas bougé d'un iota, sa gueule béante non plus.

Je me suis immédiatement approchée du morceau de corps. Comme le pied, il était de taille réduite. Je discernais ses caractéristiques plus nettement que dans la gueule de l'alligator. Les mêmes stries et entailles grossières réalisées par une tronçonneuse.

— Allez me chercher le sac prévu pour les scènes de crime, ai-je aboyé, submergée par des émotions contradictoires.

Lundberg s'est précipité. J'en ai retiré des gants à usage unique et une housse mortuaire. J'ai enfilé les premiers et déroulé la seconde. J'étais prête. Je me suis penchée au-dessus.

J'avais raison. C'était un segment de la partie basse du torse, incluant un bout de bassin et des tissus mous de la taille et de l'aine. Des lignes pointillées de blessures zébraient les chairs, sans doute les marques de morsure de l'alligator.

Très doucement, j'ai passé mes mains sous le torse pour le transférer en un seul tenant dans la housse mortuaire. Une fois cela accompli, j'ai examiné l'intérieur de la gueule du reptile, non sans vérifier que Jordan lui maintenait fermement les mâchoires. J'ai ramassé tous les fragments d'os et de tissus mous qui provenaient du squelette de la victime. Recueillir des preuves entre les dents tranchantes comme un rasoir de ce prédateur, c'était jouer avec le feu.

Je m'apprêtais à en rester là, quand un éclat brillant a attiré mon attention. Puis il a disparu.

— Jordan, pouvez-vous lui écarter la mâchoire un peu plus ?

J'avais du mal à croire que je lui faisais une telle requête. Surpris, Jordan a tiré la tête de l'animal en arrière et a obéi. Grâce au ciel, la bestiole s'est montrée très coopérative. J'ai prié pour que ça dure.

Encore ce scintillement.

J'ai respiré un grand coup, et, munie d'une pince chirurgicale prise dans le sac, j'ai déplié mon bras pour l'enfoncer jusqu'à l'épaule vers le fond de la cavité.

Un truc argenté était coincé dans l'arcade dentaire postérieure. Alors que je l'attrapais, le reptile a remué la queue. À droite, puis à gauche. Je me suis figée. Ce brave Jordan a bloqué la tête de l'animal d'une clé de bras vigoureuse.

Je me suis dégagée rapidement en reculant, et j'ai brandi mon trophée avec fierté. Je l'ai examiné de plus près. Au bout de ma pince se trouvait un délicat dauphin en argent relié à une boucle par une chaînette. Une particule de chair pourrie était collée sur le joyeux mammifère.

Un piercing. Un anneau de nombril, sans le moindre doute.

Mon moment de gloire a été bref.

J'ai relevé la tête et croisé le regard horrifié de mes quatre compagnons.

4.

Kiley James était une baroudeuse, spécialiste des pythons, rompue aux techniques de chasse. C'était aussi une ancienne marathonienne, petite et athlétique. Tout le monde l'adorait. Tout le monde, sauf une personne visiblement.

Ça n'était pas une identification fiable à cent pour cent, mais mes camarades, eux, en étaient certains. Ils avaient reconnu son piercing. Leur morosité était palpable.

On est remontés sur l'airboat dans un silence solennel, et on a foncé vers l'est. Ce n'était pas du tout une affaire pour le South Florida Natural Resources Center. Yellen avait reçu l'ordre de transporter le torse jusqu'à la morgue du comté de Miami-Dade, et il devait s'y rendre directement avec moi.

L'hydroglisseur a abordé la rive non loin de l'autoroute 997. On s'est assis sur un quai vétuste pour attendre la fourgonnette du médecin légiste qui venait nous récupérer.

— Kiley était une fille super, une des meilleures.

Pour une fois, Lundberg paraissait abattu.

— On ne peut pas être certain de l'identité de quelqu'un juste à partir d'un bijou.

Je ne cherchais pas à susciter de l'espoir, je cherchais à rationaliser la situation.

— Cette gamine aimait les piercings de nombril, a commenté Yellen sur un ton laconique.

J'ai écrasé un moustique. Loin de moi l'idée de dire du mal des morts, mais exposer son ventre dans cet habitat était de la folie. Je me suis réprimandée. Les faits précèdent les conclusions. Il fallait que je cesse de croire que James était bien notre victime.

Notre groupe s'était scindé. Yellen avait demandé à son adjoint de rentrer avec Jordan sur son propre airboat pour l'aider à trouver sa route jusqu'au poste de police de Hammocks. Jordan avait protesté. En vain. Yellen ne disait rien, mais le chasseur était désormais sur la liste de ses suspects. Il s'était avéré qu'il connaissait bien Kiley James. Et il avait « découvert » son corps au milieu de nulle part. Yellen aurait été accusé de négligence s'il ne le soumettait pas à un interrogatoire.

Et j'aurais été accusée de négligence de me baser sur des effets personnels pour établir l'identité de la victime. D'autres jeunes filles possédaient probablement le même piercing. Ou le bijou pourrait ne pas avoir de lien avec le décès. Elle aurait pu le perdre, le revendre, s'en débarrasser.

Et ce piercing aurait fini dans la gueule d'un alligator avec un morceau de torse mutilé ?

Petite de taille. Sportive. Une jeune femme. Mes propres termes résonnaient dans mon cerveau. Oui, force était de constater que Kiley James remplissait toutes les cases.

— Quelqu'un aurait-il croisé James récemment ?

Lundberg a fait non de la tête.

— Kiley devait camper dans les marais pendant la durée de la chasse. Elle ressemblait aux pythons qu'elle chassait – vous l'aperceviez seulement si elle voulait être vue.

— À un moment ou un autre, il fallait bien qu'elle signale les prises qu'elle avait faites, non ?

Le biologiste a acquiescé. Le soleil couchant s'est reflété dans ses lunettes, masquant son regard.

— Toute capture doit être déclarée dans les vingt-quatre heures à l'un des nombreux postes prévus à cet effet. On doit remplir une feuille détaillée et indiquer la position GPS du python.

— Peut-être que ses annotations GPS nous aideront à localiser le dernier endroit où elle chassait.

Yellen, piqué au vif, m'a répondu d'un ton cinglant.

— Madame le docteur, c'est pas ma première enquête, vous savez.

— Ça veut dire que dalle, a renchéri Pierce. La gamine couvrait un espace vachement étendu.

J'ai sursauté en l'entendant car il prenait si rarement la parole. J'avais même oublié qu'il était assis par terre derrière moi, adossé à un pilotis.

— La plupart des serpents sont rapportés vivants, mais Kiley s'en fichait. (Lundberg s'exprimait d'une voix triste.) Elle les euthanasiait dans le marais, puis s'en allait. Je n'ai jamais vu une autre personne neutraliser trois pythons en vingt-quatre heures.

— Saison des amours, a conclu Pierce.

Il a étendu ses jambes, les a croisées, a laissé son menton retomber sur sa poitrine, puis a fermé les paupières. C'est du moins ce que j'ai imaginé car ses yeux étaient dissimulés derrière des lunettes de soleil Maui Jim.

— Quand s'est-elle présentée pour la dernière fois ? ai-je insisté.

Certes, l'enquête n'était pas de mon ressort, mais je suis impatiente par nature et l'attente me rend hargneuse.

— Vous allez devoir vous adresser au FWC, la Commission de conservation de la faune et de la flore de Floride, m'a répondu Lundberg. La compétition de chasse dépend d'eux. Mais son décès est forcément récent. Elle devait enregistrer ses prises vu qu'elle caracolait en tête. Et avec une belle avance, en plus.

J'ai réfléchi, neuf jours donc. J'ai changé d'approche.

— Qui aurait voulu la tuer ?

Yellen a eu un ricanement cynique.

— Au bas mot, mille cinq cents personnes.

— Parlez-moi d'elle.

Le shérif a tourné vers moi ses lunettes aviateur. J'ai soutenu son regard. Pas très loin, sur la route, un pick-up pétaradait, crachant des gaz d'échappement noirs.

Yellen a soupiré.

— James était un petit bout de femme, mais elle avait la patate. Elle voulait remporter à tout prix ce putain de concours de chasse.

— Il y a combien de fric à la clé ?

— Cette année, avec les sponsors privés qui ont investi, le vainqueur empoche trente mille dollars.

— Ça fait une belle somme.

Et un bon mobile.

— Et comment !

À croire que Yellen lisait dans mes pensées.

— Avec autant de chasseurs présents dans le marais, les gens ne se croisent-ils donc jamais ? Il y a bien quelqu'un qui l'a vue, cette gamine !

— Mais bien sûr, comment n'y ai-je pas songé plus tôt ? (Les sarcasmes de Yellen ne me calmaient en rien. Au contraire.) Vous êtes en train de me dire, chère docteur, que j'aurais dû envoyer mes gars passer au crible toute cette bande de rednecks obsédés par la machette et les armes à feu ?

Lundberg a décodé pour moi l'accès de colère du shérif.

— Kiley possédait un permis de chasse officiel du FWC. À ce titre, elle pouvait chasser où elle voulait, et dans n'importe quel État. De plus, son permis était spécial puisqu'elle faisait partie de la patrouille de contrôle de conservation de la nature, et c'était aussi une de nos bénévoles les plus impliquées dans le programme de lutte contre la prolifération des pythons au sein du parc national des Everglades. Pour traquer les serpents, les gens qui détiennent un tel permis ont le droit d'emprunter les routes et les pistes à leur guise.

— Cela signifie qu'elle pouvait chasser là où elle voulait ?

— Non, a dit Pierce, chasser pour le compte du FWC est interdit dans le parc national. (Pierce, qui finalement ne dormait pas, n'avait pas perdu une miette de notre échange.) Kiley ne pouvait chasser que pour nous.

— Et dans le parc, on ne dit pas « chasser », a rectifié Lundberg. Les récentes directives désapprouvent ce terme. On emploie le mot « collecter ».

Avant que je puisse argumenter, la fourgonnette du légiste et un van de la police scientifique de Miami-Dade se sont garés près de nous. Deux techniciens de scène de crime, une fois briefés, ont pris l'airboat, direction l'endroit où Jordan avait découvert la victime. Pierce et Lundberg sont montés à bord du van afin de rejoindre le poste de police de Hammocks. Yellen et moi avons d'abord veillé à ranger le torse dans le caisson prévu à cet effet, à l'arrière de la fourgonnette du légiste.

Le trajet s'est déroulé en silence. Malgré notre mission macabre, j'avais hâte d'arriver à la célèbre morgue de Miami. J'avais eu l'occasion d'y aller une ou deux fois, et je savais que c'était le Taj Mahal des morgues – deux mille mètres carrés de locaux modernes et étincelants, dont quinze salles d'autopsie. À l'arrivée, j'étais la première à sortir du véhicule.

L'enquêteur chargé des décès s'appelait Elvis. Vêtu d'une blouse réglementaire, il nous a aidés à entrer les infos que nous avions réunies dans la base de données, puis nous a conduits vers un bâtiment séparé, spécialisé dans les cadavres « décomposés ». Il nous a attribué une des deux salles d'autopsie situées au bout d'un couloir longeant une chambre froide capable de conserver soixante-quinze corps.

Je cite le chiffre exact car Elvis a raté sa vocation de tour opérateur. Pas un détail ne nous a été épargné. J'ai appris que la morgue possédait quatre chambres froides et une capacité de cinq cent cinquante-cinq cadavres. Et pourquoi cinq cent cinquante-cinq me direz-vous ? Parce que c'est le nombre exact de passagers d'un 747. Et toc.

On ne peut qu'admirer le sens de la mortalité qui existe en Floride, grâce auquel l'État a décidé de financer un système dernier cri en matière d'investigation médico-légale.

Elvis m'a même dégoté une blouse à ma taille.

Je venais de finir de l'enfiler lorsqu'une toubib maison est entrée. Jane Barconi. Nous nous étions déjà rencontrées, mais sans jamais travailler ensemble.

Des éclaboussures sur sa tenue prouvaient qu'elle s'était interrompue alors qu'elle était en train de découper, trancher et peser. Et l'expression qu'elle affichait prouvait également que cela l'avait fortement contrariée.

Tandis qu'Elvis emportait le torse à la radio, j'ai relaté à Barconi le peu d'éléments en ma possession : la zone non inondée du hammock, l'alligator dans les vapes, le piercing de nombril en argent, l'identification de la victime presque aboutie, l'ordre de son boss pour que les restes soient transférés ici.

Elle m'a écoutée sans commenter, puis, au retour d'Elvis, elle a examiné le contenu du caisson. Ses traits se sont durcis davantage. Puis Barconi s'est détendue quand je lui ai annoncé que je pouvais bosser en solo.

J'ai enfilé gants et masque, et hop, au travail !

J'ai déposé les restes sur la table. Yellen se tenait dans un coin, visage impassible, pouces calés dans ses poches. Impressionnant. Beaucoup de flics ne supportent pas une autopsie. En particulier, quand la victime est une « décomposée ».

J'ai donc commencé ma besogne.

Avec un scalpel, j'ai délicatement dégagé les tissus de l'os iliaque, un des trois os composant la ceinture du bassin, et le seul présent. Il a semblé très vite évident que la crête iliaque, ce petit morceau d'os en forme de croissant qui surmonte l'os de la hanche, n'était pas complètement fusionné. J'ai pris des notes, et j'ai poursuivi l'examen.

Tout en avançant dans mon travail, je jetais des coups d'œil réguliers à Yellen. Il ne me harcelait pas de questions. Il se contentait de m'observer, en silence et avec attention. Ce type commençait à me plaire.

À un moment, Elvis est rentré. J'ai entendu le bruit de radios glissées dans le négatoscope mural mais sans relever la tête pour autant.

Il m'a fallu une demi-heure de découpes pour révéler la symphyse pubienne, cette articulation entre la moitié droite du bassin et la partie basse de l'abdomen. À l'aide d'une loupe, j'ai examiné le disque fibro-cartilagineux.

Sa petite surface ovale présentait de profonds sillons horizontaux. Cela, ajouté à ses contours, confirmait l'estimation de l'âge de la victime déjà déterminée grâce à la crête iliaque.

La forme du disque, les éléments de la zone pubienne, la portion intacte de l'échancrure sciatique, tout cela confirmait ma précédente conclusion quant au sexe.

Je me suis assise, j'ai baissé mon masque et remué mes épaules pour détendre mes pauvres muscles. Enfin j'ai regardé Yellen.

— La victime est une femme entre dix-huit et vingt-quatre ans. Petit gabarit. Vraisemblablement en bonne santé à l'heure de sa mort.

C'est-à-dire *avant* d'être assassinée, démembrée et récupérée dans la gueule d'un alligator.

— Rien ne dit que ce ne pourrait pas être James.

— Je suis d'accord, Yellen. Mais rien ne confirme que c'est elle.

— Alors, doc, que *confirmez-vous*?

— Les restes sont cohérents avec le profil biologique de Kiley James.

— Et le pied?

— Les caractéristiques observées sur la cage thoracique sont cohérentes avec celles observées sur le pied. Mais pour établir de manière absolue l'identité de James, chacun des ensembles d'os devra être soumis à un séquençage de l'ADN.

Yellen gribouillait des notes dans un petit carnet. Je me suis approchée des radios. Les os du bassin apparaissaient en blanc à l'intérieur de la masse sombre des tissus. Je voyais une lombaire, les côtes.

J'ai tiqué sur ces dernières. Je les ai recomptées sans toucher à la radio.

— Bizarre...

— Pardon? a fait Yellen en levant le nez de son carnet.

— La plupart des gens ont vingt-quatre côtes. Les sept premières paires sont nommées «vraies côtes» parce que reliées directement au sternum par leur cartilage. Les trois paires suivantes sont appelées « fausses côtes » car leur cartilage n'est uni qu'au cartilage de la côte sus-jacente. Les paires numéro onze et douze sont les « côtes flottantes » car elles se terminent par un cartilage libre et ne sont pas reliées au sternum.

J'ai vérifié qu'il comprenait. Il me suivait parfaitement.

— Chez certains individus, il manque une paire de côtes flottantes, chez d'autres, c'est l'inverse, ils en ont une en trop. Cette anomalie est inhabituelle, mais pas rare.

— Avoir deux côtes en moins peut-il poser problème ?

— Non. Vingt-deux côtes sont suffisantes pour protéger les organes internes. C'est un état inoffensif, que vous ne pouvez même pas deviner chez celle ou celui qui en est atteint. (Yellen attendait la suite.) Il manque à cette victime une paire de côtes. Si Kiley James avait réalisé des radios avant sa mort, cela nous aiderait grandement à confirmer son identité.

— Je m'occupe des dossiers médicaux. Autre chose ?

— Malheureusement non. Je ne peux vous donner la cause du décès, ni la manière dont on l'a tuée avec ces seuls éléments. Mais je peux affirmer sans le moindre doute que cette pauvre fille a été démembrée à la tronçonneuse.

Un silence. Je n'oubliais pas qu'il l'avait connue. Et qu'il l'aimait bien.

— Ante ou post mortem ?

— Post.

Il a soupiré de soulagement.

— Dans notre coin, le détail de la tronçonneuse ne nous aidera pas à circonscrire une liste de suspects.

— Si vous réussissiez à trouver quelle tronçonneuse serait capable de faire ça, je pourrais déterminer si c'est la même lame qui a mutilé les os. Ou, mieux encore, prélever des tissus ou du sang sur les dents entre les maillons.

— Vous feriez mieux dans ce cas de rester dans les parages. Je vais avoir besoin de vous.

Et mes vacances ?

Peu importait, après tout. Quand le vin est tiré, il faut le boire.

J'ai remercié Elvis et fait mon rapport à Barconi, puis Yellen et moi avons décampé. Le trajet en voiture jusqu'au poste de police n'a pris que très peu de temps. Leurs locaux étaient nettement moins rutilants que ceux de la morgue. Un petit hall d'accueil carrelé. Un bureau des admissions sans âme. L'habituel tableau en liège où étaient punaisés les inévitables posters.

Quand nous avons pénétré dans les bureaux du fond, une voix masculine, rauque, protestait avec virulence dans une salle d'interrogatoires.

— C'est quoi ces conneries? Vous me faites perdre un temps précieux pour la chasse!

Yellen a foncé vers la porte et l'a ouverte à la volée. Je l'ai suivi, mais en restant à une distance raisonnable.

Jordan a sursauté en apercevant Yellen.

— Putain, Tom, à quoi tu joues? Un de tes péquenauds vient de me lire mes droits!

Yellen ne lui répondant pas, il a bondi sur ses pieds.

— Hors de question que je porte le chapeau! C'est moi qui ai prévenu les flics pour ce foutu alligator!

— Repose tes fesses sur cette chaise, a ordonné le shérif avec un geste autoritaire.

Jordan a hésité puis s'est rassis. Avec un mouvement nerveux de tout son corps, il a étendu ses jambes sous la table délabrée; sa corpulence la rendait minuscule.

Je me suis glissée à l'intérieur et me suis plaquée contre le mur près de l'entrée.

Jordan a lorgné vers moi, avant de se concentrer à nouveau sur Yellen.

— C'est quoi ce merdier, mec? Kiley et moi, on est potes, tu sais bien.

J'ai noté qu'il employait le présent.

Jordan s'est penché en avant pour extraire son portable de sa poche. Il a tapoté sur quelques touches, a tourné l'écran pour que Yellen puisse voir l'image.

Yellen l'a regardée puis m'a tendu l'appareil.

Sur la gauche, il y avait une jolie blonde à la dentition régulière. Un visage bronzé, des taches de rousseur et des yeux turquoise. Pas de maquillage. L'archétype de l'Américaine pure souche.

La jeune femme maintenait fermement un serpent au niveau des mâchoires. Il mesurait trois fois sa taille. À côté d'elle, Jordan tenait la queue du reptile. Tous deux étaient rayonnants. La fille semblait minuscule comparée à son camarade et au serpent.

— Et alors? a rétorqué Yellen, pas le moins du monde impressionné.

— V'là notre trophée l'an dernier. On a raflé le prix à la fois pour le plus long python et pour la meilleure prise. (Sa voix s'est brisée. Il m'a lancé un regard désespéré, cherchant à me convaincre.) Kiley, c'était comme ma sœur. (Il s'est tourné vers Yellen.) On formait la meilleure équipe de chasseurs de pythons.

— C'est pourquoi elle t'a plaqué pour pouvoir la jouer solo?

Jordan est devenu cramoisi. Visiblement, Yellen avait appuyé là où ça faisait mal.

— Elle m'a pas plaqué, tête de nœud.

— Alors comment tu expliques le fait qu'elle te bottait les fesses pendant la compétition?

— Pasque j'traînais. Et puis j'faisais pas ça pour le fric. Elle non plus.

— Pourquoi cette rupture, alors?

— J'sais pas. Elle s'comportait bizarrement avant le démarrage de la compète. Elle était secrète, se baladait toujours toute seule.

— Et ça t'a fait chier.

Jordan a posé ses deux énormes paluches à plat sur la table. Il les regardait fixement avec une expression d'impuissance.

Yellen lui a mis la pression.

— C'était quand la dernière fois que tu l'as vue?

— Le premier jour de la chasse, au moment du départ, a-t-il répondu sans lever les yeux. À la seconde où ils ont tiré le coup de feu en l'air, elle s'est volatilisée dans les marais.

Un lourd silence a envahi la pièce. Yellen n'a rien fait pour le briser, espérant que cela inciterait Jordan à poursuivre. Raté.

— Raconte-moi comment t'as découvert le corps.

Yellen utilisait la vieille ruse d'interrogatoires qui consiste à brusquement changer de sujet.

— Écoute Tom, c'est pas moi que tu devrais passer sur le gril.

Jordan s'agitait. Il a replié ses jambes et s'est calé contre le dossier de sa chaise qui a craqué, tel un mauvais présage.

— Ah ouais ?

— Ouais. Tu le sais aussi bien que moi.

— Rafraîchis-moi la mémoire.

— Ces foutus braconniers. Kiley était obsédée par le braconnage. Ça la dégoûtait. (Il nous a observés l'un après l'autre.) Elle planquait des caméras, elle surveillait des coins, dissimulée dans les arbres. Kiley tenait un journal – un drôle de p'tit carnet à spirale en forme de feuille. Elle y notait tout un tas de trucs. L'idée qu'on pouvait tuer des animaux pour gagner du fric, ça la rendait dingue. Si elle chassait les pythons, c'était dans le but de protéger l'écosystème des Everglades.

— Ça la rendait dingue jusqu'à quel point ?

— T'insinues quoi ?

— Aurait-elle été capable de s'en prendre à des braconniers ?

— P't-être. Elle ne renonçait jamais. Elle voulait qu'ils aillent en taule, tous jusqu'au dernier. Elle a réussi à en faire verbaliser quelques-uns, à en faire inculper d'autres. (Jordan a pointé son index vers Yellen.) Trouve les braconniers, Tom, et tu trouveras qui l'a assassinée.

— OK, je veux ta déposition par écrit.

On a quitté la pièce juste après. Dans le couloir, Yellen m'a demandé :

— Votre pointure, c'est du 39 ?

— Pas loin.

C'est quoi ce bordel ?

— Attendez-moi là.

Il a disparu au fond d'une pièce et en est revenu avec une paire de cuissardes en caoutchouc. D'un charmant vert bouteille !

— Allons-y.

5.

Nous roulions en direction de l'ouest, sur la route 41, baptisée la Tamiami Trail. Le soleil, d'un orange éclatant, m'aveuglait. J'ai plissé les paupières et songé à l'heure qu'il devait être. Dix-neuf heures? Raté. Un bref contrôle sur mon portable m'a indiqué 17 h 49. En femme des bois, je n'étais pas très douée...

Pour une raison ou une autre, Yellen se montrait d'humeur plus ouverte à la discussion.

— Les Miccosukee sont des Amérindiens officiellement reconnus comme tribu. Leur réserve se répartit sur trois zones du secteur Broward / Miami-Dade : Alligator Alley, Tamiami Trail et Krome Avenue. Nous nous dirigeons vers la plus importante, Tamiami, car c'est là que la plupart des questions tribales sont traitées.

J'allais le questionner plus avant, mais il était parti sur sa lancée.

— Il s'agit principalement de marais – quatre-vingt mille hectares – concédés par un bail à perpétuité à la Zone de conservation des eaux de Floride du Sud. Les membres de la tribu ont le droit de chasser et de pêcher, ils peuvent cultiver, attraper des grenouilles, tout ce qu'ils veulent en somme.

J'ai patienté un peu, histoire d'être sûre qu'il avait terminé, puis j'ai pris la parole :

— J'ai entendu parler des Miccosukee. La tribu a été sponsor dans trois championnats automobiles – le Sprint

Cup, le Nationwide et le Camping World Truck – organisés par la NASCAR[1]. Ça a fait l'effet d'une bombe quand ils se sont retirés à cause de restrictions budgétaires.

Yellen a écarquillé les yeux de surprise. J'ai haussé les épaules.

— Ben oui, je vis à Charlotte. La plus longue épreuve de stock-car se déroule chez nous. (J'avais une fois travaillé sur une affaire où le cadavre avait été retrouvé sur le circuit automobile de la ville.) Alors, pourquoi va-t-on à Tamiami ?

— Pour coincer le salaud qui a tué Kiley James.

Ma foi...

Le reste du voyage s'est déroulé en silence.

Au bout de quarante-cinq minutes, on est arrivés devant une immense clôture en cyprès chauve, parallèle à la bretelle. À présent, l'horizon s'embrasait, et ce que ma fille Katy nommait « le rose » s'associait à l'orangé.

Le coucher du soleil illuminait un bâtiment jaune poussin au toit de chaume de palmier nain. Sur une large pancarte s'étalait en lettres rustiques la phrase : « Bienvenue au village indien miccosukee ». Quelques cabanes plus modestes encerclaient le bâtiment principal. Des constructions sur pilotis, également en toit de chaume, étaient ouvertes aux quatre vents.

J'ai baissé ma vitre. De cette zone marécageuse émanait un mélange d'herbe humide, de boue, d'algues et d'œufs de poisson, mêlé à des vapeurs de pétrole. Ça sentait également les grillades au feu de bois. Mon cerveau m'a télégraphié des images mentales de *pupusas*, ces épaisses galettes de maïs, et de petits beignets ronds.

— A-t-on une chance de se faire un bon repas ?

Goûter la cuisine locale pourrait compter comme expérience de voyage. Après tout, n'étais-je pas en vacances ?

— Ce que vous allez vous taper ici, a-t-il répliqué avec cynisme, c'est un hot-dog à neuf dollars avec un Coca à

1. La National Association for Stock Car Auto Racing, ou NASCAR (Association nationale des courses de voitures de série, est le principal organisme qui régit les courses automobiles de stock-car aux États-Unis.

cinq. Peut-être pourrez-vous vous offrir un au-then-ti-que collier indien, ou un show anxiogène entre un alligator et son « dompteur ». Cet endroit est la Mecque du tourisme ethnique.

Yellen a engagé son 4 × 4 dans l'allée et s'est garé devant le *Miccosukee Restaurant.* Avec un réflexe purement pavlovien, mon estomac a émis un énorme gargouillis digne du Guinness des Records. Je l'ai supplié du regard.

— Éclatez-vous, Doc. On peut bien prendre cinq minutes, on n'est pas aux pièces.

Je me suis précipitée à l'intérieur, et j'en suis ressortie avec des beignets et une pomme. Je n'avais pu me résoudre à tester l'alligator. Même si on était dans le marais et que nécessité fait loi.

J'ai repéré au loin Yellen, discutant avec un homme à la peau cuivrée, aux cheveux noirs et bouclés. Il portait un chapeau de cow-boy en raphia qui avait connu de meilleurs jours. Je les voyais faire de grands gestes énervés, puis Yellen a hoché la tête et est revenu vers sa voiture.

— Des beignets, ça vous tente ?

Pas de réponse. Ben moi, ça m'arrangeait. C'était mon premier vrai repas de la journée.

— Il s'est pas pointé au boulot.

Le commentaire ponctuait une conversation que Yellen et moi n'avions pas eue.

— Pardon ?

— Le chasseur d'alligator. Cypress était sur le planning et il n'est pas venu.

— Cypress ?

— Deuce Cypress. Un des millions de Cypress que compte la nation Miccosukee. Y compris leur chef de tribu.

— Le fait qu'il ne se soit pas présenté à son travail le rend suspect ?

— Pas nécessairement. Les Miccosukee sont en principe des gens solides. Un grand sens des affaires. Propriétaires d'un casino à Krome Avenue. Ils se débrouillent bien. Se sont équipés d'une nouvelle école, d'un poste de police, d'une clinique. Et même d'un club de gym. Chacun reçoit sa part des bénéfices, et tout ce petit monde ne déconne jamais. Sauf avec le fisc et la gnôle.

— Il y a un « mais » ? ai-je demandé, car je sais lire entre les lignes.

— *Mais* chaque communauté a ses détraqués. Les Miccosukee ont les frères Cypress. Trois abrutis finis, champions toutes catégories des idiots. Ne pensent qu'à baiser et à faire mumuse avec leurs armes. Ils trafiquent un peu de tout : alcool frelaté, prostitution. Et en plus, ils en sont fiers.

— Et ils braconnent aussi, c'est ça ?

— C'est ce qu'on raconte.

Un canal courait sur le bas-côté droit de la route. Je contemplais les eaux calmes par la vitre côté passager. Çà et là, des alligators profitaient des derniers feux du soleil sur la rive boueuse. En Floride, tout le monde a envie d'être bronzé.

Peu après notre départ du village, on a bifurqué vers le nord en empruntant un pont en bois brut. Le terme « route » serait exagéré pour désigner la piste cahoteuse et fangeuse qui nous attendait une fois le pont traversé.

Au cours des dix minutes suivantes, les pneus du 4 × 4 ont tressauté entre les ornières détrempées. La végétation y était très dense, enserrant le véhicule, ce qui donnait l'impression que le marais voulait nous avaler en entier.

— Ces gars vivent vraiment en marge, ai-je dit pour meubler.

— Là vous marquez un point. Ouais, chez eux, pas d'électricité, pas de téléphone. Un peu de pêche et de chasse à l'alligator, un peu de trafic de marijuana, un peu de braconnage. Une vie simple, quoi.

Yellen a braqué à droite pour s'engager sur un chemin presque invisible qui faisait passer la piste précédente pour une autoroute. Le feuillage des arbres formait un tunnel si sombre qu'on aurait cru la nuit déjà tombée.

Le chemin se terminait dans une espèce de clairière aride. Une cabane sur pilotis complètement délabrée se dressait devant nous. Il y avait aussi un petit poulailler et un pick-up éclaboussé de boue. Derrière la maison, j'ai aperçu les eaux tranquilles, couleur bronze, du marais.

Le terrain était rempli d'ordures et de matériel de récupération. Des carcasses de voitures rouillées. Un séchoir à linge dont la construction remontait sans doute à un demi-siècle, du mobilier extérieur en alu, un amas de climatiseurs d'appartements, des chevalets de sciage, des parpaings, et de gros sacs-poubelles noirs remplis de trésors que j'ai préféré ignorer.

Lorsque Yellen a coupé le moteur, le silence était total, à l'exception du tic-tic-tic du système de refroidissement.

Pas un souffle de vent. Pas âme qui vive.

— Mettez-vous derrière moi, m'a ordonné Yellen en sortant de la voiture avec prudence.

J'ai peut-être eu l'air affolée parce qu'il a ajouté :

— En principe, ils ne sont pas violents, mais ils ont une aversion pour les étrangers.

Une aversion pour les étrangers ? Yellen avait dû trop regarder la série *True Detective*. Je l'ai pourtant suivi sans répliquer.

Nous marchions avec précaution vers la maison quand deux coups de fusil ont retenti. Je me suis jetée à terre, ou plutôt, *dans la boue*. Yellen, toujours debout sur ses pieds, m'a lorgnée avec amusement.

Je me suis relevée en époussetant de mon corps des feuilles maculées de saleté. J'ai ensuite essuyé mon front crasseux.

— C'est leur façon de dire bonjour.

Il n'a pas fait d'autre commentaire. Il y a encore eu quelques coups de feu, puis des rires.

— Deuce ! a crié Yellen.

Les rires ont cessé.

— Sors ton gros cul de là.

La moustiquaire de la véranda s'est ouverte à la volée et un chien menaçant a déboulé en aboyant de manière démente. Le poil hérissé, bavant entre des crocs étincelants, l'animal ne cessait de gronder. Charmant toutou.

J'étais tétanisée de peur. Mais cette fois, j'ai pris exemple sur le shérif. Il campait sur ses positions, j'ai fait pareil.

Un homme débraillé est apparu de derrière la maison. Barbu, décharné, une Remington calibre douze qu'il plaquait à deux mains en travers de sa poitrine. Le parfait taré des marécages.

Pendant un instant, on s'est tous regardés... en chiens de faïence. J'ai ainsi pu noter d'autres détails : les yeux injectés de sang, les tatouages sur l'avant-bras, la chique de tabac roulée sous la lèvre inférieure formant un petit renflement. Son treillis n'avait visiblement jamais vu la moindre lessive. J'ai estimé l'âge de Deuce à environ cinq ans depuis son renvoi du lycée.

Le chien a cavalé jusqu'à son maître, langue pendante et œil féroce. Lequel maître lui a balancé un coup de pied avec un nonchalant « calmos, Rooster ». Le chien s'est enfui en glapissant de douleur. Je n'ai fait aucun effort pour dissimuler mon dégoût.

— Pose ton arme, Deuce.

— Chuis pas obligé. Chuis chez moi.

— Où est ton frère ?

— Ernie ! a hurlé Cypress sans quitter Yellen du regard. Le shérif est ici et veut t'inviter au bal.

Une version plus jeune de Deuce est apparue. Il était la copie conforme du premier, sauf qu'il portait un clou d'oreille à une oreille, et un tee-shirt décoloré du vieux groupe de blues rock Little Feat.

— Où est Buck ? a demandé Yellen avec une impatience affichée.

— Buck est pas là, a répondu Deuce.

Yellen attendait. Deuce a haussé les épaules.

— Chuis pas son baby-sitter.

Ernie a gloussé bêtement.

— Kiley James a été retrouvée morte dans le marais. (Yellen ne mâchait pas ses mots.) Assassinée, et ensuite, démembrée. Et la piste remonte pile jusque chez vous.

— C'est quoi ce bordel ? (Deuce montait sur ses grands

chevaux.) La femme blanche meurt et qui c'est qu'on soupçonne ? L'Indien du marais !

— Épargne-moi tes conneries, a répliqué le shérif. Si je me souviens bien, l'été dernier, Kiley a foutu une raclée à son frangin parce qu'il avait essayé de la peloter au bar.

— C'est une garce, a craché Deuce, les yeux étincelants de colère, elle l'a agressé !

— La légitime défense n'est pas de l'agression. Ton crétin de frère, il se met trop vite en rogne et il picole un peu trop de Jim Beam. Ça va pas de pair. Et ça lui a valu plus d'une nuit au poste.

— Où tu veux en venir ?

— Il est où ? Accouche ! (Les yeux de Deuce étaient noirs de rage.) Y a un bruit qui court... comme quoi Kiley allait le coincer pour braconnage...

— On est pas des braconniers, a lancé Ernie avec un ricanement idiot. (Son frère l'a fusillé du regard.) On a l'droit de pêcher et de chasser, a-t-il bredouillé en regardant fixement ses bottes.

Yellen l'a ignoré et a continué de s'adresser à Deuce.

— Vous n'avez pas l'autorisation de chasse ni de pêche dans le parc national. Et peut-être que Kiley t'a attrapé en train de gonfler ton quota de gibier avec des prises illégales.

— Tu parles de la compétition officielle ? D'la chasse au python ? C'est un truc pour les Blancs, nous, on touche pas.

— Dis-moi quand tu as vu Kiley James pour la dernière fois ?

— Ça fait un bail..., a affirmé Deuce en haussant les épaules.

Ernie semblait définitivement absorbé dans la contemplation de ses pieds.

— On raconte que Kiley aurait fait des photos susceptibles de vous envoyer tous en taule.

Deuce a de nouveau haussé les épaules. Il faisait ça très bien.

— Y a pas de photos puisqu'on a rien fait.

— Je pense au contraire que Kiley a menacé de vous dénoncer et que vous avez réglé le problème. Plutôt facile dans les marécages, non ?

— Va te faire foutre, y a p't-être ben du braconnage par ici, mais c'est pas nous.

— Tu as une tronçonneuse ?

Yellen changeait de tactique.

— Pourquoi ?

— Po-ssè-des-tu-une-tron-ço-nneu-se ?

— Hé mec, NON !

— Qui braconne alors ?

Les méthodes d'interrogatoire de Yellen n'ébranlaient en rien Deuce.

— P't-être ben Kiley James ? T'as jamais pensé à ça ? P't-être ben que c'est elle la vilaine fille.

— La vilaine fille ne s'est sûrement pas suicidée.

Deuce semblait réfléchir à ce dernier argument. Je commençais à me dire qu'il était moins stupide qu'il en avait l'air. Il a craché par terre.

— Tu connais les vraies victimes de tout ça ?

Yellen n'a pas pris la peine de répondre à une question purement rhétorique.

— Les pythons. Et les alligators. Les gros connards friqués de Miami, z'en ont rien à foutre d'où proviennent les peaux. Tant qu'ils peuvent fabriquer leurs chaussures chics et leurs ceintures.

— De qui tu parles, là ?

Pour la première fois depuis le début de leur joute verbale, Deuce a paru mal à l'aise.

— D'eux là-bas.

— Les gens à qui tu vends ?

L'Indien a hoché la tête.

— Les maisons de couture achèteraient des peaux illégalement ?

— Pas toutes.

— Lesquelles ?

— Fallait poser la question à Kiley. C'est elle qu'était dans les petits papiers d'ces prétentieux.

— Qu'est-ce que t'essaies de me faire passer comme message ?

— J'en ai assez dit.

Yellen s'apprêtait à remettre ça quand son portable a sonné. Il a pointé son index sur Deuce, manière de lui signifier « toi, tu bouges pas », et s'est éloigné.

Deuce et moi nous sommes regardés.

Oh, et puis zut ! Je me suis lancée.

— Pourquoi avez-vous tiré ?

Deuce m'a fixée méchamment. Ernie souriait. J'ai alors remarqué qu'il avait un pansement de fortune gris de crasse autour d'un doigt. Blessure défensive ? Coupure au couteau ? Tronçonneuse ?

— Vous vous êtes fait mal ? ai-je demandé en désignant son doigt.

— C'est mon tatouage. (Ernie gigotait sur place comme un gosse excité par un nouveau vélo.) Hé Deuce, montre-lui le tien ! Hé m'dame, ça va vous épater ! Quand ce s'ra guéri, j'aurai le même tout pareil !

Deuce a tendu son majeur. Sous l'ongle, on distinguait le tatouage d'un cercle traversé en son centre par trois traits verticaux de couleurs différentes. Trois bandes concentriques de mêmes couleurs occupaient l'intérieur du cercle. J'ai reconnu le symbole de la tribu Miccosukee aperçu un peu plus tôt dans le village.

— Bon sang, c'est vraiment tatoué à l'encre *sous* l'ongle ?

— Yep, a-t-il dit, gonflé d'orgueil.

— Tradition ancestrale ?

— J'suis un homme maintenant, a-t-il ajouté, hilare. J'ai dix-huit ans !

Je me suis tournée vers son frère pour obtenir davantage d'explications.

— On l'fait quand on a dix-huit ans. Ça donne le droit de participer aux shows avec les alligators, au village. On écrase le bout du doigt au marteau, on attend que l'ongle il tombe, on le tatoue, on attend que l'ongle repousse. On est tatoués à vie.

— On cogne au marteau, a ricané Ernie.

Mon Dieu, je n'osais pas imaginer la douleur. Et la plaie à vif pendant des jours et des jours dans ces marécages.

— Désinfectez-le souvent et changez régulièrement le pansement.

Yellen est revenu vers nous à petites foulées. Il rangeait son portable au fond de sa poche. Son visage exprimait de sombres pensées.

— Tu dis à ton frangin de venir me voir illico au poste de police, sinon c'est moi qui l'y traînerai par la peau du cul. Compris ? (Il s'est ensuite adressé à moi.) On y va, Doc. Je vous ramène chez vous.

— Je rentrerai quand je serai disposée à le faire.

J'étais tout à fait disposée à le faire, mais je déteste qu'on me donne des ordres.

— C'est vous qui voyez. Moi, je me barre. (Et Yellen s'est dirigé vers sa voiture.) Mais autant vous prévenir. Vous avez une autre autopsie à la première heure demain matin.

6.

Une nécropsie. Pas une autopsie. J'avais expliqué la différence à Yellen, et j'avais eu droit à cette réponse magnifique : « La sémantique ne m'intéresse pas. »

Par le passé, j'avais examiné des victimes à qui il manquait des bras et des jambes, mais en aucun cas, elles n'étaient nées ainsi. Mon objet d'étude actuel était un python de presque cinq mètres. Un python birman pesant soixante kilos, mesurant vingt centimètres de diamètre, à l'exception de la partie médiane où existait un plus gros renflement.

Lisa et moi nous étions levées à l'aube. On avait petit-déjeuné de pizza froide sur sa terrasse, d'où on avait une vue exquise si on penchait la tête dans l'angle idéal. Nous envisagions un à un les différents mobiles qui auraient pu conduire au meurtre de James. La liste était plus longue que le serpent.

Une tension réelle existait parmi les chasseurs engagés dans cette compétition. Entre les amateurs qui venaient une fois l'an et ceux qui connaissaient les pythons par cœur. Entre les chasseurs accrédités et les braconniers.

Et puis, il y avait Kiley James. Une sacrée personnalité. Elle s'était montrée secrète, et parfois suspecte. Elle avait laissé tomber son ami Dusty Jordan, son éternel coéquipier dans la chasse au python. Elle avait eu une altercation avec Buck Cypress. Peut-être même avait-elle prévenu un braconnier qu'on était sur sa piste.

Après ce repas ultra-diététique, Lisa m'avait accompagnée jusqu'au labo, puis m'avait généreusement laissé sa voiture. Si bien que dès 8 heures, j'étais de retour à Miami-Dade. Elvis m'a saluée de derrière la vitre tandis que je passais devant la salle d'autopsie numéro un en pleine effervescence. D'après ce que j'avais entendu, une voiture avait été draguée d'un canal avec dedans des restes en décomposition. Pas de soucis. Au lieu d'Elvis, j'avais besoin d'avoir Aaron Lundberg. Aujourd'hui, c'est avec lui que je partagerais la tête d'affiche.

Yellen avait demandé une réquisition auprès des services de la Commission de conservation de la faune et de la flore de Floride. Tous les reptiles capturés dans la région de Hardwood Hammock devaient être rapatriés à la morgue, aux bons soins de Lundberg. Puisque des restes humains étaient impliqués dans une affaire d'homicide que nous tentions de résoudre, le pathologiste distingué ne s'y était pas opposé. Tant que les pythons *étaient bien morts,* bien entendu. Un petit détail que j'ai accueilli avec enthousiasme.

— Yellen a été bien avisé d'ordonner une action concertée. (Lundberg était un vrai moulin à paroles.) La Commission de conservation de la faune et de la flore travaille comme sur une chaîne d'assemblage – une personne pratique les incisions, une autre analyse le contenu de l'estomac, une troisième étudie les organes sexuels.

Il nous avait fallu placer un brancard au bout de la table d'autopsie de manière à pouvoir installer notre sujet sur toute sa longueur. Même en sachant que la charmante bête ne respirait plus, j'avais dû me faire violence pour la toucher. Je sais, c'est complètement irrationnel. Mais les créatures sans paupières me foutent les jetons.

J'avais presque de la peine pour ce python. Il n'avait pas choisi de se retrouver en Floride à servir de cible à des chasseurs survoltés au lieu de couler des jours heureux en Asie du Sud-Est, son habitat naturel.

— Il a l'air vivant, n'ai-je pu m'empêcher de faire remarquer.

— Il existe deux façons éthiques d'euthanasier un python. (Lundberg m'a tendu un bout du mètre ruban rétractable que j'ai posé à l'extrémité de la queue de l'animal tandis qu'il déroulait l'autre portion de la bande métallique jusqu'à la pointe de la gueule.) Par injection chimique ou par destruction neuronale.

Lundberg a reporté la mesure sur le formulaire, puis a rembobiné le mètre, avant de l'enrouler autour de la partie la plus ventrue. Il a noté d'autres chiffres, puis a levé les yeux vers moi.

Je devais avoir l'air ahurie.

— Comme tous les reptiles, le système nerveux du python accepte une faible teneur en oxygène et une faible tension artérielle, si bien que le cerveau peut rester en activité jusqu'à une heure après une décapitation par exemple, ce qui signifie que l'animal souffre. Pour minimiser la douleur, il est important de lui faire perdre conscience le plus rapidement possible ou de détruire son cerveau.

Tout en poursuivant son exposé, Lundberg a saisi un Nikon sur une étagère et a commencé à prendre une série de clichés.

— Nous recommandons donc aux participants d'utiliser un pistolet percutant à air comprimé qui va étourdir l'animal. Ou carrément une arme à feu en visant le cerveau. Cette prise que vous voyez là a été euthanasiée par injection mortelle par les types de la Commission de conservation de la faune et de la flore.

— Il a été capturé dans le même coin que le python qui contenait les os du pied et l'urubu à tête rouge ?

— *Elle.* C'est une femelle. Exact. À quelques mètres à peine. Les pythons ne marquent pas leur territoire, si bien que vous pouvez trouver d'autres spécimens identiques à proximité. En particulier durant la saison des amours.

Lundberg a contourné la table et est venu se placer à mes côtés pour shooter une série de gros plans. Je déplaçais le repère photo au fur et à mesure de ses instructions.

— Cette femelle aurait attiré tous les mâles des environs. C'est ce que nous appelons un groupement de reproduction.

— Comment déterminez-vous le sexe de l'animal?

— Chez la plupart des serpents, une simple observation ne suffit pas. Pour voir les organes génitaux, vous devez les sonder ou les ouvrir. Mais les pythons ont des organes atrophiés au niveau de la ceinture pelvienne qui proviennent de l'époque lointaine où leurs ancêtres possédaient des membres postérieurs. Regardez ici, de chaque côté de cette fente par où passe l'air. (Il a abaissé son appareil photo, et a pointé de son doigt en latex de minuscules dards sur l'extrémité de la queue.) Leur taille indique qu'il s'agit d'une femelle. Chez les mâles, ils sont plus proéminents.

Une femelle qui aurait dû veiller sur ses petits. J'éprouvais de la compassion pour cette pauvre bête.

— Compte tenu de la grosseur du renflement, je suppose qu'elle a été embarquée peu après que le processus de déglutition a été entamé.

— Ça prend combien de temps?

J'ai détaché mes yeux des petits dards indicateurs.

— Un python peut avaler un mammifère de taille moyenne ou un oiseau en vingt minutes.

— La proie ne peut jamais en réchapper?

— Une fois qu'elle est dans leur gueule, c'est peu probable. Et au moment où la proie est avalée, elle est déjà morte. Un python attaque avec une rare vélocité. Il immobilise son gibier avec ses dents et l'étouffe en s'enroulant autour. La proie meurt asphyxiée.

Je suis restée sans voix...

— C'est une créature extraordinaire, a-t-il commenté.

Enfin... maintenant... extraordinairement morte.

— Je suis surprise que les os que nous avons examinés n'aient pas été davantage abîmés.

— En tuant par suffocation avec ses anneaux, le serpent n'écrase pas les corps ni ne brise les os de sa victime. Ça c'est dans les films! Il va serrer assez pour empêcher sa proie de respirer, mais pas plus. La mort est rapide – entre trois et quatre minutes.

— Et ensuite, ils font ce truc de clapet avec leurs mâchoires ?

— Encore de l'intox due au cinéma. Ce sont des tendons et des muscles qui relient les mâchoires supérieure et inférieure. Rien de mécanique.

Lundberg s'est penché plus près et a observé l'œil droit du serpent, puis le gauche. Ensuite il a repris quelques notes sur le formulaire fixé sur son écritoire à pinces.

— La mâchoire inférieure est composée de deux os séparés pour améliorer la capacité de l'animal à gober d'énormes portions. (Il a relevé le nez. Les néons au-dessus de nous se reflétaient dans la lentille de l'appareil.) Les serpents avalent leur proie par la tête de manière à ce que les membres suivent facilement. Ensuite, elle descend dans la gorge, de la gorge dans l'estomac grâce aux contractions régulières des muscles.

— Pendant ce temps-là, comment respire le python ?

Malgré moi, cette histoire commençait à me passionner.

— Il possède un passage spécial à l'arrière de sa gueule qui reste dégagé pendant la déglutition. Ainsi, l'air circule. Bon, si on revenait à notre affaire ?

— Absolument.

J'avais du bol, Lundberg parlait tout haut en prenant ses notes. Les marques, la pigmentation, les fosses nasales, la forme de la queue, les blessures récentes ou anciennes, les anomalies, l'état de santé général. Il a recherché, à l'aide d'une loupe simple, d'éventuels parasites externes tels que les tiques et les mites. Il me fallait en convenir : Yellen n'avait pas tort. Il y a peu de différences dans un examen externe entre une nécropsie et une autopsie.

Lundberg devait à présent s'occuper de l'examen interne. Ce serait, à n'en point douter, la légendaire incision en Y la plus longue et la plus étroite jamais pratiquée de toute l'histoire de la médecine médico-légale.

À nous deux, on a soulevé et retourné le python pour le mettre sur le dos. Puis, en utilisant le même genre de scalpel que j'avais utilisé la veille, Lundberg a découpé le ventre. Il a observé, enlevé, pesé la couche de graisse jaunâtre qui résidait sous la peau, et ce, avant même d'examiner les organes.

— La graisse est un bon indicateur pour savoir si le serpent était en bonne santé. Cela indique également si la femelle s'est accouplée. Une mère python n'abandonne pas ses œufs pour aller chasser. Pendant la période de couvaison, elle survit grâce à la graisse stockée. C'est pourquoi il en reste très peu chez les femelles qui viennent de pondre.

À nouveau, ce pincement au cœur. Merde, c'était presque aussi éprouvant que de bosser sur une victime de meurtre.

Enfin, on en est venus aux organes. Lundberg a appliqué les règles, incisant et observant, notant taille et poids, couleur et consistance.

Je le laissais m'abreuver de commentaires sans répliquer, impatiente d'en arriver au fait : l'estomac.

— Au niveau des intestins, on constate une baisse rapide du pH après le repas de l'animal. (Lundberg ne pouvait s'empêcher de jacasser.) Il y a un niveau stable de pH acide durant la digestion, puis une augmentation du pH liée à la chute de l'acide gastrique dont la production, à ce moment-là, cesse.

— Provoquant une digestion brève.

— Dans notre cas, par chance, pas assez brève.

D'un coup de scalpel, il a détaché l'estomac, l'a soulevé et placé à côté du serpent. Armé du même instrument, il a tranché la partie haute et l'a rabattue comme s'il ouvrait une boîte de conserve.

La puanteur a envahi la pièce. Un liquide a suinté sur la plaque en acier inoxydable.

Tandis que mon camarade vidait le contenu de l'estomac, j'en scrutais chaque morceau. Plusieurs se révélaient être des os. Je les ai fait rouler d'avant en arrière avec la pointe de mon scalpel, puis j'ai gratté les résidus gastriques pour mieux les examiner.

En moins d'une minute, j'en étais certaine! Il n'y avait pas eu qu'un vautour et un alligator pour se repaître d'un bon repas humain. Le python aussi avait goûté à la malheureuse Kiley James.

La majeure partie de la chair avait disparu, rongée par l'acide gastrique, mais je distinguais au moins une trentaine d'os. Des petits, tels ceux de mains et de pieds. Pas de cage thoracique comme je l'aurais espéré, mais des parties de squelette humain.

— Les serpents ne mangent habituellement pas de charogne, a remarqué Lundberg en fronçant les sourcils.

— James a été démembrée à la tronçonneuse. Quand le python l'a avalée, elle était morte, il n'y a aucun doute.

Il a soupiré.

— Plus notre connaissance des serpents avance, plus on se rend compte combien on en sait peu sur eux. Le python birman fait preuve d'une incroyable faculté d'adaptation. J'imagine que cela ne servirait à rien de dire qu'il ne mangerait jamais une carcasse toute récente. Visiblement, il fait feu de tout bois.

Les vingt minutes suivantes ont été consacrées à sortir les os à la pince, puis à les nettoyer avec soin pour ôter toute trace de tissus ou de chair. Lundberg m'aidait en les déposant dans un petit plateau en inox. Des détails commençaient à apparaître. Une surface articulaire. Une facette articulaire. Un fragment de trou nourricier.

Une légère angoisse a traversé mon plexus cardiaque. Qu'est-ce que c'était que ça?

J'ai trié les os, les classant par catégories, allant des plus petits aux plus grands. Doigt. Orteil. Poignet. Cheville. Cubitus. Radius. Mes premières analyses indiquaient une paire de mains, un avant-bras droit, un pied.

Lundberg m'a tendu un autre plateau en inox.

— Cheveux et ongles.

Je m'obligeais à rester concentrée sur la disposition des os malgré le raffut du métal contre le métal, et très vite, j'ai fini de réarranger deux mains complètes. Puis la partie distale d'un avant-bras droit.

Je m'attelais à présent à prendre des mesures et à les consigner. La légère angoisse ressentie quelques instants plus tôt enflait dans ma poitrine. Les os étaient étonnamment grands pour une femme de si petit gabarit.

Je me suis ensuite intéressée au pied. Idem : mesures puis annotations.

Quelque chose ne collait pas...

— Où est le dossier James ? ai-je demandé en veillant à conserver une voix calme et posée.

— Sur le bureau, à côté, dans l'antichambre.

Je suis allée chercher la chemise en carton et j'ai feuilleté les pages jusqu'à trouver ce que je cherchais.

Mon angoisse diffuse s'est transformée en panique.

7.

— Le pied n'est pas celui de Kiley James, ai-je répété.

— Vous êtes sûre ?

Yellen m'interrogeait pour la troisième fois, comme s'il espérait me voir changer d'avis.

— À moins qu'elle chausse du 36 d'un pied et du 45 sur l'autre, et qu'elle ait deux pieds gauches, oui !

— Putain, qu'est-ce que ça signifie ? a-t-il marmonné.

— C'est tout ce que je peux vous dire pour le moment.

— Pourquoi ne pouvez-vous pas poursuivre vos recherches ? a-t-il demandé en se frottant le nez.

— Je vous l'ai déjà dit. (Je me répétais.) On s'est fait dégager. Un pêcheur a découvert ce que les flics pensent être une enfant disparue il y a huit jours. Dans un lagon. Les médias sont déchaînés. Cette autopsie est prioritaire à la nôtre.

Nous avions été priés de sortir de la salle d'autopsie numéro deux par le médecin légiste en chef en personne. Jane Barconi avait hérité de l'affaire. Son comportement stressé faisait passer celui d'hier pour carrément cool.

J'expliquais tout cela à Yellen dans le coin cuisine réservé au personnel. L'entrée de la morgue et le parking grouillaient de journalistes.

— Ils avaient besoin de la salle. Notre examen du python s'est vu reléguer au bas de la liste.

Je le lui avais déjà dit, mais mieux vaut deux fois qu'une.

— Faites-moi *au moins* un récapitulatif de ce que vous avez appris.

J'en avais appris bien peu avant que ne débute tout ce cirque.

— Les premières estimations suggèrent un homme de taille moyenne.

— Putain de merde !

Yellen avait l'air furieux, comme si c'était moi la source de son problème.

— Vous savez, j'en saurai davantage quand je serai autorisée à y retourner. (À nouveau, bel effort de clarification.) C'est-à-dire, quand ils auront terminé l'autopsie de la petite fille.

— On retrouve des bouts d'os humains dans l'estomac de chaque fichue créature de ce fichu marais, et il faudrait que je poirote dans le calme jusqu'à Dieu sait quand ?

— Vous avez du nouveau sur Buck Cypress ? ai-je demandé, essentiellement pour qu'il songe à autre chose.

— Toujours inconnu au bataillon, a-t-il soupiré. On a traîné Deuce au poste de police. Ce petit génie a fini par nous cracher un nom. Si rien n'avance ici, vous feriez tout aussi bien de m'accompagner.

Tête baissée, on a fendu la foule regroupée, compacte, à l'extérieur. Quelques journalistes ont malgré tout reconnu Yellen et ont crié des questions. Des caméras se sont tournées vers lui, des micros ont été brandis. Il les a ignorés. Personne ne prêtait attention à moi vu que personne ne me connaissait.

— On va où ? ai-je demandé en bouclant ma ceinture de sécurité.

— Faire ce dont toute femme rêve. Du shopping.

— Vous me faites crever de rire, shérif.

Une dizaine de blocks plus tard, la voiture roulait dans le Design District, le quartier du luxe à Miami. Des galeries d'art et des lofts excessivement chers se disputent de précieux mètres carrés avec des boutiques de grands créateurs et des magasins de stylistes coréens. Chaque vitrine expose des vêtements, des bijoux et des sacs hors de prix.

— Chicos !

— Ça n'a pas toujours été le cas. Avant que les Coréens ne le réhabilitent, ce quartier n'était qu'une succession d'entrepôts abandonnés, de buildings décrépis et le terrain de jeu préféré des bandes de voyous. Vous balader ici dans les années quatre-vingt relevait du suicide. Vous vous faisiez immédiatement braquer. Aujourd'hui, le quartier s'étire le long de l'autoroute 95, et c'est le plus branché de la ville.

La plupart des objets proposés me paraissaient à des années-lumière de mon pouvoir d'achat.

— Comment s'appelle ce coin ?

— Wynwood. L'immobilier a grimpé en flèche. Le quartier est pour moitié dédié à la mode, et pour moitié pseudo-artistique. Une infime partie, sur Fifth Avenue, se consacre à l'industrie textile, mais la majeure partie n'est que boutiques de luxe.

Yellen a tourné à gauche, puis à droite. J'attendais qu'il veuille bien me fournir de plus amples détails sur notre présence à Design District.

— Deuce Cypress a accusé des gens dont il dit qu'ils achètent leur matière première à des braconniers. Il s'agit d'une société dirigée par quatre sœurs : Esther, Eun, Edie et Evette Eugene. Sur leur acte de naissance, le nom exact est en réalité Yoo-Jin. Juste une brochette de filles fans de téléréalité, mais elles ont créé leur ligne de vêtements spécialisée dans la peausserie. Nous avons rendez-vous avec Esther dans sa boutique de pantalons ultra-huppée.

Yellen a bifurqué dans Second Avenue et s'est garé devant une devanture sympa et moderne en verre fumé. Les lettres blanches et brillantes EUGENE ornaient la vitrine.

Le style « vernissé blanc » se poursuivait à l'intérieur sur les bustes des mannequins, le tapis et les murs, la décoration. Le seul contraste était assuré par d'immenses photos en noir et blanc encadrées, et sur lesquelles quatre Asiatiques prenaient des poses tarabiscotées.

À droite en entrant, une demi-douzaine de robes safari très chics étaient accrochées sur un portant, telles des œuvres uniques dans une galerie d'art. Sur la gauche, sobres et élégants, des vêtements pour hommes dans les tons taupe et beige. Une pancarte discrète et raffinée les mettait en avant : « Collection artisanale pour femmes et hommes ». Mais le clou de la collection s'étalait sur un support en acrylique blanc au beau milieu de la pièce : des sacs, des ceintures et des chaussures en croco, des vestes en peau de serpent. J'ai jeté un bref coup d'œil sur les étiquettes. Je confirme, très au-dessus de mon pouvoir d'achat.

Peu importe, je m'en fichais, car tous ces articles me laissaient de marbre. Je n'ai jamais ressenti le désir de me vêtir avec la peau d'une autre créature. Et ma récente rencontre avec des pythons et des alligators morts ne m'incitait pas à vouloir me mettre leur dépouille sur le dos !

— Bonjour, que puis-je pour vous ?

Le ton employé par la jeune femme anorexique relevait plus de la question que de la phrase de bienvenue. Un shérif bedonnant et d'âge mûr ne devait pas cadrer avec sa clientèle habituelle.

Yellen lui a brandi sa plaque sous le nez.

— On a rendez-vous. Avec Esther Eugene.

— Par ici.

Aucune émotion. Démarche gracieuse et chaloupée. La jeune femme, que j'imaginais être une vendeuse, nous a conduits sans un mot à l'arrière du showroom. Des photos de magnifiques top models minaudant devant l'objectif jalonnaient l'étroit couloir.

L'employée s'est arrêtée sur le seuil d'une pièce dans laquelle elle nous a invités à entrer.

L'endroit était – je vous le donne en mille ! – uniformément blanc, ce qui mettait indubitablement en valeur l'occupante des lieux, une femme habillée d'une robe en peau de serpent. Elle avait un teint de porcelaine et une coupe au carré. Ses faux cils, aussi noirs que ses cheveux, ressemblaient à une armée de mille-pattes.

Elle était assise derrière un bureau laqué blanc, le menton posé sur une main, suggérant que nous la dérangions en pleine concentration.

— Oh, vous devez être le shérif Yellen, a-t-elle ronronné. Esther Eugene... Je vous en prie... Entrez. (Elle a penché délicatement sa tête en haussant délicatement un sourcil.) Et vous êtes... ?

— Tempe Brennan.

— Puis-je vous offrir une tasse de thé ?

Sérieux ? Est-ce que mon pote le shérif semblait du genre à aimer siroter une infusion à la camomille ?

Yellen n'y est d'ailleurs pas allé par quatre chemins.

— J'ai un témoin qui raconte que vous achetez illégalement des peaux.

Esther a plaqué sa main contre sa poitrine. (En état de choc, sans aucun doute.) Ses ongles longs étaient d'un rouge cerise du plus bel effet.

— Oh mon Dieu ! Quelle horrible accusation ! (Sa voix manquait terriblement de sincérité.) Jamais mes sœurs et moi ne nous engagerions dans des activités illicites. Nous mettons un point d'honneur à travailler dans une perspective de commerce équitable. Nous œuvrons pour créer une mode en phase avec le développement durable.

Je reconnaissais bien là le prêchi-prêcha marketing classique. J'aurais parié qu'elle n'en comprenait pas un traître mot. Je doutais même qu'elle saisisse le concept derrière le concept.

Yellen a calmé les élans mélodramatiques d'Esther.

— Madame, je ne suis pas ici pour vous arrêter pour trafic illégal d'animaux braconnés. Je suis ici dans le cadre d'une enquête pour meurtre.

Esther a haussé les sourcils (cette fois, les deux), du moins, aussi hauts que les injections de Botox le lui permettaient.

— Connaissez-vous une jeune femme du nom de Kiley James ?

Esther nous a gratifiés d'un numéro de comédienne exceptionnel. Bouche bée, souffle coupé, elle a fini par balbutier :

— Kiley... est... est... *morte*?

Elle a porté une main tremblotante à sa bouche également rouge cerise.

— Dites-nous ce que vous savez sur elle.

Esther a attrapé un mouchoir en papier d'un distributeur en forme de fleur, et l'a tapoté sous chaque œil. Puis elle l'a regardé pour vérifier que son mascara n'avait pas coulé.

— Nous avons signé un contrat avec elle il y a peu pour qu'elle devienne l'égérie de notre marque. Nous programmons une grande campagne de pub centrée sur son image pour lancer notre *Collection Python.* C'est un très gros budget, vous savez.

— Ma foi, c'est la première fois que j'entends parler de Kiley comme d'un top model, a commenté le shérif sur un ton dubitatif.

— C'était *justement* notre objectif ! (Elle a tapé dans ses mains avec enthousiasme, oubliant un instant d'être triste.) Nous voulions une vraie baroudeuse, pas un mannequin. Et peu nous importait qu'elle soit petite. Quand nous l'avons vue l'an dernier à la cérémonie de remise des trophées de la compétition de chasse, nous étions sûres qu'elle ferait l'affaire ! Et à la perfection ! Kiley était si *nature* ! Une jolie frimousse et une silhouette adaptée à notre ligne de vêtements. (Hochement de tête faussement timide.) Vous voyez ce que je veux dire ?

Yellen l'a laissée poursuivre.

— Nous nous apprêtions à signer un contrat avec un chasseur de serpents lorsque nous avons découvert Kiley. Elle était la seule candidate avec un profil aussi exceptionnel – un petit bout de femme maîtrisant des serpents plus gros qu'elle, et mieux que des hommes. Nous avons pris notre temps avant d'être convaincues que c'était bien elle l'emblème de la marque Eugene. (Autosuffisance affichée sans vergogne.) Quand le prix à payer est raisonnable, tout le monde s'accorde à dire oui, n'est-ce pas ?

— Alors, elle consiste en quoi cette campagne de pub ?

— La thématique est extraordinaire. (Esther a tranché l'air horizontalement dans un grand geste théâtral.) La laideur dans la beauté. N'est-ce point subtil ? Transformer la plus grande menace que les Everglades aient jamais connue en quelque chose de positif et de beau.

— Des chaussures ? ai-je lâché à brûle-pourpoint.

Esther a toussé nerveusement, puis s'est redressée en me toisant avec mépris.

— Rendre les gens sûrs d'eux-mêmes envoie des ondes positives à l'ensemble de l'univers.

— Et si vous me foutiez un peu d'énergie positive dans cet interrogatoire en répondant à ma question : *quand* avez-vous croisé Kiley James pour la dernière fois ?

Le timbre de voix du shérif était assez dur pour fendre du granit.

Esther a réfléchi. Ou a fait semblant de réfléchir.

— Je dirais... Il y a deux semaines. Nous mettions la dernière main au planning du shooting photo. Elle nous a confié qu'elle avait des choses à régler. (Un index à l'ongle laqué rouge cerise s'est tendu vers le ciel.) Oh... Maintenant que j'y pense, elle paraissait vraiment avoir la tête dans les nuages.

— C'est-à-dire ?

— Je ne suis pas sûre mais... Je sentais qu'elle n'était pas très concentrée sur ce que nous lui expliquions. (Elle a hoqueté d'un petit rire idiot.) Kiley a toujours été une tête brûlée, refusant de porter certains de nos articles, par exemple. (Bienveillance feinte.) Mais lors de notre dernière rencontre, elle s'est montrée particulièrement... provocatrice.

— Provocatrice ? a répété Yellen.

— Kiley possédait un sens de la justice exacerbé. Elle avait des principes moraux auxquels elle ne dérogeait pas.

— Croyez-vous que ça puisse avoir entraîné sa mort ?

— J'imagine, a répondu Esther sans hésiter. Si elle a mis en colère la mauvaise personne.

— Auriez-vous une idée de qui pourrait être cette *mauvaise personne* ?

— Non. Je veux dire... La concurrence pour le recrutement de notre égérie a été rude. Des postulants se sont fâchés quand nous avons sélectionné Kiley, qui sortait de nulle part. Nous sommes si populaires, nous, les Eugene. (Elle irradiait d'autosatisfaction.) Les gens n'ont pas supporté qu'elle surgisse au dernier moment pour rafler la mise. Mais j'ai du mal à imaginer que l'on puisse assassiner quelqu'un parce qu'on est déçu de ne pas avoir été choisi pour un job.

— Je vais avoir besoin de la liste des candidats.

— Bien sûr, shérif. Y a-t-il autre chose que je puisse faire ?

Je sentais qu'elle avait à présent envie qu'on dégage.

— On vous tiendra au courant.

— Ah, tout cela est tellement, tellement bouleversant. (Elle s'est levée.) Qu'allons-nous faire, mon Dieu ?

— Recommencer les entretiens d'embauche.

C'était vache de ma part, mais je trouvais cette femme immonde.

Esther nous a raccompagnés à la porte du bureau en conservant une mine attristée.

À l'extérieur, la température grimpait déjà à vingt-sept degrés, et nous n'étions qu'au milieu de la matinée. L'humidité faisait également son apparition en fanfare.

Yellen a fait démarrer la voiture et branché la clim.

— Regardez si vous n'avez pas un message de...

— Oubliez, shérif. Avec un meurtre d'enfant sur les bras, Barconi va prendre tout son temps.

Il a fait la moue, mais il n'était pas étonné. C'était un pro. Il était simplement impatient. Il a desserré le frein à main.

— Et où on va maintenant ?

— Dans votre endroit préféré, a-t-il répliqué.

Et il a filé droit au sud, en direction de l'Everglades National Park.

8.

— Hé, ne me dites pas qu'on y a encore découvert un pied ? ai-je lancé à mon chauffeur. Ce serait le pied, non ?

À voir la tête de Yellen, j'ai senti qu'il n'était pas d'humeur à goûter mes boutades.

— Un de mes adjoints a pour mission de retrouver le journal de Kiley James. On a fouillé son domicile et sa voiture. Sans résultats. Lundberg m'a dit qu'elle possédait un casier au poste central des rangers. C'est là qu'on va, je veux vérifier par moi-même.

On a emprunté la route désormais familière, en traversant Homestead, direction le sud. On a roulé sur la célèbre Ingraham Highway qui mène au parc national. Le téléphone de mon compagnon a sonné.

— Shérif Yellen à l'appareil. (Plus il écoutait, plus sa bouche se tordait.) Oui, je suis en route. Passe-moi Scott Pierce.

La communication a coupé.

Trois secondes plus tard, son portable sonnait à nouveau.

— Merci de m'avoir rappelé aussi vite. Écoute, je suis en chemin pour inspecter le casier de Kiley James, chez vous, au poste central des rangers.

J'entendais une toute petite voix dans le téléphone, mais impossible de saisir ce que lui racontait Pierce.

— Oui, un casier. *Monsieur l'expert* Lundberg me l'a dit la nuit dernière. Oui, j'ai un mandat. Mais je dois retourner d'urgence au QG. Si je confie le mandat au Dr Brennan, peux-tu t'occuper de ça à ma place et ensuite la raccompagner chez elle ?

À nouveau, des bruits de voix inaudibles.

— Merci, je te revaudrai ça, a conclu Yellen, avant de s'adresser à moi. Changement de programme, Doc. Descente en cours dans un labo clandestin à Florida City. Les gars y fabriquent de la meth. Ces cons ont foutu le feu. Je dois vous laisser ; Scott Pierce prend le relais. Il vous ramènera chez vous.

— Ma voiture est garée à la morgue.

— Vous n'aurez qu'à prévenir Pierce, et il vous y conduira.

Quelques minutes plus tard, on était devant le portail principal de l'Everglades National Park. On a dépassé le bureau d'accueil des visiteurs, et on s'est garés sur le parking réservé exclusivement aux « park rangers ». Au bout se dressait un bâtiment de forme cubique abritant leurs bureaux. Le drapeau américain qui pendouillait à l'entrée semblait aussi décati que ma coiffure.

Je suis descendue du véhicule.

Au lieu de partir, le shérif a abaissé sa vitre.

— Vous retournez étudier ce pied dès que possible, hein ?

— Promis. Dès que ce sera possible.

J'étais sincère. Personne au monde ne voulait plus que moi en finir avec cette histoire. *Et mes vacances, alors ?*

Il y a eu ce petit ronronnement de la vitre qui remonte, puis Yellen a démarré.

J'ai grimpé quatre à quatre le perron du poste de garde.

L'endroit, austère et fonctionnel, ne ressemblait en rien aux locaux « visiteurs ». La pièce était remplie de meubles de classement et de bureaux. Des équipements pour les premiers secours étaient empilés à gauche, une rangée de talkies-walkies destinés aux rondes des gardiens étaient plantés sur leur socle, à recharger. Au fond, un alligator en peluche portait des lunettes de soleil et une casquette de l'université de Floride.

Une femme en uniforme vert assurait la permanence. « H. Flores » disait le badge épinglé sur sa veste. Des cheveux marron foncé attachés en une queue-de-cheval. Une paire de lunettes à la Harry Potter. Et un visage dont il était difficile de déterminer l'expression.

Amie ou ennemie ?

— Je cherche Scott Pierce.

— Et vous êtes... ?

— Temperance Brennan.

Flores a téléphoné, écouté, raccroché.

— Désolée. Pas de réponse.

— Il doit être en chemin.

— Vous pouvez l'attendre ici.

Flores m'a désigné plusieurs chaises en plastique qui avaient l'air très inconfortables. Elles l'étaient.

Cinq minutes ont passé.

J'ai sorti le mandat et l'ai lu. Kiley James s'était vu attribuer le casier cinquante-trois.

J'ai tapoté mes doigts sur l'accoudoir avec impatience. J'ai surveillé la pendule murale : et trois minutes de plus ! Je me suis accordé encore un quart d'heure. J'ai lorgné l'état lamentable de mes ongles. J'ai examiné les cartes du parc indiquant les sentiers balisés. J'ai contemplé les photos de la faune et de la flore locale.

À quatorze minutes et cinquante-cinq secondes, j'ai bondi sur mes pieds et ai marché vers Flores.

— Écoutez, j'ai un mandat du juge, ai-je déclaré en le lui montrant. Indiquez-moi les vestiaires du personnel et vous ne m'aurez plus sur le dos.

Elle a lu le document et a hoché la tête.

— OK. Vous suivez ce couloir, quatrième porte sur votre gauche.

— Prévenez Pierce dès qu'il arrive, qu'il m'y rejoigne.

— Ce sera fait.

J'ai tourné la poignée et je suis entrée. Des néons au plafond, du lino au sol, une salle de vestiaires classique avec des casiers métalliques crème sur trois côtés.

Un bruit à ma droite m'a fait sursauter.

Scott Pierce semblait tout autant surpris.

— Qu'est-ce que vous fichez ici? a-t-il demandé en fronçant les sourcils.

Bizarre. Yellen lui avait bel et bien donné l'info sur le pourquoi et le comment de ma présence. Pierce devait pourtant bien s'attendre à me voir débarquer.

— J'ai le mandat pour fouiller le casier de James.

— Parfait. Je m'en occupe. (Il a tendu le bras.) Vous pouvez retourner dans la pièce principale.

Une minuscule sonnette d'alarme a retenti dans ma tête.

— Merci, ai-je dit en rangeant le mandat dans ma poche, mais je vais rester.

Pierce a plongé son regard dans le mien. Un regard sombre et difficile à déchiffrer. J'ai réalisé que je n'avais jamais vu ses yeux auparavant car ils étaient tout le temps dissimulés derrière une paire de lunettes noires.

— C'est mon secteur ici. (Il a arboré ce qu'il devait penser être un sourire ravageur, du style j'suis le tombeur de ces dames. Il devait s'exercer devant sa glace chaque fois qu'il se rasait.) Donc on agit selon mes instructions.

— Yellen m'a demandé de faire l'inventaire du casier.

Bon, d'accord, ce n'était pas tout à fait exact. Mais ce crétin arrogant commençait à me gaver.

Il m'a regardée fixement.

— D'accord. Mais vous regarderez après moi. Et vous ne touchez à rien.

— J'ai l'habitude de travailler avec la police criminelle. Et dans deux pays différents. (Je l'ai gratifié d'un bref sourire.) Les procédures de collecte de preuves n'ont aucun secret pour moi.

À cet instant précis, la porte s'est ouverte et un jeune ranger est entré. Avec ses cheveux blonds hirsutes et son acné, il avait l'air d'avoir douze ans.

— Hé Scott! (Pierce l'a salué en retour d'un signe de tête.) Qu'est-ce qui se passe? (Il n'avait aucune conscience de la tension qui régnait entre nous.) Tu fais une tournée d'inspection ou quoi?

Je n'avais pas encore remarqué que bon nombre de casiers étaient ouverts.

Pierce a haussé les épaules.

— Aucune idée. Ils étaient comme ça quand je suis arrivé. Ça doit être le service d'entretien.

Le jeune homme s'est approché d'un casier, a tripoté la serrure à code, puis l'a ouvert.

Pierce et moi avons attendu tacitement qu'il soit reparti. Je ne pourrais vous dire pourquoi. Peut-être par respect pour cette femme dont nous allions fouiller les affaires.

Le gamin a pris quelque chose dans son casier, l'a refermé, a refait son code et nous a quittés.

— À plus tard !

À peine avait-il disparu que Pierce m'a dévisagée.

— Numéro de casier ?

Son ton glacial me mettait mal à l'aise. J'hésitais. J'aurais aimé avoir Yellen à mes côtés. Même Lundberg. Pourquoi une telle appréhension ? Juste parce que ce mec prétentieux se croyait le meilleur dans sa partie ?

— Cinquante-trois.

Pierce s'est emparé d'un coupe-boulons que je n'avais pas repéré auparavant et a foncé vers le casier en question.

— Reculez.

Sans le moindre effort, il a coupé le métal et fait sauter les gonds puis a tiré sur la porte. Son corps m'obstruait la vue sur l'intérieur du casier. Était-ce intentionnel ?

— Ne devriez-vous pas porter des gants ?

Sans prendre la peine de me répondre, il a brandi le stylo lumineux avec lequel il farfouillait dans des affaires que je ne pouvais apercevoir.

Une bonne minute s'est écoulée. Soudain, il m'a regardée par-dessus son épaule.

— Vous avez raison. Il vaudrait mieux que je mette des gants. Ça vous ennuierait d'aller m'en prendre une paire dans la réserve ? Le placard est dans le couloir.

Mon sentiment d'inconfort a grimpé d'un cran. Pourquoi n'allait-il pas les chercher lui-même ? Je n'étais pas son larbin, merde ! Mais j'étais sur son territoire, et pas la bienvenue, visiblement.

— Bien sûr, ai-je marmonné à contrecœur.

— Prenez-en une paire pour vous.

Le voilà qui redevenait sympa tout à coup...

Je suis sortie dans le couloir, et deux minutes après, j'étais de retour. Pierce n'avait pas bougé.

— Tenez, ai-je dit en lui tendant des gants verts à usage unique.

— Merci.

Alors qu'il se retournait pour les attraper, j'ai penché la tête pour scruter le casier. Une veste en polaire sur un crochet, et sinon en bas, une paire de tongs, des lunettes de soleil, un paquet de mouchoirs, une brosse et une pile de magazines. Mais impossible de reluquer ce qu'il y avait derrière ce tas d'affaires.

— Ouais... y a pas grand-chose, a-t-il déclaré.

— Et son journal ?

— Il n'y est pas. Dommage. J'espérais qu'il nous aiderait à choper ce salaud.

J'ai regretté mes mauvaises pensées à son égard. Ce type essayait juste de faire son travail après tout.

— Voulez-vous m'aider à dresser l'inventaire ?

— Avec plaisir.

Et j'ai sorti un crayon et un carnet à spirales de mon sac.

Pierce m'annonçait en détail chaque article que je notais. En plus des trucs aperçus d'emblée, il y avait des barres chocolatées, une boîte de tampons hygiéniques, un baume à lèvres, des chaussettes sales. Des objets d'une banalité déconcertante.

— Scott ? (Le visage de Flores venait de surgir dans l'entrebâillement de la porte.) Tu pourrais venir une seconde ?

— Je reviens tout de suite, m'a-t-il lancé.

Je me suis approchée du casier et j'ai soulevé la pile de magazines. Rien en dessous. J'ai passé mon index le long de la rainure du casier. Que dalle.

Qu'est-ce que je croyais découvrir ? Des bouts de papier dépassant d'une fente ? Des données de géolocalisations pour retrouver le journal ?

Alors que je replaçais les magazines, les trois du haut ont glissé à terre. En me penchant pour les ramasser, j'ai remarqué un Post-it. J'ai tiré dessus et deux feuilles sont venues avec. L'une était la page déchirée d'une revue, l'autre une feuille de cahier gribouillée d'une écriture enfantine. D'ailleurs, plutôt des suites de mots et de chiffres que des phrases. La pliure identique indiquait qu'elles avaient été conservées ensemble.

La poignée a tourné. J'ai dissimulé rapidement ma trouvaille dans mon carnet. Une violation des règles de procédure sur une scène de crime, mais j'avais dans l'idée de les étudier en privé.

Pierce s'est approché, l'air réprobateur.

— Suis désolée. (Petit sourire timide.) Ils sont tombés.

Il n'a rien dit. Pas très conviviale, l'ambiance...

Sans un mot, il les a rassemblés non sans avoir secoué chacun des magazines. Je l'observais, soudain inquiète.

Il les a déposés sur un banc et s'est redressé. Il me faisait face.

— Ça y est.

— Bon, je vais remettre cette liste à Yellen.

Pierce ne me quittait pas des yeux, comme si ce qu'il voyait lui déplaisait fortement.

J'ai ôté mes gants et les ai jetés avec une fausse désinvolture dans une corbeille à papiers.

— C'était un plaisir, ai-je lâché en tournant les talons.

— Vous ne seriez pas en train d'oublier une chose importante ?

J'ai pivoté, cherchant déjà une bonne excuse pour justifier la subtilisation des deux feuilles.

— C'est moi qui vous ramène, a-t-il déclaré en agitant ses clés de voiture.

J'ai subitement soufflé. Je ne m'étais même pas rendu compte que je retenais ma respiration.

— Ah... Mais oui... Bien sûr.

9.

J'ai reçu l'appel téléphonique peu après notre départ du parc national. La salle d'autopsie numéro deux était enfin à ma disposition jusqu'à 8 heures demain matin.

J'ai quitté Pierce avec un bref « merci de m'avoir déposée ». Je ne l'aimais décidément pas, ni lui, ni son air supérieur.

Une fois tranquille et seule dans la salle dite des « décomposés », je me suis servie d'une pince pour transférer les deux feuilles du casier de James dans un sac Ziploc. Je les ai ensuite examinées à travers le plastique transparent.

La première feuille était la page arrachée d'un magazine ou d'un catalogue. Elle représentait un top model, mais pas James, portant un pantalon en peau de serpent. Rien de sinistre là-dedans. Je l'avais moi-même fait des centaines de fois, déchirer une page avec une fringue qui me plaisait. Cependant, le pantalon avait une particularité. Il était l'œuvre de stylistes que je connaissais : les sœurs Eugene.

La seconde consistait en une feuille de carnet, lignée, remplie de lettres et de chiffres à la main qui pouvait évoquer une sorte de code. De temps à autre, un nom associé à la région émergeait : Old Ingraham, Pearl Bay, Buttonwood.

Cette succession de mots avait-elle un sens ? James avait-elle mis au point une espèce de sténo personnelle ? Que signifiaient les séquences de chiffres et de lettres ensemble ?

J'étais frustrée de ne pouvoir analyser tout de suite ces deux feuilles.

Mais l'étude de la seconde victime était prioritaire.

J'ai envoyé un SMS à Lisa, en lui demandant de ne pas hésiter à m'appeler si elle avait besoin de sa voiture. Je lui ai aussi proposé que nous dînions vers 19 heures. J'étais certainement la pire invitée de toute la galaxie. D'un autre côté, c'était elle qui m'avait entraînée dans cette galère...

Ce n'est qu'après avoir appuyé sur la touche « envoi » que j'ai vérifié l'heure sur ma montre : 13 h 01. Ça allait être compliqué de tenir l'horaire du dîner, mais c'était jouable.

J'ai enfilé des gants et un masque, noué un tablier. Je suis allée dans la chambre froide retirer les os de la seconde victime. Debout devant la paillasse, j'ai examiné mon butin.

Deux ensembles complets d'os de la main étaient répartis dans quatre plateaux en inox. Dix phalanges distales, médianes et proximales. Dix métacarpes, et quatorze carpiens. J'avais aussi un pied gauche complet et un avant-bras droit partiel.

J'ai apporté deux des plateaux sur la table d'autopsie. J'allais commencer par les mains. En les effleurant, j'ai remarqué une rugosité des surfaces sous-périostées. J'ai passé mon index le long d'un métacarpe avant de le glisser sous le microscope de dissection. De minuscules piqûres couvraient la majeure partie de la couche externe corticale. Sous la lentille du microscope, la surface ressemblait à un paysage lunaire.

Je me suis redressée, perplexe. Cette porosité n'était pas cohérente avec l'âge, ni avec aucun symptôme de maladie déjà rencontré. Trop régulier. Trop infime.

Le python ? Devais-je téléphoner à Lundberg ?

Cela se solderait, à n'en point douter, par un cours magistral de plusieurs heures. Je me suis donc rabattue sur la source de tout savoir. Bienvenue au XXIe siècle ! J'ai fait appel à Google. Dans l'antichambre de la salle d'autopsie se trouvait un ordinateur et j'y ai entré mes mots-clés.

Après pas mal d'errances virtuelles, j'ai fini par tomber sur le bon filon. Un article du *Journal de l'herpétologie.*

L'herpétologie est le domaine de la biologie qui étudie les reptiles et les amphibiens. Heureusement, ces spécialistes allaient me sauver la vie. J'ai coupé/collé dans un fichier des éléments pertinents pour m'aider plus tard. En bref, je venais d'apprendre que les pythons possédaient des cellules dans leur intestin grêle qui facilitaient l'absorption de calcium issu du squelette de leurs proies.

Ça collait. Une absorption de calcium causerait une dégradation de l'os.

Je suis retournée dans la chambre froide et j'y ai attrapé un bocal rempli de formol portant le numéro attribué au second des deux pythons de Harwood Hammock. J'ai dévissé le couvercle, et, grâce à une pince, j'ai repêché l'échantillon d'intestin grêle que Lundberg avait découpé. Je l'ai déposé sur une lame de verre pour pouvoir l'examiner au microscope.

Des petites taches blanches parsemaient la paroi tissulaire.

J'ai répété l'opération avec un morceau de côlon. J'ai noté des inclusions identiques.

Des particules d'os microscopiques, résultat de cellules spécialisées absorbant le calcium. Les traces de piqûre sur l'os humain étaient donc une conséquence indirecte de la digestion opérée dans les intestins du python, et non un indicateur d'une quelconque maladie. La barrière supplémentaire constituée par le vautour expliquait l'absence de ces indicateurs sur les os du pied de James.

J'étais contente de mon diagnostic. J'ai poursuivi le reste de mes analyses, en procédant de façon identique à ce que j'avais fait pour James et en consignant chaque information. La qualité des os était satisfaisante. Pas d'arthrite. Aucun indice de fusion de l'épiphyse récente. Conclusion : jeune adulte ; vingt à vingt-cinq ans.

Ensuite, je me suis penchée sur le cubitus et le radius. J'ai immédiatement repéré un traumatisme ante mortem. Les deux os avaient été fracturés en deux endroits. Les traces de fracture en spirale témoignaient d'une violente torsion. Toutefois, chacune de ces fractures avait été soignée, les os étaient bien alignés. Bien qu'il n'y ait ni plaque, ni vis, je devinais qu'une chirurgie orthopédique avait été pratiquée très peu de temps après la blessure. Le remodelage osseux indiquait que cela s'était déroulé deux à trois ans avant la mort du patient.

J'ai envisagé plusieurs scénarios impliquant une si violente blessure. Un accident du travail? Une déchirure au sport? Une agression? Je n'étais sûre de rien, sauf d'une chose : elle avait généré de grandes souffrances physiques.

J'ai scruté l'extrémité proximale du cubitus. Des traces de scie. De tronçonneuse. Cela a fait tilt dans mon esprit.

J'ai regardé de près les dommages causés par la lame. Ils ressemblaient à ceux constatés sur les os de pied de Kiley James. Pourtant, sans la tronçonneuse, difficile de déterminer *avec certitude* si elle avait servi à démembrer nos deux victimes.

Quelles chances y avait-il pour que l'on ait deux tronçonneuses, et donc, deux criminels?

Au fond de moi, j'étais persuadée que les victimes avaient été assassinées par la même personne.

Et qui était la seconde victime? Comment était-elle reliée à Kiley James? Un ami? Une amie? Un amant? Un concurrent? J'étais bien décidée à faire toute la lumière sur l'identité du squelette.

J'ai entré mes mesures dans le programme Fordisc. Il m'a fourni moult graphiques et statistiques. Toutes les données concordaient, sachant qu'il y avait un taux d'erreur quasi nul. Ma victime inconnue était un homme d'origine amérindienne.

Ça alors!

Je suis revenue dans le labo, et j'ai contemplé les os. Après un autre examen, je n'ai rien trouvé de plus que ce que j'avais déjà notifié. La frustration commençait à me rendre nerveuse.

J'ai prélevé de l'os en vue d'un test ADN, mais je n'y croyais pas. Quelle probabilité pour que ce type soit enregistré dans le système?

À court d'idées, j'ai reposé les os sur le plateau, puis je l'ai rangé avec les autres. Mon regard est tombé sur le bocal avec les échantillons d'organes. Dedans, ce qui ressemblait à des copeaux de plastique flottait dans le formol. J'en ai repêché quelques-uns avec un tamis à mailles fines et je les ai examinés au microscope. Les copeaux étaient des ongles de pieds et de mains. Que Dieu bénisse la kératine ! Elle résiste à tous les types d'enzymes digestives.

J'étais en train de régler la lumière, quand une tache décolorée sur un ongle a attiré mon regard. Je l'ai ramassé pour l'observer à la loupe à main.

Je n'en croyais pas mes yeux.

Une couche de chair adhérait toujours à l'arrière de l'ongle. On distinguait un cercle traversé en son centre par trois traits verticaux de couleurs différentes. Trois bandes concentriques de mêmes couleurs occupaient l'intérieur du cercle.

Bingo... Un homme d'une vingtaine d'années. Amérindien. Avec un tatouage sur un ongle unique. Et un lien avec Kiley James.

Bon sang, mon inconnu avait désormais un nom !

J'ai sauté sur mon portable. Celui que j'appelais a décroché aussitôt.

— Je mettrais ma main à couper que notre seconde victime est Buck Cypress.

J'ai expliqué l'ongle tatoué, la confirmation du Fordisc. Yellen a pigé dans l'instant.

— Vous en êtes sûre à cent pour cent ?

Une fois n'est pas coutume, le shérif semblait optimiste.

— Pas encore. Mais la victime a eu une vilaine fracture à l'avant-bras droit il y a deux ou trois ans. Tout porte à croire qu'elle a été soignée par un professionnel. Si c'est le cas, il y aura forcément des radios quelque part. Et si personne ne les a conservées, un des frères pourra confirmer la fracture du bras.

— Bordel de merde ! Ces lourdauds n'ont même pas le téléphone et je suis coincé avec cet incendie de mes deux. J'ai pas le temps de retourner dans le marais.

— Je peux y aller.

J'entendais une cacophonie en arrière-fond. Des cris. Quelqu'un appelait Yellen à la rescousse.

— Une seconde. (Silence étouffé, comme s'il avait plaqué le portable contre sa poitrine.) Désolé. C'est un vrai bordel ici. Qu'est-ce que vous me disiez ?

— Je vais aller voir Deuce pour confirmer l'identité de son frère.

— Toute seule ? C'est de la folie.

— Pourquoi ?

— Vous voulez que je vous fasse un dessin ?

— Monsieur le shérif, c'est pas ma première enquête, vous savez, ai-je répondu en répétant mot pour mot la phrase de Yellen quelques heures plus tôt.

— Vous avez des couilles, Doc, faut vous accorder ça. (Pause.) Je vous enverrai un de mes adjoints dès demain, à l'aube.

— Parfait.

Ça ne l'était pas.

— Ah, j'allais oublier... Vous allez adorer. (Yellen a émis une espèce de gloussement.) Le nom de Scott Pierce apparaît sur la liste des postulants pour la campagne de pub Eugene. Joli cœur a réussi tous les entretiens d'embauche jusqu'à la short-list finale. (Une porte a claqué. L'arrière-fond sonore a grimpé en volume.) Bon sang ! Faut que j'y aille... mon adjoint vous appellera en temps voulu.

Un bip bip m'a confirmé que Yellen avait raccroché.

Sale macho.

Je ne voulais pas aller dans le marais demain. *Demain*, j'avais envie de grasse matinée, de plage, de restaurant de fruits de mer, de baignade avec Lisa.

Petit coup d'œil à ma montre : 17 h 30. Rapide calcul. Soixante-dix kilomètres, conversation succincte avec Deuce Cypress, puis encore une demi-heure de voiture pour rentrer à Homestead. Si je décollais maintenant, je pourrais obtenir confirmation de mon identification et retrouver Lisa pour 19 heures. Et demain... fini, terminé, plié. Je serais en vacances ! LIBRE !

Pourquoi pas? J'étais mandatée par la police pour agir en qualité d'enquêtrice. Et puis, les deux frangins et moi avions créé des liens autour des joies du tatouage. Ils étaient peut-être réfractaires à l'autorité mais ils n'allaient certainement pas tirer sur une flic.

Envie furieuse de le faire. Décision prise !

J'ai tout remisé à la chambre froide, j'ai attrapé au vol les clés de voiture de Lisa et j'ai foncé vers le parking.

Mais c'était sans compter avec les heures de pointe à Miami ; avec l'impact du soleil couchant sur ma visibilité ; avec ma piètre maîtrise du volant sur un chemin de terre défoncé. Bref, au moment où je me garais devant la pauvre masure des frères Cypress, il était presque 19 h 00.

J'ai attrapé mon téléphone pour prévenir Lisa de mon retard. Merde... Pas de réseau !

Le crépuscule gagnait du terrain, la lumière du jour en perdait. Je commençais à regretter amèrement mon élan impétueux. Je me rassurais en me répétant que ni Deuce ni Ernie n'étaient menaçants. Et Buck aurait désormais peu l'occasion de l'être. Allez, aucun problème. Je pose ma petite question sur la fracture de l'avant-bras, et je me casse !

Je suis descendue du véhicule et j'ai tendu l'oreille. Pas de coups de feu. Pas de tic-tic-tic du système de refroidissement de la Prius de Lisa. Rien que le coassement des crapauds et le bourdonnement strident des moustiques.

J'étais en train de débattre de la meilleure stratégie d'approche quand l'un de ces salopiauds d'insectes assoiffés de sang m'a piquée. Au moins, ça m'a obligée à réagir. Tout en maudissant ce fichu marais, j'ai grimpé les marches menant à la véranda et cogné à la porte moustiquaire. Celle-ci a rebondi contre le montant. Personne ne s'est présenté. J'ai cogné plus fort. Toujours pas âme qui vive.

Il ne m'était pas venu à l'esprit que les frères Cypress pourraient ne pas être chez eux. J'ai continué à faire du bruit lorsque soudain j'ai entendu un son qui n'était ni le cri d'un oiseau de nuit, ni la cavalcade d'un rongeur. J'ai retenu ma respiration pour tenter d'en localiser la source.

Je suis redescendue pour faire le tour de la maison. La veille, Deuce avait déboulé de l'arrière. J'ai marché tout doucement pour ne pas alerter Rooster, le chien mangeur d'hommes.

Il y avait le même paysage que devant : tout un tas d'outils rouillés empilés n'importe comment. Le plus grand risque que je courais ici, c'était surtout de choper le tétanos.

J'ai contourné la baraque. C'est alors que j'ai entendu des voix. Poursuivant un chemin boueux, je les ai vus près de l'eau.

Deuce et Ernie étaient installés dans des chaises longues bringuebalantes. Ils fumaient en contemplant les marécages. En humant l'air, j'ai compris qu'il ne s'agissait pas de tabac.

— Yo les gars !

Deuce a plongé sur son fusil qui était calé contre l'accoudoir. Ernie m'a balancé son sourire idiot.

En m'apercevant, Deuce a paru d'abord déconcerté, puis il m'a reconnue. Il a scruté derrière mon épaule, sans doute persuadé de voir débouler Yellen. Son absence l'a déstabilisé. Il a relâché ses épaules d'un millimètre, mais il n'a pas lâché la Remington.

— Hé m'dame, qu'est-ce qui se passe ? a-t-il demandé en jetant son joint.

Son frère continuait à me sourire béatement.

J'ai eu une crampe au ventre. Je déteste avoir à annoncer de mauvaises nouvelles. En particulier, quand il s'agit d'un meurtre.

Deuce l'a lu sur mon visage.

— C'est Buck, c'est ça ?

— Quand l'avez-vous croisé pour la dernière fois ?

Je lui parlais avec douceur.

— Y a deux semaines.

— Est-ce que votre frère a eu un jour le bras cassé ?

— Ah ouais ! a crié Ernie. L'alligator, il l'a croqué.

— Il s'entraînait pour le show, vous savez, pour les touristes. Ce jour-là, l'alligator a plongé en avant plus vite que prévu ! Il a blessé mon frère. Belle fracture ouverte au bras. Le Buck, y z'ont dû l'emmener en ambulance. Y gueulait comme un veau.

Ambulance signifiait hôpital et hôpital signifiait radios.

— Quel hôpital ?

— À Kendall.

— Buck avait-il un tatouage sous l'ongle, comme le vôtre ?

Je connaissais déjà la réponse.

Ernie a hoché la tête avec enthousiasme.

— Ben ouais, c'est l'aîné !

— Qu'est-ce qu'il lui est arrivé ? a demandé Deuce, le regard noir.

— Ce qu'il méritait !

La voix grave et glaciale a surgi de nulle part. Une voix d'homme. J'ai senti l'adrénaline déferler dans mes veines. M'étais-je trompé sur la mort de Buck ? Impossible.

La nuit change radicalement votre perception des choses, elle modifie votre sens de l'orientation. Je n'arrivais même pas à déterminer à quelle distance se tenait ce type.

J'ai scruté l'obscurité. Mon cœur battait fort. J'avais la bouche sèche. Finalement, j'ai perçu un mouvement. À trois heures. À l'orée de la forêt se découpait une silhouette. Un éclair de peau blanche.

Et Scott Pierce est apparu.

J'ai jeté un œil aux deux frères. Ils étaient méconnaissables. La terreur se lisait sur leurs visages.

Je me suis tournée vers Pierce, tous mes sens en alerte maximum.

— La Remington. Balance-la par ici.

Deuce s'est exécuté avant de lever les bras en l'air dans un geste de soumission.

— Ah c'est vous, Pierce, vous m'avez fait sursauter.

Je m'efforçais à parler d'un ton calme, mais les questions se bousculaient dans ma tête.

— Mea culpa.

— Vous êtes un peu en dehors de votre juridiction, non ? ai-je dit en m'obligeant à être ironique.

— On a vite fait de se perdre dans les Everglades. (Il avait les yeux braqués sur Deuce.) Et on a vite fait de merder.

— On a rien fait de mal, a protesté Deuce, presque suppliant.

— Bande de ploucs, vous faites toujours tout de travers !

Pierce s'avançait maintenant à découvert.

— Et pourquoi vous êtes là ? ai-je demandé d'une voix moins assurée.

— J'ai pensé que vous auriez besoin de protection.

J'ai vu le métal de l'arme étinceler dans sa main.

— C'est Yellen qui vous envoie ?

Mon cerveau tournait à plein régime. Des éléments disparates se mettaient en place tel un puzzle. L'humiliation d'avoir été coiffé au poteau par une femme dans un recrutement pour une pub. Les mots d'une feuille de cahier évoquant des noms d'endroits du parc national. Une photo de mannequin portant un vêtement en peau de serpent.

— Oui, c'est Yellen.

Yellen n'était pas au courant de ma venue *ce soir.* Pierce m'avait-il prise en filature ?

— Je vais bien. Vous auriez pu vous économiser toute cette route.

Son comportement hostile au poste central des rangers. La manière dont il m'avait grugée pour que je le laisse seul devant le casier cinquante-trois. Je commençais à comprendre...

— On n'peut pas laisser une fille de la ville se balader toute seule dans le marais, a-t-il prétendu en s'avançant encore. Ça pourrait s'avérer dangereux.

— Yellen ne va pas tarder, ai-je menti.

— Yellen ne viendra pas.

Il s'est approché et j'ai noté chaque détail. La lampe torche à sa ceinture. Le Glock dans sa main droite. Le regard de tueur dans ses yeux. Un renflement dans la poche de sa chemise.

Mon instinct de survie me criait d'agir. Ou de fuir. Au lieu de ça, j'ai campé sur mes positions en essayant de distinguer ce qu'il y avait dans sa poche. Putain ! Du papier en forme de feuille. Des spirales. Un carnet.

Le journal de Kiley James.

— De toute façon, j'allais partir, ai-je déclaré sur le ton le plus détaché qui soit.

Il fallait que je déguerpisse au plus vite. Ce mec avait tué et démembré Kiley James, et sans doute aussi Buck Cypress.

J'ai marché avec assurance en direction de ma voiture.

— Ça ne va pas être possible.

Et il a pointé son Glock entre mes deux yeux.

10.

— Putain, que faites-vous, Pierce ?

J'avais choisi avec soin mon vocabulaire pour éviter de paraître paniquée. Ce que j'étais évidemment. N'importe qui panique avec un flingue pointé sur soi.

— Ce que je fais ? Je règle le problème.

Deuce et Ernie étaient littéralement tétanisés. Aucune aide à espérer de leur part. Ma meilleure stratégie : essayer de gagner du temps et guetter une ouverture. Et puis après ? Faire tout ce qu'il faut pour survivre.

— Vous avez tué Kiley James à cause d'un job de mannequin ?

Pierce a paru surpris de ma remarque. Puis très énervé.

— Ce job, comme vous dites, il était pour moi. Elle me l'a volé.

— Et ça justifie un meurtre ?

— Me venger pour la campagne de pub Eugene, c'était juste la cerise sur le gâteau. Cette garce fouinait dans les affaires des autres, et elle a payé pour ça. La supprimer a été ma récompense.

— Qu'est-ce qui s'est passé ? Elle avait découvert que vous étiez impliqué dans des affaires de braconnage ?

Pierce a inconsciemment roulé sa langue sur ses lèvres, tel un serpent venimeux.

— Je dois une fière chandelle à Yellen. Sans le vouloir, il m'a prévenu pour le journal. Vous comprenez maintenant pourquoi il fallait que je fouille ce foutu casier tout seul ?

(Il a éclaté de rire.) Même si j'ignore comment il aurait pu vous être utile.

— Que voulez-vous dire ?

— Mlle LaFouine avait engrangé les coordonnées de chaque braconnier du marais. Et aussi des preuves. Les lieux. Les dates. Les photos. Elle avait des infos sur tout le monde, sauf sur moi. (Il a secoué la tête en jubilant.) Je n'ai même pas eu droit à une mention honorable. (Il s'est ensuite adressé à Deuce.) Par contre, elle savait tout de toi et de ton grand frère. Elle avait consigné à peu près tout vous concernant, à l'exception peut-être de la longueur de vos bites. Ce crétin de Buck a bien déconné avec ses mains baladeuses. Ça l'a mise en rogne.

— Pierce, elle vous aurait démasqué vous aussi, tôt ou tard.

— La vie, c'est une affaire de bon ou de mauvais timing. (Il a haussé les épaules.) Elle est venue ici pour s'en prendre à Buck quand moi, je descendais un python. Au mauvais moment, au mauvais endroit, vous voyez ?

— Pourquoi t'as tué mon frangin ? (Deuce balbutiait presque en parlant.) Buck, y t'avait jamais rien fait.

— Ton frère était bête comme ses pieds, a-t-il ricané. James connaissait chaque détail de notre combine. La boulette de ton frère m'a obligé à délocaliser toute mon activité.

— Sans compter qu'il avait été témoin du meurtre de Kiley James.

En entendant mes mots, Pierce a décrit un arc de cercle avec son Glock, histoire de bien nous faire comprendre qu'on était tous les trois dans la même galère.

— Avancez. Par là. (Il désignait la forêt de la pointe du canon.) Les mains bien en évidence.

Nous avons obtempéré, et abaissé nos bras le long du corps. La gadoue collait à nos semelles sur le sentier glissant où nous nous étions engagés en file indienne. La végétation créait une espèce de tunnel feuillu au-dessus de nos têtes.

Il faisait nuit noire. La forêt était dense et sombre. Elle bruissait de minuscules bruits, sans doute ceux de petits animaux invisibles, vaquant à leurs occupations nocturnes, perturbés par notre défilé. Sur ma droite, j'entendais le clapotis de l'eau, mais je ne distinguais rien car aucune lumière ne s'y reflétait.

Je suivais les deux frères, Pierce sur mes talons. Sa lampe torche formait une tache ovale et dorée à nos pieds et nous indiquait vaguement la route. Je sentais la présence du canon du Glock dans mon dos. J'imaginais les balles déchirer ma colonne vertébrale, exploser mes entrailles, briser mes côtes. J'imaginais une mare de sang, *mon sang*, s'étalant au sol. J'imaginais mon cadavre abandonné dans un coin isolé du marais, mes amis et ma famille ignorant ce que j'étais devenue.

Il était inutile d'attendre de l'aide de mes compagnons d'infortune. Ernie était un gosse immature et Deuce avait psychologiquement rendu les armes en apprenant la mort de Buck.

J'étais si désespérée que j'ai questionné mon bourreau, persuadée de n'obtenir aucune réponse.

— Comment vous allez expliquer nos trois cadavres ?

— Je ne vous tuerai pas. (J'ai tourné la tête, interdite. Les yeux de Pierce, cruels et froids, me jaugeaient.) Vous allez vous entre-tuer.

— Vous êtes un grand malade.

— Ils découvriront ce journal. (Il a tapoté le carnet dans sa poche de chemise avec une mine satisfaite.) Ils penseront que vous êtes morte au cours de la fusillade. Les frères Cypress seront reconnus coupables. Pas de drame. Pas de pleurs.

— Jamais Yellen ne gobera ça.

— Avancez, a-t-il grommelé en me poussant avec le canon du Glock.

J'ai alors entrepris de ralentir le pas, sans toutefois éveiller ses soupçons.

— Yellen démontera votre mise en scène en un clin d'œil.

— De quelle scène parlez-vous ? Il ne restera pas grand-chose au matin. Nous sommes dans le marais, je vous rappelle.

— On a pourtant bien retrouvé Kiley et Buck.

Je revoyais en pensée leurs restes méconnaissables. Mais je m'efforçais de rester calme.

— Un coup de bol, c'est tout. De toute façon, ça n'a plus d'importance. Le marais se chargera de charrier vos cadavres. Et sinon, le journal de Kiley permettra d'expliquer votre rendez-vous à tous les trois.

Devant moi, hormis les reniflements d'Ernie qui pleurait, je n'entendais que leurs bottes couinant dans la boue.

— Pas besoin de la tronçonneuse cette fois. Pas de carnage. Pas de chair sanguinolente. (La voix de Pierce était froide et détachée. Un vrai psychopathe.) C'est presque trop facile.

Une armée de moustiques (des psychopathes, eux aussi) se régalait dans mon cou et sur mes bras. Mon cerveau passait en revue toutes les possibilités. Me retourner brusquement et le frapper au bon endroit ? M'enfuir dans la forêt ? Plonger dans le marais ?

Les bois étaient d'une noirceur d'encre. Quelle heure pouvait-il bien être ? 20 heures ? 21 heures ? En ne me voyant pas rentrer, Lisa aurait-elle eu l'idée de prévenir Yellen ? Viendrait-il ici ? Combien de temps avant qu'il ne nous retrouve ?

Le sentier a débouché sur une clairière. Le ciel se couvrait d'étoiles mais point de lune ce soir.

J'ai pu cependant distinguer un amoncellement de caisses en bois ajourées, recouvertes de grillages à poules. On aurait dit des pièges à crabes sauf que dedans un autre type de pensionnaires y dormaient. Des serpents.

Le QG des opérations !

Les caisses étaient empilées sur trois ou quatre niveaux. Il devait y en avoir pas loin de deux cents.

— Quelqu'un veut-il faire un câlin à un python ?

Son rire était celui d'un fou furieux.

Un flot de panique pure a irradié mon corps. Je me suis figée. Le canon de l'arme est venu caresser l'espace entre mes deux omoplates.

— Continuez à marcher !

Il nous a obligés à suivre le sentier qui reprenait de l'autre côté de la clairière. Plus étroit à présent. Mes cheveux s'accrochaient dans les branchages. Les moustiques s'en donnaient à cœur joie.

Je ne cessais de scruter les ténèbres autour de moi à la recherche d'une brèche possible, d'une chance que je pourrais saisir. Fuir...

Mon cerveau a enregistré une image. Une forme conique. Un aven ? Je n'avais aucune idée de la largeur ni de la profondeur du gouffre, mais je devais tirer parti de cette trouée dans la végétation. Le plan était risqué, mais ça valait mieux que la perspective de mourir. Je ne disposais que de quelques secondes.

Profonde inspiration. Concentration. Attendre le moment favorable. *Maintenant !* J'ai poussé à deux mains Ernie qui a percuté son frère. Les deux ont roulé à terre, membres entremêlés.

Sans hésiter, j'ai piqué un sprint sur ma droite en direction de la cavité naturelle. J'ai sauté par-dessus l'aven, libérant l'air de mes poumons, et j'ai atteint l'autre côté en effectuant un roulé-boulé. La pente me facilitait la tâche.

Derrière moi, des coups de feu. Préparée à recevoir du plomb, je me suis remise debout en chancelant. Et là, j'ai tracé ! Je cavalais à toute vitesse. Les buissons mordaient ma peau, les arbustes retenaient mes cheveux, les racines agrippaient mes chevilles. Peu importait !

De la distance. M'éloigner. De la distance. M'éloigner. De la distance. M'éloigner. C'était devenu mon nouveau mantra.

Je courais à perdre haleine. Le sang battait à mes tempes.

À nouveau, un coup de feu. Plus sourd. Dirigé dans une autre direction ?

Un cri.

Un craquement. Des bruits de pas lourds.

Je privilégiais toujours la vitesse. Je ne cessais pourtant de trébucher dans le noir, d'écraser des branchages, de rebondir dans des flaques de boue.

J'ai aperçu des grands chênes. Je suis allée m'adosser contre un large tronc, histoire de reprendre mon souffle. J'avais mal partout. De la sueur coulait de mon front et me piquait les yeux.

Je tentais de maîtriser l'affolement de mon rythme cardiaque et guettais le signe d'un éventuel poursuivant.

Le moindre bruit me paraissait suspect. Était-ce le frémissement du vent dans les feuilles des arbres ou le chuintement d'un serpent glissant entre les herbes ? Un coassement de grenouille ou le grognement d'un alligator ? Le cri d'un oiseau des marais ou le cliquètement d'une arme de poing ?

J'ai fermé les paupières pour essayer de visualiser le chemin de terre que j'avais emprunté en voiture. Impossible à retrouver. Autant continuer dans la même direction, je finirais bien par tomber sur le canal ou sur une route. Un pied devant l'autre cette fois, lentement et en mode furtif.

Tout à coup, moins d'arbres... Le sol s'est brutalement dérobé sous mes pieds et je suis tombée dans l'eau, de la boue jusqu'aux genoux.

J'étais parvenue à la fin du hammock. Finalement, je ne regrettais pas la nuit sans lune, car ainsi à découvert, j'aurais été visible de loin. Je suis revenue en arrière et j'ai grimpé sur la rive en m'accroupissant derrière des fourrés.

— Nom d'une buse assoiffée !

Une voix désincarnée venait de jurer. Que faire ? Je suis redescendue dans l'eau mais les herbes du marais ne m'offraient qu'une maigre cachette. Nager ? Et les alligators alors ?

— Pas un geste, m'a ordonné une voix.

Ça n'était pas celle de Pierce. Mais qui ?

Tout doucement je me suis agenouillée dans la gadoue et j'ai cherché à tâtons un bout de bois, une pierre, n'importe quoi pouvant me servir d'arme.

— Vous en faites un raffut !

Voix familière. Un homme. Ami ou ennemi ?

— Jordan ? C'est vous ?

— Qui va là ?

— Tempe.

Pas de réponse.

— Le docteur des os.

— Que foutez-vous dans le marais à une heure pareille ?

De l'eau clapotait. Tout près. Je ne voyais toujours rien.

J'étais sur le point de lui répondre lorsque quelque chose de lisse et de compact a frôlé mon bras sous l'eau. Compact et long. Très long.

Cœur battant à tout rompre. Gorge nouée.

— Putain ! À cause de vous, j'en ai raté un de cinq mètres !

L'ombre d'un géant s'est matérialisée sur le bord de la rive et m'a hissée sur le hammock.

— Une seconde de plus, et je l'avais ! Merde !

— Oh... taisez-vous, par pitié...

Je ne savais comment lui dire qu'il allait nous faire repérer.

— À quoi ça rime, hein, vos petites acrobaties dans la flotte ?

— Écoutez-moi bien. (J'avais plaqué mon visage à deux centimètres du sien en chuchotant. Il s'est aussitôt calmé.) Scott Pierce a assassiné Kiley James et Buck Cypress. Et maintenant il veut me tuer ainsi que les deux autres frères.

— Le flic du NPS ? a-t-il répondu, interloqué, mais d'une voix nettement moins tonitruante.

— Croyez-moi ou pas, ce mec est fou. Fou et dangereux. Il est armé. Où est votre overboat ? Il faut dégager d'ici au plus vite.

De son pouce, il a désigné un point dans son dos.

— Alors on y va. *Maintenant.*

On n'a pas entendu venir Pierce avant que la balle ne frappe Jordan. Ce dernier a chancelé et basculé dans le marais. Je me suis laissée glisser à ses côtés pour me tapir derrière lui.

Pierce a déboulé du hammock, tenant son Glock à deux mains. Je m'apprêtais à plonger sous la surface lorsque Jordan s'est brusquement redressé des eaux sombres tel un monstre des marécages, bras tendu, une arme pointée sur Pierce.

Jordan a pressé la détente. Pierce a reculé, une tache sombre s'épanouissant sur sa poitrine. Le chasseur a campé sur ses positions, pieds écartés, arme prête à refaire feu. Le ranger a vacillé sur ses jambes avant de tomber à la renverse dans le marais.

Des ridules mouvantes et régulières se sont dessinées sur l'eau. Une forme sombre et oblongue serpentait sous la surface.

Pierce s'est redressé pour soulever son revolver.

L'alligator a attaqué.

Le ranger s'est reculé mais l'énorme reptile a jailli hors de l'eau et a refermé ses mâchoires sur son bras. Le cri du malheureux a été aussi horrible que bref.

Puis la bête l'a entraîné avec lui. Pierce s'est débattu un temps, mais l'animal le tirait sous l'eau, inéluctablement.

Impuissante, je refusais de regarder, et en même temps, je n'arrivais pas à détacher mes yeux de la scène. C'était affreux. Un horrible glouglou pendant quelques secondes. Une éternité. Puis plus rien.

Les eaux noires s'étaient refermées, emportant avec elles leur terrible secret. J'ai regardé Jordan. Il était pétrifié de peur. Moi, j'avais juste envie de vomir.

— Est-ce que... ? ai-je bafouillé.

Je n'ai pas pu achever ma phrase.

— Sortez vite de l'eau, m'dame, dépêchez-vous.

Il m'a aidée à remonter sur la terre ferme en me tendant une de ses énormes paluches, et ce, avec une étonnante douceur. Son autre bras était tordu selon un angle tout à fait inhabituel. Son tee-shirt était ensanglanté au niveau de la clavicule gauche.

Il a remarqué mon visage blême et dit :

— Qu'auriez-vous pu faire ?

Je ne savais quoi répondre.

— Assez d'émotions pour cette nuit. Retournons à mon bateau.

11.

— Comment s'est passée ta journée ? ai-je crié depuis mon hamac en entendant coulisser la porte vitrée du patio.

Lisa s'est laissée tomber sur un fauteuil et a balancé ses chaussures.

— En plus des intestins de python, j'ai dû étudier un colvert qui avait percuté le Ford pick-up d'un ranger.

— Du canard grillé pour ce soir ?

Elle a éclaté de rire.

— On va s'en tenir aux tacos. (Son visage est redevenu sérieux.) Tempe, comment tu te sens ?

Lisa me couvait depuis ma soirée « ball-trap de folie dans les Everglades ».

— Je pète la forme !

En vérité, oui, j'étais en forme. J'avais passé trois jours à me faire des méga grasses matinées, à me régaler de plongée sous-marine avec masque et tuba, à bronzer sur la plage et à lire dans le hamac. Enfin, pour tout vous avouer, le plus souvent j'y faisais la sieste, livre ouvert posé sur ma poitrine. J'appelle ça, lire par osmose. J'étais même retournée dans le parc national pour une randonnée. Finalement, mes vacances dans les Everglades n'étaient pas si calamiteuses.

— Tu veux en parler ? a-t-elle demandé sur un ton qui se voulait désinvolte.

— Lisa, ne t'inquiète pas. Mon seul problème, c'est que je me suis coupée avec une feuille de papier en voulant écrire à Katy. (J'ai brandi mon index.) Que veux-tu savoir ?

— Tout ! (Elle avait patienté trois jours avant de me questionner, persuadée que j'étais traumatisée.) Tout ce qui est arrivé cette nuit-là dans les marais. Et aussi avant ! Pourquoi le ranger a-t-il agi de la sorte ?

— Scott Pierce était le roi du braconnage. C'est assez ironique, vu qu'il était censé le combattre. Kiley James en a eu vent à cause des sœurs Eugene, des stylistes haut de gamme spécialisées en peausserie. Ces idiotes lui ont proposé un jour un shooting photo où elle devait porter un pantalon crème en peau de serpent. La peau de ses bêtes a des motifs reconnaissables, et manque de bol, le pantalon avait été fabriqué certes avec la peau d'un python, mais pas n'importe lequel ! Les rangers lui avaient implanté quelques mois plus tôt une micropuce électronique avant de le relâcher dans le parc national.

— Attends, je croyais que le but de la manœuvre, c'était de les tuer ?

— Il s'agissait d'une opération de traçage sur une sélection de mâles comme ils en programment parfois en période de reproduction. Ainsi, avec la puce, ils pourront plus tard localiser non seulement le python relâché, mais tout le regroupement de serpents, et surtout les femelles *avant* qu'elles ne pondent. Ça leur permet d'en attraper une grosse quantité en une seule fois.

— Tu veux me faire croire que Kiley a reconnu un python par la forme de ses dessins ?

— Au-delà des dessins, il y a aussi la coloration, les taches. Celui-ci était un python albinos, assez reconnaissable. (J'aurais parié que les sœurs Eugene avaient flashé sur ce beige-blanc ton sur ton !) Et Kiley savait que les pythons aiment rester dans le secteur où ils chassent. Ils ne s'éloignent jamais au-delà d'un périmètre d'une trentaine de kilomètres. Elle savait par conséquent que le python en question appartenait au parc national. (Je commençais à me spécialiser en herpétologie.) Les notes sur la feuille déchirée que j'avais découverte n'étaient que les coordonnées GPS du python albinos, obtenues à partir des indications de la puce.

— Et chasser dans le parc est illégal, c'est ça?

— Pire, c'est un crime. Kiley avait engagé une croisade personnelle contre les braconniers. La seule raison pour laquelle elle a signé son contrat de mannequinat avec Eugene était pour alimenter sa croisade en se plaçant au cœur du problème.

— Comment a-t-elle réussi à suspecter Pierce?

— En réalité, celui qu'elle avait en ligne de mire, c'était Buck Cypress. En exploitant les données de localisation du python albinos, elle avait installé un maillage de surveillance autour des différents lieux en question. Elle a chopé Buck en train de tirer sur une femelle.

— Buck bossait pour Pierce?

— Exactement.

— Les rangers sont supposés protéger la vie sauvage. (La voix de Lisa trahissait son dégoût et sa révolte.) Pourquoi a-t-il fait une chose pareille?

— Pour la même raison qui pousse des gens à en assassiner d'autres : l'argent. Pierce travaillait dans le secteur dédié aux pythons. C'était un spécialiste, et à ce titre il n'ignorait pas que le trafic clandestin des peaux de reptiles rapporte chaque année un milliard de dollars.

— T'es sérieuse?

— Les créateurs de mode européens sont raides dingues de la peau de serpent. Résultat, en Indonésie, en Malaisie, au Cambodge et au Vietnam, les pythons sont rapidement devenus une espèce en voie de disparition.

— Et ça a fait grimper les prix et créé un marché noir?

— Bingo! Les sœurs Eugene achetaient local et pas cher. Et pas seulement du python. Des alligators aussi.

Le *Miami Herald* avait fait ses gros titres sur la descente de police opérée à l'usine de production Eugene. J'avais particulièrement apprécié à la une du journal la photo des quatre jeunes femmes cachant leurs si doux visages au sortir des locaux de la police criminelle. Sous la photo, la légende « Les écorcheuses de serpents » était un pur bonheur. Voilà une campagne de communication pour leur marque dont elles se seraient bien passées.

— Dis-moi, Tempe, avec l'essor de la chasse autorisée, n'y a-t-il pas suffisamment de peaux vendues légalement ?

— Non, pas assez pour se faire un gros paquet de fric, légalement ou pas. Surtout depuis l'interdiction de collecter dans le parc national.

— Mais Pierce le faisait. Il chassait dans le parc !

— Pire que ça. Il capturait des femelles pour la reproduction.

— Et l'élevage est également interdit ?

— Absolument. Encourager la reproduction pour en faire commerce est formellement interdit par les lois fédérales. Tu risques jusqu'à cinq ans de prison.

— Toutes ces nouvelles lois pour s'attaquer au problème de la prolifération des pythons, ça revient à refermer la porte de la cage une fois que l'oiseau s'est envolé ! a-t-elle soupiré. En d'autres termes, le mal est fait, et c'est trop tard.

— Tu as raison. En outre, tant de réglementations créent les conditions idéales pour que se développe un marché parallèle. Les éleveurs actuels bénéficient de droits acquis, mais ils ne peuvent ni transporter ni vendre de serpents d'un État à l'autre. En Floride, pour être propriétaire d'un python, il faut un permis coûtant cent dollars par an. Si le serpent a un diamètre de plus de cinq centimètres, une micropuce de traçage doit lui être implantée. Les propriétaires doivent également faire preuve de leur aptitude à s'occuper des pythons. Aux États-Unis, les gens qui adorent les serpents sont très nombreux et très actifs, y compris l'association des éleveurs de reptiles. Ils ne sont pas les derniers à faire entendre leur voix dès qu'ils estiment les lois trop restrictives.

— C'est pour ça que beaucoup veulent n'en faire qu'à leur tête.

— Pour ça et pour le fric.

— Pierce faisait ça pour l'argent. Mais les frères Cypress, comment ils s'intègrent dans le paysage ?

— Ils géraient les tâches subalternes, quotidiennes. Les policiers ont découvert chez eux des cages remplies de femelles reproductrices, et de bébés serpents. Ils les nourrissaient, les tuaient, les écorchaient. Ils avaient même un atelier pour traiter les peaux. Ils s'occupaient aussi des livraisons.

— Alors pourquoi Pierce a-t-il tué Buck ?

— Sans le témoignage de Kiley et de Pierce, et même de Buck, c'est difficile d'affirmer les choses avec certitude. On suppose que Kiley s'était rendue chez Buck pour le confondre. Sur ces entrefaites, Pierce apparaît. Elle fait le rapprochement et comprend tout de suite la situation. Pierce la tue. Puis il élimine le seul témoin du meurtre : Buck. Les adjoints du shérif ont trouvé une tronçonneuse dans un cabanon au fond du jardin du ranger. Les traces de sang dans la lame correspondent. Ce mec était un parfait sociopathe.

— Les beaux gosses le sont souvent, a conclu Lisa en rigolant. Allez ! Je ferais mieux d'aller me faire belle, puisque ce soir, on sort !

À ce moment précis, on a entendu sonner à la porte.

— J'y vais, Lisa. Va vite te préparer.

J'ai roulé sur moi-même pour me dégager du hamac et traversé toute la maison jusqu'à la porte d'entrée.

Le shérif Yellen était sur le perron.

— Salut, Doc !

Je lui ai fait signe d'entrer et il m'a suivie à la cuisine. Perché sur un tabouret, il m'a paru fatigué.

— Rude semaine, hein ? Vous avez pincé votre dealer incendiaire, fermé un labo de fabrication de drogue, résolu deux meurtres et démantelé un réseau de trafiquants de peaux de reptiles.

— Bof. C'est la Floride... Vous rentrez bientôt ?

— Demain.

Je songeais aux coups de fil reçus du Bureau du médecin légiste du comté de Mecklenburg, au coup de fil que je n'avais pas reçu d'Andrew Ryan. Je me demandais où il était. Ce qu'on se dirait tous les deux si jamais il m'appelait.

Ah... oublie tout ça pour ce soir.

— Avez-vous repêché le corps de Pierce ?

— Non. Et il y a peu de chances que ça arrive. Les alligators enfouissent leur proie une fois qu'ils l'ont noyée. Il y a de fortes probabilités pour que son cadavre pourrisse sous un tronc d'arbre immergé.

Très bien.

— Et les frères Cypress ?

— Ces pauvres ploucs sont soit trop bornés, soit trop stupides pour mourir. Pierce leur a tiré dessus avant de vous poursuivre ; ils ont perdu beaucoup de sang, mais ils vont s'en sortir.

Moi aussi, j'espère... Les moustiques m'avaient pompé un quart de mon sang.

Yellen a poursuivi son debrief.

— Ernie sera relaxé au motif qu'il est mentalement diminué. Il ne comprenait même pas ce que ses frères trafiquaient. Quant aux meurtres, il n'était pas au courant du tout. D'ailleurs, il n'a pas de casier judiciaire. Deuce, c'est une autre histoire. À mon avis, il va écoper assez pour deux.

— Il est inculpé pour assassinat ?

— Non. Juste pour braconnage et élevage clandestin. L'accusation de meurtre concerne Pierce. Je remercierai le prochain alligator que je verrai pour avoir permis d'économiser l'argent du contribuable dans un procès.

Il y a eu un petit silence gêné.

— Jolie chemise au fait, Yellen. Originale...

Il avait mis une chemise hawaïenne rose et bleue qui ressemblait à une nappe de jour de fête.

— C'est mignon, votre coiffure, a-t-il rétorqué.

— J'ai voulu me faire belle pour mon premier rodéo.

Il a souri en me montrant les quatre places pour le spectacle de rodéo auquel il nous invitait. Les billets étaient estampillés : « Championnat de rodéo de Homestead ».

— Considérez, au nom du grand État de Floride, qu'il s'agit de votre salaire.

— Jordan nous rejoint là-bas ? ai-je demandé en ramassant mon sac à main.

— Et comment ! Il brûle d'impatience de monter sur un taureau !

— Je suis prête ! a crié Lisa en nous rejoignant, vêtue d'un tee-shirt, d'un jean et d'un chapeau de cow-boy. Allons voir comment s'en sortent nos machos locaux !

Finalement la Floride, c'était une super destination de vacances !

Note de l'auteur

Le projet *Les os du marais* s'est formé alors que je me trouvais dans un embouteillage monstre, aux heures de pointe. Tandis que j'enrageais toute seule dans ma voiture, j'écoutais une émission à la radio – sur NPR pour être précise – où une spécialiste en ornithologie médico-légale, le Dr Carla Dove, expliquait comment elle procédait à l'identification des plumes au sein de son laboratoire du Smithsonian. Cela a retenu toute mon attention car le Dr Dove, la bien nommée – puisque son patronyme signifie *colombe* –, appliquait, comme je le fais, ses connaissances théoriques (ou comme le dirait l'agent Seeley Booth dans la série TV *Bones*, « ce regard pointu ») aux vrais problèmes de la vraie vie.

De la même manière que l'héroïne de mes romans, le Dr Temperance Brennan utilise les os du squelette pour identifier des victimes humaines, le Dr Dove utilise son expertise pour identifier l'espèce d'un oiseau à partir des « restes » de ses plumes. Toutes les deux cherchent à attraper le coupable. Dans le cas de Tempe, ce sont des meurtriers. En classifiant les oiseaux happés dans des moteurs d'avion (autrement dit, le « risque aviaire »), le Dr Dove aide l'industrie aéronautique à construire des moteurs appliquant de nouvelles normes de sécurité. Son action auprès des responsables de terrains d'aviation est également déterminante. Les informations qu'elle leur fournit sur telle ou telle espèce leur permettent de mieux gérer les abords des pistes et de diminuer ainsi le risque de collision entre des oiseaux et les avions.

L'émission sur la NPR se centrait sur une forme différente de risque : des oiseaux victimes de prédateurs embusqués. Plus exactement, il s'agissait de la prolifération du python birman dans les Everglades. Originaire d'Asie du Sud-Est, le python birman est un des serpents les plus longs au monde. Alors que font ces géants en Floride ? Ils ne sont certainement pas venus là pour visiter le royaume enchanté de Disneyland.

Pour en arriver là, il s'est produit plusieurs événements concomitants. Un propriétaire de python peu scrupuleux qui se débarrasse de son « animal de compagnie » en le relâchant dans la nature. L'ouragan Andrew qui s'abat avec une violence inouïe sur le sud de la Floride, libérant les pensionnaires de plusieurs zoos. Ou encore, des pythons qui s'échappent de locaux dévastés (par ce même ouragan) dans un élevage de reptiles. Et où se sont enfuies toutes ces charmantes créatures, je vous le demande ? Dans les Everglades !

Si nous ne savons pas exactement comment ces serpents se sont retrouvés dans les marais, il semble évident que la vie dans cet endroit convenait parfaitement au python birman. Ils se sont reproduits à grande échelle sur les six mille kilomètres carrés des Everglades. Les estimations de leur population varient de quelques milliers à cent cinquante mille. Avec leur capacité à pondre jusqu'à une centaine d'œufs par an, et l'absence de prédateurs naturels, leur nombre est appelé inévitablement à augmenter.

Ces bêtes sont impressionnantes. En moyenne, les adultes atteignent une longueur comprise entre un mètre quatre-vingts et deux mètres quatre-vingts. Elle peut aller jusqu'à six mètres cinquante pour un poids de quatre-vingt-dix kilos. Le plus grand python jamais attrapé en Floride mesurait cinq mètres soixante-dix.

Côté alimentation, ils se débrouillent pas mal. Le python birman est un prédateur alpha. Il se nourrit de *tout :*

ratons laveurs, lapins, lynx, roitelets, ibis, hérons, opossums, chevreuils, et même des alligators et des pumas. Dans les coins où ils règnent en maîtres depuis longtemps, la population de ratons laveurs a chuté de 99 %, celle des opossums de 98 % et celle des lynx de 87 %. Le lapin palustre – aussi appelé lapin des marais – le lapin d'Amérique, le renard, ont presque disparu. En 2012, le python birman a été ajouté sur la liste définie par une loi fédérale du ministère de l'Environnement pour empêcher et contrôler les espèces invasives. Le Lacey Act interdit tout commerce entre États, et toute importation de certains animaux bien précis. Pourtant, dans le cas du python birman, ça revient à refermer la porte de la cage une fois que l'oiseau s'est envolé !

En 2013, la Commission de conservation de la faune et de la flore de Floride a eu l'idée d'organiser un concours : le Python Challenge. Toute personne en mesure de payer un droit d'entrée de vingt-cinq dollars et ayant l'envie de chasser des serpents pouvait capturer et tuer les envahisseurs. Cette compétition qui s'étale sur un mois est couronnée de divers prix : le plus de serpents tués, le plus long, le plus gros, etc. Les participants se répartissent en deux catégories bien distinctes : les professionnels qui ont un permis de chasse propre à la région, et les autres, M. Tout-le-Monde. Le rassemblement regroupe mille six cents chasseurs venant de trente-huit États différents. Et même du Canada. Combien cette armée a-t-elle récolté de dépouilles ? Des milliers, n'est-ce pas ? Pas du tout ! Soixante-huit ! La majeure partie ayant été faite par des baroudeurs du marais. Dix-huit par une seule personne, Ruben Ramirez, un vieux de la vieille, détenteur d'un permis de chasse depuis des lustres.

Estimant que l'expérience avait été un franc succès, la Floride a réitéré la compétition en 2016. Cette fois, on demandait aux participants de suivre un stage de formation en ligne et d'obtenir au moins 80 % des bonnes réponses à un quiz de contrôle. Plus d'un millier de participants ont obtenu un B moins ou une note supérieure. Ils ont donc pu se présenter à la compétition. Rendement global : cent six pythons.

Pourquoi un résultat aussi dérisoire a-t-il été considéré comme une réussite ? Pour une part, cela a permis de sensibiliser le grand public. C'est là qu'intervient encore le Dr Dove. Au cours des deux éditions du Python Challenge, la Commission de conservation de la faune et de la flore de Floride a ordonné que soit pratiquée une nécropsie de chaque serpent capturé.

La raison en est la suivante.

En tant que plus vaste région sauvage subtropicale des États-Unis, le parc national des Everglades fournit un habitat naturel pour un large éventail de bêtes qui marchent, volent ou nagent. Beaucoup parmi elles sont des espèces en voie de disparition. Le lamantin, le crocodile d'Amérique, un rongeur, le *Neotoma floridana,* le Tantale d'Amérique et un puma au nom amusant, le cougar de Floride. Ces animaux et ces oiseaux ne sont pas habitués à avoir pour prédateur le python. Ils n'ont pas acquis de réflexes instinctifs de défense. L'étude post mortem de ces pythons est utile pour savoir quelles espèces courent le plus grand risque de terminer gobées par ces reptiles.

Des « restes » de plumes retrouvées dans l'estomac de pythons ont été envoyés au Feather Identification Lab – le laboratoire d'analyse des plumes au sein du célèbre institut Smithsonian. Le Dr Dove a ainsi identifié vingt-cinq espèces d'oiseaux dans les intestins des pythons, en particulier cette belle cigogne en voie d'extinction qu'est le Tantale d'Amérique.

Et j'en reviens à moi, coincée dans mon embouteillage. Plus j'y réfléchissais, plus je trouvais cela fascinant, quoique morbide. Et je me suis dit qu'il y avait vraiment une histoire à écrire là-dessus. Que se passerait-il si le résultat d'une nécropsie produisait un os qui ne devrait pas être là ? Si cet os était un os humain ? Je me suis interrogée : quel impact a la digestion d'un serpent sur des os humains ? Je me suis demandé comment Tempe réagirait face à ces pythons, face à leurs yeux dénués de paupières...

Pour en savoir davantage
sur le problème du python birman dans les Everglades
myfwc.com/wildlifehabitats/nonnatives/python

Remerciements

Comme toujours, j'ai une dette immense envers celles et ceux qui m'ont apporté leur aide précieuse pour l'écriture de ma nouvelle *Les os du marais.*

Je remercie le Dr Carla Dove pour les informations fascinantes qu'elle m'a fournies en matière d'ornithologie médico-légale. Elle dirige le Feather Identification Lab – le laboratoire d'analyse des plumes – au Smithsonian.

Je dois beaucoup au Dr Skip Snow, biologiste à la retraite qui a longtemps travaillé pour l'Everglades National Park. Il a une connaissance exhaustive des pythons, et de tout ce qui concerne les Everglades et leur faune.

Ma gratitude va également à un ranger extraordinaire du parc national, Pete Lundberg, qui m'a expliqué en détail les actions menées par le NPS, le National Park Service.

Enfin, je veux remercier ma fille – et auteur de plusieurs romans dont *L'Épopée du perroquet* – Kerry Reichs. Elle a attiré mon attention sur cette histoire de pythons birmans dans les Everglades. Je loue aussi ses incomparables compétences en recherche de documentation.

Si malgré cela des erreurs ou des inexactitudes persistent, elles m'incomberaient entièrement.

Les os de glace

1.

Le véhicule funéraire a reculé en douceur jusqu'au sas du quai de déchargement, sombre et désert, situé à l'arrière de la morgue. Équipement standard : ces voitures-là n'ont pas besoin de gyrophares ni de sirènes hurlantes. Le logo de la société « International Mortuary Shipping » apparaissait sur les deux côtés du break aux vitres obturées et ne laissait planer aucun doute sur la mission qui était la sienne. J'imaginais assez bien ma fille Katy baptisant l'activité de ce transporteur de restes humains depuis l'étranger de « rapatriement sur roulettes ».

Les portes ont coulissé. Deux techniciens en uniforme ont sauté à terre et se sont dirigés vers l'arrière du véhicule. Le plus grand avait le crâne rasé, entaché de vilaines cicatrices. Le plus petit avait une coupe à ras et des tatouages tout le long de l'avant-bras jusqu'à ses manches, roulées au coude.

Les deux employés travaillaient avec rapidité et efficacité. Ils ont soulevé la porte arrière et tiré à eux une forme oblongue, emballée dans un carton. C'était le conditionnement réglementaire pour le rapatriement en avion d'un cercueil de ce type. Ils l'ont déposé sur mon brancard.

J'ai enfilé une paire de gants en faisant claquer le latex et me suis approchée. Sur la surface extérieure du carton, on pouvait lire la mention imprimée « RESTES HUMAINS ». L'autre inscription, aussi sinistre indiquait « TÊTE ».

Crâne Rasé m'a tendu une écritoire à pinces contenant un amoncellement de feuilles imprimées. J'avais sous les yeux un certificat de décès, un permis de transit, une autorisation d'inhumer, un document de l'ambassade américaine pour le rapatriement du corps, un certificat de non-contagion, une dispense d'embaumement.

J'ai glissé la paperasse sur le côté du brancard. J'ai utilisé mon couteau X-Acto – ça ressemble à s'y méprendre à un cutter de graphiste – pour trancher les liens en plastique qui cerclaient le carton que j'ai ainsi pu ouvrir. Dedans, il y avait un caisson réfrigérant en acier et en zinc.

J'ai débloqué les verrous papillon afin de pouvoir soulever le couvercle du conteneur. Un sifflement et une bouffée de vapeur glaciale s'en sont échappés. Après avoir soulevé la grosse compresse de gel sous zéro qui recouvrait son contenu, j'ai cherché à tâtons sous cette couverture réfrigérée l'étiquette d'identification de la housse mortuaire. La housse orange était chiffonnée comme si son occupant s'était agité durant son voyage de retour au bercail. J'ai farfouillé un moment et ai réussi à mettre la main sur l'étiquette recouverte de givre que j'ai essuyée. Puis j'ai vérifié que le nom et les références correspondaient bien à ceux des documents.

— Est-ce que vous devez récupérer le caisson ?

Ma question s'adressait aux deux, mais c'est Bras Tatoué qui m'a répondu :

— Usage unique.

— C'est un peu du gâchis, ai-je dit en promenant mon regard sur le conteneur réfrigérant en métal.

— Mon grand-père en utilisait un tout pareil pour stocker les poissons qu'il pêchait.

Crâne Rasé a jeté à son collègue un regard de désapprobation. Puis il s'est adressé à moi :

— Si c'est tout, m'dame... On va y aller.

Un autre cadavre attendait quelque part. Un autre passager qui ne se plaindrait pas.

— C'est tout, merci.

Crâne Rasé a fait démarrer la fourgonnette, pendant que Bras Tatoué refermait la porte arrière avec un double *bong* et grimpait sur le siège passager. Petit signe d'au revoir, et les voilà repartis, me laissant avec ma cargaison gelée.

J'ai traversé le sas d'entrée en poussant le brancard, soulagée d'apercevoir au loin Tim Larabee, le médecin légiste en chef du comté de Mecklenburg, et donc mon patron, lequel venait à ma rencontre. Il se déplaçait avec cette démarche chaloupée qu'ont les coureurs à pied, car, depuis des années, il entretenait une passion dévorante pour la course de fond. Comprenez, le marathon était chez lui davantage qu'un engagement absolu, c'était une *réelle addiction*!

— Où tu veux que je m'installe aujourd'hui?

— Emmène-la en salle cinq.

Les nouveaux locaux clinquants du Bureau du médecin légiste du comté de Mecklenburg, autrement dit le MCME, ont été construits en 2008 et conçus avec ce qui existait de mieux en matière de réglementation LEED – le système américain de standardisation de bâtiments à haute qualité environnementale. Le MCME est super fier d'avoir une unité de chambres froides et quatre salles d'autopsie standard. Deux salles d'autopsie supplémentaires sont équipées d'un système de ventilation spéciale pour s'adapter aux cadavres les plus odorants, à savoir, les «décomposés» et les corps en putréfaction qui peuvent être potentiellement contaminés. L'une d'elles est la salle cinq que j'appelle «la salle qui pue». Elle possède sa propre chambre froide.

— Rappelle-moi pourquoi j'ai tiré le gros lot à la loterie?

Je ne m'essoufflais pas encore, mais je n'en étais pas loin. Ma cargaison pesait lourd et, en plus, ce chariot avait une roulette à moitié fichue.

Larabee m'a regardée avec étonnement, sans pour autant ralentir le pas.

— Je suis anthropologue médico-légale. Je m'occupe des os. (J'ai tendu le menton pour désigner mon chargement.) À ton avis, cette nouvelle cliente entre-t-elle dans cette catégorie?

— Bon... C'est vrai... Pas exactement, a-t-il admis avec un demi-sourire. Mais, Tempe, tu es la Reine des neiges !

J'ai écarquillé les yeux en entendant cette vieille blague éculée. Mon patron faisait allusion à mon autre poste d'anthropologue médico-légale pour le compte du Bureau du coroner de la Province de Québec. Oui, je partage mon temps entre Charlotte, en Caroline du Nord, et Montréal. Une longue histoire.

Je l'avoue, c'est le grand écart. Un gouffre, même. Une langue différente, une ville différente, un labo différent et un système judiciaire différent. Et le gros bémol : des climats radicalement différents ! Quand la température frôle les quinze degrés, les habitants de Charlotte se jettent sur leurs vestes et leurs gants. Les Québécois, eux, sortent de chez eux en sandales et en short.

Au nord du 48e parallèle, la mort peut survenir de manières rarement concevables dans les États du Sud. Le chasseur surpris dans une soudaine tempête de neige. L'ivrogne qui sort en chancelant d'un bar. La conductrice pas assez chaudement habillée qui quitte son véhicule en panne. Le gosse encore en couche-culotte qui s'aventure dehors dans la nuit. L'hiver glacial signifie hypothermie et corps gelés.

De tels cas ne nécessitent pas d'ordinaire mon expertise. Le froid tue, mais il préserve aussi. Moi, je m'occupe des victimes mortes depuis longtemps. La famille immergée dans un lac glacial depuis les années cinquante. Le skieur momifié depuis une décennie et qu'une avalanche délivre de la montagne. L'étudiant tombé par accident dans un puits de ventilation et retrouvé lyophilisé au bout de cinq hivers. Entre alors en action votre servante, la Reine des neiges de la Caroline du Nord au climat si doux.

— Tu sais quelle est la récompense pour le vainqueur du concours du plus grand mangeur de tartes ?

À nouveau, regard surpris de Larabee.

— Une tarte supplémentaire.

— Tempe, ils ont exigé que ce soit toi. *En personne.*

— C'est ce que tu m'as expliqué.

J'ai pivoté, poussé les portes battantes avec mon derrière, et pénétré dans la salle d'autopsie cinq. Pendant que Larabee m'aidait à manœuvrer le brancard, je repensais à notre conversation de la nuit dernière. Il m'avait téléphoné alors que j'étais au *Peculiar Rabbit* en train de dîner avec ma meilleure amie, Anne Turnip. Un vendredi soir sympa. Un restau branché. Je discutais avec Anne du voyage que nous prévoyions de faire aux îles Turks-et-Caïcos dans les Caraïbes. Ne plus penser à Ryan. Ne plus penser à sa demande en mariage. Bref, on profitait bien du moment. Et le coup de fil de Larabee avait sacrément plombé l'ambiance.

Rien qu'au son de sa voix, j'avais su que les mauvaises nouvelles allaient pleuvoir.

— On a un cas inhabituel.

— Inhabituel ? ai-je répété en trempouillant une moule dans de la sauce au vin, avant de l'introduire dans ma bouche.

— Un cas gelé.

J'avais eu une furieuse envie de me mettre à chanter à tue-tête *Libérée, délivrée* comme Elsa dans *La Reine des neiges.* Il faut dire qu'Anne et moi étions dans cette – joyeuse – humeur-là. Au lieu de ça, j'ai demandé à Larabee si la victime n'était pas cette personne récemment portée disparue. Les flics étaient sur l'affaire, prévenus par le mari, mais jusqu'ici aucun corps n'avait été retrouvé. Peut-être que l'épouse s'était dégoté un nouveau petit mari des neiges !

— Melissa McLaughlin ?

— Non, le cas dont je te parle implique une mort accidentelle sur le mont Everest.

J'ai fait signe à Anne que j'avais besoin de m'éloigner. Le restaurant était bondé et bruyant.

J'avais vraisemblablement mal compris Larabee. Je suis sortie dans la rue.

— Désolée, patron. Tu peux me répéter ça ?

— La victime est une jeune femme originaire de Charlotte qui est morte au cours de l'ascension de l'Everest.

Plusieurs questions se bousculaient dans ma tête pour savoir laquelle serait posée en premier.

— Attends... Le Népal, ce ne serait pas un peu en dehors de notre juridiction ?

D'ailleurs, Népal ou bien Tibet ?

La réponse m'est arrivée indirectement.

— La famille est... comment dire... bien introduite. La mère de la gosse, Blythe Hallis, est une amie personnelle du maire. Et du chef de la police. Et du gouverneur. Et...

— Ne me fais pas un dessin, j'ai pigé. (Un milliard d'endroits de notre ville avaient été baptisés de ce patronyme. Un boulevard Hallis. Un parc Hallis. Une école Hallis. Même une chaire Hallis, subventionnée à l'université de Caroline du Nord à Charlotte. La famille Hallis, c'était beaucoup de fric et beaucoup d'actions philanthropiques. Et un très gros réseau d'influence.) Quel est le nom complet de la victime ?

— Brighton Hallis.

— Comment est-elle décédée ?

— Ce n'est pas très clair. Il n'y avait pas de témoins. L'hypothèse, c'est qu'elle est morte à la suite d'une combinaison de circonstances malheureuses : haute altitude, hypoxie, épuisement, peut-être un état de confusion mentale...

Larabee avait laissé sa phrase en suspens.

Des images ont défilé devant mes yeux. Paysage de glace. Paysage de neige. Jack Nicholson errant, l'œil hagard, à la fin de *Shining*. Malgré la tiédeur du soir, j'avais frissonné.

Autant vous le préciser tout de suite : la Reine des neiges, c'est-à-dire *moi*, déteste le froid. Et elle n'est pas dingue non plus de la montagne. En résumé, je n'ai jamais compris ce qui poussait des gens à escalader des montagnes dans des conditions si extrêmes. *Jamais.*

— Quel est l'IPM ?

Je l'interrogeais sur l'intervalle post mortem, le temps écoulé depuis la mort.

— Trois ans.

— L'identification de la gamine n'a-t-elle pas été réalisée au Népal ? Ou au Tibet ? ai-je ajouté après une hésitation.

— Si.

— Alors où est le problème ?

— Le chaos provoqué par le tremblement de terre au Népal inquiète beaucoup la mère de la victime. Elle pense que les autorités diraient n'importe quoi pour se débarrasser d'un corps. Elle exige une identification formelle.

— Elle devrait plutôt engager un...

— Elle *veut* que ce soit nous.

Un camion m'a dépassée en faisant grincer son levier de vitesse. Le mec se croyait sur une moto tout-terrain à l'assaut d'une côte.

— On est bien sûrs qu'il ne s'agit pas d'un acte criminel ?

J'essayais de gagner du temps. Larabee avait déjà répondu à cette question.

— Non. C'est une question de tranquillité d'esprit. Tu n'arriverais pas à croire tout ce qui a dû être mis en œuvre pour le rapatriement du corps de cette pauvre fille à Charlotte. (Il a marqué une pause. Un essoufflement dans le débit de sa voix m'a convaincue que la suite n'allait pas me plaire.) Mme Hallis a exigé, *fermement*, que ce soit *toi* et personne d'autre qui procéderais à l'examen.

— Pardon ? Pourquoi ça ?

— Parce que tu es la meilleure.

— Arrête de me charrier.

— Ça va être un jeu d'enfant.

Derrière moi, un couple s'engueulait vraiment fort. À propos d'une bière et d'un type qui fumait. Ou peut-être à propos d'un gars qui avait bu une bière et trop forcé sur la fumette.

Mon côté buté aspirait à retourner échafauder des projets de voyage avec Anne. Aller m'acheter un nouveau maillot de bain et des palmes adaptées à la plongée sans bouteilles. Je devais aussi me rendre à Montréal. Me coltiner du travail en plus était la dernière chose dont j'avais envie. Surtout du boulot non officiel, du type « allez, rendez ce service à une amie riche de monsieur le maire ».

Une femme m'a croisée, promenant ce qui ressemblait vaguement à un caniche nain. Derrière moi, le couple continuait à se déchirer. La fille semblait avoir définitivement pris en grippe celui qu'elle accusait de trop fumer et de trop boire.

Mon côté conciliant me réprimandait. *Allez, ce ne sera pas bien compliqué.* Vérifier les empreintes dentaires, peut-être les empreintes digitales, et le tour sera joué.

Merde, je détestais mon côté conciliant !

— Quand sera rapatrié le corps ? ai-je soupiré avec au moins autant d'emphase mélodramatique que le couple derrière moi.

— Demain, à 7 heures du matin.

C'est une blague ?

Comme je restais muette, Larabee a ajouté :

— T'inquiète, je serai là aux aurores.

Et c'est comme ça qu'on s'est retrouvés tous les deux à 8 h 15 un samedi dans la salle d'autopsie cinq.

— On fait un scanner de l'ensemble du corps ? a-t-il demandé.

— À la fin. Est-ce qu'on a des photos ante mortem du visage ?

— Seulement des photomatons et des radios dentaires.

Larabee m'a tendu deux enveloppes qu'il avait glissées un peu plus tôt dans la poche de sa blouse. L'une, petite et marron, l'autre, blanche et au format A4.

— J'espère une confirmation visuelle. Si je peux ouvrir les mâchoires, je comparerai avec les radios dentaires. Si je peux accéder aux empreintes digitales, j'essaierai le fichier. Est-ce qu'elle y est ?

Larabee a haussé les épaules, façon de dire « qui sait ? ».

— Avec un peu de chance, cela ne sera sans doute pas indispensable pour les examens préliminaires. (J'étais en effet optimiste sur une identification visuelle. Au moment où ils meurent, les corps en hypothermie sont étrangement conservés.) Une fois que le cadavre aura dégelé, je poursuivrai l'analyse.

— Est-ce nécessaire ?

— Soit j'effectue correctement l'examen, soit je ne le fais pas du tout.

Larabee me connaissait par cœur. Avec moi, c'est tout ou rien. Je fonctionne comme ça.

— OK. Tu penses me dire ça quand ? Aujourd'hui ? Lundi ?

Un être humain gelé ne se présente pas comme un poulet que vous pouvez décongeler à votre guise. Si le processus de dégel est trop rapide, la partie extérieure du corps se réchauffe plus vite que les intestins, ce qui fera que l'extérieur se décomposera pendant que les organes internes resteront durs comme de la pierre. Alors les preuves risquent d'être perdues. Un cadavre doit dégeler lentement, à une température constante de 3,33 degrés. Selon la taille et le poids, le processus pourra durer entre trois et sept jours.

Larabee le savait parfaitement.

« Espérons qu'elle est maigrelette », a été mon seul commentaire.

— D'accord. Si tu as besoin de plus d'infos, tu contactes Blythe Hallis.

— Je n'y manquerai pas, ai-je répondu en priant pour que je n'aie pas à le faire.

— Bon... Eh bien, je te laisse...

Sur ce, Larabee est parti. Il avait, lui, un vrai samedi matin en perspective. Un aller-retour Cleveland à petites foulées ?

J'ai calé le brancard parallèlement à ma table d'autopsie, et j'ai enclenché le frein. J'ai traversé la pièce jusqu'à la paillasse où j'ai ramassé l'enveloppe blanche qui contenait les radios dentaires de Brighton Hallis. Je les ai disposées sur le négatoscope, j'ai allumé et rangé les clichés selon ce qu'ils représentaient dans la cavité buccale : avant, arrière, supérieur, inférieur. Les dents apparaissaient plus pâles comparées aux zones grisâtres des os, et au noir de l'arrière-plan.

Une couronne sur la première molaire maxillaire et des plombages dans deux incisives mandibulaires brillaient tels de minuscules nuages blancs entourés d'émail. J'ai noté une courbure bizarre de la racine sur la seconde molaire mandibulaire. Une canine légèrement penchée. Aucune dent de sagesse.

Joie et bonheur ! L'identification ne serait pas compliquée.

Je suis revenue au caisson en métal qui avait servi pour le transport. Du zinc. Bon pour le contrôle de la température, mais moins bon pour les radios. J'ai utilisé le téléphone mural pour appeler un technicien.

En l'attendant, j'ai enfilé un masque et entrouvert le cercueil. Comme précédemment, une bouffée d'air humide et glacial s'en est échappée. Et comme précédemment, cet air charriait avec lui une odeur familière. Quelque chose de sucré et de fétide. Quelque chose qu'on ne pouvait pas rater même si c'était très ténu. Mes sens étaient en alerte.

En haut de la housse mortuaire orange se trouvait un document indiquant les heures auxquelles il fallait changer la compresse de gel. Le protocole, mis en place tout au long du voyage depuis Katmandou, devait être scrupuleusement observé pour conserver le corps gelé. La firme International Mortuary Shipping était intraitable sur ce point.

J'ai ôté le document et retiré les compresses de gel. J'en ai gardé une et jeté les autres. Quand j'ai eu terminé, la housse s'étalait sous mes yeux. Des grosseurs et des angles aigus suggéraient la position d'une hanche, d'un genou, peut-être d'une épaule ou d'une tête. J'ai tiré sur la fermeture Éclair. Elle a glissé avec un chuintement humide : *splooush !*

La plupart des victimes d'hypothermie meurent assises ou couchées, souvent après avoir voulu « se reposer un peu ». Cela pourrait expliquer les grosseurs et les angles aigus. Ou pas. En dehors des compresses de gel, je n'avais aucune idée de la manière dont ces restes avaient été retrouvés et conditionnés pour le transport.

Le corps gisait sur le flanc, gelé, recroquevillé sur lui-même. Il était entièrement vêtu de ces tenues spéciales pour la très haute montagne. Des guêtres Alpine rouge vif recouvraient jambes et chaussures. De longues mèches de cheveux apparaissaient sous un bonnet thermique The North Face. À présent cuivrée, sa chevelure avait certainement été un jour d'une blondeur délicate.

Cette vie figée par le froid a provoqué une vague de mélancolie à laquelle je n'étais pas préparée. Les vêtements de sport aux couleurs vives, les joues roses, la jeunesse, l'aventure. Tout cela évoquait la vie et non cette mort soudaine.

Avec si peu de chair visible, je ne pouvais absolument pas évaluer l'état de conservation du corps. Impatiente, j'ai jeté un rapide coup d'œil sur la pendule murale : déjà 9 heures.

J'ai fait le point; la victime semblait grande et mince. Il y avait peu de place dans le caisson, mais il était possible de déplacer le corps.

Espérant voir les traits du visage, j'ai attrapé l'épaule et le genou, puis ai soulevé le corps. Rien.

J'ai assuré davantage ma prise et recommencé. Le cadavre a pivoté dans un crissement lugubre.

En me retrouvant nez à nez avec un visage monstrueux, mon moral s'est effondré.

2.

Sur la photo prise juste avant l'ascension sur fond de pics enneigés, Brighton Hallis souriait. Blonde et athlétique, elle aurait presque pu poser pour une publicité vantant les mérites des stations de ski du Colorado. Bronzée, plutôt jolie, elle respirait la confiance en elle.

Le visage que j'avais découvert dans la housse mortuaire était rabougri, et la peau, zébrée de plaques acajou foncé. À cause de la rigidité cadavérique, ses lèvres flétries étaient ratatinées, retroussées en un rictus hideux. Ses globes oculaires dépourvus de cils me fixaient en une supplication presque audible : *comment une telle chose a-t-elle pu m'arriver ?*

Il n'y aurait donc pas d'identification visuelle. Pire, pas une seule dent n'était préservée. Paradoxalement, dans ce visage relativement entier, toutes les dents avaient été brisées. À moins d'avoir une petite chance au niveau des racines, le dossier dentaire ante mortem me serait inutile. La canine gauche légèrement de travers de Brighton Hallis ne constituerait rien d'autre qu'une brisure d'émail déchiqueté.

L'arrivée du technicien a interrompu mon très vilain juron. L'homme, que je voyais pour la première fois, n'a pas entendu. Ou il a fait semblant de ne pas avoir entendu. Son badge indiquait qu'il s'appelait J. Ortiz. Je ne le connaissais pas et je n'étais de toute façon pas très familière avec l'équipe de service du week-end. Au moins ça signifie que je respecte l'équilibre entre travail et vie personnelle...

Après nous êtres présentés puis mis d'accord sur une stratégie d'attaque, on a entamé notre travail. Ortiz était un taiseux, et j'aime ça chez un technicien. Nous avons transféré ensemble les restes du caisson métallique à la table d'autopsie, puis les avons dégagés de la housse orange. Pendant qu'Ortiz installait la caméra, je m'occupais de préparer un instrument de mesure – une règle en forme de L – qui sert à la fois pour la graduation et la macrophoto. Ortiz a commencé à shooter pendant que je notais quelques observations par écrit.

Pendant plusieurs minutes, les seuls sons dans la pièce se résumaient au couinement des semelles en caoutchouc d'Ortiz et au cliquètement du déclencheur d'obturateur du Nikon.

— Pas de déshabillage paradoxal. (En voyant ma mine surprise, Ortiz s'est senti obligé de développer.) J'ai participé à des opérations de secours et de recherches dans l'Ouest, dans la chaîne des Cascades. On venait en aide à des randonneurs ou à des alpinistes qui s'étaient égarés au cours d'une tempête. La plupart finissaient par enlever une partie de leurs vêtements.

J'ai bien sûr entendu parler de ce comportement. Une extrême hypothermie provoque souvent un affreux divorce entre le corps et l'esprit. L'un court-circuite l'autre. Dans un état de confusion mentale, les victimes peuvent se mettre à retirer leurs affaires. Cette conduite est appelée *déshabillage paradoxal.* De mauvaises interprétations du phénomène ont entraîné plus d'une enquête sur la mauvaise voie, notamment celle de l'agression sexuelle.

— Le déshabillage paradoxal ne se produit que dans 20 à 50 % des cas, ai-je précisé.

— C'est fou, hein ? (Ortiz déplaçait le repère photo au fur et à mesure qu'il changeait d'angle pour photographier.) Vous vous gelez les fesses et hop ! Vous vous dessapez.

— On connaît mal le phénomène, mais il semblerait que ce soit lié à un dysfonctionnement de l'hypothalamus.

(La partie du cerveau qui régule la température du corps.) Ou encore à une perte de tonus musculaire.

— Et ça vous pousse à parader à moitié nu ?

Il a continué à shooter.

Je lui ai servi l'explication dans sa version simplifiée.

— Quand vous vous refroidissez, vos muscles resserrent les vaisseaux sanguins, ce qui ralentit le flux de sang dans vos membres. Alors que vous entrez dans une phase d'épuisement, les muscles se relâchent. Résultat, le sang afflue soudainement et provoque des bouffées de chaleur. Certaines personnes, désorientées par le phénomène, se déshabillent alors pour soulager ces bouffées, ce qui peut leur être fatal.

— Des victimes ont, paraît-il, adopté un comportement similaire à celui des animaux hibernant. On en a retrouvé nus, enfouis dans des trous.

— Oui, c'est l'enfouissement terminal.

L'enfouissement terminal – on l'appelle aussi syndrome « s'enterrer ou mourir » – fait allusion à des personnes qui auront tendance à rechercher un espace petit et confiné pour se protéger, par exemple, se glisser sous un lit ou dans un placard. Ce comportement, une fois encore, n'est pas compris comme il devrait. Des enquêteurs de police insuffisamment formés à cette question analyseront la découverte d'un corps dans une armoire ou dans une malle comme la preuve d'un acte criminel.

L'hypothermie est souvent une mort accidentelle déguisée en meurtre.

— Mourir de froid me paraît une horrible façon de quitter ce monde, a balancé Ortiz sans qu'on lui demande rien.

— Ça doit être la même sensation que lorsqu'on s'endort.

J'avais été un peu vite en besogne à traiter Ortiz de « taiseux ». Cependant, son argumentation n'était pas totalement inintéressante.

Il a pris son dernier cliché puis a rangé le Nikon.

— Voulez-vous de l'aide pour le déshabiller ?

— *La.* C'est une femme.

Du moins, en principe.

— Nous avons pas mal d'admissions, un carambolage entre quatre voitures sur l'autoroute I-77. Mais je reste dans les parages si vous voulez.

J'étais contrariée que l'identification visuelle soit impossible. Idem pour l'absence de dents. J'ai secoué la tête. C'est à contrecœur que je devais me résoudre à opérer d'une façon plus brutale.

— Allez-y. Je vous appellerai si j'ai besoin de vous.

— Je travaille jusqu'à 16 heures, a-t-il précisé en tournant les talons.

Je n'aurais pas cette chance.

Avant d'entamer la liste de tous les examens préliminaires, je me suis octroyé un Coca light. Ainsi fortifiée, j'ai baissé l'intensité de la clim et me suis attelée à la tâche la plus ingrate de mon job : la paperasse.

Je me suis laissée tomber sur le tabouret en face de l'ordinateur, et me suis connectée au réseau pour trouver mon dossier. Larabee lui avait attribué un numéro : ME215-15. J'ai complété les mentions d'usage, la date d'aujourd'hui, mon nom dans la case de l'anthropologue en charge de l'enquête, et diverses autres données administratives. Puis j'ai renseigné la fiche de la victime.

Nom : Brighton Hallis. Du moins, en théorie.

Je me rendais compte à quel point j'en savais peu sur cette jeune femme. La couleur de ses yeux ? Sa taille ? Son poids ? Avait-elle des tatouages ? Des cicatrices ? Avait-elle été opérée ? J'ai laissé en blanc toutes les descriptions ante mortem.

Je savais une chose. Brighton Hallis avait vingt-quatre ans à l'époque où elle s'apprêtait à réaliser l'ascension de l'Everest. Le même âge que ma fille Katy. Le certificat de décès mentionnait cette information et cataloguait la mort comme « accidentelle ». Mais qu'est-ce que cela signifiait ? Hypothermie ? Épuisement ? Hypoxie ? Traumatisme suite à un coup fatal sur la tête ? Botulisme dû à un gel énergétique de mauvaise qualité ? Avec la corde et le colonel

Moutarde dans la bibliothèque ? Frustrée, j'ai continué à cogiter.

Brighton était-elle toute seule à la fin ? Souffrait-elle ? Avait-elle peur ? Pensait-elle à sa famille ? À sa meilleure amie ? À son chien ? Ou bien sa mort avait-elle été rapide ? Un bruit étrange, un frémissement dans l'air, et puis... l'oubli ?

J'ai repoussé ces pensées. Pures conjectures. J'étais une scientifique. Le corps me raconterait tout ce qu'il y aurait à savoir.

J'ai délaissé le clavier de l'ordi pour revêtir tout l'attirail nécessaire à mon job : un tablier en plastique par-dessus ma blouse, un masque, des lunettes de protection, des gants en latex à usage unique. Je me suis approchée des restes.

La forme sur la table ressemblait davantage à un amoncellement de linge aux couleurs criardes destiné au pressing qu'à un être humain. Je n'ai pu m'empêcher d'admirer la qualité des vêtements The North Face et Mountain Hardwear. Ils avaient été exposés durant trois ans à l'univers impitoyable de la haute montagne, et cependant les dégâts sur le tissu étaient insignifiants. Donnée marketing assez morbide, je vous l'accorde, mais il fallait reconnaître combien c'était impressionnant.

J'ai lentement fait le tour du cadavre, consignant le moindre détail et prenant des notes. Pas grand-chose à dire. La victime aimait les couleurs vives. Elle s'habillait avec des marques coûteuses. Une fois assurée de n'avoir rien oublié, j'ai pris des ciseaux dans un tiroir sous la paillasse et je me suis mise à découper des échantillons tout raides.

J'ai taillé de bas en haut à travers du rouge, du jaune, du vert pistache. Le blouson et le pantalon. Que du Gore-Tex, le tissu imperméable par excellence. De la polaire. Des caleçons longs thermiques. Couche après couche, telle une archéologue. Pas un seul article ne manquait pour la protéger du froid. Réunis ensemble, ils démontraient avec arrogance qu'elle pouvait faire face à de très basses températures, à un environnement hostile à l'idée même de vie.

Quatre-vingt-dix minutes plus tard, j'avais atteint la chair. Quatre-vingt-dix minutes de plus, et la victime ne possédait plus que ses chaussures rouges, toujours gelées, impossible à ôter des pieds.

Au contraire de la peau desséchée des mains et du visage, le reste de son corps avait un teint d'albâtre. Et à présent qu'elle était nue, je comprenais les angles inhabituels. Brighton Hallis était morte de froid en position assise, les genoux en partie pliés, le torse légèrement avachi, la tête penchée sur la droite, un bras de porcelaine en travers de sa poitrine. Réflexe défensif? Mouvement accompagnant son dernier souffle? Je soupçonnais Hallis de s'être tétanisée en étant penchée de la sorte, son autre bras pendant.

J'ai étudié ses mains, sèches et colorées comme du vieux cuir. Il n'y aurait pas d'empreintes avant que je lui réhydrate les doigts.

Le téléphone mural a sonné. Je suis allée répondre.

— Brennan.

— Tu as avancé?

Larabee.

— Un peu.

Pas vraiment, non.

Pas la réponse qu'il avait envie d'entendre.

— Le corps est-il réduit à l'état de squelette?

— Non. Le froid extrême l'a protégé contre la putréfaction. À cette altitude, il n'y a plus d'agents destructeurs.

— Pas même de bactéries? D'insectes?

— Le seul organisme qui arrive à tenir si haut est une variété de mousse à six mille cinq mètres. Au-delà, il n'y a littéralement plus aucune vie. Même si une chose pouvait survivre à une telle altitude, la bactérie responsable de la décomposition aérobie ne fonctionne pas sous zéro degrés Celsius.

Ni rongeurs, ni oiseaux, ni insectes, ni micro-organismes. Aucun des habituels compagnons de la mort.

— Alors elle est intacte?

C'était une reformulation de sa question initiale.

— Les parties de son corps qui ont été protégées, oui. Mais l'alliance de températures glaciales et de vents violents, le tout conjugué avec l'action des UV, a conduit à une momification du visage et des mains.

— Comme l'Homme des glaces ?

Il existe de nombreux exemples, anciens et récents, de cadavres conservés dans la glace. Le plus célèbre est Ötzi, surnommé *l'Homme des glaces*, qui a été découvert en 1991 dans les Alpes. Ötzi était si bien préservé qu'on a d'abord cru à un alpiniste mort de froid au cours de l'hiver précédent. L'analyse médico-légale a estimé qu'il était mort 3 300 ans avant J-C.

— Exactement.

— Je me souviens de cette affaire. Elle était en tout point exceptionnelle. Ils avaient réussi à étudier ses nombreux tatouages, à identifier ce qu'avaient été ses deux derniers repas, où il avait grandi et comment il avait été assassiné. Ils avaient même procédé au séquençage de son ADN.

J'avais rarement entendu Larabee vibrer d'enthousiasme de la sorte.

— J'en aurai terminé avant 17 heures.

— Laisse ton rapport sur mon bureau, a-t-il demandé de sa voix redevenue atone.

Il a raccroché.

J'ai dressé dans ma tête une liste des prochaines étapes. En premier lieu, on est censés procéder à une fluoroscopie, c'est-à-dire une radioscopie de l'ensemble du corps. La position en bretzel de ma victime rendrait la chose difficile. J'ai donc décidé d'attendre qu'elle ait dégelé assez pour pouvoir l'allonger.

Ensuite, les empreintes digitales. Pas facile sur un corps momifié. La réhydratation prendrait du temps. On me dit souvent que j'ai plein de qualités. La gentillesse. La générosité. L'intelligence. Mais pas la patience. Je *déteste* attendre.

Mon estomac a gargouillé, ce qui signifiait que je devais ajouter « me nourrir » à ma liste de choses à faire. Mais la suite de mon examen était prioritaire.

Une main à la peau tannée était accessible. Elle ressemblait à un gros gant de protection au bout d'un bras en gypse. Je suis retournée chercher dans le tiroir un instrument pareil à des cisailles pour élaguer les buissons. J'ai positionné les lames recourbées de chaque côté du pouce et ai appuyé. Que dalle. Autant s'évertuer à découper de l'acier !

J'ai envisagé les options qui s'offraient à moi, mais elles ne me plaisaient pas. Encore cette histoire de patience. Mais je ne voyais pas d'autre solution. L'idée d'endommager le corps ne me plaisait pas non plus.

Avec rien d'autre à faire que de devoir attendre, je me suis focalisée à nouveau sur la dentition. Bien que mon domaine de spécialité soit les os, je me débrouille plutôt pas mal avec les dents. Toutefois, dès que les analyses dentaires s'avèrent compliquées, j'ai besoin de la confirmation officielle d'un odontologue. Étant donné que Brighton Hallis n'avait plus une seule dent intacte, son cas entrait clairement dans la catégorie « compliquée ».

Les mâchoires étaient entrouvertes en une grimace grotesque. J'ai attrapé une loupe à main et réglé la lumière du plafonnier pour scruter l'intérieur de la bouche. D'emblée, une chose m'a paru étrange. Les dégâts semblaient uniformes de l'avant vers l'arrière de la cavité, à la fois en haut et en bas. Chaque dent était foutue à partir du bord de la gencive. Était-ce le résultat d'un impact mortel ? Son visage avait-il heurté violemment une paroi rocheuse pendant qu'on hélitreuillait son corps ? Ou bien trois années d'un climat impitoyable avaient-elles eu raison de sa dentition ?

Je suis retournée sur le Net. J'ai entré sur Google les mots-clés « gel » et « dentition ». Il apparaissait que des scientifiques pouvaient aujourd'hui collecter et cryoconserver des cellules-souches à partir de molaires adultes extraites. C'était intéressant mais pas utile pour moi. Nerveuse, je commençais à ne plus tenir en place. J'ai décidé de poursuivre mes recherches sur l'ordinateur plus tard.

Il me restait une source potentielle d'informations. J'ai repris l'écritoire à pinces en passant en revue avec attention chaque document. Chaque page resplendissait de tampons officiels colorés et de gribouillis indéchiffrables que j'ai pris pour du népalais. Tibétain ? Il fallait vraiment que je vérifie.

Rien dans le fichier ne pouvait m'éclairer sur les derniers moments sur terre de Brighton Hallis.

J'ai repéré un numéro de téléphone avec un indicatif que je connaissais bien.

Merde.

J'ai pris mon courage à deux mains et j'ai téléphoné.

3.

Un homme a répondu dès la deuxième sonnerie.

— Résidence Hallis.

Une voix grave de baryton, une voix de fumeur. Ou bien ce type développait un polype ?

— Dr Temperance Brennan à l'appareil. Je souhaiterais parler à Mme Blythe Hallis, s'il vous plaît.

En digne héritière de ma chère mère, Katherine Daessee Lee Brennan, j'avais usé de ce ton charmeur de fille du Sud bien élevée. Ma mère n'est que sucre et miel lorsqu'elle s'exprime au téléphone. Et je tentais de joindre une personne de la même tribu.

— Un moment, je vous prie.

Qui était cet homme ? Son mari ? Jeeves, le maître d'hôtel[1] ? Impossible de savoir.

J'ai donc attendu. Un peu trop à mon goût, vu mon état de nervosité.

— Docteur Brennan. (Voix de femme. Un timbre à mi-chemin entre le miel dont je parlais et le cristal taillé. Oui, sans surprise, la même tribu que celle de maman.) J'attendais votre appel.

— Madame Hallis, je suis infiniment désolée pour votre fille. Nous avons réceptionné le corps ce matin. (« *Il est en train de dégeler pendant que nous causons.* » Évidemment, je n'ai pas prononcé cette phrase.) Malheureusement, la

1. Allusion au héros des romans de P. G. Wodehouse.

dentition est très endommagée et cela risque de compliquer une identification sûre et certaine. Je me suis dit que vous pourriez peut-être me procurer d'autres dossiers médicaux et des radios.

— Bien sûr. Je suis libre à 17 heures. Raleigh vous fournira tous les détails pour notre rendez-vous. Tenue décontractée, cela va sans dire.

Elle ne m'a pas demandé si moi, j'étais libre à 17 heures. Si je voulais venir chez elle, la rencontrer ailleurs, ou même la rencontrer tout court. Une injonction, une présomption que j'allais me plier à sa volonté, et le tour était joué.

Un blanc au bout de la ligne, puis à nouveau Raleigh. Il m'a dicté une adresse que je savais appartenir à l'un des quartiers les plus huppés de Charlotte. Je n'arrivais toujours pas à deviner qui était ce type.

J'ai raccroché, tiraillée entre des émotions contradictoires. Bien que je ne supporte pas qu'on me donne des ordres, j'apprécie les conversations téléphoniques brèves. Je n'allais pas pour autant m'éterniser là-dessus. Voilà mon mantra préféré : ne pas m'éterniser. Ne pas m'éterniser sur la demande en mariage de Ryan. Ne pas m'éterniser sur maman et son cancer. Ne pas m'éterniser sur Katy et son affectation en Afghanistan.

Il était 16 h 10. Spontanément, j'ai tripoté mes cheveux. Je n'avais pas de miroir, mais même sans, je savais que la queue-de-cheval remontée à la hâte sur le sommet de mon crâne, très tôt ce matin, n'avait pas dû s'arranger au fil de la journée. Et j'avais décollé de chez moi sans me maquiller. Bon, qu'il en soit ainsi.

J'ai poussé le brancard du cas ME215-15 dans la chambre froide. J'ai foncé ensuite dans les vestiaires pour femmes, j'ai troqué ma blouse contre le jean et le petit haut en lainage que je portais en arrivant aux aurores. Je me suis lavé les mains et le visage avec soin et j'ai tiré sur l'élastique qui retenait ma chevelure. Un petit coup de brosse, deux ou trois balancements de tête pour remettre tout ça en bon ordre, à nouveau l'élastique, et vogue la galère !

À bord de ma Mazda, dans la douce clarté du soir, je contemplais les derniers rayons du soleil, alternant ombre et lumière contre mon pare-brise, ce qui me faisait entrevoir ma ville à travers une succession d'images saccadées, tel un film des débuts du cinéma. Des petites usines et fabriques dont j'ignorais tout. Des magasins et des restaurants, puis les buildings en acier et en verre abritant de grandes compagnies au croisement de Trade Street et de Tryon Street. Et bien sûr la Johnson & Wales University et l'immense stade de football américain, le fameux Bank of America Stadium.

Au sud de la ville, j'ai tourné dans Fourth Street en coupant par le quartier des hôpitaux, dont l'imposant complexe du Presbyterian Hospital construit tout en briques rouges. Très vite, je me suis retrouvée dans Eastover, une banlieue tranquille composée de demeures cossues entourées de vastes pelouses privées.

La résidence Hallis se tenait en retrait de la route. On y accédait par une allée sinueuse bordée de chênes centenaires qui avaient dû côtoyer le général Lee. Je me suis garée devant une magnifique porte en bois à double battant, j'ai coupé le moteur et je suis descendue. L'air sentait bon la glycine et le chèvrefeuille. Ça sentait aussi l'Amex Black, le modèle de machine à café dernier cri de Nespresso et la bouteille de Macallan single malt cinquante ans d'âge.

L'emplacement de la sonnette était si subtil que j'ai mis du temps à la trouver. Bel effort, mais en vain, car avant que je puisse déclencher ce qui devait être un carillon tout aussi subtil, un homme en livrée et au visage constellé de taches de rousseur m'a ouvert. Veste et pantalon à fines rayures, cravate, mais pas de gants.

Mon interrogation n'avait plus lieu d'être : Raleigh était bien le maître d'hôtel.

Après avoir scruté ma carte d'identité pendant un si long moment que j'ai pensé qu'il l'apprenait par cœur, nous avons traversé un vestibule au sol en marbre. Il m'a invitée à le suivre jusqu'à un petit bureau qui avait définitivement perdu la bataille contre Laura Ashley. Des tentures fleuries, des fauteuils tapissés de chintz, des coussins brodés, un tapis d'une sophistication déconcertante. Sans un mot, il a désigné de sa paume ouverte un fauteuil Régence si rembourré que j'ai eu l'impression d'être perchée dessus plutôt qu'assise.

— Un rafraîchissement, peut-être ?

— Non, merci.

— Madame prendra un rafraîchissement.

— Merveilleux.

Raleigh s'est retiré dans un silence presque perturbant. Une fois seule, j'ai dressé mentalement l'inventaire de la pièce encombrée de bibelots de toutes sortes. Vaguement angoissée d'être assise à côté d'un milliard d'objets baroques et... fragiles, j'ai gardé mes bras le long du corps. Du cristal et de la porcelaine partout, du bois ciré à un point tel que j'aurais pu m'en servir comme miroir pour me maquiller. Une pendule rococo marquait les secondes à la cadence d'un battement de cœur de colibri. Tic tic tic tic.

Une grande enveloppe kraft gisait sur un guéridon en marbre et en fonte si étroit et si tarabiscoté que je me demandais si ce meuble aspirait à devenir un bureau ou autre chose. Le tampon extérieur sur l'enveloppe m'indiquait qu'elle contenait des radios.

J'ai entendu des bruits de pas et j'ai regardé vers la porte. La femme qui est entrée s'intégrait parfaitement à l'environnement. Tailleur Chanel de ton pastel. Escarpins à petits talons de chez Oscar de la Renta. Diamant au doigt de la taille d'un doughnut Krispy Kreme.

Il n'y avait pas que la tenue. Dans une ville que quatre décennies d'investissements financiers avaient durablement modifiée, Blythe Hallis conservait cette beauté emblématique d'un Sud nostalgique. Et cela lui réussissait.

Elle avait une bonne soixantaine d'années et pourtant ses cheveux étaient d'un blond cendré parfait. Son teint pâle et sa peau à peine ridée attestaient d'un souci constant de protéger son visage du soleil sous des chapeaux à larges bords. Son corps mince et musclé suggérait une pratique sportive régulière avec un coach, ou la fréquentation d'un cours de Pilates.

Ce que je veux dire, c'est qu'elle avait fière allure. À l'exception de ses yeux, gris et froids. Les yeux de quelqu'un qui pouvait vous servir une tasse de thé sencha dans de la porcelaine Haviland et vous sourire tout en vous regardant mourir, empoisonné à la strychnine.

Mon hôtesse s'est installée dans un fauteuil Queen Anne, et a croisé ses jambes avec une élégance de dure à cuire qui lui était aussi naturelle que de respirer. Je n'ai pu m'empêcher de remarquer qu'elle avait enfilé des collants. Je n'en porte qu'aux mariages et aux enterrements. Hallis les portait dans sa propre maison.

— Merci de vous être déplacée.

De rien.

Je suis allée droit au but.

— Le médecin légiste en chef désire ardemment vous donner satisfaction, madame Hallis. Et tout détail dont vous pourriez nous faire part sur l'accident de votre fille nous serait fort utile.

Blythe Hallis n'était pas le genre de femme à se laisser mettre la pression.

— Il est plus de 17 heures. Raleigh a préparé le thé.

Ça n'était pas une proposition, juste un fait.

Je n'ai rien dit.

— Souhaitez-vous de quoi écrire ? a-t-elle demandé en fixant mes mains vides.

Je n'étais pas vraiment d'humeur à jouer à « Qui a la plus grosse ? » J'ai donc sorti mon carnet et mon stylo de mon sac. J'allais ouvrir la bouche quand Raleigh est entré, portant un service à thé qui aurait rendu vert de jalousie le Chapelier fou[1]. Hallis et moi avons pris un temps infini à touiller l'excellent breuvage. Puis elle s'est lancée, histoire de dire, *c'est qui le patron* ?

— Brighton était une enfant terrible. Rebelle. Et aussi une athlète très douée. Elle excellait dans toutes les

1. Personnage d'*Alice au pays des merveilles.*

disciplines, mais préférait celles qu'elle pratiquait seule. Au lycée, puis à l'université, elle courait tous les matins. Vous le saviez ?

— Je l'ignorais.

— On lui a même offert des bourses sport études, mais bien entendu, cela était inenvisageable. (Le ton d'Hallis impliquait que d'accepter de l'argent d'une quelconque bourse serait comme d'aller vendre un rein sur le marché noir.) Ce qu'elle aimait par-dessus tout, c'étaient les sports de l'extrême.

— Quand a-t-elle commencé l'alpinisme ?

— Lors d'une randonnée en montagne avec ses frères et son père. Elle avait douze ans. Bien trop jeune, c'est sûr, mais je n'ai pas eu mon mot à dire. (Long regard de grande souffrance dirigé vers ses doigts enroulés autour de l'anse de sa tasse.) Brighton ressemblait à son père. Sterling, mon défunt mari, n'avait qu'une passion : la prise de risque. Sa pire addiction était la vitesse.

J'ai siroté le thé que je n'avais pas demandé. Qu'entendait-elle par *addiction* ?

— Sterling aurait pu passer ses week-ends sur la piste du circuit automobile si d'autres responsabilités ne l'en avaient pas tenu éloigné. (Les yeux gris et froids ont croisé les miens.) C'est un peu comme une maladie mentale, ne croyez-vous pas ? Tourner en rond, le plus vite possible, sans jamais aller nulle part ?

— Mmm...

J'ai reposé ma tasse dans la soucoupe, la soucoupe sur la table. Bon sang, ce thé était délicieux.

— Mes enfants ne pensaient qu'à épater leur père en jouant les casse-cou sur un circuit automobile.

— Brighton a-t-elle été victime de blessures qui auraient nécessité un suivi médical ?

Je cherchais à recentrer le débat sur le but de ma visite.

Blythe a déposé sa tasse et sa soucoupe près des miennes. Elle a ensuite positionné l'anse de sa tasse selon un angle qu'elle devait juger particulièrement esthétique. À moins que ce ne soit la manifestation de troubles obsessionnels compulsifs.

— Tout est là. (Elle a pointé l'enveloppe du doigt.) Vous le constaterez, il y a eu plusieurs admissions aux urgences. Parmi les plus importantes, une fracture du cubitus et une autre au talon.

— Merci. (J'ai rangé l'enveloppe près de mon sac.) Y aurait-il des éléments que vous aimeriez me communiquer au sujet des événements survenus sur l'Everest ?

— J'ai bien peur d'avoir très peu d'informations. Ma fille est décédée il y a trois ans. Ce que je sais, c'est qu'elle a réussi à atteindre le sommet, mais a trouvé la mort juste après, sur le chemin du retour. Elle avait vingt-quatre ans.

— Vous ignorez donc les conditions qui entourent le drame ?

— Je n'ai eu que des éléments de seconde main. On m'a expliqué que les personnes de sa cordée avaient déjà entamé leur descente. Le mauvais temps s'était brusquement installé et il régnait une grande confusion. (Elle débitait son histoire par cœur. C'était un récit qu'elle avait déjà fait maintes fois.) Le lendemain, un autre groupe d'alpinistes a découvert son corps. Ils ont ramassé quelques affaires de Brighton et me les ont envoyées. Aucun des membres de sa cordée n'est ensuite retourné sur les lieux.

Au-delà des mots, une approche insensible.

— Aucune tentative n'a été menée pour redescendre le corps de votre fille ?

Moue désabusée sur des lèvres délicatement peintes.

— Docteur Brennan, avez-vous la moindre idée des conditions climatiques sur l'Everest ?

— Je ne suis pas spécialiste de la météo.

J'ai aussitôt regretté ma pique. Mais l'arrogance de cette femme m'agaçait au plus haut point.

— Avant une ascension, chaque grimpeur est dans l'obligation de choisir une option en cas de décès. Soit le corps reste sur place, soit il est transporté à Katmandou pour crémation, soit il faut payer pour l'opération de récupération du défunt. Le montant peut s'élever jusqu'à trente mille dollars. (Un autre sourire poli.) N'est-ce point aussi une forme de folie ? S'adonner à un passe-temps qui nécessite que vous preniez des dispositions en vue de votre décès ? Bien évidemment, nous avions choisi l'option numéro trois.

— Bien évidemment. Alors pourquoi cela a-t-il pris trois ans ?

— Le mont Everest se moque de nos choix personnels.

Hallis prit son thé, a bu une gorgée, puis a reposé sa tasse sur sa soucoupe avec le même ajustement d'angle. Son visage restait impassible.

— On appelle le périmètre situé au-delà de huit mille mètres « la zone de la mort ». Il est pratiquement impossible de récupérer des corps dans la zone de la mort. (Elle a baissé les yeux. Que cherchait-elle à cacher ?) Le terrain est impraticable et l'oxygène très rare. Voilà pourquoi Brighton a été abandonnée là où elle est morte. Gelée sur place, tandis que d'autres rêveurs fous, niant la réalité, ont continué à grimper non loin d'elle...

— Mais quelque chose a changé, l'ai-je interrompue.

— Êtes-vous au courant que plus de deux cents corps sont toujours là-haut, sur le toit du monde ?

Elle ne sollicitait pas de réponse, je ne lui en ai donc pas fourni.

— Une partie de l'Everest a été surnommée Rainbow Valley, la vallée arc-en-ciel, à cause des vêtements multicolores des cadavres, bien conservés en raison du froid qui balisent le sentier. (Elle a relevé la tête, plantant ses yeux gris dans les miens.) Les détritus sont devenus un véritable problème là-haut. Ces dernières années, des groupes ont essayé de nettoyer la montagne et ont récupéré certaines de ces pauvres âmes abandonnées. Les méthodes pour ce faire se sont améliorées. J'ai contacté une de ces organisations spécialisées, mais Brighton restait hors d'atteinte. Jusqu'au récent tremblement de terre. Je suppose que vous en avez entendu parler ? De cette catastrophe au Népal ? C'est si déchirant.

J'ai hoché la tête. Le désastre avait été annoncé en boucle sur les chaînes d'infos. Le bilan des victimes était très lourd : plus de huit mille cinq cents personnes. Un pays, ayant déjà peu de ressources, avait été dévasté. Cette catastrophe avait focalisé l'attention des médias jusqu'à ce qu'un train déraille à la sortie de Philadelphie, et devienne la tragédie suivante.

— J'ai craint alors que cette triste histoire ne profite à quelqu'un d'autre. Après le séisme, des sherpas ont identifié des corps qui avaient été déplacés à cause de plusieurs avalanches liées au séisme. Brighton était parmi eux. J'étais heureuse d'assumer les frais de tout ça.

— Votre fille a été hélitreuillée ?

Hallis a émis un rire de gorge, ce qui m'a quelque peu mise mal à l'aise.

— N'est-ce pas étonnant toutes ces choses que nous apprenons lorsque nécessité fait loi ? (Profonde inspiration.) Les hélicoptères ne peuvent pas fonctionner au-dessus du camp numéro deux, car ils ne peuvent affronter la baisse de la pression de l'air et envisager une mission de sauvetage. L'hélitreuillage vers Katmandou n'est envisageable que du camp numéro un. Les cadavres retrouvés à une altitude supérieure sont emmaillotés et descendus avec une corde, et soutenus à la main au-dessus des crevasses. À certains endroits, la pente est escarpée à soixante degrés. L'opération mobilise entre six et huit sherpas pendant une journée entière.

J'ai visualisé des os gelés, cassants, dévalant tant bien que mal une falaise sur une luge en tissu. Du point de vue médico-légal, ça n'était guère encourageant.

— La descente, si elle est abrupte, peut générer des dommages supplémentaires au corps, ai-je déclaré par principe de précaution.

— Pas davantage que la montée, serais-je tentée de dire...

Toujours pas la moindre trace d'émotion dans sa voix.

— J'ai été surprise de constater que les restes nous parvenaient gelés. Les lois internationales recommandent l'embaumement.

— La firme International Mortuary Shipping est d'excellente réputation. Leur personnel était en mesure d'obtenir les dérogations indispensables pour que Brighton puisse rentrer à la maison dans l'état où elle avait quitté la montagne. En tout cas, c'était mon souhait le plus cher.

Et, en plus, vous êtes Blythe Hallis, l'amie du maire, et du gouverneur. Voire aussi l'amie du pape.

— J'ai bon espoir que le Dr Larabee et moi-même puissions confirmer l'identité de votre fille. Par contre, je suis moins catégorique quant à ce que nous pourrons établir grâce à nos analyses. Trois ans, c'est une longue période dans des conditions aussi extrêmes.

Hallis a planté son regard dans le mien.

— Je sais que votre domaine d'expertise est davantage celui de l'examen médical que celui des sciences humaines, mais il est essentiel que vous compreniez ce qui motivait ma fille. De mes trois enfants, Brighton était la plus tenace, et la plus intelligente. Une fois qu'elle s'était donné un but, plus rien ne pouvait l'en détourner.

— Votre fille avait-elle entrepris l'ascension d'autres montagnes de premier plan ?

— Oh, bien sûr. Son ambition était de clore le cycle des Sept Sommets. Savez-vous ce que cela signifie ?

— Le rêve de tout alpiniste ! Les Sept Sommets sont les montagnes les plus élevées sur chacun des sept continents, ai-je balancé.

Et toc ! Je n'étais pas complètement idiote !

— Brighton a commencé dès la fin de la fac. Elle et son père ne cessaient de planifier des expéditions. L'Everest était le projet qui leur tenait le plus à cœur. Elle était à la moitié du cycle lorsque Sterling est mort de façon subite.

— Un accident sur un circuit automobile ?

— Un cancer du côlon. Brighton était dévastée par le chagrin. Après son décès, l'Everest est devenu son obsession. Le fonds de placement de ma fille lui permettait de se concentrer sur son entraînement à plein temps. J'ai mille fois tenté de la raisonner, mais plus rien ne comptait hormis cette atroce montagne.

Hallis a cligné des paupières rapidement. Était-ce là la première craquelure dans la carapace ?

J'ai ressenti un élan de compassion. Elle avait perdu son mari. Elle avait perdu sa seule fille. Une progéniture qui aurait préféré avoir une autre mère qu'elle.

— Ce que je veux dire, c'est que lorsque Brighton avait quelque chose en ligne de mire, plus rien ne se mettait en travers de sa route. (Le visage d'Hallis avait repris son impassible expression.) Je n'arrive pas à comprendre que l'Everest, univers pourtant si familier, ait eu raison d'elle.

Cette femme croyait-elle naïvement que l'erreur était impossible pour quelqu'un comme Brighton ? Ou bien sa remarque sous-entendait-elle autre chose ? Autre chose de bien plus macabre ?

Hallis m'a observée et a pris ma perplexité pour du mépris.

— Je vous en prie, docteur Brennan, ne me jugez pas hâtivement. Je ne suis pas idiote. Je ne crois pas que ma fille soit irréprochable. Grimper était sa passion. Personne n'était mieux préparé qu'elle aux risques de la montagne, risques qu'elle connaissait parfaitement. J'ai simplement besoin de savoir *comment* elle est morte.

J'étais perturbée par son raisonnement. C'était vraiment cela sa requête ? Faire en sorte que l'image de sa fille reste intacte, quitte à chercher ailleurs des coupables ?

— Je ne peux rien vous promettre.

— Tout ce que je vous demande, c'est un examen minutieux. S'il y avait la moindre preuve que cet accident ait été causé par un équipement défectueux, ou par tout autre élément qui aurait pu s'avérer défaillant, je tiens à le savoir.

Bingo. Procès. Voilà comment les riches gèrent le deuil. Mon capital compassionnel commençait à s'effriter.

— Je vous promets que nous ferons le maximum. (Je me suis levée, j'ai balancé mon sac par-dessus mon épaule et coincé l'enveloppe sous mon bras.) Vous trouverez mes conclusions dans le rapport.

Hallis s'est levée. Son tailleur Chanel n'avait pas un pli.

— Je vous ai organisé un rendez-vous avec les alpinistes de l'expédition de Brighton. Dara Steele, Cash Reynolds et Damon James vous attendront demain midi au *Leroy Fox.* Je vous ai réservé une table... Je les ai laissés choisir l'endroit... (Le ton sur lequel elle avait prononcé cette dernière phrase indiquait combien elle était navrée d'un restaurant aussi bas de gamme. Je m'en fichais totalement vu que c'était l'une de mes cantines préférées.) Je prends en charge ce déjeuner, cela va sans dire. Sentez-vous libre de leur demander ce dont vous avez envie. Dans mon souvenir, ils ne sont pas tellement force de proposition.

Hallis a souri, de ce sourire de façade qui en appelle un autre, de soumission. Je ne lui ai pas souri. Cette femme avait une conception unilatérale des relations humaines, comme si elle n'avait que des droits, et moi, que des devoirs. C'était effarant.

— Je vais vérifier sur mon agenda si je suis libre, ai-je tenté, pour la forme.

— Mes amis et moi vous sommes reconnaissants pour tous vos efforts.

Pas la peine de citer le nom de ses « amis »...

Une main manucurée à la perfection s'est approchée de la mienne et l'a serrée. Hallis n'a pas prolongé le contact plus que nécessaire.

Dehors, le ciel s'était embrasé, strié de longs rubans nuageux roses et jaunes. La nuit s'annonçait. Je suis restée un instant sur le seuil de la demeure à écouter le bruissement du vent dans le feuillage des chênes centenaires. J'ai humé le parfum des crocus qui sortaient enfin de terre après le long sommeil de l'hiver. Je savourais à sa juste mesure la plénitude que me procurait ce crépuscule printanier.

J'ignorais alors que je vivais là mon dernier moment de sérénité avant longtemps.

4.

Mon dimanche avait commencé par une petite papatte en fourrure blanche me tapotant le nez. Birdie voulait son petit déjeuner. Après avoir tenté de le repousser à plusieurs reprises avec des coups de coude inefficaces, j'ai finalement renoncé et je me suis extirpée du lit. Le désir de sommeil ne peut pas lutter contre la volonté implacable d'un chat.

La punition de Birdie a été de déjeuner seul : j'ai emporté mon bagel et mon café dans le patio. J'ai ignoré le voyant des messages téléphoniques qui clignotait... Ryan, très certainement. Le chat a contrecarré mon affront en plongeant sa tête dans l'écuelle de croquettes. Ou alors, il faisait semblant de s'en foutre.

Autour de moi, les azalées s'épanouissaient, rose et blanc, au milieu des feuilles vertes et brillantes de buissons plantés il y a des années, bien avant que j'emménage à Sharon Hall. L'air était lourd de pollen et de spores, avec la promesse d'allergies prêtes à vous faire éternuer. Au-dessus du mur, une cloche d'église semblait également prête à battre le rappel des croyants.

Le ciel était d'un bleu sans nuage, le soleil doux et tiède caressait mes épaules et mes cheveux. C'était un matin idéal pour la rando ou le vélo, pour faire du jardinage, pour bouquiner sur un transat. Certainement pas pour étudier des corps momifiés ou des gens morts de froid.

Mon portable a vibré, interrompant le fil de mes pensées. J'ai répondu tout en ôtant le silencieux de la sonnerie de mon téléphone.

— Tu as raté une super soirée, ma vieille.

Anne et moi avions été invitées à un dîner chez un ami commun. Elle y était allée, j'avais décliné. L'entrevue avec Blythe Hallis m'avait quelque peu déprimée.

— Eh ben moi, je prends un super petit déj, ai-je répondu, la bouche pleine de fromage à tartiner.

— Tu manges quoi ?

— Des bagels.

— Comment se porte la femme glacée ?

Jamais très subtile et jamais totalement sobre, Anne m'avait téléphoné la veille au soir pour exiger des détails sur le cas qui m'occupait. Sans lui lâcher le moindre nom propre, j'avais expliqué dans les grandes lignes l'état du cadavre.

— Aussi glaciale qu'une rencontre entre l'Allemagne et la Grèce sur des questions de subventions européennes.

— Elle est bien bonne.

Anne et moi, on adore faire des comparaisons à tout bout de champ, surtout si elles sont un peu tirées par les cheveux.

— Elle est bien nulle.

— C'est vrai.

Silence au bout du fil. Un ange est passé. J'ai mordu dans mon bagel. Siroté mon café. Puis Anne a repris :

— Tu veux mon avis ? Sauter en parachute, grimper sur des parois rocheuses en à-pic, vraiment, pour faire des trucs pareils, il faut être totalement fêlé.

Je ne pouvais pas la contredire sur ce point. J'étais d'accord.

— Ça reste bien triste. Une jeune femme ne devrait pas mourir à vingt-quatre ans. Je ne comprends pas cette envie de mettre sa vie en danger juste pour un shoot d'adrénaline. Le deltaplane, le saut à l'élastique, le BASE jump, l'escalade sur des glaciers. *Pfft...*

— Acheter des sushis à un vendeur de rue à Tijuana.

— Pourquoi faire ça ?

— Parce que c'est moins cher.

J'ai levé les yeux au ciel, heureusement, elle ne pouvait pas me voir.

— Je veux dire, pourquoi faire des sports de l'extrême ?

— Pour le frisson de la fulgurance ? Pour la fulgurance du frisson ?

— Ça ressemble à un désir de mort subliminal. Savais-tu que les probabilités de mourir par hasard dans un accident sont de trois pour cent ? Celles de mourir en escaladant l'Everest sont plus du double. Cette fille avait tout ce qu'on peut espérer. Et maintenant elle est dans une morgue avec une étiquette à son gros orteil.

— Tu ne serais pas un tout petit peu hypocrite ?

Anne aimait m'asticoter.

— Pardon ?

— T'es toujours à applaudir des deux mains les femmes qui réalisent des exploits de dingue.

— C'est-à-dire ?

— Amelia Earhart ? Sally Ride ? Diana Nyad ? Ça te dit quelque chose ?

— C'est totalement différent.

— Tu le crois vraiment ?

Les tours et les détours que prenait la conversation me filaient le tournis. C'est le cas de le dire. Ça arrivait souvent quand je discutais avec mon amie.

J'ai changé de tactique.

— La mère assure que toutes ces pitreries, ces façons de jouer les casse-cou, c'était pour épater le père.

— Alors, là, ça me parle ! N'y aurait-il pas de légères similitudes avec une jeune Tempe et sa maman ?

— Tu peux me rappeler ce que me vaut l'honneur de ce coup de fil matinal ?

Anne s'est lancée dans un incroyable récit sur ses aventures du début de journée impliquant un tuyau d'arrosage, un raton laveur et un genou salement esquinté. Je l'écoutais à moitié, non sans émettre des gargouillis d'approbation aux moments idoines.

— Tu as bien fait, ai-je conclu.
— C'était *lui ou moi.*
— Ma belle, faut que j'y aille.
— Salut-à-toute !

J'ai toujours apprécié chez elle cette manière rapide de mettre fin à nos conversations téléphoniques.

J'ai penché la tête en arrière et fermé les paupières afin de laisser les rayons du soleil inonder mon visage. Je revoyais mentalement les images de Blythe Hallis. Son tailleur haute couture, son maquillage ultra-sophistiqué, son arrogance décomplexée. Le bref instant où elle avait baissé la garde. Quelles que soient ses fautes, cette femme avait perdu sa fille.

Je me suis levée en massant l'arrière de mes cuisses. Le motif en treillis de la chaise métallique du patio s'y était imprimé. Pas la peine de se précipiter au labo, il y avait peu de chances que ME215-15 soit déjà complètement dégelée. Mais bon sang, pourquoi pas ? C'était plus fort que moi.

J'ai débarrassé en vitesse en repensant à Anne. N'avait-elle pas un poil raison ? J'avais tout le temps besoin d'être sous tension. Un peu comme Brighton Hallis ?

Les locaux du MCME étaient vides à l'exception de l'équipe d'astreinte du week-end. C'était si calme que le moindre bruit avait l'air de faire un raffut de tous les diables. Un chuintement provenant du système de chauffage, de ventilation et de climatisation, le claquement d'une porte se refermant, la sonnerie lointaine d'un téléphone. Je me suis rendue directement en salle d'autopsie cinq et j'ai poussé le chariot de Brighton Hallis sous la lumière.

Son teint de porcelaine avait perdu la patine brillante au profit d'un aspect plus blafard. J'ai appuyé mon pouce sur la chair au niveau de l'épaule. Ça avait ramolli. J'ai tenté de plier l'avant-bras droit. C'était loin d'être souple, mais mieux qu'hier. En imitant la méthode de ma grand-mère après son opération du genou, j'ai massé chaque membre lentement et avec méthode. Quatre-vingt-dix minutes plus tard, mes progrès se calculaient en microns.

— C'est un début, Brighton, tu feras mieux demain. (J'ai recouvert le corps avec la bâche en plastique.) Bientôt tu seras assez dégelée pour ne plus avoir ce corps d'épouse victorienne.

Bon sang ! J'avais vraiment prononcé ces paroles ? Et à voix haute, en plus ? Il était temps que je dégage d'ici.

J'ai enlevé tablier, masque et gants, je me suis lavée et j'ai foncé à mon rendez-vous imposé au *Leroy Fox*. Ce restau possédait plusieurs atouts en sa faveur : une nourriture excellente, on s'y garait facilement, il n'était pas loin de chez moi, pas le genre déjeuners-chichiteux-entre-dames. Bref, j'étais ravie que Blythe Hallis ait laissé choisir le lieu aux autres convives.

Bingo ! Je venais de repérer une place de parking tout près de la porte. À l'intérieur, un décor sobre, entre loft new-yorkais et ambiance virile de vestiaires chics. Partout des écrans ultra-plats accrochés aux murs, avec une qualité d'images telle qu'on pourrait en recevoir de Mars. Des chaînes de sport, principalement. Du base-ball, du basket et du football américain surtout. L'hôtesse d'accueil, une femme d'une vingtaine d'années avec un petit haut cintré et un jean noir, a murmuré « Hallis » à une serveuse d'une vingtaine d'années avec un petit haut cintré et un jean noir. Laquelle a souri largement, ce qui était une erreur fatale vu l'état de sa dentition. Jean Noir Numéro Deux m'a conduite vers l'alignement de box contre le mur du fond.

Sur un banc, épaule contre épaule, un homme et une femme étaient assis. Petite trentaine, voire moins. En m'entendant approcher, ils ont échangé un regard avant de m'observer. Aucune expression dans leurs yeux. J'ai deviné qu'elle devait être Dara Steele. Lui, impossible de savoir.

— Dr Temperance Brennan.

Je lui ai offert ma poignée de main et mon sourire le plus craquant.

Sa main était aussi mollassonne que sa queue-de-cheval. Elle a laissé retomber son bras sur ses genoux et s'est recroquevillée comme si elle voulait encastrer sa frêle silhouette dans le corps de son camarade.

— Cash Reynolds, a déclaré ce dernier sans la moindre chaleur dans la voix, mais la poigne était plus ferme.

— Puis-je… ? ai-je répondu en désignant du menton le banc libre.

Reynolds a hoché la tête, évitant sciemment de croiser mon regard.

Je me suis glissée à table, évaluant du coin de l'œil le couple face à moi. Reynolds était beau, costaud, musclé, et sans doute habitué à ce qu'on le lui dise. Des yeux marron foncé. Des cheveux châtains arrangés avec soin sans donner l'impression qu'ils étaient coiffés. Il portait une chemise en coton aux manches remontées sur des avant-bras noueux. Steele ressemblait à un épouvantail décoloré survivant dans son ombre.

— Mme Hallis m'avait annoncé un déjeuner avec les trois alpinistes de l'expédition de Brighton.

Ma tirade impliquait une question muette.

— Damon est en retard, a dit Reynolds, un doigt sur l'anse de son mug.

— Comme d'hab, a rétorqué Steele avec une mine indiquant sans ambiguïté que cela ne l'amusait pas du tout.

Une serveuse est arrivée. Oui, avec un petit haut cintré et un jean noir. Mais elle avait noué un tablier par-dessus.

— On sait jamais avec Damon… On n'a qu'à commander.

Sans me consulter, il a demandé deux hamburgers frites et le même soda que celui qu'ils venaient de boire, deux *ginger ale*. Qu'essayait-il de prouver ? Qu'il était celui qui entretenait Steele ? Qu'il voulait en terminer au plus vite ? Qu'il n'était qu'un sombre connard autocentré ?

J'ai préféré ne pas en tirer de conclusions hâtives. J'ai pris du poulet grillé, des courgettes et un Coca light. Allez, pourquoi me priver ? On était dimanche après tout. Et je n'avais pas eu le temps de consulter le menu à la recherche de la petite salade légère.

— Merci d'avoir accepté de me rencontrer, ai-je commencé comme si nous avions eu le choix. J'aimerais apprendre le plus de choses possible sur ce qui s'est déroulé sur le mont Everest le jour de la mort de Brighton.

À nouveau, ces regards furtifs, ces visages fermés. Et un long silence pesant.

Les secondes, puis les minutes se sont écoulées.

OK, essayons une autre approche.

— Comment vous êtes vous tous rencontrés ?

— À une réunion des *Charlotte Grimpeuses*, a lâché Steele sur le ton de celle qui ne lâche rien d'ordinaire. C'est un groupe d'alpinistes femmes.

Reynolds m'a paru mal à l'aise. Il ne mouftait pas, mais avait les joues en feu.

— Cash, continue, toi... (Voyant qu'il se taisait toujours, elle a enchaîné.) Brighton et Cash sortaient ensemble.

— Putain, Dara, laisse tomber !

Steele s'est repliée sur elle-même, avec un regard de chien battu.

— Vous et Brighton étiez en couple ?

— Brièvement.

— Sur le mont Everest ?

Long silence.

— Ça dépend à qui vous posez la question, a précisé Steele dans un message énigmatique.

Reynolds étudiait sa fourchette avec intérêt.

Je m'apprêtais à poursuivre lorsque notre serveuse nous a apporté assez de nourriture pour alimenter une classe de troisième. Nous avons dégusté tout un assortiment d'assaisonnements, de sauces et de condiments sans le moindre mot.

— Qui d'autre était avec vous sur le mont Everest ?

— Damon James. Il était l'associé de Brighton sur un projet commercial, a précisé Steele avec un coup d'œil à Reynolds, qui l'a ignorée. Elle connaissait Elon Gass depuis l'université. Bright a commencé à rassembler les membres d'une cordée pour escalader l'Everest, mais c'était une éternité avant la compétition.

— La compétition ?

— Plutôt un show de téléréalité, a corrigé Reynolds. Un peu comme l'émission de CNN, *Parts Unknown*, d'Anthony Bourdain qui fait découvrir la cuisine de tel ou tel coin du monde. Les producteurs voulaient adapter le concept, mais à la découverte de la haute montagne. Ça devait s'appeler *En altitude.* La boîte de production cherchait son animateur, forcément un grimpeur chevronné. La communauté des alpinistes s'est emballée.

Je me suis adressée à Steele.

— Brighton avait envie d'être castée ?

— Qui n'en aurait pas eu envie ? Être payée pour porter un super équipement de pointe, voyager dans des super endroits, tester les hôtels, organiser des cordées, devenir célèbre ? N'importe qui aurait fait n'importe quoi pour être pris au casting.

— Y compris vous ? (À nouveau, ce regard fixe et vide.) Espériez-vous être sélectionnée ?

Elle a haussé ses épaules maigrelettes.

— Comme si elle avait ses chances, a répliqué Reynolds d'un ton acerbe. (J'étais à présent sûre de l'option « sombre connard ».) Ces gars adoraient Brighton et elle, elle était sûre que l'affaire était dans le sac. Il lui suffisait de réussir à atteindre le sommet de la plus haute montagne de la planète, et le tour était joué.

— Elle nous avait convaincus que nous aurions besoin de l'Everest pour être des concurrents crédibles, a renchéri Steele.

— Et maintenant, le champ est libre, n'ai-je pu m'empêcher d'ajouter.

Vilaine habitude. J'avais l'esprit mal tourné.

Reynolds a secoué la tête.

— Elon est devenu leur nouveau golden boy. Si jamais il arrive à rentrer de Russie !

— Tu parles, a ricané Steele. Ils ne peuvent pas choisir le mec qui a renoncé avant d'atteindre le sommet.

— Elon n'était pas avec vous jusqu'à la fin de l'ascension ?

— Non. Et maintenant il est parmi les finalistes. Cette émission, c'est de la foutaise.

C'était la première fois que Steele semblait éprouver quelque émotion. Visiblement un sujet sensible chez elle.

— Alors, comme ça, Brighton était votre guide ?

— Vous plaisantez ? (Reynolds a écrasé une frite dans son ketchup.) Aucun de nous n'a les qualifications requises pour être guide. Nous sommes des alpinistes des Sept Sommets.

— Oui, je sais, les montagnes les plus élevées sur chacun des sept continents, ai-je répliqué en me remémorant les infos sur les courses de haute montagne.

Depuis que cette histoire m'avait été racontée la veille par Blythe Hallis, quelque chose me tracassait. Je moulinais mes souvenirs de géo en première année de fac.

— Les continents... On en compte six, non ? L'Afrique, l'Antarctique, l'Australie, l'Eurasie, l'Amérique du Nord, l'Amérique du Sud.

— D'un point de vue géologique, c'est exact. D'un point de vue politique, non. L'Europe et l'Asie sont considérées comme deux entités séparées, aussi faut-il inclure le mont Blanc entre la France et l'Italie, et le mont Elbrouz, dans le massif du Caucase qui marque la frontière entre la Russie et l'Asie. Cela donne en fait huit sommets, parce que vous devez en compter deux pour l'Océanie. Le mont Kosciuszko est le plus haut sommet d'Australie, mais techniquement, le plus haut point de l'Océanie est la pyramide Carstensz, une montagne en Papouasie Nouvelle-Guinée.

Reynolds pouvait paraître odieux, il n'en était pas pour autant stupide. J'ai voulu poser une autre question, mais il m'a promptement coupé la parole.

— Le problème, c'est que... (petit arc de cercle avec sa fourchette plantée dans une frite), comment dire... aucun des Sept Sommets n'est une ascension extrêmement compliquée. Même avec le défi que représente la très haute altitude, grimper sur l'Everest n'est pas une prouesse technique. Nous pensions donc être suffisamment entraînés, et en forme, pour nous y attaquer.

— Oui, nous avons cru que nous pourrions le faire, a marmonné Steele.

— Alors que s'est-il passé ?

Ma patience s'émoussait avec toutes leurs esquives et leurs façons de contourner le sujet.

— L'altitude.

— Continuez, l'ai-je encouragé, avant de jeter ma serviette roulée en boule dans l'assiette, désormais vide.

— Nous ne savions pas vraiment à quoi nous nous engagions. Aucun de nous n'avait escaladé un des huit mille.

— Imaginez que je ne sois pas abonnée au magazine d'aventure *Outside*, et expliquez-moi.

— Les huit mille, c'est le nom des quatorze sommets dépassant huit mille mètres et situés dans le massif de l'Himalaya et dans celui du Karakoram au Pakistan. Ils sont tous dans la zone de la mort.

— C'est la zone où il n'y a plus assez d'oxygène pour maintenir la vie.

Je savais, évidemment, qu'à cette altitude, ça ne pardonnait pas pour un être humain. Au-delà de huit mille mètres, les taux d'oxyhémoglobine chutent.

— Nous étions vierges en matière de Death Zone, a poursuivi Reynolds. (Au fur et à mesure qu'il s'exprimait, Steele se rabougrissait, le regard tourné vers le sol, le visage aussi immobile qu'un papillon de nuit posé sur une branche. J'aurais parié qu'elle n'avait pas du tout kiffé son séjour dans la Death Zone.) Tout devient un enfer au-delà de huit mille mètres. Respirer, manger, pisser, dormir. Avez-vous entendu parler des termes HAPE et HACE ?

Reynolds venait d'utiliser les acronymes pour « œdème pulmonaire de haute altitude » et « œdème cérébral de haute altitude ». Pour faire simple, excès de liquide dans les poumons et dans le cerveau. Déclenchés par la privation d'oxygène, HAPE et HACE sont les premières causes du mal des montagnes dans sa forme aiguë.

— C'est ce qui a tué Brighton ?

— J'suis pas toubib !

La repartie trahissait une émotion forte. Angoisse ? Culpabilité ?

J'ai eu une intuition fulgurante.

— Vous n'étiez ni l'un ni l'autre avec elle quand elle est morte, c'est ça ?

Steele semblait hagarde d'un seul coup.

Reynolds frottait nerveusement son pouce contre son mug.

J'ai repoussé mon assiette sur le côté. J'ai siroté mon Coca et laissé le temps s'étirer. Reynolds a craqué le premier.

— Vous ne pouvez pas savoir comme c'est dur là-haut.

— Racontez-moi, ai-je suggéré du tac au tac en faisant un geste à la serveuse pour qu'elle s'éloigne.

— Tout va de travers. L'air a un parfum différent, vos vêtements n'ont plus la même odeur, même votre nourriture à un goût différent. Si toutefois vous parvenez à l'avaler. (Il a fait une pause, apparemment pas satisfait de ce qu'il venait de déclarer.) Là-haut, votre cerveau ne fonctionne plus normalement. Mettre un pied devant l'autre est un effort aussi grand que si vous couriez le marathon.

— Il a fallu que je contourne un cadavre, a murmuré Steele d'une voix sortie de nulle part. Mon cerveau me commandait de pleurer, mais tout ce que j'arrivais à faire c'était avancer, reculer, m'éloigner.

— La descente, c'est la partie la plus difficile.

— C'est ce qui a causé la mort de Brighton, a chuchoté Steele.

— Personne ne sait ce qui a causé sa mort, l'a brutalement contredite son ami avant de me regarder. La dernière fois qu'on l'a vue, on redescendait et elle montait.

— Pourquoi ne pas avoir grimpé avec elle ?

— Elon repartait vers le flanc du Kangshung, c'est le flanc est de l'Everest. Il se sentait très mal. (Les lèvres de Steele tremblaient, ses yeux s'humidifiaient.) Nous avons perdu Bright en haut de l'Hillary Step, une paroi rocheuse de douze mètres. Elle...

— C'est le dernier défi avant le sommet. On doit l'escalader en étant arrimé à des cordes fixes, et l'endroit peut se transformer en goulot d'étranglement. Mais pas ce jour-là.

(Il a dégluti, puis inspiré profondément.) Bright était devant nous.

— Elle était toujours en tête.

— Elle est restée en haut pour attendre une autre alpiniste qui montait derrière nous.

— Nous, nous avons continué à escalader jusqu'au sommet juste avant le délai.

— Quel délai ?

— Vous devez entamer la descente à 14 heures, sinon vous ne pouvez plus rallier le camp avant la nuit.

J'ai acquiescé d'un hochement de tête. *Pigé.*

— Au-dessus de huit mille mètres, vous avez constamment besoin d'oxygène supplémentaire. Il est impossible de bivouaquer à cette hauteur sans risquer d'être à court sur vos réserves. Nous avions assez pour atteindre le sommet et redescendre.

Reynolds était sur la défensive.

— Nous ne sommes restés au sommet que dix minutes. (Le regard de Steele était fiévreux.) Pas plus. Personne ne s'aventure à y demeurer davantage.

— Relâche un peu la pression, Dara, ça va. En redescendant, on a croisé Bright, à environ une centaine de mètres du pic.

— Elle était avec un guide ?

— Un guide ? Vous rigolez ? On était trop cool pour prendre un guide !

La voix avait surgi derrière nous. On a tous regardé dans la même direction.

5.

L'homme était un grand gaillard barbu au corps musclé. Il portait un jean et un sweat-shirt dont il avait découpé les manches au niveau des épaules. Un tee-shirt à trous en dessous. Des bottes. De superbes yeux verts. Sans qu'on le lui propose, il s'est laissé tomber sur le banc à mes côtés. J'en ai déduit que c'était le Damon James en retard. Je me suis décalée sur la gauche pour lui faire de la place.

Petit salut pas très chaleureux au nouveau venu, et puis Reynolds a repris son récit.

— Nous utilisions les services d'une entreprise semi-indépendante – ou si vous préférez, soutenue par la pub. Nous avions des sherpas qui s'occupaient des tentes, de la nourriture, des réserves d'oxygène, et des cordes fixes. Mais pas de guides.

— Hé mec, c'est parce qu'on est des *badass*, qu'on a trop la classe, qu'on arrive à grimper et à redescendre sans l'aide de personne ! (OK, James se la jouait à fond. Petit air narquois. Peut-être son comportement habituel.) C'était le choix de Bright, n'oublie pas. Ou plutôt le choix de la prod. (Il s'est tourné vers moi.) Hé ! Ils vous ont causé de l'émission *En altitude*, le Saint Graal des grimpeurs ?

— Ils l'ont fait. (Je me suis à nouveau adressée à Reynolds.) Donc Brighton aurait dû être en mesure d'atteindre le sommet avant le délai ? Il lui restait trente minutes pour parcourir quatre-vingt-dix mètres, c'est ça ?

Quatre-vingt-dix mètres. La distance d'un home run au base-ball. La longueur de trois terrains de basket de la NBA ou d'un terrain de foot.

Trois paires d'yeux m'ont observée avec effarement.

— Peu probable, a déclaré James.

— Les gens ne comprennent pas ce qui se passe là-haut, a marmonné Steele, les coudes à présent calés sur la table. Vous avez la tête qui tourne tout le temps. Votre cerveau déconne. Un matin, j'étais dans ma tente à regarder des chaussures en me demandant quelle paire était la mienne. Quand enfin, je les ai enfilées, il m'a fallu vingt minutes pour comprendre que je devais les lacer.

— Imaginez que vous gravissiez un millier de marches en portant vingt-deux kilos d'équipement, et que vous respiriez à travers une paille à cocktail, a continué Reynolds. Une seule enjambée peut vous prendre dix minutes. La règle est de ne jamais excéder soixante pour cent de votre capacité physique.

— Qui est quasi nulle là-haut, a ajouté James.

— La règle absolue, c'est de faire demi-tour avant 14 heures, a redit Steele, cette fois, avec un regain d'exubérance.

— Les règles ne signifiaient rien pour Bright. (James à nouveau.) J'ai essayé de la convaincre de redescendre avec nous, mais elle n'a rien voulu entendre. Elle était déterminée à grimper jusqu'au sommet. Pire, elle était persuadée que cela ne l'amènerait pas à dépasser l'heure limite.

— On aurait dû les obliger à redescendre, a chuchoté Steele.

— *Les* obliger ? ai-je répété.

— Oui, elle et la femme qu'elle attendait pour pouvoir l'aider, a répondu Reynolds.

— Vous ne pouviez *pas forcer* Bright à agir contre son gré, a affirmé James, un brin méprisant.

Un détail ne collait pas avec le portrait que je me faisais de Brighton.

— Si elle était si obsédée par l'idée d'atteindre le sommet, pourquoi s'arrêter à Hillary Step pour proposer son aide ?

— C'était étrange, a marmonné Steele.

— Étrange ?

— Il fallait qu'elle soit toujours la première de cordée.

— Peut-être avait-elle chopé HAPE et HACE ? a suggéré Reynolds sur un ton pas très convaincu. C'est comme être ivre. Ça vous entraîne à faire les mauvais choix.

— Ç'aurait pu le faire, a dit Steele, s'il n'y avait pas eu cette tempête.

— Attendez, il y a eu une tempête ?

Ces trois-là me racontaient-ils la vérité ? Ou s'amusaient-ils à me balader en me refourguant des trucs racontés par le journaliste Jon Krakauer dans son livre *Tragédie à l'Everest*[1] ?

— Pour être exact, a rectifié James, pas une tempête, une bourrasque. Ça fond sur vous très vite et ça vous ralentit.

— On était morts de froid en rentrant au camp, a expliqué Steele. Mon masque d'altitude ne fonctionnait plus, le régulateur d'oxygène était grippé par la glace. Cash délirait et il a failli s'égarer dans la neige. (Reynolds a soufflé avec agacement.) On s'est à moitié évanouis en arrivant dans nos tentes respectives. Ce n'est qu'une fois la nuit tombée qu'Elon a réalisé que Bright n'était pas redescendue.

À nouveau, j'estimais leur récit assez incohérent.

— Je ne comprends pas... Vous vous reposez, et ensuite, alors que vous êtes en train de vous faire quelques selfies pour le souvenir, personne ne remarque que votre chef de cordée n'est pas là ?

— On n'imaginait pas qu'elle avait des problèmes, a-t-elle rétorqué sur un ton véhément. (Trop véhément ?) Elle n'a pas envoyé de message radio. Après l'avoir croisée juste en

1. *Tragédie à l'Everest* (*Into Thin Air : A Personal Account of the Mt. Everest Disaster*) est un livre autobiographique de 1997 écrit par Jon Krakauer. Il raconte les événements ayant conduit à une tragédie lors d'une expédition sur l'Everest en 1996 et où huit alpinistes ont trouvé la mort. Ce livre a été adapté deux fois, dans un téléfilm, puis au cinéma.

dessous du sommet, on n'a plus jamais entendu parler d'elle. Ça n'avait aucun sens.

— Un autre guide a alerté notre sherpa. (Reynolds reprenait le fil de l'histoire.) Il lui a dit que la seconde grimpeuse – celle en retard – était très mal en point, qu'il fallait la redescendre au camp numéro un et la rapatrier dans la vallée en hélico. Damon a voulu remonter chercher Bright, mais c'était impossible. Nous étions épuisés, il faisait nuit, et, pour être totalement honnête, on n'avait pas les compétences pour s'improviser sauveteurs.

— C'était horrible, on n'arrivait plus à la joindre sur la radio.

Soit Steele était réellement bouleversée, soit c'était une comédienne dans l'âme.

— Nature un, êtres humains zéro, voilà le score final, a résumé James. Le lendemain, une expédition de Taïwanais a découvert son corps dans un renfoncement du South Summit, le deuxième pic le plus haut après celui de l'Everest. Bright gisait à cent cinquante mètres du sommet. Deux sherpas ont tenté de la désencastrer, mais elle avait gelé sur place. Elle n'a pas sombré dans un coma hypothermique comme Beck Weathers ou David Sharp, qui étaient encore vivants. Elle est morte congelée.

En voyant ma mine interloquée, Reynolds a expliqué qui étaient les deux personnes citées.

— Sharp est un alpiniste mort gelé. Il respirait encore faiblement quand il a été abandonné en l'état. On croyait ne plus pouvoir rien faire contre son hypothermie. Son corps sert aujourd'hui encore de repère sur la piste d'escalade. Weathers, c'est une autre histoire. Il a été abandonné parce que les gens étaient vraiment persuadés qu'il était mort. Il a pu marcher jusqu'au camp et être sauvé.

— Enfin, si on peut dire, a ajouté James. Il a été amputé d'un bras, du nez et de la plupart de ses orteils. Mais je l'avais croisé avant son expédition. Le pauvre, il n'était déjà pas beau à voir...

Quel salopard, mon Dieu...

James a continué sur sa lancée, dans une démonstration qui se voulait neutre, clinique.

— Brighton était morte. Il n'y avait plus rien à faire. C'était descendre ou crever. Chacun connaissait les risques d'une telle aventure.

Elle n'a pas sombré dans un coma hypothermique comme Beck Weathers ou David Sharp. Elle est morte congelée. Les mots qu'il avait prononcés ne me quittaient pas.

— Qu'est-ce que vous croyez qu'il a pu lui arriver au sommet ?

James a haussé les épaules.

— Comment savoir ? Elle était peut-être dans un état de confusion, ou simplement trop épuisée, et elle n'aura pas retrouvé les cordes pour redescendre la falaise d'Hillary Step. Peut-être s'est-elle assise et a trouvé la mort ainsi. Ça arrive. Si la température n'avait pas dégringolé cette nuit-là, elle aurait pu tenter un retour, même dans le noir. Mais avec ce putain de froid, et pas assez d'oxygène, elle était foutue.

C'était au tour de Steele de continuer le récit :

— L'autre alpiniste a raconté aux sherpas que Bright avait insisté pour qu'elle redescende *Hillary Step* la première. Elle a juré qu'elle l'a attendue au bas de la falaise mais que Bright n'est pas réapparue. Elle n'a pas eu la force, ni assez d'oxygène, pour remonter la sauver. Alors elle est redescendue chercher de l'aide au camp.

— Quel est le nom de cette alpiniste ?

Dix secondes de silence.

— Je crois qu'elle était italienne, a-t-elle répondu en regardant Reynolds.

— Non... colombienne.

— Elle faisait de l'escalade en solitaire, a ajouté James. On ne la connaissait pas.

— Et vous n'avez pas essayé de la revoir ? Je veux dire... un peu plus tard, une fois que vous étiez tous redescendus dans la vallée ?

Merde enfin ! Ces trois-là avaient vraiment une sale mentalité.

— Qu'est-ce que vous vouliez qu'on fasse ? Y avait plus rien à dire, a répliqué Reynolds. Bright était morte.

Nouveau silence. Cette fois, brisé par Steele.

— Je suis désolée, mais je ne peux pas continuer à m'en vouloir le restant de mes jours. Cela fait trois ans et il est temps de passer à autre chose.

En un ordre implicite, Reynolds a bougé ses jambes sous la table pour se lever.

Steele l'a imité.

— C'était dur. (Voix chevrotante.) Vous n'avez pas idée.

Puis, sans que leurs corps se touchent, ils ont marché tous les deux vers la porte.

— N'est-elle pas craquante ?

J'ai regardé James. Lui regardait ses deux compagnons s'éloigner. Si son visage n'exprimait aucune émotion, le venin dans sa voix ne pouvait être ignoré.

— Vous n'aimez pas Dara, n'est-ce pas ?

— Si quelqu'un avait un motif pour abandonner Bright sur cette foutue montagne, c'était bien elle.

Ça, je ne l'avais pas vu venir du tout !

— Sérieux ?

— Dara haïssait Brighton. Elle crevait de jalousie. Elle voulait être *elle*.

— Que voulez-vous dire ?

— *Stand by your man.*

Il avait presque fredonné cette chanson des années soixante. De Tammy Wynette, je crois.

— Vous insinuez que Steele voulait sortir avec Cash ?

James a fait ce truc marrant avec ses sourcils, genre « si j'y crois ? Bien sûr que j'y crois ».

— Elle m'a paru si prostrée, si passive.

— Ouais... Passive comme un black mamba enroulé sur lui-même juste avant l'attaque. Bon, je ne devrais pas la stigmatiser comme ça. Verbalement, tout le monde adoooooorait Brighton. Mais au fond, ils essayaient tous d'obtenir quelque chose d'elle. Moi le premier.

— Oh ?

— Ils vous ont dit qu'on était associés sur un projet ?

— Oui, Dara l'a mentionné.

— Bright avait eu l'idée de lancer une organisation à but non lucratif pour aider les sherpas du Népal. Elle voulait l'appeler « Brighton Ascensions ». Ça, c'était côté pile. Côté face : regonfler nos profils pour nous rendre hyperattractifs auprès d'une émission de téléréalité. Elle, elle avait le charisme, mais moi, j'avais le réseau qu'il fallait dans l'Himalaya. Elle détenait le nerf de la guerre grâce à ses amis riches. En moins d'un an, elle avait réussi à lever des fonds de plus d'un million de dollars.

— Votre rôle là-dedans ?

— Mon charme fou de beau gosse. (N'obtenant de ma part aucune réaction, il a poursuivi :) Je connais bien la communauté des alpinistes dans cette partie du monde. Je connais bien les arcanes de la bureaucratie tatillonne du Népal. Si nous devions démarrer un projet, je serais celui qui saurait mettre de l'huile dans les rouages. En attendant, je n'étais là que pour la balade. (Gros clin d'œil séducteur.) C'était vraiment chouette.

— Vous aviez négocié un petit salaire, j'imagine ?

— Vous travaillez gratos, vous ?

Bon, fallait bien avouer qu'il marquait un point.

— Elon Gass ?

— Ce pauvre Elon était toujours fauché. Bright a financé son voyage. Il lui devait trente mille dollars.

— C'est plutôt une addition salée pour une simple expédition.

— Et encore, m'dame, je vous ai donné le montant budgeté, a-t-il répliqué avec sa mine narquoise.

— Ça dépend à combien vous estimez le prix à payer !

Je sais, c'était facile.

Mais c'était vrai : Brighton Hallis avait payé le prix fort.

James a reculé et s'est levé en un bond gracieux. Il m'a dévisagée.

— Écoutez-moi bien. Entre Dara et moi, ce n'est pas le grand amour, vous vous en êtes rendu compte. Alors, cette fille n'a peut-être pas inventé la poudre, mais elle a raison sur un point : vous n'étiez pas là-haut, vous ne pouvez pas comprendre la situation. Brighton a pris des risques, et oui, elle en a « payé le prix ». Mais putain, c'est toute la cordée qu'elle a mise en danger ! On aurait tous pu y passer ! Je suis triste qu'elle y soit restée, mais c'était pas de notre faute. Je refuse de porter cette culpabilité, simplement parce que c'était une jolie blonde répondant au doux nom d'Hallis. Affaire classée !

Sur ces entrefaites, il est sorti du restaurant à grandes enjambées.

J'allais apprendre au cours des prochaines quarante-huit heures combien ces trois-là avaient tout faux.

6.

Il m'a fallu attendre mardi matin pour que ma thérapie dite « du genou de grand-mère » soit concluante. À exactement 10 h 47 et 22 secondes, j'ai enfin réussi à déplier la jambe droite de Brighton Hallis. J'ai aussitôt contacté Larabee.

— Tu fais une fluoroscopie ?

Sa voix étouffée me prouvait qu'il était occupé à autre chose, le téléphone certainement coincé dans le cou.

— Oui.

— Va falloir que tu te débrouilles seule.

— Pas de problèmes.

Tu parles.

— Idem pour les empreintes digitales.

— Je pense que ses doigts sont assez dégelés pour que je puisse les réhydrater et prendre des empreintes.

— Tu as une idée de ce qui lui est arrivé ?

— Hypothermie, hypoxie, HACE, épuisement, traumatisme crânien... (J'énonçais la liste des suspects.) Un scanner de la tête serait une bonne idée si tu veux établir les causes précises du décès.

Les tissus mous et les organes, c'est sa partie.

Pas étonnant qu'il ait grogné, puis raccroché. Ou qu'il ait lâché le téléphone. Difficile à dire.

Une fois blouse et gants enfilés, j'ai hiérarchisé les étapes de mon boulot à venir. D'abord, m'occuper des empreintes. Ensuite, la radio. Et ensuite ? Je ne savais pas trop encore...

J'ai attrapé la main la plus accessible et j'ai enserré le pouce entre les cisailles. J'ai serré de toutes mes forces avec mes deux paumes, comme précédemment. Les lames ont mordu la peau desséchée et sectionné l'os. Le pouce est tombé avec un léger *bong!* J'ai répété le processus sur chaque doigt. Quand j'ai eu fini, cinq doigts gisaient sur la table telles des petites branches marron pétrifiées. Mes paumes avaient chauffé sous le latex.

J'ai déposé un bol en acier inoxydable dans l'évier que j'ai rempli d'une solution permettant aux tissus de recouvrer une certaine élasticité, le genre de produit qu'utilisent les thanatopracteurs pour redonner un aspect apaisé aux morts. J'y ai plongé les bouts de doigts. J'ai fait un pas en arrière pour contempler le résultat en songeant à ce proverbe : *tout vient à point à qui sait attendre.* Car cela prendrait des heures, si ce n'est des jours.

Les os en surimpression sont difficiles à interpréter sur des radios. Les corps allongés sont plus faciles à traiter. J'ai appuyé doucement mais avec fermeté sur la silhouette courbée jusqu'à obtenir une position quasi allongée, sur le dos. Pas évident, mais j'ai réussi. Tout semblait rentrer dans l'ordre, à l'exception des chaussures encore dures comme de la pierre. Impossible de les retirer pour le moment. J'ai pesté un peu parce que chaque technique que j'avais envisagée nécessitait de me déplacer ailleurs. Comme remonter tout le couloir en poussant mon chariot pour me rendre à la salle de radiologie.

La fluoroscopie est une méthode d'imagerie médicale en temps réel dans laquelle les images sont rapatriées instantanément vers un écran à partir duquel on peut les analyser. Bon, j'ai simplifié au maximum, mais vous voyez le principe.

J'espérais qu'une radio de l'ensemble du corps me révélerait un détail anormal, comme un traumatisme, ou la preuve d'une maladie au niveau du crâne, du squelette, de la musculature ou des intestins. Cette technologie me permettrait aussi de comparer les radios ainsi obtenues avec celles – ante mortem – du dossier médical de Brighton Hallis.

J'ai poussé le brancard jusqu'à l'appareil qui ressemble beaucoup à une IRM à champ ouvert (ces nouveaux modèles où le patient n'est plus obligé d'être dans un tube étroit). J'ai ensuite installé le corps sur la table de fluoroscopie, en commençant par la tête et les épaules et en finissant par les jambes et les chaussures. J'ai mis un tablier en plomb, des lunettes de protection spéciales antiradiations, puis, avant de me caler derrière l'écran de contrôle, j'ai effectué les réglages tels que je l'avais vu faire de nombreuse fois par les techniciens.

Quelques ronronnements et cliquetis plus tard, le spectacle pouvait commencer. Le bras de l'appareil en forme de crochet a commencé son lent voyage au-dessus du cadavre de Brighton, de la tête aux orteils, me balançant des images au fur et à mesure de sa progression. Un panorama en perpétuel mouvement, avec des contrastes en gris, en noir et en blanc, envahissait mon écran.

Voir défiler l'intérieur de cette pauvre gamine avait de quoi fendre le cœur. Les traumatismes sur son squelette se révélaient au-delà de mes pires craintes. Des cassures nettes apparaissaient, d'autres dentelées. Tout cela témoignait d'un grand nombre de fractures post mortem. Je me demandais ce qui avait bien pu arriver au moment du rapatriement du corps entre la récupération, la descente de la montagne et l'hélitreuillage. Sans compter les heures d'avion. J'ai réitéré l'opération pour être certaine de prendre tous les clichés nécessaires, sachant d'avance que dissocier les blessures ante mortem et perimortem d'avec celles post mortem serait une source d'emmerdements.

Je sentais la colère me gagner. Qu'est-ce que m'avait dit Larabee, déjà? « Ça va être un jeu d'enfant. » *Bien sûr, on y croit tous!* Un visage distordu et momifié. Des mains ratatinées. Plus aucune dent. Des os brisés.

Un début de migraine a frappé à l'arrière de mon œil gauche. Un accès de culpabilité m'a submergée. La fille qui reposait sur la table de fluoroscopie n'avait rien demandé non plus.

Reconcentre-toi sur le boulot.

Les bases de l'identification d'abord. Vu que j'avais un corps entier à ma disposition, je pouvais procéder à des mesures correctes. Un mètre soixante-douze en soustrayant les chaussures. Le développement musculaire dénotait soit un individu de sexe masculin et petit, soit un individu de sexe féminin et grand.

Le bassin, quoiqu'en plusieurs morceaux, restait articulé par la chair. J'ai relevé une large échancrure sciatique, un large os pubien, et un angle sous-pubien en forme de U : que des caractéristiques propres aux femmes.

Cela, plus la masse grise à l'écran représentant son utérus et ses ovaires. Le doute n'était plus permis. Sans compter le vagin que j'avais vu en la déshabillant. Les fameux « indices anatomiques » comme on dit dans le métier.

Les extrémités distales et proximales des os longs ne montraient aucun trouble osseux ni aucune indication de fusion de l'épiphyse récente. Peut-être une trace sur la clavicule médiane. Vu l'état du développement du squelette, j'ai établi un âge entre dix-sept et vingt-cinq ans. Ça collait avec celui de Brighton au moment de son décès.

La race. C'est toujours la question qui pose problème. Cette peau pâle et ces cheveux blonds indiquaient un individu de type caucasien. Mais la mort peut jouer de drôles de tours à la pigmentation de la peau. Des os malaires rapprochés et la forme du crâne confirmaient une origine européenne. Le reste de l'architecture faciale ne m'était que de peu d'aide.

Pourquoi ? La distorsion faciale n'était pas due uniquement à la seule action du gel. En plus du traumatisme dentaire, les maxillaires inférieur et supérieur et la cavité nasale avaient été endommagés d'une manière globale. Ma première hypothèse était qu'elle avait dû tomber en avant sur une surface terriblement dure, par exemple un rocher conique ou une énorme stalactite de glace. L'interprétation n'était pas aisée à cause de la présence de plusieurs fractures à l'arrière du crâne en plus de ces dégâts causés au visage.

Après avoir travaillé trois quarts d'heure sur l'écran, mes notes se résumaient ainsi : sexe féminin, sans doute blanche, âge compris entre dix-sept et vingt-cinq ans, blonde, mesure un mètre soixante-douze. Le profil correspondait à celui de Brighton Hallis, mais ça n'était pas assez pour une identification à cent pour cent.

Cette confirmation ne viendrait que grâce au fichier médical. Du coup, j'ai glissé les radios ante mortem sur le négatoscope pour les étudier en détail. En plus de la fracture du cubitus, j'ai repéré une fracture soignée du calcanéum gauche. Rien d'autre à signaler.

Retour à l'écran. En quelques secondes, j'ai vu l'opacité qui suggérait la vieille fracture au cubitus. Ça remontait à loin. Du moins, ça en avait l'air. À présent, j'étudiais les diverses fractures de l'avant-bras qui impliquaient à la fois le radius et le cubitus. Le chevauchement des os et des tissus empêchaient de les examiner clairement. J'ai appuyé sur un bouton pour imprimer une copie de la radio.

Passons aux pieds. Y jeter un œil était exclu. Les chaussures d'expédition pour ascension technique de chez Millet – modèle Everest Summit GTX – comportaient trop de métal pour espérer un résultat satisfaisant à la radio.

Frustrée, j'ai redressé mon dos et roulé les épaules afin de soulager les tensions musculaires. OK. Peut-être une fracture du cubitus ante mortem. Peut-être des caractéristiques de type caucasien. Ce cadavre semblait vouloir défier toute tentative d'identification. Je devais donc me résoudre à régler ça à l'ancienne. Faire bouillir les os, puis pratiquer une excarnation, car, une fois les os débarrassés de la chair, un face-à-face visuel serait possible. *Ça va être un jeu d'enfant.* Mon cul, oui !

J'ai fait claquer mes gants en latex en tirant dessus au niveau des poignets, et allez, zou ! J'ai vérifié l'heure. Presque midi. Après avoir avalé un sandwich salade œufs durs et un Coca light, j'étais à nouveau à pied d'œuvre. Face à l'ordinateur, j'ai commencé à cataloguer et à dessiner les diagrammes de ma ME215-15 à partir de cette corne d'abondance qu'était la liste de ses blessures.

Les images à l'écran constituaient un réseau de lignes parallèles, convergentes et divergentes, semblable à une carte routière. Elles croisaient les os et les fractures. Ce traumatisme du squelette m'évoquait un tableau peint par Andrew Wyeth : plusieurs meules de foin entremêlées. Ma tâche était de faire le tri dans tout ça et de ne conserver que ce qui s'avérerait pertinent.

Le traumatisme crânien suggérait deux impacts, un par l'avant et un autre par l'arrière. OK. Ça, ça collait avec l'hypothèse d'une mauvaise chute où la victime aurait eu le coup du lapin. Le visage et l'arrière du crâne avaient tous les deux reçu un choc. Ou alors Brighton avait hérité de ce double traumatisme en dévalant le rocher le plus haut du monde sur un traîneau de fortune. En scrutant une dernière fois le cliché, mon attention a été attirée par une blessure près du cou, entre la troisième et la quatrième cervicale. Je me suis approchée tout en cherchant une explication. Il y en avait des millions.

Cette blessure ressemblait à un cas très souvent observé au MCME. Ce sont des plaies contractées lors d'une mort violente et plutôt associée au milieu urbain.

J'ai noté d'autres détails que j'ai consignés. L'apophyse transverse droite de chaque vertèbre était déplacée très nettement vers le bas. Je ne voyais rien sur les os qui suggère la moindre altération, ni de traces de soins. La fracture était *indéniablement* perimortem. Pourtant, ce n'était pas ça qui avait provoqué l'accélération de mon rythme cardiaque.

Les dégâts étaient limités à un côté, et dans une même direction. Cela suggérait un unique coup, perforant. Brighton Hallis avait très certainement fait une chute sur un objet dur et effilé. Cela avait pu provoquer la perforation d'un vaisseau sanguin.

Venais-je de découvrir les circonstances de sa mort ? Elle serait tombée si violemment qu'un objet aurait transpercé son cou ? En chutant, sa tête aurait-elle percuté le sol en rebondissant, ce qui expliquerait les chocs à l'avant et à l'arrière ?

Quelque chose de dérangeant s'insinuait dans mon esprit, mais quoi ?

Je titillais les raisons de mon malaise. Et là, j'ai soudain repensé à Ortiz. Qu'avait-il dit exactement ?

Pas de déshabillage paradoxal.

T'emballe pas ma vieille, ça n'arrive pas systématiquement, tu le sais.

Cependant, ça survenait assez souvent, me disait une autre petite voix dans mon cerveau. Rob Hall, Scott Fischer, presque toutes les victimes en haut de l'Everest avaient eu un comportement de déshabillage paradoxal.

Cependant...

Cette femme était morte sans gants.

Cependant... la fermeture Éclair de son blouson était toujours remontée jusqu'au menton.

Si Brighton Hallis avait ôté ses gants, ses mains exposées au froid extrême auraient rapidement gelé. Je me suis précipitée à la table de fluoroscopie pour examiner les doigts restants. La momification était uniforme. Le bout de ses doigts n'était ni noirci, ni déformé, ni cloqué.

Autrement dit, je ne voyais là aucune des caractéristiques habituelles des gelures. Il n'y avait pas eu d'apparition de cristaux de glace dans les milieux cellulaires, pas de nécrose. Pas d'hypothermie. Traduction : elle était morte rapidement.

Je tournais en rond. Que s'était-il passé ? Une chute grave ? Un rocher lui avait dégringolé dessus ? Une défaillance de l'équipement ayant mené à une hypoxie ? À un état de confusion mentale ?

Alléluia ! Un premier élément enfin !

Une idée m'a brusquement traversé la tête. Je me suis jetée sur l'ordinateur pour sortir les photos qu'Ortiz avait prises et enregistrées dans le dossier ME215-15.

Voilà : Brighton, en chien de fusil, sur le flanc. Le blouson en polaire bien en place et dans un étonnant bon état. Mes doigts couraient sur le clavier. Davantage de photos.

Les couches de vêtements en dessous montraient des petites déchirures et des perforations. Le tissu de ces habits-là était-il bas de gamme ? Bizarre. J'ai noté : réexaminer les vêtements.

J'ai foncé vers la table de fluoroscopie. En m'aidant des bras de la victime, j'ai réussi à la mettre à plat ventre. Sous la lumière crue fluorescente, le dos et les fesses d'un blanc lugubre semblaient couverts de ridules. Des entailles zébraient la peau blême, témoins de sa rude – et dernière – expédition en montagne. Une écorchure assez importante était située à l'endroit des dégâts constatés sur la radio, entre la troisième et la quatrième cervicale.

J'ai trouvé une loupe à main que j'ai placée juste au-dessus de la blessure. La partie abîmée était rugueuse sur environ cinq centimètres à partir du bord, et peu profonde. Sauf au point le plus central. Oui, au beau milieu, c'était profond.

Très profond.

Je me suis penchée en avant pour vérifier.

J'ai cessé de respirer.

7.

Ma déclaration péremptoire a provoqué la réaction que j'avais imaginée.

— *Un meurtre ?*

Larabee a haussé les sourcils comme jamais je ne l'avais vu faire auparavant.

Nous étions tous les trois enfermés dans le bureau de mon patron. L'inspecteur Erskine Slidell, dit le Maigre, de la section Investigation des crimes et homicides de Charlotte-Mecklenburg, nous honorait de sa présence, mais question patience, il faudrait repasser.

— C'est quoi tout ce bordel ?

Je me suis tournée vers lui. Sa posture avachie et ses jambes étendues de tout leur long annihilaient le bénéfice du siège ergonomique sur lequel son auguste postérieur, emmailloté de polyester, était posé. J'ai donc réexpliqué. Plus lentement.

— Je pense que quelqu'un a tué Brighton Hallis. Ou l'a immobilisée de telle façon qu'elle ne pouvait ensuite que mourir sur cette montagne.

— Hé ! Vous m'avez fait déplacer parce qu'une gamine a été dessoudée en Chine ?

Même les chaussettes orange de Slidell avaient l'air blasé.

— Au Népal, ai-je rectifié.

— Peu importe, c'est pas dans ma juridiction.

— Elle avait vingt-quatre ans et vivait à Charlotte.

— Si elle était assez stupide pour escalader cette montagne, la stupidité l'a tuée.

— Ce n'est pas ce que les radios de son cadavre suggèrent.

— Les images sont... (Larabee cherchait ses mots)... concluantes ?

— Les images sont un peu fouillis, ai-je reconnu. Mais une fois les os nettoyés, ils prouveront que Brighton Hallis a reçu une blessure perimortem intentionnelle qui a provoqué sa mort.

Larabee doutait encore.

— Causalité ?

Larabee voulait savoir si c'était l'acte violent qui l'avait tuée ou si un acte moins délibéré comme une chute en était la cause.

— Je crois que la forme de la fracture établira que le traumatisme, soit a directement causé sa mort, soit l'y a conduite irrémédiablement dans ce contexte particulier.

— D'après ce charabia (le Maigre a désigné de son pouce la radio que je venais juste de montrer), la montagne, ou bien les sherpas, ont dû filer de grands chocs au cadavre. Je parierais ma chemise que le seul à blâmer ici c'est l'Everest, plutôt qu'un pauvre crétin escaladant son versant.

— Seulement, elle n'a pas pu s'empaler à l'arrière de son cou par accident, que ce soit sur une broche à glace, un piquet de tente, ou quoi que ce soit.

Point barre. J'avais assez réfléchi à la question. Je ne pouvais proposer aucun bon candidat.

— Vous avez jamais entendu parler de l'arme parfaite ?

La bouche du Maigre s'était affaissée sur un côté.

J'ai haussé un sourcil.

— Une stalactite de glace. Le criminel poignarde sa victime, l'arme fond. (Slidell nous ressortait une vieille devinette d'histoire criminelle.) Pouf ! Plus de preuve !

— Une stalactite de glace n'aurait pas transpercé une vertèbre.

— L'inspecteur pourrait avoir raison, est intervenu Larabee en soutien au Maigre, chose rare.

— Sérieux ? Une stalactite de glace ?

— Non, non. Mais je voulais par là expliquer qu'on est loin de l'homicide. Un coup violent sur un rocher ou un morceau de glace qui se serait détaché pourrait facilement imiter un impact intentionnel.

— Je crois maîtriser la biomécanique d'une fracture sur un os humain, ai-je répliqué sur un ton plus désagréable que je ne l'aurais voulu. J'estime que la zone de la mort fournit le décor idéal pour camoufler un acte criminel. C'est mon avis. Le tueur, ou la tueuse, a utilisé sa connaissance de la montagne à son avantage.

— Admettons que vous ayez raison. Ça n'a pas d'importance. (Slidell a tendu en avant ses paumes dodues.) Peu importe ce qu'il s'est passé, ça s'est passé en Chine.

— Au Népal.

— Je m'en fous. Ç'aurait pu se passer dans ce foutu Neverland ! Cette histoire n'a pas eu lieu ici, donc ce n'est pas de mon ressort.

— Un crime est de votre ressort.

Le Maigre a fait un geste dédaigneux de la main. Attendez... À ma grande surprise, ses ongles, sinon manucurés, étaient incroyablement propres et soignés.

— *Un crime*? Mais vous avez que dalle !

Rétropédale, Brennan, calme-toi.

— Ils ont fait l'ascension à cinq et sont redescendus à quatre.

— Et aussi un sherpa ou deux et cinq cents autres zozos qui pensent qu'aller se geler les bonbons, c'est une idée géniale !

Larabee s'est levé d'un bond, en partie pour calmer le jeu, et aussi pour rattraper la pile de documents sur son bureau qui se cassait la figure.

— Tempe, tu extrapoles un peu trop, je pense.

— Peut-être. Mais sur la radio, on a la preuve qu'il y a eu un coup porté, violent, et qui a pénétré dans le corps. La présence de tissus mous contredit l'hypothèse de l'hypothermie comme cause de la mort. Et le criminel pourrait bien être ici, à Charlotte. (Regards perplexes.) La liste des suspects est assez réduite. À l'exception d'Elon Gass qui doit arriver plus tard, tous les camarades de cordées de Brighton Hallis sont en ville. Je leur ai parlé. Vous voulez des mobiles ? Ces trois-là en ont à revendre. (J'ai fixé Larabee, puis Slidell.) Quel mal y aurait-il à creuser un peu cette affaire ?

— En ce qui me concerne, c'est fini.

Slidell a frappé les accoudoirs de son fauteuil et s'est relevé.

Avec moins d'efforts que d'ordinaire ? Aurait-il maigri ?

— Inspecteur, je peux prouver qu'une jeune femme de Charlotte a été assassinée.

— Appelez-moi quand vous pourrez prouver qu'elle a été tuée ici, a-t-il lancé en se dirigeant vers la porte.

Des images ont surgi dans mon esprit. Brighton Hallis rayonnante de joie, bouleversante de jeunesse, posant devant un pic enneigé. Puis, seule et terrifiée, la vie désertant son corps sur un coin de montagne balayé par un vent glacial.

Je devais abattre ma dernière carte. Même si ce que je m'apprêtais à faire était bas et minable, je devais le faire.

— Je suis sûre que Blythe Hallis ne sera pas si déçue que ça quand je lui expliquerai que la section Investigation des crimes et homicides de Charlotte-Mecklenburg n'est pas en mesure d'enquêter sur le meurtre de sa fille. Vous saviez qu'elle était cul et chemise avec votre patron ? Ça tombe bien. Il pourra lui démontrer que l'affaire ne dépend pas de sa juridiction, et elle, elle gardera son chéquier bien au fond de son sac au prochain dîner organisé pour lever des fonds pour la police.

Slidell s'est arrêté net et a fait demi-tour. Le visage de Larabee s'est tourné vers moi, avec cette expression du mec pris entre deux feux et qui voudrait être ailleurs.

— Putain de bordel de merde ! a lâché Slidell en revenant vers nous.

Il s'est affalé dans le fauteuil qu'il venait de quitter, épaules tombantes et mine défaite.

— Bon, on fait quoi, maintenant? a soupiré Larabee, résigné.
— Les os.
Je jouais mon va-tout.
Larabee s'est gratté le nez.
— Tu veux vraiment disséquer le corps et étudier les os après excarnation?
Un plan présenté de cette façon, on aurait eu du mal à croire que j'étais du côté de cette pauvre Brighton.
— Juste la partie où il y a eu le traumatisme.
— Combien de temps ça prendra?
— Un certain temps. Mais le jeu en vaut la chandelle, crois-moi.
— Bon... OK. Quand tu reverras Mme Hallis pour lui expliquer, épargne-lui les détails, s'il te plaît. Tous les détails.
— Bien entendu. (J'ai regardé Slidell.) Qu'est-ce que vous attendez de moi?
— L'ensemble des infos sur vos nouveaux copains, surtout les plus moches.
— Dans mon bureau?
— Au restau! J'ai faim. (Il s'est redressé.) Et c'est vous qui payez, Doc.

Le choix de Slidell pour notre déjeuner ne m'a pas surprise outre mesure. Le King's Kitchen est l'un de ses restaurants favoris, juste après le Wendy's et le Burger King. Non, ce qui m'a étonnée, c'est sa commande : saumon vapeur en lieu et place de l'habituelle pièce de bœuf patates en sauce, son plat préféré. Je n'ai pas posé de question. Mais je peux vous assurer que quelque chose se tramait...
J'ai pris un sandwich poulet salade et, entre deux bouchées, je lui ai raconté avec force détails mon entrevue avec les trois amis de Brighton. Il faut reconnaître qu'il a été classe. Le Maigre ne m'a pratiquement pas interrompue.
— Si je résume la situation, cette gamine, Brighton Hallis, elle siffle sa joyeuse bande de potes pour qu'ils se lancent à

l'assaut de l'Everest afin que défunt papa soit fier de sa fifille ? Ils redescendent tous, sauf elle, qui reste collée là-haut.

— À cette altitude, une personne gèle en une heure. Un jeune Britannique, David Sharp, s'était arrêté pour se reposer dans un endroit appelé la grotte de Green Boots, du nom de l'alpiniste qui y était mort gelé des années plus tôt et qui portait des chaussures vertes. Son cadavre n'a d'ailleurs pas bougé de cette cavité.

Slidell a déposé sa fourchette sur son assiette, alors que ses haricots blancs étaient pourtant à deux doigts de ses lèvres.

— Plus d'une trentaine de grimpeurs sont passés devant Sharp qui se tenait immobile à cause de l'hypothermie. Au moment où quelqu'un a *enfin* compris qu'il respirait encore, l'état de Sharp était trop avancé pour qu'il soit possible de l'aider. Il a été abandonné sur place et sert désormais de repère sur la piste d'escalade.

Les haricots blancs sont revenus à destination. Mais ça n'a pas pour autant ralenti le débit de mon interlocuteur.

— Vous avez dit que votre victime était morte avant de geler.

— Oui. D'une manière ou d'une autre, avec les blessures reçues, elle n'aurait pas survécu à la descente. Même si elle était toujours en vie lorsque son assassin l'a quittée.

— Ça ne signifie pas qu'il y ait eu meurtre.

Le Maigre se faisait-il l'avocat du diable ?

— Vous devriez avoir une petite conversation avec ses camarades d'expédition. À eux trois, ils engrangent une tonne de mobiles. Y a qu'à choisir. (J'avais la bouche pleine de pain de maïs en lui répétant ce détail. Hyperflatteur pour une nana. Époustouflant ce que l'on peut enfourner.) J'extrapole certainement, comme dirait Larabee, mais aucun des trois ne paraît dévasté par le chagrin.

Slidell nous a pondu un résumé dont il a le secret.

— Je vois. Le petit ami a envie de prendre le large. La « meilleure amie » a envie de se taper le petit ami. Le copain de promo lui doit un gros paquet d'oseille. Tout le monde crève d'envie d'être une star de téléréalité. Et son associé sur le projet « Brighton Ascensions » a l'air du parfait salaud.

— D'accord, peut-être que Damon James n'a pas de mobile établi, ai-je admis. Mais il porte le nom d'un pilleur de banques du Far West !

Le Maigre n'a pas goûté mon excellente plaisanterie.

— Tous vivaient donc au crochet de Brighton Hallis ?

— Pour ce que j'en sais, elle n'avait financé que le voyage de Gass. Mais je parierais tout le service en porcelaine hérité de ma grand-mère que les autres en profitaient largement aussi.

— Le fric, voilà à quoi la plupart des gens sont accros. Sans sous-estimer le sexe et la drogue, évidemment.

— Vous avez raison. Ils voulaient tous participer de près ou de loin à cette émission de téléréalité.

— Je vais cuisiner ce type, Gass. (Le Maigre a essuyé sa bouche puis a inspecté la serviette.) Quel abruti peut donner un nom aussi débile à son fils ? Elon ?

— Elon est en Russie où il participe à une expédition, mais il est censé rentrer bientôt.

— OK. Pour commencer, je vais mettre la pression aux trois larbins et je vais voir ce qu'il en sort. (Puis il s'est levé d'un coup, avant de partir non sans crier par-dessus son épaule :) Et merci pour la bouffe !

J'ai réglé l'addition et laissé un peu d'argent en plus pour soutenir l'action de ce restaurant qui organise des soupes populaires. Ensuite, direction le labo. Sur la route, j'ai utilisé mon kit mains libres pour téléphoner à Blythe Hallis. Ah ! Vive le Bluetooth !

Raleigh a répondu, et, comme la dernière fois, m'a priée de patienter.

— Madame Brennan, ainsi vous avez du nouveau ?

Elle allongeait les voyelles qui glissaient tels de longs rubans de soie.

— Nous avons terminé l'examen complet du corps de Brighton grâce aux radios. Comme je le craignais, les dégâts causés par le rapatriement sont importants.

— Je suis certaine que vous avez surmonté ces difficultés.

— J'ai relevé d'autres anomalies. (J'ai marqué une pause afin de choisir les bons mots.) En nous basant sur certains modèles de blessures, nous pensons que votre fille a pu être victime d'un acte criminel.

Ce n'était pas exact d'utiliser la première personne du pluriel, mais ça présentait mieux.

À l'autre bout du fil, juste une courte inspiration.

J'ai tourné à gauche, puis à droite. Je me suis garée sur le parking du MCME. Enfin, Hallis a repris la parole de sa voix mélodieuse.

— Êtes-vous en train d'insinuer que quelqu'un a intentionnellement fait du mal à ma fille ?

— C'est une théorie que j'ai besoin de vérifier par une analyse plus détaillée des os.

Long silence.

— Comment puis-je vous aider ?

— Pour étudier le traumatisme du squelette, je dois...

— Faites ce que vous jugerez utile. Un cercueil ouvert n'a jamais été dans mes intentions pour les obsèques. Pas plus de dégradation que nécessaire, cela va sans dire. Y a-t-il autre chose ?

— Oui. Vous m'aviez précisé qu'une amie taïwanaise de l'expédition avait réuni les effets personnels de Brighton et vous les avait retournés.

Il y aurait peut-être un indice parmi ces objets ? Sa mère les avait-elle seulement gardés ?

— J'ai la boîte, mais cela va prendre un peu de temps pour la récupérer de l'endroit où elle est entreposée.

— J'aimerais en examiner le contenu.

— Hormis un collier, je n'ai rien retiré de cette boîte. C'est bizarre, mais on garde toujours l'espoir, vous ne croyez pas ?

— Oui, je le crois, madame. (Garder l'espoir de quoi ? Que tout cela n'était qu'un mauvais rêve, et que Brighton rentrerait un jour à la maison ?) Une dernière chose. (Je détestais faire cette requête. Ça donnait l'impression que tout était déjà joué.) Seriez-vous disposée à vous soumettre...

— Vous aimeriez un échantillon d'ADN ?

Hallis avait toujours une longueur d'avance sur les autres.

— Oui, madame. La file d'attente pour l'analyse peut parfois être longue.

— Préférez-vous par prélèvement à l'intérieur de ma joue ou voulez-vous un cheveu de Brighton ?

— Si vous possédiez une brosse à cheveux qui a uniquement été utilisée par votre fille, ce serait parfait.

— Pouvez-vous utiliser des cheveux coupés lors de son adolescence ?

— Non, le cheveu doit posséder le bulbe de la racine, c'est indispensable.

L'ADN, ça ne marchait qu'avec un cheveu arraché du cuir chevelu.

— Je vous ferai envoyer sa brosse à cheveux dès ce soir.

— Je suis dans ma voiture. Y aurait-il la moindre possibilité pour que je passe la prendre d'ici un quart d'heure ?

Brève hésitation.

— D'accord.

Elle a raccroché et je me suis retrouvée avec Raleigh au bout du fil. Nous avons convenu que je récupérais la brosse maintenant, et la boîte de l'Everest après 18 heures.

Le détour ne m'avait fait perdre qu'une quinzaine de minutes.

En rentrant au labo, j'ai rapidement salué Mme Flowers à l'accueil et me suis précipitée à la salle d'autopsie cinq, impatiente de faire des prélèvements sur ma ME215-15 pour le séquençage d'ADN. Je me suis habillée en vitesse, et j'ai prélevé un échantillon sur les doigts intacts, je l'ai placé dans un flacon et ai noté dessus le numéro du fichier, la date et mes initiales. Puis, par mesure de précaution, j'ai arraché quelques cheveux avec la racine et je les ai conditionnés de la même manière.

Cela fait, j'ai ajouté le sac Ziploc contenant la brosse à cheveux de Brighton Hallis. J'ai ensuite téléphoné à Slidell. Inspecteur Charmant n'a pas répondu, aussi je lui ai laissé un message pour le prévenir qu'il récupère vite les échantillons et qu'il les adresse au labo de la police scientifique.

Malheureusement, les résultats ne me seraient pas communiqués avec la rapidité que l'on voit dans les séries policières, et les délais à Charlotte ne sont guère mieux que la moyenne générale du pays. Comme cette affaire n'était pas jugée prioritaire, je m'attendais à recevoir un rapport dans... allez, quelques semaines... ?

Je suis repartie dans le hall pour vérifier sur le tableau blanc qui était d'astreinte. C'était mon jour de chance. Joe Hawkins travaillait. Il est le vétéran des techniciens d'autopsie du labo et... le meilleur.

Un appel par l'interne, et il a débarqué de la morgue. Je lui ai rapidement exposé ce que j'attendais de lui.

— Tu veux que je procède à un moulage de la blessure infligée ici à l'arrière du cou entre la troisième et la quatrième cervicale. (Il a désigné l'endroit précis.) Et que je dégage ces deux vertèbres pour les nettoyer.

— Oui.

— Ensuite, tu veux que je dépose sur le côté le cuir chevelu et le visage de façon à ce que tu puisses étudier le traumatisme crânien, en particulier près des zones nasales maxillaires et sur les zones pariéto-occipitales à l'arrière du crâne. C'est bien ça ?

— Pendant que tu y es, dissèque le cubitus droit et le calcanéum gauche et nettoie-les. Ensuite tu prendras des radios de ces os. Ça pourrait nous être utile si l'identification s'avère compliquée. (En gros, si je ne peux pas obtenir d'empreintes digitales correctes.) Tu penses pouvoir arriver à faire tout ça aujourd'hui ?

— Peut-être, a-t-il répondu après un bref coup d'œil à sa montre.

— Parfait.

— Que veux-tu que je fasse du cuir chevelu et du visage ?

— Les enlever en les gardant intacts va être difficile, c'est ça ?

Hawkins m'a lancé son fameux regard Hawkins.

— Place-les dans une solution au formol. Si les tissus tombent en lambeaux, je me débrouillerai.

Hawkins a pointé son menton en direction de l'évier.

— Les doigts sont réhydratés ?

— Ils sont prêts et ils attendent qu'on s'occupe d'eux.

J'avais été les contrôler. La chair momifiée avait bien regonflé.

— Priorité ?

— Crâne, os crâniens postérieurs, moulage, radios, puis empreintes.

Toujours aussi taciturne, Hawkins a hoché la tête.

— À plus tard ! ai-je lancé avec un grand sourire.

En pure perte, car Joe était déjà au boulot. Je le laissais donc à ses tâches macabres.

Je me suis changée dans le vestiaire, vitesse grand V. J'étais assez excitée. Enfin quelque progrès en vue ! J'ai roulé mon tablier en boule et ai appuyé sur la pédale de la poubelle à ordures médicales pour l'y balancer. Mes épaules effectuaient une petite danse jazzy. Mais en arrivant à la porte de mon bureau, mon enthousiasme était un peu retombé.

Les os allaient bouillir. Les empreintes digitales seraient relevées. Les échantillons seraient analysés pour le séquençage ADN. Et puis quoi ?

Alors que je franchissais le seuil de mon antre, mon regard s'est posé sur un magazine que j'avais consulté pour mes recherches. Il était ouvert sur une publicité pour les fameuses chaussures d'expédition pour ascension technique de chez Millet – modèle Everest Summit GTX que j'avais vérifié. Mes yeux se sont posés sur une annonce insérée au milieu de la double page.

Fais l'expérience ! Une minuscule voix dans ma tête m'y encourageait avec insistance.

Pas question.

Travail de terrain.

Ah ouais... Super.

Ça pourrait t'aider dans ton analyse.

C'est pas faux.

Tu as peur ?

Non mais..., tu m'as vue ? Je suis la Reine des neiges, oui ou non ? J'avais du temps à tuer et mes affaires de yoga se trouvaient dans mon coffre de voiture.

J'ai déchiré le flyer, direction le parking.

Quelques instants plus tard, arrivée à destination, je n'étais plus très sûre de mon engouement. J'étais encore moins sûre de ma décision en poussant une double porte en verre. Le hall d'accueil était excessivement éclairé. Une multitude de posters de montagnes enneigées étaient punaisés aux murs.

— Salut ! (Une jeune femme maigre comme un clou, mais plutôt avenante et hyperbronzée m'a accueillie de derrière son bureau, avec un petit mouvement de tête joyeux. Elle avait dû vider son flacon de patchouli dans son cou parce que l'odeur était limite irrespirable.) Bienvenue au centre de varappe Inner Peaks !

Je regrettais amèrement d'avoir suivi mon élan, en déchirant le flyer.

— Vous êtes venue pour apprendre à grimper ? a-t-elle déclamé, pétillante et enjouée.

Non, patate, je suis là pour apprendre la neurochirurgie.

J'ai acquiescé.

— Première fois, hein ? a-t-elle demandé avec des yeux écarquillés, faussement sincères.

— Oui.

— Super ! Plus de dix-huit ans ?

— Oui.

La dernière fois que j'ai eu dix-huit ans, les Bee Gees chantaient *Stayin' Alive.* Avais-je besoin de le préciser ?

— Le pack initiation pour débutants contient un passe journée, un harnais, des chaussures et un grigri.

— Un grigri ?

— Un système d'assurage avec freinage assisté en cas de chute.

— Je prends le pack initiation.

— Parfait ! Vous avez besoin d'un assureur – c'est la personne qui tient les cordes – pour vous aider à grimper. Vous avez un ami ?

— Pas aujourd'hui.

Elle a froncé les sourcils.

— Alors je ne sais pas si...

— Amy, je m'en occupe ! a lancé une voix dans mon dos que je connaissais.

Je me suis retournée.

Damon James se tenait là, un tee-shirt au logo « Inner Peaks » ultra-moulant, manches découpées au niveau des épaules.

— Docteur Brennan, j'imagine, a-t-il déclaré en éclatant de ce rire charmeur qu'il devait répéter à l'envi devant son miroir.

— Vous travaillez au noir ?

J'ai reculé. J'ai eu comme un pressentiment.

— Mon ancien job est un peu gelé en ce moment, a-t-il répondu avec un haussement d'épaules.

Je rêve ou quoi ? Ce salaud faisait allusion à Brighton Hallis ?

James a mimé un petit salut ridicule en se touchant le front.

— Prince Charmant est là !

— Génial ! (Commentaire guilleret d'Amy.) Veuillez signer la décharge, je vais prendre votre carte de crédit, et hop, c'est parti !

— Génial, a dit James en me fixant.

— Génial, ai-je répété en le fixant à mon tour.

Après avoir signé et payé, j'ai suivi mon « assureur » – quel que soit le foutu nom qu'on leur donne – dans le saint des saints. Dans la salle d'équipement, James a trié toutes sortes de cordes et de sangles aux couleurs vives, en en sélectionnant certaines qu'il m'a tendues. À mes yeux, elles se ressemblaient toutes.

— Comment ça se passe avec Brighton ? a-t-il demandé, décontracté au possible, penché au-dessus d'une boîte qui débordait de mousquetons.

— Je ne suis pas autorisée à m'exprimer sur une affaire en cours.

— Je comprends. (Il s'est redressé, tenant à la main l'équivalent de chaussures de bowling.) Je regarde les séries télé, moi aussi. Je sais comment ça fonctionne avec les flics.

J'ai froncé les sourcils. Pourquoi mentionner les flics? James ne pouvait pas être au courant que Hallis avait été assassinée.

— C'est bon. (Mouvement de tête énergique.) Par là, suivez-moi !

La salle de sport ressemblait au décor d'un film de Tim Burton. Une fausse falaise avec de faux rochers escarpés incurvés vers le haut. Des murs ocre tachetés de prises d'escalade en résine, de formes et de tailles différentes aux couleurs criardes, pareilles à d'énormes chewing-gums. Partout des gens harnachés de cordes, casqués, montant ou descendant le long d'un mur.

James m'a conduite jusqu'à une « falaise » assez simple.

— On va commencer en douceur.

Vous ai-je avoué que je déteste être en hauteur et sans protection. Le vertige, ça s'appelle je crois... ? Je n'avais pas démarré que j'avais déjà le cœur au bord des lèvres.

J'ai enfilé mes chaussons d'escalade (oui, ça s'appelle comme ça), puis James m'a harnachée comme si j'étais une poupée de chiffon : il a fixé harnais, sangles, mousquetons, système d'assurage avec freinage assisté et m'a tendu un casque. Quand il a eu terminé, il a tout vérifié et m'a gratifiée d'un sourire forcé. Son opération de charme juvénile paraissait de plus en plus feinte.

— Comment est votre forme physique au niveau des bras et du torse ?

— Correcte.

— On va voir ça. (Il a commencé à me donner des instructions. Il était méthodique, précis.) Grimpez en vous servant autant de vos mains que de vos pieds.

Je suivais ses conseils à la lettre. Quelle que soit la personnalité de ce gars, il s'y connaissait parfaitement.

J'ai donc vérifié le matériel et il m'a montré le chemin.

J'ai essuyé la sueur de mes paumes sur mon pantalon et escaladé le mur. Lever de rideau !

— Système d'assurage OK? ai-je demandé.

— Système d'assurage OK, a-t-il répondu.

— OK, je grimpe.

— Allez-y.

Quelques secondes se sont écoulées. Je n'avais pas bougé d'un iota.

— Allez-y, a-t-il répété sur un ton presque moqueur.

J'ai respiré un grand coup, j'ai trouvé une prise et je me suis hissée. Bon d'accord, ma condition physique n'était pas au top, mais lentement, j'ai réussi à monter cette « paroi rocheuse », cœur battant, aisselles trempées de sueur, complètement ailleurs comme si le temps n'existait plus. Je ne pensais plus à rien hormis le rythme des prises, avancer, escalader.

Je n'étais pas loin du sommet quand un cri aigu a retenti en bas. Une cacophonie incroyable. Mon taux d'adrénaline a vacillé, ma prise a été moins assurée. Je suis tombée.

J'ai senti le souffle d'air glisser très vite près de mes oreilles. Je me suis instinctivement recroquevillée, paupières closes, pour affronter l'impact quand soudain la corde s'est raidie, m'enserrant violemment. Mon corps, stabilisé, a rebondi contre le mur. Ma main a cherché une prise. Mon pied, une autre. Je haletais mais je refusais de regarder en bas.

— Docteur Brennan (Pause.) Docteur Brennan. (Calme.) Regardez-moi.

J'ai rouvert les paupières. J'ai vu deux yeux vert émeraude. Au même niveau que les miens. J'ai regardé en bas en tremblant. J'étais à moins d'un mètre du sol. J'ai relâché ma prise et posé le pied sur la terre ferme.

— Je suis désolé, s'est excusé James, j'ai été distrait par les cris des enfants.

Un troupeau de gosses surexcités s'extasiait devant les murs d'escalade.

Je n'ai rien répondu, j'avais la gorge encore serrée d'angoisse. Moi aussi, leurs hurlements m'avaient déconcentrée, mais tout de même...

— Je n'ai encore jamais perdu un élève, vous savez...

Tentative pathétique de réchauffer l'ambiance.

— Tout va bien.

Tu parles, ma voix était aigrelette et mes jambes toutes molles.

— Prête pour une autre escalade ?

— Ça va aller pour aujourd'hui.

— Vous savez ce qu'on dit : après une chute, faut se remettre en selle !

— Je dois y aller.

J'ai lorgné ma montre. Déjà 17 h 30. Jamais je n'arriverais pour 18 heures chez Blythe Hallis.

— Vous avez pris très vite le coup de main. Bel effort pour un premier essai. (Il était redevenu le James charmeur et sûr de lui.) Vous êtes sûre de ne pas vouloir recommencer ?

— Je suis sûre. (C'est dingue, mais je percevais une vague menace dans sa proposition. L'adrénaline modifie étrangement notre perception, non ?) Merci pour cette initiation.

— Je suis vraiment désolé pour...

— Pas de soucis.

— Le devoir vous appelle, c'est ça ?

Ses yeux verts insistants me faisaient penser à ceux d'un reptile avant l'attaque.

— Plutôt mon estomac. Il crie famine. Un petit sandwich au thon ne lui déplairait pas.

James s'est brusquement avancé vers moi, d'une démarche souple de félin. J'ai dû prendre sur moi pour ne pas reculer d'instinct. Encore un sourire forcé, et il a défait mon harnais.

Je l'ai suivi dans le hall d'accueil.

— C'est bien de tester ses limites, m'a chuchoté James en me raccompagnant à la porte. (Il me collait sans vergogne, son tee-shirt puait la transpiration, et sa bouche, l'oignon frit qu'il avait dû manger à midi.) *C'est moins bien* de tester celle des autres...

— Pardon ?

— La mort de Brighton a perturbé pas mal de gens. Au moins autant que sa vie. Faire ressurgir toute cette histoire risque de générer pas mal de problèmes.

— Qu'essayez-vous de me dire ?

Il a marqué une pause pour réfléchir. Ou il a fait semblant. Quand il a repris la parole, sa voix avait changé.

— Il aurait mieux valu qu'elle reste là-haut. Ramener Brighton de cette montagne est juste une énorme connerie.

D'un coup d'épaule agressif, il a ouvert la double porte vitrée pour me laisser passer. Puis il est redevenu tout sourire.

— Revenez me voir quand vous voulez !

— Ce ne sera pas la peine.

Je suis sortie, mais je sentais son regard vissé sur ma nuque.

Et ça m'a filé la chair de poule.

8.

Dans mon rêve, j'étais happée dans une descente vertigineuse, à plat ventre sur une luge de fortune, mais mes doigts n'accrochaient rien d'autre que de l'air. En dessous, Brighton Hallis, bras gelés le long du corps et orbites vides, tentait de me retenir. Au-dessus, deux paires d'yeux – des yeux verts et des yeux gris – me surveillaient avec froideur depuis le haut de la falaise. De nulle part et de manière indistincte, une chanson romantique me parvenait aux oreilles.

Tandis que j'émergeais avec difficulté de ce cauchemar poisseux, les paroles floues se sont transformées en celles d'*Harvest Moon* chantée par Neil Young. Et même que ça provenait de mon chevet !

Un coup d'œil à mon iPhone m'a amenée à deux conclusions simultanées. Un, il était très très tôt. Deux, Slidell s'en foutait.

— Ça boum, Doc ?

— Formidable...

— Le parasite est rentré de Russie. Je dois le rencontrer tout à l'heure pour une petite conversation. Ça vous intéresse ?

— Donnez-moi un quart d'heure !

J'ai raccroché et suis sortie de mon lit en roulant sur moi-même, vu que ça me tirait énormément dans les épaules. Le bain chaud de la veille n'avait pas suffi à apaiser mes muscles, trop sollicités sur une fausse falaise avec un vrai salaud. J'ai avalé deux Advil, puis je me suis dépêchée de m'habiller.

Une vingtaine de minutes plus tard, je me préparais mentalement à grimper dans une voiture qui ressemble à une zone de danger biologique mobile. À ma très *très* grande surprise, la Taurus de Slidell était nickel. Je ne l'avais jamais vue aussi propre. Plus aucun détritus ne traînait sur le plancher.

Le Maigre ne se nourrissait plus de junk food et ne puait plus des pieds ? Oh, je vous l'avais bien dit, *quelque chose se tramait.*

— Waouh ! Vous avez changé de tapis de sol ! Pourquoi, vous aviez transporté un macchabée ?

— J'ai aussi un nouveau siège éjectable.

J'ai gardé pour moi ce que j'aurais aimé lui rétorquer, et je me suis contentée d'observer les améliorations indéniables dans l'habitacle. Un sapin désodorisant était suspendu au rétroviseur. Son écœurant parfum à l'épicéa a immédiatement chatouillé mes narines. Pourtant, super nouvelle, il réussissait à masquer la puanteur habituelle qui régnait dans ce véhicule.

— Avez-vous joint Steele et Reynolds ? lui ai-je demandé.

— Qui ? Boris et Natacha ? Chiants comme la pluie mais inoffensifs, surtout lui. Si vous voulez mon avis, c'est pas Reynolds qui porte la culotte.

— James prétend que Steele est une vraie garce. Qu'elle se donne un air timide mais qu'au fond, elle a les dents longues.

— Mobile ?

— Elle voulait sortir avec Reynolds. Et en plus, elle voulait son quart d'heure de célébrité.

Slidell a remué la tête comme s'il pesait le pour et le contre.

— Je veux bien admettre que la petite peste ait kiffé le grand dadais. Mais au fond, ça ne change rien. Ils ont des alibis à ne plus savoir qu'en faire. (Slidell devait tourner à gauche. Il a fait un geste d'impatience à un piéton sur le passage... piétons.) Tous les trois jurent qu'ils étaient ensemble. Ils ont dit avoir quitté le sommet longtemps avant Hallis.

Je lui ai décrit ma rencontre inopinée avec Damon James et mon expérience du mur de varappe. J'ai évité de mentionner ma chute. Et mon impression de menaces voilées.

— Faudrait peut-être vérifier ses comptes bancaires ?

— Ça alors, je n'y aurais jamais songé ! (*Pas sûr, mon lapin.*) Je le vois plus tard. Une chose est certaine, ce gars n'est pas inquiet. Vous voulez venir ?

C'était sa manière d'enterrer la hache de guerre.

J'ai repensé aux yeux verts de serpent venimeux...

— Merci. Je passe mon tour. Mes échantillons d'ADN, vous les avez bien réceptionnés ?

— C'est déjà parti au labo, Doc. (Slidell a de nouveau tourné et nous avons traversé un repaire de hipsters appelé Third Ward.) Et pendant que certains d'entre nous se requinquaient grâce à un sommeil réparateur, j'ai aussi téléphoné à Katamachin.

— Le nom, c'est Katmandou. Capitale du Népal.

— Exact. Je pense qu'ils en sont encore à l'âge des boîtes de conserve et du fil métallique pour ce qui est des télécommunications. Quarante-sept appels, des heures à poireauter, avant qu'on me mette enfin en relation avec le directeur de la police de Lukla.

— Vous avez réellement téléphoné là-bas ?

— J'aime parler à quelqu'un en vrai.

Les nombreuses compétences de Slidell comportaient une lacune : l'utilisation de l'outil informatique. Il se déchargeait régulièrement sur les membres de son équipe pour lancer une impression ou entrer des infos dans la base de données. Je n'ai donc pas commenté.

Lukla est la dernière ville avant le camp de base. Elle est assez importante pour posséder un petit aéroport.

— Il y a là-bas un drôle de zozo appelé Raj dont la juridiction couvre l'Everest. Il doit se sentir seul car je n'arrivais plus à m'en dépêtrer.

— Vous avez comparé vos notes sur la criminalité moderne ?

J'imaginais sans peine la teneur de la conversation et toute ma compassion est allée au malheureux Raj.

— Oui, sauf le sujet des pots-de-vin qu'ils réclament aux alpinistes, a-t-il répondu avec un ricanement. Mais bon. Le gars ne voulait plus s'arrêter de parler. L'ambiance, chez eux, c'est une sorte de western moderne – beaucoup d'affaires de prostitution, de trafic de drogue, de petits larcins et d'ivrognes braillards. Ah oui, et la dernière nouvelle en date : plusieurs bonbonnes d'oxygène qui se sont fait la malle.

— Mais aucune affaire de meurtre, c'est ça ?

— Aucune, sauf si vous comptez dans les statistiques les invalides qu'on laisse mourir de froid.

Bien que je n'y sois jamais allée, je m'imaginais mal passer à côté d'un mourant sans intervenir.

— Alors, qu'avez-vous appris ?

En dehors de l'état déplorable des télécommunications népalaises.

— Je voulais recueillir le témoignage des sherpas qui étaient avec Hallis à la fin. Eh bien, ce sera impossible. L'un est décédé l'année suivante à cause d'un HACE. L'autre dans l'avalanche meurtrière de 2014.

— La vie est difficile sur le toit du monde.

— Elle est surtout courte.

— Donc, ça ne nous laisse que les alpinistes.

— Et ils s'en tiennent obstinément à leur récit. (Slidell a encore tourné, cette fois pour se garer devant un *diner* installé dans un wagon-restaurant en métal gris des années cinquante, aux courbes harmonieuses. L'enseigne au néon indiquait *Mattie's Diner*.) Voyons ce que notre cher Eee-lon aura à nous raconter.

La déco intérieure rétro s'accordait parfaitement avec l'extérieur vintage. D'un côté, des tabourets hauts disposés tout le long du comptoir, et de l'autre, des box garnis de banquettes en Skaï rouge et dotés de jukebox individuels.

L'unique client était un homme assis dans un box. Pas très grand, des cheveux noirs et bouclés ébouriffés, et des lunettes à monture noire et verres épais qui lui donnaient aussi un air *vintage*. En nous apercevant, il a levé sa main pour nous faire signe et nous nous sommes approchés.

— Merci d'avoir accepté de venir jusqu'à mon « bureau ».

Gass s'est levé pour nous accueillir. Il avait une barbe de plusieurs jours, mais pas dans le style branché, qui consiste à ne pas avoir l'air rasé pour avoir l'air chic. Non, lui, c'était plutôt du genre « j'ai paumé mon rasoir ».

On s'est tous serré la main, puis je me suis faufilée dans le box et j'ai parcouru le menu. Plein de choses me tentaient et, que ce soit le petit déjeuner complet ou les toasts grillés, tous les noms des plats étaient des jeux de mots sur des chansons célèbres de country ou d'Elvis. Juste ce qu'il me fallait. De la bonne nourriture du Sud qui bouche les artères.

Une serveuse est arrivée en tee-shirt noir avec le slogan « On se régale chez Mattie's », short en cuir noir et Dr. Martens aux pieds. Elle nous a déposé trois mugs de café sur la table en Formica, en attendant notre commande. Je me demandais comment elle réagirait si j'optais pour un thé.

— Salut Carla, a dit Gass.

— Comme d'hab ?

Carla déplaçait son poids d'une jambe sur l'autre. Gass a hoché la tête.

Carla a tourné vers moi ses cils surchargés en mascara.

— Rien, merci.

Slidell aussi s'en est tenu au café. Il a ajouté des sucrettes. Dès que Carla s'est éloignée, il a attaqué dans le dur.

— Quelqu'un a dégommé Brighton Hallis sur l'Everest. Vous avez une idée de qui ça pourrait être ?

Sous la barbe de trois jours, le teint était devenu blême.

— Comment ? Vous voulez dire que... on l'a tuée ?

Slidell n'a rien répondu. Gass m'a regardée, puis est revenu à Slidell.

— Vous me faites une blague, c'est ça ?

— Vous trouvez qu'on a des têtes de clown ?

— Non, bien sûr que non. (Sa pomme d'Adam montait et redescendait. Regard nerveux derrière les verres en cul de bouteille.) Pourquoi ? Je veux dire comment ?

— On l'a frappée au niveau du cou. Savez-vous quelque chose à ce sujet ?

Gass buvait son café à petites gorgées. Il a grimacé comme s'il s'était ébouillanté.

— Je croyais qu'elle était morte d'hypothermie, a-t-il murmuré.

— Apparemment, non.

— Mais qui aurait fait ça ? Elle était toute seule.

— Vraiment seule ?

Il a secoué la tête.

— Je ne sais pas. J'ai jamais réussi à grimper tellement plus haut que le Kangshung Face. Je redoutais l'épuisement et j'ai fait demi-tour. La plupart des décès d'alpinistes proviennent d'erreurs humaines. Fatigue, montée trop lente, méconnaissance des signes du mal des montagnes, refus d'abandonner. J'ai paniqué, je pense. Je ne voulais pas que ça m'arrive...

— C'est plus facile de faire demi-tour quand quelqu'un d'autre paye l'addition.

Slidell y allait franco.

— Qu'est-ce que c'est supposé sous-entendre ?

— Mademoiselle Fonds de placement réglait la note.

— Je ne lui ai jamais demandé de le faire. (Sa voix était devenue plus aiguë.) Elle a insisté. Elle a dit qu'elle me devait bien ça pour l'avoir soutenue à la fac.

— Combien ?

Gass a levé les yeux au ciel comme si le montant était inscrit au plafond. Puis il a dévisagé Slidell.

— Le coût par personne d'une expédition sur l'Everest est de 25 000 dollars, mais nous avions négocié un tarif de groupe : 70 000 euros pour nous sept, cinq grimpeurs et deux sherpas. Si vous prenez un guide, ça peut aller jusqu'à 65 000 par personne. Un voyage comme le nôtre, sans guide, mais avec un soutien logistique, c'était aux alentours de 30 000 dollars.

— Ça veut dire que vous deviez 30 000 balles à Hallis ?

Slidell vérifiait les infos données par James.

— Un peu plus. Tout coûte cher, monsieur. L'équipement, le billet d'avion, le yack. La bonbonne d'oxygène, c'est 500 dollars pièce et il vous en faut six pour atteindre le sommet. Chaque groupe donne un peu d'argent au camp de base. Brighton était une championne pour lever des fonds, mais là, chacun devait raquer.

— Sauf vous.

— J'aurais pu payer ! (Il avait tressauté sur la banquette.) J'avais obtenu un parrainage avant le départ. Lorsqu'elle a changé d'avis à la dernière minute, et décidé qu'au lieu d'une expédition avec un guide, on aurait une expédition assistée, tout le monde a cru que c'était à cause de moi. Mais c'était faux. Le sponsor aurait payé ! Choisir une option meilleur marché, c'était sa décision.

— De quel genre de parrainage s'agissait-il ?

J'étais curieuse. La compétition génère toujours une âpre lutte. Et Gass n'avait pas le profil pour être mannequin sur des posters d'alpinisme.

— La Sure Foot Society. Ils s'étaient montrés extrêmement efficaces pour soutenir mes recherches sur le Yéti.

Le mug de Slidell est resté suspendu en l'air.

— Vos recherches sur *quoi*?

— L'abominable homme des neiges. Bigfoot en Amérique du Nord, si vous voulez, ai-je traduit.

— Je préfère Sasquatch. Ou le yeti. La créature est originaire du Népal et du Tibet. Pour moi, ce voyage consistait moins à escalader l'Everest qu'à réunir des preuves.

— *Des preuves ?*

— Oui. De l'existence de la créature. Je suis cryptozoologiste.

Gass faisait référence à une pseudo-science centrée sur la recherche d'animaux dont l'existence ne peut pas être prouvée de manière irréfutable : Bigfoot, le Loch Ness, Chupacabra.

— Je suis spécialiste des cryptides appartenant à la mégafaune.

— Et vous pensiez tomber sur Bigf... sur Sasquatch dans l'Everest ?

Ce gars était sérieux ?

— Que je tombe sur un cas d'espèce, cela aurait été incroyable. Mais j'y allais principalement pour recueillir des preuves. Collecter des témoignages des gens du cru, examiner des échantillons de fourrure, des excréments, peut-être découvrir une trace dans la neige. La plupart des traces laissées le sont entre six et sept mille mètres. Vous comprenez pourquoi atteindre le sommet n'était pas ma priorité première.

— Je vois, ai-je répondu.

Slidell assistait à notre échange, bouche bée.

— La plupart des preuves ont été recueillies au fil des années. En 1960, Sir Edmund Hillary a récupéré ce qu'il estimait être un scalp de yeti. Dans son journal, Reinhold Meissner explique avoir tué un yeti en 1986. Un guide japonais évoque un cas en 2003. Ils existent. (Il parlait maintenant avec véhémence.) Vous pouvez me croire ! Ils existent !

Slidell roulait des yeux, mais à mon grand étonnement, il ne l'a pas attaqué frontalement.

— OK. Et où est cet argent aujourd'hui, celui du sponsor ?

— Je l'ai utilisé pour me rendre en Russie. On a signalé des cas de yeti dans une région isolée de la république d'Adyguée. Il y a des vidéos et des empreintes de pied en plâtre. Un truc de dingue. J'y suis allé pour faire des recherches.

— Brighton disparue, il en est de même pour votre dette, non ? (Slidell s'était calé en arrière, sur la banquette, bras croisés.) Ça valait peut-être le coup de graisser la patte de quelques grimpeurs pour avoir un alibi ?

— Pardon ? (Gass semblait atterré.) Non ! Je vous l'ai expliqué, j'ai voulu rembourser Bright avant que nous quittions les États-Unis et elle avait refusé.

— Vous avez une preuve de ça ?

Carla est revenue et a déposé l'assiette d'œufs et de bacon ainsi qu'un bol de gruau de maïs devant Gass. Elle nous a resservi du café avant de repartir en cuisine.

— J'ai un échange d'e-mails. (Gass fixait son plat comme s'il ne savait pas quoi faire avec.) Honnêtement, j'aurais préféré qu'elle accepte ce remboursement. Bright n'avait pas autant de liquidités que le pensaient les gens. Sa fondation était assez stricte, question argent. J'ignore comment elle arrivait à vivre dans un tel luxe, compte tenu des faibles revenus qu'elle touchait chaque année.

— Elle ne recevait pas de salaire de son association ?

Gass s'est presque étouffé de rire.

— Avec « Brighton Ascensions » ? Vous rigolez. Bright avait besoin de moi pour infiltrer le réseau des étudiants de deuxième année. Sur le papier, « Brighton Ascensions », ça semblait sexy : des soins médicaux pour les sherpas, nettoyage de la montagne de tous les détritus abandonnés par les grimpeurs. Mais l'opération a été un fiasco total. Une escroquerie.

— Ça a pourtant attiré plus d'un million de dollars en dons la première année, ai-je insisté.

— Peut-être en promesses de dons. Mais le placard était vide. Damon était un saint.

— James n'a pas été payé non plus ?

— Seulement en poignées de main.

— Et parlez-nous du projet *En altitude*, est intervenu Slidell. La télé, c'est une bonne vache à lait, non ?

— Un super plan pour se faire des couilles en or, oh oui ! (Il est soudain devenu tout rouge d'excitation.) Désolé pour le langage. Je suis dans les huit finalistes. Les producteurs sont vraiment subjugués par mon histoire de yeti.

Je n'en doutais pas. Katy m'avait une fois obligée à regarder un épisode de *Here Comes Honey Boo Boo,* une émission de téléréalité où des petites filles participaient à des concours de beauté. Les gens sont prêts à tout.

Slidell ne perdait pas son fil.

— On raconte que Hallis avait préempté ce job. Elle le voulait à tout prix.

— Il n'y avait qu'elle pour le croire.

— Oui, mais ça pourrait constituer un mobile. Quelqu'un voulait qu'elle dégage. Peut-être vous ?

Gass a incliné la tête et scruté le Maigre par-dessus ses lunettes.

— Vous vous trompez, monsieur. Je n'ai pas été sélectionné pour mes compétences d'alpiniste. J'ai concouru en tant que spécialiste du yeti. Je suis le type qui n'a jamais réussi à escalader Hillary Step. Et je n'ai pas versé de pots-de-vin à une bande de conspirateurs. Interrogez les gens qui me connaissent. Les grimpeurs du Camp quatre. Épluchez mes comptes en banque. Ma vie est un livre ouvert.

— Aussi vrai que deux et deux font quatre, c'est ça? Vous ne voyez personne qui aurait aimé remporter le job de *En altitude*? Vous ne voyez personne avec qui Brighton aurait eu un gros désaccord?

— La première question, c'est fastoche. *Tout le monde* voulait le boulot dans *En altitude*. Je ne crois pas une seule seconde que quelqu'un aurait pu aller jusqu'au meurtre. Là-haut, la seule énergie qui vous importe, c'est celle de la survie. Vous restez scotché à votre groupe. Vous restez blotti dans votre tente. Vous n'échangez pas vos adresses e-mail. (Pause. Il semblait réfléchir.) Quant à l'hostilité, on n'y pense même pas. On n'a pas le temps. Pas l'occasion. La seule personne avec qui j'ai vu Bright discuter, en dehors de nous, c'était une femme qui grimpait en solo. Elle était originaire de quelque part en Amérique latine.

— C'est la femme que Brighton a aidée sur Hillary Step? ai-je demandé.

— Hé! J'ai jamais dit ça; j'en sais rien. Je l'ai juste aperçue une fois au camp trois, mais pas plus. J'avais l'esprit ailleurs car je craignais d'avoir contracté un HACE.

— Vous avez entendu son nom?

— Désolé. Je crois me souvenir que Damon les avait rejointes. Mais moi, je ne lui ai jamais parlé.

Gass a reposé sa fourchette, délaissé ses œufs. Il semblait perdu dans ses pensées. Perdu dans un autre espace-temps.

Slidell a croisé mon regard. On attendait la suite.

— En haute montagne, vous êtes différent, unidimensionnel. Vous n'existez qu'en tant que blouson coloré. Forme. Stéréotype. Le Japonais à la casquette rouge. Le mec avec le drapeau canadien. L'Australien aux chaussures bleu lavande. Bright était l'Américaine blonde au blouson pistache. Pour moi, cette alpiniste, c'était juste la fille qui discutait avec Bright.

Gass a ôté ses lunettes d'un geste brusque et les a essuyées avec le talon de sa main. La première manifestation de chagrin que je constatais.

— Désolé. (Il a rechaussé ses lunettes.) Je n'ai pas eu l'occasion de lui dire au revoir. Bright est... partie. Tout bonnement *partie*. Tuée par le gouvernement népalais.

— *Pardon*? a lancé Slidell sur un ton cassant. Vous évoquez un suspect?

— L'Everest n'est pas soumis à des règles rationnelles. Aucune condition préalable n'est requise sur votre expérience de l'alpinisme. Aucune exigence n'est imposée aux accompagnants ou aux organisateurs d'expédition. N'importe quel ahuri peut installer une pancarte et travailler. Un guide qui venait du Connecticut avait bidouillé une photo de chaînes de montagnes enneigées avec Photoshop pour plus de crédibilité. Il a abandonné ses trois clients au sommet au motif qu'il était trop tard pour les aider. Mais il n'a signalé le drame que quarante-huit heures plus tard! Et tout le monde s'en fout! (Gass abordait un sujet qui visiblement le mettait hors de lui.) Là-haut, c'est quartier libre pour la mort!

— Pensez-vous qu'une personne ayant escroqué Hallis aurait pu vouloir s'en débarrasser?

— Merde, j'en sais rien. À une telle altitude, c'est difficile de mobiliser autant d'énergie pour tuer quelqu'un. Alors qu'il vous suffit d'attendre, et la montagne s'en chargera pour vous. Le blizzard, une chute de pierre, une crevasse, une avalanche... Le salaud avait à sa disposition une scène de crime idéale.

— C'est peut-être l'abominable homme des neiges, le coupable, a conclu Slidell en refermant son carnet de notes avec un claquement.

L'inspecteur s'est levé et j'ai fait de même.

— Le yeti est une créature paisible, vous savez, a répliqué Gass en tendant le cou vers nous.

— Dans ce cas, laissez les Russes le gérer pour le moment, a rétorqué Slidell. Je vous demanderais de ne pas quitter la ville.

On ne pouvait pas lire l'expression de son regard dissimulé derrière les verres épais, mais on pouvait deviner le ton solennel à sa voix.

— Bright était *mon amie.* Elle pouvait être dure, mais je l'aimais. Les autres, c'est pas pareil. Je ferai tout ce qui est en mon pouvoir pour vous aider.

Slidell a glissé quelques billets sur la table et je l'ai suivi dehors. Nous n'avons pas décroché un mot jusqu'à ce qu'il me dépose à ma voiture. Je connaissais les raisons de son silence. Bien qu'étrange garçon, Gass semblait dire la vérité. Nous n'avions donc plus aucun suspect qui tienne la route.

Et si l'assassin n'était pas Sasquatch, c'était qui ?

À l'annexe – c'est le nom de la petite bâtisse sur un étage où j'habite –, je me suis jetée derrière mon volant. Je n'avais qu'une envie, aller vite examiner les os au labo. J'ai fait ronfler le moteur.

Mais le cadavre allait me fournir une seconde information qui ferait l'effet d'une bombe.

9.

Souvent les choses ne se passent pas comme vous l'avez prévu. D'abord, maman m'a téléphoné. Ce qui a nécessité une série d'appels croisés avec ma sœur Harry. Ce qui m'a obligée à descendre de voiture pour rentrer chez moi vérifier un truc. Là, j'ai découvert que je n'avais plus de sacs de croquettes pour le chat. Détour obligatoire par Petco, le magasin spécialisé dans les animaux de compagnie. Retour à la maison chargée de victuailles pour Birdie. À ce moment-là, la faim m'a terrassée, et par conséquent halte tacos sur le chemin du bureau.

Quand je suis *enfin* arrivée au labo, Hawkins en était déjà parti. Mais il avait, comme à son habitude, suivi à la lettre mes instructions. Bien.

Dans la salle d'autopsie cinq, le visage et le cuir chevelu de Brighton Hallis flottaient dans un grand bocal en verre. Ils étaient tout plats, et des yeux dénués de cils me regardaient à travers le liquide trouble. Un morceau de caoutchouc de silicone blanc était posé sur un plateau en inox sur la paillasse. Une série d'os et de fragments crâniens attendaient également sur un autre plateau, finissant de sécher sur des serviettes en papier. À côté des os, j'ai aperçu un petit tas d'empreintes en couleur au format 7 × 12. Et à côté des empreintes, une fiche décadactylaire.

Dans la chambre froide, ME215-15 se gelait sur son brancard, couchée sur le ventre, recouverte d'un drap de plastique bleu que j'ai soulevé. Le crâne était posé debout, le front maintenu par un ruban de caoutchouc, débarrassé de la chair tout autour du cou. Sous la lumière artificielle, l'os avait une teinte jaune pâle, les lignes de suture, une étrange teinte noire. Sur le cou, une profonde entaille et de fines particules blanches marquaient l'endroit où Hawkins avait peint son matériau pour le moulage.

J'ai sorti Brighton Hallis de la chambre froide, puis j'ai mis en marche tous les ventilateurs. *Tous.*

Après avoir enfilé une paire de gants, j'ai examiné la zone abîmée au niveau du cou. Une travée profonde descendait de la base du cou vers l'entaille recouvrant la troisième et la quatrième vertèbre cervicale. J'ai examiné forme et profondeur. J'ai ensuite étudié les photos prises par Hawkins. Enfin, je suis allée chercher le moulage.

Le truc ressemblait à un bec d'oiseau de mer, peut-être de la famille des pétrels. J'ai fermé mes paupières, désirant ardemment susciter une image dans mon esprit. Un lien ? Rien n'a surgi.

J'ai laissé tomber et je suis retournée vers le brancard.

Le second traumatisme concernait le crâne, avec des impacts très nets à l'avant et à l'arrière. Ça, c'était plus facile. Ou peut-être était-ce parce que la blessure impliquait de l'os. Mon domaine.

J'ai commencé par la zone arrière. Sur la surface exocrânienne du pariétal droit, à sept centimètres au-dessus de la suture lambdoïde, se trouvait l'exemple classique d'une fracture par enfoncement. Centre concave, fissures radiales, la totale. Mais quelque chose manquait.

Interloquée, j'ai attrapé une loupe à main et collé mon nez dessus. Avec la blessure ainsi agrandie, je pouvais enfin voir ce qui n'allait pas. Ce que j'avais pris par erreur pour une simple fracture par enfoncement montrait en fait deux points d'impact. Les fissures radiales du second impact remontaient vers le haut sans croiser les fissures radiales du premier. Cela signifiait deux coups distincts à l'arrière de la tête.

Je réfléchissais à la forme et à la taille de cette concavité. Une brique ? Un snowboard ?

J'ai contourné le brancard et attrapé le crâne à deux mains pour le pivoter et examiner le visage. Ou plutôt ce qu'il en restait. Les dégâts sur la région maxillaire nasale étaient importants. Les os avaient été brisés dans toute la zone sous le nez, et les dents pratiquement toutes détruites.

J'ai repositionné le crâne comme auparavant. Je n'arrêtais pas de cogiter cette histoire de double impact. De m'interroger sur l'emplacement anatomique des blessures antérieures et postérieures. Le tableau que j'avais sous les yeux n'était pas la preuve d'une chute. À moins que Hallis n'ait perdu l'équilibre et ne soit tombée tête la première sur un rocher. Ensuite en arrière. Deux fois. Ou alors un oiseau géant lui avait lâché deux gros rochers sur le crâne.

Mais elle portait un casque – à moins qu'elle ne l'ait enlevé.

Ou que quelqu'un ne le lui ait enlevé.

Nom de Dieu !

Un oiseau !

Un souvenir a traversé mon cerveau. Flash électrique entre deux neurones. Je me revois farfouillant dans un carton pour en dresser un inventaire rapide. De vieux vêtements. Une lampe frontale. Un piolet d'escalade. Une corde bleu turquoise.

J'ai reposé ma loupe et j'ai foncé vers la paillasse pour examiner le moulage sous tous les angles.

Nom de Dieu !

J'ai couru jusqu'à mon bureau et attrapé la boîte en carton que j'avais récupérée la veille chez Blythe Hallis, j'ai fouillé comme une folle à l'intérieur, à la recherche de l'objet que j'avais en tête. Le cœur battant à tout rompre, je suis repartie dans la salle d'autopsie cinq, munie de mon trophée. Je l'ai comparé au moulage de Hawkins.

La ressemblance m'a séchée sur place. Le piolet d'escalade sur glace de la marque Grivel, modèle Quantum Tech, était la copie exacte de la forme en silicone à bec. Parfaitement adapté à la blessure du cou de Brighton. Quant à la poignée, elle pouvait facilement correspondre aux dégâts causés sur le crâne.

Ce piolet avait-il servi à lui briser les dents ?

Oh et puis merde ! Je n'ignorais pas que ma démonstration ne tiendrait jamais devant une cour, mais j'avais la satisfaction d'avoir enfin découvert l'arme qui avait tué Brighton Hallis.

J'ai téléphoné à Slidell. Boîte vocale. Je lui ai laissé un message.

J'ai respiré deux fois calmement. Par le ventre. Je devais m'attaquer à présent aux vertèbres. Une première observation montrait une fracture en bois vert, une déformation uniforme et aucun remodelage osseux. Cela établissait formellement que la blessure au cou était perimortem.

Étape suivante : remontage. Non pas le crâne en entier, mais les parties concernées. Pour cela, j'ai utilisé cette bonne vieille colle Elmer's et des cure-dents. Technique à l'ancienne, fastidieuse, surtout quand la tête n'a pas été séparée du tronc. Mais j'avais fait une promesse à Blythe Hallis. Pas plus de mutilations que nécessaire.

À 22 h 30, mon dos criait à l'aide et mes yeux rougis n'en pouvaient plus. J'avais réussi à reconstruire quelque chose de présentable. J'ai placé un formulaire de rapport d'autopsie sur mon écritoire à pinces et j'ai tout consigné en détail.

Une fois ce travail achevé, je savais ce qui était arrivé à Brighton Hallis, en tout cas, dans les grandes lignes. Un coup porté avec un instrument pointu. Des coups portés à plusieurs reprises sur son visage et sur ses dents. Deux coups sur le crâne. Et celui à l'arrière, avec le piolet, avait pénétré à un angle de quarante-cinq degrés. Étant donné la taille et la forme de l'arme, la taille de la victime, si elle se tenait debout au moment de l'agression, j'estimais que l'assassin mesurait entre un mètre soixante-cinq et un mètre soixante-dix-sept. Génial. Slidell pourrait s'en donner à cœur joie avec de telles infos. Seul Sasquatch ne figurait plus sur sa liste de suspects !

J'ai marqué une pause. Je repensais à l'unique photo, floue, prise lors du rapatriement du corps de Hallis. Certes, elle n'était pas très distincte mais la pente m'avait paru peu abrupte et sans beaucoup de rochers.

Voyons... Un piolet d'escalade sur glace planté dans le cou. Des coups multiples au visage et à l'arrière du crâne. Si je ne savais pas trop quelle blessure en particulier avait entraîné la mort, je savais au moins une chose avec certitude : Brighton Hallis n'était pas morte accidentellement.

J'ai ôté mes gants et téléphoné à Slidell. Il a aussitôt répondu.

— Alors Doc, vous me rendez la monnaie de ma pièce ?

Je n'avais pas la moindre idée de ce qu'il voulait dire.

Silence perplexe de ma part.

— Je vous appelle à l'aube, alors vous m'appelez au milieu de la nuit alors que je suis devant un match ?

Ouais... et moi je me casse le cul dans une salle d'autopsie !

Sans m'excuser pour l'heure tardive, je lui ai exposé le résultat des courses.

Slidell a émis un drôle de bruit de gorge. En fond sonore, j'entendais les commentaires au coup par coup d'un reporter sportif assez excité.

— Vous n'avez jamais pensé que votre victime aurait pu se foutre en l'air ? Se balancer d'une corniche ?

— Putain, où donc avez-vous été pêcher cette idée ?

— Votre victime était dans les emmerdes jusqu'au cou. Si je puis dire... J'ai creusé cette histoire d'association... « Brighton Ascensions ». Ça m'a mené direct à Bert Malle, du Service de la délinquance financière. Vous le connaissez ? C'est ce trouduc qui...

— Pourquoi la délinquance financière ?

— Votre golden girl était impliquée dans une affaire de détournement de fonds. À l'ancienne. Des gars de la répression des fraudes devaient l'arrêter, mais elle a filé sur l'Everest.

— Je ne comprends pas. Elle était riche...

— Non. Ee-lon avait vu juste. Son association était plus verrouillée qu'un...

— Ce qui veut dire ?

Je n'avais guère la patience d'écouter encore un de ses traits d'esprit dont il avait le secret...

— Ce qui veut dire, Doc, qu'elle dépensait bien au-delà de ses moyens. Principalement pour organiser l'expédition sur l'Everest.

— Le trou dans les caisses est de combien ?

— Un petit million.

— Soit la somme qu'elle avait reçue en dons pour « Brighton Ascensions ».

— C'était une association caritative avec pas mal de donateurs naïfs.

— Personne ne se doutait que l'argent n'irait pas là où il était prévu d'aller ?

— C'est pas comme si les contributeurs allaient sauter dans le premier avion pour la Chine et constater les progrès sur place.

— Le Népal. (*Mon Dieu, il le fait exprès ou quoi ?*) Et quid de Damon James ?

— Difficile à dire. Malle n'a rien trouvé sur James. On dirait que Hallis était une sacrée cachottière...

— Vos collègues, ils sont certains que ce n'est pas juste de la mauvaise gestion ? Gass nous a dit que Brighton n'était pas très douée pour les affaires.

— Non. Les preuves sont accablantes. Malgré le nom qu'elle porte, Hallis n'échapperait pas à une inculpation pour fraude. La question c'était *quand* ?

— Où est l'argent à présent ?

— Oh... j'ai pas pensé à creuser jusque-là.

Fais pas ton petit malin, va !

J'ai raccroché rageusement et j'ai frotté mes yeux. Ils me brûlaient presque. Il était temps de rentrer à la maison.

J'ai rangé vite fait photos, os et moulage, mais mon regard a alors été attiré par le visage découpé qui flottait dans le bocal de formol.

Oh oh... La petite voix dans mon cerveau m'interpellait. *T'aurais pas oublié un truc, toi ?*

Était-ce la fatigue ? Une intuition ?

À travers la paroi en verre, j'ai scruté les traits sans vie de ce visage devenu plat. Le nez sans arête nasale. Les lèvres ratatinées. Les oreilles allongées.

La petite voix dans mon cerveau a remis ça.
Les oreilles ? Je me suis approchée.
Mon Dieu !
Comme précédemment dans la soirée, j'ai foncé à mon bureau. J'ai sorti une enveloppe dont j'ai vidé le contenu sur mon sous-main. Une jeune femme blonde, posant au soleil, sous un ciel bleu limpide, me souriait.
J'ai pris une loupe pour vérifier un truc.
Bordel de merde !
Les doigts tremblants, j'ai googlisé son nom. Examiné d'autres photos d'elle. J'ai fait dérouler les images.
Putain de bordel de merde !
Sur chaque cliché où ses oreilles étaient visibles, Brighton Hallis portait des boucles. Des clous d'oreilles, mais aussi des créoles et des pendants. Mais ça n'était pas son goût pour la joaillerie qui me mettait dans tous mes états. C'était le fait indéniable que Brighton Hallis avait les oreilles percées !
Or, la momie dans la chambre froide ne les avait pas.
Retour en salle cinq. J'ai rallumé le négatoscope. J'ai passé en revue toutes les radios que j'avais imprimées sur papier. J'ai étudié les radios de Brighton Hallis où s'étalait le résultat de ses frasques de jeunesse.
Je l'avais pourtant déjà fait. Mais sans doute trop focalisée sur les circonstances de sa mort, j'avais négligé la question de l'identification. *Ça te servira de leçon, ma vieille !* J'avais violé ma première règle absolue.
Il était temps de réparer mon erreur.
J'ai enfilé des gants et placé le cubitus droit du ME215-15 sous le microscope. Je me suis penchée pour effectuer les réglages.
À seize ans, Brighton Hallis s'était cassé le bras lors d'une compétition de BMX. J'ai parcouru l'ensemble de l'os à la recherche d'une ancienne fracture soignée. Aucune ! Les seuls dégâts constatés étaient post mortem.
J'ai ressenti un léger tressaillement d'angoisse.
À dix-huit ans, Brighton Hallis avait fait une mauvaise chute dans une carrière et s'était cassé le talon. J'ai répété la même opération de vérification sur le calcanéum.

Aucune fracture. Aucun remodelage osseux.

J'ai même vérifié les radios prises par Hawkins. Pas la moindre trace de vieilles blessures, ni au pied, ni au bras.

Je me suis redressée. Mes yeux me picotaient. La vérité m'a heurtée de plein fouet.

Fallait bien que je me rende à l'évidence : la femme sur le brancard dans la chambre froide n'était pas Brighton Hallis.

— L'ADN, vous avez eu des nouvelles ?

Je venais de rappeler Slidell.

Le chroniqueur sportif semblait toujours aussi enthousiaste.

Étonnamment, le Maigre ne m'a fait aucune remontrance quant à l'heure tardive.

— Je téléphonerai demain matin. J'invoquerai des circonstances extraordinaires. Mais je doute que ça fasse une différence. Vaut mieux que vous misiez sur les empreintes digitales.

— OK, rappelez-moi dès que vous aurez quelque chose. En fait... Rappelez-moi *demain.*

On a raccroché.

J'ai pianoté nerveusement sur mon bureau, me remémorant ce que je lui avais dit il y a encore peu de temps : *ils ont fait l'ascension à cinq et sont redescendus à quatre.*

Était-ce la vérité ? Brighton Hallis était-elle toujours sur l'Everest ? Dans ce cas, qui était l'invitée surprise dans la chambre froide ?

Une candidate me semblait toute désignée...

L'alpiniste en solo qui venait d'un pays d'Amérique latine. La dernière personne à avoir été vue en compagnie de Brighton Hallis ? J'ai regardé l'heure. Je devais vérifier un truc.

Ah, Internet, quel puits de science ! Katmandou avait dix heures d'avance sur Charlotte. Là-bas, c'était la matinée. Les gens travaillaient. J'ai décroché mon téléphone fixe, non sans avoir à l'esprit les mémos de Larabee au sujet des restrictions budgétaires.

Slidell n'avait pas tort. Avant de pouvoir joindre un responsable au Népal, il faut se cogner un nombre incalculable de coups de fil et de mises en attente. Enfin, on m'a passé un certain Chitra Adhikari du ministère népalais du Tourisme, au Bureau des statistiques et des permis du mont Everest.

Le niveau d'anglais de Chitra était sommaire, mais on a réussi au final à s'en sortir. En 2012, son service avait délivré trente permis pour des expéditions dans l'Everest comptabilisant un total de trois cent vingt-cinq grimpeurs. Une véritable chenille à flanc de montagne ! Ils avaient également délivré dix-neuf permis pour des cordées sans guide, ou pour des alpinistes grimpant en solo.

— Vous pouvez me faxer la liste ?

Chitra le pouvait.

— Mauvaise année, 2012, mauvaise année ! Onze personnes, toutes mortes.

Après un échange digne d'un exercice d'élocution, je suis parvenue à piger que dix-sept alpinistes avaient été hélitreuillés encore en vie vers Katmandou cette année-là. Mais une seule personne le 20 mai 2012. Le jour de la mort de Bright.

— Viviana Fuentes. (Le nom espagnol sonnait bizarrement à cause de l'accent guttural de Chitra.) Très très malade. Alpiniste solo.

— A-t-elle survécu ?

— Gros mystère. Femme disparue.

— Sur la montagne ?

— Non. *Après.* Hélicoptère emmener femme à hôpital. Au Kathmandu Medical College Teaching Hospital. Très malade. Allongée sur civière. Docteur arrive, femme disparue.

— Elle est morte ?

Je voulais être sûre d'avoir bien compris.

— Non, non. Partie à pied !

— Elle pouvait marcher ?

— Peut-être femme moins malade en basse altitude. Ça arrive. Peut-être femme désorientée. Personne ne sait.

— Et donc, plus rien ? Plus de nouvelles ?

— Pas tout à fait. (À sa voix, je pouvais presque le voir en train d'esquisser un sourire.) Chitra, curieux. J'ai téléphoné service immigration. Cousin là-bas. Quelqu'un avec passeport Viviana Fuentes a pris avion Katmandou pour Santiago du Chili. (Froissement de papiers. Beaucoup de papiers.) Le 5 juin 2012.

Après avoir remercié le perspicace Chitra, j'ai raccroché et réfléchi. J'ai massé mes tempes. J'ai réfléchi encore. Puis j'ai pianoté sur le clavier de l'ordi.

Les photos n'étaient pas nombreuses, mais elles étaient disponibles. Dieu bénisse les réseaux sociaux !

Une jeune femme souriait devant l'objectif depuis ce qui ressemblait à la terrasse d'un chalet de montagne. Ses cheveux blonds étaient un peu plus courts. Sa silhouette un peu plus trapue. Hormis cela, la ressemblance entre Viviana Fuentes et Brighton Hallis était absolument frappante. J'ai cliqué sur d'autres photos. Les deux jeunes femmes auraient pu être sœurs jumelles.

J'ai ensuite découvert que Viviana Carmen Fuentes était née en 1987, à Santiago du Chili, soit un an avant que Brighton Hallis ne vienne au monde. Elle avait fait ses études à l'université de Santiago, et après avoir obtenu son diplôme, avait travaillé en free-lance comme consultante en logiciels.

J'ai appris que sa ressemblance avec Brighton Hallis allait au-delà du physique. C'était aussi une grimpeuse chevronnée depuis l'enfance, et elle avait eu son moment de gloire à l'âge de neuf ans, lorsqu'elle avait été sacrée plus jeune individu à avoir escaladé le Nevado Ojos del Salado, un des hauts sommets des Andes. Son père, Guillermo Fuentes, alpiniste accompli, lui avait transmis sa passion et l'avait formée à la haute montagne. Fuentes Senior était mort en Alaska, au cours d'une tempête sur le Denali. Viviana avait alors quinze ans.

Toujours sur le Net, sur le site d'une association caritative, j'ai lu que certaines expéditions en montagne, dûment sponsorisées, avaient été organisées par Viviana Fuentes pour lever des fonds pour la lutte contre la maladie d'Alzheimer dont souffrait sa mère. Et sur son Facebook, elle se vantait qu'il ne lui restait que l'Everest à escalader pour achever les Sept Sommets. Assez étrangement, après 2012, son compte Facebook était demeuré inactif.

J'ai aussi appris que Viviana Fuentes était morte.

Fuentes avait fait une chute lors de l'ascension de l'Aconcagua, un sommet qu'elle avait pourtant escaladé sans difficultés dans le passé. L'accident s'était déroulé il y a quatre mois seulement.

Je ne crois pas aux coïncidences.

Une nouvelle salve de recherches sur Google m'a permis de trouver la réponse que je cherchais. Une nouvelle fois, j'ai vérifié l'heure, puis le décalage horaire sur un site. Mendoza, en Argentine, avait une heure de décalage par rapport à l'heure d'hiver de New York. De toute façon, il était bien trop tard pour téléphoner maintenant. Et bien trop tard pour être encore au labo à bosser.

Frustrée et épuisée, je me suis déconnectée de l'ordinateur. Je n'avais jamais autant rencontré de rebondissements en une seule enquête. Tandis que je roulais en direction de mon domicile, les questions fusaient dans mon cerveau tourneboulé et fatigué.

Brighton Hallis avait-elle échangé son identité contre celle de Viviana Fuentes ? Pourquoi ? Pour éviter les poursuites judiciaires ? Le marché avait-il été conclu volontairement ? La femme qui reposait dans la chambre froide était-elle Viviana Fuentes ? Si ça n'était pas elle, dans ce cas, qui était-elle ? Et qui le tueur avait-il eu vraiment l'intention de tuer ?

10.

Je suis revenue au labo le lendemain, très tôt. Avant de passer des coups de fil, je me suis renseignée sur l'Aconcagua. Situé en Argentine, à l'est de la frontière chilienne, il s'élève à plus de six mille neuf cents mètres d'altitude. C'est le point culminant de la cordillère des Andes et la plus haute montagne au monde en dehors de l'Himalaya. Techniquement, ce n'est pas un sommet trop difficile, et, pourtant, de nombreuses pertes humaines sont à déplorer chaque année. L'Aconcagua a le triste palmarès du taux de mortalité en montagne le plus élevé d'Amérique latine.

Le dernier en date mentionnait le décès de Viviana Fuentes.

L'Aconcagua appartient également aux Sept Sommets, et il figurait pour Brighton Hallis sur sa liste personnelle des dernières choses à faire avant de mourir.

Une théorie commençait à s'échafauder dans ma tête.

Tu n'as pas pu t'en empêcher, hein ?

J'ai attrapé mon téléphone et composé une longue suite de numéros. Différentes sonneries. *Drrriiinnng.*

Fallait que papa soit fier de toi, c'est ça ?

Un autre *drrriiinnng*, puis une femme a débité d'une traite une phrase en espagnol.

— *Centro de Visitantes del Parque Provincial Aconcagua.*

J'ai répondu en espagnol, mais beaucoup plus lentement.

— Puis-je vous être utile ? a-t-elle répliqué dans un anglais impeccable.

Formidable. Mon espagnol était trop hésitant. Sans me faire prier, j'ai donc sauté sur l'occasion et nous avons continué en anglais. Je lui ai exposé l'objet de mon appel.

— Ne quittez pas, je recherche le dossier. (J'entendais le couinement des tiroirs qui coulissent en s'ouvrant et en se refermant. Des bruits d'élastiques de chemises en carton.) Ah, ça y est, je l'ai. Oh, quelle tragédie. Mme Fuentes nous avait acheté un permis pour une expédition sans guide, et pendant la haute saison, dans la vallée de la Vacas.

— Vous pourriez développer un peu plus, *por favor*?

— Bien sûr. Le parc naturel possède deux entrées et diverses options d'escalade. Le tarif des permis varie selon la saison, et s'il faut un guide ou non. Mme Fuentes souhaitait procéder à une ascension en solo par le glacier de Los Polacos, le glacier des Polonais. C'est la voie la plus difficile.

— Comment ça, difficile ?

— Le glacier des Polonais est plus isolé et, techniquement parlant, l'approche par le nord par la Ruta Normal – la « voie normale » – est bien plus facile. Le glacier des Polonais a des pentes couvertes de neige et de glace inclinées à cinquante, voire soixante-dix degrés. Cela impose de savoir grimper sur la neige, d'avoir le matériel adéquat, les vêtements de protection, et les cordes et harnais indispensables. Voilà pourquoi peu d'alpinistes choisissent cette voie. Mme Fuentes l'a choisie. Son curriculum vitae nous autorisait à lui délivrer un permis. (Nouveaux bruissements de papier.) Selon nos fiches, elle est entrée dans le parc au poste Pampa de Lenas le 28 décembre.

— Combien d'autres grimpeurs se trouvaient sur le versant en même temps qu'elle ?

Cette fois, j'ai entendu le cliquetis d'un clavier d'ordinateur.

— Trois groupes étaient sur le glacier des Polonais quand Mme Fuentes s'est présentée à l'entrée du parc. Nous n'avons enregistré ce jour-là qu'un seul autre grimpeur. Un Américain. Lui aussi escaladait en solo.

— Avez-vous son nom ?

— À l'écran, j'ai des informations globales référencées par numéro, et je ne peux les trier que par nationalité. Les permis individuels sont enregistrés par nom, et pas par date. Pour vérifier le nom, je dois sortir la fiche du classement à partir du numéro, et donc faire une recherche manuelle. (Elle a soupiré.) Si vous me laissez votre téléphone, je vous rappelle plus tard.

J'ai accepté sa proposition et fourni aussitôt mon numéro de portable.

— J'aimerais avoir aussi les noms de toute personne ayant grimpé au même moment que Mme Fuentes.

— D'après les données globales, personne d'autre ne s'est inscrit pour le glacier des Polonais jusqu'au 13 décembre, date à laquelle un groupe d'Allemands a entamé un trek.

— Ce sont les Allemands qui ont découvert le corps ?

— Non. Quand on s'est rendu compte que Mme Fuentes ne revenait pas dans les délais prévus, un ranger est monté. La cordée d'Allemands lui a signalé avoir croisé un alpiniste descendre en solo, mais n'avoir jamais vu de Mme Fuentes. On a supposé qu'elle avait péri peu de temps après avoir atteint le sommet.

— Est-ce que j'ai bien compris ? Vos rangers pistent les grimpeurs ?

— En principe, il n'y a pas de surveillance des sentiers. Les permis sont délivrés pour vingt jours. On encourage les alpinistes à se munir de radios. Et si on a des inquiétudes, un ranger peut monter en soutien.

— Dans le cas de Mme Fuentes, comment est née votre inquiétude ?

— L'allure à laquelle chaque grimpeur avance est liée à la météo et à leur forme. La plupart d'entre eux arrivent au parc dans de bonnes conditions physiques et sont prêts à démarrer l'expédition. À partir du poste de rangers de Pampa de Lenas, il en a pour deux jours de marche jusqu'au camp de base. Un jour supplémentaire pour grimper jusqu'au camp de base numéro un. Et encore un autre jour pour parvenir au camp de base numéro deux. Ensuite, depuis ce dernier, il faut compter pas plus de douze heures pour atteindre le sommet.

J'ai mentalement fait le calcul. Entre neuf et douze jours, selon le rythme.

— Alors votre ranger a été à sa recherche au bout de deux semaines, c'est ça ?

— Exactement. Il a localisé le corps dans un goulet étroit le 16 janvier à une altitude de six mille quatre cents mètres. Il est apparu que Mme Fuentes avait fait une chute mortelle. Les restes ont été récupérés pour être acheminés à Mendoza.

— Comment avez-vous procédé à l'identification ?

— Il n'y en a pas eu. Cela nous semblait évident ! Mme Fuentes avait sur elle son permis et son passeport.

— Auriez-vous, s'il vous plaît, les coordonnées de la morgue de Mendoza ?

J'ai griffonné son numéro de téléphone, je l'ai remerciée, puis j'ai raccroché. J'ai immédiatement composé le numéro de la morgue. Quelques instants plus tard, j'étais en communication avec le Dr Ignacio Silva du Cuerpo Médico Forense, Morgue Judicial. À nouveau, j'ai démarré en espagnol. À nouveau, on m'a répondu en anglais. Super ! *Muchas gracias !*

— Oui, je me souviens de ce cas. (Silva avait une voix mélodieuse.) C'est vraiment dommage. Une si jeune femme.

— Pourriez-vous me décrire Mme Fuentes ?

— Blonde. Type caucasien. Elle mesurait environ un mètre soixante-treize.

Encore des calculs ! J'ai converti en pouces dans ma tête.

— Un joli brin de fille en plus. Aucun signe de maladie, ni d'anomalies. Bien sûr, elle avait des blessures liées à sa chute. Pas loin d'une vingtaine de mètres en à-pic.

— Vous avez pris des radios ?

Moment de flottement. Quand Silva a repris la parole, il y avait une légère hésitation dans son anglais parfait.

— À cause des restrictions budgétaires, nous avons des décisions difficiles à prendre. J'ai estimé que, dans ce cas précis, les radios n'étaient pas indispensables. Il était évident pour moi que la victime était morte des suites de sa chute, suivie d'une hypothermie.

Merde !

— Le parent le plus proche n'a pas contesté ?

— Malheureusement, il n'y a plus vraiment de parent proche. Mme Fuentes avait une mère, mais celle-ci est hospitalisée avec un diagnostic de maladie d'Alzheimer très avancée. L'identité de la victime n'a jamais été sujette à caution. (Il a marqué une pause.) Nous avons cependant pris ses empreintes digitales pour nos dossiers, avant d'incinérer le corps.

— Y aurait-il possibilité de partager cette information ? ai-je demandé en tentant de masquer mon excitation.

— Certainement. Donnez-moi votre adresse e-mail et je vous les envoie tout de suite.

Silva a tenu parole. Et avec efficacité. Quelques minutes après la fin de notre communication téléphonique, j'ai entendu le petit *Ping !* me signalant l'arrivée d'un message dans ma boîte de réception. J'ai immédiatement ouvert le fichier et y ai jeté un bref coup d'œil. Je me suis ensuite assise pour me calmer.

Je réfléchissais tout en sirotant du café.

Une fois persuadée que je contrôlais émotionnellement la situation, j'ai lancé une impression du fichier envoyé par Silva. Quand l'imprimante a délivré ce que j'attendais avec tant d'impatience, j'ai scruté attentivement chaque petit ovale plein de circonvolutions, boucles, volutes, arches, peu importent leurs noms.

Retour dans la salle d'autopsie cinq. J'observais le moulage. Les os nettoyés, la carte préparée par Hawkins montrant les empreintes digitales de la victime de la chambre froide. J'ai déposé à côté l'image des empreintes relevées par Silva.

J'ai évalué la situation.

D'abord, un appel rapide à Blythe Hallis. *Décision prise.*

J'ai ensuite téléphoné à Slidell pour lui expliquer ce qui allait sous peu lui incomber. Et ce dont j'avais besoin.

— Et trouvez-moi un analyste pour les scanners dans la base de données AFIS.

Ce que je lui demandais, c'était de les faire scanner dans le fichier d'empreintes digitales AFIS qui utilise une technologie d'imagerie numérique. Créée à l'origine par le FBI, AFIS est une base de données contenant des dizaines de millions d'empreintes digitales.

— Les types du labo ne vont pas aimer ça...

— Eh ben, faites-le alors.

— Quelles sont les chances que la victime soit présente dans le fichier ?

— Elle devrait y être.

En fait, il y avait une toute petite chance, mais je devais la tenter.

— Ouais...

— Écoutez, il n'y a que les forces de police qui ont accès à l'AFIS.

— Sans blague...

— Dites-leur que c'est pour moi.

— Dans ces conditions, ça devrait le faire !

Ça l'a fait ! Ou bien est-ce la personnalité charismatique du Maigre qui l'avait emporté ? Quoi qu'il en soit, une heure et demie plus tard, je recevais ma réponse.

Je me suis renversée dans mon fauteuil. Sidérée. Je n'arrivais pas à le croire.

Blythe Hallis m'avait confié que sa fille travaillait durant ses vacances d'été au National Park Service. Tout ce dont j'étais sûre, c'est que la base de données AFIS engrange également les empreintes digitales du personnel du gouvernement fédéral. La chance m'avait souri ! Une des correspondances générée par la recherche indiquait le nom de Brighton Hallis.

Brighton Hallis avait effectivement trouvé la mort tout en haut d'un des Sept Sommets, mais pas l'Everest. Et pas en 2012. Brighton Hallis était morte il y a quatre mois sur l'Aconcagua.

Elle avait été autopsiée, puis incinérée sous le nom de Viviana Fuentes.

J'étais à nouveau en ligne avec Slidell.

— Vous êtes en train de m'expliquer que Brighton Hallis a zigouillé Viviana Fuentes pour lui voler son identité ?

Il hoquetait comme si je lui suggérais de déclarer le hamburger frites hors la loi.

— Leur ressemblance physique était époustouflante. Il leur suffisait d'échanger leur blouson, et cela pouvait facilement tromper un simple observateur.

— Je change de veste tout le temps, et maman me reconnaît à chaque fois...

Le Maigre avait une maman ? Ça alors ! J'ai enregistré l'info pour plus tard. À méditer.

— Aucune n'a un KA en lien avec la mort de Brighton. (J'utilisais à dessein le jargon des flics. KA désigne un « complice connu des services de police ».) Une femme portant le blouson de Viviana a juste été transportée par hélicoptère à Katmandou d'où elle a ensuite disparu. Une femme portant le blouson et l'équipement de Brighton a été retrouvée par des inconnus, morte de froid. Les gens ont vu ce qu'on les a forcés à voir. Et dans le cas de Viviana, il n'y avait plus personne pour soulever la question.

— Bon sang, qu'est-ce que vous insinuez ?

— Que son seul parent proche était sa mère, laquelle est totalement sénile. Fuentes bossait en free-lance de chez elle comme consultante en logiciels. (Slidell a essayé d'en placer une, mais je ne lui en ai pas laissé le temps.) Et même si quelqu'un avait voulu soulever la question, il n'y a plus aucun cadavre à exhumer.

— Comment Hallis a-t-elle pu avoir le passeport de Fuentes ?

— Les alpinistes qui partent sans guide gardent toujours leur passeport sur eux. Brighton l'a probablement subtilisé au moment de l'échange de blousons.

— Ces deux-là, elles étaient copines ?

— Je n'ai rien trouvé qui puisse prouver qu'elles se soient rencontrées *avant* l'Everest. C'est sans doute l'occasion qui a fait le larron, comme on dit. Brighton a saisi sa chance de recommencer une nouvelle vie avec un nouveau nom et un petit million. Pas si mal.

Slidell s'est raclé la gorge, bruyamment, comme à son habitude.

— En ce jour funeste, elles étaient les deux dernières alpinistes à traîner là-haut. Cela expliquerait pourquoi Brighton voulait attendre Fuentes à Hillary Step.

— C'était pas pour l'aider, mais pour la frapper. En résumé, Hallis se débrouille pour rester seule au sommet avec Fuentes, la blesse mortellement avec le piolet, lui explose le crâne, deux fois de suite, lui défonce toutes les dents, procède à l'échange de blouson, et entame la descente avec un faux accent espagnol et un nouveau nom. Pour couronner le tout, elle fait semblant d'être dans un état de confusion mentale.

Bien vu, le Maigre.

— Oui, l'endroit du traumatisme crânien est cohérent avec la taille de l'assaillant qui est aussi celle de Brighton.

— C'était une entreprise hasardeuse.

— Tout comme risquer de finir en prison.

— Mais Hallis est cramée.

— On peut le dire comme ça, oui. Ils ont incinéré son corps.

— Quelle belle garce !

— C'est pas faux !

Pendant plusieurs secondes, nous n'avons plus rien dit.

— Il y a autre chose. Le seul autre grimpeur sur sa voie d'escalade en Argentine était un homme. J'essaie d'obtenir son nom et ses coordonnées pour l'interroger. Je serais curieuse de savoir s'il a croisé notre Viviana/Brighton le long du versant.

— Qu'attendez-vous de moi, Doc ?

— J'aimerais que vous cherchiez une possible connexion entre Fuentes et Hallis *avant* l'Everest. Une preuve, même ténue, de préméditation. Et si vous pouviez vérifier si Hallis a relâché sa vigilance après l'Everest. Si elle a déconné. Si elle a contacté quelqu'un, si elle a utilisé un vieux compte bancaire. Si elle a été arrêtée pour des peccadilles.

Que sais-je ? Tout ce qui pourrait prouver qu'elle vivait la belle vie en Amérique latine après 2012.

— Je ne vois pas pourquoi, m'a-t-il répliqué, visiblement pas très emballé. Désormais, c'est de l'histoire ancienne.

— Je veux rendre justice à Viviana Fuentes.

— Tout ça ne va pas faire plaisir à Blythe Hallis !

— Mais cela nous débarrasserait d'elle. Et une affaire si bien résolue, ça améliorerait grandement vos statistiques de la police.

J'avais émis deux arguments très convaincants.

Puis on a raccroché.

J'ai passé en revue les événements de ces derniers jours. Il y avait un hic quelque part... M'est alors revenu en mémoire une phrase prononcée par Elon Gass dans le *diner* : « Je crois me souvenir que Damon les avait rejointes. »

Donc, Damon James avait rencontré Viviana Fuentes. Il leur avait parlé au camp trois. Peut-être aurait-il d'autres infos ? J'ai cherché son numéro et je l'ai contacté.

— Allô...

Il semblait très absorbé.

— Ici le Dr Brennan.

— Qui ça ?

J'entendais un énorme brouhaha derrière lui, des cris d'enfants. Un sifflement. Un drôle de grondement, comme le bruit d'un train.

J'ai répété mon nom, plus fort.

— Désolé, docteur, je suis à mon autre job. (James a réprimandé un dénommé Brian.) J'suis au Whitewater Center. (Je suppose qu'il parlait du US National Whitewater Center, un ensemble sportif dernier cri construit à la périphérie de Charlotte. On pouvait y pratiquer aussi bien le kayak que le rafting.)

— Vous vous y connaissez aussi en canoë-kayak ?

— Oh, on y enseigne plein de choses, notamment l'escalade et la varappe sur de vrais rochers ! (Plus fort.) Hé toi, descends de là !

— J'aurais quelques questions rapides...

— Je t'ai dit de descendre! *Maintenant!* (À moi :) Désolé, je ne peux pas vous parler au milieu de ce chahut. Et j'ai une cargaison de CE2 qui vont débarquer dans pas longtemps. On peut s'appeler plutôt quand j'aurai fini ?

Merde !

— D'accord.

Il a hésité un instant.

— En fait... je suis venu ce matin avec une collègue, mais elle ne peut pas me ramener en ville car elle a dû aller récupérer un enfant malade. Ça vous ennuierait de passer me prendre ?

Il ne manquait pas d'air, celui-là !

Cette base de loisirs était presque à mi-chemin du mont Holly. Mais je voulais vraiment l'interroger, et j'avais terminé tout ce que j'avais à faire...

Après tout, c'était donnant-donnant.

— À quelle heure je dois être là-bas ?

— On termine à 20 heures. Vous pouvez vous garer derrière le bâtiment principal, près de la sortie réservée au personnel. La porte n'est jamais fermée.

Un *bip-bip-bip* m'a signalé qu'il avait déjà raccroché.

11.

Le reste de ma journée s'est déroulé à la vitesse de la dérive des continents. J'ai effectué quelques commissions pour remplir mon frigo, réglé de la paperasse en souffrance. Mais mon esprit errait toujours sur ces histoires de fractures, d'empreintes, de tissus momifiés. Je n'arrêtais pas d'échafauder de nouvelles théories. Me retrouver dans ma Mazda au milieu des embouteillages de fin de journée a presque été un soulagement.

Quarante-cinq minutes plus tard, j'arrivais en vue de l'US National Whitewater Center. Je me suis garée en suivant les instructions de môsieur. Ensuite j'ai suivi une flèche indiquant la porte réservée au personnel. J'étais presque devant lorsque mon portable a sonné. Enfin... a *chanté !*

— Temperance Brennan à l'appareil.

— Docteur Brennan ? C'est Paola Rossi.

J'ai eu un blanc, cherchant qui était cette femme.

— Pardon ?

— Paola Rossi du Centro de Visitantes del Parque Provincial Aconcagua.

— Mais bien sûr, Señora Rossi. Je suis désolée, je n'entendais pas bien.

— J'ai retrouvé le nom de l'Américain.

— C'est si aimable à vous, ai-je répondu en fouillant dans mon sac à la recherche d'un papier et d'un crayon.

Mais je me suis arrêtée dès qu'elle a prononcé la phrase suivante.

J'étais abasourdie.

— Excusez-moi, vous pourriez répéter ?

Lentement, elle a articulé :

— Damon James. C'est le nom de l'autre alpiniste qui avait emprunté la route par le glacier des Polonais le 13 décembre. J'ai même une adresse. M. James habite à Charlotte, en Caroline du Nord, aux États-Unis.

Mon pouls s'est accéléré. Je l'ai remerciée, puis j'ai raccroché. Autour de moi, la nuit tombait et le parking était quasi désert. On n'entendait ni bruits de voix, ni signes d'activité.

Mon cerveau était en ébullition. Plusieurs éléments disparates se mettaient en place d'un seul coup. Damon James était son associé sur le projet initié par Brighton Hallis. *Et d'un.* Damon James avait discuté avec Viviana Fuentes sur l'Everest. *Et de deux.* Damon James avait escaladé l'Aconcagua. *Et de trois.*

J'ai téléphoné à Slidell et je suis tombée sur sa boîte vocale. Je lui ai laissé un message lui demandant de me rappeler d'urgence, et aussi lui précisant où je me trouvais.

J'ai continué à cogiter. Cette fois, sous la forme d'une série de questions.

Est-ce que James était dangereux ? Hallis et lui avaient-ils détourné ensemble de l'argent de « Brighton Ascensions » ? Avait-il assassiné Viviana Fuentes sur l'Everest ? Pourquoi ? Pour aider Hallis à permuter leurs identités ? James et Hallis étaient-ils amants ? Avaient-ils planqué de l'argent détourné sur un compte offshore ? James avait-il tué Brighton Hallis sur l'Aconcagua ? Et pourquoi ?

Une jeune femme vêtue d'un jean et d'un tee-shirt vert estampillé « US National Whitewater Center » s'est approchée, très souriante. Elle m'a tenu la porte. J'ai hésité.

Bon Dieu, Brennan, courage. L'équipe de ski alpin s'entraîne ici en vue des jeux Olympiques. Cet endroit est encore probablement blindé de monde. Allez, trouve-moi ce type.

— Merci, ai-je répondu en entrant.

Tout en traversant l'esplanade, je repensais à ce que j'avais lu avant de quitter la maison sur cette base de loisirs dite d'« eaux vives ». Je n'y avais jamais fichu les pieds auparavant. J'étais curieuse de voir ça.

Le centre Whitewater était un ensemble sportif – à but non lucratif – installé près de la Catawba River. Deux cents hectares dédiés aux activités en plein air, avec une zone pour l'entraînement des athlètes, et une autre davantage consacrée à la détente. On pouvait y pratiquer du rafting, du canoë-kayak, faire de la tyrolienne, de la randonnée, du VTT et, apparemment, de la varappe sur d'énormes rochers.

Je suis entrée dans le bâtiment d'accueil aux visiteurs. Inscriptions, bureau de renseignements, service de locations, centre de conférences, snack-bar, boutique de souvenirs. Quelques femmes étaient encore assises dehors à des tables en fer forgé, sous des parasols. Des mères de famille attendant leur progéniture – tenues de yoga Lululemon, sandales Jack Rogers, lunettes de soleil Tory Burch. Elles avaient toutes le nez collé sur leur iPhone.

Au-delà du bâtiment, je voyais un flot continu de personnes se déverser par la sortie principale vers le parking réservé au public. Une pancarte sur le mur extérieur prévenait que la dernière admission pour une activité était à 19 heures et que le centre fermait ses portes à 20 heures.

Je me suis adressée au bureau d'accueil des visiteurs et j'ai demandé après Damon James. J'ai été redirigée vers l'extérieur. James finissait son travail près du mur d'escalade, une grosse falaise en forme de V et en fausse pierre, pas loin du plan d'eau appelé Upper Pond. Il rangeait des cordes en nylon coloré dans une grande boîte.

En m'entendant approcher, il s'est redressé. Il portait un tee-shirt Whitewater Center avec – tenez-vous bien, quelle surprise... – les manches découpées aux épaules. Ce gars était si prévisible !

— Vous êtes pile à l'heure, a-t-il déclaré en me lançant son sourire hollywoodien. Parlons tout en marchant. Je dois effectuer ma petite tournée d'inspection pour vérifier qu'aucun gamin ne se planque quelque part.

James était détendu, moi, beaucoup moins. Je l'ai néanmoins suivi sur l'allée pavée qui longeait le faux torrent de montagne. Des écriteaux recommandaient aux promeneurs de ne pas s'approcher à moins d'un mètre cinquante du bord de l'eau. Au-dessus de nos têtes, les câbles de la tyrolienne dessinaient une toile d'araignée projetant des ombres quadrillées sur le parc.

James marchait si vite qu'il a fallu que j'accélère le pas. De temps à autre, on croisait un retardataire se dirigeant vers la sortie.

Pour dissimuler ma nervosité, et surtout mes soupçons, j'ai parlé de tout et de rien.

— La rivière est en circuit fermé ?

Au fond, je m'en foutais.

Il m'a regardée et a acquiescé.

— Oui, l'eau court tout autour de deux îles, avec différents affluents, mais à la base, c'est le même réseau en boucle. (Il a pointé une langue de terre émergée sur notre gauche.) Ce coin, là-bas, on l'appelle Belmont Abbey Island. On peut y écouter des concerts de musique et y boire des bières dans un bar en plein air. Hawk Island est de l'autre côté du Lower Pond, l'autre plan d'eau. Vous verrez, c'est beaucoup plus sauvage, il y a un grand parcours d'accrobranche et aussi un torrent démentiel pour le kayak.

— Hmm...

— On en a du beau monde. Que des sportifs ! (Il m'a désigné le parcours pour le kayak.) Vous savez que c'est la plus grande reconstitution au monde, et la plus complexe, d'un circuit d'eaux vives ?

— Impressionnant. Donc vous enseignez ici aussi ?

— Seulement en saison. Et seulement l'escalade.

Nous avons longé des tentes sur notre droite et un pavillon de musique sur notre gauche jusqu'à l'endroit où la grande étendue d'eau de Lower Pond s'étirait largement entre le bâtiment de l'accueil à l'autre bout et nous. Des pins immenses se dressaient au-dessus de nos têtes, tandis que nous foulions un sol recouvert d'épines. On était à présent les deux seuls promeneurs.

C'était maintenant ou jamais.

— Elon Gass nous a dit que vous n'aviez jamais touché vos salaires de « Brighton Ascensions ».

Il a mimé un mec horrifié.

— J'suis vachement vexé. La charmante petite dame n'est donc pas venue me rejoindre pour le seul plaisir de ma compagnie...

— Avez-vous été payé ? a demandé la charmante petite dame.

James m'a regardé fixement un si long moment que j'ai pensé qu'il ne me répondrait jamais.

— J'étais censé recevoir un salaire. Ça n'a pas été le cas. Je ne suis pas le genre de type à patienter quand on me doit de l'argent, mais Brighton avait une méthode bien à elle pour obtenir des gens ce qu'elle voulait.

— Attendez... la fondation avait récolté un million de dollars. Pourquoi Hallis ne pouvait-elle pas vous rétribuer ?

— Je suppose qu'on ne peut plus lui poser la question.

— Étiez-vous au courant que la police enquêtait sur elle pour une affaire de détournement de fonds ?

— Non, pas avant le coup de fil de votre pote flic hier.

— Quelle était la nature exacte de votre relation avec Brighton ?

— Vous entendez quoi par là ?

— Étiez-vous ensemble ?

— Non. Pas plus que nous n'étions des voleurs.

Trop facile, mon gars.

Avant que je puisse lui rétorquer quoi que ce soit, James a tourné les talons et a singulièrement accéléré le pas.

J'ai eu un moment d'hésitation. Le suivre ? Chaque neurone de mon crâne hurlait NON ! Je les ai ignorés.

La fausse rivière de montagne se rétrécissait. À présent, une eau furieuse tourbillonnait entre les rochers, bouillonnait de milliers de petites bulles blanches. Le grondement en était assourdissant.

— Parlez-moi de Viviana Fuentes, ai-je crié assez fort pour qu'il entende.

James a fait volte-face, arborant un visage impassible.

— OK. Arrêtons de jouer. Qu'est-ce que vous voulez réellement savoir ?

— Ce qui est *réellement* arrivé à Brighton Hallis.

— Ce qui est *réellement* arrivé à Brighton Hallis ? Elle est devenue âpre au gain, elle a volé un million de dollars et m'a laissé porter le chapeau.

Je l'ai laissé continuer.

— Ça allait être un gros merdier après l'Everest. (Il a craché si fort que les muscles de son cou ont gonflé.) Et j'étais le mec que le *Hallis Express* s'apprêtait à écrabouiller.

— Par conséquent, vous ne pouviez pas envisager qu'elle redescende de là-haut ? (Mon cœur s'emballait. Je sais que j'aurais dû déguerpir à cet instant, mais je ne pouvais m'empêcher de continuer.) Avec la mort de Brighton, l'enquête serait classée, c'était ça l'idée ?

Il faisait plus sombre à présent. James a redressé le menton. Un croissant de lune venait jeter des ombres inquiétantes sur son visage, mais il éclairait tant soit peu le sol. Il m'a répondu d'une voix grave et glaçante :

— Quand Brighton est morte sur l'Everest, j'ignorais que de l'argent avait été détourné.

— Et vous croyez que je vais gober un truc pareil ?

— Chérie, j'ai un alibi, ne l'oublie pas ! Je n'étais pas avec elle lorsqu'elle est morte, OK ?

Quoique tremblante, j'étais déterminée à porter l'estocade.

— À ce détail près que Brighton n'est pas morte sur l'Everest, n'est-ce pas ?

James m'a scrutée de ses yeux verts brillant dans le noir. Il a gloussé de rire.

— Vous êtes complètement tarée...

— Vous étiez au courant du projet que fomentait Brighton de disparaître. Vous le saviez depuis le début, non ?

— TA-RÉE, a-t-il dit en tournant le bout de son index sur sa tempe.

— Eh bien, donnez-moi votre version des faits.

Il a écarté les jambes et croisé ses bras sur sa poitrine.

— Imaginez ma totale stupéfaction lorsque j'ai aperçu mon ancienne associée, supposée décédée, sortir du bureau des permis du parc provincial de l'Aconcagua à Mendoza, en Argentine ! Sacrée Brighton Hallis, plus en forme qu'une vilaine rumeur.

— Qu'a-t-elle dit ?

— Elle ne m'a pas vu.

— Vous voulez me faire croire que vous vous êtes retrouvés sur le même lieu, le même jour, par hasard... ?

— Non, nous avions planifié ensemble cette expédition.

— Et donc...

Il m'a coupé la parole d'un geste vif de la main.

— *Avant* l'Everest. Nous avions l'habitude de programmer les expéditions des années à l'avance. Puis quand ça a commencé à partir de travers, on a dû annuler plusieurs treks en montagne. Mais l'Aconcagua, c'était spécial. On avait calé ça sur la date anniversaire de la mort de Sterling Hallis. À cause d'un truc-à-la-con-qui-ne-concerne-que-moi, j'ai décidé quand même de faire l'ascension de l'Aconcagua, en hommage à Bright.

Les mots se bousculaient soudain dans sa bouche, témoignant d'une certaine fureur, peut-être même d'un soupçon de folie.

— Poursuivez.

— Lorsqu'elle s'est éloignée, je suis entré dans le bureau et j'ai acheté le même permis qu'elle. Je connaissais son projet. Je l'avais monté avec elle. Je l'ai suivi de près sans me faire repérer. Mais au camp un, elle m'a aperçu. Putain, vous auriez dû voir son visage. Elle était morte de trouille.

— Continuez.

J'ai toutefois reculé discrètement.

Pourquoi Slidell ne me rappelait-il pas ? Ou bien l'avait-il fait ? Je ne pouvais pas prendre le risque de consulter mon portable sans montrer mon angoisse.

— Cette salope a tout avoué. Son plan était de disparaître dans la cascade de glace au-dessus du camp de base. Le monde entier aurait pensé qu'elle avait fait une chute mortelle dans une crevasse, alors qu'elle, elle se la coulerait douce sur une plage de Goa ou de Rio.

— Voilà pourquoi elle a choisi au dernier moment de ne pas prendre de guide ?

— Surtout parce que ce serait plus facile de me plaquer en me laissant porter le chapeau.

— Comment Viviana Fuentes s'inscrit-elle dans le paysage ?

Si je puis dire....

— Mauvais endroit, mauvais moment. Viviana a joué de malchance. Ça ressemblait tellement à Brighton, ce coup du destin en sa faveur !

Une chouette a hululé. J'ai pris sur moi pour ne pas sursauter.

— C'est donc l'occasion qui a fait le larron, en quelque sorte ?

— Honnêtement, j'en sais rien. Brighton m'a juré que leur rencontre était fortuite. Mais leur ressemblance était si troublante. (James a parlé plus bas.) Bright a copiné avec Fuentes. Elle a appris des choses sur sa famille, son boulot... Elle a vu en cette fille une opportunité de changer de vie, et elle l'a saisie.

— Elle était à l'abri jusqu'à ce qu'elle tombe sur vous.

— Oh... mais renoncer n'était pas inscrit dans son ADN. C'était pas son genre. Elle a tenté d'acheter mon silence.

— Elle vous a offert la moitié du fric.

— Oui, elle l'a fait.

— Et vous avez refusé.

— Ben non, pourquoi j'l'aurais refusé ? (Il avait l'air surpris.) Ce qui est fait est fait. Fuentes était morte. Tout en grimpant, on a discuté de notre futur avenir très glamour avec nos moitiés de fortune respectives.

— Vous avez continué l'ascension comme si de rien n'était ?

— Pourquoi on aurait abandonné ?

Ce gars était fou à lier.

Ou bien n'était-ce pas plutôt moi, la folle ? J'étais sur un sentier isolé, de nuit, avec le complice d'une meurtrière.

J'ai encore agrandi discrètement l'espace qui nous séparait.

— Vous voulez vraiment la vérité ? Eh bien, tant que cette garce n'aurait pas transféré la moitié de l'argent sur mon compte, il était hors de question que je la quitte des yeux une seule seconde. À l'altitude où nous étions, on n'avait plus de réseau. Nous devions nous rapprocher du sommet pour téléphoner par satellite.

— Elle vous faisait confiance ?

— Bien entendu. Nous étions en train de nous préparer une longue vie heureuse avec notre petit butin. Elle ne pouvait pas cafter sur moi, et je ne pouvais pas cafter sur elle.

— Mais elle est morte.

Ses yeux de reptile ont paru soudain absorber toute la chaleur de la nuit.

— C'est tragique, hein ? Si près du sommet. Quel terrible accident...

Il n'était pas qu'un complice excessivement cynique. J'avais devant moi un homme capable de tuer de sang-froid. Mes neurones m'ont crié une nouvelle fois de me barrer le plus vite possible. J'ai décidé de leur obéir. Un poil trop tard...

D'un mouvement très souple, il a chargé telle une bête féroce. L'impact de son épaule m'a coupé le souffle et m'a violemment projetée en arrière. J'avais à peine pigé que je tombais que j'ai heurté une eau glacée et tourbillonnante. Je n'y voyais plus rien. Je ne respirais plus. Le sang battait mes tempes. Aveuglée, j'ai été emportée par le courant.

Bats-toi ! Réagis !

J'ai été projetée contre un rocher, puis un autre. J'ai tournoyé. Je paniquais.

Mes côtes me faisaient mal et ça me brûlait aux poumons. J'essayais désespérément de remonter à la surface. Chaussures et vêtements gorgés d'eau me tiraient vers le bas. Je commençais à voir des étoiles derrière mes paupières.

Je me suis forcée à les rouvrir. Des milliards de bulles, une eau grise. J'ai agité mes bras et dirigé ma tête dans la direction de la surface. L'adrénaline irradiait tout mon corps.

Les secondes me paraissaient une éternité. Finalement, mon visage a émergé, j'ai avalé une goulée d'air avant d'être à nouveau happée par le courant. À nouveau sous l'eau. À nouveau bringuebalée dans tous les sens.

J'ai tenté de retrouver l'usage de mes jambes. En vain. Balancée contre un énorme rocher, j'ai senti une atroce douleur au milieu du dos. Mes oreilles bourdonnaient.

Enfin hors de l'eau, j'ai aperçu une masse plus sombre. Immense. La station de pompage ! Putain, je filais tout droit vers le système de filtration !

Mon cerveau m'a envoyé une image enregistrée un quart d'heure plus tôt lorsque je longeais le sentier. Un alignement de rochers constituait le bord d'une petite cascade artificielle d'un mètre de hauteur. Sans avoir le temps d'élaborer une stratégie, j'ai heurté le premier bloc de roche. Pas question de me laisser entraîner... La force de l'eau était telle qu'elle me projetterait par-dessus la cascade, et ensuite directement vers la station de pompage Telle une moule accrochée à son rocher, je me suis plaquée contre la pierre. Je l'ai contournée à la manière d'un crabe et, puisant dans mes dernières forces, je me suis hissée hors de l'eau.

Cramponnée au rocher, je haletais comme un petit chiot. J'étais trop crevée pour avoir seulement le courage de tourner la tête. James était-il encore là ?

Je suis restée collée à mon rocher un long moment.

Puis j'ai commencé à trembler. La température trop basse ? Le choc émotionnel ? J'ai roulé sur moi-même et ai réussi à m'asseoir.

J'étais trempée jusqu'aux os. Je grelottais de froid. J'avais mal, sans doute à cause de fractures. Plus de téléphone.

Plus de clés. Mais au moins, je m'étais extraite du torrent. Et j'étais sur du solide. Hawk Island !

J'ai grimpé à quatre pattes sur le gros rocher. Puis le retour à la terre ferme. J'ai repris mon souffle et je me suis redressée sur des jambes encore flageolantes. Et maintenant ? Je me suis dirigée vers le premier bâtiment venu, à savoir, la station de pompage.

Un homme en bleu de travail occupait la salle de contrôle, bidouillant tout un tas de boutons et de manettes. Dès qu'il m'a aperçue, qui plus est, dans cet état, il en est resté bouche bée.

— Salut..., ai-je bredouillé.

Il a lorgné vers la flaque d'eau qui s'agrandissait à mes pieds.

J'ai essayé de garder une posture digne.

— Serait-il envisageable que je passe un coup de fil de votre bureau ?

12.

— Et à ce moment-là... imagine... (Anne a brandi sa fourchette pour plus d'effets) ce fichu rongeur, d'un coup de patte sur la table du patio, et sans cesser de me regarder droit dans les yeux, a foutu par terre mon photophore en verre ! Il s'est brisé en mille morceaux. J'étais verte !

— Elle n'a peut-être pas aimé la manière dont tu as traité son mâle la dernière fois.

Il était inutile de tenter de lui expliquer qu'un raton laveur n'est pas un rongeur.

— C'est peut-être un raton laveur possédé par le diable, comme la poupée dans *La Fiancée de Chucky* ? Tu sais que ces petits salopiauds se glissent partout. J'ai dû dormir plusieurs jours avec une batte de base-ball au pied de mon lit.

J'ai gloussé de rire, puis j'ai eu mal. Inconsciemment, j'ai porté la main sur mon torse bandé.

— Me fais pas marrer, par pitié !

Anne m'a lancé un regard interrogateur.

— Mes côtes... Je vais déguster, ça prend du temps à guérir.

— Et pour le reste ?

Je savais qu'elle ne m'interrogeait pas sur d'autres blessures physiques. Elles s'étaient avérées mineures. Même Slidell, le destinataire de mon coup de fil depuis la station de pompage, avait insisté pour que je sois évacuée en ambulance. L'addition n'était pas si salée : deux côtes fêlées, de multiples écorchures et des muscles endoloris. *Vraiment* endoloris.

— Je me porterai bientôt comme un charme, ai-je conclu.

Comme stimulé par mon commentaire désinvolte, mon téléphone a sonné – *a chanté* – en dessous de la table. J'ai jeté un œil dans mon sac de plage. Mon écran affichait le visage d'un homme aux yeux bleu cobalt et aux cheveux ébouriffés. J'ai subrepticement appuyé sur la touche « refuser l'appel ». Je raconterai à Ryan tout ce qui m'était arrivé ces derniers jours, mais pas maintenant.

— Trinquons à Isle of Palms, a dit Anne en levant son verre de vin qu'elle a cogné contre mon verre d'ice tea. Cette petite ville est aussi plate et aussi charmante qu'une gamine de douze ans. (Elle a siroté un peu de son chardonnay avant de me demander :) Que va-t-il se passer pour Damon James ?

— Difficile à dire. (J'ai repoussé ma laitue sur les bords de mon assiette et j'ai chopé un croûton. Le croûton à l'ail, la seule et unique raison de manger une salade César.) Il ne s'est pas échappé bien loin. Slidell avait immédiatement émis un avis de recherche et une voiture de patrouille l'a repéré à une station-service près de Kannapolis. Il poireaute en taule à l'heure qu'il est.

— Pour meurtre ?

— J'en doute. Il n'y a aucune preuve qu'il ait tué Brighton Hallis.

— Mais tu penses qu'il l'a fait.

J'ai revu en pensée ses yeux verts d'une froideur terrifiante. La violence de son coup d'épaule au creux de mon ventre.

— Oui, j'en suis sûre.

— Pourquoi il a fait ça ? Il avait eu sa part de l'argent, non ?

— Va savoir. L'appât du gain ? La vengeance ? La colère ? Les émotions peuvent brouiller le jugement de quelqu'un. Tout comme la promesse d'une grosse somme d'argent. Peut-être voulait-il simplement rafler la mise en totalité ?

Peut-être que Hallis l'a poussé à bout? Peut-être qu'il a pété les plombs une fraction de seconde? Ou peut-être a-t-elle simplement glissé dans le goulet? (Je n'y croyais pas le moins du monde.) James est conseillé par son avocat et il refuse de parler. Tu me diras, à sa place, je ferais pareil.

— Ce salaud a essayé de te tuer.

— Ils l'ont inculpé pour agression, coups et blessures. Ainsi que pour tentative de meurtre. Lui, il a dit que j'avais malencontreusement basculé dans la rivière. Il n'y avait aucun témoin. C'est ma parole contre la sienne.

— Alors il va s'en tirer?

Anne a rempli à nouveau son verre, histoire d'apaiser son indignation.

Moi aussi, j'étais indignée. Deux jeunes femmes assassinées dans des coins perdus, à l'autre bout du monde. Fuentes sur l'Everest. Hallis sur l'Aconcagua. Et de bonnes chances pour que personne ne paye jamais pour ces crimes.

— James écopera forcément d'une peine de prison, ai-je affirmé. Ils sont très patients et très pugnaces ces flics de la répression des fraudes. Ils vont mettre le paquet avec le juge pour le coincer.

Anne a hoché la tête pour me signifier combien elle approuvait.

Je me suis penchée pour profiter de la brise marine sur ma peau.

— Avec les traces écrites, ma chère, ça marche comme sur des roulettes. Prouver un détournement de fonds, c'est facile. Ils vont remonter la piste jusqu'au compte de James aux îles Caïman. Du billard...

— Quel gros connard.

Anne mâchait rarement ses mots. Sinon elle se taisait.

J'ai inspiré l'air chargé de sel. J'ai savouré le sol rugueux de la terrasse en bois de la maison de bord de mer d'Anne.

— Comment Mme Blythe Hallis a-t-elle accueilli la nouvelle de sa chère merveille ayant monté l'escroquerie du siècle?

— Comme tu peux l'imaginer, ai-je répondu à mon amie. Elle n'a exprimé aucune émotion. (J'ai réfléchi à un truc avant d'ajouter :) Elle a insisté pour payer les obsèques de Viviana Fuentes. Son corps va reposer à Santiago du Chili à côté de celui de son père. Elle a aussi décidé d'utiliser l'argent détourné pour faire le bien.

— Sans blague ?

Anne s'est resservi encore un petit coup, puis elle a croisé ses jambes posées sur la rambarde.

— Le même principe. Une association à but non lucratif. Un nouveau nom. « Fondation VIVI ». Et elle a demandé à Dara Steele et à Elon Gass de la gérer.

— J'adore la bonté d'âme chez les petits serpents à sonnettes.

Anne a gloussé à sa propre plaisanterie. C'est tout elle...

J'ai haussé les épaules.

— J'imagine qu'il faudra qu'on se tape *En altitude* à la télé pour le savoir.

— Si je veux voir l'expression du narcissisme, il me suffit de me planter devant C-Span[1]. Tempe, si on se faisait une balade sur la plage ?

— Avec plaisir.

Anne s'est levée pour débarrasser nos assiettes à la cuisine. J'ai traîné en songeant à ces dernières heures. Damon James avait-il raison ? Le rapatriement de Brighton Hallis du mont Everest avait-il été, au fond, une bonne chose ?

Oui ? J'en étais persuadée. *Oui.*

Viviana Fuentes avait été pleurée. Même si j'avais été la seule personne à l'avoir fait. Désormais, elle reposait près de son père adoré. C'était tout de même mieux que de servir de repère à des alpinistes sur un versant enneigé du toit du monde, non ? Ça n'était pas une si grande victoire, mais c'était déjà ça.

— On y va, ma poulette ?

Anne était revenue, avec, sur la tête, un chapeau en paille de la taille d'une roue.

1. C-SPAN est un réseau de trois chaînes câblées américaines dédié à une couverture continue et en direct des interventions gouvernementales, ainsi qu'à la diffusion de programmes concernant les affaires publiques.

Et nous sommes parties nous promener au soleil.

Le vent s'amusait à emmêler mes cheveux. Le sable chatouillait mes orteils. Les nœuds glacés de plusieurs jours de frustration commençaient à fondre sous la chaleur de la Caroline.

Note de l'auteur

La nouvelle *Les os de glace* m'a été inspirée par une histoire que j'ai lue à l'automne 2014. Plus de deux cents corps gelés gisaient dans la fameuse Zone de la mort sur le mont Everest. Le cadavre du légendaire alpiniste George Mallory y était resté intact depuis 1924. Plus récemment, d'autres corps servaient de repères sur la piste d'escalade, notamment la « Caverne de Green Boots », ou encore dans cette partie de l'Everest surnommée *Rainbow Valley*, la vallée arc-en-ciel, à cause des blousons multicolores des cadavres et de leur équipement qui balisent en pointillé le flanc de la montagne. J'étais à la fois bouleversée et fascinée par cette découverte. Je ne pouvais m'empêcher de me demander ce qui se passerait si l'un de ces corps avait été redescendu pour livrer des secrets inattendus.

J'ai donc effectué des recherches approfondies sur l'alpinisme en haute montagne, ses risques et ses périls. Puis j'ai commencé à écrire cette histoire. Ma nouvelle était presque achevée lorsque, le 25 avril 2015, cette horrible tragédie est survenue. Un tremblement de terre de magnitude de 7,8 a frappé Katmandou, la capitale au nord-ouest du Népal, tuant plus de huit mille personnes. On a aussi déploré vingt-trois mille blessés, et des milliers d'habitations détruites, des villages rayés de la carte.

Le séisme avait provoqué des avalanches sur le mont Everest qui ont notamment englouti le camp de base, tuant dix-neuf personnes supplémentaires. Cette date marque un des jours les plus funestes dans ce massif. Des dizaines d'autres personnes ont été blessées, et des centaines se sont retrouvées coincées au-dessus du camp de base, dans une situation précaire.

Le 12 mai 2015, une réplique s'est produite, cette fois d'une magnitude de 7,3, dévastant le Népal avec son lot de pertes humaines et de destructions.

J'ai cessé un temps l'écriture du texte, car je ne voulais pas exploiter une telle catastrophe. Toutefois, j'avais de plus en plus envie de partager ce récit lié aux histoires de l'Everest. J'avais été émue par ses moments de grâce comme par ses pertes désolantes.

J'ai finalement décidé de terminer mon livre pour honorer la mémoire de tous ces gens qui ont payé de leur vie cette passion, et pour attirer l'attention de l'opinion publique sur les organisations prodiguant une aide humanitaire, comme sur les associations s'occupant d'améliorer à long terme les conditions de vie des populations de l'Everest.

Le mot sherpas désigne un groupe ethnique népalais. Les sherpas sont au nombre de cent cinquante mille. Ils sont renommés pour leurs compétences exceptionnelles de grimpeurs, leur force et leur endurance en haute altitude. Ils sont indispensables à toute expédition dans l'Everest, que ce soit comme guides, ou comme porteurs. Ils installent les camps, sécurisent les voies d'escalade, transportent les réserves d'oxygène, et conduisent leurs clients en haut des sommets himalayens. Ils s'exposent ainsi à des dangers constants.

L'étendue des dégâts à la suite de ces tremblements de terre est immense. L'effort humanitaire pour le Népal se poursuit, et les aides financières sont absolument indispensables.

Si vous avez été bouleversés par cette tragédie, je vous en prie, allez consulter les sites d'organisations d'entraide à but non lucratif :

ActionAid USA : act.actionaid.org/usa/nepal-earthquake-emergency-appeal

International Federation of Red Cross and Red Crescent Societies : ifrc.org/en/news-and-media/news-stories/asia-pacific/nepal/earthquake-in-nepal-68486

Nepal Red Cross Society : ammado.com/nonprofit/155815

Oxfam International : oxfam.org/en/emergencies/nepal-earthquake

Les sherpas népalais constituent le fondement d'une industrie qui affiche le plus fort taux de mortalité au monde, et ils exercent leur métier de guide pour une somme dérisoire comparée aux salaires de leurs homologues occidentaux.

Les conditions de vie dans cette partie de la planète sont très difficiles. Plusieurs associations méritantes se battent pour améliorer le niveau de vie des sherpas.

N'hésitez pas à visiter les sites de ces organisations à but non lucratif :

Himalayan Trust : himalayantrust.org/donate

The Juniper Fund : thejuniperfund.org

Sherpa Education Fund : sherpaedfund.org

Sherpa Healthcare Nepal : sherpahealthcare.org/index.php/donation

Remerciements

Comme toujours, j'ai une dette immense envers celles et ceux qui m'ont apporté leur aide et leur soutien au cours de l'écriture de la nouvelle *Les os de glace.*

Je loue les incomparables compétences de Kerry Reichs, ma fille et coauteur, qui sait déceler dans l'actualité et dans les journaux l'idée d'une super bonne histoire. Elle avait lu un article sur les corps abandonnés dans la tristement célèbre Zone de la mort du mont Everest, des corps qui sont utilisés comme repères sur les voies d'escalade. Et elle m'a suggéré cette histoire de meurtre en haute altitude.

Je tiens à remercier Melissa Fish, mon assistante, pour son indéfectible enthousiasme et ses recherches de documentation rapides et efficaces sur tout projet que je lui confie.

Je suis reconnaissante envers Carson Sprow de la firme International Mortuary Shipping pour sa patience et pour les renseignements qu'il m'a fournis concernant les procédures administratives et les règles de transport de cadavres en caisson réfrigéré depuis Katmandou au Népal jusqu'à Charlotte, en Caroline du Nord.

Je remercie également Chuck Henson de la section Investigation des crimes et homicides de Charlotte-Mecklenburg, pour m'avoir si aimablement renseignée sur les problèmes de juridiction en matière d'affaires criminelles internationales, ces cas si étranges.

J'exprime ma sincère gratitude à Jennifer Hershey et à Anne Speyer pour leurs commentaires éditoriaux qui m'ont permis d'améliorer la copie finale de ce texte.

Pour préparer ce livre, j'ai dû consulter des récits d'alpinistes. Je dois beaucoup à la lecture de *Tragédie à l'Everest* (*Into Thin Air*) de Jon Krakauer ; de celle de *The Climb* d'Anatoli Boukreev ; au site de l'alpiniste Alan Arnette ; et aux nombreux blogs et articles en ligne qui permettent de partager l'expérience de ces femmes et de ces hommes d'exception.

Les risques encourus pour escalader le « toit du monde » sont bien sûr fort nombreux. Cependant, génération après génération, certains continuent de céder aux sirènes de l'Everest. Mon histoire n'aurait pas existé sans eux, aussi je lève mon chapeau à leur courage et à leur détermination de grimper toujours plus haut jusqu'au sommet de cette montagne, tout simplement « parce qu'elle est là ».

Les os de feu

1.

Je suis assise sur un fauteuil à côté de lui. Un froid glacial s'est répandu au niveau de mon sternum. La peur.

À travers la porte vitrée coulissante me parviennent les sons étouffés de la vie de l'hôpital. Le ronronnement d'un ascenseur qui arrive à l'étage. Le cliquètement d'un brancard qui roule dans un couloir. Le nom d'une personne qu'on interpelle. Dans la pièce où je me trouve, un seul bruit : le bourdonnement régulier du système de contrôle des signes vitaux.

Son visage décharné a une teinte grisâtre, accentuée par la lueur des machines autour de lui qui surveillent son pouls et sa respiration. De temps à autre, je jette un œil à l'écran pour vérifier les lignes en zigzag. Je prie pour que se poursuive le rythme des zébrures vertes, et les petits tintements qui le ponctuent.

On est en unité de soins intensifs. Si clinique. Si stérile. L'unique touche d'humanité est cette drôle de tache en forme d'oreilles de Mickey que je remarque sur le montant du lit médicalisé. C'est fou comme le stress aiguise nos sens.

Un drap le recouvre tout du long à partir du menton. Seuls ses bras sont visibles. Il est intubé par le nez pour recevoir l'oxygène. Une aiguille au niveau du poignet permet à une sonde d'acheminer un produit jusqu'à sa veine. Le bras qui supporte le cathéter intraveineux de classe IV repose le long de son torse. L'autre bras forme un angle obtus en travers de sa poitrine dont j'observe les faibles mouvements de bas en haut.

Son corps sous le drap blanc paraît plus petit que d'ordinaire. Comme ratatiné. Ou bien est-ce une illusion d'optique liée à cet éclairage d'aquarium ?

Il ne bouge pas. Ses yeux ne clignent pas. Sous cette sinistre lumière, ses paupières offrent une coloration d'un violet translucide, telle la fine pelure d'un oignon rouge. Ses globes oculaires me paraissent davantage enfoncés dans leurs orbites.

Les scènes de fusillade filmées par Hollywood sont juste une grosse fumisterie. Une balle qui pénètre dans le corps d'un homme détruit environ cinquante grammes de tissus. Pas plus. Une balle n'abat pas immédiatement la victime. Pour tuer instantanément, il faut tirer dans la tête, ou assez haut dans la moelle épinière, ou causer une hémorragie immédiate en atteignant une artère ou une veine ou le cœur. Rien de tout cela ne lui était arrivé. Il a survécu jusqu'au moment où un quidam promenant son chien au milieu de la nuit ne tombe sur lui. Il était inconscient et perdait son sang, mais respirait encore.

L'appel téléphonique m'avait tirée d'un sommeil profond aux aurores. Un shoot d'adrénaline m'avait envahie tandis que je tenais mon portable d'une main tremblante. Puis il y avait eu la traversée de la ville en voiture aux premières heures du jour, le cœur battant à tout rompre. L'engueulade avec le service des urgences de l'hôpital de Charlotte pour qu'il me laisse rester auprès de lui. Je ne m'étais préoccupée ni des procédures ni de la politesse.

La mort par arme à feu dépend de plusieurs facteurs. La pénétration de la balle assez loin pour atteindre des organes vitaux. La formation de la cavité permanente le long de la trajectoire de la balle. La formation de la cavité temporaire due au transfert de l'énergie cinétique du projectile, de la nature de la balle, de la fragmentation des os. Tout cela lui était arrivé.

Les médecins avaient fait tout leur possible le concernant. Ils m'avaient ensuite parlé avec douceur, d'une voix posée malgré la fatigue, les yeux emplis de compassion. Les dégâts internes étaient trop graves. Il était en train de mourir.

Comment une telle chose était-elle acceptable ? Les hommes de son âge ne meurent pas. Et pourtant si. Nous mourons. L'Amérique est armée jusqu'aux dents, et personne n'est en sécurité.

J'ai senti ma poitrine se serrer. J'ai refoulé l'angoisse qui montait.

La mort, indifférente, frappait à ma porte et s'apprêtait à créer un séisme dans ma vie. Je ne voulais pas envisager les prochaines semaines, les prochains mois. Nous avions fait tant de choses ensemble. Nous avions tant appris l'un de l'autre, émotionnellement aussi. Malgré son côté intransigeant, malgré sa réserve habituelle. Malgré les coups de gueule, malgré les replis sur soi inexpliqués. Les échanges étaient parfois tendus entre nous, mais ils nous poussaient à progresser, à aller plus loin que si nous avions été chacun dans notre coin. L'avenir me semblait morne. Ma tristesse était pareille à un linceul dans lequel je me serais drapée.

C'était un homme de bien. Méritant. Qui se consacrait entièrement à son travail. Toujours très occupé, et cependant sachant prendre le temps d'écouter. Il était de bon conseil. Il savait prononcer de sages paroles autant que des propos excessifs. C'était un homme en perpétuelle ébullition.

Je repensais aux heures passées ensemble. Les défis en commun que nous avions relevés. L'identification des problèmes, les solutions apportées. L'attention minutieuse portée au petit détail qui reconstituerait le puzzle d'une affaire délicate. Le sentiment partagé d'avoir mené à bien une mission, d'avoir trouvé les réponses à des questions compliquées. La frustration mutuelle lorsque nulle solution n'avait émergé.

J'avais tant fréquenté la mort. J'avais examiné tant de cadavres, entiers ou partiels, des corps identifiés ou non. Des vies qui s'étaient achevées de manière inconcevable. Des plus âgés aux plus jeunes, des hommes et des femmes.

Parfois, la cause du décès était évidente, dans d'autres cas, c'était un mystère réclamant toute mon attention. Il était celui qui pouvait me venir en aide.

Très souvent au cours de ma carrière, j'avais été celle qui portait les mauvaises nouvelles. Celle qui allait radicalement changer votre vie. Celle qui devait annoncer à des proches que l'un de leurs bien-aimés n'était plus. Il avait toujours été à mes côtés. Une écoute si précieuse.

La mort avait été une constante dans ma vie, et désormais la mort allait mettre un terme à notre cher compagnonnage.

J'ai posé mon regard sur l'homme allongé sur ce lit d'hôpital. Tout appartenait désormais au passé. Il n'y aurait pas d'avenir.

La porte a coulissé et une infirmière est entrée sans bruit, semelles de crêpe sur carrelage immaculé. C'était une Noire dodue, pas très grande, et, d'après son badge, répondant au nom de V. Sule.

L'infirmière V. Sule m'a tapoté la main avec un sourire bienveillant.

— Il est sous morphine, il dort. Vous devriez aller prendre un café, ma p'tite.

— Ça va.

Elle m'a tapoté l'épaule cette fois, puis a vérifié les niveaux de la perfusion, les tracés et diagrammes sur le moniteur. J'ai déplacé mon fauteuil contre le mur et je me suis rassise, bras au repos sur les accoudoirs. J'étais là depuis des heures. Depuis l'instant où ils l'avaient ramené du bloc.

J'observais l'infirmière V. Sule. Ses gestes, précis et efficaces, étaient étrangement gracieux. Je l'ai remerciée quand elle a eu fini.

Le fauteuil était relativement confortable pour du mobilier hospitalier. Il était rembourré et inclinable. Je me suis demandé s'ils privilégiaient ce modèle pour les chambres où le malade avait besoin d'être accompagné sur un long laps de temps, jusqu'à la fin...

Je ne quittais plus des yeux ce drap qui se soulevait et s'abaissait doucement. J'ai senti les larmes venir. Bientôt, je le savais, il rendrait son dernier souffle.

Épuisée, terrassée par le chagrin, j'ai étendu mes jambes et renversé ma tête en arrière.

J'ai fermé les paupières.

Juste pour un moment.

2.

Des années plus tôt.

Mercredi 17 décembre, 8 h 07 du matin.

Le bouton de la porte a grincé. J'ai senti un très léger courant d'air, j'ai regardé l'heure et levé le nez, curieuse. Ce sont les vacances d'hiver et le bâtiment est vide. Le campus est vide. Qui peut bien venir à cette heure dans mon labo ?

La porte s'ouvre et deux hommes entrent sans y avoir été invités. Ils sont grands tous les deux, environ un mètre quatre-vingts. Ils ont une bonne trentaine d'années. Leur seule différence : l'un est maigre et l'autre pas.

Je suis agacée d'être interrompue dans mon travail. Je ne suis à la faculté d'anthropologie de l'université de Caroline du Nord à Charlotte que depuis un semestre. C'est là où je travaille, tout en y terminant ma thèse. Le plus jeune membre de mon jury de doctorat m'a récemment informée qu'il n'approuverait pas l'obtention de ma thèse. Non seulement ce crétin avait refusé de lire mon opus pendant les vacances d'été, mais maintenant qu'il l'avait lu, il exigeait l'ajout d'un nouvel angle d'analyse dans le traitement des statistiques.

Je dois rendre d'ici trois semaines la collection d'os empruntée pour mes recherches. Le deuxième trimestre va bientôt démarrer, et les cours, les conférences et les exercices doivent être tous prêts. Je n'avais même pas encore préparé le sapin, ni acheté le moindre cadeau. Alors, oui, je ne me sentais pas vraiment d'excellente humeur.

Celui qui était le plus baraqué des deux avait le mot « flic » écrit en toutes lettres sur son front. Sa peau, luisante, s'accordait parfaitement à ses cheveux gras. *Monsieur Ringard...* Veste marron en velours côtelé, pantalon en polyester lustré au niveau des fesses, cravate certainement achetée à l'hypermarché Kmart. Waouh ! La classe internationale !

Celui qui était tout maigre avait l'air d'être un antonyme parfait de son camarade, et pas que dans le domaine de la corpulence. Costume sur mesure, cravate en soie, chemise bien coupée, des chaussures en cuir italien tellement cirées qu'on aurait pu se voir dedans. Ses cheveux étaient habilement coiffés pour dissimuler un début de calvitie.

J'ai abaissé mon masque en papier, mais sans me lever. Ils se sont approchés jusqu'à ma table de travail. Monsieur Ringard a ouvert le bal :

— Où on peut trouver le Dr Becknell ?

— Je suis le Dr Brennan.

Enfin, c'était peut-être un peu prématuré pour ce qui était du titre, mais je le serais bientôt. Si je pouvais me débarrasser de cette paire-là et m'en retourner à mes os...

— Puis-je vous aider ?

— On a besoin de voir le docteur.

— Et messieurs, vous êtes... ? ai-je poliment demandé en reposant ma loupe à main.

Monsieur Ringard a tiré d'un coup sec sur son badge qu'il avait à la ceinture et l'a brandi. Le gousset en cuir était si neuf qu'il sentait encore la vache.

— Félicitations pour la promotion, inspecteur Slidell.

Slidell a fièrement relevé le menton et a plissé les paupières.

— J'lai lu dans le journal, ai-je répondu à sa question muette, avant de regarder son collègue.

— Inspecteur Eddie Rinaldi, m'dame. On est navrés pour le dérangement.

— Elle est où, Becknell ? a demandé Slidell.

— Indisponible.

— Comment on peut faire pour la prévenir et faire en sorte qu'elle soit dispo ?

— Ça risque d'être difficile.

— La vie est difficile.

— Le Dr Becknell est en congé sabbatique.

— Ce qui signifie ?

— Elle est partie ailleurs.

Je soupçonnais ce Slidell de n'être pas au fait des us et coutumes du monde universitaire.

— Ailleurs où ?

— Al-Azraq, Jordanie.

— Qu'est-ce qu'elle fout là-bas ?

— Des fouilles. C'est un site épipaléolithique, du début du Kébarien jusqu'au Acheuléen. Il y a aussi quelques couches datant du Moustérien.

Je savais que ça lui clouerait le bec, à cet arrogant. Je m'étais un peu comportée comme une garce, mais Slidell ne s'était pas bien comporté non plus.

— Épatant.

— En effet.

Slidell a soutenu mon regard, puis a lorgné vers la table.

— C'est quoi ?

— Des restes de crémation préhistorique.

Il a roulé des yeux, visiblement agacé de mon jargon archéologique.

— Des os brûlés.

— Qui est la victime ?

— Une gamine d'environ dix à quinze ans.

— Cause du décès ?

— Son cœur a cessé de battre.

— Vous êtes une petite marrante, vous.

— J'essaie d'être au niveau.

— Alors comme ça, vous êtes comme Doc Becknell, le genre à « murmurer à l'oreille des os » ?

— Dites-moi ce qui vous amène, inspecteur ?

Ce mec me mettait les nerfs en pelote.

— J'ai un carbonisé qu'a besoin d'un nom.

— Pardon ?

Sentant que j'étais au bord de craquer, Rinaldi a sauté dans la bataille.

— Laissez-moi vous expliquer. Un médecin appelé Keith Millikin a disparu il y a environ une semaine. Le Dr Millikin dirigeait un centre de soins pour les plus démunis sur Wilkinson Boulevard. Il y soignait à lui tout seul les SDF, les gens sans ressources, les enfants qui vivent dans la rue, les...

— ... drogués et les bons à rien.

J'ai ignoré la remarque de Slidell. Rinaldi a fait de même.

— Lorsque le Dr Millikin n'a pas ouvert son cabinet cinq jours d'affilée, un de ses patients, un gentleman du nom de Louis Grimm, a signalé sa disparition aux services de police.

J'ai attendu la suite, mais Rinaldi s'était tu.

— Continuez.

Il était sur ses gardes. J'avais une petite idée de là où ça nous menait.

Slidell a ouvert la bouche, mais son coéquipier lui a fait signe de la fermer en brandissant doucement sa paume ouverte. J'ai noté de longs doigts fins, élégants et des ongles bien soignés, quoique rongés.

— Le Dr Millikin vivait dans une caravane Airstream du côté de l'autoroute 49, non loin de la ligne de chemin de fer. Hier, n'obtenant pas de réponse de la police, M. Grimm a persuadé son frère de l'amener chez Millikin. Je résume un peu...

— J'ai connu plus bref.

— M. Grimm a remarqué que l'arrière de la caravane avait été endommagé par le feu. La porte n'étant pas fermée à clé, il est entré. (Rinaldi parlait comme s'il lisait un rapport de police.) L'intérieur avait été dévasté par un incendie. Il a repéré des restes humains, mais persuadé qu'une fois de plus, les autorités l'ignoreraient...

— Grimm a ramassé les os et les a portés à la morgue dans un sac, a continué son coéquipier. Apparemment, son frère et lui ont vu trop d'épisodes de la série policière *Quincy*.

Sans connaître toutes les procédures de récupération sur une scène de crime, ça n'augurait rien de bon. Je n'ai pas commenté.

— L'équipe qui gère les incendies criminels doit se rendre sur place. D'après le récit de M. Grimm, un chauffage au kérosène serait à l'origine du sinistre.

— Les corps humains, c'est pas comme les saucisses. Le passage en fumoir ne les améliore pas.

Ce Slidell croit qu'il a énormément d'esprit. À nouveau, je l'ai ignoré.

— Je suis spécialiste en bioarchéologie. Je ne fais pas d'expertise médico-légale.

J'ai passé sous silence le minuscule squelette que j'avais une fois étudié à la demande d'un étudiant diplômé en anthropologie qui est aujourd'hui flic. Ces images me hantaient encore.

— Un bout de barbaque carbonisée reste un bout de barbaque carbonisée, a lancé Slidell.

— Ce « bout de barbaque carbonisée », comme vous dites, est mort il y a deux mille ans, en ce qui me concerne. Aucun médecin légiste ne lui délivrera un certificat de décès. Aucune compagnie d'assurances ne cherchera les héritiers.

— Alors pourquoi s'en faire ?

— Les archéologues travaillent à reconstituer le passé de l'humanité. (À présent, j'étais sur la défensive et prête à pérorer sans discontinuer.) Pour déconstruire la complexité de...

— Oui, oui, tout ça intéresse une poignée d'intellos dans leur tour d'ivoire.

— Je pense que l'intérêt pour l'évolution de l'espèce humaine touche un public infiniment plus vaste.

Super... Comment vais-je convaincre ce balourd de ma passion pour la bioarchéologie ? Ma passion pour des gens qui habitaient cette planète bien longtemps avant moi ? Mon envie de découvrir leurs réussites, leurs échecs, les menus détails de leurs vies ? La façon dont je me sens reliée à eux quand j'effleure leurs os ?

Slidell m'a jeté un bref coup d'œil compatissant. Puis il a tenté une approche différente. Une approche positive.

— Le Dr Becknell est impliquée dans le passé mais elle ne néglige pas pour autant les vivants.

Il avait fait mouche. Toutefois, je n'avais guère de temps à leur consacrer. J'avais une grosse pression sur un boulot à terminer. Était-ce là la seule raison de ma réticence ? Ou bien y avait-il autre chose en cause ? La peur de ne pas être à la hauteur ?

— Le Dr Becknell était formée à des domaines que je ne maîtrise pas.

Slidell a ri, d'un petit rire moqueur.

— C'est des conneries tout ça.

J'étais rouge de colère. Je me suis abstenue de lui répondre du tac au tac. Rinaldi a tenté de désamorcer la crise.

— Ce n'est pas ce que mon coéquipier voulait dire.

Je ne disais toujours rien. Je réfléchissais. Oui, des conneries.

— Le Maigre voulait dire qu'il avait toute confiance en vos compétences pour établir l'identification de cet homme.

— Le Maigre ?

Slidell était tout, sauf maigre.

— Son prénom, c'est Erskine. *Skinny*, vous voyez la blague[1] ?

Slidell a regardé son collègue d'un air furieux. Moi, j'ai enregistré le surnom pour une future utilisation.

— Est-ce que le Dr Millikin avait de la famille ?

Malgré moi, je commençais à me passionner pour cette affaire.

— Un fils qui vit dans le Wisconsin. (Rinaldi a fait une pause, évaluant en bon flic ce qu'il devait ou non me confier.) Le Dr Millikin était un solitaire. Et d'après tous les témoignages recueillis, un drôle de type. Mais ses patients le jugeaient généreux et bienveillant.

---

1. *Skinny* signifie maigre.

— Vous parlez de lui au passé

— Ses patients ont tous insisté sur le fait qu'il ne les aurait jamais volontairement abandonnés. Or, un corps carbonisé a été retrouvé à son domicile.

Rinaldi a haussé les sourcils, l'air de dire : « Que dire de plus ? »...

— Millikin était un détraqué, Millikin était un saint, peu importe, a conclu Slidell, visiblement pressé de boucler le dossier. Tant que personne ne l'a identifié, j'ai un John Doe dans ma chambre froide avec une étiquette au gros orteil. Enfin... s'il lui reste un orteil.

— Au risque de me répéter, je ne travaille pas sur des affaires criminelles.

— Vous pourriez essayer. Une fois ?

Brennan, reste cool.

— Je suis vraiment désolée, et de toute façon, je n'ai pas de temps à lui consacrer maintenant.

— Mais vous avez du temps pour des gens qui n'ont plus dit un mot depuis l'époque où saint Jean Baptiste baptisait à tout va sur les rives du Jourdain.

— Belle image.

— J'essaie d'être au niveau.

Il avait retourné ma repartie avec finesse. Odieux mais pas idiot.

Slidell a croisé les bras et m'a fixée de ses yeux verts. J'ai soutenu son regard. Ses doigts tapotaient sa manche de veste marron en velours côtelé. Plusieurs de ses ongles étaient sales, d'une saleté dont je me suis refusée à déterminer l'origine.

On n'entendait plus que les bruits alentour. Le grésillement des néons au-dessus de nos têtes. Le bourdonnement discret de la climatisation. Le ronronnement du moteur du frigo de stockage.

— Si vous voulez bien m'excuser, ai-je dit en me levant.

Le tapotement des doigts s'est intensifié. Il m'a paru évident que Slidell n'était pas du genre à renoncer sans avoir obtenu ce qu'il voulait.

Aucun de nous ne bougeait plus, ni ne parlait. Puis l'inspecteur est passé à l'attaque.

— Je suppose que la p'tite dame n'est pas prête pour se lancer dans la profession et viser l'excellence.

— Voyons, inspecteur, vous pouvez faire mieux que ça !

Il fallait que je me calme. Parce que, là, j'avais juste envie de lui arracher sa vilaine cravate et de la lui faire bouffer.

Une sonnerie a retenti dans tout le bâtiment, celle qui bat le rappel des étudiants.

Slidell a décroisé ses bras. Il a ouvert la bouche pour dire quelque chose, mais Rinaldi s'est interposé et a pris la parole.

— Puis-je me permettre une dernière remarque, docteur ?

J'ai acquiescé d'un hochement de tête.

— Keith Millikin était un homme cultivé. Un médecin. Il aurait pu choisir de vivre une tout autre vie. Jouer au golf, partir en croisière, rouler en Porsche. Il n'a pas mené cette existence-là. Il habitait dans une caravane et soignait des gens que la société méprise et rejette. Les pauvres. Les invisibles. Les ignorés. Allons-nous à notre tour l'ignorer ?

Ah, le salaud.

J'ai alors pris une décision qui changerait à jamais le cours de ma vie.

3.

Le MCME, le Bureau du médecin légiste du comté de Mecklenburg, est situé dans les quartiers résidentiels de Charlotte. Ça m'avait pris vingt minutes en voiture. Voilà la manière dont je raisonne. Comptabilisant les minutes perdues, tel le compteur d'un taxi, les kilomètres.

Rinaldi m'avait expliqué le chemin, et, grâce à lui, j'ai pu me retrouver devant cet énorme cube construit en briques et qui avait la grâce architecturale d'un bunker stalinien. Des pancartes indiquaient le MCME d'un côté, et de l'autre, les locaux de la section Investigation des crimes et homicides de Charlotte-Mecklenburg. Pour se garer, aucun problème. Le bâtiment était entouré d'assez de bitume pour refaire les routes de toute la ville d'Orlando.

J'ai coupé le moteur de ma Volkswagen Coccinelle et je suis descendue. Le ciel était nuageux, la pluie ne tarderait pas à tomber. Un vent mordant soufflait en rafales.

J'ai grimpé les quelques marches du perron menant à l'entrée, une porte en verre à double battant. À gauche, derrière une vitre, une femme se tenait à l'accueil. Elle était blonde et suivait certainement un régime riche en glucides. Son cardigan avait une teinte jaune poussin assortie aux marguerites de sa robe chemisier, et les boutons étaient reliés par une chaînette.

J'ai collé sur la vitre mon accréditation de la fac qui me servait aussi de pièce d'identité. La femme l'a examiné si longuement que je me suis demandé si elle ne l'apprenait pas par cœur. Puis, l'air satisfaite, elle m'a gratifiée d'un immense sourire. Sa dentition laissait malheureusement à désirer.

Le verrou électrique a bourdonné, me permettant d'entrer dans un vestibule microscopique ouvrant sur une autre porte vitrée. À gauche s'étendait le poste de commande de Cardigan Jaune, ainsi que quatre box avec chacun un petit bureau. À droite, il y avait un ensemble de fauteuils, tables en bois, magazines, plantes en plastique. La salle d'attente classique. Personne d'autre que moi n'attendait.

Cardigan Jaune m'a accueillie. Elle était plus jeune qu'elle ne m'avait semblé. Trop jeune certainement pour l'atroce permanente et le gilet à chaînette.

— Bonjour, docteur Brennan. (Elle avait un accent à couper au couteau.) Je me présente : Mme Flowers.

Nous nous sommes serré la main. Ou plutôt, elle m'a écrasé la main.

— Le Dr Larabee vous attend. Je vais le prévenir de votre arrivée.

— Merci.

J'imaginais que Larabee était le nom du médecin légiste en chef.

— Installez-vous, je vous en prie.

Je me suis assise face aux box dont un seul attestait d'une activité réelle : agrafeuse, stylos, dossiers empilés. Un poster du champion de base-ball Joe DiMaggio était accroché au mur.

Derrière le bureau de Mme Flowers, j'ai aperçu une montagne de meubles d'archivage gris, et face à eux, un tableau blanc où était dessinée une espèce de grille. Dans chaque case apparaissaient des références – des combinaisons de lettres et de chiffres, suivies de dates – auxquelles je ne pigeais rien.

Il devait s'agir des références d'affaires traitées par le MCME en ce moment, suicides, homicides ou accidents. Des morts qui allaient bénéficier, sacrés veinards, de la fameuse incision en Y. J'en ai lu une : ME1207, suivie d'une date. Les lettres *Sk-b* avaient été écrites dans l'une des cases. S'agissait-il de la victime que je devais examiner ?

Le temps s'écoulait. J'attendais depuis dix minutes et je me demandais si Slidell aurait réussi à mettre la main sur les dossiers ante mortem que je lui avais suggéré de récupérer. S'il aurait trouvé un dentiste légiste pour les analyser. Et si Rinaldi aurait recueilli des témoignages intéressants de voisins dans le quartier où vivait Millikin.

Enfin, un homme s'est avancé à grandes enjambées souples dans ma direction. Il possédait des bras et des jambes musculeux, un torse efflanqué sous sa blouse chirurgicale bleue. Je me suis levée.

— Dr Tim Larabee.

Il ne m'a pas tendu la main. Moi, ça m'allait bien, vu que les taches de sang qui maculaient le haut de son tablier ne me motivaient guère pour un rapprochement.

— Temperance Brennan.

— Je vous prie de bien vouloir excuser mon retard, j'avais une affaire en cours sur la table, une blessure par balle.

— Aucun souci.

— Merci d'avoir accepté de nous filer un coup de main.

Larabee m'a scrutée de son regard intense. Cet homme dégageait une énergie de dingue.

— Je ne sais pas encore comment je vais pouvoir vous être utile.

— Vous me surpassez dans le domaine des os. La connaissance que j'en ai est assez limitée. Prête pour le grand saut ?

J'ai hoché la tête et ramassé mon sac à main et mon sac à dos.

Larabee m'a conduite jusqu'au « théâtre des opérations », la partie sale du service. Ses Nike ont émis de légers couinements lorsque nous avons quitté un sol moquetté pour un revêtement carrelé. Mes talons cliquetaient joliment. On a longé un couloir, dépassé plusieurs portes pour nous arrêter devant une autre qui indiquait « autopsie ».

— Vous allez travailler ici. Moi, je serai là-bas, a-t-il dit en indiquant une autre porte, en tout point semblable – même sinistre plaque apposée dessus. Celle-ci est équipée d'un système de ventilation spécial. (Il s'est cru obligé de me préciser :) à cause de l'odeur... Mon meilleur technicien d'autopsie, Joe Hawkins, l'a surnommée « la salle qui pue ».

Je dois avouer, ça m'a laissée sans voix.

— Mais je ne pense pas que vous en aurez besoin dans le cas présent. Il n'y a presque pas de tissus mous. (Larabee a pointé son index vers une porte au fond du couloir sans aucune plaque, cette fois.) Là-bas, c'est le vestiaire. Nous n'avons pas de tenue chirurgicale spéciale femme, mais celle des hommes devrait vous aller.

— J'vais être super sexy.

Larabee m'a jeté un coup d'œil pour vérifier que je plaisantais.

— Joe n'est pas là. Il est parti collecter des restes. J'ai peur que vous ne soyez livrée à vous-même. Mais il a sorti les formulaires, les appareils photo et le matériel du Dr Becknell. Les radios sont sur la paillasse. Si vous avez besoin de quoi que ce soit, venez me chercher.

Sur ces bonnes paroles, il s'est éclipsé.

Je me suis donc rendue dans le vestiaire pour troquer mes vêtements de ville contre la tenue réglementaire de la salle d'autopsie. J'ai remonté les manches en les roulant jusqu'au coude et resserré le cordon à la taille. Les jambes de pantalon flottaient un peu, mais en gros, ça le faisait. Et, pour la première fois, je suis entrée dans *la salle qui pue.*

Le formulaire d'admission du ME1207 contenait peu d'informations. Une référence de dossier. Une description succincte des restes et du contexte entourant leur présence à la morgue. Slidell et Rinaldi y étaient mentionnés comme étant les enquêteurs sur l'affaire.

La pièce était composée d'une unique table d'autopsie, équipée d'un plafonnier orientable. Une paillasse courait le long du mur avec des placards en haut et en bas, un évier, une balance, un microscope à dissection. Beaucoup d'objets en verre et en acier inoxydable.

Un Nikon et un Polaroïd avaient été disposés sur la paillasse. J'ai vérifié, ils étaient prêts à l'emploi.

À côté était couchée une mallette en métal, fermée par des verrous à tête papillon. J'en ai déduit que j'avais sous les yeux le matériel du Dr Becknell. D'une pichenette du pouce, j'ai ouvert la mallette. À l'intérieur, tous les outils utiles dans ma partie : un pied à coulisse, des brosses, des loupes, un schéma du développement de la dentition du jeune adulte, une liste d'équations pour calculer la longueur des os longs.

J'ai ouvert un ou deux tiroirs à la recherche du complément à ma tenue : un tablier en papier et un masque. Des gants à usage unique. J'ai ignoré les lunettes de protection.

Le carton sur la table avait autrefois contenu des cornflakes. Le numéro écrit sur le dessus de la boîte correspondait à celui lu sur le formulaire et sur le tableau blanc de Mme Flowers.

J'ai pris plusieurs photos avec une focale de trente-cinq millimètres, j'ai complété avec quelques Polaroïds et placé les radios sur le négatoscope accroché au mur. Chacune claquait avec un petit bruit de roulis.

J'ai allumé le négatoscope pour étudier les radios une à une. J'y ai vu un crâne, d'autres formes blanches brillantes que j'ai identifiées comme étant des os et des dents. Des taches plus opaques devaient représenter des soins dentaires. Je n'avais pas la moindre idée de la nature de la matrice grise.

J'ai trouvé un drap de plastique que j'ai déplié sur la table, puis j'ai enfilé mon équipement de protection et ouvert le carton. J'ai eu un coup au cœur.

Les frères Grimm avaient fait du bon boulot en extrayant le défunt de l'Airstream. La boîte, à moitié remplie, contenait essentiellement des os, peu de débris. La mixture grise s'est avérée être des morceaux de moquette et de tissu carbonisés ayant adhéré à l'os.

Les frères Grimm avaient fait du mauvais boulot dans leur estimation du volume d'un homme réduit en cendres. Et du mauvais boulot pour ce qui était d'avoir conservé cet être en l'état. Avec le crâne, il y avait aussi les os des membres, tous brisés, la moitié gauche du maxillaire inférieur et un fragment de bassin. Les teintes allaient du noir au blanc en passant par le gris, ce qui signifiait un degré différent d'exposition aux flammes. En examinant l'assemblage postcrânien minimal, j'ai vite su que des parties importantes manquaient.

Lentement, avec mille précautions, j'ai commencé à transférer les éléments. Certains étaient cassants et laissaient dans leur sillage un filet de cendres sur le plastique bleu. D'autres gardaient un bout de tendon ou de muscle accroché avec cet aspect de vieux cuir qui me faisait penser à de la viande de bœuf séchée. L'air était saturé d'une odeur de braise et de viande roussie.

En fin de compte, c'était un squelette en patchwork, des jambes et des bras écartés, un torse clairsemé, des mains et des pieds absents. Bien que le crâne ait été conservé à peu près intact, le visage était très abîmé et chaque couronne dentaire manquait à l'appel sur le maxillaire supérieur et le maxillaire inférieur.

J'ai calé le crâne sur un anneau en caoutchouc pour qu'il reste droit. Il me fixait de ses orbites noires et vides.

J'ai entamé mon examen. Le sang pulsait dans mes veines. Je devais l'admettre, et à contrecœur, Slidell avait raison. Mes compétences n'étaient pas en cause.

J'ai scruté les arcades sourcilières et les contours, la crête occipitale sur l'occiput, le fragment de bassin qui incluait les zones pubienne et sacro-iliaque. J'ai pris la mesure du diamètre de la tête fémorale décapitée et j'ai gribouillé des notes. Pour le genre, j'ai inscrit « sexe masculin ».

Il restait suffisamment de la symphyse pubienne droite pour observer la surface articulaire. Deux côtes sternales entières. Deux couronnes de molaires isolées montraient une usure partielle sur les surfaces occlusales. J'ai vérifié, à l'aide des radios, l'emplacement des racines des molaires sur le bout de maxillaire inférieur en ma possession. J'ai estimé l'âge de la victime entre trente-cinq et cinquante ans.

Avec mes morts du lointain passé, il n'est pas utile de chercher à quelle race ils appartiennent. Mais je connais les marqueurs. J'ai remarqué une cavité nasale fine et des pommettes étroites. La partie basse du visage peu proéminente. Une arcade dentaire parabolique. J'ai inscrit « type caucasien ». J'ai ajouté un point d'interrogation. Puis je l'ai effacé.

La diaphyse du fémur était assez conséquente pour calculer la taille. J'ai procédé aux mesures, puis aux calculs, et j'ai ajouté le résultat sur le formulaire : entre un mètre soixante-seize et un mètre quatre-vingt-cinq. L'écart était grand, j'en avais conscience et je voyais déjà d'ici le petit sourire méprisant de Slidell. Mais l'os était incomplet et je n'étais pas sûre du taux de rétrécissement induit par la combustion.

Cependant, Slidell serait satisfait. Les restes étaient compatibles avec ce que Rinaldi et lui m'avaient raconté au sujet de Keith Millikin.

Mais quelque chose me tourmentait. Je savais que la crémation d'un corps humain prenait environ une heure trente à cinq cent quarante degrés Celsius. À la louche. Les frères Grimm avaient dit que très peu de dégâts étaient visibles à l'extérieur de la caravane. Cependant Millikin était bel et bien consumé. J'étais perplexe. Pendant combien de temps l'incendie avait-il dévasté l'Airstream avant d'être détecté ? Je sais que la graisse humaine peut servir de carburant une fois que les combustibles disponibles sont taris. J'ai noté un mémo pour penser à leur demander si Millikin était obèse.

Une autre chose ne collait pas. Notre cerveau est composé à soixante-quinze pour cent d'eau. Exposée à de telles températures, et si longtemps, l'eau se transforme en vapeur. La vapeur brûlante se répand, et fait craquer les sutures du crâne, parfois même le fait exploser.

La tête de Millikin ne montrait aucune fracture thermique. Pourquoi ?

J'ai fait pivoter le crâne sur son socle de caoutchouc en examinant chaque détail avec une loupe à main. Le sommet du crâne était recouvert d'une substance visqueuse que j'ai grattée par petits bouts à l'aide d'une pince. Une fois la zone nettoyée, j'ai repris ma loupe. Et j'ai alors ressenti un tressaillement caractéristique à l'estomac.

Je fixais le crâne en respirant l'odeur de cramé qui emplissait l'air. Je ne parvenais pas à détacher mes yeux de ce que je voyais, nez collé à la loupe. Slidell est apparu sur le seuil de la pièce à ce moment-là. Ses cheveux étaient aplatis et formaient deux touffes humides. Sa veste en velours côtelé était constellée de taches plus sombres.

La pluie devait tomber dehors, et pas qu'un peu. Un coup d'œil à la pendule : 12 h 14.

J'ai reposé ma loupe.

— Inspecteur...

Aucune réponse. Slidell ne regardait rien d'autre que les restes calcinés de la victime sur le plastique bleu.

— Inspecteur, avez-vous obtenu le dossier dentaire du Dr Millikin ?

Il a retiré une enveloppe de sa poche et l'a plaquée sur la paillasse.

— Des originaux, j'espère...

Je lui avais expliqué que des copies ne seraient pas assez fiables.

— Ouais... Ce Dr Steiner est à moitié siphonné.

J'imaginais sans peine leurs échanges. Une vague de compassion pour le Dr Steiner m'a envahie.

— Avez-vous contacté un dentiste légiste ?

— Pas besoin.

— Je ne suis pas assez qualifiée pour...

— Alors, ça donne quoi ? a-t-il dit en pointant son pouce vers la table d'autopsie.

Je lui ai expliqué que le profil établi correspondait aux infos qu'il m'avait données sur le Dr Millikin.

Il a ruminé la chose un instant.

— La victime est un homme d'âge moyen, ai-je ajouté, pensant qu'il ne suivait pas.

Slidell m'a balancé un regard lourd, comme si je lui racontais que les grenouilles coassent. Puis son carnet à spirale de flic est apparu par magie. Un crayon. Il était prêt.

— Envoyez la sauce.

J'ai donc décrit par le menu toutes mes constatations et il les notait au fur et à mesure dans une sorte de sténo propre à lui. Puis, sans lever les yeux, il a demandé :

— La suite, c'est quoi ?

Je lui ai indiqué mon estimation sur la taille de l'individu.

— C'est la taille moyenne chez la moitié de la population.

— C'est le mieux que je puisse faire avec tout ce qui manque.

— Que voulez-vous dire, *tout ce qui manque*?

— Ce qui n'est plus là. Absent. Parti sans prévenir.

— Cramé ?

— Ou non collecté.

— Comme quoi ?

— Comme les mains et les pieds. Et la majeure partie de sa dentition.

— Y en aura assez pour avoir une réponse certaine avec ça ? a-t-il dit en désignant l'enveloppe du Dr Steiner.

— Ça reste aléatoire.

— Aléatoire ?

— J'ai un total de trois couronnes, c'est tout.

— Vous reconnaissez des dents brûlées lorsque vous en voyez ?

— Absolument, ai-je répondu, soudain sur mes gardes.

Une fraction de seconde plus tard, il refermait bruyamment son carnet et le faisait disparaître dans sa poche.

— Vous devez aller là-bas.

— Pas du tout.

— Le Dr Becknell le ferait.

— Je ne suis pas le Dr Becknell.

Silence. Impasse.

Je me suis jetée à l'eau.

— J'ai découvert quelque chose de très perturbant.

J'ai appliqué ma loupe sur la région pariétale postérieure droite et je lui ai fait signe de s'approcher.

Slidell a contourné la table et m'a pris la loupe des mains. Il a examiné le crâne. Si près de lui, je pouvais apercevoir les stries blanches de son cuir chevelu entre ses mèches de cheveux trempées. Je pouvais respirer l'eau de Cologne bon marché et la cigarette froide qui imprégnaient ses vêtements.

Quand il s'est redressé, j'ai bien compris à l'intonation de sa voix que les ennuis ne faisaient que commencer.

4.

— C'est ce que je pense ? a-t-il déclaré avec une énergie que je ne lui connaissais pas.
— Oui, je vous le confirme.
— Vous en êtes sûre ?
— Oui, inspecteur, c'est l'impact d'une balle entrante.
— Comment le savez-vous ? a-t-il insisté en rouvrant son carnet à spirale.
— La forme ronde, les fissures radiales, la vue endocrânienne.
Slidell a plissé les yeux, genre, je ne comprends pas.
— La vue du crâne *de l'intérieur.*
— Où est la trace de sortie ?
— Je ne sais pas.
— Où est la balle ?
Les questions fusaient. Je me demandais si c'était son premier homicide.
— Y a-t-il une chance pour que Millikin se soit buté lui-même ?
— C'est possible, mais peu probable.
Pour le lui prouver, j'ai mimé le canon d'une arme avec mon index et mon majeur, mon coude bizarrement replié à l'arrière de mon crâne.
— Quoi d'autre ?
— J'ai été surprise que son crâne soit resté intact. L'impact de la balle en fournit l'explication.
Slidell a joué avec son crayon, en signe d'impatience.

— Ce devait être un four, dans cette Airstream. À de telles températures, les liquides présents dans le cerveau se répandent et la pression augmente à l'intérieur de la boîte crânienne qui se craquelle ou explose.

J'avais simplifié à l'extrême, mais au moins, c'était clair.

— En fait, le trou a permis à la vapeur de s'échapper.

— Exactement, ai-je répondu en songeant qu'il ne s'en sortait pas trop mal.

— Vous êtes donc en train de me dire qu'un salopard a zigouillé Millikin avant de le faire frire ?

— Je suis en train de vous dire que Millikin a reçu une balle dans la tête. Je ne sais pas si c'est cela qui l'a tué. Ou même s'il s'agit bien de Millikin sur cette table.

— Et avec ces radios ? a-t-il répété en pointant l'enveloppe.

— Je vous l'ai déjà précisé, je ne suis pas dentiste légiste.

— Je n'y crois pas... Allez, Doc, faites un effort.

Il m'a suivie des yeux pendant que je coinçais chacune des petites radios par ordre anatomique sur le négatoscope.

— Merde...

— Quoi donc ?

— Tous les soins que Millikin a subis sont sur le maxillaire inférieur droit. Et ce n'est pas ce côté-là de la mâchoire qu'on possède.

— Vous pensez qu'elle y sera encore ?

J'ai répondu en haussant les épaules. Comment savoir ?

Slidell a émis un raclement de gorge très étrange, difficile à interpréter. Il a remonté sa manche pour vérifier l'heure.

— Rinaldi m'a prévenu par radio pendant que je venais vous voir. Dans vingt minutes, les techniciens chargés des incendies criminels vont débarquer dans la caravane.

Cela équivalait à une sentence de mort pour de petits os fragiles. Slidell le savait, et il savait que je le savais. Son débit de voix s'est encore plus accéléré.

— D'après tous les témoignages, ce mec, Millikin, c'était la mère Teresa de notre bonne vieille ville de Charlotte.

Vous ne voulez vraiment pas nous aider à choper le fils de pute qui l'a assassiné ?

— Ça, c'est votre job.

— Allez... ça ne va pas mettre votre vie en péril que de lui consacrer quelques heures...

Slidell me testait, j'en étais convaincue. Mais il avait raison sur un point : si je ne le faisais pas, j'aurais mauvaise conscience. J'ai attrapé le téléphone mural, vérifié le numéro de poste de l'autre salle d'autopsie, et j'ai appelé Larabee pour lui expliquer la situation.

— OK, mais nous devons être prudents.

Nous ?

— Il vous en manque beaucoup ?

Je lui ai répondu. Long silence à l'autre bout du fil.

— Croyez-vous que d'autres dents auraient pu résister à l'incendie ?

— C'est possible.

— Désirez-vous y aller ?

— Je n'ai jamais travaillé sur une scène de crime ravagée par les flammes.

— Ça vous dirait qu'on le fasse ensemble ?

J'ai remis de l'ordre dans mes pensées, en jaugeant les priorités. C'est là que j'ai pris une autre grande décision.

L'Airstream de Millikin était située non loin de la route 49, presque à la frontière de la Caroline du Sud. Bien trop au sud de Charlotte, et bien trop au nord de Lake Wylie. Le prix de l'immobilier dans ce secteur isolé et pas très branché était, de fait, bon marché. C'est tout juste si j'ai croisé quelques maisons sur cette autoroute à double voie, avant de m'engager sur la bretelle de sortie.

J'ai tourné à droite pour atterrir sur une petite route étroite qui coupait à travers une forêt de noyers, de chênes de montagne et de pins rouges. Il pleuvait à torrents, les essuie-glaces étaient à fond et les pneus crissaient sous le gravillon, dérapant un peu dans les virages. À la radio, une chanteuse s'époumonait sur des paroles où il était question d'anges et de rennes.

Encore quatre cents mètres, et j'atteignais enfin la clôture, peu avenante, en fil de fer barbelé. Sur plusieurs pancartes, il était écrit en orange fluo sur fond noir : « Défense d'entrer – Propriété privée ». Mais comme le portail était ouvert, je suis entrée !

L'Airstream était une véritable maison sur roues, pas le mobile-home minuscule auquel je m'attendais. Avec sa forme arrondie caractéristique et son revêtement en aluminium brossé, simplement décoré d'une bande bleue, elle était assez design. L'entrée avait été équipée d'une véranda en bois et d'un auvent, sans doute bricolés par le propriétaire. Le mobilier – des fauteuils achetés à La-Z-Boy – était plus que défraîchi : le rembourrage sortait en boules par les coutures comme de la pâte à pain saturée de levure. La porte comportait une vitre carrée dotée d'un store intérieur, mais, tout comme le portail, quelqu'un l'avait laissée grande ouverte.

Toujours au volant, j'ai pris le temps de faire le tour du propriétaire. Une cabane se dressait derrière l'Airstream. Face à elle, un rectangle de terre boueuse était clôturé avec le même barbelé que celui entourant le terrain. Une allée de gravier délimitée par des pierres reliait les trois lieux en formant un triangle sur l'herbe détrempée.

Dans ce qui servait de jardin, on avait commencé à planter des pieux autour de monticules parallèles, désormais dénués de végétation. Entre ces talus déferlaient des rigoles d'eau alimentées par la pluie battante.

Un camion s'était garé près de l'Airstream. Le logo ne laissait planer aucun doute sur l'objet de sa présence : « Police scientifique de Charlotte-Mecklenburg ». À ses côtés, il y avait une Ford Crown Victoria blanche et une Pontiac Bonneville noire. Il était probable qu'elles appartenaient à Slidell et à Rinaldi. Quoique, pas si sûr concernant la seconde. Après tout, l'Airstream devait bien être tractée par un véhicule. Je me demandais à quel endroit Millikin garait sa voiture ou sa camionnette.

J'ai décidé de me glisser le long de la Pontiac, j'ai coupé le moteur et je suis descendue de la voiture. Une créature a couiné quelque part dans les bois alentour. J'ai frémi, songeant alors à la musique de ce film terrifiant où une guitare et un banjo se répondent mutuellement... *Brrrr...* N'apercevant rien de menaçant, j'ai attrapé sur la banquette arrière la mallette du Dr Becknell et la sacoche contenant l'appareil photo. J'ai ensuite foncé sous l'averse jusqu'à la caravane.

J'ai pénétré dans ce qui avait dû être autrefois une cuisine. L'air était humide et chargé de relents de fumée, de métal calciné et de plastique fondu. Tout était recouvert d'une épaisse couche de suie.

Mon cerveau continuait à engranger des informations. J'ai remarqué les carcasses dévastées par les flammes d'un évier, d'un poêle et d'un réfrigérateur. Un petit placard – les WC? – tout tordu. Un tube noirci qui devait certainement soutenir la table. Des tuyaux à moitié consumés déboîtés de leurs points d'attache.

Slidell et Rinaldi se tenaient sur ma droite dans ce qui avait dû être le salon. Des fils électriques pendaient du plafond. Des objets méconnaissables jonchaient le sol un peu partout au milieu de fauteuils et de chaises dénudées.

Deux techniciens spécialistes des incendies criminels travaillaient encore dans la pièce, l'un prenait des photos, l'autre, à quatre pattes par terre, notait des choses tout en longeant le mur. J'imaginais que Slidell les avait prévenus qu'il avait requalifié l'endroit en scène de crime.

J'ai posé la mallette et la sacoche, et je me suis approchée. Slidell s'est retourné.

— Chambre, a-t-il dit en désignant la pièce à l'extrémité de la caravane. Allez-y. Ils l'ont déjà photographiée.

J'ai fait machine arrière pour ramasser mon matériel et je me suis faufilée sous des étagères métalliques à moitié détruites, mes bottes écrasant une stratigraphie complexe essentiellement composée de verre brisé. Près de l'encadrement de la porte, un nouvel élément olfactif et... nocif : de l'essence ou du kérosène.

Je me suis figée sur le seuil. L'adrénaline déferlait en moi. Pas à cause de l'odeur, mais à cause de la vue.

La pièce était petite. Environ deux mètres par trois. Elle était remplie de décombres carbonisés et d'un matelas noirci dont les ressorts étaient visibles çà et là. À la droite du lit, une boîte en métal avait brûlé et j'en ai déduit qu'il s'agissait de l'appareil de chauffage que l'on tenait pour responsable du sinistre. Une lampe de chevet traînait au sol. Elle n'avait plus ni ampoule, ni cordon, ni abat-jour.

Tout au fond, sur le mur arrière, il y avait une fenêtre fermée par un rideau en aluminium brossé. La lumière extérieure de cette journée maussade et pluvieuse filtrait à travers les multiples lattes abîmées.

J'ai remarqué des traces de pas. Des traînées de cendre reliaient des objets empilés contre les plinthes. À n'en point douter, l'œuvre des frères Grimm. J'étais consciente qu'il était inutile d'espérer reconstituer la position du corps. Ni de retrouver des informations perdues à jamais.

J'ai pénétré plus avant et je me suis accroupie. J'ai vu un métacarpien couleur de craie. Puis un autre os : l'astragale. Je me déplaçais en douceur. J'ai ouvert la mallette et enfilé des gants. J'ai plongé mes doigts dans la cendre. La couronne d'une molaire a roulé, l'émail en était tout craquelé.

J'observais cette dent, saisie d'une émotion nouvelle : de la joie ? De l'excitation ? Était-ce vraiment moi en train de faire tout cela ? Spontanément ? La phrase de Slidell me revenait en tête : *un bout de barbaque carbonisée reste un bout de barbaque carbonisée.* Il avait formulé cela si crûment, et pourtant, je devais l'admettre, je venais d'apprendre ce matin combien cela était vrai.

— J'ai besoin de lumière par ici ! ai-je crié.

Deux minutes plus tard, deux lampes LED sur batterie éclairaient la pièce comme sur un plateau de tournage de série télé. J'avais sorti tous les outils du Dr Becknell : des brosses, des passoires, des pinces, des pipettes. J'avais inscrit la date, le lieu et mes initiales sur des flacons et des sacs Ziploc. J'avais préparé du Vinac, une solution à base de résine d'acétate de vinyle et de méthanol nécessaire à la conservation des os calcinés.

J'ai enfilé un masque et j'ai commencé à bosser. Larabee est arrivé une demi-heure plus tard. Je lui ai expliqué le système que j'avais mis en place pour quadriller la zone de recherche. J'ai continué à examiner la partie est. Il a pris la partie ouest. On a travaillé dans un silence quasi religieux. J'ai perdu toute notion du temps.

J'étais en train de remettre quelques gouttes de Vinac sur une incisive qui s'effritait lorsque j'ai entendu des voix de plus en plus fortes. Des voix d'homme. Les mots étaient étouffés, mais le débit ne laissait pas de doute sur la nature de la conversation. Des voix d'hommes en colère.

J'ai regardé Larabee qui a haussé des épaules dont la maigreur me fascinait.

J'avais froid et besoin d'une pause. Je me suis redressée. Mes genoux ont fait la gueule, aussi me suis-je étirée pour encourager la circulation du sang. Derrière moi, j'entendais Larabee m'imiter.

Nous étions à mi-chemin de la cuisine lorsque Slidell est apparu sur le seuil de la caravane. Il était aussi tendu qu'un cobra prêt à mordre. Son visage cramoisi en disait long sur son état d'esprit.

— Venez voir, vous n'allez pas le croire.

— On a retrouvé presque toute la dentition qui nous manquait, ai-je dit pour détendre l'atmosphère.

— On sortait nos vieilles carcasses de la caravane, et sur qui on tombe, je vous le donne en mille ?

— Je ne vous suis pas, a répliqué Larabee, s'exprimant pour nous deux.

— Le connard en personne.

Aucune réaction de notre part.

— Nom de Dieu ! Est-ce qu'il faut que je vous fasse un dessin ? Ce putain de docteur !

— Millikin ? avons-nous crié de concert.

— Non, Hawkeye Pierce !

Ni Larabee ni moi n'avons goûté l'ironie de la référence à la série MASH...

— Ouais ! Mère Teresa était parti se faire une petite virée au sud de la frontière...

— Millikin était au Mexique ?

Cela me paraissait incroyable. Slidell a hoché la tête.

— Qu'est-ce qu'il fichait là-bas ? a demandé Larabee.

— À votre avis ? *Muchachas* et margaritas ! C'est pour ça qu'on se tire au Mexique, non ?

— Alors c'est qui, là ? ai-je rétorqué en désignant la rangée de sacs Ziploc contre le mur.

— Qu'est-ce que j'en sais, moi ! (L'éclairage LED dessinait des ombres étranges sur le visage de Slidell.) Mais ce qui est sûr, c'est qu'il s'est pris une bastos en pleine poire, et nous, on a un assassin dans la nature !

5.

Il était un peu plus de 20 heures quand j'ai garé ma voiture au sud des quartiers résidentiels de Charlotte. Comme le coin un peu rural où vivait Millikin, Elizabeth n'est pas un quartier très branché. Mais les loyers y sont abordables et il y a un «je-ne-sais-quoi» dans l'air qui rend le voisinage attachant.

J'ai coupé le moteur. Une ambulance est passée au loin, toutes sirènes hurlantes. Le Presbyterian Hospital est situé au bout de mon pâté de maisons. Après six mois passés ici, je n'y prêtais plus guère attention.

La pluie avait cessé, mais l'eau gouttait encore des feuilles des chênes verts qui étalaient leurs branches depuis le parking jusqu'au-dessus de la route. Les gouttes faisaient un tintamarre délicieux sur ma Coccinelle. Des deux côtés de Kenmore Avenue, on ne voyait que des couleurs primaires, entre les maisons, les buissons, les pelouses et les arbres. Çà et là, des guirlandes électriques ornaient une fenêtre ou une porte. Ça sentait Noël. Un palmier de néon bleuté tentait de se dérober à la tradition.

J'étais gelée, mes vêtements étaient noirs de suie, et je sentais la même odeur que si j'avais passé la semaine entière dans un fumoir. Bien qu'ayant lavé et relavé mes mains avec soin, il restait de la crasse incrustée sous mes ongles, et ça me faisait penser à ceux de Slidell ! Je me suis recentrée sur les deux choses dont j'avais maintenant besoin : un verre de pinot et un long bain chaud.

J'ai verrouillé ma voiture et grimpé le porche quatre à quatre. J'étais en train de tripoter mon trousseau de clés, quand la porte de mon voisin – avec qui je possède un mur mitoyen – s'est ouverte à la volée. Artemis a surgi en se pavanant. À l'autre bout de la laisse se tenait son maître, M. Speliopoulos. Artemis est un teckel. M. Speliopoulos, un coiffeur pour hommes. Aucun n'a commenté mon arrivée.

Je me suis débarrassée de ma veste en la laissant tomber sur le perron. J'ai ensuite pénétré chez moi. Un bref coup d'œil dans le miroir encadré d'étain sculpté m'a montré une femme aux cheveux hirsutes et au visage constellé de cendre.

Quelque part, j'entendais Bowie et Jagger chanter ensemble une chanson où il était question d'aller danser dans la rue. J'étais ravie car ça me changeait un peu des rois mages et des ritournelles ponctuées de roulements de tambour !

Face à moi, j'avais la cage d'escalier si pratique qui menait au premier étage. À droite, le salon avec sa cheminée à l'ancienne qui nous avait tant incités à signer le contrat de location. La salle à manger était installée à l'arrière et on y accédait par une arche d'époque – la maison date d'il y a quatre-vingts ans – et les deux portes coulissantes en chêne étaient à jamais encastrées dans le mur.

Pete était attablé devant une pile de livres de droit et un océan de documents divers. Il étudiait les ressorts de l'affaire Zamzow, une histoire de jambe perdue à cause d'un diagnostic foireux. Enfin... d'après le plaignant. Au petit déjeuner, nous avions discuté stratégie de défense. Enfin, j'avais surtout écouté. Le petit déjeuner du matin me paraissait déjà à des années-lumière.

— L'archéo-guerrière rentre du front, a marmonné Pete sans lever les yeux de sa lecture.

— Désolée d'arriver si tard.

— Grosse journée ?

— Oui, ça, on peut le dire.

Le nez et la lèvre supérieure de Pete se sont légèrement retroussés. Je connaissais cette expression par cœur. Il essayait de renifler la pourriture qui pourrait venir d'une poubelle ou d'un sac Ziploc. Il a glissé un marque-page dans son paquet de feuilles et a relevé le menton.

— Doux Jésus ! s'est-il exclamé.

J'ai accroché mon sac au poteau d'escalier.

— Qu'est-ce qu'il t'est arrivé, bon sang ?

— D'abord un bain !

Pete m'a lancé son regard d'avocat-pur-et-dur. Je lui ai lancé mon regard on-en-reparlera-plus-tard.

— Tu veux un câlin ? a-t-il demandé avec la sincérité d'un bookmaker devant un type fauché.

— J'en veux plein. Mais seulement après que tu aies retrouvé forme humaine.

Un bon bain était la seule chose que je désirais pour le moment. Des bulles. Du shampoing et du démêlant pêche-lavande. La vieille baignoire sur pieds faisait également partie de la magie du rituel.

Une demi-heure plus tard, je redescendais l'escalier, sentant bon le lait de corps « Grenadrier noir » de Jo Malone. Je portais un tee-shirt à manches longues et un bas de pyjama en flanelle rose, avec un motif de nuages et de moutons. Selon moi, les moutons étaient soit somnolents, soit totalement ivres.

La trompette de Wynton Marsalis m'a accueillie avec calme et volupté. La montagne juridique avait été reléguée au bout de la table, et un carton à pizza trônait en son centre. Deux assiettes avaient été disposées avec serviettes, couverts, sets de table et verres. Pete est un homme attentionné, d'après ses standards à lui.

Mon mari et moi sommes d'accord sur pas mal de points. L'humour caustique de *Catch 22* et de *La Conjuration des imbéciles.* On préfère la mer à la montagne. On adore Woody Allen. La politique. Mais sur les pizzas, on n'est *jamais* d'accord. J'aime toutes les sortes de pizzas, sauf celle aux fourmis et au blanc de baleine. Pete est un puriste : tomate et fromage, rien d'autre.

J'ai soulevé le couvercle du carton. Une moitié de pizza toute simple, l'autre bien dégoulinante d'ingrédients.

Je me suis détendue un peu. Pete m'a versé un verre de pinot. J'en ai bu une gorgée. Je me suis détendue davantage.

Bien qu'impatient de savoir, Pete attendait sagement, en roulant des yeux rassurants. Il était persuadé que j'avais eu un problème à l'université.

Nous avons papoté de choses et d'autres. Ce procès pour faute professionnelle qu'il étudiait. La victoire des Tar Heels[1] la nuit dernière. Les événements survenus dans la série *Cheers*. Les goûts douteux de M. Speliopoulos en matière de musique.

Mes commentaires étaient cependant réduits au minimum syndical.

On a débouché une seconde bouteille et on a migré vers le salon. Pete a fait du feu dans la cheminée puis est venu s'asseoir à côté de moi sur le canapé. Il a entouré mes épaules d'un bras protecteur et m'a attirée contre lui. J'ai posé ma joue contre sa poitrine.

Alors que la flambée léchait les bûches, nous sommes restés tranquilles à écouter de minuscules bruits ponctuant le silence. Le tic-tac régulier de l'horloge de ma grand-mère sur le manteau de la cheminée. Le chuintement étouffé des pneus dehors glissant sur le bitume mouillé. Les grognements d'Artemis de l'autre côté du mur.

Malgré le côté apaisant des battements de cœur de mon époux, le feu de cheminée avait été une erreur. Les craquements du bois éclaté produisaient des images négatives dans mon cerveau, presque perturbantes, comme la vision de débris de verre sous mes ongles. Pete a senti que j'étais mal à l'aise et il n'a pas insisté. Au bout du troisième verre de pinot, je me suis lâchée.

Je lui ai tout raconté en détail. La visite de Slidell et Rinaldi à l'UNCC. Keith Millikin et son dispensaire pour les plus pauvres. Sa disparition mystérieuse. La récupération des restes dans la caravane par Louis Grimm et son frère. Ma découverte de la compatibilité des os avec le profil de

1. Les Tar Heels de Caroline du Nord (en anglais : North Carolina Tar Heels) sont un club omnisports universitaire de l'université de Caroline du Nord.

Millikin. L'impact de balle dans le crâne. La partie manquante de la dentition. Mon travail avec Larabee sur la scène de crime. La réapparition surprenante et inattendue de Millikin.

Pete a posé la question évidente.

— Alors qui est mort dans l'Airstream ?

— Un homme blanc entre trente-cinq et cinquante ans, et mesurant entre un mètre soixante-seize et un mètre quatre-vingt-cinq.

— Ça exclut donc Tina Turner.

Je lui ai donné une petite tape sur le bras.

Il a fait semblant d'avoir très mal et a rempli mon verre à nouveau.

— Dis-moi, ce Slidell, il a l'air d'être un sacré personnage.

— Il est arrogant et grossier.

— J'ai l'impression que tu as bien aimé ça.

— Tu parles de quoi ? Qu'est-ce que j'ai bien aimé ?

— *Bien aimer* n'est peut-être pas l'expression adaptée. (Pete a secoué la tête, après une courte pause de réflexion.) Je ne sais pas... Il y avait une drôle d'intonation dans ta voix quand tu m'as raconté tout ça.

— C'est peut-être le pinot ?

— Rien à voir. (Il a de nouveau hésité, peut-être par manque d'assurance, ou peut-être craignant de me vexer.) J'ai perçu une excitation que je n'entends pas d'ordinaire lorsque tu me parles de tes recherches. Ton travail en archéologie.

— Ce que tu as perçu, chéri, c'est de la terreur.

— Allons, allons, Temperance Brennan n'a peur de rien !

J'ai levé mon verre en signe d'acquiescement. On a trinqué.

Aucun de nous n'osait prononcer un mot à la suite de ma réponse.

— La terreur de quoi, Tempe ?

— De me tromper.

— Tu ne te trompes jamais.

— Une fois cela m'est arrivé. Je croyais m'être trompée, mais il s'est avéré au final que non. (Encore une pause pour réfléchir.) Tu as raison. Je suis toujours un peu réticente à m'investir. Mais une fois que c'est parti, je suis à fond. Je ne cesse de penser à la victime. Qui était cet homme. Qui laissait-il derrière lui – des enfants, une épouse, une petite amie? Je n'arrête pas de penser qu'il manque à quelqu'un, quelque part. Et que quelque part aussi rôde un assassin en liberté.

— Et cette terreur alors?

Toute la journée, j'avais retourné ça en boucle dans ma tête.

— En archéologie, je travaille sur des populations anonymes et je réfléchis selon des critères de démographie : sexe masculin ou sexe féminin; jeunes adultes ou adultes. Pas de noms, ni d'histoire personnelle. Mes découvertes sont l'objet de conférences, de publications, ou...

— Ignorées.

— Mon *point de vue* (cette fois-ci, Pete s'est payé un coup de coude dans les côtes) peut être contesté, ou, au contraire, apprécié, mais quelle que soit ma théorie sur nos ancêtres, elle n'impacte la vie de personne. Le contraire est tout aussi vrai avec l'anthropologie judiciaire. Une preuve peut être préservée ou bien perdue, à cause des compétences plus ou moins bonnes mises en œuvre sur une scène de crime. Un innocent pourra être accusé à tort. Un coupable pourra être innocenté. Grâce à l'analyse scientifique, une famille pourra être apaisée avec un dossier classé ou bien continuer à s'angoisser. Grâce à un témoignage devant le tribunal, un suspect pourra être soit acquitté, soit condamné. C'est une immense responsabilité.

— Tempe, personne ne lit un squelette mieux que toi.

— C'est pas faux. Mais les connaissances en archéologie et en ostéologie ne sont pas suffisantes pour les flics et le médecin légiste. À leurs yeux, je suis une nouvelle recrue. Va falloir que je me recycle.

— Pourquoi ai-je le sentiment que tu as *déjà* pris ta décision?

— Quand bien même, que se passerait-il si je me plantais ?

— Je te défendrai, je serai ton avocat.

J'étais estomaquée de sa réponse.

— Pete, il faudra que je suive une formation pour obtenir le certificat qui validera mes compétences.

— Combien de temps cela prendra-t-il ?

— Sans doute le reste de ma vie !

Le pinot devait augmenter à la fois ma véhémence et mon manque de confiance en moi...

— Nous avons survécu à l'examen du barreau, souviens-toi.

— Je vais devoir demander mon accréditation au Bureau américain d'anthropologie judiciaire.

— Et tu dois aussi boucler ta thèse.

— Ça aussi !

Pete a reposé son verre sur la table basse. Il a ramassé le mien et l'a rangé à côté du sien. Il s'est penché tout près de moi. Je sentais son souffle chaud caresser mon oreille.

Je me suis renversée en arrière et j'ai fermé les yeux, voyageant avec les petits moutons endormis, ou bien soûls, de mon pyjama. Le feu de cheminée dégageait une douce chaleur dans le dos de Pete. J'ai attrapé sa nuque entre mes doigts croisés et je l'ai attiré vers moi.

Le téléphone a sonné. On a sursauté comme deux ados pris en faute.

J'ai jeté un œil à l'horloge de Mamie : 22 h 42.

— Ne lui réponds pas, a chuchoté Pete.

— Elle pourrait avoir un problème.

On était sûrs tous les deux qu'il s'agissait de ma sœur. C'est bien son genre d'appeler à des heures indues.

— Harry a toujours un problème, a-t-il soupiré en se reculant. Encore un peu de vin ?

— Non, j'arrête. (J'ai saisi le téléphone.) Ça a intérêt à être de bonnes nouvelles.

Silence au bout du fil.

— Pour moi, ou pour le gars qui s'est fait dézinguer ?

À mon tour d'être prise de court. J'ai vite reconnu la voix.

— Pardonnez-moi, inspecteur. J'étais persuadée que c'était un appel de ma sœur.

— Désolé de vous avoir déçue.

Il ne semblait pas si désolé que ça.

Je n'ai rien répondu. Pete s'est levé pour ramasser les verres.

— Doc Larabee a dit que vous vous étiez très bien débrouillée aujourd'hui. J'ai quelque chose pour vous.

Je me suis à nouveau angoissée. Bêtement. Pete avait fini de débarrasser. Et je savais qu'il écoutait.

— Voilà le topo. Eddie et moi, on a remué ciel et terre comme des fous à partir des infos collectées et de nos contacts. On a reçu une réponse de Gastonia. (J'ai entendu des bruits de papier froissé.) Russell Ingram. Ce matin, sa femme a alerté la police de sa disparition. Visiblement, Ingram est parti de chez lui il y a deux jours pour se rendre à son travail. Il n'y est jamais arrivé. Il n'est jamais rentré chez lui. Vous allez adorer, ce type était dentiste !

— Son assistante n'a pas signalé son absence ? La secrétaire médicale ?

— Ingram bossait en solo. Je suppose que ses patients n'ont pas trop gueulé de ne pas pouvoir se faire triturer les quenottes.

— Quel âge ?

— Quarante-deux ans.

— Il est blanc ?

— Affirmatif.

— La taille correspond ?

— Yep ! C'est pas un hamster.

Blague bien nulle que je n'ai pas relevée.

— On a un dossier ante mortem ?

— On va faire venir un dentiste chanceux à la morgue !

6.

Le lendemain, j'étais debout dès 6 heures du matin, un horaire guère apprécié de mon lobe frontal. Pete était déjà parti, mais il avait pris soin de préparer du café. J'en ai bu une tasse, j'ai dévoré un bol de Kellogg's Raisin Bran, puis j'ai rempli mon mug de voyage et embarqué deux aspirines. Ensuite, direction l'UNCC.

Tout en conduisant, je songeais à Slidell. Il n'avait rien dit la veille au sujet de Millikin. Je me demandais où le « bon docteur » se trouvait à présent. S'il avait été interrogé par l'inspecteur, s'il possédait un lien quelconque avec Russell Ingram.

J'étais en train d'étudier les restes de crémation depuis plus de deux heures lorsque le téléphone a sonné. Slidell avait récupéré les dossiers dentaires d'Ingram et m'annonçait qu'il arriverait au MCME à 9 h 30.

J'ai regardé ma montre : il était 8 h 55.

J'ai rangé la collection d'os en lieu sûr, verrouillé la porte du labo, et je suis partie en quatrième vitesse au MCME. Mme Flowers a actionné le verrou électrique dès qu'elle m'a aperçue et j'ai foncé dans la salle qui pue. Elle était déserte et l'est restée au cours des vingt minutes suivantes. Frustrée, je suis partie en quête de Larabee, mais il n'était nulle part lui aussi. J'ai donc décidé de mettre à profit tout ce temps perdu en écrivant un rapport sur le ME1207.

Après avoir rassemblé toutes mes notes, je suis allée dans le hall d'accueil pour demander à Mme Flowers si un bureau avec un traitement de texte serait disponible. Elle s'est levée d'un bond.

— Suivez-moi, a-t-elle roucoulé, aussi rayonnante qu'un clown extatique.

Je lui ai emboîté le pas et me suis retrouvée dans une minuscule pièce composée d'une chaise, d'un bureau, et d'une étagère remplie de chemises cartonnées vides.

Spartiate et oppressante.

Sur le bureau, un clavier supportant un moniteur. Sous le moniteur, deux cubes côte à côte – les lecteurs de disquettes Disk I et Disk II. Chacun avait une fente et un petit voyant rouge qui, pour l'instant, n'était pas allumé.

Au centre du clavier, le logo de la marque représentait une pomme multicolore, striée, avec la mention *Apple][* accolée à sa droite. J'étais ravie, car au cours de mes études, j'avais déjà eu l'occasion de me servir d'un Apple II, cette géniale création de Steve Wozniak.

Mme Flowers m'a fourni des explications que je connaissais déjà :

— C'est un ordinateur d'un nouveau genre. Même le Dr Larabee ne l'a pas encore utilisé.

— Vous en avez besoin ?

— Moi ? Mon Dieu, non ! (Elle a reculé instinctivement dans ses petits escarpins gris.) Je m'en tiens à ma machine à écrire, une merveilleuse Selectric.

Je l'ai remerciée et elle m'a promis en retour de me prévenir de l'arrivée de Slidell.

J'ai appuyé sur le bouton en haut à droite de l'écran. Je me suis laissée tomber sur la chaise. Le processeur a ronronné et l'écran s'est allumé. J'étais soulagée de voir apparaître l'icône de Word-Star, puisque je connaissais ce logiciel.

J'ai trouvé un paquet de disquettes 5¼ pouces dans le tiroir central, et voilà, c'était parti ! Une fois la disquette insérée dans le lecteur, j'ai créé un fichier pour y rédiger mes notes.

J'avais quasiment terminé quand Slidell s'est présenté à l'accueil. Il était 10 h 45. J'ai demandé à Mme Flowers de l'envoyer directement dans la salle qui pue, en me disant que le faire poireauter un peu ne lui ferait pas de mal.

Je le reconnais, c'est mesquin, mais j'assume !

Slidell le retardataire a fixé sa montre avec agacement quand je suis entrée. Ce mec est incroyable, non ?

— Inspecteur ! me suis-je exclamée pour l'accueillir.

Il m'a tendu une enveloppe marron, pas très épaisse mais plus grande que celle remise par le dentiste de Millikin. Le nom « Dr Allison Martin » était gribouillé sur le rabat. J'espérais que le matériel serait de meilleure qualité que celui de son confrère. Martin serait-elle plus soucieuse que Steiner de se couvrir en cas de pépin ?

Allez, je n'allais pas chipoter sur le manque de compétences de tel ou tel. Pour apaiser Inspecteur Charmant, j'ai donc accepté de rendre un premier avis, tout en insistant sur le fait qu'un dentiste légiste devrait confirmer par écrit une identification positive. Ou bien alors Larabee.

Cette fois, j'ai utilisé un négatoscope plat déniché dans un placard. J'ai allumé l'engin et placé les radiographies dentaires interproximales sur la moitié supérieure de la vitre. Dessous, j'ai disposé les radios des restes dentaires carbonisés découverts dans l'Airstream, et prises par Hawkins.

On ne pouvait examiner que la moitié droite. Une troisième molaire intacte apparaissait, oblique, dans sa cavité. On constatait un canal radiculaire et une couronne sur la deuxième molaire. Des restaurations dentaires sur la première molaire et la première prémolaire qui avaient l'apparence, respectivement, du Montana et de l'Irlande.

Les formes rondes ou en spicules, visibles en blanc sur les radios ante mortem, se superposaient parfaitement sur celles post mortem. Chaque forme de racine était identique.

Je n'avais aucun doute sur l'identité de la victime dans la caravane de Millikin : c'était bien Russell Ingram. Toutefois, j'ai pris mon temps avant de conclure. Slidell m'avait agacée autant par son arrogance que par son retard.

C'est puéril, je sais, mais personne n'est parfait.

Je me suis enfin redressée puis tournée vers lui.
— Il faudrait un dentiste légis...
— Ouais, ouais... Je veux votre avis.
— De vous à moi, OK? On a une correspondance.
Slidell s'apprêtait à me répondre quand le biper à sa ceinture a déchiré l'air par une série de bips stridents. Il l'a arraché et a lu le message. Il a marché jusqu'au téléphone pour passer un coup de fil dont j'ai entendu l'essentiel.
— Slidell à l'appareil (Pause.) Putain de merde ! Quand ? (Pause plus longue.) Où ? (J'ai rangé les radios d'Ingram dans l'enveloppe.) Y a une chance pour qu'on ait un visuel ? (J'ai rangé les radios post mortem.) Ils ont besoin d'aide ? Je suis avec l'anthropologue ! (J'ai pivoté vers lui. Slidell m'a regardée intensément et j'ai marqué ma surprise.) Elle ne va pas aimer ça du tout. (Qui ? Moi ? *Aimer quoi ?*) Oui, les gars, ça roule !
L'inspecteur a raccroché.
— Vous êtes en veine, Doc, c'est la semaine des « barbecues » !
— Hé ! Attendez une seconde, je ne travaille pas ici.
— Le Dr Larabee est sur une scène de crime avec Hawkins à collecter des restes. Il veut que vous restiez là et que vous vous prépariez à l'aider.
J'ai songé à mes restes de crémation dans le placard de mon labo. Maintenant c'était sûr que je ne pourrais jamais les restituer à temps à l'institution qui me les avait prêtés.
— Vous voulez des précisions, Doc ?
— Bien entendu. Un tel suspense est insoutenable...
— Cette fois, c'est un incendie dans une voiture. Une Toyota Corolla, probablement un modèle 1980.
Je n'ai pas demandé où ni comment. Ni pourquoi la marque de l'automobile lui semblait si importante.
— Ils sont en train de décoller le chauffeur du volant. C'est pas beau à voir, paraît-il.
— Un seul corps ?
— Ouais. Le crétin a foncé contre un arbre, et puis *boum* !
Il a claqué des doigts.

— Il existe peut-être une explication médicale à sa perte de contrôle du véhicule, ai-je déclaré avec une fausse assurance.

— Ouais, ouais, a-t-il ricané. Ça doit être ça... Ou alors c'est la bouteille de Jim Beam sur le plancher.

Hawkins est arrivé à la morgue peu après midi. J'ai alors pu jeter un œil au barbecue.

Exposés aux flammes, les muscles des membres se rétractent et les articulations se plient. Le corps humain adopte alors l'attitude dite du « pugiliste ». C'était ce qui s'était produit pour le malheureux chauffeur de la Corolla. Quoique carbonisés et noircis, les tissus mous forment une enveloppe autour de la victime qui maintient le squelette en un morceau. Les doigts, les poignets, les coudes et les genoux sont sévèrement repliés.

Le corps était étendu sur le dos, membres dressés, et, spontanément me venait à l'esprit l'image d'un chiot qui s'allongerait les quatre fers en l'air pour jouer le mort.

Je comprenais à présent pourquoi Larabee avait exigé mon aide. Le visage n'était qu'une masse informe, sans plus aucun trait distinct au-dessus d'une bouche qui s'étirait en un monstrueux sourire. Plus de nez, plus d'oreilles, plus de lèvres, plus de cheveux. Les yeux ressemblaient à deux raisins ratatinés au fond des orbites. Les organes génitaux étaient calcinés.

Je suis retournée devant le merveilleux Apple II afin de terminer mon rapport sur le ME1207. Hawkins achevait de faire des radios de l'ensemble du corps, de prendre des photos, puis il a poussé le brancard jusqu'à la salle qui pue. Ils avaient attribué à ce nouveau cas la référence ME1211. J'ai consacré les deux heures suivantes à ôter les lambeaux de vêtements et de chair avec une pince fine, et à scier des morceaux d'os pour élaborer le bioprofil de la victime.

À 15 heures, j'avais tout traité, excepté les deux tas de débris carbonisés en rapport avec le corps. J'avais mal au crâne. Peut-être à cause du vin de la veille, peut-être à cause de l'hypoglycémie – je n'avais rien avalé depuis le matin.

Peut-être aussi à cause de la vérité incertaine à laquelle j'étais encore une fois confrontée.

Je bouclais ma dernière page de rapport lorsque Larabee a surgi sur le seuil. Il tenait un petit papier rose à la main.

— Rinaldi a téléphoné. (La blouse qu'il portait m'indiquait qu'il avait directement été de la scène de crime à une autre autopsie. Je me demandais si c'était de cette vie-là dont j'avais vraiment envie.) La voiture appartient à un dénommé Mark Wong. (Larabee avait une voix fatiguée.) Sexe masculin, trente-sept ans et mesurant un mètre soixante-dix.

Je n'avais pas besoin de relire mes notes.

— Ça colle.

— J'enverrai Slidell collecter les ante mortem.

— Il est où en ce moment ?

— Il interroge Millikin dans les locaux de la police, il me semble. Mais c'est pas sûr.

— Et ce Wong, c'est qui ?

— Un acupuncteur. Enfin, il l'était. C'est tout ce qu'on a sur lui.

— Venez voir ça, ai-je dit.

Cela ressemblait à un « replay » de la journée précédente. J'ai reculé de la table d'autopsie et lui ai tendu la loupe à main. Larabee a examiné l'anomalie à l'arrière du crâne.

— Impact de balle.

Il m'a regardée en fronçant les sourcils.

— Exact.

— Comme Russell Ingram.

— Exact.

— Mode opératoire identique. D'abord on leur tire dessus, puis on les brûle. Y a-t-il un lien entre eux ?

— Rien pour l'instant si ce n'est que tous les deux sont des hommes ayant reçu une balle dans la tête.

— Ça devrait aider à résoudre cette affaire. Je vais téléphoner à Slidell.

Après le départ de Larabee, j'ai commencé à examiner les décombres. La pile sur la paillasse contenait les lambeaux de vêtements brûlés que j'avais retirés du cadavre. Les restes de la victime étaient sur le brancard.

La plupart des habits étaient si consumés qu'il était difficile de les identifier. J'ai vu un vestige de semelle en cuir. Un morceau de vinyle provenant sans doute de la banquette de la voiture. Une clé. Pas très au courant des procédures, j'ai toutefois opté pour un registre des preuves.

J'étais en train d'examiner les tissus quand j'ai remarqué un bout de jean avec des clous en métal d'environ cinq centimètres carrés. Peut-être un morceau du jean de la victime qui aurait été protégé au niveau du fessier par le siège.

Le tissu était épais. Bien trop épais. J'ai examiné ma trouvaille de plus près. En fait, c'était deux pièces de tissu réunies. Une poche ?

En me servant de deux pinces, j'ai doucement soulevé celle du haut. Elle s'est décollée non sans mal. Je l'ai tirée en arrière, le cœur battant. Quelque chose de fin et de blanc était accroché au morceau de tissu du dessous.

Un bout de papier. Il était brûlé sur les bords, mais on y devinait un texte écrit.

J'ai soulevé, puis abaissé ma loupe. Les lettres étaient trop pâles pour être déchiffrées. Hormis quelques-unes que j'ai réussi à lire. Mon sang s'est glacé dans mes veines. Cela ne pouvait pas être vrai.

J'avais du mal à respirer calmement. J'ai essayé de décrypter d'autres lettres. En vain. L'encre était trop délavée.

Je faisais une ultime tentative lorsque le téléphone a sonné.

7.

— Bon alors, on a quoi ?

Aucunes salutations, ni entrée en matière. J'apprenais un peu plus chaque jour tout ce qui faisait le charme de Slidell : brutalité et grossièreté.

— Le bioprofil de la victime est cohérent avec celui de Mark Wong. Mais vous aurez besoin de...

— Ouais, ouais. Les radios ante mortem de Wong vont nous être livrées. J'ai pas passé autant de temps chez les dentistes depuis l'âge de neuf ans. Autre chose ?

— On a tiré sur la victime. À l'arrière de son crâne.

— Putain de merde !

C'était une bonne synthèse, alors je n'ai rien répliqué.

— C'est ce qui a causé sa mort ?

— Maintenant que j'ai achevé mon analyse, le Dr Larabee va tenter une autopsie.

Étant donné l'état du cadavre, j'étais assez peu optimiste sur des chances de succès, mais je ne le lui ai pas dit.

— Vous avez la balle ?

— Aucun projectile n'est visible sur les radios.

Je lui ai répété l'imminente tentative d'une incision en Y.

— C'est tout ?

— Il y a autre chose. J'ai découvert un morceau de papier dans ce que je pense être la poche arrière du jean de Wong. (Prenant conscience de mon erreur, je me suis corrigée.) La poche arrière du jean *de la victime.*

— Doc, j'ai une quantité astronomique de...

— L'encre a pâli, mais j'ai pu distinguer quelques mots.

— Quel genre de mots ?

Je lui ai expliqué ce que j'avais réussi à lire.

— Vous êtes sûre ?

Son ton indiquait un certain scepticisme, mais il avait l'air intéressé.

— Non, pas à cent pour cent.

Slidell a réfléchi un instant.

— Vous avez ce truc ?

— Oui.

— Vous savez comment vous rendre au quartier général de la police ?

Je ne le savais pas et il m'a indiqué la route.

— Débrouillez-vous pour vous présenter à l'accueil dans une demi-heure. Je vais prévenir mon technicien, celui en charge de l'analyse des preuves.

— Il faudrait que je retourne sur le campus, alors s'il vous plaît...

J'ai entendu un court bip bip ; il avait raccroché.

La section Investigation des crimes et homicides de Charlotte-Mecklenburg a ses locaux dans une forteresse en pierre à l'angle de Fourth Street et McDowell Street. Quoique située à seulement quelques encablures du MCME, j'y suis allée en voiture, espérant continuer par la suite jusqu'à l'université.

À ma grande surprise, Slidell était ponctuel. Même veste en velours côtelé, mais aujourd'hui, il portait une chemise verte et une cravate bleue. Sur la cravate, il y avait un volatile ressemblant à un émeu.

Nous sommes montés par l'ascenseur en silence, les yeux rivés sur les boutons s'allumant les uns après les autres. Slidell se tenait jambes écartées, les pouces accrochés à sa ceinture. Par deux fois, il a poussé un long soupir.

On est sortis au quatrième étage, on a tourné à droite vers un département qui regroupait l'administration de la police scientifique. Une plaque sur chaque porte : « fichier central » ; « salle de conférences » ; « direction ».

Après le bureau du directeur, on est entrés dans une petite salle intitulée « analyse des preuves ». Elle était meublée avec le mobilier classique du service public : bureau, chaise et placard de rangement, tout cela en métal. Il y avait en plus une table avec du matériel de mesures et d'analyse optique.

Un homme entre deux âges était assis. Environ un mètre soixante-dix, pas vraiment blond, ni totalement brun, des cheveux drus ni longs, ni courts, il se massait le lobe de l'oreille, ce qui donnait à penser qu'il était concentré.

En nous apercevant, l'homme s'est levé. Il portait une cravate impeccablement nouée et placée dans le V de l'encolure de sa blouse de labo. Slidell l'a salué en l'appelant George, sans que je comprenne si c'était son nom ou son prénom.

Slidell m'a ensuite présentée comme l'anthropologue judiciaire, et rien de plus. J'espérais que le pauvre gars ne se sentirait pas obligé de me serrer la main. C'était le cas.

Slidell lui avait expliqué au préalable la raison de notre visite. George nous attendait et m'a aussitôt demandé le spécimen. J'ai sorti le flacon où j'avais conservé le bout de papier illisible.

George est sorti, et nous l'avons suivi dans un couloir étonnamment tranquille. Je m'étais imaginé un labo de police scientifique comme un lieu plein d'effervescence, avec des techniciens en blouse blanche affairés partout.

Nous sommes entrés dans le département photographie. Au fond de la pièce, sur une immense table rectangulaire, se trouvait tout un tas de matériel, ordinateur de bureau, appareils photo, écran d'affichage..., plus des gadgets auxquels je ne pigeais rien.

— Avez-vous déjà vu un CVS, un comparateur vidéo-spectral ?

Les voyelles dans la bouche de George s'étiraient comme chez toutes les personnes qui ont un accent du Sud prononcé.

J'ai secoué la tête. Slidell ne pipait pas un mot.

— C'est une petite merveille.

Slidell et moi devions avoir l'air impressionnés.

— Vous vous y connaissez en lumière ?

— Pour ce qui est de la physique, j'ai un niveau lycée, ai-je avoué.

Des cours de rattrapage seraient nécessaires, que ça me plaise ou non.

— La lumière est une forme d'énergie rayonnante. L'œil humain est capable de voir des rayonnements dont la longueur d'onde est comprise entre quatre cents et sept cents nanomètres. Quand on voit des couleurs, votre œil perçoit en fait des longueurs d'onde. Vous me suivez ?

J'ai acquiescé. Slidell n'a toujours pas moufté.

— Lorsque la lumière est dirigée sur un objet, une de ces cinq choses peut se produire.

Slidell a ouvert la bouche, mais George lui a fait signe que non en agitant son index.

— Tout ou partie de la lumière peut être réfléchie, faisant paraître l'objet blanc ou plus pâle. Tout ou partie de la lumière peut être absorbée, faisant paraître l'objet noir ou plus foncé. (Il comptait sur ses doigts.) La lumière peut être en partie réfléchie, et en partie absorbée, produisant des couleurs visibles par l'œil humain dans ce qu'on appelle le spectre visible.

Slidell s'est éclairci la gorge. Sans y prêter attention, George a poursuivi son exposé.

— La lumière peut être transmise à travers un objet. (Doigt dressé.) La lumière peut frapper l'objet, être absorbée, et ensuite être réémise sur une plus grande longueur d'onde appelée luminescence. (Il a désigné le comparateur vidéo-spectral.) Cette fantastique machine utilise une combinaison de caméras, de lumières, de filtres pour permettre à l'examinateur, c'est-à-dire à *moi* (il a posé le bout de son index sur sa poitrine), de produire chacun de ces effets.

— George, on veut juste lire une inscription, l'a interrompu Slidell.

— Des longueurs d'onde de cette énergie rayonnante ne sont pas visibles par l'œil humain.

George possédait son propre rythme.

— Les rayonnements infrarouges et ultraviolets, ai-je précisé, histoire d'accélérer ledit rythme.

— Exactement ! Les effets que je viens de lister surviennent *à la fois* dans le spectre visible *et* dans les portions du spectre où sont les rayons infrarouges et ultraviolets. Ainsi, le même objet qui a absorbé la lumière dans le spectre visible, et apparaît noir, peut transmettre une énergie rayonnante dans le spectre infrarouge et apparaître aussi clair que du cristal.

Je sentais monter l'irritabilité de Slidell, aussi ai-je retenté une synthèse :

— Donc de l'encre qui aurait pu pâlir jusqu'à en devenir invisible peut laisser des traces visibles quand on utilise les infrarouges ou les ultraviolets.

— Absolument.

La remarque enthousiaste du professeur fier de sa meilleure élève.

— On pourrait pas juste *s'y mettre*? a grommelé l'inspecteur à bout de nerfs.

George a plissé les lèvres de contrariété. Il a enfilé des gants pour saisir le petit bout de papier et le placer sur le CVS. Un rectangle blanc a empli l'écran. Je ne pouvais toujours pas lire ce qu'il y avait d'écrit.

— Vous voyez ce que voit la caméra, a précisé George en s'asseyant. Je vais maintenant appliquer un filtre infrarouge pour bloquer toute lumière visible. Seul un rayon avec une longueur d'onde au-dessus de six cent quarante-cinq nanomètres sera perçu par la caméra.

Slidell a soufflé un grand coup avant de crocheter nerveusement ses pouces à sa ceinture. Bien que l'idée de venir ici ait été la sienne, il semblait évident qu'il considérait que toute l'opération était une perte de temps.

Le moniteur est devenu vert. Les lettres sur le papier sont devenues luminescentes comme des vers luisants dans une grotte.

Slidell et moi, on s'est penchés sur les pixels verts. Haussement de sourcils.

Étonnement. État de choc.

— C'est du stylo-bille, a souligné George.

Mais on ne l'écoutait déjà plus.

— C'est quoi ce bordel? a explosé Slidell en se redressant.

— Surveillez votre langage, a répliqué George sur un ton de reproche.

Sur le papier, on pouvait lire des lettres et des chiffres :

K Mil ik AZ 364 8111

— Où est votre foutu téléphone? a crié Slidell en cherchant des yeux un combiné dans la pièce.

George a désigné le comptoir le long du mur. L'inspecteur s'est dirigé droit dessus, a décroché d'un geste brusque, a composé un numéro et a écouté. Il grimaçait et fronçait les sourcils sans s'en rendre compte. Trente secondes plus tard, il a violemment raccroché.

— J'ai besoin d'une copie de ce truc, a-t-il ordonné en désignant le message qui tremblotait à l'écran.

— Bien entendu.

George lui a remis l'original du papier et lui a imprimé la version déchiffrée. J'ai remercié George alors que nous quittions la pièce à grands pas. Le Maigre s'est abstenu de toute politesse.

Il était 17 heures. Les experts en blouse blanche que j'avais imaginés avaient à présent envahi les lieux. L'ascenseur mettait du temps à venir. Au comble de l'énervement, Slidell appuyait sans cesse sur le bouton d'appel.

Je ne m'attendais pas à ce que l'inspecteur partage ses infos avec moi, cependant j'étais vexée. Je bouillonnais intérieurement.

N'y tenant plus, je me suis lancée :

— C'est le numéro de téléphone de la clinique de Millikin, n'est-ce pas? ai-je demandé de la voix la plus calme et la plus discrète possible.

Il a réajusté son nœud de cravate *émeu*, sans rien me répondre.

— AZ, est-ce que ça pourrait correspondre à l'abréviation d'Arizona?

— Ouais, ouais, a-t-il ricané. Le mec était fan de l'équipe des Phoenix Suns.

J'ai ignoré son ton sarcastique.

— Larabee m'a dit que Millikin devait être ici ? Il est toujours dans vos locaux ?

Slidell a lorgné vers moi, toujours muet comme une carpe.

— Vous descendez en salle d'interrogatoire ? Pour l'interroger ?

Il a frappé de son poing sur le bouton d'appel.

— J'aimerais y assister.

— Hors de question.

— Je suis anthropologue. Je suis formée aux subtilités des comportements humains.

Merde... Pourquoi cette irrépressible envie d'assister à l'interrogatoire de Millikin ?

— Écoutez, Doc, j'apprécie...

— Ingram et Wong ont tous deux reçu une balle dans la tête. Puis quelqu'un les a fait brûler. Ingram est mort dans la caravane de Millikin. J'ai découvert la preuve qui a permis de faire le lien entre Millikin et Wong.

— Vous me rendriez un grand service en vous tenant à l'écart de tout cela.

— C'est ce que je ferai la prochaine fois que vous viendrez me supplier à genoux de vous filer un coup de main.

L'ascenseur est enfin arrivé. Les portes ont coulissé et on s'est frayé une petite place dans la cabine bondée.

— Alors... ? lui ai-je chuchoté.

— Seigneur Jésus, Marie, Joseph ! ! !

L'ascenseur s'est arrêté au deuxième ; Slidell s'est faufilé dehors à coups de coudes. J'ai marché dans son sillage, le cœur battant à tout rompre.

En me demandant, bien sûr, dans quoi je m'aventurais.

8.

Slidell marchait si vite que j'avais du mal à le suivre. On a traversé moult portes battantes estampillées du logo de la police de Charlotte-Mecklenburg, à savoir, un nid de frelons.

Des hommes arpentaient les couloirs d'un pas décidé, la plupart en bras de chemise et en cravate. Un seul était en pantalon kaki et polo bleu marine arborant le célèbre nid de guêpes. Certains déambulaient avec des mugs ou des sandwichs à la main. Tous étaient armés et j'en ai déduit qu'il s'agissait d'inspecteurs de la criminelle.

Slidell est brusquement entré dans une salle immense intitulée « crimes et homicides », avec moi toujours sur ses talons. La pièce se répartissait en plusieurs box avec un ou deux bureaux dans chaque. Chaque bureau était équipé d'un téléphone et de tout le matériel administratif classique. Tout en la traversant à la vitesse de l'éclair, j'enregistrais des images : photos d'exploits sportifs et plantes vertes assoiffées.

Certains des box étaient occupés. Là, un début d'engueulade sur un problème de balistique, ici un flic en train de ronfler sans discontinuer.

Slidell, comme à son habitude, n'a salué personne et s'est dirigé vers un box où deux bureaux se faisaient face. Rinaldi, assis, le combiné téléphonique coincé contre son épaule, a levé les yeux vers moi en marquant une légère surprise.

Slidell a pivoté, m'a scrutée et s'est laissé tomber dans sa chaise sans un mot.

Je suis restée debout pendant que Slidell continuait de m'ignorer et que Rinaldi parlait au téléphone. C'était trop bizarre. J'aurais peut-être mieux fait de m'en tenir à mes restes de crémation.

Slidell s'est renversé en arrière et a croisé ses jambes en calant ses pieds sur le tiroir du bas. J'ai remarqué ses chaussettes orange. Était-ce juste une énorme faute de goût, ou bien essayait-il de lancer une tendance hyperhype ?

Ayant terminé sa conversation, Rinaldi s'est levé pour me saluer et me proposer une chaise. J'ai accepté en le remerciant. Il m'a interrogé du regard en haussant maladroitement ses sourcils en direction de son coéquipier.

Lequel a haussé les épaules.

— Elle ne me lâche pas les baskets depuis plus d'une heure.

Ce cuistre me faisait passer pour ce que je n'étais pas. Le rouge m'est monté aux joues.

Rinaldi nous a interrogés sur notre visite à la scientifique. Slidell a décrit le papier retrouvé dans la poche du jean de Wong. Enfin... le supposé Wong. Je ne l'ai pas repris. De toute manière, il n'a pas jugé utile de mentionner mon rôle dans cette découverte.

— Ainsi Wong connaissait Millikin. Et Ingram a été assassiné chez Millikin.

— Ouais, ouais..., a grogné Slidell.

— D'avoir le corps d'Ingram dans la caravane ne signifie pas forcément que Millikin le connaissait, ai-je hasardé. Ni même qu'il soit mort à cet endroit.

Rinaldi a acquiescé, et Slidell a poursuivi :

— Eddie, quelles sont les conclusions des gars des incendies criminels ?

— On est certains d'une mise à feu volontaire, à la fois pour la caravane et pour la voiture. Dans les deux cas, ils ont trouvé des produits accélérateurs. Tu veux lire leur rapport ?

— Non. Qu'est-ce que tu as dégoté sur Ingram ?

— Pas grand-chose. (Rinaldi a parcouru ses notes.) Le cabinet d'Ingram a été fermé il y a trois ans pour manquement aux règlements de santé publique. Il s'était fait épingler lors d'une inspection de routine.

— L'État lui a retiré son droit d'exercer ?

— Pas exactement... Il a dû s'acquitter d'une amende et a reçu un rappel à l'ordre. Mais les médias s'en sont donné à cœur joie pendant plusieurs jours. Tu parles, une affaire de conditions d'hygiène déplorables...

— Plus c'est sordide, plus les ventes explosent, a commenté Slidell.

— Vous m'aviez posé une question sur le poids d'Ingram, a dit Rinaldi en me tendant une photo qu'il venait de retirer du dossier.

L'homme ressemblait à une orangeraie à lui tout seul. Ses cheveux, ses cils, ses sourcils étaient couleur carotte. Sa peau, constellée de taches de rousseur, avait pris une belle teinte rose fuchsia à cause du soleil. Il était assis dans un fauteuil en cuir dans lequel il semblait gigantesque, son ventre proéminent pendait par-dessus sa ceinture, l'obligeant à écarter ses grosses cuisses. Il tenait un livre à la main pour créer une espèce de diversion de son corps éléphantesque. Ou alors, il lisait vraiment.

— Ingram était baraqué, ai-je dit.

— Sa femme avait-elle un mobile ? a demandé Slidell. Une assurance vie ?

— Non, elle ne récupère rien. Et sans les revenus de son défunt mari, elle devra vendre leur maison. Ingram était endetté jusqu'au cou.

— Parle-moi de Wong.

— Un acupuncteur. Il partageait son cabinet sur East Boulevard avec deux thérapeutes spécialisés dans les massages et un salon de coiffure.

— Personne n'a signalé sa disparition ?

— Il n'avait pas disparu depuis si longtemps. Un masseur l'a vu quitter le cabinet avant-hier aux alentours de midi. Il m'a raconté que Wong regroupait ses rendez-vous pour ne pas travailler tous les jours.

— Une vie familiale à préserver ?

— Wong était célibataire et vivait en banlieue, attends... (Rinaldi a feuilleté son carnet) à Dilworth... en colocation avec un certain... Derrek Hull. Hull vend du matériel d'équipement pour les hôpitaux et a assuré être en Floride ces cinq derniers jours. Il a une liste de clients qu'il a rencontrés qui peuvent l'attester. J'ai discuté avec son patron qui a confirmé.

— Aucun problème de mauvaise entente entre Hull et Wong ?

— Non, j'ai vérifié les appels au 911 concernant leur adresse. Aucune plainte pour tapage nocturne, ce genre de trucs. Que dalle. Idem pour l'enquête de voisinage. Personne ne se souvient les avoir entendus se crier dessus ou se bagarrer.

Je pensais que pousser l'enquête aussi loin était prématuré tant qu'on n'avait pas clairement établi l'identification de Wong, mais je me suis bien gardée de leur faire part de mon opinion.

Une minute plus tard, bonne nouvelle. Alors que Slidell était parti à la machine à café, le téléphone de Rinaldi a sonné. C'était Larabee. Après avoir étudié le dossier dentaire, il apportait sa confirmation officielle : c'était bien Wong.

Rinaldi a prévenu Slidell dès son retour dans le bureau. Le Maigre m'a jeté son célèbre regard *je-vous-l'avais-bien-dit.* Enfin, il a surtout jeté un regard sur l'emballage du Bounty qu'il était en train de défaire.

La bouche pleine de noix de coco et de chocolat, il a demandé :

— Est-ce que l'un de ces gugusses a un casier judiciaire ?

— Non, lui a répondu Rinaldi.

Il y a eu une sorte de pause.

Autour de nous s'élevaient des bruits de voix masculines, quelques rires, des sonneries stridentes de téléphone. Slidell a plié son emballage de barre chocolatée, a ouvert la bouche pour titiller une molaire avec un coin du papier qu'il avait plié.

— Si tu continuais à creuser sur Wong pendant que je vais cuisiner le bon docteur? a suggéré Slidell à son coéquipier, tout en irriguant de café sa dent douloureuse.

— Ça me paraît bien.

Puis les deux inspecteurs m'ont observée attentivement. J'ai senti une boule au ventre et mes mâchoires se serrer.

Rinaldi a haussé les épaules.

— Après tout, c'est elle qui a trouvé le lien avec Wong.

Slidell m'a dévisagée si longuement que j'étais persuadée qu'il allait m'ordonner de dégager. Il a reposé son mug violemment et le café s'est répandu sur son bureau. Sans prendre la peine de nettoyer, il a téléphoné pour exiger sur-le-champ une salle d'interrogatoire, et qu'on y amène Millikin.

Il m'a jeté un regard furibond tout en essuyant vaguement le liquide marron.

— OK. Vous vous posez les fesses dans un coin et vous la fermez.

J'ai suivi le Maigre au rez-de-chaussée jusqu'à une minuscule pièce contenant deux chaises pliantes, une table en métal, un micro et un téléphone. Le sol était éraflé et d'aspect sinistre, les murs en parpaing avaient été repeints en un jaune pisseux. Au centre, un miroir sans tain.

Slidell m'a fait le geste de m'asseoir et est sorti. Dès que la porte s'est refermée, je me suis détendue et j'ai posé mon sac sur la table en fer.

Quelques secondes plus tard, j'ai entendu le grésillement d'un haut-parleur, une porte grincer, des bruits de pas, une chaise racler le plancher. Les lumières se sont allumées.

Millikin était assis à une table identique à la mienne et, derrière lui, il y avait un mur semblable à celui qui m'entourait. C'était un gars très maigre, avec un sweat-shirt couleur prune, une chemise à carreaux et un pantalon baggy. Des cheveux bruns et fins. De larges cernes foncés sous les yeux.

Slidell s'est installé en face de lui, avec la tête du mec qui avale vivants des poissons rouges au petit déjeuner.

Il n'avait pas encore ouvert la chemise cartonnée qu'il avait apportée.

— Pourquoi je suis ici ? Un homme est mort chez moi. J'ai tout perdu dans l'incendie. Je devrais plutôt être hospitalisé pour stress post-traumatique.

— Bien sûr... Dites-moi plutôt comment une telle chose a pu arriver ?

— Que voulez-vous que je vous dise ? J'étais à l'étranger. Je n'ai donné la clé de ma caravane à personne. Je n'ai aucune idée de la raison de la présence chez moi du Dr Ingram, ni comment il a pu entrer.

— Et vous croyez que je vais gober ça ?

— C'est la vérité !

— Pourquoi la petite virée au Mexique ?

— J'avais besoin d'un break.

— Alors vous vous barrez comme ça, sans même un *adios* à vos patients ?

Millikin a saisi les rebords de la table et a scruté ses mains.

— Parlez-moi d'Ingram, a déclaré Slidell en sautant la case « gentil flic ».

— Je l'ai soigné, c'est tout. Nous n'étions pas proches.

— Expliquez-moi pourquoi un dentiste de Gastonia viendrait consulter un médecin dans un centre social de Charlotte ?

— Je ne suis pas en droit de vous divulguer cette information.

— Vous allez me servir cette histoire à la con de déontologie médicale ?

— Ce n'est pas une histoire à la con du tout. C'est la loi. Et ça fait partie de l'éthique d'un médecin.

— Ouais, ouais... (Slidell a ouvert la chemise cartonnée d'une pichenette et a examiné longuement un document. Je savais que c'était une manœuvre de déstabilisation.) Parlez-moi de Mark Wong.

Le visage de Millikin a blêmi et les jointures de ses doigts crispés ont blanchi. J'ai remarqué qu'ils tremblaient. Et j'ai remarqué autre chose, accentuée par l'extrême pâleur de son visage.

Ce détail que je venais juste de remarquer de l'autre côté de la vitre est venu percuter une autre image dans mon cerveau. Une image récente. *AZ*.

— Bon sang..., ai-je marmonné.

Je suis sortie telle une folle de mon cagibi pour aller frapper à la porte de la pièce adjacente. Comme je m'y attendais, Slidell était fort mécontent de mon intrusion. Avant qu'il se mette à râler, je l'ai attiré dans le couloir et ai refermé la salle d'interrogatoire.

— Millikin a le sida.

— Putain, qu'est-ce que vous racon....

— La lésion sur son nez.

— Il a une tache violette, et alors ?

— Sarcome de Kaposi. Il a le sida.

L'inspecteur m'a dévisagée comme si j'avais perdu les pédales.

— Même sous les rayons infrarouges, la note dans la poche de Wong n'était pas lisible en entier. *AZ*, c'était le début du mot *AZT*, un médicament antirétroviral utilisé pour le traitement de l'infection par le VIH. L'AZT n'est pas encore homologué aux États-Unis.

Ça a fait le tour de son cerveau.

— On peut s'en procurer au Mexique ?

— Oui, ai-je répondu en hochant la tête plusieurs fois de suite.

— Millikin traitait Ingram et Wong qui sont malades du sida. Voilà pourquoi Ingram s'est radiné de Gastonia à Charlotte pour se faire soigner.

— Ça se tient.

— Millikin faisait du trafic d'AZT en se fournissant au Mexique. Vous pensez que ce salaud se servait de son dispensaire comme couverture ?

— Son mode de vie contredit l'hypothèse qu'il faisait ça pour s'enrichir. *S'il* s'agit bien de trafic...

Sans prévenir, Slidell a pivoté sur ses talons, s'est engouffré dans la salle d'interrogatoire. Le temps que je revienne à mon poste d'observation, il était déjà en train de s'acharner sur le médecin.

— ... sais que vous êtes parti au sud de la frontière pour acheter de l'AZT. Combien faisiez-vous casquer à ces pauvres gens ? Une petite marge de 300 ? 400 ? 500 % ? Ou suis-je bien en dessous des tarifs ?

Millikin ne répondait rien.

— Vous rameniez les médocs pour vous, alors ?

— Il ne s'agit pas de ça, a murmuré le docteur.

— Eh ben, racontez-moi...

— Ces hommes vivent dans la honte. Personne n'accepte de les soigner. (Sa pomme d'Adam montait et descendait, ses pupilles se dilataient.) J'essayais juste de leur venir en aide !

Les paroles prononcées ensuite par Millikin allaient singulièrement accélérer mon rythme cardiaque.

9.

— Oui, je soignais le Dr Ingram et M. Wong. Comme je vous l'ai dit, certains aspects de leur dossier médical doivent rester confidentiels.

Slidell se préparait à exploser, mais Millikin a levé la main.

— Ce que je peux vous confier, c'est que je soigne également un patient qui déteste ces deux hommes.

— Pardon ?

— Il est persuadé que ses... (le docteur cherchait ses mots) problèmes sont dus à ses interactions avec le Dr Ingram et M. Wong.

— Quels problèmes ?

— Je ne peux pas vous le dire.

— Quel est son nom ?

— Je ne peux pas vous le dire.

Slidell avait l'air prêt à se jeter sur Millikin pour l'étrangler. Au lieu de ça, il s'est penché en arrière, a croisé ses bras et s'est mis à parler d'une voix glaciale.

— Vous savez que je finirai bien par l'apprendre.

— Oui, mais pas par moi.

— Je peux vous rendre la vie impossible.

— Vous le pouvez.

— Ce patient... était-il assez déterminé pour passer à l'acte et tuer ?

— Je ne suis pas psychologue.

Slidell a pris une profonde inspiration, puis a poussé un long soupir en levant les yeux au ciel. Il s'est penché en avant, coudes plantés sur la table.

— Je veux vous aider, Doc. Mais pour ça, va falloir me donner quelque chose...

Millikin a soutenu le regard du flic, puis sa conscience l'a emporté.

— Ce monsieur était également furieux contre un troisième homme. Pour des raisons identiques.

— Un patient aussi ?

— Non.

— Dans ce cas, me donner son nom n'est pas une entorse à votre déontologie ?

— Nero Height. Il se fait appeler Nehi.

L'inspecteur l'a immédiatement noté dans le dossier.

— Qui est ce Height ?

— Juste un gosse en perdition qui traîne dans le quartier. Il deale et il se prostitue parfois.

— Il deale quoi ?

— Du crack, de l'héro, du speed. Les trucs habituels.

— Et il vit où ce charmant bambin ?

— Je n'en ai aucune idée.

L'inspecteur a reposé son stylo et l'a fusillé du regard.

Sauf que cette fois, Millikin n'a pas baissé les yeux.

Une demi-heure plus tard, j'étais de retour dans mon labo à l'UNCC. Slidell m'avait congédiée, et il avait accepté, à contrecœur, de me tenir informée. Je n'avais pas cru une seconde qu'il tiendrait sa promesse.

Je trouvais vraiment difficile de me concentrer sur mon mort âgé de plus de mille ans parce que j'avais été trop chahutée par les événements des deux derniers jours. Les incendies de l'Airstream et de la Corolla. Les blessures par balle dans les crânes d'Ingram et de Wong. Le sida de Millikin. Son voyage au Mexique pour acheter de l'AZT. Son histoire du patient en colère. Nehi Height et sa triste vie. Peu après 19 heures, j'ai décidé de plier bagage.

En rentrant chez moi, j'ai fait une halte au supermarché Reid car ils ont toujours des produits frais. J'y ai acheté de la bavette de bœuf marinée, des patates douces et des asperges, les plats préférés de Pete. Prise d'un sentiment de culpabilité, j'ai attrapé près des caisses un épicéa miniature orné de gros rubans rouges noués de manière très chic et garni de sucres d'orge. Noël était dans moins d'une semaine et notre maison n'arborait encore aucune de ces décorations festives caractéristiques de cette fête.

Étonnamment, Pete était rentré avant moi. L'affaire dont il s'occupait était réglée. Il avait placé un Père Noël en plastique sur le manteau de la cheminée et accroché des branches de gui tout autour de l'arche donnant sur la salle à manger. Nous avons été pris d'un fou rire. J'ai réalisé que cela faisait un bail que je n'avais pas sacrifié à la tradition du 25 décembre.

Nous nous sommes mutuellement promis de préserver notre dîner de toute intrusion du boulot. Tout en cuisinant, nous échafaudions des projets pour la période des fêtes, avec Harry qui devait nous présenter son nouveau petit copain. Pete était persuadé qu'il s'agissait d'Arturo, moi, j'aurais parié sur Alejandro. Finalement, on s'est dit que ça n'avait pas tant d'importance vu que le pauvre garçon serait largué avant la fin de l'année.

Les assiettes avaient à peine atterri sur la table que j'ai lâché le morceau et raconté ma virée au quartier général de la police. Pete m'a questionné sur Slidell et je lui ai répondu que le Maigre et moi, c'était à la vie à la mort, et que nous allions nous enfuir ensemble. Il a mimé le mari au cœur brisé et à la mine dévastée. Puis il a voulu en savoir davantage sur l'affaire. J'ai évoqué les découvertes de la journée et je croyais que Pete commenterait le meurtre de Wong, mais non.

— Millikin a raison. Les gens porteurs du sida subissent la double peine. Non seulement ils sont malades, mais en plus, ils sont ostracisés.

J'allais abonder dans son sens, mais Pete n'avait pas terminé.

— Un diagnostic du VIH, c'est une condamnation à mort. Il n'y a pas de structure d'accueil, pas de traitement efficace, et la société tourne le dos aux malades. Pourquoi ? Parce que l'opinion publique y voit une maladie spécifique aux gays. Pour beaucoup, la lie de l'humanité que représentent pour eux les homosexuels...

— Et les toxicomanes...

— ... ne nécessitent pas d'attention particulière. La plupart des gens préfèrent que ces malheureux crèvent dans leur coin, et, si possible, en silence.

— Pas tout le monde, n'exagère pas quand même, ai-je répliqué, surprise par tant de véhémence.

— Certes. Mais n'oublie pas de considérer cet aspect : il y a des personnes pour croire que le sida est tout ce que méritent les homosexuels et qu'ils ont déclenché l'épidémie. Que la maladie s'est propagée à cause de leur liberté sexuelle, des orgies supposées de la communauté gay. Un petit génie a même proposé qu'on fasse un tatouage à tous ceux qui étaient infectés.

— C'est dégueulasse.

— Tu imagines comment on doit se sentir rejeté ? Plus personne ne voudra t'embrasser ou te laisser tenir un bébé dans les bras.

— Ce doit être épouvantable.

— La tragédie, c'est que nous ignorons l'origine de cette maladie.

— Tu as déjà entendu parler d'un médecin britannique appelé John Snow ?

— Il est parent de Chrissy Snow ?

Pete voulait faire le malin en citant l'héroïne blonde d'une sitcom débile, *Three's Company*. Je n'ai même pas relevé !

— Dans les années dix-huit cent cinquante, les Londoniens ont été touchés par une effroyable épidémie de choléra et personne ne comprenait pourquoi. Snow a enquêté et a découvert que la plupart des malades avaient bu de l'eau provenant du même puits à Londres. Il n'avait pas compris les mécanismes sous-jacents de la maladie, mais il avait compris le rôle de la distribution d'eau dans la dissémination du choléra.

— Et alors ?

— Il avait fait enlever le bras de la pompe à eau contaminée.

— Et cela a enrayé l'épidémie ?

— Absolument.

— Où veux-tu en venir ?

— Il faudrait enlever le bras de la pompe qui alimente le sida.

Tandis que nous lavions la vaisselle, l'avocat Pete a mis en avant les points essentiels d'une théorie qui commençait à se bâtir dans mon esprit.

— Wong et Ingram étaient tous deux des patients de Millikin. Tu pars du principe qu'il les soignait tous les deux contre le sida ?

— C'est fort probable.

— Wong est acupuncteur, une technique qui implique l'emploi d'aiguilles. Ingram est dentiste, et on sait qu'il s'est fait coincer sur des manquements à l'hygiène la plus élémentaire. Les dentistes utilisent aussi des aiguilles et sont en contact avec le sang.

— Exact.

— Millikin soigne des personnes atteintes du VIH. Peut-être que le fameux patient en colère dont il refuse de donner le nom est *aussi* malade du sida. Peut-être cet homme est-il persuadé que Wong ou Ingram l'ont infecté ?

— Par conséquent, le mobile des meurtres serait la vengeance ?

Une pause.

— Tu m'as bien dit que le jeune Nehi Height tapinait ?

J'ai hoché la tête. On a tout de suite pigé ce que ça impliquait.

— Il faudrait peut-être le mettre en garde, a suggéré Pete.

— Les flics essaient de découvrir où il vit.

On a terminé notre verre de vin et on a un peu regardé la télé avant d'aller nous coucher. Mais on ne s'est pas endormis de suite.

Cinq jours ont passé et aucune nouvelle, ni de Slidell, ni de Rinaldi. Idem pour Larabee.

À l'aube du sixième jour, alors que je me préparais pour aller à l'université, le téléphone a sonné. C'est moi qui ai décroché.

— Le nom du mec, c'est Terry Flynn.

Cela m'a pris quelques secondes pour percuter.

— C'est le patient dont Millikin refusait de divulguer le nom.

— Ouais. (Slidell a toussé, raclé sa gorge et craché. J'espérais que c'était dans un mouchoir...) Flynn est banquier, ce qui correspond à la moitié de la population de cette ville. Il vit dans le quartier d'Eastover, ce qui veut dire qu'il a très bien réussi dans la banque.

J'entendais du brouhaha. Des bruits de voix, des grincements de tiroirs.

— Vous êtes où, inspecteur ?

— Dans le bureau de Millikin. Je suis en train d'examiner ses dossiers. C'est assez chiant comme lecture, sauf si on est intéressé par les problèmes de transit intestinal.

J'avais toutes les raisons de croire qu'il faisait de l'humour sans s'en rendre compte.

— Vous avez réussi à obtenir un mandat ?

— Non, non, j'agis en franc-tireur. J'ai pensé qu'un peu d'esprit d'initiative épaterait les jurés au tribunal.

J'ai convoqué tout mon self-control pour ne pas lui balancer une repartie tout aussi caustique.

— Les techniciens de scène de crime ont trouvé un putain de stock d'AZT dans la cabane derrière la caravane du bon docteur. Millikin les vendait à ses patients pour trois francs six sous, à l'exception d'un petit veinard.

— Terry Flynn !

— Bingo ! Le banquier payait un max.

— Où se trouve Millikin ?

— On a dû le virer de chez nous.

— L'avez-vous confronté à toutes ces informations ?

— Ouais. Il a reconnu la plupart des faits. Et aussi qu'il pompait un peu de fric dans les caisses du dispensaire pour financer ses voyages au Mexique. Mais globalement, sa version tient la route.

J'ai dû attendre qu'une autre toux sonore soit terminée. Je lui ai ensuite fait part de ma théorie et de celle de Pete.

Autre long moment de brouhaha.

— Je vais aller faire un brin de causette avec ce peigne-cul de Flynn. Ce serait peut-être bien que vous veniez avec moi.

J'étais abasourdie.

— Où est donc Rinaldi ?

— La sœur de Height habite les Southside Homes. Nashawna. (Il avait prononcé son prénom en allongeant la deuxième syllabe plus qu'il n'était nécessaire.) Eddie est à la recherche de Nehi, et il veut prévenir le gamin si jamais il se montre.

— Question stupide : pourquoi vous me proposez de vous accompagner, inspecteur ?

Slidell s'est raclé la gorge.

— Pardon ? ai-je demandé.

— Ben... Vous avez découvert le mémo de Wong. Et vous avez compris pour le cancer des homosexuels qu'a chopé Millikin.

J'ai laissé glisser pour la dernière phrase, en me promettant de lui faire un topo plus tard.

Il n'avait pas répondu à ma question.

— Qu'est-ce qu'on fout ? On y va ? Je passe vous prendre oui ou merde ?

— Tout à fait, inspecteur.

Je lui ai dicté mon adresse. *T'as bien noté, oui ou merde ?*

Il faisait froid et le ciel gris annonçait de la pluie. La Ford Crown Victoria de Slidell ressemblait à une espèce de décharge publique sur roulettes. Le chauffage était poussé à fond dans l'habitacle saturé d'odeurs nauséabondes. Des restes de nourriture, des relents de sueur. Une eau de

Cologne bon marché. Et, comble de bonheur, ça puait le tabac froid.

Le trajet n'a duré que dix minutes mais il m'avait paru interminable.

La maison de Flynn était située sur Colville Road dans le quartier le plus cossu de Charlotte : Eastover. De vastes demeures entourées de vastes pelouses impeccables. Des allées circulaires privées. Le domicile de Flynn était plus illuminé qu'un bateau de croisière.

Slide a roulé jusqu'en haut de l'allée. Nous sommes descendus du véhicule juste pour remonter les marches d'une immense véranda. Une luge près de la porte vous souhaitait un «Joyeux Noël à tous!» grâce à une guirlande qui l'entourait.

Slidell a appuyé avec son pouce sur la sonnette. Un carillon a retenti, à peine plus long que la version complète de *L'Anneau du Nibelung* de Wagner.

Personne ne nous a répondu. Aucune voix grésillant dans l'interphone non plus.

Slidell a sonné à nouveau.

Toujours pas de réponse.

Il a recommencé la même stratégie qu'avec le bouton d'appel de l'ascenseur, à savoir de violents coups de poing sur la sonnette.

Toujours rien.

Une fenêtre à notre droite réfléchissait la lumière sur le pavement de briques, à nos pieds. Je me suis approchée et j'ai scruté à travers la fenêtre et les stores à lattes de bois.

La pièce était une bibliothèque magnifique aux murs remplis de livres du haut jusqu'en bas. La décoration était assez masculine : bureau en acajou sculpté, des fauteuils et des sofas aux formes strictes. Un globe. Des photos de sportifs encadrées sur le manteau en pierre de la cheminée.

Derrière moi, Slidell a juré comme un charretier. Il s'était pris les pieds dans la luge. Celle-ci avait heurté le mur avant de valdinguer sur les marches. La partie «à tous!» de la guirlande avait fini dans un buisson.

Je me suis abstenue de tout commentaire.

Nous retournions à la voiture lorsque la radio a crépité. Slidell a foncé vers la Crown Vic. Au moment où j'ai grimpé à ses côtés, je l'ai vu raccrocher le micro, rouge comme une tomate.

— Que se passe-t-il ?

Au lieu de me répondre, il a démarré sur les chapeaux de roues. Nous avons fait demi-tour si brutalement que ma tête est partie en avant. Il a dévalé l'allée, puis a bifurqué à gauche en mettant plein gaz. Je me suis cramponnée à deux mains au tableau de bord.

— Vous allez me cracher le morceau, *oui ou merde*?

— Une patrouille a repéré la caisse de Flynn sur Baltimore Avenue.

— Et ?

— Nashawna Height habite en face.

10.

Les Southside Homes avaient été conçus comme des logements sociaux d'un nouveau genre, avec peut-être l'idée de faire oublier à leurs habitants qu'on était dans la banlieue sud de Charlotte. Des maisons individuelles sur un étage possédaient une petite véranda et une petite pelouse privative. Çà et là, on apercevait des guirlandes lumineuses décorant les modestes fenêtres. Certaines « unités » – c'était le nom donné aux maisons – étaient délimitées par des arbustes, d'autres par des allées sales laissées à l'abandon. On n'était pas à Chestnut Hill, ça c'était sûr, mais ça n'était pas non plus l'architecture morne et sans attrait que le gouvernement réservait d'ordinaire aux plus démunis.

Des bennes à ordures étaient installées à intervalles réguliers tout le long de Baltimore Avenue. En passant, j'ai vu un chat qui reniflait des détritus tombés de la benne, ou bien qu'il avait aidé à faire tomber. La pauvre bête était en piteux état. Sous sa fourrure sale et emmêlée, on devinait un corps d'une maigreur affligeante.

La Pontiac Bonneville de Rinaldi était garée devant l'unité 8A, pas très loin du carrefour avec Griffith Street. Il était assis à l'intérieur de son véhicule. Slidell s'est garé juste derrière lui, pare-chocs contre pare-chocs. Nous sommes descendus de voiture.

— Où est Flynn ?

— Il a démarré en trombe dès que je suis arrivé.

— Tu as discuté avec la sœur ?

— Nashawna. Oui, mais elle n'est pas très ouverte au dialogue.

— Tu lui as bien expliqué que son frangin était en grand danger ?

Slidell surveillait du coin de l'œil la maisonnette 8A. J'étais persuadée que Nashawna faisait de même de derrière les rideaux bleus des fenêtres défraîchies.

— Je lui ai pourtant fait comprendre que je venais pour l'aider.

— Tu lui as dit que t'étais flic ?

— Pas la peine. La dame connaît la musique.

— Elle a probablement pensé que vous veniez arrêter son frère, ai-je suggéré.

Les deux inspecteurs se sont tournés vers moi.

— Il y a une patrouille qui sillonne le quartier à la recherche de Flynn, a continué Rinaldi.

— Restez là pendant que je vais causer un peu avec Nashawna, a dit Slidell.

Il avait pris sa radio portative avec lui, et sans attendre la bénédiction de son coéquipier, il s'est dirigé à grandes enjambées vers la porte du 8A. Dans sa main, le petit émetteur Motorola ressemblait à une brique.

Je l'ai suivi des yeux. Il a grimpé les marches du perron, sonné, attendu. Il a ouvert la moustiquaire et frappé à la porte. Une série de coups brefs et puissants dont l'écho était amplifié par le vent hivernal.

J'ai remarqué un gril Weber dans le petit jardin. À côté, un pot en céramique reposait sur un trépied. Une clôture pas très haute faite de piquets les protégeait tous les deux d'on ne sait quoi.

Bam. Bam. Bam.

Deux enfants s'évertuaient à faire décoller un cerf-volant sur la grande pelouse commune. Ils cavalaient entre les maisons en criant. Une vieille dame promenait son chien, un pit-bull qui paraissait plus vieux qu'elle, si c'est possible. Deux mecs se disputaient, trop loin de moi pour que je puisse connaître la teneur de leur contentieux.

J'avais froid aux mains. J'aurais dû prendre une paire de gants. J'ai glissé mes poings au fond de mes poches.

Au final, Slidell a cessé de cogner à la porte. Il a marqué une pause, bras le long du corps. Il a incliné la tête et j'ai deviné qu'il devait s'entretenir avec Nashawna à travers la paroi.

Puis il a attrapé quelque chose à l'intérieur de son imper. Soudain, il a pivoté sur lui-même et est revenu vers nous.

— Mon Dieu, on a affaire à des gens qui connaissent la loi sur le bout des doigts...

— Qu'est-ce qu'elle t'a dit ? lui a demandé Rinaldi.

— Que Nehi et elle n'étaient pas très proches. Qu'elle ne l'avait pas vu récemment. Que je lui foute la paix.

— Qu'est-ce que t'en penses ?

— Je pense que le gamin doit planquer sa came chez elle, sous le matelas.

— On fait quoi maintenant ?

— Le central est au courant de la situation avec Flynn ? a-t-il questionné en scrutant la rue d'un bout à l'autre, sans nous calculer.

— Oui, bien sûr.

— Dis-leur de mettre la main sur cette ordure ! Moi, je vais déposer la toubib, puis je retournerai là où crèche Flynn.

Je n'ai pas protesté vu que je n'étais pas habillée pour une chasse à l'homme en plein hiver, et que je commençais sérieusement à me geler les orteils.

Nous avons emprunté l'autoroute I-77 en direction du sud, puis la John Belk Freeway (c'est le nom de la I-277) et nous approchions de la bretelle de sortie Fourth Street quand la radio a crachoté un truc qui a retenu l'attention de Slidell. Il a décroché le micro et l'a ouvert. Ainsi, j'entendais la conversation des deux côtés. La voiture de Flynn, une BMW noire aux vitres fumées, immatriculée NNX-43 en Caroline du Nord, avait été repérée sur Tryon Street fonçant vers le sud en direction de Griffith.

— Dis-leur de ne pas la lâcher.

— La patrouille a perdu le contact visuel.

— Le fils de pute !

On a effectué un demi-tour qui m'a envoyée valdinguer contre la portière passager. Slidell a activé gyrophares et sirènes. Le grand jeu. Il bombardait pour traverser Fourth Street et rattraper Third Street. Nous roulions par le même chemin que nous venions d'emprunter, mais en sens inverse.

Le central a rappelé.

— Quoi ? a-t-il aboyé.

— Une Nashawna Height vient de faire le 911 en te réclamant.

— Qu'est-ce qu'elle a dit ?

— Un homme est posté devant chez elle.

— À quoi il ressemble ?

Pause.

— C'est un Blanc.

— Bon sang de bois ! Les gens sont cons ou ils le font exprès ? Un homme jeune ? Vieux ? Grand ? Petit ?

— Elle dit que c'est un homme blanc grand et tout maigre.

Le grognement de Slidell m'a confirmé que c'était là la description de Terry Flynn.

— Height téléphone de chez elle ?

— Non, de chez son voisin.

— Dis-lui que je serai là dans moins de cinq minutes. Garde-la en ligne.

— Je vais essayer. Elle est complètement paniquée.

Mon cœur s'emballait.

Le central a repris la conversation.

— Height dit qu'elle surveille le type depuis la fenêtre de la cuisine du voisin. Elle dit que le Blanc s'avance vers sa maison.

— Son frère est-il avec elle ?

Courte pause.

— Non, son frère est dans sa maison *à elle.*

— Tu as envoyé une voiture là-bas ?

— Oui. Ne quitte pas.

Longue pause.

— Height pense que le gars est armé.

— Dis-lui de ne pas bouger d'où elle est. J'y suis dans trois minutes. Maximum.

Slidell a grillé un stop à la sortie Remount Road. Les automobilistes ont freiné à mort en klaxonnant.

La voix du policier au central est revenue en grésillant.

— Height dit qu'elle sort pour aider son frère.

— Ordonne-lui de ne pas bouger. J'y suis dans une minute.

Mon cœur battait désormais aussi vite que roulait la Crown Vic. Je savais que nous ne pourrions pas rejoindre Nashawna ou Nehi avant que Flynn n'atteigne leur maison.

Pas de réponse.

— Qu'est-ce qui se passe ? a crié Slidell.

— Je l'ai perdue.

— Comment ça, perdue ?

— Elle a raccroché.

Sur Baltimore Avenue, Slidell a pris un virage à droite sur les chapeaux de roues, puis a écrasé la pédale d'accélérateur. Une camionnette blanche a quitté son stationnement juste devant nous. Slidell a ralenti un poil pour déboîter, puis s'est remis à tracer. J'ai vu dans le rétroviseur que le conducteur de la camionnette avait vachement apprécié : il nous a gratifiés d'un beau doigt d'honneur.

— Où est Rinaldi ?

— En chemin.

Quelques secondes plus tard, on pilait derrière la BMW de Flynn. Slidell a garé sa voiture d'un coup sec qui m'a projetée en avant. Il était déjà dehors que je tremblotais encore.

— Vous bougez pas votre cul de là ! a-t-il hurlé en pointant vers moi un index rageur.

Puis il s'est avancé vers le 8A, son arme sortie mais plaquée contre sa cuisse.

Mes articulations étaient blanches à force de serrer le tableau de bord. Je me suis renversée dans le siège auto, prenant conscience que je respirais de manière saccadée.

J'ai regardé autour de moi. Je voyais bien la Pontiac. Mais pas de Rinaldi. Pas de Flynn. Pas de Nehi.

Les gosses avaient déserté la grande pelouse commune. Le pit-bull de Mémé avait disparu. Pareil pour les querelleurs. Tant mieux. Je sentais le danger envahir tous mes pores. L'adrénaline déferlait en moi pour compenser une angoisse de plus en plus présente.

J'ai baissé ma vitre. À l'exception de voitures au loin, le quartier était anormalement calme. Le sang battait à mes tempes, produisant une sorte de raffut que moi seule entendais.

Des dizaines de secondes se sont écoulées. Puis une minute entière. J'ai entendu un raclement au sol, un bruit de casse. Je n'avais pas trop d'images en tête pour accompagner cette bande-son. Puis j'ai compris la scène. L'urne en céramique sur le trépied avait dû être brisée.

Je méditais là-dessus quand un coup de feu a déchiré l'air glacial. Un autre a suivi. Un troisième.

Une image a assailli mon esprit. Slidell pris à revers, tombé dans un piège, perdant son sang sur l'herbe humide. Ou peut-être Rinaldi ?

Un homme a hurlé. Un autre a braillé. Les voix provenaient de derrière le 8A.

Je ne pouvais distinguer ce qui se disait.

Je ne suis pas du genre à obéir aux ordres. Je ne l'ai jamais été. Je sais que j'aurais dû rester dans la voiture. Que je ne suis pas entraînée pour ce type d'exercice. Que je ne devrais pas prendre de risques.

Mais je brûlais de savoir ce qui se passait. Et ça n'était pas en restant terrée dans cette voiture que je le saurais.

J'ai respiré à fond. Calmement. Puis je me suis glissée hors de la Crown Vic. J'ai fait une rotation de trois cent soixante degrés, et je me suis déplacée aussi discrètement que possible en diagonale, vers l'espace entre la maison 8A et ses voisins.

Dès que j'ai contourné la maison, je les ai vus. Tous. Slidell. Nashawna. Nehi. Flynn. J'imaginais que Rinaldi n'était pas bien loin, mais lui, je ne le voyais pas. Tous étaient figés en un tableau horrifique.

Flynn pointait son arme sur Nehi, le canon appuyé contre sa gorge, l'obligeant à relever le menton haut, selon un angle visiblement très peu confortable. Ils se tenaient sur le perron à l'arrière de la maison. La porte avait été arrachée de ses gonds. Vu les traces de boue, j'ai compris que Flynn avait dû l'ouvrir à coups de pied. Les trois impacts de balle expliquaient les trois coups de feu que j'avais entendus.

Sa sœur était près de la maison de ses voisins, ses doigts plaqués sur sa bouche, à moitié accroupie derrière le Weber. Slidell était à ses côtés, et tenait son arme à deux mains en visant Flynn.

Le corps de Flynn était d'une maigreur sidérante. Il n'avait, *littéralement*, que la peau – couverte de bleus – sur les os. Son visage décharné n'était guère mieux. Des joues creuses, des yeux enfoncés dans les orbites, et un nez..., une sorte de bec dessiné par le cartilage et l'os sous-cutané.

— Tu ne m'as pas prévenu, sale petite tapette ! a grogné Flynn d'une voix tremblante de rage.

— Te prévenir de quoi, mec ?

Les mots de Nehi se détachaient avec peine à cause de la pression sur sa trachée-artère, et l'inclinaison douloureuse de sa mâchoire.

— Tu m'as tué, je te tue. Œil pour œil, dent pour dent. Hein, *mec* ? Justice ! La Bible a dit qu'il fallait rendre justice.

— Putain, mais de quoi tu causes, mec ?

Nehi était une petite crevette avec les yeux terrifiés d'un chien battu.

— Tu as signé mon arrêt de mort, espèce de sale petite raclure !

— Tu parles de cette maladie des gays ? Mais mec, j'ai pas la maladie, *moi* !

J'ai entendu les pneus d'une voiture crisser, et le grésillement d'une radio. Certainement les flics qui déboulaient derrière nous, sur Baltimore Avenue.

— C'est trop injuste. Tu vends de l'héroïne et du crack. Tu vends ton cul. T'es qu'une merde. Moi, j'avais tant de choses à vivre, et tu as tout foutu en l'air.

— Je vous ai dit de poser votre arme ! hurlait Slidell.

Je savais qu'il ne pouvait pas tirer de peur de tuer Nehi.

Flynn a enfoncé davantage le canon dans la chair du jeune homme. Il a resserré la pression autour de la crosse. Bien que Flynn soit bien plus grand que sa proie, il était si penché vers lui que leurs tailles paraissaient identiques.

Des pas lourds martelaient le sol dans notre direction. J'ai compté : quatre personnes.

— Je vous le répète encore une fois, beuglait Slidell. Posez votre arme !

Nehi était un bagarreur. Un survivant. Et qui avait peur de mourir. Ce qui s'est produit ensuite est le résultat de ce cocktail puissant.

Flynn a été distrait une fraction de seconde par les pas qui couraient vers nous. Nehi a pigé que pareille occasion ne se représenterait pas. Il a crocheté la jambe de son agresseur avec la sienne et a appuyé de tout son poids contre sa poitrine pour le déstabiliser. Flynn est tombé au sol avec le bruit mat d'une vieille bûche craquant dans la cheminée. L'arme a volé en l'air.

— Height ! Reculez !

Ignorant la mise en garde de Slidell, Nehi s'est mis à califourchon sur Flynn et a plaqué ses poignets contre terre. C'était un combat inégal. D'un côté, un adolescent habitué à vivre dans la rue, et de l'autre, un homme mûr mais malade. Flynn a tenté de résister mais il était cloué au sol.

Une chorégraphie s'est ensuite déroulée de manière presque parfaite. Slidell a fondu sur eux. Rinaldi a surgi de derrière l'équipe de policiers, arme pointée sur Flynn. Deux flics en uniforme qui avaient contourné la maison ont sorti leurs armes. Nehi s'est redressé et a sauté de côté. Rinaldi a ramassé le revolver de Flynn d'un mouvement leste. Tout cela avait duré moins de quelques secondes.

Derrière le Weber, Nashawna s'était hissée péniblement sur ses jambes. Je me suis précipitée vers elle en entourant ses épaules de mon bras. Elle pleurait, tremblant de tous ses membres.

— Il va bien, l'ai-je rassurée. Tout va bien.

— Cet homme est fou. Nehi n'a pas le sida. Je le sais. Sa copine l'a obligé à faire un test de dépistage.

Par-dessus son épaule, j'ai vu que Flynn se relevait. Un des flics en uniforme l'a menotté en lui énonçant ses droits. Puis il a été évacué entre deux policiers. Il paraissait si fragile, chancelant. Pathétique.

J'ai voulu avoir de la compassion pour cet homme, mais je n'y parvenais pas. Il avait assassiné deux personnes et tenté d'en tuer une troisième. Je pouvais pardonner sa colère, sa détresse, son désespoir. Je ne pouvais pas pardonner son désir de vengeance.

Et je ne pouvais lui pardonner la haute estime qu'il avait de lui-même par rapport à Nehi Height. Comme si sa vie à lui avait plus de valeur que la vie d'un Noir, camé et prostitué.

Terry Flynn n'était qu'un sale con arrogant.

— Merci, a dit Nashawna.

— Remerciez-les plutôt eux, ai-je répondu en montrant Slidell et Rinaldi, et aussi les policiers qui embarquaient Flynn à l'arrière de leur véhicule.

Nashawna a eu un léger haussement d'épaules.

Slidell parlait à Nehi sur un ton cassant, un peu hautain.

Tu es arrogant, Slidell, ai-je pensé. *Mais tu es loin d'être un sale con.*

Des flocons de neige fondue ont tourbillonné autour de nous. Ils se transformaient en eau dès qu'ils touchaient le gazon.

Nashawna a dit quelque chose que je n'ai pas entendu.

— Désolée, qu'avez-vous dit, madame ?

— Joyeuses fêtes de Noël à vous, a-t-elle répété doucement.

Mince, j'avais oublié !

On était le 24 décembre.

11.

Bien des années plus tard...

Quelque chose a effleuré mon épaule. Quelque chose avec la douceur d'une toile d'araignée.

J'ai rouvert les yeux.

Une silhouette opaque se dressait devant les écrans, masquant la lueur bleu-vert produite par les instruments de contrôle.

— Comment tu vas ?

Une voix douce, emplie de compassion. Un délicat murmure.

— Ça va..., ai-je menti.

Andrew Ryan m'a souri. Un sourire de soutien, d'encouragement.

J'ai essayé de lui rendre son sourire. Je n'ai réussi qu'à esquisser une pauvre grimace empreinte de mélancolie.

— Tu veux faire une petite pause ?

J'ai secoué la tête.

— Comment va-t-il ?

J'ai à nouveau secoué la tête, plus lentement, comme pour dire, *pas bien du tout.* J'avais peur que ma voix me trahisse, alors je n'osais pas trop parler.

— Tu as envie d'un peu de compagnie ?

— Avec plaisir.

Ryan a disparu, avant de revenir du couloir avec un autre fauteuil. Il s'est calé dedans puis m'a tendu la main. Je l'ai prise. Je l'ai tenue bien serrée, submergée par un mélange d'émotions.

Le temps a passé.

Les moniteurs crachaient leurs pics et leurs vallées blêmes. De petits tintements ponctuaient le rythme des zébrures vertes.

Soudain, les lignes ont crissé, chuinté, puis sont devenues plates, suivies d'un sifflement terrifiant.

Ryan a plongé son regard bleu dans le mien. Intensément.

L'adrénaline envahissait chaque cellule de mon corps.

Non !

La porte s'est ouverte à la volée et l'infirmière V. Sule a pénétré dans la pièce en poussant un chariot en acier inoxydable, avec des tiroirs rouge vif. Sur le dessus se trouvait un défibrillateur et ce qui ressemblait à une boîte d'outillage.

D'autres soignants sont entrés en courant, chacun arborant une blouse de couleur différente selon leur mission. Visages fermés, ils avaient tous l'air très concentrés.

Je me suis levée et j'ai senti – davantage que je n'ai vu – Ryan faire de même. J'avais les yeux fixés sur l'homme allongé sur le lit.

L'infirmière V. Sule a retiré le drap désormais aussi étale que la mer après une violente tempête. Elle a défait d'un coup sec la blouse du patient, a placé ses paumes de main l'une sur l'autre sur la poitrine ainsi mise à nu. RCP. Réanimation cardio-pulmonaire.

— S'il vous plaît...

Elle a incliné sa tête vers la porte, ses bras, tels des pistons, déjà en action.

Ryan et moi nous sommes rapidement faufilés à l'extérieur de la chambre. Debout dans le couloir, sans savoir quoi dire, ni faire.

J'étais désemparée. Je me suis inconsciemment avancée vers la fenêtre pour contempler Charlotte onze étages plus bas. Les premières lueurs de l'aube embrasaient déjà l'horizon. La skyline de la ville se découpait sur le jour naissant, si différente de sa version en noir et blanc de la pleine journée.

Une avalanche de souvenirs a déferlé dans mon cerveau, certains anciens, certains récents. Sa voix au téléphone. Sa silhouette courbée au-dessus d'une fosse peu profonde. Ses yeux posés sur un nouveau-né d'une blancheur fantomatique. Ses mains effleurant un corps momifié.

La culpabilité venait s'ajouter à tout cela. Une sœur à lui arrivait de Fort Worth. Mais qu'est-ce que je connaissais d'autre de sa vie privée ? Il n'avait pas eu d'enfants. Avait-il d'ailleurs jamais été marié ? Des compagnes, oui, plusieurs, je le savais même si je ne me rappelais pas leurs noms, mais pas d'épouse.

Je revoyais en boucle son geste d'au revoir la veille au soir. Un geste désinvolte. *À demain.* Il ignorait alors que ce serait sa dernière journée sur terre.

Je vivais la soudaineté de la situation comme un vertige. La prise de conscience qu'il n'y aurait pas d'ultime message d'adieu. Les mots que nous n'avions pas pu nous dire resteraient pour toujours de l'ordre du non-dit.

Cela ne pouvait pas être *réel.*

Des bruits de chaussures cliquetant sur le carrelage ont résonné. Ce n'était pas le pas feutré du personnel hospitalier.

Je me suis retournée.

Deux hommes s'avançaient à la hâte dans notre direction. L'un était tout de noir habillé, à l'exception d'un petit rectangle de tissu blanc au niveau du cou. L'autre portait une veste à carreaux sur une chemise couleur abricot – avec en prime quelques taches de graisse – et un pantalon en polyester.

Le regard de chien battu de Slidell a croisé le mien. Nous nous sommes regardés dans les yeux un long moment. Puis il a dévié son regard vers Ryan.

Le prêtre, lui, s'était assis, ses doigts entrelacés posés sur ses genoux. Il a fermé les paupières.

C'était réel.

Tim Larabee était en train de mourir.

J'ai senti les larmes monter, mais je les ai refoulées.

Derrière Ryan et Slidell, à travers la porte ouverte, j'ai vu une infirmière glisser un fin matelas en plastique sous le dos de Larabee, tandis que V. Sule déchirait des sacs en papier d'où elle retirait des coussinets pour les placer sur la poitrine du malade. Lorsqu'elles ont eu fini, les deux femmes ont surveillé l'écran du défibrillateur. Je lisais sur ses lèvres un seul mot – « Dégagé » – et toutes les personnes présentes dans la chambre se sont reculées.

Le corps de Larabee s'est arc-bouté. Une nouvelle fois.

Puis il n'a plus bougé. L'infirmière en bleu a posé deux doigts contre sa carotide. Elle a vérifié son pouls au niveau du poignet. Elle a contrôlé les écrans. Elle a secoué la tête.

L'infirmière V. Sule a entamé une autre série de massages cardiaques.

Ryan et Slidell discutaient en chuchotant, leurs visages tout près l'un de l'autre. J'ai dégluti, inspiré une grande goulée d'air et marché vers eux.

— Ce salopard était défoncé à la méthamphétamine...

Slidell s'est brusquement interrompu en m'apercevant.

— Larabee était sorti pour un dernier jogging, c'est ça? ai-je demandé d'une voix qui bizarrement ne tremblait pas.

Slidell a hoché la tête. Le chagrin que je lisais sur son visage lui donnait l'air bien plus vieux qu'il n'était. C'était de l'épuisement. Je savais qu'il avait passé la nuit à traquer l'agresseur de Larabee.

— Il a été attaqué au hasard?

— Mauvais endroit, mauvaise rencontre.

Combien de fois, avec Larabee, avions-nous discuté de la fragilité de la vie? Il utilisait une expression pour désigner le caractère imprévisible de l'existence : l'impermanence. Il est impossible d'échapper à la mort.

Un geste d'au revoir désinvolte. Un jogging tard dans la nuit au cœur de Freedom Park.

Derrière mes amis, je voyais l'infirmière en vert injecter un médicament par voie intraveineuse. Le corps de Larabee a réagi. Deux fois. Une infirmière en bleu a pris son pouls à nouveau. Le personnel s'est écarté du lit. Un homme en blanc prenait des notes.

— Qui a fait ça ? a demandé Ryan qui reprenait son rôle de flic.

Aucune émotion ne perçait dans sa voix.

Idem pour Slidell.

— Un paumé qui traîne dans les rues, un dénommé Garret Hearst. Une belle petite ordure.

— C'est-à-dire ? ai-je dit.

Je voulais savoir.

— Hearst est un junkie avec deux neurones à la place du cerveau. (Slidell semblait fou de rage.) Aller braquer un jogger... Quel abruti... Qu'est-ce qu'il croyait ? Que les mecs qui font du sport emportent un portefeuille rempli de billets dans leur short ?

— Tu es certain que c'est lui qui a tiré ? a insisté Ryan.

— La vidéosurveillance montre qu'il était dans le parc à peu près au moment où un témoin a entendu les coups de feu. En plus, ce crétin a abandonné son arme sur place. Ses empreintes sont partout dessus. La balistique établira la correspondance.

Il parlait des balles qui avaient déchiré l'abdomen de Larabee.

— Ça s'est déroulé à quelle heure ?

J'avais besoin de savoir.

— 23 h 15.

— Le promeneur avec son chien l'a découvert juste après minuit, c'est ça ?

— Ouais.

Un silence de plomb s'est abattu sur nous. Nous pensions tous les trois à la même chose. À cette image épouvantable, Larabee se vidant de son sang. Horrifiés à l'idée qu'il aurait pu être sauvé si quelqu'un était passé par là plus tôt...

— Où est Hearst ?

— En cellule.

L'infirmière V. Sule refaisait un massage cardiaque à Larabee. J'avais fait le calcul. Deux minutes de réanimation cardio-pulmonaire, puis vérification des fonctions vitales, suivies de l'utilisation du défibrillateur. J'ai regardé ma montre. Il s'était écoulé une demi-heure depuis que l'électrocardiogramme était plat. Je me suis demandé combien de temps encore allaient durer leurs efforts pour tenter de le réanimer.

— Est-ce que tu as interrogé ce type ? s'est enquis Ryan.

— Il était trop défoncé pour se souvenir de son propre nom...

Et tout aussi soudainement que cela avait commencé, le ballet lugubre à l'intérieur de la chambre a brusquement cessé. Plus personne ne bougeait.

Je me suis retournée. Larabee reposait, l'âme en paix, tranquille. Comme tous ces morts – pleurés ou non par leurs proches – dont il avait eu la charge toute sa vie durant.

L'homme à la blouse blanche a regardé la pendule murale. Il a donné l'heure du décès à haute voix et l'a consignée par écrit.

Le prêtre s'est levé pour entrer dans la chambre.

L'infirmière V. Sule a contourné le lit et a remonté le drap sur le visage de Larabee.

Adieu, mon vieil ami.

C'est alors que je me suis mise à sangloter sans pouvoir m'arrêter.

Voyant ma souffrance, Slidell est venu m'entourer de ses gros bras et m'a serrée tout contre lui. Notre embrassade avait été spontanée. Nos joues se sont touchées et, à ma grande surprise, les siennes étaient aussi mouillées que les miennes.

Je vacillais maladroitement sur mes jambes flageolantes, j'étais à la limite de la perte d'équilibre. Pourtant, je venais de me rendre compte d'un truc incroyable. Durant toutes ces années – à traverser ensemble nos échecs et nos succès, nos chagrins et nos joies, des morts bouleversantes et des sauvetages éprouvants –, le Maigre et moi ne nous étions jamais embrassés une seule fois !

Je me suis appuyée sur sa poitrine et j'ai versé toutes les larmes de mon corps contre sa chemise couleur abricot.

Note de l'auteur

Une nouvelle sur les débuts de Tempe dans le métier. Cela ressemblait à une gageure, et pourtant !

Lorsque j'ai commencé à écrire la première aventure de Tempe dans le labo du MCME, cela m'a rappelé mes propres débuts en médecine légale. Au début des années quatre-vingt, je travaillais à l'université de Caroline du Nord à Charlotte, en me spécialisant en bioarchéologie. Cette discipline concerne les morts, mais des morts d'il y a fort fort longtemps. Un jour, un inspecteur de la section Investigation des crimes et homicides de Charlotte-Mecklenburg m'a demandé d'examiner des os découverts sous une maison. À l'époque, je donnais des cours sur l'évolution humaine et la biologie du squelette, mais je n'avais jamais travaillé avec les forces de l'ordre sur des affaires criminelles. Cela avait un petit côté excitant... J'ai accepté de procéder à l'analyse.

Les restes étaient ceux d'un chien. Affaire classée.

De temps à autre, la police me sollicitait en m'apportant des éléments de squelette à évaluer, et je le faisais. Et puis, un jour, j'ai reçu un coup de fil qui allait changer ma vie à jamais. L'inspecteur m'a parlé d'une petite fille disparue. Elle avait cinq ans et s'appelait Neely Smith. Il voulait que je vienne avec lui sur la scène de crime. Il voulait que j'étudie de petits os pour savoir s'ils pouvaient être humains. S'il se pouvait que ce soit ceux de Neely.

C'était bien les siens. Son assassinat m'a traumatisée. La pauvre gosse avait l'âge d'une de mes filles. Je voulais que justice soit faite. Je ne l'ai pas obtenue. Le premier suspect, un type qui avait lâché l'école en quatrième, n'a jamais été inculpé pour ce crime-là. Actuellement, il purge une peine de prison à vie pour huit agressions sexuelles contre des enfants et le meurtre d'une fillette de dix ans qui habitait à un block du domicile de Neely.

Le fait que cette affaire n'ait jamais pu être classée avait été une grande frustration pour moi. J'étais déterminée à faire tout mon possible, avec les compétences acquises, pour que de tels crimes soient résolus et punis. Après avoir repris des études et obtenu le Certificat du Bureau américain d'anthropologie judiciaire, j'ai commencé mon travail de consultante auprès de la police criminelle, des coroners et des médecins légistes. Identification. Circonstances du décès. Calcul de l'intervalle post mortem. Bref, tout ce qui pouvait apporter des réponses aux familles et permettre d'arrêter le coupable.

Dans les villes où des enfants ont été assassinés, les gens se souviennent des noms des victimes pendant des années. Charlotte, Caroline du Nord ; Soham, Angleterre ; Praia da Luz, Portugal. Tous sont horrifiés par la violence contre le plus faible. Contre l'innocent. Contre l'être sans défense.

Un fait triste, mais malheureusement courant, est qu'à la différence d'un roman, dans la vraie vie, le tueur n'est pas systématiquement arrêté. Dans l'affaire Neely, ses os avaient été identifiés mais on n'avait pas pu inculper son meurtrier. Je garde au fond de ma mémoire les prénoms de ces enfants à qui la même chose est arrivée. Et je suis accablée par l'idée qu'il y aura toujours des meurtres, et que certains ne seront jamais résolus.

Alors que l'affaire Neely a été le déclencheur de ma vocation pour l'anthropologie judiciaire, la majorité des cas sur lesquels j'enquête ne concerne pas les enfants. Les victimes dans *Les os de feu* sont des hommes adultes. Leurs meurtres se déroulent dans les années quatre-vingt, une époque où le pays a dû affronter un autre type de tueur : l'épidémie du sida/VIH. Pour les professionnels qui, comme moi, travaillaient avec des morts, le sida et le VIH posaient un problème nouveau et nous exposaient à un danger réel.

Le virus de l'immunodéficience humaine (VIH), rétrovirus infectant l'humain, est responsable du syndrome d'immunodéficience acquise (sida). Au début des années quatre-vingt, on ne savait pas grand-chose à ce sujet. On pensait au départ que la maladie n'affectait que les homosexuels. Peu de mesures de prévention avaient été mises en place par les services de santé publique. La communauté médicale avait été très lente à évaluer le danger généralisé et n'avait pas beaucoup réagi pour mettre en garde la population. Lorsqu'il est apparu que la nature mortelle du sida risquait de déclencher une vaste épidémie, des mesures drastiques ont enfin été prises.

Les médecins légistes, les anthropologues judiciaires, les techniciens de laboratoire ont été sommés de porter des masques spéciaux, des tabliers, des lunettes de protection et des gants. Nous devions éviter les contacts non protégés avec les fluides corporels des cadavres. Nous devions suivre de nouvelles procédures concernant l'utilisation des lames et des aiguilles, et de ce qu'on en faisait après usage.

L'amélioration d'une méthodologie médicale a ralenti la propagation de la maladie. Idem pour l'information aux populations à risque et l'arrivée sur le marché de médicaments plus efficaces.

Bien que beaucoup de progrès aient été faits en la matière, nous n'avons toujours pas « enlevé le bras de la pompe qui alimente le sida », comme le résume Pete à Tempe dans *Les os de feu*. Selon les statistiques du Centers for Disease Control and Prevention, environ 1,2 million de personnes vivent avec le virus du sida aux États-Unis et cinquante mille sont infectées chaque année. Dont seuls 87 % sont diagnostiqués.

En 1985, un petit groupe de gens ont conçu un projet pour entretenir la mémoire de ceux qui étaient morts du sida. Il est connu sous le nom de « Names Project AIDS Memorial Quilt ». Le patchwork est d'environ un mètre sur deux, conçu à l'image du défunt, évoquant son existence passée par le biais d'éléments représentatifs de son histoire.

La première fois que j'ai vu ces patchworks, c'était au début des années quatre-vingt-dix, à l'occasion d'une visite à ma fille à Washington DC. Le « Patchwork des noms », composé de milliers de panneaux individuels au nom du défunt et cousus entre eux, s'étendait du Capitole jusqu'à l'obélisque du Washington Monument. C'était l'occasion de réfléchir et de discuter, et surtout de s'informer sur la maladie.

Quand j'ai revu le Patchwork en 1996, les rectangles représentaient plus de quatre-vingt mille personnes. Le Patchwork couvrait l'ensemble du National Mall, la célèbre esplanade de Washington. Aujourd'hui, le Patchwork est composé de plus de quarante-huit mille panneaux contenants les noms de gens originaires des cinquante États américains et de quarante-trois pays étrangers. S'il était étalé, il s'étendrait sur plusieurs dizaines de kilomètres.

Ce qui m'a poussée à écrire *Les os de feu* est lié à cet ensemble d'émotions qu'a suscité la maladie. L'angoisse quotidienne de celles et ceux porteurs du virus VIH. Leur peur constante que ne se développe la maladie. Leur inquiétude de contaminer autrui. Bien pire, je pense à ceux chez qui le sida est déjà déclaré lorsqu'on les diagnostique. La nouvelle désespérante qu'implique cette maladie mortelle, d'autant que la fin ne sera pas une partie de plaisir. Tous ces sentiments, j'ai voulu les réunir dans ma nouvelle, en montrant comment ils pouvaient conduire quelqu'un au meurtre.

Souvent, je songe à mon propre patchwork. Les os sur lesquels je n'ai pas réussi à mettre de nom. Les victimes de violence pour lesquelles on n'a pas retrouvé le coupable. Les coupables connus, mais non inculpés.

J'essaie en général de cloisonner travail et vie privée. J'essaie de laisser les morts à la morgue. Pourtant, en certaines occasions, quand je baisse la garde, me reviennent en mémoire les affaires non classées...

Je tire une grande satisfaction dans le constat que la

plupart des Jane Doe et des John Doe ont été rendus à leur famille. Que la plupart des meurtriers sont attrapés et condamnés. Je crois en la puissance de la science. Pour combattre la maladie. Pour résoudre des affaires criminelles. Je continuerai à mettre mes compétences au service de l'anthropologie judiciaire afin que triomphe la justice.

Pour plus d'information sur le
« Names Project AIDS Memorial Quilt »
Vous pouvez vous rendre sur le site
aidsquilt.org/about/the-aids-memorial-quilt

Remerciements

Je dois énormément à Roger Thompson, l'ancien directeur de la police scientifique de la section Investigation des crimes et homicides de Charlotte-Mecklenburg.

À nous deux, nous avons pu reconstituer la manière dont se déroulaient les choses « au bon vieux temps ». Qu'il soit ici chaleureusement remercié.

Remerciements
pour l'ensemble du recueil Quatre saisons de sang

Écrire est un sport d'équipe. J'ai reçu l'aide et le soutien de tant de personnes pour ce livre. Comme toujours, j'ai donc une dette immense envers celles et ceux qui m'ont apporté leurs connaissances et m'ont fait partager leurs expériences, contribuant ainsi aux quatre nouvelles de *Quatre saisons de sang*.

En premier lieu, je tiens surtout à remercier Kerry Reichs, ma fille et coauteur. Ses idées et sa sagacité me sont précieuses : du pur génie.

J'exprime ma sincère gratitude à mon agent, Jennifer Rudolph-Walsh, et à ses éditrices aussi minutieuses que douées, Jennifer Hershey et Susan Sandon.

Mes remerciements vont également à toutes celles et tous ceux qui travaillent pour moi dans l'industrie du livre. Chez Random House, aux États-Unis : Gina Centrello, Kim Hovey, Scott Shannon, Susan Corcoran, Cindy Murray, Kristin Fassler, Cynthia Lasky et Anne Speyer. De l'autre côté de l'Atlantique : Rob Waddington, Aslan Byrne, Glenn O'Neill et Georgina Hawtrey Woore. Chez Simon & Schuster, au nord du 49e parallèle : Kevin Hanson. Chez William Morris Endeavor Entertainment : Katie Giarla, Elizabeth Goodstein, Tracy Fisher et Raffaella De Angelis.

Pour son soutien indéfectible, je remercie également mon infatigable aide de camp, Melissa Fish.

À mes lectrices et lecteurs, je vous suis si reconnaissante de prendre sur votre sommeil, de remplir vos étagères (et de les photographier !) avec la collection des aventures de Tempe, et de l'emmener partout avec vous. J'adore lorsque vous, mes fidèles lectrices et lecteurs, faites l'effort de me rendre visite lors de signatures, ou que vous allez visiter mon site web (kathyreichs.com), que vous partagez vos histoires sur Facebook (kathyreichsbooks), que vous me suivez sur Twitter (@KathyReichs) et sur Pinterest (kathyreichs), et me taguez sur vos photos postées sur Instagram (kathyreichs). Grâce à vous, je continue à faire ce que j'aime. Mille mercis !

La photocomposition de cet ouvrage
a été réalisée par
Graphic Hainaut
30, rue Pierre Mathieu
59410 Anzin

Cet ouvrage a été achevé d'imprimer en janvier 2018
sur les presses de Normandie Roto Impression s.a.s.
61250 Lonrai (Orne)
N° d'édition : 56555/01 - N° d'impression : 1800170
Dépôt légal : janvier 2018

Imprimé en France